마오쩌둥 인생 여정에 대한 철학적 해석

마오쩌둥 인생 여정에 대한 철학적 해석

초판 1쇄 인쇄 2021년 01월 11일
초판 1쇄 발행 2021년 01월 14일
옮 긴 이 김승일(金勝一) · 전영매
발 행 인 김승일(金勝一)
디 자 인 조경미
출 판 사 경지출판사
출판등록 제 2015-000026호

잘못된 책은 바꿔드립니다.
가격은 표지 뒷면에 있습니다.

ISBN 979-11-90159-66-1 (03820)

판매 및 공급처 경지출판사

주소: 서울시 도봉구 도봉로117길 5-14   **Tel:** 02-2268-9410   **Fax:** 0502-989-9415
블로그: https://blog.naver.com/jojojo4

마오쩌둥 인생 여정에 대한 철학적 해석

양신리(楊信禮) 지음 | 김승일 · 전영매 옮김

 경지출판사
Korea Wisdom China

머리말

마오쩌동 조기 인생철학의 발전 궤적

오래된 중국 대지에서 제일 먼저 인류 시조의 힘찬 발걸음소리가 울려 퍼졌고, 중화민족의 유구한 발전과정에서는 천고에 길이 남을 인물들이 무수히 나타났었다. 공구(孔丘, 공자)·맹가(孟軻, 맹자)·노담(老聃, 노자)·장주(莊周, 장자)·굴원(屈原)·가의(賈誼)·완적(阮籍)·혜강(嵇康)·이백(李白)·두보(杜甫)·한유(韓愈)·유종원(柳宗元)·구양수(歐陽修)·소식(蘇軾)·장재(張載)·주희(朱熹)·왕양명(王陽明)·왕부지(王夫之) 등 역대 성현 선철들이 혹자는 재능이 넘치는 문학적 공적으로, 혹자는 심혈을 기울여 이룬 이론적 창조로 중화민족의 우수한 문화전통을 형성하고 이룩하고 계승하고 널리 발양함으로써, 중화민족의 문화혈맥이 오랜 세월을 거치면서도 빛이 바래지 않고 대대로 이어져 내려올 수 있었던 것이다. 그리고 진시황(秦始皇)·한무제(漢武帝)·당태종(唐太宗)·송태조(宋太祖)·칭기즈칸(成吉思汗)·강희제(康熙帝)등 세상에서 드문 군왕들은 넘치는 기백과 뛰어난 통치력으로 천추에 길이 빛날 혁혁한 업적을 쌓았다. 그러나 역사의 흐름에 따라 총총히 지나가버린 이들 과객들은 혹자는 도덕적인 문장을 짓는 데는 능하나 실제적인 공적과 군사적 책략에는 다소 뒤지거나, 혹자는 용기와 힘은 갖추었으나 문학적 재능은 다소 뒤지는 경우가 있었다. 그래서 내성외왕(內聖外王)[1]을 실행하고, 수신제가치국평천하(修身齊家治國平天下)를 행할 수 있으며, 입덕(立德, 덕을 갖춤), 입공(立功, 공을 세움), 입언(立言, 후세에 길이 빛날 훌륭한 말을 남김-역자 주)을 두루 갖추는 것은 역대 선비와 문인, 문학가와 정계 요원들이 꾸준히 추구해왔으면서도 결국 이루지 못했던 영광스러운 꿈에 불과했던 것이다. 그러나 19세기 말에 태어나 20세기에 빛났던 마오쩌둥은 문무에 두루 능하고 용맹과 지혜를 모두 갖추었으며, 내성외왕(內聖外王)을 행할 수 있는 자고로 이 세상에 한 번도 나타났던 적이 없는 위대한 인물이었다. 그는 깊은 사상과 고상한 도덕의 소유자로서 뛰어난 공적을 쌓았으며 역대 학사 문인들의 꿈을 현실로 바꾸어놓았다. 마오쩌둥은 중국 왕조의 흥망성쇠와 정권 교체의 역사적 사실과 경험 교훈에 정통하였고, 사회발전의 법칙과 필연적 추세에 대해 훤히 꿰뚫고 있었으며, 민중의 질고와 염원 및 요구에 대해 잘 알고 있으면서 마르크스주의의 진리를 학습하고 전통문화의 정수를 받아들여 중국의 현실에 입각해 혁명교훈을 종합한 뒤, 마르크스주의 기본원리를 중국의 실제에 결합시켜 중국혁명과 건설의 길을 탐색하는 과정에서 중국화한 마르크스주의·마오쩌둥사상을 창설함으로써 중국인민이 기개를 드높이며 앞으로 나아갈 수 있도록 격려하고, 천추에 길이 남을 수 있는 깃발을 세웠다. 마오쩌둥은 실천을 중시하는 정치가였다. 장장 반세기가 넘는 혁명 생애에서 그는 민족의 독립과 인민의 해방 및 나라

---

1) 내성외왕(內聖外王) : 안으로는 성인이며, 밖으로는 임금의 덕을 함께 갖춘 사람이라는 뜻으로, 학식과 덕행을 모두 지닌 사람을 이르는 말.

의 부강을 위해, 광범위한 인민의 자유와 평등 및 민주권리를 위해, 인민을 이끌어 신민주주의 혁명과 사회주의 혁명 및 사회주의 건설을 위풍당당하게 전개하여 엄청난 사회의 대 변혁을 실현하였고, 새 중국을 창립함으로써 중화민족이 근대부터 당해온 백년의 치욕을 깨끗이 씻어내고, 세계에 다시 우뚝 설 수 있게 하였으며, 세계 민족의 일원으로 자립할 수 있게 하였다. 마오쩌동은 원대한 식견이 뛰어난 전략가였다. 그는 전반적으로 국면을 꿰뚫어 살피고 법칙을 통찰하였으며, 고금을 두루 통달하고 국내외 상황을 통합 분석하며 과거를 거울삼아 미래를 내다보는 능력을 갖추었으며, 자신이 갖춘 군사적인 재능과 책략 및 주도면밀함과 통찰력으로 위대한 중국혁명전쟁을 승리로 이끈 뛰어난 전략가요 군사가라는 찬사를 받고 있다. 마오쩌동은 고결한 품행과 위대한 인격을 갖춘 도덕의 실천가였다. 그는 일생 동안 꾸준하였으며, 풍부한 학식을 갖추고 그 학식을 실천에 옮기는데 진력하였다. 그는 나랏일과 백성의 고통에 관심을 기울였으며, 인민과 한 마음 한 뜻이 되기 위해 심혈을 기울였다. 그는 평생을 인민을 복되게 하기 위해 애썼으나 자신은 일상생활에서 매우 검소하였다. 그는 인민에게 평화와 안정을 가져다주었으나 자신의 여섯 명의 혈육을 혁명에 바쳤다. 그는 공명과 관록, 부귀와 빈천, 실패와 성공을 우려하는 마음가짐을 초월하였으나 학문을 넓히고 힘써 실천하는 심미적 인생을 체험하는 데 마음을 기울였다. 마오쩌동은 개성이 풍부한 다방면의 능력을 가지고 있었으며, 사상가·정치가·군사가·문학가적 소질을 합체하여 지인용(智仁勇, 지혜, 어짊, 용기–역자 주)과 진선미를 고루 갖춘 인격체의 본보기였다. 궁벽한 벽촌에서 걸어 나온 농민의 아들인 마오쩌동의 사상과 인격 및 사업은 중국 현대사의 발전을 바꾸어놓았으며, 몇 세대 사람들의 사상과 감정, 그리고 삶에다 영향을 주었다. 그의 사상과 사업의 가치는 이미 특정 시대와 국경을 뛰어넘어 광범위하고도 영원한 세계사적 의미를 가지고 있다. 걸출한 인물의 탄생과 성장은 사회 역사의 조화이자 현실 실천의 선택이며, 경제정치상황, 사회문화적 환경, 역사의 필연적 법칙, 민중의 염원과 요구 등 여러 가지 요소가 서로 작용하면서 구성된 시대적 산물이다. 시대가 영웅을 낳는다고 했듯이 영웅은 그 자체의 인격적 매력과 탁월한 재능으로 시대에 영향을 준다. 걸출한 인물의 탄생과 활동은 역사적 필연성의 연마와 촉진의 영향을 받아 역사의 흐름에 따르고 민중의 염원에 따르며 실천을 통한 연마 과정을 거치는 등 원인을 제외하고도 그 인물의 사상의식, 기질과 포부, 심성과 품격, 개인의 매력에 의해서도 좌우된다. 걸출한 인물이 사회역사법칙과 인생의 본질적 가치에 대해 깊이 체험하고 인식한 뒤 그것을 토대로 형성한 인생철학은 그의 사상과 사업에 대해 영원하고도 거대한 규범과 격려 및 적응을 하게 하는 기능을 발휘케 한다. 사람들은 마오쩌동의 고상한 인격을 우러러 받들면서 마오쩌동이 중국 인민, 나아가 전 인류사회에 남긴 풍부한 사상유산과 쌓은 공적에 대해 칭송하고 있으며, 산골 소년에서 한 시대를 풍미하는 위대한 인물로 성장한 마오쩌동의 빛나는 발자취를 더듬어보고 현대와 당대 중국에 대한 마오쩌동 사상의 지도적 의미에 대해 천명하고 선전하고 있다. 마오쩌동의 생전과 사후에 그의 철학사상·정치사상·경제사상·군사사상·윤리사상은 사람들이 지속적으로 관심을 기울이고 연구해오는 대상이 되었다. 마오쩌둥이 일생동안 민족의 독립과 나라의 부강, 인민의 해방과 행복을 쟁취하는 숭고한 사업에 진력할 수 있었던 내적 동력을 보여주기 위해서, 아무도 견줄 수 없는 마오쩌둥의 고상한 인격의 내적 구조를 해독하기 위해서, 인생의 본질·목표·이상·가치·의의에 대한 마오쩌둥의 심오하고도 폭넓은 이론체계를 해석하기 위해서, 마오쩌둥의 상대방에 대한 자세와 자신에 대한 단속과 물질을 평가하는 가치기준과 규범의 척도를 확실하게 짚어내기 위해서는 반드시 마오쩌둥의 인생철학에 대한 연구와 해석을 심화시킬 필요가 있는 것이다.

마오쩌둥은 역사를 통찰하고 현실에 입각하였으며, 전통문화의 진수를 받아들이고 시대적 정신의 정수를 모아 사회와 인생의 본질에 대해 깊이 생각하고, 인생의 향상과정에 대해 구상하여 우주와 인생에 대한 독특한 의식을 형성하였다. 그리고 또 그 의식에 대한 개괄을 사람의 마음가짐과 행위를 규범화시킬 수 있는 깊이와 품위를 갖춘 인생철학으로 승화시켰다. 그러한 인생철학은 입장관점, 사고방식, 가치기준, 목표, 행위규범, 생활태도, 도덕정감으로서 마오쩌둥의 마음속 깊은 곳에 쌓여 그가 혁명을 위해 헌신하고 위대한 공적을 쌓을 수 있는 두터운 사상적 토대와 심리적 토대를 이루었으며, 또 그가 평탄치 않고 험난하며 비장한 인생의 길을 갈 수 있도록 격려하고 채찍질하였다. 오직 마오쩌둥의 인생철학에 대한 연구를 거쳐야만 비로소 마오쩌둥의 사상에 대해 전면적으로 이해하고 파악할 수 있고, 마오쩌둥의 내면세계를 전면적으로 보여줄 수 있으며, 마오쩌둥에 대한 과학적인 인식과 합당한 평가를 이룰 수가 있다. 마오쩌둥은 타고난 성현이나 호걸이 아니다. 그도 평범한 사람들과 마찬가지로 인생에 대해 자신만의 사고를 거쳤으며, 자신의 사상 발전과 감정 변화의 과정을 겪었다. 젊었을 때부터 그는 우주의 진리와 인생의 참뜻을 탐구하고자 널리 책을 읽고 꾸준히 노력하였으며, 이는 늙을 때까지 멈추지 않고 계속되었다. 그는 마르크스주의자와 당의 훌륭한 지도자가 된 후 중국혁명과 건설을 이끄는 과정에서 거대한 성공을 거둠으로 인해 마음속에서 우러나는 기쁨도 느껴보았고, 또 좌절과 실수가 가져다준 쓰라림과 고통도 맛보았다.

마오쩌둥의 일생에는 바른 것과 그른 것, 성공과 실수, 환멸과 승화가 서로 얽혀 있었다. 마오쩌둥의 인생철학은 현실에 입각하고 분투 향상하는 것을 기본 기조로 하여, 시대의 발전에 따라 발전하고 끊임없이 번성하며 창조적으로 진화하고 진취적이며 살아 숨 쉬는 기상을 보여준다. 우리가 정체되지 않고 발전하는 관점과 굳어있지 않고 변화하는 관점, 그리고 고립되지 않고 서로 연결된 관점으로 마오쩌둥의 인생철학에 대해 자세히 살펴보게 되면, 역사와 논리가 서로 통일된 기본 선색(線索)을 발견할 수 있으며, 마오쩌둥과 근·현대 중국사회, 역사문화전통, 중국혁명과 건설 실천의 연결고리를 찾고, 그 연결 속에서 현대 인생에 대한 그의 깨달음을 발견할 수 있다. 따라서 마오쩌둥의 인생철학에 대해서는 마땅히 실사구시적인 과학적 자세로 깊이 파고들어 구체적으로 연구하여 그 속에서 긍정적인 가치를 띠고 있는 적극적이고 정확한 요소(이것이 마오쩌동 인생철학의 주요 부분임은 의심의 여지가 없다)를 깊이 파고들어 발굴하고 대대적으로 발양토록 해야 한다. 그래야만 마오쩌동의 드넓은 포부와 풍부한 마인드 및 위대한 인격을 엿볼 수가 있다. 그러나 다른 한편으로는 마오쩌동의 인생 관념과 심성품격의 소극적인 일면에 대해서도 객관적으로 분석해야만 한다. 또한 그에 대한 과분한 칭찬과 지나친 명예를 안겨주거나 존경 받는 대상이라는 이유로 망설이지도 말며, 장점과 단점이 모두 존재한다는 이유로 마오쩌동 인생철학의 거대한 가치를 부정해서도 안 된다. 독특한 특색을 띤 마오쩌동의 인생철학과 낭만적이고 전기적인 색채가 다분한 인생경력은 후세 사람들의 마음을 크게 설레게 하고, 그들을 도덕적으로 격려하고 있으며, 마오쩌동 개성 품격의 결점과 인생경력에서의 실수는 후세 사람들에게 가르침과 타이름을 주기 때문이다.

마오쩌동은 인생에 대한 투철하고도 독특한 견해를 가지고 있으며 정성을 다해 자신의 인생 관념에 따라 도덕수양을 닦고 공적을 쌓았으며, 심사숙고한 뒤 실행에 옮기는 일에 집중했다. 그러나 그는 전문적인 인생철학에 대한 저서는 쓰지 않았다. 인생에 대한 그의 반성과 살핌, 그리고 설계는 그의 도덕적 인격에 응집되어 있고, 그의 사상 사업에 침투되어 있으며, 그의 글과 서신·시와 사·연설 속에 분산되어 나타나고 있다. 따라서 마오쩌동의 인생철학에 대해 연구하려면 마오쩌동의 도덕 인격, 공적 사업, 언론 저작 등 여러 방면에서 착수하여 그 표면구조를 뚫고 들어가 깊은 내면의 뜻을 발견해야만 한다. 이 책은 상·중·하 3편으로 나뉘어져 있다.

상편에서는 마오쩌동의 조기 인생철학이 형성된 사회역사적 조건과 사상 문화적 배경에 대해 밝혔고, 젊은 시절 마오쩌동의 심경 변화 및 조기 인생철학의 변화발전 궤적을 정리하였으며, 마오쩌동이 우주·사회·인생의 진리를 탐색하고, 세계관과 인생관의 전환을 실현하고, 마르크스주의를 선택 신앙하여 공산주의 인생의 길을 걸을 수 있는 내적인 동력에 대해 철학적 차원에서 해석하였다. 중편에서는 마오쩌동 인생철학의 창조적 전환을 실현하게 된 사회적 배경과 이론적 근원 및 실천적 토대에 대해 밝히고, 인생의 본질과 인생의 이상, 인생의 목표, 인생의 가치, 인생의 경지, 인생의 자세 등 문제에 대한 마오쩌동의 견해와 주장에 대해 설명하였다.

하편에서는 교우와 처세, 도의와 공리, 순경(順境, 모든 일의 순조로운 환경—역자 주)과 역경, 사랑과 혼인, 생사에 대한 감회 등 인생의 제 문제에 대한 마오쩌동의 사상과 감정 및 실천에 대해 중점적으로 탐구하면서 마오쩌동의 매력 넘치는 삶의 방식과 굳센 의지, 분발하는 품격, 사람의 심금을 울리는 공감을 사는 내면세계를 펼쳐보였다. 마오쩌동의 인생철학은 자아 완성과 실현 및 초월에 대한 그의 심적 체험이고, 이성적인 누적이기도 하며, 또 근·현대의 중국 사회가 불안정, 충돌, 모순, 발전을 겪은 뒤 나타난 필연적 결과이기도 했다. 그리고 마오쩌동이 전통 인생철학의 울타리에서 벗어나 마르크스주의 인생철학을 인정하고 실천하였으며 이를 발전시키기도 하였다. 또 근·현대 중화민족의 역사운동, 사회구조, 문화전통, 가치기준, 심리감정 및 시대정신을 철학적으로 반영하기도 했다. 민족전통, 시대정신, 사회운동이 마오쩌동을 양성하였고, 마오쩌동은 또 현대사회의 전체 중화민족의 생각, 행위, 이성, 감정, 방향, 태도에 영향을 주었다. 마오쩌동은 중화민족사에서 이전에는 나타난 적이 없는 민족영웅으로 민족으로서의 나와 개체로서의 나의 결합체였다.

그의 이름은 개인 명칭으로서의 의미를 벗어나 전 중화민족 정신의 상징이 되었다. 그렇기 때문에 오로지 중화민족의 역사와 현실에 대해 이해하여야만 마오쩌동을 있는 그대로 인식할 수 있는 것이다. 우리는 또 마오쩌동에 대해 인식하여야만 우리 민족의 사고방식, 가치기준, 역사의 축적, 현실운동에 대해 명확하게 인식할 수가 있다. 마오쩌동의 인생철학은 풍부한 내용을 포함한 이론적 보물고로서 마오쩌동의 개성품격과 내면세계에는 풍부한 문화의 유전자와 새로운 인격구조의 생장점이 잠재해 있다.

마오쩌동의 인생철학에 대해 연구하는 것은 이론적 유혹과 인생의 흥미가 다분한 사업이다. 이제부터 마오쩌동 인생철학의 이론으로 깊이 들어가 마오쩌동의 내면세계에서 마음껏 유람하며 깊고 미세한 곳까지 꿰뚫어보겠다는 예리한 시각으로 기이하고 뛰어난 경치를 발견하면서 인격의 미를 만끽하는 순례를 진행해보도록 하자!

제1장
마오쩌동 조기 인생철학
형성의 사회적 배경

   마오쩌동 조기의 사상과 활동은 그의 일생의 사상 사업에서 중요한 지위를 차지한다. 그는 총명한 자질을 타고났으며 정의감과 동정심이 많았다. 그는 언제나 나라와 인민을 걱정하였으며 민중을 구하고 나라를 진흥시키는 진리와 길을 찾는데 게을리 하지 않았다. 그는 천품이 출중하고 재능이 뛰어났으며, 지인용과 진선미를 고루 갖추었다. 그는 매력이 넘쳤으며 후난(湖南) 제1사범학교 나아가서 후난 전체 청년학생들의 리더였다. 그는 국가 대사에 열성적이었으며, 후난에서 '군벌 장징야오(張敬堯)를 축출하는 운동(驅張運動)'과 '자치운동'에서 예리한 통찰력과, 뛰어난 지혜와, 재능을 보여주었다. 이러한 마오쩌동의 내재적 품격과 현실적 활동에는 인생 목표와 가치기준에 관련된 큰 지혜가 규범과 적응의 역할을 발휘했던 것이다. 그것이 바로 그가 젊었을 때 깨치고 따랐던 인생철학이었다. 이처럼 인생철학은 인생관에 대한 학설로서 일정한 사회적·역사적 조건과 사회관계 및 사회실천의 산물이다. 근대 중국의 내우외환, 중국과 서양 문화의 충돌과 융합, 계몽운동의 물결이 끊이지 않는 폭넓은 역사적 배경, 형초(荊楚, 옛 지역 명칭으로서 오늘날의 후베이성[湖北省] 전역과 그 주변지역을 통틀어 이르던 명칭-역자 주)지역의 굴할 줄 모르는 굳센

CONTENTS

-승화편-

-처세편-

제1장 교우와 처세

제2장 도의와 공리

제3장 순경順境과 역경逆境

- 맹아편 -

민중의 성격과 나라를 다스리는 데 빠질 수 없는 선비의 학풍, 중국 고대의 유구한 역사를 지진 인생철학의 전통, 그 시기 사상계와 학술계의 사상적 지도자와 분발하는데 뜻이 맞는 청년 동지 등은 모두 마오쩌둥 조기 인생철학의 형성과 변화를 이끌고 규범화시켰으며 감화시키는 역할을 하였다.

1. 격동의 시기를 맞이한 근대중국

근대에 들어선 중국은 여러 가지 모순이 서로 뒤엉키고 계급 모순과 민족 모순이 심각하고 치열했던 나라였다. 즉 봉건사회가 막다른 골목에 접어들고 있었기에 봉건주의와 인민대중 간의 모순이 갈수록 격화되어가고 있었다. 서양 국가들은 자본주의 발전의 길을 걷기 시작하였으며, 견고한 군함과 성능이 좋은 대포로 쇄국정책을 펴오던 중국의 대문을 열어젖혔다. 중화민족은 망국과 멸종의 심각한 위기에 맞닥뜨리게 되었다. 농업문명과 공업문명, 중국문화와 서양문화의 만남으로 인해 세상을 깨우치고 국민을 각성시켰으며, 변법을 통해 나라와 민족을 강대해지게 해야 한다는 계몽 관념이 조용히 생겨나고 형성되기 시작하였다. 아울러 민중의 주체의식과 민족의 주체관념이 갈수록 짙어졌으며, 고금중외의 사물이 같은 시공간 속에서 서로 만나 서로 융합되는 독특한 경관을 이루고 있었다. 그 천재일우의 역사적 기회는 마오쩌둥이 우주·사회·인생에 대해 생각할 수 있고, 그의 조기 인생철학이 형성될 수 있었던 사회적·역사적 조건이 되었다.

봉건왕조의 쇠퇴와 민족위기의 격화

근대 중국은 봉건전제제도의 몰락과 부패로 인해 반식민지 정도가 갈수록 심해지는 고난의 과정을 겪었다. 청(淸) 왕조 건립초기부터 우매하고 낙후한 쇄국정책을 실행하면서 대내적으로는 더할 나위 없는 계급통치와 민족 압박을 실시하고, 대외적으로는 천조(天朝)대국으로 자칭하면서 눈과 귀를 막고 외계의 신생 사물에 대해 알려고 하지도 않았으며, 외계의 새로운 사상문화와 과학기술을 접하지 않고 현실에 안주하면서 옛것을 그대로 답습하고만 있었다. 그래서 자연경제의 해체과정을 늦추게 되었으며, 심지어는 저애까지 함으로써 중화민족은 생기를 잃고 무기력한 침체 상태에 처하게 되었다. 세계의 형세가 하루가 다르게 변화하고 과학기술의 발전이 나날이 새로워지고 있던 시기에 중국에서는 우매한 조정과 백성이 깊은 잠에서 아직 깨어나지도 않은 상황이었다. 그 때문에 중국은 세계 선진국과 사상문화 교류, 과학기술 교류를 진행할 수 있는 기회를 잃어 점차 시대의 낙오자로 전락하고 말았다. 가경제(嘉慶帝, 1796~1820) 이후 청 왕조는 정국이 어지러워지고 관리의 기풍이 부패해졌으며, 민족모순과 계급모순이 갈수록 첨예하게 되어 봉건통치가 만회할 수 없을 정도로 퇴폐하는 추세를 보이기 시작하였다.

반면에 서양 자본주의세계는 18세기 말부터 19세기 초에 이르는 사이에 발전시기에 접어들고 있었다. 영국을 위수로 한 자본주의국가들이 앞을 다투어 중국에 발을 들여 놓기 시작하였다. 그들 국가들은 중국을 저들의 원료 산지와 상품 투매시장으로 삼으려고 시도하였으며, 중국에 대해 고액의 이윤을 얻을 수 있는 아편침략을 감행하였다. 청나라 조정 관료들은 침략자들과 결탁하여 아편을 흡입하고 뇌물을 수수하였다. 아편의 수입으로 인해 백은이 대대적으로 해외로 흘러나갔고, 유통 자금이 고갈되었으며, 관료들이 부패해지고 군율이 해이해져 중화민족은 심각한 생존의 위협을 받기에 이르렀다. 통치계급 내부에서는 임칙서(林則徐)를 대표인물로 하는 저항파가 인민의 지지 아래 효과적인 금연운동을 펼쳐 영국의 자본주의 침략자들에게 호된 일격을 가하였다. 영국 제국주의자들은 저들의 치욕스러운 아편무역을 보호하고자 1840년 6월에 중국에 대한 무장침략을 감행하였다. 부패하고 무능한 청나라 정부는 제국주의의 침략에 타협과 항복, 매국으로 안정을 구걸하는 정책을 펴면서 인민의 저항운동을 제압하고 단속하고 파괴하였다. 결국 아편전쟁은 실패로 돌아가고 1842년 8월 청나라 정부는 영국 침략자와 첫 번째 불평등조약 「남경조약(南京條約)」을 체결하였다. 조약의 규정에 따라 중국은 영 제국주의에 영토를 할양하고 배상금을 지불하며 통상구를 개방해야 했으며, 영국 상인의 수입 화물 세율에 대해 중국은 결정권이 없게 되어 버렸다. 그리고 영국 침략자에게 충성을 다한 간첩은 무죄를 인정해주고 감금당한 자에게는 은혜를 베풀어 석방키로 한다고 규정지었다. 「남경조약」은 중국 영토의 완전성을 파괴하고 세관·사법의 주권을 파괴하였으며, 조약의 형태로 자본주의 침략과 노예화를 합법화하는 악랄한 선례를 열어놓았다. 그 뒤를 이어 영국과 또 다른 자본주의국가들이 벌떼처럼 모여들어 청나라 정부를 협박해 일련의 불평등조약을 체결하였다. 그로 인해 중국은 주권을 상실하고 경제가 위축되었으며, 민생이 피폐해져 자본주의 열강의 반식민지로 점차 변해갔다. 나라가 사분오열되어 망해가고 민족이 멸망하는 민족의 위기가 중국대지를 덮었으며, 혈기가 왕성한 모든 중국인의 정신을 능욕하였다. 1894년의 중일 갑오전쟁 후 청나라 정부는 또 일본과 「마관조약(馬關條約, 시모노세키 조약)」을 체결하였다. 제국주의 침략의 세찬 밀물이 중국 내륙 깊숙이 밀고 들어왔으며, 전례 없는 민족의 위기와 맞부딪치게 되었다.

근대 공업의 등장과 계급관계의 변화

서양 자본주의국가의 침략이 중국 자본주의의 발전을 자극하였으며, 중국 사회의 변화와 봉건제도의 붕괴를 가속화 시켰다. 명나라(明) 만력(萬曆) 연간(1573~1619)에 중국 봉건사회 내부에서는 자본주의경제가 싹트기 시작했다. 만약 외국 자본주의의 영향이 없었다면 중국도 상품경제의 점진적인 발전에 따라 자본주의사회로 서서히 접어들었을 것이다. 서양 자본주의의 침입으로 인해 중국사회의 자체적인 발전이 파괴되었으며, 중국 사회경제의 기형적인 발전과 계급구조의 새로운 변화를 촉진하였던 것이다. 경제적 측면에서 보면 외국 자본주의의 침입이 중국의 자급자족하는 자연경제를 파괴하였으며, 도시 수공업과 가정농업을 파괴하여 광범위한 농민과 수공업자들을 생산 수단에서 분리되도록 핍박함으로써 대규모의 노동 후비군을 만들어냈다. 아울러 또 일부 지주·관료·상인이 근대 상공업에 투자하도록 자극하기도 하였다. 1860년대부터 봉건통치계급이 자강(自强) 자구(自救)를 위해 일련의 군사공업과 신식 기업을 창설하였으며, 서양의 일부 근대 과학기술을 도입함으로써 민족 자본주의경제에 대한 자극 내지 유발시키는 역할을 하였다. 그러나 제국주의가 중국을 침략한 목적은 중국의 자본주의 발전을 위한 것이 아니라 중국을 자신들의 상품을 투매(投賣)하고 원료를 약탈하며 저임금 노동력을 마련하는 반식민지와 식민지로 변화시키려는 데 있었다. 제국주의와 중국 내부의 봉건세력은 중국 민족자본주의 발전을 백방으로 억제하였다. 외국 침략자가 경영하는 대기업이 상공업계에서 독점적인 지위를 차지하고 있었으며, 중국의 막강한 봉건세력과 서로 의지하면서 공존하고 있었다. 민족자본주의가 외국 자본주의와 자국 봉건세력의 이중압박을 받아 아주 더디게 자신의 힘겨운 창업의 길을 걷고 있었다. 근대 민족공업의 발전도 중국 내부 계급구조와 계급관계의 새로운 변화를 초래하였다. 아편전쟁 후 민족공업의 발전과 새로운 자본주의 생산관계의 출현에 따라 중국의 자산계급과 무산계급이 생겨났다. 중국 민족 자산계급은 한편으로는 제국주의와 봉건주의의 큰 압박을 받아왔기 때문에 자본주의를 발전시키기 위해서는 제국주의와 봉건주의에 저항해야 하는 혁명적 수요가 있었고, 다른 한편으로는 제국주의와 정치적·경제적으로 연결되어 있어 경제적·정치적으로 주도적 지위를 차지하지 못하고 연약하고 무기력하였으며, 철저한 혁명정신이 결여되어 있었으며, 혁명과 타협의 이중성을 띠었다. 중국의 민족 자산계급은 옛 민주혁명을 이끄는 과정에서 고결한 품성과 웅

대한 기백, 굴할 줄 모르는 정신, 분투정신과 희생정신을 갖춘 선진
인물이 나타나기도 하였지만, 계급의 이중성과 시대적 제약성으로 인
해 중국혁명을 승리로 이끌지 못하였다. 외국자본과 민족자본이 경영
하는 근대기업에서 탄생한 중국 무산계급은 제국주의·봉건주의·관
료자본주의 3중 압박을 받아왔다. 중국 무산계급은 새로운 생산력
을 대표하는, 가장 선진적이고 가장 혁명적인 계급이다.

   그러나 옛 민주주의혁명시기에 그 계급은 독립적인 계급 세력을 미
처 형성하지 못하였으며 혁명적인 지도자가 아니라 다만 자산계급의
추종자로서 혁명에 참가하였던 것이다. 중국의 농민은 제국주의와 봉
건세력의 압박과 착취 속에서 파산의 경지에 몰렸으며 강한 투쟁정신
을 갖춘, 제국주의와 봉건주의에 저항하는 주체 세력이었지만 무산계
급의 지도가 없었던 탓에 농민이 일으킨 여러 차례의 봉기는 모두 실
패로 돌아가고 말았다. 근대중국은 여러 가지 모순이 서로 얽힌 시기
로서 중화민족과 제국주의 간의 모순, 인민대중과 봉건세력 간의 모
순이 갈수록 첨예하고 치열해졌으며, 중국사회의 주요 모순으로 발
전하였다. 변법을 거쳐 갱신하는 것, 나라를 멸망에서 구하고 민족의
생존을 도모하는 것은 근대중국 사회·정치운동의 주제였다.

생활방식의 변천과 가치 관념의 충돌

   주지하다시피 봉건전제제도는 자연경제를 토대로 수립된 것이다.
가부장제의 통치는 봉건제도의 뚜렷한 표징이고, 가부장제는 황권통
치의 축소판이며 황권 통치는 가부장제의 확대와 확장이다. 가정의

권력은 가장 한 사람에게 장악되었고 나라의 권력은 황제 한 사람에게 집중되었다. 가정에서 가장에 비교하여 다른 구성원은, 그리고 전제국가에서 황제에 비교하여 모든 신하와 백성은 경제적·정치적으로 자주적 권리와 독립적 지위가 없었기 때문에 자신의 확정된 이익과 독립 가치가 없었다. 지주계급은 자신의 경제적, 정치적 특권지위를 유지하기 위해 자기 이익의 요구에 따라 삼강오륜 등 봉건 도덕을 신격화하고 형이상학적으로 실체화하였다. 하층의 일반 민중은 자체의 도덕과 가치·이익의 주체적 지위를 상실하였으며, 봉건군주는 하늘이 인간 세상에 내린 최고 통치자로서 가치와 이익의 주체와 화신이었다. 이처럼 사람의 입을 틀어막고 마음을 움켜쥔 봉건도덕의 속박 속에서 인민은 주체적 지위와 자아의식 및 주체적 가치 관념을 완전히 상실하다시피 되었으며, 의존심과 스스로 남에게 귀속되고자 하는 도덕이 점차 형성되어 갔다. 인민이 주체적 지위를 철저하게 상실할수록 전제군주의 권세는 더 확대되고, 인민이 주체가치를 완전히 상실할수록 인민에 대한 전제군주의 박탈은 더 잔혹해지기 마련이다. 근대에 들어서서 성군과 어진 관료들이 풍족하고 평안한 삶을 줄 것이라는 중국인의 꿈이 서양 열강의 견고한 군함과 성능 좋은 대포에 의해 무자비하게 깨져버렸다. 자연경제가 무너지고 전제통치의 위풍이 바닥에 떨어졌으며, 열강의 침략에 따른 큰 고통과 함께 기존의 가치 관념체계도 무너져버렸고, 사람들은 가치에 대한 사고와 관심을 전제국가와 군주에서 점차 자신에게로 돌리기 시작하였다. 민족자산계급은 제국주의와 봉건세력의 억압과 속박에서 벗어나 생존공간과 자본주의 발전 조건을 쟁취하고, 또 이전의 가치관념 체계를 다시 살펴보게 되었으며, 모든 가치를 재평가하면서 자유와 평등한 권리를 얻기 위해 제국주의·봉건세력과 투쟁을 벌이기 시작했다. 제국주의가 요구하는 자유와 평등은 오로지 노동자를 착취하기 위한 자유와 자본주의를 발전시키기 위한 평등일 뿐으로 모든 계급의 자유와 평등한 권리를 위한 것이 아님은 의심할 나위가 없다. 그러나 그런 요구와 염원의 표현과 보편화는 중국 인민의 자아의식의 각성 및 자신의 주체적 지위와 가치에 대한 확실한 인식을 크게 촉진시켰다. 신구 두 가지 가치 관념 체계가 서로 얽혀 경쟁하고 저항하는 과정에서 봉건적인 도덕과 가치 관념의 허위적이고 황당한 특성이 갈수록 뚜렷하게 드러났으며, 자아 주체지위를 확인하고 자아 독립가치를 중시하는 관념이 사람들 마음속에 점차 확립되기 시작하였다.

중국과 서양의 문화 교류와 계몽운동의 심층 전개

18세기 말과 19세기 초 청 왕조의 부패가 지주계급과 농민계급의 모순을 갈수록 격화시켰고, 외국 자본주의 세력의 침입과 중국을 저들의 식민지로 전락시키기 위한 아편전쟁은 중화민족과 제국주의의 모순을 갈수록 첨예화 시켰다. 서양 자본주의는 경제적·군사적 침략을 진행하는 한편 문화적인 침투도 서둘렀다. 따라서 서양의 과학기술과 자산계급 정치제도 및 의식형태가 점차적으로 중국에 소개되기 시작하였다. 국가의 위기와 어지러운 시국의 자극을 받아 각성한 진보적인 중국인들은 정치의 혁신을 위해, 구국과 민족의 생존을 위해 진리를 모색하고, 세상을 깨우고 민중을 각성시켰으며, 개혁을 위한 힘겨운 길을 걷기 시작하였다. 중국문화와 서양문화가 공간적으로는 공존하고 있었지만, 시간적으로는 옛것과 현재의 것으로 갈리고 낙후한 것과 선진적인 것으로 구별되었다. 서양의 사상을 배우고 받아들임과 동시에 전통적인 문화적 유전자와 사고방식 및 가치 관념은 마치 떨쳐버릴 수 없는 악몽처럼 사람들의 사상정서를 휘감고 있었다. 사람들이 진리를 모색하고 나라와 백성을 구하는 길을 탐색하면서 중외고금의 문화에 대해 분석 식별하고 선택하는 것은 불가피한 일이었다. 사람들이 처한 지위와 대표하는 계급이 서로 다름으로 인해 중국과 서양의 관계, 고금의 관계에 대해 서로 다르게 해석할 수 있었다. 그럼에도 중국문화와 서양문화의 융합과 사상 계몽운동은 막을 수 없는 거세찬 시대의 흐름이 되어버렸다. 중국 봉건사회가 급격히 쇠퇴하면서 반식민지·반봉건사회로 전락되기 시작한 역사적 전환 시기에 봉건통치 진영에서 분화되어 나온 지주계급의 개혁파인 공자진(龔自珍)과 위원(魏源)은 가장 먼저 천조대국의 망상에서 깨어나 세계를 둘러보기 시작한 중국인이었다. 공자진은 내우외환의 험난한 국운을 느끼고 여러 경서를 고증하는 것을 지향하지 않고 경세치용의 학문을 중시하면서 개화의 기풍을 조성하고 구국과 민족의 생존을 위하는 것을 자신의 소임으로 생각하였다. 그는 봉건전제제도의 암흑면과 부패성을 통절하게 남김없이 폭로하였다. 빈부의 격차가 크고 사회 곳곳에 위기가 잠복해있었다. 정계의 권력 있는 고관대작들은 봉록과 작위에만 관심이 있었고 나라 경제와 백성의 생계는 돌보지 않았다. 사회는 구습을 그대로 답습하여 용렬하기 그지없었고 인재는 고갈되었다. "조정에는 재능이 있는 재상도 없고 재능이 있는 관리도 없으며, 군중에는 유능한 장군이 없고, 지방학교에는 학식 있는 선비가 없으며, 밭에는 유능한 농민이 없고, 도시에는 유능한 노동자가 없으며, 저잣거리에는 유능한 상인이 없는 지경(左無才相, 右無才史, 閫無才將, 庠序無才士, 隴無才民, 廛無才工, 衢無才商)"에 이르렀다.[2] 인재의 고갈을 초래한 직접적인 원인은 자격에 따른 인재 등용에 있었다. 부패한 관료들이 "이리떼처럼 곳곳에 틀고 앉아서 부엉이처럼 호시탐탐 노리고 있으며, 독담쟁이처럼 사방으로 뻗어나가 파리처럼 사방에 후대를 퍼뜨리면서(豹踞而鴟視, 蔓引而蠅孳)"[3] 유능한 인재들을 속박하고 있었다. 더욱 심각한 원인은 군주전제제도가 "사람의 수치심을 없애버려 군주 자신을 숭고한 존재로 만들어 오직 군주 한 사람만 강대한 것이 되었고, 천하 만백성은 연약한 존재로 만들었다.(去人之恥, 以崇高其身, 一人爲剛, 萬夫爲柔)", "사회적으로는 동란을 일으켜 세상의 수치심을 파괴하여 없애버렸다.(震盪摧鋤天下之廉恥.)" 이러한 현상은 군주 한 사람의 절대적 권위만을 수호하는 역할을 하려는 데서 나타났다. 봉건전제제도의 고질병을 치료하기 위하여 공자진은 주관적인 분투정신을 발양하여 정신력의 역할에 의지하여 변법과 혁신을 진행함으로써 사회를 개조할 것을 제창하였다. 그는 이렇게 말하였다. "세상은 하늘이 창조한 것이고 뭇사람들이 스스로 창조 것

---

2) 공자진, 「을병지제저의 제9(乙丙之際箸議第九)」
3) 공자진, 「을병지제숙의 3(乙丙之際塾議三) 」

이지 성인이 창조한 것은 아니다.…뭇사람의 주재가 되는 것은 천도(하늘의 이치)도 아니고 태극(太極)도 아니며 바로 나 자신이다.(天地, 天所造, 衆人自造, 非聖人所造.…衆人之宰, 非道非極, 自名曰我.)"[4] "정신력을 갖추지 못한 사람을 가리켜 용속한 사람이라고 한다. 큰 원수를 갚고 큰 병을 치료하며 큰 재난을 해결하고 큰일을 도모하며 대도를 익히려면, 모두 정신력에 의지하여야 한다.(心無力者, 謂之庸人. 報大仇, 醫大病, 解大難, 謀大事, 學大道, 皆以心力.)"[5] 공자진은 성인이 세상을 창조하였다는 관점을 부정하고 뭇사람의 역할을 긍정하였다. 그는 '천도' '태극'의 지배와 속박에서 벗어날 것을 주장하면서 자신의 주재자가 되어 스스로 정신력을 다해 변법과 혁신을 통해 현실을 개조할 것을 주장하였으며, 모든 사람이 평등하고 자주적이며 정치가 깨끗하고 인재가 창출하는 태평성세를 열어갈 것을 주장하였다. 이러한 사상들은 근대 중국인의 자아의식이 각성하기 시작하였다는 중요한 메시지를 방출하고 있었다. 위원은 "고대의 일부 사물에 대해 철저하게 개혁할수록 사람들에게 더 많은 편리를 가져다줄 것(變古愈盡, 便民愈甚)"이라는 개혁사상을 제기하여, 경세치용의 학술적 주장을 서양 국가의 선진기술을 배우는 것으로 구체화하여 민족공업을 발전시켜 "서양의 선진적인 군사기술을 배워 강국의 침략에 저항할 것(師夷長技以制夷)"[6]을 제기하였다. 비록 공자진·위원 두 사람의 사상이 봉건주의

4) 공자진, 「임진지제태관 제1(王辰之際胎觀第一)」
5) 공자진, 「임진지제태관 제4」
6) 위원, 「해국도지서(海國圖志敍)」

사상체계에서 아직 벗어나지는 못하였지만, 그들의 진보적 주장은 조기 개량파와 유신변법운동의 전주곡이었음이 분명하였고, 근대 계몽운동의 서막을 열었다고 할 수 있다.

　1860년대 후 통치계급 내부가 양무파(洋務派)와 완고파로 분화되었다. 완고파는 천도는 불변이라는 형이상학적인 사고방식을 실행하면서 조상의 법도와 삼강오륜·명교를 고수하였다. 양무파는 양무(청나라 말기, 외국과 관련되거나 외국식을 따라 행하는 사무-역자 주) 신정(새 정치)을 치켜세웠으며, 서양세계와 접촉하는 과정에서 자산계급사상을 초보적으로 갖춘 지식인들이 분화되어 나왔다. 그들은 튼튼한 군함과 성능 좋은 대포 등 무기를 이용하는 수법에 불만을 느꼈고, 상공업발전을 견제하는 통치정책에 불만을 느꼈으며, 변법을 통한 강국을 만들자고 주장하였다. 1770년대부터 80년대까지는 조기 개량사조의 배태시기였다. 마건충(馬建忠)·설복성(薛福成)·왕도(王韜)등 이들이 시대에 따라 바뀌는 역사적 필연성에서 출발하여 처음으로 상공업에 의한 입국(立國)을 제창하면서 근대 기계공업을 발전시키고 상공업 발전에 대한 규제와 속박을 풀어놓을 것을 요구하였다. 그러나 그들은 방법과 수단은 바꿔도 도(道, 봉건적인 삼강오상·명교 등 윤리도덕관념-역자 주)는 바꾸지 말 것을 주장하였다. "서양의 수법을 취해 우리의 요·순·우·탕·문무주·공(堯舜禹湯文武周孔, 요 임금, 순 임금, 대우, 탕 임금, 주 문왕과 주 무왕 부자·공자를 가리킴-역자 주)이 이어온 도를 지켜나가야 한다."[7] 이처럼 수법을 바꿔 도를 지

---

7) 설복성, 「주양추의·변법(籌洋芻議·變法)」

켜야 한다는 사상은 양무사상에서 탈태하였으나 양무사상과 결별하지 못하고, 또 변법을 거쳐 부강해질 수 있기를 희망하나 근본적으로 봉건 상부구조에 저촉되는 것은 원치 않는 자산계급 개량파의 모순되는 심리와 이중성격을 반영하였다. 1880년대에서 90년대까지 사이는 조기 개량사조의 발전시기였다. 정관응(鄭觀應)(1842~1921) 등은 중국과 서양의 학문이 각자 실체와 응용, 주요한 것과 부차적인 것을 포함하고 있다고 주장하였다. 즉 서양 학문의 실체는 자본주의국가의 민주대의제도와 사상원칙이고, 서양 학문의 응용은 자본주의 물질문명과 과학기술의 성과라는 것이었다. 그러나 중국의 학문과 서양 학문을 비교하면 중국의 학문이 주요한 것이고 서양의 학문은 부차적인 것이라는 주장이었다. 즉 나라를 부강하게 하려면 반드시 "중국의 학문을 주요 수단으로 하고, 서양의 학문을 보조적인 수단으로 해야 한다.(主以中學, 輔以西學)"[8]는 것이었다. 정관응은 서양의 학문도 그 자체의 실체와 응용이 있음을 인정하였다. 그는 서양 학문의 실체도 배우고 서양 학문의 응용도 배워야 한다면서 서양 민주정치의 새로운 내용을 도입할 것을 주장하였다. 이는 그 후의 변법유신운동의 가동에 중대한 역할을 하였다. 1890년대에 자본주의 세력의 성장에 따라 개량파의 변법유신운동에 일정한 사회적 기반이 마련되었으며 따라서 성숙기에 들어섰다. 캉유웨이(康有爲)·탄스통(譚嗣同)·량치차오(梁啓超)·옌푸(嚴複)등 이들은 근대 서양 자산계급의 새로운 관념에 대해 국민들에게 자발적으로 소개하였다. 그들은 자유·민주·평등·

---

8) 정관응, 「성세위언·서학(盛世危言·西學)」

박애 학설을 널리 선양함으로써 정치·경제·문화에 대한 봉건주의 전제통치를 타파하고 국민의 독립·자유·민주·이성적인 덕목을 양성하려고 애썼다. 캉유웨이·량치차오등 이들은 비록 사상계몽의 역할에 대해 초보적으로 인식하였지만 무술변법(戊戌變法) 이전과 변법 과정에서는 그것을 주요 임무로 삼지 않았다. 그들은 군주에 의지해 새로운 정책을 추진하고 군주 입헌 정치제도를 세울 방법을 강구하는 것이 그들의 중점 관심사였다. 변법유신운동이 바야흐로 절정을 향해 치닫고 있을 무렵 완고파들의 연합 공격을 받아 운동이 수포로 돌아가고 말았다. 량치차오는 참혹한 실패를 겪은 뒤에야 그 실패를 반성하면서 정치변혁에 대한 '신민'의 관건적인 역할에 대해 인식하기 시작하였다. 그는 한 시기를 풍미한 자산계급의 새로운 관념과 새로운 학설의 창도자와 고취자가 되었다.

1890년대 이후에서 20세기 초에 이르는 기간에 민족자본주의는 더한층 발전하고 자산계급의 민주관념이 널리 전파되어 들어옴에 따라 민주혁명의 사조가 드높은 기세로 일어났으며, 혁명이 개량을 대체하는 것이 시대의 흐름이 되었다. 자산계급혁명파는 혁명을 통해 봉건전제제도를 뒤집어엎고 민주공화 정치제도를 수립할 것을 주장하였다. 그러나 혁명가들이 무장투쟁에 치우쳐 사상계몽을 중시하지 않았던 탓에 민주공화의 관념이 대다수 국민의 마음속에 확립되지 못하였다. 따라서 정치혁명은 인민대중의 폭넓은 이해와 지지를 받지 못하게 되었다. 비록 신해혁명을 거쳐 청나라 조정을 뒤엎고 민국을 세웠지만 봉건전제통치가 여전히 존재하였으며 민주정치는 현실적으로 실현되지 못하였다. 신해혁명이 실패한 후 국내 내우외환의 심각한 상황에서 일부 급진적인 자산계급과 소자산계급의 민주주의 지식인들이 참혹한 현실 속에서 혁명이 실패한 원인이 대규모 국민의 주체적 자발성을 불러일으키지 못하고, 국민의 민주의식과 과학정신을 양성하지 못한 데 있음을 뼈저리게 인식하게 되었다. 진정한 민주정치를 실현하려면 반드시 민주주의를 대대적으로 선양하고 사람들의 두뇌를 속박하고 있는 봉건전제사상을 타파하여야 하며, 과학정신을 제창하고 미신과 맹목적으로 순종하는 심리를 제거해야만 하였다. 1915년 9월 천두슈(陳獨秀)가 책임 편집한 『청년잡지(青年雜誌)』(제2권부터 『신청년(新青年)』으로 개칭됨)의 창간을 상징으로 하는 신문화운동이 민주와 과학 두 개의 기치를 높이 추켜들고 전통에 철저하게 반대하는 자세로 공자의 가르침·예법·정조·낡은 윤리·낡은 정치에 대해 비난하고 옛 예술과 옛 종교에 반대하였다. 민주와 과학은 근대 서양 문명에 대한 깊이 있는 개괄로서 민주와 과학을 상징으로 하는 신문화운동은 서양 학문이 중국에 전파되고 중국문화와 서양문화가 서로 융합되기 시작한 뒤부터는 기세가 가장 드높고 파급 범위가 가장 넓으며 영향력이 가장 큰 사상계몽 운동으로 되었다. 신문화운동은 1919년의 5.4운동을 상징으로 전후 두 시기로 나뉜다. 그 전기의 신문화운동은 자산계급 성격의 사상계몽에 속하고, 그 후기에는 민주와 과학의 구호에 새로운 내용이 주입되고 유물사관이 널리 전파되고 이해되고 받아들여져 "노동자는 성스럽다는 것"과 평민정치는 많은 사람들의 마음속에 사회 관념과 정치 이상으로 자리 잡게 되었다.

수많은 성실한 혁명적 민주주의자들이 바로 '5.4운동'의 거센 물결에 휘몰려 마르크스주의 유물사관을 받아들였으며 공산주의 길을 걷기 시작하였다. 중국에서 근대 이후 일기 시작한 계몽운동은 지주계급개혁사조·자산계급개량사조·자산계급정치혁명사조·자산계급문화혁명사조 및 중국에서 마르크스주의의 폭넓은 전파 등 여러 단계를 거치며 활성화 되었다. 이들 단계는 단계마다 긴밀하게 연결된 양상을 보이며 수법·정체제도에서 사고방식·도덕관념으로 전이한 것으로 나타났다. 마르크스주의가 중국에서 전파되고 뿌리 내리고 성장한 과정은 과학적인 사상이론·사회제도·현실 실천 삼위일체의 운동과정으로 나타났다. 계몽운동의 거센 추이와 발전 상승은 중국인의 사상을 대대적으로 해방시켰으며, 민주의식과 과학정신의 성장을 촉진시켰다. 중국 근대 경제·정치·문화 상황은 그때 당시 사람들이 사회와 인생 문제에 대해 사고하게 된 배경무대가 되었으며, 젊은 시절의 마오쩌둥이 자신의 인생철학을 구성하게 된 토대와 그래프이기도 했다.

2. 천혜의 생활환경

형초(荊楚)지역은 산천이 기이하고 수려하며 걸출한 인물이 나는 영험한 땅이다. 1893년 12월 26일 마오쩌둥은 후난(湖南) 성 샹탄(湘潭) 현 사오산충(韶山沖)[9]의 한 농민가정에서 태어났다. 후난은 영재의 배출로 명성이 자자한 땅이다. 그 곳은 파도가 일렁이는 수면이 팔 백리

---

9) 충(沖) : 방언으로 산지에 있는 평지를 가리킨다.

에 이르는 동팅호(洞庭湖)의 북쪽에 위치했으며, 천을 헤아리는 산봉우리가 수려한 자태를 뽐내고, 만을 헤아리는 계곡에는 맑은 물이 흘러내리는데 만 리에 이르는 연못에 푸른 물과 맑은 모래가 있어서 자고로 형만(荊蠻)산국이라는 이름으로 세상에 널리 알려졌다. 샹강(湘江)·즈강(資江)·위안강(沅江)·리수(澧水) 네 갈래의 강이 물안개가 자욱한 끝없이 펼쳐진 동팅호로 흘러들어 간다. 2천여 년 전에 그 곳은 초(楚)나라에 속하였으며, 이웃인 진나라(秦)와 팽팽히 대립하는 사이였다. 그 후 진나라에 의해 멸망되었지만 형초지역 인민의 복수정신과 저항의식은 사라지지 않았다. "초나라에 세 집만 살아남아도 진나라를 멸망시키는 건 반드시 초나라 사람일 것이다(楚雖三戶, 亡秦必楚)"라는 옛 속담이 대대로 전해져 내려오고 있는 것이 그 증거이다. 그 기이하며 수려한 고장이 대대로 사람들 마음의 지혜를 깨우치게 하고 세상을 구제하는 영웅호걸과 역사문화의 명인을 한 세대 또 한 세대 육성해냈던 것이다. 샹중(湘中)에 위치한 샹탄현은 청나라 말기에 창사부(長沙府)에 예속되어 있었으며, 면적이 15,600여 제곱킬로미터, 인구가 약 백만에 이르는 큰 현이었다. 샹탄현의 수부는 샹(湘, 후난성의 약칭)·웨(粤, 광동[廣東] 성의 약칭)·깐(贛, 장시[江西] 성의 약칭) 등 3개성 수·육교통의 중추로서 19세기 말엽에 제국주의 세력이 내지로 침투하는 중계시장으로 점차 부상하였다. 1905년에 그 곳은 기항지로 개발되어 영국의 존 스와이어 앤 선즈(John Swire & Sons Ltd) 회사와 일본의 이화(怡和, Jardine Matheson)회사가 얕은 물에서도 달릴 수 있는 배를 특별히 제작해서 샹탄·창사 등지를 드나들었다.

제국주의 경제의 침입은 자연경제의 해체를 가속시켰으며, 상품경제의 발전을 자극함과 아울러 후난 땅에 새로운 사상관념들을 전파하였다. 사오산은 샹탄·닝샹(寧鄉)·샹샹(湘鄉) 3개현의 접경지역에 위치하고 있다. 그곳은 뭇 산들에 둘러싸여 산봉우리가 병풍처럼 겹겹이 감싸고 있다. 그중 한 산봉우리가 뭇 산들의 우두머리인양 구름을 뚫고 우뚝 솟아 있으니 바로 사오봉(韶峰)이다. "그 산봉우리 정상에 올라서서 뭇 산들을 굽어보면 마치 자손들을 내려다보는 것 같고, 남악(南岳)과 동팅호를 바라보아도 또한 여전히 그렇다.(躋其巔, 俯視群山, 若子孫; 南嶽, 洞庭望之若旣)"라고 하였듯이…우순(虞舜) 임금이 뭇 신하들괴 후궁들을 거느리고 남부지역 순방을 하던 중 이곳에 이르렀는데, 이곳의 온화하고 수려한 경치에 반해 시종을 시켜 "샤오사오(簫韶. 순 임금이 창작한 음악)를 9장까지 이어서 연주(奏簫韶九成)"하게 하였다. 그러자 "봉황이 날아와 음악소리에 맞춰 너울너울 춤을 추었다"는 전설이 있다. 이처럼 음악(音)소리가 봉황을 불러(召) 왔다고 하여 사오산(韶山)이라는 이름을 얻게 되었다고 한다.

사오산충(韶山沖)은 사오산의 북쪽에 위치해 있으며 남에서 북으로 구불구불 이어져 있다. 사오산충(沖)을 작은 내가 흘러 지나는데 냇물은 바닥이 들여다보일 정도로 맑고 사시사철 구불구불 수지 않고 흐르고 있다. 사오산충의 동북쪽으로 90킬로 떨어진 곳에 창사가 있고, 동남으로 45킬로 상거한 곳에 샹탄현의 수부가 있으며, 지세가 편벽하고 민풍이 예스러우며 소박하다. 사오산충 주민은 마오(毛)씨 성이 주를 이루고 그 외에 리(李)·종(鐘)·저우(周)·쩌우(鄒)·펑(彭)·팡

(龐)등 여러 성씨가 함께 거주하고 있다. 마오 씨 가족의 본적은 장시(江西)인데 원나라(元) 지정(至正) 연간(1341~1367)에 그 시조인 태화공(太華公)이 장시 길주용성(吉州龍城, 오늘날 장시성 지수현[吉水縣] 경내)에서 윈난성(雲南省) 란창(瀾滄, 오늘날 윈난성 란창 라구(拉祜)족 자치 현 경내)으로 이주하였다. 명나라(明) 홍무(洪武) 13년(1380)에 태화공이 군공을 세워 관직을 얻어 후난으로 이주하면서 장자인 칭이(淸一)와 넷째 아들 칭스(淸四)를 데리고 갔으며, 샹샹현 현성 북문 밖 페이즈교(緋紫橋)에 거주하게 되었다. 십년 후 청일과 청사가 사오산으로 이주하였다. 그때부터 마오 씨 가족이 그 곳에서 대대로 부지런히 일하면서 살아왔다. 태화공을 시작으로 세어보면 마오쩌둥은 마오 씨 가족의 제 20대 자손이다. 마오쩌둥은 이처럼 경치가 수려하고 낭만적인 정서가 다분한 땅에서 태어났으며, 그 곳에서 자신의 동년과 청소년시절을 보냈다. 웅장하고 아름다운 형초의 산천이 그의 성정을 연마하고 절개를 양성케 하였는데, 그렇게 생활하는 동안 은연중에 그러한 자연지세의 감화를 받았음은 의심할 나위가 없다. 굳세고 인내심 많은 민중 성격과 시국을 걱정하고 세상을 구하고자 하는 후난 지역의 선비적 풍모는 후에 마오쩌둥이 중국 땅에서 위대한 인물로서 성장할 수 있는 배경이 되어 중국인민과 혈맥상통하고 중국사회와 밀접히 연결되게 하는 뿌리가 되었다. 마오쩌둥은 농민의 가정에서 태어나고 자라났다. 하층 민중의 사고방식·가치기준·행위방식·풍속습관·성격기질은 보이지 않는 문자가 없는 문화양식이 되어 마오쩌둥에게 큰 영향을 주었으며, 그가 사회와 인생 문제에 대해 생각하는

사상 감정의 바탕이 되었다. 후난 나아가서 중국 민중의 굳세고 인내심 많으며 굴할 줄 모르는 의지와 품격, 성실하고 너그러우며 질박하고 선량한 도덕적 정조, 자유를 추구하고 강권에 맞서 싸우는 투쟁정신, 모든 사람이 평등하고 우호적이고 조화로운 관계를 유지해야 한다는 대동(大同) 이상, 고생 끝에 낙이 올 것이라는 낙천적인 신념, 나아가 영웅이 세상을 구한다는 관념 등 이 모든 것이 젊은 시절 마오쩌둥의 사상 감정 세계에 두터운 문화적 바탕을 형성케 해주었다.

후난은 '형초 산국(山國)'으로 민풍이 소박하고 실속적이다. 후난은 또 역사적으로 실의에 빠진 수많은 정치 인물과 문인이 유배되어 집결된 곳이기도 하다. 이들 인물은 대다수가 강한 저항정신과 깊은 우환의식의 소유자들이었다. 후샹(湖湘)문화는 오랜 세월을 거친 발전 과정에서 자체의 독특하게 뛰어난 특질과 기풍을 형성하였다. 남송(南宋) 건원의 난(建元之亂)이 있은 뒤 푸젠성(福建省) 총안(崇安)의 호안국(胡安國)·호굉(胡宏) 부자가 후베이(湖北)에서 후난으로 이주해 형산(衡山)에 은거하면서 삐취안서원(碧泉書院)을 창건하고, 책을 써서 학설을 세우고, 학생을 불러 모아 가르치면서 후샹학파(湖湘學派)를 창설하였다. 호굉의 제자인 쓰촨성(四川省) 광한(廣漢) 사람인 장식(張栻)이 호 씨 부자의 학문을 창사(長沙)에 전파했으며, 주로 웨뤼서원(岳麓書院)에서 학생들을 가르쳐 나라를 다스리고 세상을 구할 수 있는 인재를 많이 양성하였다. 명청시기의 왕부지(王夫之)가 웨뤼서원의 문화전통을 더욱 확대 발전시켰으며, 뛰어난 유물론적 변증법사상으로 후샹문화의 내용을 풍부히 하였다. 근대 이후 웨뤼서원은 수많은 정치가·사상가·군사가·교육가를 양성하였다. 예를 들면 위원·증국번(曾國藩)·좌종당(左宗棠)·곽숭도(郭嵩燾)·담사동·당재상(唐才常)·양창제(楊昌濟)등이 그들이다. 그들은 후샹문화를 실어 나르는 학자 집단을 구성하였으며, 학문과 도덕, 현실적 공적으로 후샹문화의 특성과 후샹의 선비풍모를 보여주었다. 이러한 선비 학풍이 학문을 연구하는 자세와 가치기준 및 행위방식이 되어 사람들의 집중사고 방향을 힘 있게 이끌었고, 사람들의 감정을 제어하였으며, 사람들의 행동을 규범화 시켰던 것이다. 철학적으로 후샹의 선비적 풍모는 모든 일과 모든 이치를 마음과 연결시킬 것을 주장하고, 마음이 만물을 지배하며, 품행과 절개를 중시하고, 정신생활을 추구하며, 모순투쟁과 낡은 것을 밀어내고 새로운 것을 창조하며, 무궁무진한 변화를 인정하는 변증법을 숭상하게 되는 데에 반영되게 하였다. 정치적으로 후샹의 선비적 풍모는 민족의 절개를 중시하고 국가 대사와 백성의 고통에 대해 관심을 갖게 하는 데에 반영된다. 학술적으로 후샹의 선비적 풍모는 쓸데없는 공담(空談)을 하지 않고 실용적인 학문을 중시하는 데에 반영되었다. 호굉은 학자들이 공론을 찾아 헤매고 실용성을 따지지 않는 조잡하고 공허한 태도를 비판하였으며, 실용적인 학문과 실제적인 공적을 제창하고, 아는 것과 행하는 것을 동시에 중시할 것을 주장하면서 제자들에게 나라를 다스리고 세상을 구하는 학문에 심혈을 기울일 것을 가르쳤다. 바로 이처럼 자기 자신의 주재자가 될 것을 주장하고, 투쟁과 변화를 인정하며, 실용적인 일과 실제적인 공적을 중시하는 문화전통이 있었기 때문에, 후난의 사방에서는 재능이 출중하고 무던한 인재들이 창출되게 되었으며, 학문과 도덕, 그리고 문무를 겸비한 유능한 인재가 대대로 배출될 수 있게 하였던 것이다. 웨뤄서원 대문에 붙여져 있는 두 쌍의 대련이 후샹문화의 거대한 영향력과 후난에서 영재가 배출된 상황을 잘 반영해 주고 있다. 그중 한 대련에는 "초나라에는 인재가 많은데(惟楚有材)" "이곳이 특히 흥성하도자(于斯爲盛)"라고 쓰여져 있고, 다른 한 대련에는 "천 백년간 초나라 인재의 발원지는 이곳이었고(千百年楚材導源於此)", "근세기에 샹학(湘學, 후난 지역의 학술-역자 주)은 날이 갈수록 빛을 뿌리도다(近世紀湘學與日爭光)"라고 쓰여 져 있다. 마오쩌둥은 후샹문화에 푹 빠져 자라난 지식인으로 후샹 선비의 학술 품격을 항상 보고 들었던 관계러 습관화 되었던 것이다. 그는 자아 주체적 지위를 고양하였고, 투쟁을 숭상하고 두려움 모르며, 용맹한 성격을 키웠기 때문에 자신이 주재자가 되고, 현실에 입각하는 인생 자세를 실행하였기 때문에 헛된 것을 버리고 실속을 중시하였으며, 공허함을 경계하고 잠재적인 것을 중시하였으며, 실용적인 학문과 실용적인 일을 떠받들고, 나라와 백성을 구하려는 뜻을 세웠다. 이런 사상 인식과 도덕 품격은 모두 후난 민중의 성격과 향학의 선비풍 속에서 그 감정과 사상의 근원과 실마리를 찾아볼 수 있는 것이다.

마오쩌둥은 엄격한 아버지와 자상한 어머니의 영향과 대립되면서도 서로 보완하는 가정 구도. 가정은 사회를 구성하는 세포로서 사회의 개체는 일반적으로 가정에서부터 그 생명과 마음의 노정이 시작된다는 것을 알게 되었다. 이처럼 가정의 분위기가 사람의 심리에 일으키는 최초의 영향이 앞으로 그 사람의 심성 품격과 사상 행위의 발전 변화의 토대와 기점을 이루는 것이다. 마오쩌둥은 어렸을 때 전형적인 "엄격한 아버지와 자상한 어머니" 가정환경에서 자랐다. 아버지 마오쉰성(毛順生, 1870~1920)은 노련하고 능력이 있는 농민이었다. 그는 몇 년간 사숙을 다니며 글을 익혔으며, 17세 때부터 집안일을 돌보기 시작하였다. 비록 집안의 경제적 토대는 약했지만, 그가 근검절약하면서 살림을 알뜰하게 하고 경영 수완이 있었던 덕분에 가업은 날이 갈수록 발달하였다. 한편 마오쉰성은 매우 엄격하고 각박하며 이기적이고 독단적인 성격의 소유자였다. 1936년에 마오쩌둥은 미국의 진보적인 기자 에드가 스노우와 이야기를 나누면서 이렇게 회억하였다. "그는 엄격한 감독관이었다. 내가 한가히 지내는 꼴을 못 보곤 하였다. 기입할 장부가 없으면 나를 불러내 농사일을 시키곤 하였다. 성정이 난폭한 그는 늘 나와 두 아우를 때리곤 하였다. 우리에게 한 푼도 주지 않으면서 아주 형편없는 것을 먹이곤 하였다." 마오순성은 툭하면 마오쩌둥을 '불효'하고 '게으르다'고 책망하였으며, 때로는 체벌까지 가하곤 하였다. 이는 마오쩌둥의 강렬한 반발심과 저항정신을 불러일으켰다. "아버지는 늘 나를 불효하고 게으르다고 책망하곤 하였다. 그러면 나는 연장자는 반드시 인자해야 한다는 경서의 말을 인용해 반격하곤 하였다. 그가 나를 게으르다고 지적하면 나는 나이가 많은 사람은 나이가 어린 사람보다 마땅히 더 많은 일을 하여야 한다며 아버지의 나이는 나의 두 배가 넘으니까 당연히 일을 더 많이 해야 한다고 반박하곤 하였다. 나는 또 내가 그의 나이만큼 될 때면 그보다 훨씬 더 부지런할 것이라고 선고하기도 하였다."[10] 아버지에 대한 마오쩌동의 불만은 날이 갈수록 늘어났으며 가정 내부에서의 투쟁이 자주 일어나곤 하였다. 어느 한 번은 아버지 마오쉰성이 연회를 열어 장사하는 사람들을 초대하게 되었는데 마오쩌동에게 손님을 정성스레 대접하라고 말했었다. 마오쩌동은 자신의 돈벌이에만 열중하고 다른 사람은 관계치 않는 아버지의 이기적인 행위에 불만을 품고 있었던 데다가 번거롭고 불필요한 예절이 딱 질색이었던지라 손님을 접대하라는 명을 따르는 것이 싫었다. 아버지는 손님들 앞에서 그를 "게으르고 아무 쓸모도 없는 놈"이라고 욕하였다. 자존심이 크게 상한 마오쩌동은 많은 사람들 앞에서 아버지에게 맞대꾸하였다. 마오쉰성은 더욱 화가 나서 그를 때리려고 하였다. 마오쩌동은 연못가로 뛰어가서 한 걸음만 더 다가오면 물에 뛰어들겠다고 아버지를 협박하였다. 마오쩌동은 그때 당시 극적인 이야기에 대해 다음과 같이 생동적으로 묘사하였다. "그런 상황에서 양자 모두 내전을 종료할 것에 대한 요구와 반대요구를 제기하였다. 아버지는 기어이 나에게 머리를 조아리며 잘못을 인정할 것을 요구하였다. 그래서 나는 그가 나를 때리지 않겠다고 약속한다면 한쪽 무릎을 꿇고 머리를 조아릴 수 있다고 했다. 전쟁은 그렇게 해서 끝이 났다. 그 일을 통해 만약 내가 공개적으로 저항하며 자신의 권리를 수호한다면 아버지는 누그러들겠지만, 만약 내가 온순하게 순종한다면 그는 도리어 더 심하게 욕하고

---

10) 에드가 스노우, 『서행만기(西行漫記)』, 둥웨산(董樂山)역, 싼롄(三聯)서점 1979년 판, 106~107쪽.

때린다는 사실을 인식하게 되었다.""" 이처럼 아버지의 엄격한 태도가 일할 때는 부지런하고, 장부를 기입할 때는 세심하게 하며, 검소하고 고생을 참고 견디며, 영리하고 유능하며 침착하고 노련한 마오쩌둥의 성격을 키워냈다. 아버지의 독단적이고 유아독존적 가부장제 기풍은 마오쩌둥의 분개와 불만을 야기 시켰으며, 마오쩌둥의 반역정신과 저항의식을 불러일으켰던 것이다.

아버지 마오쉰성과는 반대로 마오쩌둥의 어머니 원치메이(文七妹)는 마음씨 착하고 성정이 온화하며 총명하고 현숙하며 부지런하고 검소한 농촌 여성이었다. 그녀는 자녀들을 키우고 집안일을 도맡아하면서 온갖 고생을 다하였다. 그녀는 모든 사람을 평등하게 사랑하고 자상하였으며 인정이 많고 너그러웠으며 세상을 비탄하고 동정심이 많았다. 흉년이 들거나 보릿고개가 올 때마다 그녀는 집에서 아껴 먹으며 모아두었던 식량을 기아에 허덕이는 마을 사람들에게 몰래 가져다주곤 하였다. 그녀가 숱한 백성을 동정하고 가난하고 어려운 사람들을 도와준 감동적인 이야기는 오늘날까지도 사오산에서 전해지고 있다. 1919년 10월 원 씨가 불행하게도 세상을 떠났다. 마오쩌둥은 창사에서 밤낮을 이어 달려 사오산으로 모친상을 치르러 달려왔다.

그는 어머니 영전에서 흔들리는 희미한 등잔불을 마주하고 앉아 어머니의 고결한 성품과 굳센 지조, 자애로운 모습을 추억하며 흐느끼면서 필을 들어 애통의 마음을 담아 「어머니를 추모하는 글(祭母文)」을 지었다.

---

11) 위의 책, 106~108쪽.

아이고! 나의 어머니! 나의 어머니를 깊이 애도합니다. 어머니는 갑작스레 돌아가셨습니다. 53년 생애에 일곱 자녀를 낳으셨습니다. 일곱 자녀 중에서 마오쩌둥·마오쩌민(毛澤民)·마오쩌탄(毛澤覃) 셋만 남았습니다. 그 외 두 딸과 두 아들은 요절하였습니다. 우리 형제 셋을 키우시느라 어머니는 갖은 고생과 어려움을 다 겪으셨습니다. 너무 많은 고생과 좌절을 겪어 병이 드셨나 봅니다. 어머니 생애에 수많은 일들을 겪었으며 모두가 가슴 아픈 역사들이었습니다. 그 아픈 일들을 차마 모두 다 써내려갈 수도 없는 일, 앞으로 천천히 이야기하렵니다. 오늘은 다만 두 가지 일만 이야기하렵니다. 한 가지는 어머니의 남다른 덕성에 대해서고, 다른 한 가지는 어머니 마음속에 묻어둔 괴로움과 한에 대해서 이야기하렵니다. 어머니의 고상한 품격 중에서 첫 번째는 박애입니다. 사이가 멀고 가깝고를 막론하고 어머니는 모두 고루 돌보며 보살피곤 하셨습니다. 어머니는 자상하고 동정심이 많은 분이셔서 많은 사람들을 감동시켰습니다. 어머니가 관심과 사랑을 보내는 데는 진실한 본질이 바탕이 되었습니다. 어머니는 거짓된 말을 할 줄 몰랐고 남을 속이려는 마음은 눈곱만치도 없었습니다. 어머니는 천성이 빈틈없고 고결하며 단정하였고 추호도 허위적이지 않으셨습니다. 어머니 생전에 직접 맡아서 처리한 일은 모두 조리 정연하였습니다. 어머니는 생각이 정확하고 치밀하며 일처리가 항상 사리에 맞았습니다. 일을 처리할 때 실수하는 경우가 거의 없었으며 어떤 일에서든 항상 극히 사소한 일에 대해서까지 빈틈없이 살피곤 하셨습니다. 어머니의 청결하고 깨끗한 품격은 친척들과 이웃들 사이에 소문이 자자했습니다. 어머니는 티끌 하나 없이 깨끗하셨으며 겉모습과 내면이 항상 일치하셨습니다. 어머니는 인의예지신(仁義禮智信. 사람이 마땅히 지켜야 할 다섯 가지 도리, 곧 어질고, 의롭고, 예의 바르고, 지혜롭고, 믿음직함—역자 주) 다섯 가지 덕목을 확실하게 갖추셨으며 이는 사람됨의 대절(大節, 대의를 의하여 목숨을 바쳐 지키는 절개—역자 주)입니다. 총적으로 말해서 어머니의 인격은 마치 나의 머리 위에서 빛나는 것 같습니다. 어머니 마음속에 묻어둔 괴로움과 한은 바로 삼강(三綱)의 마지막 조목에서 비롯된 것입니다. 뜻이 있으나 펴지 못하셨고 희망과 추구함이 있으나 실현하지 못하셨습니다. 어머니의 정신적인 고통은 이 부분에서 가장 두드러집니다. 하늘을 원망할 수 있었겠습니까? 아니면 사람을 탓할 수 있었겠습니까? 비통한 나머지 땅 한 귀퉁이가 꺼지는 것 같았을 것입니다. 다음으로 어머니가 유감을 품은 것은 자녀들이었습니다. 자녀들을 인재로 키우려 하셨습니다. 세 형제는 마치 아직 여물지 않은 열매와 같아 꼭 마치 보릿고개에 처한 느낌이셨을 것입니다. 병환에 계시면서 어머니는 가족들의 손을 잡고 태산 같은 근심 걱정과 쓰라린 마음을 걷잡을 수 없어 하셨습니다. 어머니는 아들들의 이름을 부르시면서 모두가 반드시 훌륭한 사람이 되어야 한다고 당부하셨습니다. 그리고 또 어머니는 사랑하는 가족과 벗들에게도 관심을 기울이셨습니다. 그중에는 평소에 우리에게 은혜를 베풀었던 사람도 있지만 힘들거나 아파서 고통 받는 사람들도 있었습니다. 크건 작건, 그리고 멀건 가깝건 간에 모든 친척과 벗들에게 보답하고 그들을 보살피셨습니다.

이 모든 일들을 종합해보면 모두 빛나는 덕성에서 비롯된 것이었습니다. 나는 어머니의 성실한 품성을 이어받아 어머니를 본받고 어머니의 뜻을 거역하지 않을 것입니다. 어머니가 품은 한은 내가 꼭 풀어드릴 것입니다. 이를 마음에 깊이 새겨 절대로 잊지 않을 것입니다. 어머니의 키워준 큰 은혜는 마치 봄날의 아침 햇살과 구름과 노을과도 같은 것이었습니다. 어머니의 그 은혜는 언제 가야 갚을 수 있을까요? 그 은혜를 갚기 위해서는 온갖 곤란을 무릅쓰고 분투노력하는 큰마음을 키울 것입니다. 아이고! 슬프구나! 나의 어머니! 어머니는 결국 돌아가시지 않을 것입니다. 육신은 스러졌어도 영혼은 만고에 영원히 살아계실 것입니다. 내가 살아 있는 마지막 날까지 매일매일 어머니의 은혜에 보답할 것입니다. 내가 살아 있는 마지막 날까지 어머니 곁을 지킬 것입니다. 오늘은 너무 긴 말을 하였지만 기실은 아주 짧은 시간이었습니다. 그래서 이 제사문은 요점만 간단명료하게 적었을 뿐이며, 어머니 사적의 주요 측면만 간단하게 진술하였을 뿐입니다. 지금 현재 집에서 추모 의식을 치르면서 우선 술 한 잔을 올리는 바입니다. 앞으로 어머니에 대한 진술은 날이 갈수록 점점 더 많아질 것입니다. 이제 흠향(歆饗, 신명이 제물을 받는 것-역자 주)하옵소서.[12] 마오쩌둥의 「어머니를 추모하는 글」은 속되지 않은 문풍, 차분한 어투, 힘 있는 필력으로 구구절절이 진솔한 감정에서 우러나와 쓴 것이었다. 그는 어머니의 사리 밝고 훌륭한 품성을 높이 찬양하는 한편 삼강의 마지막 조목(지아비는 지어미의 벼리가 되어야 한다)

---

12) 『마오쩌둥 조기 문고』, 후난인민출판사 1990년 판, 410~411쪽.

의 압박 속에서 어머니가 받은 정신적인 고통에 대해 밝혔으며, 또 어머니의 깊은 은혜에 보답하고 어머니의 미덕을 물려받아 여한을 풀어드리려는 심경을 표현하였다. 그때 당시 마오쩌동은 또 동창이자 가까운 벗인 쩌우윈전(鄒蘊眞)에게 눈물을 머금고 써 보낸 편지에서 세상에는 세 부류의 사람이 있는데, 즉 남에게 손해를 끼치고 자신의 이득을 도모하는 자, 자신의 이득을 도모하나 남에게 손해를 끼치지 않는 자, 자신이 손해를 보면서 남을 이롭게 하는 자라고 하면서 그의 어머니 원(文)씨는 세 번째 부류에 속한다고 하였다. 마오쩌동도 어머니의 영향을 받아 자발적으로 가난하고 어려운 이들을 도와주었으며 하층 인민들을 동정하였다. 위험에 처한 사람을 도와주고 곤경에 빠진 사람을 구제하며 중생을 제도하는 박애자비 의식이 어린 마오쩌동의 마음에 깊은 흔적을 남겼던 것이다. 아버지와 어머니의 정반대인 성격과 가정생활의 구도로 인해 마오쩌동은 압박에 반항하는 의미를 몸소 체득할 수 있었고 대중을 동정하는 정신을 배울 수 있었으며, 또 그로 인해 중생을 제도하는 구제의식이 생겨날 수 있었다. 조금 더 큰 뒤 마오쩌동은 반란에 대한 이야기를 묘사한 전기적 소설을 읽으면서 농민들이 압박과 착취를 받고 있다는 사실을 발견하였다. 동산(東山) 고등 소학당에서 공부하면서 그는 부잣집 자제들의 멸시와 배척을 당하였으며 "정신적으로 매우 큰 압박을 느끼게 되었다."[13] 베이징대학 도서관에서 조교로 일하면서 자신의 조촐한 지위에 그는 또 한 번 자존심이 상하였다. 그런 낮은 사회적 지위를 바꿈

---

13) 에드가 스노우, 『서행만기』, 앞의 책, 113쪽.

에 있어서 유일하게 의존할 수 있는 것이 바로 그런 차별의 명분을 무너뜨리고 현실속의 자아를 초월하고자 하는 굳센 의지였다. 그러한 의도와 노력은 감정과 심리상태, 즉 분발 향상하려는 주관적 투쟁정신과 창조적 욕망, 치열한 현실 비판과 권위에 대한 저항의식, 완벽한 인격 설계와 사회 이상 등에서 반영되었다. 마오쩌동은 젊은 시절에 가정 압박에 대한 지각에서 사회 압박에 대한 인식으로 발전하고 가정의 반항의식에서 사회의 저항정신으로 발전하였으며, 대중을 동정하는 질박한 감정에서 사회와 인생을 개조하려는 원대한 이상으로 발전하였다. 그리고 또 가정과 사회, 개체와 집단의 교차로에서 사회와 인생 문제에 대해 사고하여 자기 인생의 길과 가치방향을 확정하였던 것이다. 엄격한 아버지와 자애로운 어머니의 상반되는 성격 조합의 이중적 영향이 마오쩌동의 반항의식과 동정정신을 야기 시켰으며, 젊은 시절 마오쩌동 인생관의 기점과 최초의 기본 틀을 구성하였음은 의심할 나위가 없다.

3. 날이 갈수록 생기를 띤 문화전통

문화는 인류가 자체 자연과 외부 자연을 토대로 주관 세계와 객관 세계를 개조하는 창조적 활동방식이며, 또 그런 창조적 활동의 물질적, 정신적 성과이기도 하다. 문화 자체는 다차원적이고 구조적이며 변화하는 체계로서 실체이기도 하고 속성이기도 하며, 또 구조이기도 하고 과정이기도 하다. 그 내용에는 물질적 문화와 제도적 문화 및 정신적 문화가 포함된다. 정신적 문화에서 가장 중요한 것은 사고방식과 가치 관념이다. 문화가 직면한 문제를 보면 인류와 자연의 관계, 사람과 사람의 관계 및 다른 사람과 자신의 관계로 나뉠 수 있다. 문화의 내용으로 보나 아니면 문화가 직면한 문제로 보나 인간의 문제는 문화의 모든 영역과 모든 방면에 침투되어 있으며, 인간의 본질과 의의 및 가치 관련 문제는 문화에서 가장 크게 주목해야 할 중심 문제이다. 어떤 문화든지 모두 변화하는 발전체계로서 역사적 계승과 축적의 특성을 갖추고 있다. 매 한 세대는 선대가 남겨놓은 문화적 축적을 토대로 새로운 창조적 활동을 시작하는 것이다. 매 하나의 문화체계가 포함하고 있는 문화 요소들 중 일부는 원 체계와 분리될 수 없는 밀접한 관계를 가지고 있어 원 체계와 생사존망을 함께 하고, 일부는 원 체계에서 분리되어 구조와 개조를 거쳐 새로운 문화 체계에 포함될 수 있다. 중화민족의 문화전통은 주로 기나긴 봉건사회에서 형성된 것으로 그 문화전통 전체는 근대와 현대사회 상황에 더 이상 적응할 수가 없다. 그러나 그중에는 인본주의 경향과 인민성을 띤 요소도 적지 않다. 바로 그러한 사상의 정수를 포함하고 있기 때문에 전통문화가 천 년을 거쳐 오면서 쇠하지 않고 날이 갈수록 생기를 띠는 소중한 재부가 될 수 있었던 것이며, 역대 사상가들이 이해하고 받아들이고 널리 발전시킬 수 있었던 것이다. 하늘이 갈라지고 땅이 무너지는 어지러운 근대사회에도 전통문화는 단절되지 않았으며 오히려 새로운 시선으로 세계를 바라보는 사상가·혁명가들에 의해 새롭게 발견되고 창조적으로 활용될 수 있었던 것이다.

마오쩌둥은 구학(舊學)과 신학(新學)의 이중 영향 하에 젊은 시절 사상의 노정을 시작하였다. 그리고 신학에 비해 마오쩌동에게는 구학의 토대가 더욱 두텁고 튼튼한 것으로 보인다. 그는 중화민족의 문화전통을 사고의 기본 틀과 가치 그래프로 삼아 자세히 살펴보고 이해하는 한편 외부의 문화를 받아들였는데 구미 풍에 심취되어 바람 부는 대로 일렁이는 갈대처럼 가볍고 근본을 잊고 소홀히 하며 전통을 모두 포기하는 급진적인 주장과는 완연히 달랐다. 마오쩌동은 8살 때부터 사숙에 들어가 글공부를 시작하였다. 옛날 어린이에게 글을 처음 가르치기 시작할 때 사용하였던 교과서 『삼자경(三字經)』 이외에도 『논어(論語)』 『맹자(孟子)』 『좌전(左傳)』 『사기(史記)』 『강감역지록(綱鑑易知錄)』 등 경전들도 선택하여 읽었다. 1913년부터 1918년까지 마오쩌동은 후난성립제4사범학교와 후난성립제1사범학교에서 공부를 하였다. 그는 배움에 뜻을 두고 책을 널리 읽었다. 마오쩌동이 사범학교에서 공부할 때 쓴 『강당록(講堂錄)』과 『『윤리학원리』주해』를 통해 그가 고대의 전적들을 매우 폭넓게 섭렵하였음을 알 수 있다. 그중에는 『시경(詩經)』 『상서(尙書)』 『예기(禮記)』 『역경(易經)』 『좌전』 『논어』 『맹사』 『북자(墨子)』 『장자(莊子)』 『순자(荀子)』 『공자가어(孔子家語)』 『하남정씨유서(河南程氏遺書)』 『주자어류(朱子語類)』 『왕문성공전서(王文成公全書)』 등이 있다. 마오쩌동은 젊었을 때 발표한 글과 벗에게 쓴 편지에서도 중국의 고대 전적을 널리 인용하였다. 이로부터 중국 전통문화 특히 유가·도가·묵가 세 학설이 젊은 시절 마오쩌동의 사상 심리에 매우 깊고도 확실한 영향을 주었음을 알 수 있다.

중화민족문화 발전의 역사에는 유구한 유물주의와 변증법적 사상

전통이 있다. 수많은 성현 선철들은 사람에 의지하여 자연의 법칙을 살피고 자연의 법칙으로 사람들을 깨우쳤으며, 우러러 천시(天時)를 보면서 민정을 살폈으며, 심오한 도리를 탐구하고 숨은 사리를 찾아 나섰으며, 현실적인 인생과 일상에서의 인륜에 관심을 두었으며, 미지의 허구한 세계와 천제 귀신을 경멸하였다. 그래서 중국의 전통문화는 인간을 모든 것의 근본으로 삼는 문화로서 신을 중심으로 하는 유럽 중세기의 문화와 같은 종교적 색채를 띠지 않는다. 외국에서 중국에 전파되어 들어온 뒤 중국 화된 불교문화는 비록 국민의 사상을 통치하는 의식형태 영역에 들어서려고 시도하였지만, 전통문화발전의 긴 역사에서 보면 고작 평온하고 거대한 물결 위에 일어난 물보라에 불과하며, 전통문화의 성질을 근본적으로 바꾸지 못하였다. 그리고 또 중국의 불교는 속세 중생과의 연결을 철저히 끊어내지 못하였다. 사람들은 흔히 현세의 고단한 삶에서 벗어나기 위해 불교를 공부하였을 뿐이며, 고통에 처한 사람을 자비심으로 구하고 중생을 널리 제도하는 것을 취지로 하였다. 전통문화는 근본적으로 말하면 인본주의 문화의 일종이며 전통철학은 본질적으로 인생철학의 일종이었다. 유가사상은 통치계급의 근본 이익을 반영한 것으로서 봉건 사대부계층 내에서 대대로 이어져 내려왔으며 중국인의 사고방식과 감정태도 및 행위범식에 깊이 침투된 학설의 일종으로서 춘추전국시기에는 현학(顯學)으로 떠받들렸다. 서한(西漢) 이래 유가사상은 통치계급의 치국을 위한 지도사상으로 승화해 독존적 지위를 점하였다.

유가의 인생철학에서는 인간의 보편적 가치를 특별히 고양한다.

하늘과 인간은 일체로서 동일한 구조를 가졌고 사람은 유(類)의 전 일체로서 천지만물과 마찬가지로 음과 양 두 기가 교감하여 생겨난 산물이다. 그러나 인간은 또 만물과 달리 천지의 훌륭하고 청초한 기를 타고났기 때문에 기백이 있고 생명이 있을 뿐 아니라, 지혜도 갖추고 의로움도 갖췄으며 영명한 마음과 도덕성도 갖추었다. 인간은 천지의 마음과 결합할 수 있고 천지의 덕성을 널리 발전시킬 수 있으며 천도에 맞추고 생명을 육성할 수 있어 천지간에 존재하는 모든 사물 중 최고의 존재자이다. 인생의 최고 이상과 가치는 바로 천지간에 존재하는 왕성한 생명력을 갖춘 덕성 및 강건한 특성과 결합하여 내면의 어질고 착한 심성을 발명하고 확충하는 것이며, 또 그것을 보고 듣고 말하고 행하며 입신과 실행의 모든 활동에 관철시켜 천인합일(天人合一, 하늘과 사람이 하나임을 가리킴), 대덕돈화(大德敦化, 대덕으로 백성을 교화하여 순박하고 인정이 두터운 민풍을 형성함을 이르는 말)의 경지에 이르고자 하는 것이다.

유가의 주장에 따르면 인생 가치의 실현과 이상적인 인격의 완성은 내성외왕(內聖外王, 안으로는 성인이며 밖으로는 임금의 덕을 갖춘 사람을 가리킴-역자 주)에 이르는 과정이다. 내성(內聖)은 격물치지(格物致知, 사물의 도리를 파고들어 지식을 명확히 하는 것-역자 주), 정심성의(正心誠意, 마음을 올바르게 가지고 정성을 다하는 것-역자 주)를 행하는 것으로 수신(修身, 마음과 행실을 바르게 닦아 수양함-역자 주)에 속한다. 외왕(外王)은 곧 제가(齊家, 집안을 잘 다스려 바로잡는 것-역자 주)·치국(治國, 나라를 다스리는 것-역자 주)·평천하(平天下,

세상을 평안하게 하는 것—역자 주)를 실행하는 것으로서 도덕과 정치적 실천에 속한다. 내성과 외왕, "수신제가치국평천하"는 어느 하나도 빠져서는 안 된다. 그렇지 않을 경우 그 인격은 모자란 것이며 완벽하지 않은 것이다. 이밖에 현실에 부합하고 몸소 행하는 것을 숭배하는 집중사고방식, 도덕정신을 고양하고 주체인격을 고수하는 가치기준, 강건하게 진취하고 자강불식하는 초월의식, 실제 상황에 따라 그에 어울리는 방법을 취하고 시대에 따라 발전하는 원칙과 방법, 천인일체, 백성에게 자애롭고 만물을 사랑하는 흉금과 도량, 가혹한 정치를 비난하고 대동의 사회이상을 숭상하는 것도 유가 인생철학의 중요한 내용이다.

유가학파는 발전과 전파 과정에서 날이 갈수록 봉건의식형태와 일치하는 경향이 나타났다. 선진(先秦)시대 유가에 존재하였던 살아 숨쉬는 듯 활기에 찬 인문주의와 민본주의 경향은 점차 봉건적인 삼강오륜의 속박을 받아 임금에 대한 신하의, 연장자에 대한 연소자의, 윗사람에 대한 아랫사람의 사리분별 없는 맹목적인 충성심과 맹목적인 순종이 봉건주의 정통사상이 되어갔다. 원시적인 유가와 개조된 유가, 본연의 공자와 역대 통치자들에 의해 교묘하게 둔갑된 공자는 어느 정도 구별되어야 한다. 마오쩌동도 신문화의 영향을 받으며 성장한 다른 지식인들과 마찬가지로 전통에 반대하는 담력과 식견 및 정신을 갖추었으며 '공자할아버지'를 철저하게 비웃고 채찍을 가하였다. 그러나 그의 서신과 글을 통해 볼 수 있는 바와 같이 그는 자신을 남에게 예속시키는 봉건도덕을 부정하고 사람의 마음과 정신을 질식시키는 삼강오륜을 규탄한 것이지, 유가 인생철학 중에서 가치·이상·방향·태도 등 문제에 관한 합리적인 요소에 대해서는 거부하거나 배척하지 않았을 뿐 아니라, 오히려 개조하고 이용하여 자기 인생철학체계의 유기적인 구성부분으로 만들었다.

묵가(墨家)학파의 창시자 묵적(墨翟)과 그의 제자들은 주로 사회의 하층에서 출현했으며, 독립적인 수공업자 출신의 선비들이었다. 묵가 학설은 소생산자 개체의 이익과 염원 및 요구를 반영하였다. 그 인생철학에는 주로 인간의 힘을 숭상하고(尙力) 천명을 부정하는(非命) 창조 정신, 친소(親疏)를 가리지 않고 모든 사람을 두루 사랑하고(兼愛) 서로 이로움을 주도록 하는(交利) 인생의 이상, 의로움(義)과 이로움(利)을 통일시켜야 한다는 가치관념, 스스로 고생하는 것을 원칙으로 하는 생활자세가 포함되었다. 묵자(墨子)는 천지간에는 애초에 '천명(命)'이라는 것이 존재하지 않는다고 주장하였다. 그는 "나라가 태평하고 안정되거나 어지럽고 위기에 처하거나, 사람이 현명하거나 못났거나 모두 인력(人力)에 달린 것이지 천명에 의해 결정되는 것이 아니다. 우임금·탕임금·주문왕 주무왕 부자가 나라를 다스리던 시기에는 천하 백성이 배고픈 자가 음식을 얻을 수 있고, 추운 자가 옷을 얻을 수 있었으며, 일한 자가 보수를 받을 수 있고, 사회 질서를 어지럽힌 자가 처단을 받을 수 있었던 원인은 천명에 있는 것이 아니라 힘을 다한 데 있다."고 했다. 오늘날 일부 현명하고 훌륭한 이들이 위로는 왕공대인으로부터 상을 받고 아래로는 만민으로부터 명예를 얻을 수 있는 것도 천명 때문이 아니라 그가 힘을 다하였기 때문이다.

공경대부가 정사를 돌보고 송사를 듣는 데서부터 농부와 여인이 농사를 짓고 천을 짜는 데 이르기까지 각자 책임을 다하고 게으름을 피우지 않고 온힘을 다할 수 있었던 원인은 그들이 "강하면 반드시 태평하고 강하지 않으면 반드시 어지러워지며, 강하면 반드시 안정이 되고 강하지 않으면 반드시 위기가 닥치게 되며(彼以爲强必治, 不强必亂, 强必寧, 不强必危)", "강하면 반드시 존귀하고, 강하지 않으면 반드시 비천하며, 강하면 반드시 영예롭고, 강하지 않으면 반드시 수치스러우며(强必貴, 不强必賤, 强必榮, 不强必辱)", "강하면 반드시 부유하고, 강하지 않으면 반드시 가난하며, 강하면 반드시 배불리 먹을 수 있고, 강하지 않으면 반드시 굶주리게 된다(强必富, 不强必貧; 强必飽, 不强必饑.)"[14]라고 여기고 있었기 때문이다. 만약 천명을 믿게 되면 위정자는 정사를 게을리 하고 그 아래 백성들은 농사일과 천짜기를 게을리 하게 되어 천하가 어지러워지고 재물이 고갈되는 결과를 초래할 수 있다. 사람은 "그 힘에 의지해야만 살아갈 수 있고 힘에 의지하지 않으면 살아갈 수 없다.(賴其力則生, 不賴其力則不生)"[15]고 했듯이 묵가는 애써 일할 것을 주장하면서 천명을 부정하였다. 이는 소생산자 개체가 노예사회 해체 과정에서 자신이 처한 상황에서 주관적 노력의 결정적 역할을 체험하고 살피기 시작하였음을 표명한 것이고, 하층 노동자들이 자신의 노력을 거쳐 전통 천명관념의 속박에서 벗어나 자신이 처한 낮은 지위를 바꾸고자 하는 염원을 반영하며, 인간의 창조적

---

14) 『묵자·비명상(墨子·非命上)』
15) 위의 책.

본질의 인식문제에 대해 언급한 것이었다.

묵가학파는 겸애(兼愛)를 인생의 최고 이상과 최고 원칙으로 삼았다. 겸애는 귀천과 존비를 불문하고 친소(親疎)와 원근(遠近)을 막론하고 모든 사람을 고루 사랑하고 남과 나의 구별이 없이 남을 나처럼 생각하고 마치 나를 대하듯이 남을 대하는 것이다. 묵가도 인의(仁義)를 논하지만 유가와의 다른 점은 이익을 기준으로 어짊(仁)을 논하고 백성의 이익을 기준으로 의로움(義)을 해석하는 것이다. "어진 이가 일을 처리하려면 반드시 천하를 위해 이로움을 창조하고, 해로움을 제거하여야 하며, 이를 일을 처리하는 원칙으로 삼아야 한다.(仁人之所以爲事者, 必興天下之利, 除去天下之害, 以此爲事者也)"[16] "세상만사 중 의로움보다 더 귀중한 것은 없다.(萬事莫貴於義)"[17] "현재 나라에서 의로움을 원칙으로 정치를 펴고 있기 때문에 인구가 늘어나는 것은 필연적인 일이고 형정(刑政)이 잘 다스려지는 것도 필연적이며 사직이 안정되는 것 또한 필연적인 일이다. 귀중한 보물이라고 할 수 있는 것은 백성에게 이로움을 가져다줄 수 있는 것이어야 한다. 의로움은 백성을 이롭게 할 수 있는 것이기 때문에 의로움을 천하의 보물이라고 말하는 것이다.(今用義爲政於國家, 人民必衆, 刑政必治, 社稷必安. 所爲貴良寶者, 可以利民也. 而義可以利人, 故曰: 義天下之良寶也.)"[18] 겸애 이상을 실현하는 최고의 경지는 어느 쪽으로도 치우치지 않고 공평무사하며 세

---

16) 『묵자·겸애중(墨子·兼愛中)』
17) 『묵자·귀의(墨子·貴意)』
18) 『묵자·경주(墨子·耕柱)』

상 모든 사람을 고루 사랑하면서 세상 사람들에게 이로움을 주고 해로움을 제거하기 위해 시시각각으로 준비하는 것이다. 천하를 이롭게 할 수만 있다면 아무리 힘들고 고생스럽더라도 심지어 목숨을 희생하는 한이 있더라도 조금도 아까워하지 않는 것이다. 이에 대해 그 때 당시와 그 이후의 전적에 모두 기록이 있다. "묵자는 세상 모든 사람을 고루 사랑할 것을 주장하면서 세상을 이롭게 하는 일이라면 머리가 닳아서 대머리가 되고 발뒤축이 닳아서 떨어지는 한이 있더라도 그는 기꺼이 할 것이다.(墨子兼愛, 摩頂放踵, 利天下, 爲之.)"[19] 묵자는 "엄격한 기율로 자신의 행위와 인격을 단속하여 사회의 수요에 적응하였으며(以繩墨自矯, 而備世之急.)", "밤낮을 쉴 새 없이 애써 일하면서 스스로 가난하고 결백한 것을 행위의 준칙으로 삼았다.(日夜不休, 以自苦爲極)"[20] 묵자는 일생동안 분주하고 다망하게 보냈으며 고생과 노력을 아끼지 않고 사방으로 뛰어다니면서 세상을 구하려고 애썼다. 그러다보니 "(너무 걸어서) 다리에 살이 다 빠졌고 (물을 많이 건너면서 물에 잠겨서) 정강이 털이 다 빠져버렸다.(腓無股, 脛無毛.)"[21] 묵자의 고제자인 금활리(禽滑厘)도 역시 "손과 발에 모두 굳은살이 박이고, 얼굴은 햇볕에 가무잡잡하게 그을었으며, 묵자가 시키는 대로 노복처럼 일을 하면서 자신이 묻고 싶은 것에 대해 감히 묻지를 못하였다.(手足胼胝, 面目黧黑, 役身給使, 不敢問欲.)"[22] "묵자에게는 180명의 제

---

19) 『맹자 · 진심(孟子 · 盡心)』
20) 『장자 · 천하(莊子 · 天下)』
21) 『장자 · 천하』
22) 『묵자 · 비제(墨子 · 備梯)』

자가 있었는데, 의로운 일을 위해서라면 모두가 물불을 가리지 않고 달려들 수 있었으며, 뒤돌아보지 않고 용감하게 나아갈 수 있는 이들이었다.(墨子服役者百八十人, 皆可使赴湯蹈火, 死不旋踵.)"[23] 유가가 주장하는 어짊(仁)은 "자기 마음으로 다른 사람의 마음을 헤아리고(由己推人)", "영향력을 점차적으로 넓혀나가고 사상인식을 꾸준히 심화시키며(由近及遠)", "나에게 이익을 적게 가져다주고 나와 사이가 먼 사람에게는 나도 사랑을 적게 주고 이익을 적게 가져다주며, 나에게 이익을 많이 가져다주고 나와 사이가 가까운 사람에게는 나도 사랑을 많이 주고 이익을 많이 가져다주어야 한다는 것(愛有差等)"이다.

그러나 묵가가 주장하는 겸애는 사람 간 친소의 구별이 없고 등급 차별이 없는 것이다. 유가가 주장하는 인간에 대한 사랑은 주로 사람의 도덕심을 깨우는 것을 가리키지만 묵가가 주장하는 겸애는 물질적 이익 면에서 사람에게 이로움을 주는 것을 가리킨다. 남과 내가 일체가 되고 모든 사람을 두루 사랑하며(兼愛) 서로에게 이로움을 줘야 한다(交利)는 묵가의 주장은 그 착상이 유가의 어짊(仁)보다 더 원대하다. 그러한 원대한 이상이 계급사회에서는 실현될 수 없었지만 일종의 인생의 목표와 이상으로서 사람의 마음을 넓혀주고 사람의 정신 경지를 높이는 의미가 있다. 묵가학파가 중도에 쇠퇴하였지만 겸애(兼愛)와 교리(交利)를 핵심으로 하는 이상 관념은 그로 인해 단절되지 않았다. 유가가 실현하고자 하는 천하는 모든 사람의 것(天下爲公)인 대동세계와 후세의 많은 사상가들의 원대한 사회 이상 속에서

---

23) 『회남자·태족훈(淮南子·泰族訓)』

는 여전히 겸애와 교리를 핵심으로 하는 묵가 인생철학의 유전자를 발견할 수 있다. 의(義, 의로움)와 이(利, 이로움)문제에서 묵가는 의 와 이를 모두 중시하고 의와 이를 통일시킬 것을 주장하였다. 이는 곧 의이다. 어떤 한 행위가 의로운 것인지 의롭지 않은 것인지를 판단 하는 기준은 바로 그 행위가 이로운 것인지의 여부이다. 묵가가 말하 는 이(利)는 자기 개인을 위한 사사로운 이득을 가리키는 것이 아니라 "천하를 위한 이득(天下之利)"²⁴을 가리키며, "나라와 백성을 위한 이 득(國家百姓人民之利)"²⁵을 가리킨다. 후기에 이르러 묵가는 이(利)는 "얻 게 되면 즐거운 것(所得而喜)"이라고 정의를 내리고 해(害, 해로움)는 "얻게 되면 싫은 것(所得而惡)"²⁶이라고 정의를 내렸으며, 또 작은 이익 을 버리고 큰 이익을 취할 것과 작은 손해는 감당하고 큰 손해는 피 할 것을 주장하였다. 묵가학파는 천하를 고루 사랑하고 만민이 혜택 을 받는 이상을 실현하기 위해서 밤낮을 이어가며 쉬지 않고 꾸준히 일하면서 모습이 초췌해졌어도 멈추기를 아쉬워하였다.²⁷ "천하에 의 로움을 위하는 이가 아무도 없는(天下莫爲義)" 상황에서 묵가학파는 실망하여 게을리 하지 않았을 뿐 아니라 오히려 인의(仁義)를 이행하 는 데서 "성급해서는 안 되며 서두르는 것은 도움이 안 된다(不可不益 急)"²⁸라고 주장하였다. 이로부터 묵가학파의 뛰어난 인내심과 스스로

---

24) 『묵자·겸애중(墨子·兼愛中)』
25) 『묵자·비명상』
26) 『묵경·경상(墨經·經上)』
27) 『장자·천하』
28) 『묵자·귀의』

가난하고 결백하며 고생하는 것을 행위의 준칙으로 삼고 "남을 많이 위하고", "자신은 적게 위하며", "자신을 잊고 뭇 사람을 위하는", 적극적으로 세상을 구하고자 하는 희생정신을 보여주었다.

춘추전국시기에 묵가와 유가는 모두 유명한 학설로 불렸었다. "묵적은 명성이 높아 중니(仲尼)와 거의 동등한 정도였으며, 그의 숱한 제자들도 공자의 제자들과 어깨를 견줄 수 있을 정도였다.(墨翟聲名炳耀, 幾與仲尼相埒, 其徒屬之衆, 亦幾與洙泗並肩)"[29] "이 세상에서 유명한 학설은 유가와 묵가이다.(世之顯學儒墨也.)"[30] "공자와 묵자는 숱한 제자들을 거느렸으며 그 제자들이 만 천하에 가득하였다.(孔墨徒屬彌衆, 弟子彌豊, 充滿天下.)"[31] 진한 후에 대통일된 봉건전제정권이 수립되고 공고해짐에 따라 의외로 묵가학설이 쇠퇴되어 갔으며 소실되기에 이르렀다. 그 주요 원인을 분석해보면 등급차별을 모멸하는 묵가의 평등사상이 봉건주의 전제통치·등급제도를 거스르는 것이었고, 묵가의 겸애학설이 최고의 권위자를 유일한 목표와 기준으로 삼아야 한다는 유가의 등급차별의 윤리 관념에 어긋나는 것이었으며, 묵가의 비공(非攻, 남을 공격하지 않는 것) 이론이 성을 공략하여 땅을 약탈하는, 침략과 합병을 통한 확장 정책에 불리한 것이고, "스스로 가난하고 결백하며 고생하는 것을 행위의 준칙으로 삼는(以自苦爲極)" 순도(殉道) 정신이 봉건통치계급의 사치스러운 향락주의 욕구에 어울리지

---

29) 『묵자인득·서(墨子引得·序)』
30) 『한비자·현학(韓非子·顯學)』
31) 『여씨춘추·존사(呂氏春秋·尊師)』

않았던 것이며, 명석한 과학적 이성정신이 전제정치 통치하의 미신과 맹목 순종 등 비이성적 경향에 저촉되는 것이기 때문이었다. 비록 묵자의 사상이 나라 통치사상의 범주에서 제외는 되었지만, 그 과학정신과 평등의식 그리고 천명을 부정하고 인간의 힘을 숭상하는 생활태도는 줄곧 민간에서 널리 전해져 묵자의 사상은 중국문화사에서 사라지지 않았다. 천년 남짓이 잠적되었던 묵가학설은 근대에 이르러 서양문화가 중국으로 전해져 들어와 중국문화와 융합되고 계몽운동이 깊어짐에 따라 다시 빛을 발하기 시작하였다. 아편전쟁에서 양무운동에 이르기까지 용도와 기술을 중시하는 묵가학설의 경향을 강조하였는데, 그것은 서양 학문이 묵가의 학문에서 기원하였음을 표명하기 위한 데 취지가 있었으며 자아중심의 문화적 심리를 반영하였다. 무술유신(戊戌維新)과 신해혁명시기에는 묵가의 학문과 서양 학문의 공통점을 찾는 데 취지를 두고 묵가 학문의 겸애와 교리의 윤리정신으로 세상을 구할 것을 창도하였다. 개량파이건 혁명파이건 막론하고 모두 묵가의 인생이상과 스스로 가난하고 결백한 것을 행위준칙으로 삼는 정신과 희생분투정신, 적극적으로 세상을 구하는 정신을 숭상하였다. 탄스통(譚嗣同)은 "깊이 생각하고 높고 멀리 바라보면서 '세상을 이롭게 하는 일이라면 머리가 닳아서 대머리가 되고 발뒤축이 닳아서 떨어지는 한이 있더라도 기꺼이 할 것'이라는 묵자의 뜻을 몰래 품었고"[32] 탕차이창(唐才常)은 낡은 풍속습관을 바꿔야 한다는 묵가학설로 사람들의 이기심을 치료할 것을 주장하였으며, 량치차오(梁啓超)

---

32) 담사동, 『인학·자서(仁學·自敍)』

는 생사를 가벼이 여기고 고통을 참고 견디는 묵가의 헌신적인 품격과 용감한 정신이 중국인의 쇠미해진 정신을 진작시키고 쇠락해져가는 중국을 진흥시킬 수 있을 것이라고 주장하였다. 자산계급혁명파는 더욱이 묵가의 윤리정신을 고양하면서 묵자를 박애·평등을 주장하는 위대한 사상가이자 실천가라고 불렀다. 신문화운동 속에서 계몽주의 사상가들은 서양의 가치 관념을 기준으로 삼고 묵자의 이성적인 정신, 평등 관념, 힘차게 일에 임하는 삶의 자세를 새로운 문화구조의 기반과 생장점으로 선택하였다. 천두슈는 "묵가의 겸애, 자연스러운 발전을 제창하고 인위적인 것을 반대한다는 장자의 주장(莊子在宥), 임금과 백성이 함께 농사를 지어야 한다는 허행(許行)의 주장(許行並耕)"이 세 가지는 인류 최고의 이상과 우리나라의 국수(國粹)라고 극찬하였다.[33] 루쉰(魯迅)은 분투하여 세상을 구하고 스스로 가난과 결백을 유지하며 고생하는 것을 행위준칙으로 삼은 묵적과 묵가학설사상을 갖춘 인물을 묵묵히 일하고 자신의 목숨을 바치면서까지 진리를 추구하는 사람으로 간주하였으며, 중화민족의 기둥으로 간주하였다. 묵가의 학문이 근대에 이르러 부흥을 이룰 수 있었던 것은 근대 자유민주와 과학적 이성정신이 전통 가치 관념을 만나 서로 융합된 결과이고, 장기간 쌓인 가난과 취약한 국력, 피동적으로 외국의 침략을 당해온 통절함으로 인해 군비 강화를 숭상하고 나라를 위기에서 구하고 민족의 생존을 이루기 위한 필요에서 였으며, 각자 사욕만 추구하고 민심이 해이한 악렬한 사회기풍을 바로잡아 사욕을

---

33) 『신청년』제3권, 제3호, 1917년 5월.

버리고 남을 위하는 백성의 사회공덕을 양성하기 위함이었다.

신문화운동 속에서 성장한 마오쩌둥은 묵가학설 부흥의 물결을 타고 묵가의 인생철학의 영향을 받아들였다. 묵가의 겸애사상을 근본으로 삼고 주공(周公)과 공자의 사상을 표현 형태로 하는 후난 선비의 학풍도 마오쩌둥에게 직접적인 교육 작용과 영향을 끼쳤다. 마오쩌둥과 차이허썬(蔡和森), 그리고 신민학회의 다른 일부 회원들은 모두 묵가의 인생철학 중 많은 긍정적 의미가 있는 사상을 받아들였다. 그들은 묵자의 겸애와 교리, 애써 행하는 것, 스스로 가난과 결백을 유지하며 고생을 행위의 준칙으로 삼는 것을 자신이 보고 듣고 말하고 행동하는 기준과 원칙 및 본보기로 삼았다. 도가학파 인생철학의 대표주자는 노자와 장자이다. 노자와 장자는 춘추전국시기의 사상가로서 모두 냉철하고 이성적인 시각으로 현실을 바라보고 기존의 사회제도와 사회생활을 비판하였으며, 그 토대 위에 자신의 사회 이상과 인생 이상을 수립하였다. 그러나 양자의 인생철학은 또 크게 구별된다. 노자는 지혜로움과 총명함을 포기하고 인간의 천진하고 순박한 기질로 돌아가는 것과, 청정심을 유지하고 욕망을 버리는 것, 나라가 작고 인구가 적은 사회로 돌아가는 것을 통해 개인의 생활 욕망을 억제함으로써 사회의 조화와 안정을 수호하자는 것을 시도하였다. 그렇기 때문에 노자는 구세주의자였다. 그러나 장자는 세상은 구제할 수 없으니 오로지 인간만을 구제해야 한다고 주장하였다. 그의 인생철학은 인간이 어떻게 세속적인 속박에서 벗어나 정신적인 자유를 얻고 현실 속에서 자유자재로 "세상에서 노닐 수 있을지"에 대해 탐구하는 것이었다. 먼저 장자는 세속적인 삶이 인생을 속박하는 것에 반대하였다. 그는 인의도덕이 재물에 대한 인간의 탐욕을 유발하고 인간의 소박한 천성을 파괴한다면서 사람들이 착하다는 명성을 얻기 위해 본성을 망가뜨리게 되며 시비를 분별해야 함으로써 사람들이 "잠을 잘 때는 영혼과 서로 결합되었다가 깨어나면 몸이 활발하게 생기를 띤다. 그러다가 외부 만물을 접촉하여 감성인식을 갖게 되면 사람의 '본심'을 교란하게 되는 것(其寐也魂交, 其覺也形開. 與接爲構, 日以心鬪.)"이라면서 모든 심혈을 전부 쏟아 부어 "생기를 회복할 수가 없게 되는 것(莫使復陽)"[34]이라고 주장하였다. 현실생활 속에서 인간은 언제 어디서나(생활과 공명에 쫓겨) 형체(形體)로부터 노역을 당하고 물질적 이익에 지치곤 한다. 이는 인간의 본성에 부합하지 않는 것이라며 인간 개체의 존재를 긍정하고 두드러지게 하는 것을 부각시켰다. 그는 개인의 몸과 마음을 속박하는 현실사회에 대해 비판하고 부정하는 태도를 취하였으며, 외부 사물을 이용하면서 그 사물에 이용당하지 않고(物物而不物於物) 구속 받지 않고 독립적이며 자유로운 이상적인 인생을 동경하였다. 두 번째는 '제물(齊物)'[35] '무기(無己, 無我)'[36]를 통해 '유심(遊心, 한가롭고 자유로운 마음—역자 주)'이 생길 수 있게 하는 것이었다. 그래야만 세속의 고단함 속에서 벗어나 정신적 자

---

34) 『장자·제물론(莊子·齊物論)』
35) 제물(齊物):우주에 존재하는 모든 사물에 대해 모두 동등하게 대해야 한다는 장자의 철학사상.
36) 무기(無己, 無我:정신적으로 자연과 사회의 모든 속박에서 벗어나 사물과 나 사이의 대립을 없애고 자신을 천지만물들 속에 녹아들게 하여 천도와 내가 합일체를 이루고 오로지 천지와 정신적으로 교감하는 경지에 이르는 것을 가리킴.

유를 얻을 수 있다는 것이었다. 즉 인생을 속박하는 세속적인 것에 대해 장자는 통제할 수도 없고 거부하고 제거할 힘도 없다는 것이었다. 그래서 그는 생사, 존망, 가난과 부귀영화, 현명함과 현명하지 못함, 명예의 훼손, 기아, 추위와 더위 등 인생에서 맞닥뜨리게 되는 모든 경우가 "사물이 변화 발전하는 정상적인 상태이며 모두 법칙 혹은 운명에 따르는 것(事之變, 命之行)"[37]으로 간주하였다. 현실생활에서 인생의 자유를 찾을 수 없었던 그는 현실을 도피하는 수밖에 없었으며, 환상의 방식으로 자신에게서 내면의 자유를 찾아야만 하였다. 즉 '소요유(逍遙遊, 절대 자유-역자 주)'라는 것이었다. 만약 세속의 사물에 의지한다면 반드시 외부 사물로부터 노역을 당하게 되어 고단해질 수 있기 때문에 절대적 자유를 얻을 수 없다는 것이었다. 세속의 윤리·시비·명리·귀천·생사·존망 등 현실 속 사물의 변화에서 벗어나 심지어 시간과 공간에서 벗어나 "세상 밖으로 도망쳐 실제로 존재하지도 않는 비현실적인 왕국을 유람(出六極之外, 而遊無何有之鄕)"[38] 할 수 있다면, 또 그 어떤 세속적인 실제 사물에 기대하는 바가 없다면 "사물로부터 노역을 당하던 데서" 외부 사물을 이용하면서 그 사물에 이용당하지 않고, 외부 사물의 영향을 받지 않으며 여유자적하고 자유로운 정신적 경지에 이를 수 있다는 것이었다. 이를 통해서도 알 수 있다시피 장자가 주장하는 인생 자유는 객관적 존재와 법칙에서 벗어나 주체의 내면이 추구하는 비현실적인 정신 자유를 추구하

---

37) 『장자·덕윤부(莊子·德允符)』
38) 『장자·응제왕(莊子·應帝王)』

는 것으로서, 인식적인 필연과 세계를 개조하는 사회 실천 활동을 통해서 얻을 수 있는 현실적 자유가 아니라는 것이었다. 실제로 존재하지도 않는 비현실적인 왕국에서 자유롭게 거니는 것은 신비로운 정신적 전환의 계기를 통해 실현하는 것이었다. 그 방법으로 첫째는 시비, 생사, 만물의 차별을 없애고 천도와 일체가 되는 정신적 경지에 이르자는 것으로, 이런 정신적 경지에서 보면 인생의 모든 경우가 허무에 귀속되고 모든 차별과 대립이 모두 사라져 인간세상이 차별이 없고 대립이 없는 실제로 존재하지 않는 비현실적인 왕국으로 변해버리고, 인간의 정신을 속박하는 모든 세속적인 사물이 모두 사라져버림으로써 인간은 번잡하고 어지러운 세상사와 생과 사, 성공과 실패에서 초탈하여 초연하고 편안한 영역에 들어설 수 있다는 것이었다. 둘째는 '무기(無己, 無我)'로 정신의 '소요유(절대 자유)'의 경지에 이르려면 기대하는 것을 허무한 것으로 간주해야 할 뿐 아니라, 주체 자신을 부정하여 '무기(무아)'의 경지에 이르러야 한다는 것이었다. 여기서 '무기(무아)'는 곧 주체인 나를 잃어버리자는 것으로 시비적 관점과 좋고 나쁜 감정을 버려서 "자신의 형체를 잊어버리고, 자신의 총명함을 포기하며, 형체와 지혜의 속박에서 벗어나 정도와 하나로 융합되게 하자(墮肢體, 黜聰明, 離形去知, 同於大通)"[39]라는 것이었다. 세속적인 삶 속에서 자신을 보전하고, 자연이 부여한 천성을 보전하며, 부모를 봉양하고, "주어진 수명 안에 살도록" 몸과 마음을 모두 보전하는 것만이 인생의 최고 경지에 이른다는 것이었다. 이러한 경지에 이

---

39) 『장자·대종사(莊子·大宗師)』

르려면 자신을 비우고 세상을 자유로이 노닐어야 하는데, 즉 공명과 재물에 대한 추구에서 초탈하여 계략과 교활한 행위를 배제하고 무위(無爲)를 행하는 데 마음을 쓰자는 것이었다. 시비와 공명에 현혹되지 않고 외부 사물에 의해 해를 입지 않고 외부 사물을 이겨야 한다는 것이었다. 이러한 처세 태도는 구체적으로 네 가지 방면에 반영된다고 하였다. 첫째는 "외부 사물에 순응하여 바뀌는 '외화(外化)'와 내면의 본연의 모습을 유지하는 '내불화(內不化)'"[40]를 추구하는 것이었다. 시대의 변화에 따라 변화하고 외부 사물과 인생에서 맞닥뜨리게 되는 모든 변화에 순응하는 한편 또 올바른 도리와 일체가 되어 "외부 사물의 변화에 따라 바뀌지 않고 만물의 차이에 현혹되지 않으며(不與物遷)"[41] 내면의 초연함과 평온함을 유지토록 해야 한다는 것이었다. 둘째, 천명에 따르는 것(安命)과 아무런 구속도 받지 않고 자유로운 것(逍遙)이다. 즉 현실생활에서 해소할 수 없고 항거할 수 없는 필연적인 운명에 따르고 그 토대 위에서 정신적인 자유를 추구하며 구속을 받지 않고 자유로워야 한다는 것이다. "자체 수양을 중시하고(自事其心),"[42] "구름을 타고 날아가는 용을 몰아 세상 밖을 자유로이 날아다니며(乘雲氣, 禦飛龍, 而游于四海之外),"[43] "조물주와 동반자가 되어 천지와 혼연일체를 이룬 원기 속을 자유로이 노닐 수 있다는 것이었

---

40) "外化而內不化", 『장자·지북유(莊子·知北遊)』
41) 『장자·덕윤부』
42) 『장자·인간세(莊子·人間世)』
43) 『장자·소요유(莊子·逍遙遊)』

다.(與造物者爲人, 而遊乎天地之一氣)"[44] 셋째는 세속에 순응하는 것과 고고한 것이다. 장자는 한편으로는 세속에 순응하고 뭇사람들과 조화롭게 어울릴 것을 주장하면서도 또 세속을 혐오하고 "인간과 동류가 되는 것(與人爲徒)"에 반대하면서 사회, 그리고 다른 사람과의 모든 연결을 끊고 속되지 않고 출중할 수 있기를 환상하고 "자연과 동류가 되는 것(與天爲徒)"[45]을 환상하였다. 이는 또 장자의 구애됨이 없이 호방하고 자유분방하며 독립적이고 탁월하며 도도한 기개를 보여주었다. 넷째, 비관과 낙관이 공존하는 것이다. 장자는 한편으로는 사회와 인생이 서글퍼 실망스럽다고 생각하면서도 또 인간세상의 속박과 고난을 떨쳐버리려고 애쓰면서 신심 가득히 정신적 자유를 추구하였다. 그는 또 기가 흐르고 운동 변화하는(气化流行) 철리의 차원에서 초탈한 심리상태로 삶과 죽음을 대하고 생사와 영욕을 뛰어넘는 낙관주의정신과 낭만주의정서를 보여주었다. 장자의 자유는 어찌할 도리가 없음을 알고 천명에 따르는 것을 전제조건으로 하며 주체의 인지·감정·의지를 포기하고 외부의 현실에 절대 간섭하지 않으며 자체 수양에 중시하는 정신적 자유이다. 그는 주체의 능동성을 발휘하여 만물을 지배하려고 한 것이 아니라 오로지 만물 밖으로 초탈하여 외부 사물에 흔들리지 않으려고 하였다. 이는 주관과 객관의 부조화이고, 이상과 현실이 분리된 것이며, 투쟁을 두려워하고 현실을 도피하는 자유의 일종이다. 그러나 그는 외부 사물에 흔들리지 않고 권세

---

44) 『장자·대종사』
45) 『장자·대종사』

를 깔보며, 명리를 탐하지 않고, 가난한 처지에 안주하고 자신이 신앙하는 도덕준칙을 기꺼이 몸소 실행하며, 이익을 챙기는 데 급급하지 않고, 권세에 아부하지 않으며, 일정한 선에서 자신의 인격적 독립과 의지의 자유를 유지할 수 있었다. 그렇기 때문에 그런 자유는 또 진실성을 띠기도 한다. 장자가 현실적인 세속과 자연에 순응하고 천명을 따를 것을 주장하면서 세속에 순응한 것은 소극적인 일면이다. 그러나 그가 개체의 독립적인 인격을 강조하고 사회의 죄악을 규탄하였으며 인생의 고난을 밝히고 정신세계의 평안함과 담담함, 사상의 자유로움, 정신적 독립과 출중함을 숭상하였으며, 이상적인 삶에 대한 낙관적인 정서와 갈망으로 가득 찬 것은 그의 사상의 정수임이 틀림없다. 현실을 비판하고 자유로운 인생의 이상과 독립적이고 출중하며 세상을 피해 은거하는 삶을 추구한 장자의 인생 자세는 젊은 시절 마오쩌동에게 받아들여졌으며 그의 조기 인생철학 형성 과정에서 중요한 역할을 발휘하였던 것이다.

4. 훌륭한 스승과 유익한 벗이 주는 정신적 깨우침

사회의식과 개체의식, 개인의 자아의식과 타인의 의식은 언제나 서로 흔들리고 서로 작용하며 서로 전환하곤 한다. 젊은 시절에 마오쩌동은 인생의 의미에 대해 탐구하고 이상적인 인생을 추구하는 과정에서 여러 명의 정신적 선도자를 숭배하였었으며, 뜻과 마음이 맞는 수많은 이들을 벗으로 삼았었다. 마오쩌동의 조기 인생철학에서 우리는 같은 세대 사람들의 사상관념과 심리정서가 마오쩌동에게 준 영향을 이따금씩 발견할 수 있다. 아울러 그들의 인격과 사상 속에서도 마오쩌동의 심리·인격·사상·의지가 비춰 나오고 있음을 발견할 수 있다. 캉유웨이·량치차오·탄스통·옌푸·양창지(楊昌濟)·천두슈·리다자오(李大釗) 및 신민학회 회원들 모두가 젊은 시절의 마오쩌동의 심리 변화 과정과 갈라놓을 수 없이 이어져 있다. 당시 각자의 분야에서 선두를 달렸던 캉유웨이·량치차오·탄스통·옌푸·캉유웨이·량치차오·담사동·옌푸는 무술변법 전과 후 중국 정치계와 사상계를 주름잡았던 풍운아들이었으며, 마오쩌동 조기사상의 발전과정에서 중요한 정신적 선도자이기도 했다. 마오쩌동은 비록 한 번도 그들과 직접 만나지는 못했지만 그들의 신선한 기운과 혁신적 기백 및 인문주의 정신으로 충만된 사상은 혹자는 간행물에 실리거나, 혹자는 사람들의 입소문을 통해 전해지면서 마오쩌동에게 깊은 영향을 끼쳤다. 캉유웨이(1858~1927)는 근대 자산계급 사상가이자 정치가이며 자산계급 개량파의 지도자였다. 그는 7차례나 광서황제(光緒皇帝)에게 상소문을 올려 변법과 혁신을 요구하였으며 광저우(廣州) 만목초당(萬木草堂)에서 학문을 강의하면서 변법이론을 제창하였다. 청일전쟁 후 민족의 위기가 날이 갈수록 임박해오자 그는 광서 21년(1895)에 베이징(北京)에서 여러 성(省)에서 과거시험에 응시한 거인(擧人)들을 연합하여 유명한 '공거상서(公車上書)'[46]를 발동하여 「마관조약(馬關條約)」에 반대하고 '(일본과의) 평화 담판 거부' '(시안[西安]으로의) 천도' '병사 훈련(練兵)'[47] '변법'등 나라를 멸망의 위기에서 구하고 민족의 생존을 도모하는 일련의 주장을 제기하였다. 그 이듬해에는 광서제에 의지해 '무술변법'을 일으켰다. 그러나 자희태후(慈禧太后)를 위수로 하는 보수 세력의 단속으로 변법은 실패하고 말았다. 비록 그 후 캉유웨이가 '보황당(保皇黨)'의 우두머리로 전락하고 말았지만, 그의 젊은 시절의 진보적 주장 및 사상계몽 영역에서의 노력은 오랫동안 깊고도 큰 영향을 일으켰다. 첫째, 캉유웨이는 "하늘이 바뀌지 않으면 천도 또한 바뀌지 않는다(天不變, 道亦不變)"라는 형이상학적 관점을 바꿔 변화의 철학을 극구 주장하였다. 그는 "모든 사물은 변화하고 있다. 이는 자연계의 필연적 법칙(蓋變者, 天道也)"[48]이라면서 "자연계의 법칙은 후발 주자가 선두주자보다 훌륭하고 인류사회의 법칙은 후세 사람이 전대 사람보다 빼어나다(天道, 後起者勝於先起也, 人道, 後人者逸于前人也)"[49]라고 말하였다. 그 철학이론을 토대로 캉유웨이는 혁신 발전을 주장하고 구습에 얽매이는 것과 낡은 것에 집착하는 것에 반대하였으며 정치체제와 사상도덕의 변혁유신을 제창하였다. 둘째, 자산계급의 천부

---

46) 공거상서(公車上書) : 중국 청나라의 강유위가 회시(會試) 응시생 1,300여 명에게 서명을 받아 황제에게 올린 상서. 청나라가 청일 전쟁에서 패한 후 일본과 굴욕적인 시모노세키 조약(下關條約)을 체결하자 이에 반대하여 올린 상서이다. 시모노세키 조약 체결의 반대와 서안으로의 천도, 국정 개혁 등을 주장하였다. 상서는 결국 채택되지 않았지만 뒤에 일어난 변법자강 운동에 큰 영향을 주었다.
47) 연병 : 평시에 전투에 필요한 여러 가지 동작이나 작업 따위를 훈련함.
48) 캉유웨이, 『「러시아 표트르 정변설」을 올리며 서(進呈〈俄羅斯大彼得變政說〉序)』.
49) 캉유웨이, 『일본서목지·자서(日本書目志·自序)』

인권론을 무기로 삼아 군권(君權)을 비하하고 민권을 구현하였으며, 헌법을 제정하고 국회를 열며 삼권분립의 정치체제를 실행하고 군민(君民)이 공동으로 나라의 정치를 의논할 것을 주장하였다. 그런 정치체제 하에서 백성들은 더 이상 정치면에서 피동적으로 받아들여야 하는 신분이 아니라 평등한 신분의 적극적 자발적인 참여자였던 것이다. 셋째, 인애(仁愛)철학에서 출발하여 사회 역사의 변화를 해석하고 대동사회의 이상을 구축하였다. 그는 '인애'가 사회 역사 발전의 동력이라고 주장하였다. "인이란, 자연계에 있어서 만물이 끊임없이 생성 발전할 수 있는 내적 법칙이고, 인류에 있어서는 박애(모든 사람을 고루 보살피는 것)를 실행하는 품성이다.(仁者, 在天爲生生之理, 在人爲博愛之德)"[50] '인'은 곧 "연민의 정, 동정심(不忍人之心)"으로서 "모든 변화가 생겨나는 바다요, 모든 사물의 근원이다.…인류의 인애, 인류의 문명, 인류의 진화, 태평한 대동세계에 이르기까지 모든 것이 이로부터 비롯된다.(爲萬化之海, 爲一切根, 爲一切源,…人道之仁愛, 人道之文明, 人道之進化, 至於太平大同, 皆從此出)"[51] 대동세계에서는 봉건등급제도와 군주전제제도를 폐지하여 귀천·빈부·인종·남녀의 차별이 없이 모든 사람이 자유롭고 평등하다. 변혁을 주장하고 민권을 신장하며 대동사회를 추구하는 캉유웨이의 사상은 그때 당시 사상계에서 큰 파문을 일으켰으며 사람들을 각성시키는 효과를 일으켰다. 그러나 그는 점차적으로 바뀌어야 한다는 것을 주장하였지 혁명적인 급변에 대해서는

---

50) 캉유웨이, 『중용주(中庸注)』
51) 캉유웨이, 『맹자미(孟子微)』

반대하였으며, 인애하는 마음으로 민중을 깨우치고 세상을 구할 것을 주장하면서 계급투쟁과 폭력적인 혁명에 반대함으로써 소극적인 영향을 끼치는데 그쳤다. 젊은 시절의 마오쩌둥은 1910년에 동산(東山)고등소학당에서 공부할 때 량치차오가 책임편집을 맡은『신민총보(新民叢報)』와 캉유웨이가 변법운동에 대해 논한 책을 읽고 그들의 신선한 주장에 끌려 반복적으로 곱씹으며 음미하기까지 하였었다. 그도 대동사회의 실현을 목표로 하고 인애하는 마음으로 세상을 구하며 정신 혁명을 제창하고 계몽운동을 추진하였다. 마오쩌둥의 적극적 혹은 소극적인 사상에서건 간에, 혹은 긍정적·부정적 사상에서건 간에 모두 캉유웨이의 사상이 마오쩌둥에게 끼친 영향의 흔적을 찾아볼 수 있다. 량치차오(1873~1929)의 자는 탁여(卓如)이고 호는 임공(任公)이다. 광동 신훼이(新會) 사람이며 유명한 개량주의자로서 캉유웨이와 함께 변법유신을 발의하였다. 청나라 광서 22년(1896)에 상하이에서『시무보(時務報)』의 책임편집을 맡았으며,「변법통의(變法通議)」등 중요한 논문을 발표하였다. 광서 23년(1897)에는 창사의 시무학당(時務學堂) 중국문 총교습(總敎習, 청나라 말기 관학의 교학 사무를 주관하던 관직명―역자 주) 직무를 맡고 있으면서 민권·평등사상을 선전하였다. 그 이듬해 베이징으로 입성해 6품 관함(官銜, 성 뒤에 붙여 부르던 관원의 직함―역자 주)으로 경사대학당(京師大學堂)과 역서국(譯書局)을 운영하면서 무술변법에 참가하였다. 변법이 실패한 뒤 일본으로 망명하여『청의보(淸議報)』『신민총보』의 책임편집을 맡아 서양 자산계급의 사회·정치·계급 학설을 소개하였다. 그는 감정적 색채가 짙은 유창한 필치로 예리하고 문제의식에 정통한 글을 써냄으로써 지식계·사상계에서 한 시기를 풍미하였고, 깊고도 넓은 영향을 일으켰다.

그는 스스로 "옛날부터 동성파(桐城派)[52]고문을 좋아하지 않았다. 유년 시절에 글을 쓸 때는 만한(晚漢)·위(魏)·진(晉)의 엄밀하고 깔끔한 풍격을 꽤나 숭상하였으나 스스로 그 틀에서 벗어나 쉽고 유창하며, 그리고 가끔씩 속어며 압운(押韻)[53]한 어구며 외국 문법을 섞어가면서 자유로운 필치로 구애 없이 쓰곤 했다. 이를 학자들이 너도나도 본받았으며 새로운 문체라고들 불렀다. 웃어른들은 이를 간사한 필치라고 나무라면서 몹시 미워한다. 그러나 글이 조리 정연하고 감정적 색채가 짙어 독자들은 특별한 매력을 느끼곤 한다."[54]라고 말했다. 마오쩌동은 량치차오와 만난 적이 없지만 『신민총보』를 통해 량 씨 사상의 영향을 간접적으로 받았다. 동 고등소학당에 들어가 공부하면

---

52) 동성파(桐城派) : 청대 고문작가(古文作家)의 한 파(派)로 안훼이성 동성 출신인 방포(方苞, 1668-1748)가 기초를 확립하고, 그 계승자인 유대괴, 요내(1731-1815)가 같은 현 출신이기 때문에 이 이름이 붙었다. 명말 청초의 당·송 팔가문(八家文) 유행의 뒤를 이어, 송학의 학통을 지키는 '도(道)' 의 문학을 지향하여 문장의 '의법(義法)' , 즉 내면적 이법(理法)과 외형적 법칙의 조화를 주장하고, 간결하고 실질적인 문장을 썼다. 유대괴는 방포를 사사하여 그의 의법(義法) 이론을 확대시켜 문장이 '신기(神氣)' , 즉 정신을 주로 하고 기분은 신기를 돕는다고 주장하였으며, 문자의 음조도 중시했다. 요내는 유대괴에게서 배우고 온아중정(溫雅中正)한 의견과 작품으로써 동성파의 번영을 구축했다. 그는 한학파(漢學派)와의 절충을 시도했으며, 이러한 경향을 한층 추진시킨 것은 청말 문단·정계의 실력자인 증국번(曾國藩, 1811-1872)이었다. 그 체계에 정치와 경제를 첨가하고 경서(經書)도 문학으로 간주하는 등 종합학(綜合學)의 경향을 깊이 하면서 구미사상과 구미 문학의 소개자인 엄복(嚴復), 임서를 배출하여 문학혁명과는 부정적으로 연결되었던 것이다.

53) 압운(押韻) : 시가를 짓는데 시행의 일정한 자리에 같은 운을 규칙적으로 다는 일.

54) 량치차오, 『청대 학술개론(淸代學術槪論)』, 상무인서관 1934년 판, 88쪽.

서 『신민총보』를 처음 접하게 되었으며, 그중의 일부 글에 대해서는 반복하여 읽으면서 성실하게 연구하였는데 외울 수 있을 정도에 이르곤 하였다. 그는 량치차오의 학문과 식견, 청신한 문풍에 탄복하고 부러워했다는 것을 의미하였으며, 캉유웨이와 량치차오를 숭배하여 그들을 본보기로 삼고 자신의 정신적 선도자로 존중하였다. 1936년에 마오쩌동은 애드가 스노우와 이야기를 나누면서 자신이 젊은 시절에 한때는 캉유웨이와 량치차오를 숭배했었던 적이 있다고 말하였다. 1960년대에 이르러서는 또 자신이 "량치차오가 편집하는 『신민총보』의 영향을 받았으며, 개량주의도 괜찮다는 느낌이 들어 자본주의 길에서 출로를 찾고자 하였던 적이 있다"[55]고도 말하였다. 량치차오는 대외적으로는 "국치(國恥)를 당하지 않도록 경계할 것"을 호소하면서 열강의 침략에 반대하고 민족의 독립을 요구하였고, 대내적으로는 민권을 제창할 것을 호소하면서 전제주의 폭정에 반대하고 군주입헌정치를 창도하였다. 그는 "변화 발전하는 것은 고금을 막론하고 정당한 도리(變者, 古今之公理也)"요, "상하 오랜 세월의 역사를 돌이켜보면 바뀌지 않았던 시기가 없었다(上下千歲, 無時不變)"[56]면서 국가의 독립과 정치의 진보를 실현하려면 반드시 변법과 신민(新民, 백성을 교화하여 그 사상을 혁신함)을 실현해야 한다고 주장하였다. 그는 주관적 유심주의 입장에서 출발하여 국민의 사상을 전환하는 것이 새로운 제도의 실행과 새로운 국가의 건설에 대한 결정적인 의미에 대해

55) 류페이(劉斐), 「잊을 수 없는 가르침(難忘的敎誨)」, 1979년 1월 2일 『인민일보』
56) 량치차오, 『변법통의·자서(變法通議·自序)』

논술하였다. 그는 "환경의 좋고 나쁨은 심경에 달려 있다(境由心造)"면서 "모든 물질적 환경은 모두 비현실적인 것이며 오로지 심경에 의해 조성된 환경만이 진실한 것이다.(一切物境皆虛幻, 惟心所造之境爲眞實.)"[57] "정신력은 우주에서 가장 위대한 것이다.(心力是宇宙間最偉大的東西.)"[58] 라고 주장하였다. 즉 "중국이 주권을 상실하고 갖은 능욕을 당하게 된 원인 중의 하나가 정부의 부패이긴 하지만 더 심각한 원인은 국민이 해이하고 나약한 데 있다. 국민의 나약함과 해이함, 우매함, 낙후함은 전제정치가 생겨나고 존재해 올 수 있었던 사회적 토대이며, 백성의 덕성과 백성의 지혜, 백성의 힘은 실제로 정치·예술·기예의 근원이다. 그렇기 때문에 오늘날의 중국을 구하려면 새로운 학설로써 백성의 사상을 바꾸는 것보다 시급한 것은 없다. 중국에서 민족주의를 실행하려면 신민(新民)이 되지 않으면 다른 방도가 없다."는 주장이었다. 그는 공중도덕과 개인의 도덕을 새롭게 수립할 것을 창도하면서 국가·권리·의무 등 관념의 주입을 강화하고 국민의 모험적 진취 정신, 독립자주 정신, 자치 단합 정신을 양성함으로써 최종적으로 모든 사람이 평등한 문명사회를 실현하기 위한 데 있어서 가장 중요한 사상조건을 마련할 것을 창도하였던 것이다. 량치차오는 또 역사관에 있어서 유심주의(唯心主義)를 주장하였다. 그는 세계는 호걸들의 세상이고 역사는 영웅들의 무대라면서 호걸이 없는 세상은 존재하지 않고 영웅이 빠진 역사 또한 있을 수 없다고 주장하였다. 오로지 영

---

57) 량치차오, 『자유서·유심(自由書·唯心)』
58) 량치차오, 『비유(非唯)』

웅호걸만이 중생을 제도하고 천하를 운행시킬 수 있으며 세계를 구할
수 있다는 것이었다. 마오쩌둥은 젊은 시절에 애국주의사상의 입장
에서 출발하여 영웅호걸의 역할을 발휘하여 세상을 비탄하고 백성의
질고를 불쌍히 여기며 국민의 지혜와 품성을 깨워 백성의 본질을 변
화시키는 정신혁명을 일으켜 어지러운 국면을 해결하고 모든 사람이
평등하고 모든 사람이 현명하고 신성한 성역의 경지에 이를 수 있도
록 할 것을 주장하였다. 이러한 주장은 량치차오의 철학·사회·정치
적 관점과 일맥상통하였다. 단 마오쩌둥은 조금씩 점차적으로 개량
하는 것에는 반대하였으며 철저히 혁명할 것을 주장하였다. 이는 그
가 량치차오와 캉유웨이보다 뛰어난 부분이었다. 탄스퉁(1865~1898)
의 자는 복생(復生)이고, 호는 장비(壯飛)였으며, 후난 류양(瀏陽) 사람
이었다. 젊은 시절에 어우양중구(歐陽中鵠)에게서 학문을 배웠으며 천
성적으로 의협심이 강하고 강직하며 책을 많이 읽었고, 국가 대사와
민중의 아픔에 관심을 기울였다. 갑오전쟁 후 나라가 가난하고 나약
함을 느끼고 신정을 창도하면서 변법을 실행하는 뜻을 세웠다. 광서
24년(1898)에 남학회(南學會)를 창설하고 남방지역 여러 성의 지사들
과 연합하여 애국의 도리를 서로 논하면서 함께 나라를 구할 방도를
찾고자 하였다. 같은 해 쉬즈징(徐致靖)의 추천을 받아 등용되어 베이
징에 입성하였고, 4품 경함(卿銜)인 군기장경(軍機章京)에 발탁되어 캉
유웨이가 주관하는 유신변법에 동참하였다. 변법에 실패한 후 선혈
로써 국민을 일깨우고자 외국으로의 망명을 단호히 거절하고 의연
히 죽음의 길을 택하였다. 그의 사상은 유물과 유심, 변증법과 형이

상학, 혁명과 개량, 민주의식과 영웅의 구세 등 여러 가지 요소가 서로 얽히고 서로 융합한 산물이었다. 그는 인간이 물질적인 생물로서 그 사상·의식·느낌은 물질에서 생겨난다고 주장하였다. 그러나 그는 또 '정신력'의 역할을 지나치게 확대 강조하였으며 정신력만 있으면 해내지 못할 일이 없다고 주장하였다. 그는 심성을 깨끗이 다스리는 것을 통해 나쁜 일을 하려는 심사를 없앰으로써 모든 사람이 평등한 이상사회를 실현시킬 것을 주장하였다. 그는 세계가 '끊임없이 새로워지는' 발전 변화과정이라는 데 찬성하면서 "어제 새로웠던 것은 오늘에 이르면 이미 낡은 것이 되어버리고, 오늘날 새로운 것이 내일에 이르면 또 낡은 것이 되어버릴 것이다. 이른바 새로운 도리, 새로운 사물과 새로운 일이라는 것은 반드시 이보다 더 새로운 것이 생겨나기 마련임을 가리킨다."[59]라고 하였다. 그러나 그는 생과 사, 성공과 실패의 구별을 부정하고 사물의 상대적 안정성을 부정하였으며 상대주의에 빠져들었다. 그는 전제주의 정치체제와 봉건주의 삼강오륜에 대해 맹렬하게 규탄하면서 군주, 윤상(倫常, 인류의 떳떳하고 변하지 않는 도리–역자 주), 여러 종교의 속박을 타파하고, 자유·평등·박애·민권 정신을 널리 선양할 것을 호소하였다. 그러나 그는 인민대중의 역사적 능동성을 보지 못하고 성현의 역사관만을 주장하면서 영웅인물들이 나서서 자비심을 베풀어 세상을 구하고 민중을 구제하기만을 요구하였다. 비록 탄스통의 사상에 여러 가지 모순들이 많이 존재하지만 이는 그가 변법운동에서 급진적인 자세와 용감하게 헌신하는

---

59) 담사동, 『인학(仁學)』

정신을 널리 선양하는 데는 지장이 없었다. 전제주의 정치체제에 반대하고 민권 평등을 제창하는 그의 계몽사상과, 변법을 통한 국가 생존의 길을 모색하기 위해 자신의 모든 것을 바쳐 분투하고 죽음도 아랑곳 않는 그의 희생정신, 정신력을 숭상하고 선혈로써 민중을 일깨우려는 그의 장렬한 흉금은 한 세대 젊은이들의 주체의식과 혁명적 의지와 기개를 펼칠 것을 불러일으켰다. 마오쩌둥의 스승인 양창지(楊昌濟)는 탄스퉁에게 직접 가르침을 받은 바 있는데, 그는 담사동의 심오한 사상, 주도면밀한 사고방식, 대의를 위해 목숨을 바치는 정신에 탄복하고 존경하였다. 탄스퉁에 대한 양창지의 그러한 자세는 또 그의 제자들에게도 깊은 영향을 끼쳤다. 마오쩌둥은 후난 성립 제1사범학교에서 공부할 때 「마음의 힘(心之力)」이라는 글을 한 편 지은 적이 있는데 양창지는 그 글을 크게 치하하였다. 마오쩌둥은 탄스퉁을 "막강한 박력"을 갖춘 사람이라고 하였다. 그는 『「윤리학원리」 주해』와 벗에게 보낸 편지에서도 스스로 도량이 넓은 사람이라고 자처하면서 정신 개혁을 주장하고 중생을 고난에서 벗어나게 하며, 소인배와 군자가 함께 성인의 경지에 이를 수 있도록 할 것을 주장하였다. 탄스퉁 사상의 적극적인 요소와 소극적인 부분이 모두 젊은 시절 마오쩌둥의 사상에 반영되었던 것이다.

옌푸(1854~1921)의 자는 우링(又陵) 또는 기도(畿道)라 하였고, 푸젠(福建)성 후관(侯官, 오늘날의 민허우[閩侯]) 사람이다. 근대 계몽사상가·번역가·자산계급유신파의 대표적 인물이었다. 옌푸의 역사적 공적은 정치활동에 있었던 것이 아니라 그의 언론·저술 그리고 18, 19

세기 서양 자산계급 사회와 정치학설에 대한 탁월한 번역과 체계적인 평가 소개에 있었다. 캉유웨이와 량치차오는 중국 전통문화에 대한 학식이 깊은 사람들이었다. 게다가 처음에는 서양의 글을 알지 못하였기 때문에 서양 학문에 대한 이해와 소개에서 부족한 부분이 많았기에 체계를 이루지 못하고 흩어져 있었다. 량치차오는 "모든 고유한 옛 사상은 그 뿌리가 깊고 튼튼하지만, 외래의 이른바 새로운 사상은 근원이 얕아 그 속에 들어 있는 영양분을 빨아내면 쉽게 고갈되어 버리기 때문에 거칠어서 충분한 참고할 가치가 없다. 그러한 관계로 당연히 그럴 수밖에 없다.(蓋固有之舊思想, 旣深根固蒂, 而外來之新思想, 又來源淺殻, 汲而易渴; 其支絀滅裂, 固宜然矣.)"[60]고 말했다. 그러나 옌푸는 달랐다. 그는 15살 때 푸저우(福州) 선정학당(船政學堂)에 입학한 뒤 1877년에 영국으로 파견되어 공부하면서 영국 사회제도와 자산계급의 사회정치학설에 관심을 돌리기 시작하였다. 귀국 후 북양해군학당(北洋水師學堂) 총교습(總敎習) 직을 맡았으며, 후에 총판(總辦)으로 승진하였다. 그의 사상관점의 근원은 서양에 있었다. 그는 서양의 사회정치학설에 대해 체계적으로, 정확하게, 전면적으로 이해하고 있었다. 청일전쟁과 무술변법이 일어나기 전후에 그는 『세계의 급변에 대하여(論世變之亟)』, 『원강(原强, 부국 강병론)』, 『벽한(闢韓, 한유[韓愈]를 반박함)』, 『구망결론(救亡決論)』 등의 글을 썼으며, 『천연론(天演論, 헉슬리의 '진화와 윤리')』, 『원부(原富, 아담 스미스의 '국부론')』, 『법의(法義, 몽테스키외의 '법의 정신')』, 『군기권계론(群己權界論, 존 밀의 '자유

---

60) 량치차오, 『청대 학술개론』, 상무인서관 1934년 판.

론')」,『군학이언(群學肄言, 스펜서의 '사회학')』, 젠크스의 『사회통전(社會通詮)』,『명학천설(名學淺說, 윌리엄 제번스의 'Primer of Logic')』,『명학(名學, 밀의 '논리학 체계')』 등의 저작들을 번역함으로써 변법을 통한 구국의 길을 모색하고 황제를 몰아내고 민중을 내세우기 위한(黜君揚民) 이론적 근거를 제공하였다. 첫째, 옌푸는 다윈의 생물진화학설을 체계적으로 소개하여 "세도(世道, 세상을 다스리는 도리)는 앞으로 발전하기 마련이며, 뒤의 세도가 현재의 세도보다 월등하다(世道必進, 後勝於今)"[61]라고 널리 선양하고 "하늘이 바뀌지 않으면 천도 또한 바뀌지 않는다."라는 형이상학에 반대하였고, 옛 것을 좋아하고 현재의 것을 경시하는 수구사상에 반대함으로써 변법을 통한 구국의 길을 걸어야 한다는 정치적 주장을 위해 봉사하게 하였다. 그는 진화는 "성인일지라도 어떻게 힘을 행사할 수 없는(雖聖人無所爲力)" 막을 수 없는 보편적, 필연적 법칙이라면서 생물 간에 생존 경쟁을 하여 자연에 적응한 것만 선택되어 살아남는 법칙, 즉 적자생존의 법칙은 생물계에만 적용되는 것이 아니라 인류사회에도 적용된다고 주장하였다. "생물계 진화의 비밀은 한 마디로 표현할 수 있다. 하늘이 생물에게 번식할 수 있는 기능을 부여하여 종이 나날이 향상 발전하는 것이다. 세상 만물은 그렇지 않은 것이 없다. 인류도 그 중의 하나일 따름으로 진화한 자는 살아남아 대대로 이어져 내려갈 수 있으나 진화하지 못한 자는 병들어 죽게 된다.(天演之秘, 可一言而盡也, 天惟賦物以孳乳而貪生, 則其種自以日上, 萬物莫不如是; 人其一耳, 進者存而傳焉, 不進者病

---

61) 헉슬리, 『진화와 윤리』, 옌푸가 『천연론』으로 번역, 상무인서관 1981년 판, 47쪽.

而亡焉.)"[62] 진퇴와 존망은 조물주의 권력에 달린 것이 아니라 종군 자체의 노력에 의해 결정된다. "만물은 대체로 다 그러한 것으로서 모두 그 자신에 달린 것일 뿐, 이른바 창조자란 존재하지 않는다. (萬物之所以底於如是者, 鹹其自己而已, 無所謂創造者也)"[63] 인류는 진화과정에서 반드시 주체의 능동성을 발휘해 "확고한 사상관점을 세우고 그 범주에서 벗어나지 않고 애써 쟁취해야 하며(强立不反, 出與力爭)"[64] 외부 환경과의 투쟁과정에서 자신의 생존과 발전을 실현할 것을 주장하였다. 즉 열강들이 주위에서 호시탐탐 엿보고 있는 냉혹한 형세에서 중국이 망국 멸종의 처참한 재앙을 피하려면 반드시 국민성을 개조하여야 하며 현재 노력해 지난날을 추월함으로써 스스로 종을 보전하여야 한다는 것이었다. 그는 이렇게 말하였다. "인민이 갖추어야 할 가장 중요한 세 가지 요소가 있다. 국가의 강약과 존망은 그 세 가지 요소에 달렸다. 첫 번째는 왕성한 혈기와 체력이고 두 번째는 뛰어난 총명과 지혜이며 세 번째는 출중한 덕행과 어질고 의로운 품성이다.(蓋生民之大要三, 而强弱存亡莫不視此: 一曰血氣體力之强, 二曰聰明智慮之强, 三曰德行仁義之强.)"[65] 백성의 기력, 백성의 지력, 백성의 덕성 고하가 민족의 우열을 판단하는 기준이다. 오로지 그 세 가지 요소가 모두 높은 수준에 이른 민족이어야만 우수한 민족이라고 할 수 있다. 그러나 그 세 가지 요소의 수준의 높고 낮음은 고정불변한 것이 아니

---

62) 위의 책, 37쪽.
63) 위의 책, 4쪽.
64) 옌푸, 『유여삼보(有如三保)』
65) 옌푸, 『원강(原强)』

다. 인간 주체의 능력을 충분히 살려 생존과 발전을 저해하는 요소와 투쟁을 진행하기만 한다면 민족의 자질을 높일 수 있고 자강을 통한 종의 보전의 목적에 이를 수 있다. 우리 민족의 "백성이 기력이 빠지고 지력이 약화되었으며 덕성이 야박해진 것(民力已墮, 民智已卑, 民德已薄)"[66]은 민족의 품성이 천성적으로 저열한 것이 아니라 수천 년의 전제통치의 압박과 속박이 부른 악과인 것이다. 민족이 생사존망에 처한 다사다난한 시기에 마땅히 외부 민족 침략의 자극을 빌려 정치의 변혁을 이루고 애써 분투하여 백성의 지혜를 개발하고 백성의 기력을 북돋우며 백성의 덕성을 혁신하여 새로운 민중을 양성하여 진취적이고 분투케 하여 민족의 생존과 진화 및 강성을 이루어야 한다.

둘째, 옌푸는 '천부인권론'을 받아들이고 널리 선양하였으며 봉건전제 제도를 비판하고 민주자유를 제창하였다. 그는 "그들 서양인들은 하늘이 백성을 만들어서 각자 하늘이 부여한 권리를 가지고 있으며 자유를 얻는 자가 모든 것을 얻을 수 있다고 말한다.(彼西人之言曰, 唯天生民, 各具賦畀, 得自由者乃爲全受.)"[67]라고 말하였다. 모든 사람은 자유를 타고나는 것으로서 그 자유를 빼앗을 수 없는 것이다. 사람은 자유를 얻어야만 자신이 가진 하늘이 부여한 권리를 발휘하고 누릴 수 있다고 할 수 있다. 자유로운 것과 자유롭지 못한 것의 차이로 인해 중국과 서양사회의 여러 가지 구별이 초래되는 것이다. 예를 들어 "중국인은 삼강을 가장 크게 중시하나 서양인은 평등을 가장 분명히 하고,

---

66) 위의 책.
67) 옌푸, 『세계의 급변에 대하여(論世變之亟)』

중국은 자신과 가까운 사람을 가까이 하나 서양인은 어진 이를 숭상하며, 중국은 효로써 천하를 다스리나 서양인은 공정함으로 천하를 다스리며, 중국인은 임금을 우러러 받들지만 서양인은 민중을 높이 내세운다.(中國最重三綱, 而西人首明平等; 中國親親, 而西人尙賢; 中國以孝治天下, 而西人以公治天下; 中國尊主, 而西人隆民)"[68] 옌푸는 "자유는 사람이 태어날 때부터 갖추고 있는 본질과 박탈할 수 없는 권리이고 민주는 그런 본질을 발견하고 그런 권리를 실현하는 수단과 경로"라고 주장하였다. 중국은 진·한(秦漢) 시기 이래 역대 왕조의 정치가 관대하거나 가혹한 차이가 있지만 모두 "자기 백성을 노예처럼 대하였으며(以奴虜待吾民)"[69] 인민에게는 자유와 민주의 권리가 전혀 없었다. 통치자들은 하늘이 부여한 인민의 권리를 갈취하였으며 인민이 각성한 후 그 권리를 도로 빼앗아 갈까봐 두려워 여러 가지 법률제도와 도덕 원칙을 제정하여 인민을 속박하고 제압하였으며 군권은 신이 내리는 것이라는 이론을 꾸며내어 인민을 기편하면서 "백성의 재능을 파괴하고 백성의 기력을 산만하게 하였으며 백성의 도덕을 약화시켰다.(壞民之才, 散民之力, 漓民之德)" 인민이 임금을 세운 본의는 분쟁을 해결하고 침략과 약탈을 막고 재난을 피하기 위한 것이었다. 그래서 "공정하고 현명한 자를 선택해 임금으로 세웠다.(擇其公且賢者立而爲之君)" 후세에 이르러 군주가 인민의 권리를 갈취하기 시작하면서 억만 인민이 몸과 마음에 극심한 고통을 받으며 군주 한 사람을 섬기게 되었

---

68) 위의 책.
69) 옌푸, 『원강』.

다. "그래서 그 전제제도 하에서 임금은 백에 한 사람도 괜찮은 자가 없었다.(此專制之君, 所以百無一可者也)"[70] 그렇기 때문에 민권을 펼치려면 반드시 전제제도를 폐지해야 하고 군주제도를 폐지해야 한다. 셋째, 옌푸는 유물주의 경험론을 주장하면서 육구연(陸九淵)·왕양명(王陽明)의 주관적 유심주의 선험론을 비판하였다. 그는 "보편적 법칙은 어디를 가나 마음대로 추리 귀납할 수 없는 것이다.…이른바 천부적인 관념이란 존재하지 않는 것이다.(公例無往不由內籀,…無所謂良知者矣.)"[71]라고 주장하였다. 유물주의 경험론을 관철하고자 그는 논리학의 과학적 방법을 체계적으로 소개하였다. 그는 서양의 국가들이 튼튼한 선박과 성능이 좋은 대포를 제조할 수 있고 부강한 국력을 갖출 수 있는 원인은 "모든 것은 오로지 법에 규정된 대로 따르고(一切法之法)" "모든 것은 과학적인 학문에 따르는(一切學之學)" 과학적인 인식방법과 사고방법, 즉 논리학에 있다고 지적하였다. 그는 의리지학(義理之學)과 고증(考證)·사장[辭章, 운문(韻文)과 산문(散文)의 총칭, 시사(詩詞)] 지학에 존재하는 객관적 실제에서 출발하지 않고, 허공에 뜬 사고, 번거로운 고증 등의 유폐에 대해 "객관 사물에 대한 실제적인 관찰과 실험을 토대로 하여 추리 귀납하는(實測內籀)" 귀납논리를 제창하면서, 모든 객관 사물에 대한 실제 경험에서 출발하는 과학적인 인식방법을 주장하였으며, 사물의 변화에 대해 관찰하고 여러 가지 사리와 도리에 정통한 후 보편적 법칙을 추리 귀납해내어 입론할 것을 제

---

70) 옌푸, 『법의(法意)』 권5 평어.
71) 옌푸, 『밀의 명학(穆勒名學)』 병부(丙部) 평어.

창하였다. 즉 실제에서 출발하여 객관 사물을 연구하고 실제 경험을 종합한 뒤 그 속에서 법칙을 개괄해내야 한다는 것이다. 마오쩌동은 1912년에 후난성립도서관에서 옌푸가 번역한 8부의 세계 명작을 깊이 연구하면서 서양 자산계급의 사상 이론에 대해 꽤 체계적으로 이해할 수 있었다. 그는 열강들의 침략으로 인한 심각한 민족 위기 앞에서 인민의 본질을 변화시키고 연마하여 외래 침략자에 저항할 것을 주장하였다. 그는 군주전제제도와 봉건 강상(綱常)·명교(名敎)를 규탄하고 개인의 주체 지위와 독립 자유정신을 널리 선양하였으며 덕(德)·지(智)·체(體) 삼육(三育) 교육을 동시에 중시하고 몸과 마음의 동시 발전을 제창하였다. 그는 대본(大本)에 대한 탐구에 심혈을 기울이는 한편 또 세상과 나라의 만사와 만물을 통해 배우는 것에 관심을 기울이면서 인생과 사회 실제에 입각하여 논점을 폈다. 이들 관점과 경향은 옌푸의 사상계몽과 밀접히 연결되어 있다. 중국과 서양의 학문에 모두 통달하고 고결한 품행을 갖춘 회중(懷中)선생 양창지(楊昌濟, 1871~1920)는 자가 화생(華生)이었는데 후에 회중으로 개명하였으며 후난 창사 사람이다. 그는 강렬한 애국주의정신과 진보적 민주주의 사상을 갖춘 근대의 유명한 교육가이며 사상가였다. 그는 중국 전통문화 특히 공자와 맹자의 유학과 송·명(宋明)의 신유학(新儒學)에 대해 면밀하게 연구하여 조예가 깊었다. 19세기 말 이래 서양에서 나라와 민족을 구하는 진리를 모색하는 시대의 물결 속에서 그는 잇따라 일본·영국·독일 등 나라에 가서 10년이나 공부하고 고찰하면서 서양의 철학과 윤리 및 교육학설에 대해 체계적으로 연구하였다. 그야말로 고금의 학문에 통달하고 중외(中外) 모두에 정통하였다고 할 수 있다. 그가 유학을 마치고 귀국하였을 때는 마침 위안스카이(袁世凱)가 신해혁명 승리의 성과를 찬탈하여 중국은 시국이 어지러운 시기였다. 그는 기회를 틈타 사리사욕을 취하는 관료사회를 통탄하며 "도원으로 피해들어 간신히 이상 속의 상고시대로 생각하고, 하늘을 떠받칠 수 있는 큰 재목을 키우리라(强避桃源作太古, 欲栽大木柱長天)"[72]는 큰 뜻을 세우고 스스로 청빈하고 담담한 삶을 원했으며, 학술을 개조하고 교육에 헌신하며 사람의 마음을 단정하고 바르게 하고 나라를 구할 영재를 양성하는 것을 자신의 소임으로 삼았다. 1913년에 양창지는 후난 성립 제4사범학교에서 교사가 되었다. 바로 그 해에 마오쩌둥이 그 학교에 입학하였던 것이다. 1914년에 제4사범학교와 제1사범학교가 합병한 뒤 양창지는 제1사범학교에서 교사를 했고, 마오쩌둥도 제1사범학교로 가서 공부를 계속하였다. 양창지의 고상한 인격과 청렴한 절개, 그리고 학문을 대하는 근엄한 태도에 마오쩌둥을 비롯한 많은 학생들이 양창지를 진심으로 좋아하고 존경하며 따르게 되었다. 그들은 늘 '반창양위(板倉楊寓)'로 가서 양창지 선생에게 의혹을 느끼는 문제에 대해 가르침을 청하곤 하였으며, 선생과 천하대세에 대해 논하고 사회와 인생에 대해 탐구하곤 하였다. 신민학회 회원이었던 샤오쯔장(肖子暲)은 이렇게 말하였다. "양 선생은 사교술이 뛰어나지 않았으며 허세도 부릴 줄 몰랐다. 그러나 그는 그의 강의를

---

72) 양카이즈(楊開智), 「아버지 양창지 선생을 추억하며(回憶父親楊昌濟先生)」, 『후난문헌자료집(湖南文史資料輯)』 제11집.

듣는 자들부터 크게 주목받았으며 큰 존경을 받았다.

　모두들 그의 도덕과 학문에 탄복하였다. 그의 강의정신으로 인해 그의 주변에는 열심히 생각하고 열심히 배우고자 하는 학생들이 모여들었다. 그 학생들로는 마오쩌둥, 차이허썬, 천창(陳昌)…등이 있었다. 매번 일요일이면 그들은 양 선생님의 집으로 찾아가 학문에 대해 얘기하고 대도에 대해 논하곤 하였다."[73] 양창지는 마오쩌둥에게 여러 방면에서 큰 영향을 끼쳤다. 몇 년이 지난 뒤 마오쩌둥은 정에 겨워 이렇게 말하였다. "나에게 가장 깊은 인상을 남긴 선생님은 양창지이다. 그는 영국에 유학을 갔던 유학생인데, 그 후 나와 그는 밀접한 관계가 되었다. 그는 윤리학에 대해 가르쳤는데 유심주의자였으며 고상한 도덕을 갖춘 사람이었다. 그는 자신의 윤리학에 대한 믿음이 강했으며 학생에게 사회에 유익하고 공명정대한 사람이 되라고 힘써 격려해 주었다."[74]

　첫째, 양창지는 학생들에게 독립된 인격을 양성하고 원대한 이상을 수립하며 분투하는 인생관을 양성하라고 가르쳤다. 그는 전통문화를 기반으로 삼고 서양문화를 살펴보고 배우면서 고금중외의 문화에 정통한 학식을 갖춘 한편, 봉건 통치자의 이익과 전제주의 정치도덕 질서를 반영하는 삼강오륜에 대해 극히 비판하였으며, 왕부지의 "충효는 임금과 부모를 섬기는 것이 아니라, 스스로 몸과 마음을 실천하는 것을 원칙으로 하는 것(忠孝非以奉君親, 而但自踐其身心之則)"이라는

73) 샤오싼(蕭三), 『마오쩌둥 동지의 청소년시대』, 인민출판사 1949년판.
74) 에드가 스노우, 『서행만기』, 앞의 책, 121~122쪽.

인생관을 숭상하였고, 누구에게도 의지하지 않는 독립적이고 자유적인 정신을 제창하였다. 그는 권력에 붙어 이익을 꾀하면서 세상을 어지럽히는 것에 반대하였으며, 학생들에게 원대한 이상과 지향을 수립하고 개인 품행의 수양을 중시하며, 한두 가지 학문과 기예에 정통하여 사회에 이로운 공명정대한 사람이 되며, 학문을 애써 탐구하고 착실하게 일하는 과정에서 자신에게 밴 나쁜 습관을 바꿔 이상적인 자신을 실현하라고 타일렀다. 그가 자신이 편찬한 수신과(修身課) 강의 『논어유초(論語類鈔)』 제1장은 바로 '입지(立志)'에 대한 내용이었다. 그는 "군대의 수장은 바꿀 수는 있어도 남아대장부는 뜻을 쉽게 굽혀서는 안 된다(三軍可奪帥也, 匹夫不可奪志也)"라는 공자의 말에 대해 설명하면서 '뜻'은 곧 이상이요, 신앙이요, 봉행하는 주의이며, 이상을 실현하기 위해서는 반드시 갖춰야 할 오래도록 꾹 참고 견디는 의지와 품격이라고 말하였다. "인간은 사회에 속하기 때문에 마땅히 사회를 위해 이익을 도모해야 한다. 자기 개인의 이익과 사회의 이익이 모순될 경우에는 사회의 이익을 위해서 자기 개인의 이익을 희생시켜야 한다. 비록 자기 개인의 이익을 희생시키는 것은 되지만, 자신의 주의(主義)를 희생시켜서는 안 된다. 자신의 주의를 포기하지 않는 것이 바로 남아대장부가 뜻을 쉽게 굽히지 않는 것이다. 우리나라 윤리학설에서는 개인의 독립을 가장 크게 중시한다. 전해져 내려오는 역사의 기록과 경서에 대한 설명을 살펴보면 목숨을 바쳐서라도 도의를 보전하는 것을 개인의 가장 중요한 의무로 삼지 않은 경우가 없었다."[75] "사람은 의지가 굳세야만 비로소 고상한 이상을 실현할 수 있고, 선량한 습관을 키우고 순결하고 바른 품성을 갖출 수 있다. 의지가 굳센 사람은 자기 자신에 대하여서는 욕망이 팽창하는 것을 억제할 수 있고, 사회에 대해서는 권세의 압박에 저항할 수 있다. 도덕적으로 항상 자제할 수 있고 인생에서 꾸준히 경쟁할 수 있다. 뜻만 쉽게 굽히지 않는다면 성공을 이루지 못할 리 없다."[76] 양창지는 마오쩌둥 등 청년 학생들에게 어떻게 해야 개인과 전 인류의 생활이 향상될 수 있을지 하는 문제를 둘러싸고 토론을 벌이도록 이끌었으며, 원대한 인생의 이상과 사회의 이상을 세우고 "분투적, 진취적인 인생관을 수립하며", 허위적이지 않고 나태하지 않으며, 낭비하지 않고 도박을 하지 않으며 기생을 데리고 놀지 않도록 가르쳤으며, 사회와 인생의 중대한 문제에 관심을 기울이면서 주변의 사소한 일에 대해 담론하는 것을 하찮게 여기고, 그때 당시 부패한 사회에 타협하거나 협력하는 것을 거부하도록 이끌었으며, 천하를 논하고 글로써 백성의 격정을 불러일으켰으며, 민심과 풍속을 개조하는 것을 자신의 사명으로 삼아야 한다고 가르쳤다.

둘째, 양창지는 고상한 도덕과 건전한 인격을 갖춘 사람이 되려면 고상한 이상을 세워야 할 뿐 아니라 특히 굳센 의지와 원대한 포부가 있어야 한다면서 언행에 신중을 기하고 도덕의 실행, 사회 실천에 애써야 하며, 이상을 실현하기 위해 꾸준히 분투해야 한다고 주장하

75) 『양창지문집(楊昌濟文集)』, 후난교육출판사 1983년 판, 69~70쪽.
76) 위의 책, 70~71, 68쪽.

였다. 그는 이렇게 말하였다. "근대 윤리학자들은 덕성을 갖춘 사람과 기예에 능한 사람 사이에는 차이가 존재한다고 말한다. 그림 그리기에 능한 사람은 일 년 내내 화필을 들지 않아도 미술가로서의 그에게 아무런 손해가 없다. 그러나 도덕 수양을 닦는 선비는 일단 선행에 게을리 하게 되면 바로 선인군자로서의 자격을 잃게 된다. 군자에게 있어서 수신(修身)은 평생 해야 하는 일이다. 숨이 아직 붙어 있는 한 뜻을 이루기 위해 게을리 하여서는 안 된다. 옛날 사람들은 한 사람에 대한 평가는 죽은 후에야 정해진다고 하였다. 평생 동안 선행을 해오다가 늙어서 행해오던 것을 바꾸어 결국 덕성이 완벽하지 못한 사람이 될까봐 매우 두려워한다."[77] 그는 자신이 학문을 연구하고 수양을 닦으면서 쌓은 경험과 연결시켜 학생들을 가르쳤다. "나는 남보다 빼어난 점이 없다. 오로지 꾹 참고 견딜 수 있도록 애썼으며 늘 꾸준히 오래 버팀으로써 성공을 거두려고 노력하였을 뿐이다. 그리하여 다른 사람이 몇 년 만에 이룰 수 있는 것을 나는 수십 년 견지하여 이루면서도 성과를 거두지 못할까 조금도 두려워하지 않았다. 정자(程子)는 '증삼(曾參)은 둔함이 득이 되었다.(參也竟以魯得之.)'라고 말하였다. 증자(曾子)가 둔하였지만 공자학문의 선조로 불릴 수 있는 것은 그의 꾹 참고 견디는 인내심 덕분이었다. 내가 늘 말하였듯이 천부적으로 재능이 뛰어난 자일지라도 오히려 천부적인 재능이 없는 자보다 더 큰 성과를 이루지 못할 수도 있다. 그것은 그의 인내력이 어

___

77) 위의 책, 70~71, 68쪽.

떤지에 달린 것이기 때문이다."[78] 그는 또 "사람은 정력이 제한되어 있기 때문에 너무 많은 일을 맡아서는 안 된다. 한 가지 일을 하는 데 모든 정력을 기울여야만 실패하지 않고 성공할 수 있다. 사회에서 공과 업을 쌓고자 하는 사람이라면 멀리 내다보고 깊이 생각해야 하며 점차적으로 밀고나가야 한다."라고 주장하였다. 오랜 인내 끝에 성공에 이르는 양창지의 의지와 품격, 말과 행동에 조심하는 그의 처세 원칙은 마오쩌둥 등 이들이 서로 본받는 본보기가 되었다. 특히 그의 오랜 인내 끝에 성공에 이르는 정신은 학생들에게 "달화재의 법문(達化齋的法門)"[79]으로 불렸다. ('달화재'는 양창지의 서재 이름으로서 '젊은이들을 직접 감화시키는 것을 자신의 책임으로 삼는다'는 뜻이며, 널리 많은 씨를 뿌려 싹이 터 자라나기를 바라는 의미가 담겨 있다.-역자 주)

셋째, 중외고금의 문화에 대해 비판적으로 대하고 지행합일과 배운 것을 실제로 활용하는 것을 중시해야 한다는 양창지의 주장은 마오쩌둥이 중외고금의 문화에서 정수를 받아들이고 자신의 인생철학을 수립하고 실천함에 있어서 경시할 수 없는 역할을 일으켰다. 양창지는 진리는 두 극단 사이에 존재한다면서 여러 유파의 사상학설에 대해 그대로 전부 받아들이거나 혹은 어느 한 파의 견해에 얽매여 다른 학설을 배척해서도 안 된다고 주장하였다. 바른 자세는 비판적으

---

78) 위의 책, 68쪽.
79) 「샤오쉬둥이 마오쩌둥에게(肖旭東給毛澤東)」, 『신민학회 문헌 집성(新民學會文獻匯編)』, 후난인민출판사 1979년 판.

로 계승하고 여러 사상학설을 두루 수용하고 축적하는 것이다. 의리지학과 고증학을 대하는 자세에서 그는 자신이 원래 송학(宋學)으로 입문하였으나 한학가(漢學家)의 고증학 공적도 인정한다고 밝혔다. 중국의 학문과 서양의 학문을 대하는 자세에서 고지식하고 융통성이 없는 국수주의에도 반대해야 하고 서양의 기풍에 심취된 전면 서구화론에도 반대하였다. 그는 "한 나라에는 그 나라만의 문명이 존재한다. 전부 외국의 것을 이식하여서는 안 된다."[80]라고 주장하였다. 그는 "서양의 문명을 수입하여 우리 자신을 이롭게 하고 우리나라 문명을 수출하여 세상을 이롭게 할 것과, 세계의 지식을 폭넓게 받아들이는 한편 우리나라 조상 때부터 전해져 내려온 학설을 계승하고 널리 발양해 빛을 발하게 할 것"[81]을 주장하였다. 자국과 외국의 문화에 대해 모두 현실적 수요에 따라 취사선택하고 답습하거나 혁신하면서 고루 수용하고 축적해야 한다면서 어느 한쪽만 고집하고 어느 한쪽으로 치우쳐서는 안 된다고 주장하였다. 양창지 선생의 영향을 받아 마오쩌둥도 실제 생활의 수요에 따라 서양의 사상과 동양의 사상을 동시에 개조할 것을 주장하였다.

넷째, 양창지는 정치적으로 제국주의가 중국을 침략한 것에 반대하였으며 민족주의를 제창하고 자산계급의 개성 해방을 제창하였으며, 자유·평등·박애를 선전하고 군벌과 관료 및 전제독재에 반대하였다. 그는 신문화운동을 적극 지지하면서 미신과 낡은 도덕에 반대

---

80) 『양창지문집』, 앞의 책, 199, 202쪽.
81) 위의 책, 199, 202쪽.

하고 과학과 새로운 주인 도덕을 제창하였으며, 신체단련을 중시하여 건강한 신체와 굳센 의지를 갖출 것을 주장하였다. 이 모든 것이 마오쩌동에게 긍정적인 영향을 일으켰다. 양창지 본인도 마오쩌동·차이허썬 등 이들에게 큰 기대감을 보였으며, 온갖 심혈을 기울여 그들을 양성하고 아껴주었다. 병이 깊어 위독한 상황에서도 그는 장스자오(章士釗)에게 편지를 써 마오쩌동과 차이허썬을 추천하면서 "두 사람은 국내에 드문 인재이며 전도가 유망하다. 자네가 구국에 대해 얘기하지 않는다면 모를까 나라를 구하려면 반드시 그 두 사람부터 중용하게."[82]라고 썼다. 민주를 제창하고 과학을 표방한 인물 중에는 남방의 천두슈(陳獨秀)와 북방의 리다자오(李大釗)가 있었다. 천두슈와 리다자오는 모두 신문화운동의 지도자였다. 1915년 9월 『청년잡지』의 창간은 신문화운동의 흥기를 상징했다. 신문화운동은 봉건주의에 대해 깊이 철저히 반대한 사상 계몽운동으로서 첫 시작부터 민주와 과학의 큰 깃발을 분명하게 내세우고 삼강오륜 등 봉건 윤리를 맹비난하였으며, 사상을 대담하게 해방시키고 봉건주의 속박을 타파하며, 사람을 속이는 우상을 무너뜨리고, 미신과 맹목 순종하는 습속을 뿌리 뽑음으로써 개성의 해방과 인격의 독립을 쟁취할 것을 사람들에게 호소하였다. 이처럼 봉건적인 낡은 사상, 낡은 도덕에 타협하지 않고 철저히 결렬하려는 단호한 정신은 광범위한 지식인들 속에서 강렬한 반향을 불러일으켰으며, 개인과 나라의 운명에 대한 그들의 관심과 민주정신의 각성을 불러일으켰다.

---

82) 위의 책, 389쪽.

마오쩌둥이 후난제1사범에서 공부할 때는 마침 신문화운동의 전성기였다. 그는 『신청년』의 사상적 경향에 열성적으로 호응하고 지지하였으며, 『신청년』에 제기된 사회와 인생 관련 중대한 문제에 대해 엄숙하게 사고하였다. 천두슈는 『신청년』의 책임편집으로서 봉건주의에 강력히 반대하고, 민주와 과학을 제창하는 데 여력을 아끼지 않았다. 그는 "국민이 무지몽매한 시대에서 벗어나려 하고 교화가 덜 된 졸렬하고 속된 민족임을 수치스럽게 생각한다면, 빨리 일어나 따라잡아야 하며, 과학과 인권을 중시해야 한다."라고 지적하였다. 그는 젊은 이들이 미신을 타파하고 사상을 해방하며, 민주와 이성정신으로 모든 것을 새롭게 평가할 것을 호소하였다. 그 어떤 사물과 관념이든지를 막론하고 만약 개성에 어긋나는 것이거나 이성과 과학적으로 판단하였을 때 현 사회의 수요에 맞지 않는다면, 비록 조상 대대로 물려 내려온 것이고, 성현들의 가르침이며, 정부가 제창하는 것이고, 사회적으로 숭상하는 것일지라도 아무런 가치도 없다고 했다. 천두슈의 이러한 사상은 진보적 사상계와 광범위한 청년들 사이에서 강렬한 영향을 불러 일으켰다. 그러나 그가 장악한 사상 무기는 거의가 서양 자산계급의 민주주의와 진화론이었다. 그 사회의 역사관과 사회 개조의 주장은 거의가 유심주의였다. 그러다 보니 그는 사람의 의지와 사상 및 감정으로 사회운동을 해석하면서 사회 개조를 사상 개조에 귀결시켰으며, 새로운 사상이 생겨날 수 있는 물질적 토대를 발견하지 못하였다. 그렇기 때문에 그는 국민성을 개조하고 사람들의 윤리적 각성을 불러일으킬 것을 주장하면서 윤리문제만 해결된다면 다른 문제는 따라서 풀릴 것이라고 여겼던 것이다. 개성 해방의 사상에서 출발하여 그는 사회의 토대로서의 개인이 생존하는 근본 이유는 욕망을 만족시키는 것이라고 여겼다. 그는 개인의 역할을 과대평가하고 영웅을 숭배하는 반면에 대중의 역사적 능동성과 혁명 열성에 대해서는 과소평가하면서 "현명하고 어진 선각자가 나타나 뭇 사람의 말에 맞서 독자적인 견해를 펴지 않고서는 사회가 진화할 수 없다.(非有先覺哲人, 力抗群言, 獨標异見, 則社會莫由進化)"라고 주장하였다. 그는 진화적 역사관에서 출발하여 생존경쟁 사상으로 젊은이들이 자강하고 진취적이며 개인과 나라가 승리를 쟁취할 것을 격려하였다. 천두슈의 이러한 사상은 바른 것과 그릇된 것이 뒤섞여 있으며, 적극적인 것과 소극적인 것이 공존한다. 그럼에도 그 사상은 마오쩌둥에게 민주와 과학의식이 싹트고, 자신의 주체적 지위를 확인시키는 면에서 여전히 경시할 수 없는 역할을 일으켰다.

마오쩌둥은 마르크스주의자로 전환하는 과정에서도 천두슈의 마르크스주의 관점과 신앙의 영향을 받았다. 1918년 가을 마오쩌둥은 후난 학생들을 연합하여 프랑스 고학[83]를 조직하기 위하여 처음으로 베이징으로 가 그때 당시 이미 베이징대학 교수로 재직 중이던 양창지 선생의 소개를 받아 베이징대학 문과학장이었던 천두슈를 알게 되었다. 사회문제에 대한 천두슈의 투철한 견해는 마오쩌둥에게 깊은 영향을 주었다. 1919년 연말 마오쩌둥은 반동 군벌 장징야오(張敬

---

83) 고학 : 1919년 중국의 젊은 청년학생 89명이 프랑스에서 일하면서 공부하였는데, 이들은 후에 귀국하여 중국혁명의 주춧돌이 되었다.

堯)를 축출하기 위한 대표단을 인솔하여 두 번째로 베이징에 가 여론의 지지를 얻고자 하였다. 그 이듬해 2월에 후난으로 돌아오면서 상하이를 거치게 되었는데 그때 천두슈가 당 창건계획, 그리고 마르크스주의와 공산주의에 대한 신앙에 대해 마오쩌동에게 이야기하였다.

마오쩌동에 대한 천두슈의 영향은 깊고도 확실한 것이었다. 1919년 7월 14일 마오쩌동은 「천두슈의 체포 및 구출」이라는 글에서 "우리는 천(두슈) 군을 사상계의 밝은 별로 생각한다. 천 군이 한 말은 두뇌가 조금만 명석한 사람이라면 누구나 다 자신이 하고 싶은 말들임을 알아들을 수 있을 것이다."[84] 천두슈가 평소에 표방하는 것은 민주와 과학이었으며 그로 인해 사회로부터 미움을 산 것이다. "천 군이 체포되었으나 천 군은 털끝 하나 손해를 입어서도 절대 안 된다. 게다가 신사조에 큰 기념비적인 사건으로 남아 그가 더 빛나고 위대해질 수 있도록 해야 한다."[85] 1936년에 마오쩌동은 에드가 스노우와 이야기를 나누는 자리에서 "『신청년』은 유명한 신문화운동 잡지였으며 천두슈가 책임 편집을 맡았다. 나는 사범학교에서 공부하던 시절부터 그 잡지를 읽기 시작하였다. 나는 후스(胡適)와 천두슈의 글에 탄복한다. 그들은 내가 이미 포기해버린 량치차오와 캉유웨이를 대체하여 한때 나의 본보기가 되었었다."[86] 천두슈가 "나에게 준 영향은 어쩌면 다른 그 누구보다 컸던 것인지도 모른다."[87] 1945년 4월 21일 마오쩌동

84) 『마오쩌동 조기 문고(毛澤東早期文稿)』, 후난인민출판사 1990년 판, 305, 305~305쪽.
85) 위의 책, 305, 305~305쪽.
86) 에드가 스노우, 『서행만기』, 앞의 책, 125쪽.
87) 위의 책, 130쪽.

은 "중국공산당 제7차 전국대표대회" 예비회의에서 「중국공산당 제7차 전국대표대회 업무방침」이라는 보고에서도 천두슈가 "5.4운동시기의 총지휘관"이었으며, "어떤 몇 가지 방면에서 천두슈는 마치 러시아의 게오르기 플레하노프(Георгий Валентинович Плеханов)와 마찬가지로 계몽운동의 업무에 종사하였으며 당을 창조하였다고 할 수 있다"[88]라고 칭찬하기까지 하였다. 리다자오(1889~1927)는 중국 최초의 마르크스주의자이고 마르크스주의 사상가이며 중국공산당의 창시자 중의 한 사람이다. 젊은 시절에 애국 열정이 강하였으며, 나라와 민족을 구제하는 길을 찾고자 애썼다. 1913년에 북양법정학교(北洋法政學校)를 졸업한 뒤 일본으로 유학을 갔다. 그 기간에 '신주학사(神州學社)'를 조직하여 위안스카이에 반대하는 투쟁을 벌였다. 1916년에 귀국한 뒤 베이징 『조간(晨報)』 총편집장, 베이징대학 도서관 주임 겸 교수, 『신청년』 잡지 편집을 역임하였고 『매주평론(每週評論)』을 창간하였으며 신문화운동을 추진하였다. 「청춘(靑春)」 「오늘(今)」 「서민의 승리(庶民的勝利)」 「Bolshevism의 승리(Bolshevism 的勝利)」 「나의 마르크스주의관(我的馬克思主義觀)」 등 뛰어난 재능과 거대한 영향력을 보여준 논문을 계속해서 발표하였다. 그는 우주가 무한한 자연 물질적 존재라는 것과 법칙이 객관적으로 존재하는 물질 자체에 고유한 것이라는 것, 물질세계는 끊임없이 운동하고 발전하는 과정에 처해 있다는 것을 인정하였다. 그는 이렇게 말하였다. "우주는 시작도 끝도 없는 자연적인 존재이다. 우주 자연의 진실한 본체에서 생겨나는 모든

88) 『마오쩌둥문집』 제3권, 인민출판사 1996년 판, 294쪽.

현상은 그 자연법에 따라 자연적으로, 인과적으로, 기계적으로 점차적으로 발생하고 점차적으로 진화하고 있다."[89] "실재하는 급류는 영원히 시작이 없는 실재에서 끝이 없는 실재를 향해 세차게 흘러가고 있다."[90] 모순은 "사물이 진화하는 기축"으로서 생과 사, 성과 쇠, 음과 양, 젊음과 늙음, 건장함과 노쇠함의 모순이 우주 사물의 운행을 추진한다. 그는 오래된 것은 사라지고 새로운 것이 생겨나는, 신진대사가 진행되는 진화 우주관에서 출발하여 적극적으로 진취하는 인생관을 제창하고 신생사물은 반드시 수구적이고 쇠퇴된 부패한 세력을 전승하는 것임을 노래하였으며, 신구 교체의 과도시기에 처한 현 시기 중국에서 젊은이들은 반드시 젊은 기운을 살려 꾸준히 자신을 개조하고 발전을 추구하며 과거 역사의 속박을 타파하고 오래된 학설의 구속에서 벗어나 젊은 가정, 젊은 나라, 젊은 세계를 창조할 것을 제창하였다. 러시아 시월혁명 후, 즉 신문화운동이 후기에 접어든 후 리다자오는 마르크스주의를 접하고 선전하기 시작하였으며 혁명적 민주주의자에서 공산주의자로 점차 바뀌었다. 그는 영웅사관과 천명사관 및 신권사관을 비판하고 유물사관을 선전하였으며, 인민대중이 역사를 창조하는 것이고, 노동자는 서민의 주체임을 굳게 믿었다. 그는 "노동자주의의 승리는 서민의 승리이기도 하다"[91]면서 "앞으로의 세계는 노동자의 세계로 바뀔 것임을 알아야 한다"[92]라고 지적하

---

89) 『리다자오문집(李大釗文集)』, 인민출판사 1959년 판, 79쪽.
90) 위의 책, 95쪽.
91) 위의 책, 110, 111쪽.
92) 위의 책, 110, 111쪽.

였다. 그는 또 「나의 마르크스주의관」이라는 글에서 마르크스주의 유물사관의 기본 원리에 대해 체계적으로 소개함으로써 진리를 추구하는 광범위한 젊은이들이 마르크스주의 신앙을 확립할 수 있도록 극히 중요한 지도적 역할을 하였다. 마오쩌동은 후난성립제1사범학교에서 공부할 때 리다자오가 쓴 「청춘」「오늘」「새것과 옛것(新的, 舊的)」 등 논문을 읽고 큰 깨우침을 얻었으며, 경제·정치·사상·문화·제도·풍속·습관등 여러 방면에서 중국에 대한 근본적인 개조를 반드시 진행해야 한다는 것을 인식하게 되었다. 마오쩌동은 후난의 학생들을 연합하여 프랑스로 고학을 떠나는 일로 처음 베이징에 갔을 때, 양창지의 추천으로 베이징대학 도서관에서 조수직을 맡아 일하면서 리다자오로부터 깨우침과 가르침을 받아 마르크스주의 방향을 향해 빠르게 발전하였다. 마오쩌동은 후난 인민의 장징야오 축출 운동을 추진하기 위해 두 번째로 베이징에 갔을 때 재차 리다자오를 만났다. 리다자오는 그에게 마르크스학설연구회 설립 준비 상황을 소개하면서 중국어로 된 공산주의 문헌과 러시아혁명 관련 서적들을 소개, 추천하였다. 이로써 마오쩌동이 마르크스주의 신앙을 확립할 수 있는 중요한 도움을 주었다. 마오쩌동은 「'제7차 당대회' 업무방침」 연설에서 리다자오가 신문화운동의 좌익을 대표한다면서 "우리는 그들 세대 사람들의 학생"이라고 정에 겨워 말하였다. 마오쩌동은 리다자오가 준 정신적 깨우침과 지도를 영원히 잊을 수 없었을 것이다. 인격이 밝고 분투 향상하는 신민학회 회원인 마오쩌동은 후난성립제1사범학교에 입학한 후 학문과 도덕을 닦고 나라와 민족을 구하기 위한 수요로 인해 벗을 사귀어야 할 필요성을 더욱 깊이 느꼈으며, 벗을 찾고자 하는 마음이 더욱 절박하고 간절하였다. 1918년부터 그는 뜻이 맞는 벗들을 점차 집결시키기 시작하였다. 그들은 모두 참다운 사고를 하는 이들이었다. 그들은 시국이 너무 위급하다고 생각하였으며, 학문의 필요성을 절박하게 느꼈다. 그들은 사적인 일에 대해 토론할 시간이 전혀 없었고, 사랑을 속삭일 시간도 없었으며, 심지어 일상생활의 사소한 일에 대해서도 일절 거론하지 않고, 오로지 큰일에 대해서만 담론하기를 즐겼다. 예를 들면 중국의 전도, 여러 가지 사회문제, 인류의 운명과 우주의 근본 등이었다. 이들 학생을 핵심으로 하여 1918년 봄 개인과 전 인류의 생활을 향상시키는 데 취지를 둔 신민학회가 설립되었다. 제1진 회원은 마오쩌둥·차이허썬·허수형(何叔衡)·샤오즈성(肖子升)·천창(陳昌)·장쿤디(張昆弟)·뤄쉐짠(羅學瓚)등 21명이었다. 신민학회는 취지가 명확하고 조직이 완비되어 있었으며 기율이 엄격하고 공정하며 인원구성이 짜였기 때문에 실제상에서 후난 학생과 청년운동의 중견세력이 되었다. 5.4운동과 장징야오 축출 운동, 후난 자치운동에서 중요한 역할을 발휘하였으며, 중국공산당의 창설과 발전에서 중요한 기여를 하였다. 혁명운동이 깊이 전개되고 혁명의 물결이 거세짐에 따라 신민학회 회원들 중에서도 분화가 일어나는 것을 피할 수 없었다. 그러나 그중의 대다수 회원은 시대의 발전에 따라 앞으로 나아가면서 혁명 민주주의자에서 공산주의자로의 전환을 완성하여 확고한 혁명적 활동가가 되었다. 그리고 신민학회 회원들은 많은 공통한 특성을 갖추고 있었다. 마오쩌둥은 신민학회의 주요 발기자와 조직자 중의 한 사람과 그중의 일원으로서 다른 회원들과의 교제 과정에서 자신의 독특한 개성으로 학회에 영향을 주는 한편 학회라는 집단의 영향도 받아들였다. 첫째, 학회는 원대한 이상을 갖추었다. 마오쩌둥 그리고 그와 뜻이 맞는 젊은이들은 중국과 세계를 개조하는 것을 자신의 사명으로 삼고 나라와 사회 및 인민의 해방을 위해 공동으로 분투하려고 하였다. 둘째, 학회는 반역정신을 띠고 있었다. 학회는 설립 초기부터 낡은 사회, 낡은 제도와 대립하는 태세를 보였으며, 모든 속박을 용감하게 타파하고 낡은 제도와 낡은 도덕을 무시하고, 그 어떤 낡은 세력에도 타협하지 않았으며, 더욱이 그들과 협력하지 않았다. 셋째, 도의를 중히 여기고 사적인 이익을 가볍게 여겼다. 그들은 우주의 근본, 국가의 전도 및 인류의 운명에 대한 연구에 열중하며 학문을 깊이 연구하여 지식을 넓히고 진리를 추구하였으며, 사랑을 속삭이고 생활의 사소한 일에 대해 논하는 것을 부끄럽게 생각하였다. 그들은 대다수 사람들을 위해 행복을 도모하려는 뜻을 세우고 개인의 사사로운 이익과 물욕을 경멸하였다. 차이허썬은 이렇게 말하였다. "진짜 군자라면 선행은 뭐든지 행하여야 하고, 또 행하지 못할 악행이 없다. 전체의 공리만 위하고 개인의 작은 이해득실을 따져서는 안 된다. 이는 묵적[93]이 제창한 것이다. 최근 러시아의 레닌도 이를 실행하고 있다. 저 역시 본받기를 원한다."[94] 천창도 역시 의로운 일에 뒤처질까 두려워하고 이득을 취하는 일에 앞서지 말아야 하며, 사람은 일을 목표로 해야지 돈을 목표로 해서는 안 된다고 늘 말하곤 하였다. 넷째, 애써 학문을 탐구하고 진심으로 일하였으며, 이론과 실천의 통일을 견지하였다. 차이허썬은 이렇게 말하였다. "우리 나라 국민에게 있어서 급선무는 한편으로는 알맞은 학문을 갖춘 인재를 모아 보살피고, 다른 한편으로는 알맞게 훈련시키는 것이다. 이 두 가지를 동시에 실행할 수 있는 것은 가장 훌륭한 것이고, 그중 한 가지를 먼저 실행하고 다른 한 가지를 후에 실행할 수 있는 것은 그 버금으로 훌륭한 것이며, 그중 한 가지만 잘하는 것은 하등급이다. 선대 명인들을 두루 관찰해보면 성공을 이루지 못한 이가 많다. 이는 그들에게 재능이 부족하거나 지혜가 딸려서가 아니라 충분한 훈련이 없었기 때문이다."[95] 그는 학문을 배우고 일을 하는 데서 선후 단계를 정해서는 안 되며 동시에 추진해야 한다고 주장하였다. 차이허썬은

---

93) 묵자 : 묵적(墨翟)은 묵자의 본명이다. 묵자는 보편적 사랑, 즉 겸애를 기본 이념으로 삼는 그의 철학은 수백 년 동안 유학과 맞섰고 묵가라고 부르는 종교운동의 토대가 되었다. 전해오는 말에 따르면, 묵자는 원래 공자의 가르침을 따르던 유학자였다고 한다. 그러다가 유교는 부담스러운 의례를 지나치게 강조하고 종교적 가르침을 너무 소홀히 한다고 확신하게 되어 독자적인 길을 가기로 결심했다. 공자는 모든 점에서 볼 때 귀족적인 기질과 경향을 갖고 있었으며, 화려하고 웅장한 주나라 초기의 조용하고 평화로웠던 시절로 돌아가기를 꿈꾸었다. 반면에 묵자는 평범한 사람들에게 이끌렸고, 주나라보다 훨씬 오래된 원시시대의 단순하고 소박한 생활과 솔직한 인간관계를 꿈꾸었다. 〈묵자〉는 묵자와 그의 제자들이 남긴 주요저술을 집대성한 것으로, 묵자의 정치, 윤리, 종교적인 가르침의 핵심을 담고 있다.
94) 차이허썬, 「마오쩌둥에게 보낸 편지」, 『신민학회 자료』, 인민출판사 1980년 판.
95) 리루이(李銳), 『마오쩌둥의 조기 혁명 활동』, 후난인민출판사 1980년 판, 136쪽.

프랑스에 가서 고학하는 기간에 용맹하고 두려움 모르는 정신으로 마르크스 저작을 탐독하고 번역하는 한편 고학하는 학생과 프랑스에 있는 중국인노동자들을 조직하여 혁명운동을 전개하였다. 귀국해서는 바로 중국혁명의 거센 물결에 뛰어들어 중국공산당 초기의 걸출한 이론가와 선전가, 실천 활동가로 활약하였다. 다섯째, 인격이 밝고 겸허하며 성실하였다. 신민학회 회원들은 모임을 가질 때마다 언제나 학습 소감을 교류하면서 상대방의 약점과 그릇된 점을 기탄없이 비평하곤 하였다. 이런 교류와 고무격려, 비판 속에서 그릇된 견해와 악습을 버리고 인격의 완성과 승화를 추구하였다. 신민학회 회원 가입 조건, 학회의 장점, 학회회원의 장점을 통해서도 그때 당시 신민학회의 풍채를 엿볼 수 있다. 마오쩌둥이 작성한 「신민학회 업무보고」 제1호에서는 학회의 태도를 "내실이 있고 실제적이며, 허영을 좋아하지 않고, 자신을 내세우지 않는 것"이라고 말하였다. 학회에 가입하는 자는 반드시 순결하고, 성실하며, 분투정신이 있고 진리에 복종하는 네 가지 조건을 구비해야 한다. 학회의 신조에 대해 마오쩌둥은 "자찬하지 않는 것", "떠벌리지 않는 것", "성과를 거두기에 급급하지 않는 것", "낡은 세력에 의존하지 않는 것"이라고 귀납하였다. "'자찬하지 않음'으로써 대다수 회원은 서로 간에 면전에서 칭찬하는 경우가 적고 '의로운 말만 하며' 언제나 겸허하고 고무적인 말이 기뻐하고 득의에 찬 말보다 많았다. '떠벌리지 않음'으로써 학회는 비록 설립된 지 3년이 되도록 사회상에서는 서로 아는 극소수의 벗을 제외하고 아직까지 우리 학회의 이름을 아는 이가 없다. '성과를 거두기에 급급하지 않음'으로써 회원들은 학문을 탐구하든 일을 하든지 아직까지 '기반을 닦은 중'이고 결과는 앞날에 있는 줄로 알고 있다. 앞으로 좋은 결과와 큰 결과를 얻으려면 반드시 기반을 튼튼하게 다져야 한다. '낡은 세력에 의존하지 않음'으로써 회원들은 모두 우리 학회가 답습한 것이 아니라 창조해낸 것이라고 느끼고 있다. 이 학회에 속한 회원이 현재 혹은 앞으로 여러 방면에서 해내는 여러 가지 일들도 역시 답습한 것이 아니라 창조한 것이다. 그렇기 때문에 우리 학회는 한 번도 낡은 세력과 아무런 관계도 맺은 적이 없으며 낡은 세력에 속하는 사람의 학회 가입을 초청한 적도 없다." 이밖에도 학회 회원은 세 가지 장점을 가지고 있다. 첫째, 두뇌가 명석하며 대다수 회원은 진부한 기풍이 없고 새로운 사상을 받아들일 수 있다. 둘째, 분투정신을 갖추었다. 대다수 회원은 대체로 어느 정도 분투능력을 갖추었는데 적극적인 면에서 보면 좋은 사람과 연락하고 좋은 일을 할 수 있고, 소극적인 면에서 보면 사람을 배척하고 나쁜 일을 소멸시킬 수 있다. 삶을 개척하고 학문을 연수하며, 진취적이고 향상할 수 있는 여러 방면에서 모두 회원의 진취적인 정신을 볼 수가 있다. 셋째, 서로 돕는 정신과 희생정신이다. 회원들 사이에 대체로 서로 도울 수가 있으며 또 희생정신도 갖추었다.[96] 1921년 중국공산당이 창설된 후 신민학회는 점차 활동을 멈추었다. 그리고 그 회원 중 대부분 혁명파는 모두 중국공산당 최초의 당원과 골간세력이 되었다. 신민학회는 마오쩌동에게, 나아가서 전 중국 현대 혁명의 역사과정에서 깊은 영향을 주었으며 불후의 정신과 공적을 쌓았던 것이다.

---

96) 『신민학회 자료』, 인민출판사 1980년판.

제2장

뛰어난 독립적 주체의식

자아의식 혹은 주체의식은 인류 자체의 자유 창조적 본성, 독립 자주적 인격 및 가치 창조와 향유 활동에서의 주체지위에 대한 인류의 의식이다. 인류에게 자아의식이 생긴 것은 자연적 상태와 단순 동물성을 추월하고 귀신 미신과 초자연적인 힘에 대한 경외에서 벗어났음을 표명하며, 사람을 압박하고 착취하며 해치고 손해를 끼치는 낡은 사회세력에 대한 반항을 의미하며, 자신의 의의와 가치, 창조적 재능 및 힘에 대해 확인하였음을 의미한다.

자아의식의 각성은 주체로서의 인간이 자존자애하고 자립자강하며 자아 완성, 자아실현을 이룰 수 있는 가장 중요한 사상 심리 조건이다. 전 인류 및 개체의 자아의식은 점차 형성되고 발전하는 것이다. 젊은 시절 마오쩌동도 역시 무아론(無我論)에서 유아론(唯我論)으로 전환하는 심리적 변화 과정을 거쳤다.

1. 주체의식의 각성과 강화

마오쩌동은 젊은 시절 한때 무아론을 주장하면서 우주·천하·국가만이 진실하고 가치가 있으며, 의미가 있는 존재이며, 개체의 자아는 실재하는 성질을 띠지 않으며, 또 독립적인 지위와 자주적 능력, 내재적 가치도 없다고 주장하였다. 그가 한때 무아론을 믿고 실행하였던 원인은 인류 개체의식의 형성과 발전의 보편적 법칙의 제약을 받은 것 이외에도 봉건주의사상의 교육, 어머니 문 씨의 순종적이고 인내심이 강한 성격의 영향 및 종교미신사상의 영향 또한 경시할 수 없는 중요한 원인이라고 할 수 있다. 마오쩌동은 유년 시절에 이미 사숙에 들어가 계몽교육을 받으면서 유가경전을 숙독하였으며, 봉건주의 사상교육을 받았었다. 중국의 역대 봉건 통치자와 사상가들은 전제정치의 천연적 합리성과 신성 불가침성을 논증하기 위해 천도와 인간사를 억지로 비교하면서 왕도정치는 천도의 자연에 근원을 두었고, 봉건 전제군주는 만민을 관리하고 교화하기 위해 하늘이 지상에 배치한 대리인이며, 봉건 군주와 전제 국가는 하늘의 의지와 인간 세상의 가치를 구현하는 것이라고 널리 홍보했다. 그들은 종법(宗法) 봉건제도에 맞추기 위해 삼강오륜을 사람의 사상과 행위를 순화하고 속박하는 보편적 원칙으로 삼았다. 사람들은 봉건제도와 삼강오륜 및 명교의 속박을 받아 자유로운 의지와 독립적인 인격 대접을 못 받았고, 개성이 억압당하고 손상을 입어 창조적 능력을 제대로 발휘하지 못하였으며, 정당한 수요가 만족을 얻지 못하면서 인간의 가치를 실현할 수 없게 되었던 것이다. 봉건사상의 교육과 주입이 마오쩌동의 주체의식 형성을 저해 받게 하였으며, 나아가 암기만 시키고 설명을 하지 않는 사숙의 교학방법 또한 사고력의 계발에 불리한 작용을 하였다.

마오쩌둥의 어머니 원치메이(文七妹)는 마음씨 착한 농촌 여성이었으며, 인심이 후하고 인정이 많아 언제나 다른 사람을 기꺼이 도와주곤 하였다. 세상을 비탄하고 백성의 고통을 불쌍히 여기는 그녀의 심성과 품격은 어린 시절 마오쩌둥을 도덕적으로 크게 감화시켰음이 틀림없었다. 그러나 삼강의 세 번째 덕목인 "부위부강(夫爲婦綱, 지아비는 지어미의 벼리"라는 억압과 속박 속에서 그녀는 구 중국의 다른 여성들과 마찬가지로 뜻이 있어도 펴지 못하고, 요구하는 바가 있어도 얻지 못하였으며, 욕망은 억눌리고 정신적으로는 시달림을 받아야 했다. 인색하고 이기적이며 독단적이고 엄격한 남편 앞에서 감히 아무 말도 하지 못하고 인내하고 타협하며 양보하는 생활을 하는 수밖에 없었다. 훗날 마오쩌둥은 에드가 스노우와 이야기를 나누면서 매우 익살스럽게 회억하였다. "우리 집은 두 개의 '당'파로 나뉘어 있었다. 한 당파는 나의 아버지로서 집권당이었고, 반대당은 나와 어머니 그리고 아우들로 구성되었으며, 때로는 고용일꾼도 우리 당에 포함되곤 하였다. 그런데 반대당의 '통일전선' 내부에도 의견차이가 존재하였다. 나의 어머니는 간접적으로 공격하는 정책을 주장하였다. 무릇 뚜렷한 감정 표현 혹은 집권당에게 공개적으로 반항하려는 시도에 대해서는 모두 비평하였는데, 그렇게 하는 것은 중국인의 방법이 아니라고 했다."[97] 마오쩌둥의 어머니는 경건한 불교도로서 자신의 아이들에게도 종교적 신앙을 주입시켰다. 마오쩌둥은 어머니의 영향을 받아 한때 불교를 신앙하였던 적이 있었다. 불교철학에 따르면 "우

---

97) 에드가 스노우, 『서행만기』, 앞의 책, 107쪽.

주에 존재하는 모든 사물과 현상이 여러 가지 원인과 조건의 화합에 의해 생겨나는 것으로서 찰나에 생겨나거나 없어지며 변화무쌍한 것이다. 또 인간은 우주에 존재하는 하나의 사물로서 역시 마찬가지로 인연으로 인해 생겨나 독립적이고 확실한 성질이 없기 때문에 자신을 주재할 수가 없다. 만약 인간이 어떤 성질을 갖고 있다면, 그것은 바로 '성공(性空)'98 혹은 '무아(無我)'99이다. 인생의 고통은 '무명(無明)'100에 근원이 있다. 즉 인생의 '무상함(無常)'과 '무아'의 도리를 알지 못함이다." 불교는 일종의 종교로서 그 목적은 사람들이 우주 만물은 인연에서 생겨나는 것으로서 실재하지 않고 허황한 것이기 때문에, 인생에 대한 집착을 버리고 정신적인 해탈을 구해야 함을 믿게 하는데 있다. 마오쩌둥은 그때 당시 불교 경전을 읽은 적이 없기 때문에 인생을 허황한 것으로 보고 해탈을 목적으로 하는 불교의 인생철학에 대해 별로 깊은 이해가 없었을 것이다. 그러나 그는 부처를 사람들을 고난에서 구제하고 중생을 제도하는 신령으로 공양하면서 불교와 다른 종교의 미신적인 허황함에 대해 미처 인식하지 못하였으며, 신의 권위와 사회의 권위로부터 독립된 자신의 주체지위를 미처 보지 못하

---

98) 성공(性空) : 모든 사물은 인연의 화합에 의한 것이어서 그 본성은 실재하지 않고 공허하다는 말.

99) 무아(無我) : 범어 anatman 혹은 nir-atman의 번역이다. 비아(非我)라 번역하기도 한다. 아는 영원히 변하지 않고(常), 독립적으로 자존하며(一), 자체자로서(主) 지배적인 능력을 지닌 주체(宰)로 생각되는 본체적인 실체를 의미한다. 무아는 불교의 근본 교리로서 삼법인의 하나인 무아인(無我印)에 해당 한다.

100) 무명(無明) : 범어 avidya의 번역이다. 사물의 있는 그대로의 모습을 보지 못하는 불여실지견(不如實智見)을 말한다. 즉 진리에 눈뜨지 못하고 사물에 통달하지 못해서 사물과 현상의 도리를 확실하게 이해할 수 없는 정신 상태를 말하며 어리석음(愚癡)을 내용으로 한다. 십이연기[十二緣起]에선 제1지가 무명이며 윤회의 근본이라 본다.

고, 자신의 고유한 가치와 자아주재의 능력을 미처 보지를 못하였다. 이로부터 마오쩌동이 어머니의 타협적이고 인내하며 양보하는 성격적 약점과 경건한 종교 신앙의 영향을 받은 것이 무아론 주장을 형성하게 된 주요 원인임을 알 수가 있다. 그러나 중국의 근대는 또한 사람들의 자아의식이 각성하기 시작한 시대였다. 하층 민중의 고단한 삶에 대해 직접 보고 들은 것과, 근대 중국이 직면한 심각한 민족 위기의 자극, 양무운동에서 초보적인 민주의식을 갖춘 지식인과 유신개량운동에서 정치사상계의 지도자 및 신문화운동에서 사상의 선구자들이 종사하였던 계몽작업은 마오쩌동의 자아의식의 각성과 무아론에서 유아론으로의 전환을 실현할 수 있었던 거대한 정신적 추진력이었다. 마오쩌동은 농민의 가정에서 태어났다. 그의 아버지 마오순성은 원래 빈농이었는데 젊었을 때 너무 많은 빚을 져 군에 입대해야만 했다. 후에 마을에 돌아와 식량과 돼지 운반 판매를 겸하면서 근검절약하여 돈을 모아 자기 땅을 되사들였으며, 나머지 자금은 전지(田地) 부동산에 투자하여 부농으로 점차 부상하였다. 그는 부농의 관념에서 출발하여 자식을 엄하게 단속하였다. 집안을 일으켜 부유해지기 위하여 그는 마오쩌동을 사숙에 보내 공부를 시키는 한편 마오쩌동에게 장부 관리를 맡기고 밭에 나가 일을 하게 하였다. 거칠고 화를 잘 내는 성미인 그는 늘 이유도 없이 마오쩌동을 게으르고 불효하다고 꾸중하였으며, 때로는 심지어 체벌까지 가하곤 하였다. 사회 최하층에서 엄한 아버지의 단속을 받으면서 생활하였던 마오쩌동은 백성의 고통을 직접 목격하였으며 아버지의 독재와 혹독함을 겪었다. 직접 겪은 생활체험을 통해 사회의 불공평과 가부장제에 대한 그의 반발의식을 깨웠으며, 자신의 사회적 지위 나아가서 고통 받는 광범위한 대중의 사회적 지위에 대한 인식과 자각을 불러일으켰다. 마오쩌둥은 8살부터 13살까지 본 고장의 사숙에서 글공부를 하였다. 그는 유가 경전을 숙독하였지만 좋아하지는 않았다. 그가 즐겨 읽었던 것은 중국의 옛 소설이었다. 예를 들면 『삼국연의(三國演義)』『수호전(水滸傳)』『악비전(岳飛傳)』『수당연의(隋唐演義)』『서유기(西遊記)』 등이었다. 그 고전소설을 읽는 과정에서 그는 중요한 문제들에 대해 생각하기 시작하였다. 훗날 소년 시대의 삶에 대해 회고하면서 그는 이렇게 말하였다. "나는 계속 중국 옛 소설과 이야기를 읽어나갔다. 어느 날 나는 문득 그 소설들에서 한 가지 매우 특별한 사실을 발견하였다. 즉 농사를 짓는 농민이 등장하지 않는다는 사실이었다. 소설 속의 모든 인물은 무장·문관·서생들이고 농민이 주인공으로 등장하는 것은 한 번도 본 적이 없다는 사실이었다. 그 일을 두고 나는 2년이 넘게 궁금해 했다. 후에 소설 내용에 대해 분석하기 시작하였다. 나는 소설에서 찬송한 것은 모두 무장이고, 인민의 통치자들임을 발견하였다. 그들은 농사를 지을 필요가 없었다. 토지가 모두 그들의 소유여서 그들이 통제하고 있었으며, 농민들에게 그들 대신 농사를 짓게 하였던 것이다."[101] 마오쩌둥의 그 발견은 실제상에서 사람이 사람을 착취하고 사람이 사람을 압박하는 불평등한 사회제도에 대한 인식이었으며, 자신을 포함한 농민계급과 기타 하층 민중의 낮은 사회

---

101) 에드가 스노우, 앞의 책, 109쪽.

지위에 대한 인식이었다. 그리고 1910년 봄에 창사 시에서 일어난 수만 명의 굶주린 백성들의 '식량 빼앗기' 풍조는 마오쩌둥의 마음을 크게 뒤흔들어놓았다. 1909년에 후난성의 호수를 끼고 있는 여러 현이 수재를 당했으며, 창사·샹탄(湘潭)·바오칭(寶慶)·헝양(衡陽)등 현도 병충해와 가뭄 피해를 당하였다. 이듬해 봄 간상배와 악질 토호들이 식량을 매점매석하고 순무(巡撫)인 천춘밍(岑春蓂)까지 간상배와 결탁하여 식량을 경외로 실어 내는 바람에 쌀값이 폭등하고 인민들이 먹을 쌀이 없게 되었다. 4월 중순 창사 성안에서 대중이 식량을 빼앗는 풍조가 일어났으며, 천춘밍은 군대를 동원하여 잔혹하게 진압에 나서 약 백 명에 이르는 대중이 죽거나 다치게 했다. 그 일이 사오산(韶山)까지 전해지자 마오쩌둥은 반란자들을 동정하였다. 그는 "반란을 일으킨 사람들도 내 집식구와 같은 백성들이라고 느꼈다. 그들이 억울함을 당한 것에 대해 큰 걱정을 느꼈다."[102]라고 회고하였다. 마오쩌둥은 방관자의 입장에서 출발하여 굶주린 백성들을 동정한 것이 아니라, 그 일이 자신의 삶과 밀접한 관계가 있다고 생각하였다. 굶주린 백성들의 고난은 개별적인 사람의 일이 아니라 피압박계급의 고난이며 낡은 사회제도의 죄악이었던 것이다. 그 일로 인해 마오쩌둥은 구사회에 저항하고 가난한 백성을 구제하려는 의식을 불러일으켰으며, 그의 일생에 큰 영향을 주었다. 만약 마오쩌둥이 인민의 고난에 대해 직접 보고 들은 것이 감성적·감정적인 면에서 그의 자아의식의 각성을 촉발되었다면, 근대 들어 흥기한 계몽운동은 이성적 차원에서 그

---

102) 위의 책.

의 자아의식의 문을 열어젖혔다고 할 수 있다. 근대 들어 망국멸종의 혹심한 민족 위기가 중국인을 오랜 세월 동안의 깊은 잠에서 놀라 깨어나게 하였으며, 많은 선진적인 지식인들을 격려하여 세상을 일깨우고 백성을 일깨우며 국가를 멸망의 위기에서 구하고, 민족의 생존을 도모하는 길에서 고생스럽게 사방으로 뛰어다니면서 호소하도록 하였다. 임측서·공자진·위원 등 이들은 쇄국정책을 실시하며, 조야가 우매한 침울한 분위기 속에서 "바야흐로 시들어 떨어지려는 꽃잎은 말라비틀어진 나무보다도 더 처참한 것"[103]이라는 말세의 비애를 통감하면서 경세치용(經世致用), 변법과 혁신(更法革新), 서양의 선진 기술을 본받을 것(師夷長技) 등을 극구 제창하였다. 그들은 인재를 학대하고 개성을 억압하는 전제 통치에 불만을 느끼고 개인의 주관 정신을 숭배하였으며 "세상은 인간이 만드는 것, 뭇사람이 자체로 만드는 것, 성인이 만드는 것이 아니다(天地, 人所造, 衆人自造, 非聖人所造)"라면서 "뭇사람을 지배하는 것은 천도도 아니요 태극도 아닌 나 자신 즉 자아이다(衆人之宰, 非道非極, 自名曰我)"[104]라고 주장하였다. 그들은 사람들에게 자신의 마음을 존중하고 각자의 성정에 따라 자신의 개성을 자유롭게 발전시킬 것을 호소하였다. 양무운동 과정에서 초보적인 민주의식을 갖춘 일부 지식인들이 지혜로운 것이 곧 덕목이라는 명제를 제기하면서 인간은 천지간의 정기를 받아 생겨나며 그 성정은 큰 차이가 없다는 고로한 관점을 거듭 강조함으로써 이성을 숭상하고

---

103) 공자진, 『을병지제저의 제9』
104) 공자진, 『임계지제태관 제1』

자유를 갈망하며 평등을 추구하는 심리적 이념을 표현하였다. 무술 유신운동 과정에서 캉유웨이·량치차오·담사동·옌푸 등 이들은 완고함과 아둔함을 깨우치고 개성을 양성하며 신민을 양성하는 것이 정치의 진보와 문명, 나라의 독립과 부강에 일으키는 결정적인 역할에 대해 명석하게 인식하게 되었다. 신문화운동시기에 이르러 잔잔하게 흐르던 이들 사상계몽의 작은 개울이 합류하여 민주와 과학에 대해 거리낌 없이 논하면서 독립과 자유, 개성 해방을 추구하는 도도히 흐르는 큰 강물을 이루었다. 마오쩌둥이 청년 시대에 들어설 무렵 개량주의운동은 이미 역사의 뒤안길로 사라지고 혁명민주주의운동이 활활 타오르는 불길처럼 번지고 있을 때였다. 그러나 그때 당시 외부와 소통이 없는 편벽한 시골마을에 몸담고 있었던 그는 혁명민주주의사상을 먼저 접한 것이 아니라 개량주의자들의 저작들을 통해 최초의 철학과 정치·문화의 계몽을 받았다. 마오쩌둥이 13살 되던 해에 아버지는 일손이 필요하였던 터에 사숙에 나가 글공부를 하는 것을 그만두어야만 하였다. 그는 낮에는 밖에 나가 하루 종일 일하고 밤에는 아버지 대신 장부를 기록해야만 하였다. 그럼에도 그는 틈을 타 목마른 사람이 물을 들이켜듯이 눈에 보이는 모든 서적을 탐독하였다. 1909년에 그는 조기 개량주의자 정관응(鄭觀應)이 쓴 『성세위언(盛世危言)』이라는 책을 읽었다. 그 책은 정관응이 그때 당시 시국에 비애를 느끼고 시대의 폐단을 지적하고 위기에 처한 국면을 돌려세울 것을 생각하며 근심과 분노에 싸여서 쓴 책으로 책 이름은 『논어·헌문(論語·憲問)』 중의 "나라가 태평하려면 말과 행동이 바라야 한다(邦有

道, 危言危行)"라는 말의 뜻을 딴 것이다. 정관응은 중국 학문과 서양 학문은 각자 도기(道器) 체용(體用)의 기능을 갖추고 있어 부국강병을 실현하고 외래의 침략을 막으며 자립자강하려면 반드시 서양의 기용 기예(器用技藝)와 도체(道體)정치를 아울러 배워야 한다고 주장하였다. 그는 상공업 발전과 군사력 강화에 주의를 기울일 것을 주장하고 낡아빠진 인재 등용 과거제도인 팔고취사(八股取士)제도를 폐지하고, 교육을 혁신하며 실용적인 학문을 강조하고 구국의 인재를 양성할 것을 주장하였을 뿐만 아니라, 군주전제제도를 폐지하고 군주입헌제를 실행하여 의원(議院)에서 국가 대사를 의논하고, 상하가 한 마음 한 뜻이 되며 임금과 백성이 공동으로 나라의 주인이 되어야 한다고 주장하였다. 마오쩌동은 『성세위언』을 읽으면서 조정의 부패와 열강의 유린에 크게 격분하였으며, 시대의 폐단에 대해 비난하고 변법과 입헌, 인재 양성, 부국강병을 제창하는 정관응의 주장에 마음이 끌렸다. 훗날 그는 이렇게 회고하였다. "나는 『성세위언』이라는 책을 읽었는데 그 책을 매우 좋아하였다. 작자는 오랜 개량주의파였는데 중국이 약한 것은 서양의 기계─철도·전화·전보·윤선이 없는 탓이라면서 그래서 그 물건들을 중국에 도입하려 하였다."[105] "『성세위언』은 학업을 다시 해야겠다는 나의 소망을 자극하였다."[106] 그 시기부터 마오쩌동은 정치에 대한 각오가 형성되기 시작하였다. 특히 중국이 열강에 의해 사분오열될 위기에 처하였다는 내용에 대해 논한 작은 책자를

---

105) 에드가 스노우, 『서행만기』, 앞의 책, 109쪽.
106) 위의 책, 110쪽.

읽은 후 그는 나라의 전도에 대해 깊은 우려를 느꼈으며, 나라의 흥망성쇠에는 남아대장부에게 책임이 있음을 의식하기 시작하였다.[107]

1910년에 마오쩌동은 자신의 몸과 마음을 속박하는 가정과 폐쇄적 기풍에 휩싸인 사오산충(韶山沖)을 떠나 샹샹동산(湘鄉東山) 고등 소학당으로 가서 공부하게 되었다. 그곳 학생들은 대다수가 부잣집 자제들이어서 차림새에 신경을 많이 썼다. 마오쩌동은 옷차림이 초라했다. 평소에 늘 낡은 바지와 저고리를 입고 다녔다. 게다가 샹샹 본 고장 사람이 아니라는 이유로 동학들은 늘 그를 업신여기곤 하였다. 그 때문에 그는 정신적으로 늘 우울하였다. 그러나 마오쩌동은 그 학교에서 적지 않은 발전을 이루었다. 그는 많은 역사와 지리 지식을 배웠으며 시야를 크게 넓혔다. 그는 고문(古文)을 잘 했기 때문에 스승의 총애를 받았다. 그리고 그 시기에 변법운동에 대해 논한 캉유웨이의 책과 1902~1903년간에 량치차오가 책임 편집한 『신민총간』을 읽으면서 그 두 사람의 변혁과 민주사상에 크게 영향 받았다. 캉유웨이와 량치차오 두 사람 중 량치차오가 마오쩌동에게 특히 더 큰 영향을 끼쳤다. 량치차오는 무술운동 후 한동안 크게 이름을 떨친 자산계급 새 관념 새 학설의 적극적인 선전자였다. 그가 초기 『신민총간』에 발표한 정치평론들은 마치 천둥이 울부짖는 듯하였으며, 문풍이 자유롭고 통쾌하였고 바람과 구름도 일으킬 듯 기세가 당당하고 간담을 서늘케 하였다. 그는 청나라 말기 전제주의 정치체제를 맹비난하면서 "수천 년간 이어져 내려온 횡포하고 혼탁한 정치체제를 반드

---

107) 위의 책, 111~112쪽.

시 폐지하고 부숴버려야 하며, 수천 년간 호랑이·이리·거머리·해충·구더기 같은 관리들이 간신배로 살 수 있었던 핑계를 모두 없애버려야 한다."[108]고 주장하였다. 그는 "전제주의 정치체제는 우리 세대 사람들에게는 공공의 적이요, 철천지원수이다", "우리 세대는 이제 대군을 조직해 목숨을 바쳐서라도 그것을 소멸시키고야 아침밥을 먹을 것이다."[109] 량치차오 등 이들은 전제주의 정치체제를 비난함과 동시에 사회 변혁에서 의식형태가 일으키는 역할에 대해 인식하기 시작하였다. 그래서 국민성을 개조하는 것으로부터 착수하여 사회를 개조하고 정치를 개혁하려고 시도하였으며, 민중의 지식수준을 높이고, 민중의 신체를 강건하게 하며, 민중의 도덕규범을 혁신하자는 기치를 치켜들었다. 합리적이고 진보적인 그들의 사상은 그때 당시 사람들의 독립, 자유, 민주, 과학 의식을 힘차게 깨우치게 하였다. 량치차오는 「신민설」의 "국가사상을 논함"이라는 장에서 '국가'와 '조정', '국가를 사랑하는 것'과 '조정을 사랑하는 것' 간의 관계에 대해 논하였다. "국가사상을 갖춘 사람은 또 조정도 항상 사랑하지만, 조정을 사랑하는 사람은 모두 국가사상을 갖췄다고는 할 수 없다. 조정이 공식적으로 앞으로의 책임을 목표로 하는 것이기 때문에, 조정을 사랑하는 것이 곧 나라를 사랑하는 것이지만, 조정이 공식적으로 설립된 것이 아니라면 조정은 나라를 해치는 것이므로 조정을 바로잡는 것이 곧 나라를 사랑하는 것이다." 마오쩌둥은 「신민설」을 반복적으로 읽고

---

108) 량치차오, 「신민설(新民說)」.
109) 량치차오, 「전제 정체 토벌에 대한 격문(擬討專制政體檄)」.

연구하면서 상기 인용한 구절 옆에 이런 평어를 써놓았다. "공식적으로 설립된 것이라면 입헌제 국가이다. 헌법은 인민을 위해 제정된 것이며, 군주는 인민의 옹호와 사랑을 받아야 한다. 공식적으로 설립된 것이 아니라면 전제 국가로서 법령은 군주를 위해 제정된 것이며, 군주는 인민이 마음에서 우러나서 따르는 자가 아닌 것이다. 전자는 현재의 영국·일본 등 국가에 해당하는 것이고, 후자는 수천 년간 나라를 훔친 중국의 여러 왕조에 해당하는 것이다."[110] 이러한 평어는 마오쩌둥의 군주전제제도를 부정하는 태도와 초보적인 민주의식 및 군주입헌 정치체제에 대한 구상을 보여주는 것이며, 그가 정치생활 속에서 개인의 주도적 지위에 대해 인식하기 시작하였음을 보여주었다. 그러나 그의 사상은 군주의 통치를 철저히 부정하고 인민이 주인이 되어야 한다고 전적으로 주장할 수 있는 정도에까지 미처 발전하지는 못하였다. 훗날 그가 말했다시피 "그때까지 나는 군주제를 반대하는 파가 아니었다. 솔직하게 말하면 나는 황제가 대다수 관리들처럼 성실하고 선량하며 총명한 사람이라고 생각했었다. 그들은 다만 캉유웨이와 같은 사람의 도움을 받아 변법을 실행하는 것이 필요한 사람일 뿐이라고 여겼었다."[111] 동산고등소학이 더 이상 마오쩌둥의 지식 탐구의 욕망을 만족시키기가 어렵게 되자 그는 후난성 성도인 창사로 가고 싶어졌다. 1911년에 마오쩌둥은 허란강(賀嵐崗) 선생의 추천으로 성(省) 소재지에 상설된 샹샹중학교에 들어가 공부하게 되었다. 그 시기

---

110) 『마오쩌둥 조기 문고』, 후난인민출판사 1990년 판, 5쪽, 주[4].
111) 에드가 스노우, 『서행만기』, 앞의 책, 114쪽.

창사에서는 혁명당의 활동이 빈번하고 치열하였으며, 청년 학생들의 혁명정서가 고조되어 사회적으로 새로운 기상으로 가득 차 있었다. 마오쩌동은 동맹회와 그 동맹회의 "만주족 정부를 몰아내고 중화를 회복하며, 민국을 건립하고, 토지소유권을 평균화 하자"라는 자산계급 정치의 강령에 대해 이해하고 위유런(于右任)이 책임편집한 동맹회 기관지 『민립보(民立報)』를 열심히 읽었으며, 신문에 보도된 청나라 정부에 반대하는 언론과 혁명 사적에 감동을 받았다. 그 즈음에 그는 군주제에 반대하기 시작하였지만 혁명과 개량의 본질적 구별에 대해서는 명확하게 구분하지 못하였다. 그는 자신의 정치적 견해에 대해 피력한 글에서 "손중산(孫文)을 일본으로부터 귀국시켜 새 정부의 총통(總統) 직을 맡게 하고 캉유웨이에게 국무총리 직을, 량치차오에게 외교부장 직을 맡길 것"[112]을 주장하였다. 우창(武昌)봉기가 일어난 후 그는 후난에서 제일 먼저 호응하여 혁명당과 신군(新軍)이 창사에서 봉기를 일으켜 푸타이(撫臺) 관아를 공격 점령하였다. 마오쩌동은 의연히 신군에 참가해 군주제를 뒤엎고 혁명을 완성하기 위해 진력하였다. 우창봉기 후 혁명 정세가 빠르게 발전하였으며 전국 대부분 성(省)이 잇따라 독립선언을 하였다. 그런데 청 왕조의 권력이 위안스카이(袁世凱)의 수중에 들어갔다. 그가 남북 평화담판의 방식으로 혁명 승리의 성과를 갈취하였던 것이다. 1912년 2월 12일 청나라 황제가 퇴위를 선언함에 따라 대다수 사람들은 혁명이 성공한 줄로 여기게 되었다. 마오쩌동도 혁명이 끝난 줄로 알고 군대에서 나와 공부를 계

---

112) 위의 책, 115쪽.

속하기로 결정하였다. 그는 잇따라 경관학교, 비누 제조학교, 법정학당, 상업학당 등 학교 입학시험을 쳤으나 모두 마음에 들지 않았다. 마지막에 후난 전성(全省)고등중학교에 입학원서를 냈다. 입학시험 작문 제목은 「민국이 건국되어 방치되었던 모든 일들이 다시 시행되기를 기다리고 있다. 교육과 실업(實業) 중 어느 것이 더 중요한가?」라는 것이었다. 그때 당시 교육 구국론에 찬성하였던 마오쩌둥은 마음속에 이미 준비가 되어 있던 터라 필을 들자 써내려갔다. 그리고 그는 수석으로 합격하였다. 그런데 그 학교는 교 과정이 제한되어 있었고, 학교 규정이 판에 박힌 듯 고정되어 있어서 학생의 적극성을 발휘하는 데 불리하였다. 그래서 마오쩌둥은 겨우 반년 학기를 채운 후 교장 푸딩이(符定一)의 만류를 마다하고 퇴학하고 샹샹회관에 기거하면서 매일 류양먼(瀏陽門) 딩왕타이(定王臺) 성립도서관에 가서 책을 읽었다. 자습하는 기간 마오쩌둥은 세계지리와 세계역사를 공부하고 옌푸가 번역한 8부의 세계 명작을 읽으면서 서양 자산계급사회·정치·경제·법률·철학·윤리·논리사상의 영향을 받았다. 그중에서도 『천연론』이라는 책이 마오쩌둥에게 준 영향이 특히 컸다. 그 책은 헉슬리의 원작 『진화론과 윤리학』을 전역한 것이 아니라 역자가 나라를 멸망의 위기에서 구하고 민족의 생존을 도모해야 하는 중국의 현실에 맞춰 취사선택을 진행하고 평론을 곁들였으며 더 깊이 있고 폭넓게 내용을 구성하여 지은 책이었다. 루쉰은 옌푸가 "『천연론』을 지었다"라고 칭찬하였다. 옌푸는, 진화는 거스를 수 없는 자연법칙으로서 "성인일지라도 전혀 어찌 할 힘이 없는(雖聖人無所爲力)" "시대의 추세(運會)"임

을 긍정하였으며, "세상은 반드시 앞으로 진보하게 되어 있으며 후세
는 현세보다 낫다(世道必進, 後勝於今)"[113]라고 주장하였다. 열강들이 주
위에서 호시탐탐 기회를 엿보고 있는 위급한 정세에서 정부가 옛 것
만 고집하면서 현시대를 경시한다면 필연적으로 망국 멸종의 참혹한
재앙을 부를 것이다. 오로지 현재 노력해 지난날을 추월하고, 민중의
신체를 강건하게 하고, 민중의 지식수준을 높이며, 민중의 도덕규범
을 혁신하여 독립자주, 자력자강을 실현해야만 외래의 침략을 막을
수 있으며, 나라를 멸망으로부터 구하고 민족의 생존을 도모할 수 있
다. 이러한 새로운 사상관념의 영향으로 마오쩌동의 자주, 자존, 자
립, 자강의 주체의식이 한층 더 명확해지고 강렬해질 수 있었다.

1913년 봄 마오쩌동은 후난 성립 제4사범학교에 합격 입학하였다.
1914년 2월에 제4사범학교와 성립제1사범학교가 합병되었으며, 마오
쩌동은 제8반에 편입되었다. 1918년 여름에 졸업하였다. 사범학교에
서 공부하는 동안 그의 자아의식은 더 한층 발전하고 강화되었다.
'5.4'운동 전과 후, 후난 제1사범학교는 잘 운영된 학교라고 할 수 있었
다. 그것은 학교 운영 지도사상이 진보적이었고, 양창지·쉬터리(徐特
立) 등 사상이 개명한 교사들이 있었다는 사실에서 반영되었다. 학교
의 장정에는 최신 민주주의 교육방침에 따르고, 항상 나라의 수치로
학생의 자각심을 불러일으키며, 여러 학과 교수들은 마땅히 자동주
의를 제창해야 한다고 규정짓고 있었다. 모든 교사 중에서 양창지가
마오쩌동에게 가장 큰 영향을 주었다. 그는 강렬한 애국주의사상과

---

113) 헉슬리, 『진화와 윤리』, 옌푸가 『천연론』으로 번역, 상무인서관 1981년 판, 47쪽.

민주주의사상을 갖춘 교육가였다. 그는 사람마다 독립정신과 분투정신이 있어야 하며, 고상한 이상을 수립해야 한다고 제창하였다.

그는 학문을 함에 있어서 고금을 두루 통달하고, 중국과 서양의 학문을 융합시키며, 널리 학문을 닦는 것과 사리에 밝고 예절을 잘 지키는 것을 결합시키고, 배운 학문은 반드시 소화시키며, 나라의 실정에 따라 답습할 것은 답습하고 혁신할 것은 혁신하며 취사선택을 할 것을 주장하였다. 그는 도덕적 실천, 강인하고 굳센 의지, 깊은 생각과 주도면밀한 계획, 신중하고 고생을 참고 견딜 것을 강조하였다.

새로운 지식을 추구하고 확고한 신앙이 있으며 몸소 실천하는 것을 중시하는 그의 정신은 마오쩌둥에게 잊을 수 없는 깊은 인상을 주었다. 『신청년』 잡지가 출간된 후 양창지의 소개로 마오쩌둥은 그 잡지의 가장 열성적인 독자가 되었다. 그 잡지는 신문화운동의 이론적 진지로서 민주와 과학을 기치로 내세우고 전제정치에 반대하고 민주를 제창하였으며, 미신에 반대하고 과학을 제창하였으며, 낡은 도덕에 반대하고 새로운 도덕을 제창하였으며, 이성 정신으로 모든 가치를 새롭게 평가할 것을 제창하였고, 인간의 개성을 해방시켜 인간의 존엄을 회복하고 인간의 가치를 실현할 것을 요구하였다. 마오쩌둥은 사상이 민감한 다른 일부 청년 지식인들과 마찬가지로 곧 닥치게 될 인류의 새 천지의 밝아오는 새벽의 맑은 공기를 마시게 된 것에 기뻐서 어쩔 줄 몰랐다. 그는 『신청년』의 글을 읽는 데 심취하였으며, 『신청년』에 제기된 사회와 인생에 대한 중대한 문제에 대해 엄숙하게 사고하는 과정에서 결국 귀신·물상·운명·강권에 대한 미신과 순종에서 벗어나게 되었으며, 낡은 윤리도덕과 가치 관념을 버리고 새 사상과 새 도덕을 받아들였으며, 자신의 주체지위와 창조적 잠재력 및 자신의 의의와 가치를 발견하고 확인하였으며, 인정하게 되었다. 마오쩌둥이 1913~1914년에 쓴 『강당록(講堂錄)』에는 심리와 객관사물, 태평성세와 어지러운 세상, 현명함과 현명하지 않음, "수신제가치국평천하"등 사회와 인생의 중대한 문제에 치중하였으며, '자신을 귀하게 여기고(貴我)' '현시대의 지식을 통달하는(通今)' 인생자세에 찬성하였다. 1917년 하반기부터 1918년 상반기까지 마오쩌둥은 양창지의 지도하에 독일 칸트학파(Kantianer) 철학자 파울젠(Friedrich Paulsen)의 『윤리학 원리』[114]라는 책을 탐독하고 연구하는데 심혈을 기울여 1만 2천 자에 이르는 주해를 썼는데, 자아중심·개인지상·개성발전·자아실현의 '유아론(唯我論)'을 공개적으로 주장하였다. 이는 마오쩌둥의 자아의식의 형성과 강화 및 진정한 자아 각성의 상징으로 볼 수 있다.

2. 자아 가치의 긍정과 과시

자아의 주체지위와 가치를 확인하는 것은 자아의식 각성의 근본적인 표현이며, 또한 인생의 목표와 인생의 이상 및 인생의 자세를 수립하고 그것으로 주체와 객체, 개인과 사회의 관계를 처리하는 사상 심리적 전제이기도 하다. 우리는 마오쩌둥의 젊은 시절에 한 수업에서

---

114) 이 책의 본명은 『윤리학체계』인데 미국 철학자 프랭크 테리(Frank Thily, 1865~1934)가 영어로 번역하여 1899년에 런던에서 출판하였다. 일본의 가니에 요시마루(蟹江義丸)가 테리의 영문본을 일본어로 번역하였고 차이위안페이(蔡元培)가 또 일본어본의 일부를 중문으로 번역하여 『윤리학원리』 라고 제목을 달아 1909년에 상무인서관에서 출판하였다.

한 필기와 독서하면서 쓴 주해, 서신과 글을 통해 그가 자아의 주체 지위를 고양하고 자아 가치를 숭상하였음을 분명하게 느낄 수 있다.

마오쩌둥은 주체로서의 자아는 우주의 기점과 중심이며, 모든 존재물 중 최고 존재자라고 주장하였다. 그는 이렇게 말하였다. "예전에 나는 무아론을 고집하면서 우주만 있고 '나'는 존재하지 않는다고 여겼다. 오늘에 이르러서야 그렇지 않다는 것을 알게 되었다. '나'가 곧 우주이다. '나'를 제외하게 되면 우주는 존재하지 않는다. 각자의 '나'의 집합이 곧 우주를 이루며, 각자의 '나'는 또 '나'로 인해 존재하는 것이다. 만약 '내'가 없다면 어찌 각자의 '내'가 존재하겠는가?"[115] 개체의 '나'와 우주는 작은 것과 큰 것, 일부와 전체, 기초와 전체의 관계이며 각각의 개체는 모두 확실히 독립적이고 진실하며 합리적인 존재로서 모두 자체의 특별한 본질과 가치를 가지고 있다. 자연의 개체이건 사회의 개체이건 만약 자성(본디부터 가지고 있는 변하지 않는 본성)을 갖추고 있지 않다면, 독립적인 각자의 '나'가 될 수 없다. 따라서 독립적인 개체의 '나'라는 의미에서 전체로서의 우주를 구성할 수도 없는 것이다. 각자의 개체인 '나'는 우주를 구성하는 기본 단위이며, 특유의 자성은 또 개체의 '나'가 개체의 '나' 자신일 수 있는 근본적 근거인 것이다. 그런 의미에서 말하면 우주는 '나'에 의지해서 존재하며, '나'가 곧 우주이다. '나'를 제외하고 개체의 '나'의 자성을 제거하면, 독립적인 개체의 '나' 및 그 집합이 존재할 수 없으며, 따라서 전체로서의 우주도 존재할 수 없다. 개체의 '나'의 자성과 어디에

---

115) 『마오쩌둥 조기 문고』, 앞의 책, 230~231쪽.

도 의지하지 않는 독립적인 지위를 강조하는 것은 '5.4'시기 개성의 해
방, 인격의 독립 및 의지의 자유가 철학적으로 반영될 것을 요구하는
것이다. 그러나 마오쩌동은 또 개체의 '나'의 자성을 지나치게 확대하
였다. 특히 주체로서의 자아가 우주에서 차지하는 지위와 역할에 대
해 지나치게 과장하였으며, 주체의 자아에 대한 다른 개체의 의존성
을 과장하면서 자연의 개체와 사회의 개체가 모두 주체의 자아에 의
존해 존재하며, 주체의 자아가 우주의 기점과 중심이라고 주장한 것
이다. 자기 한 사람의 독립적인 지위와 특유의 가치를 확인하는 것은
자아 각성의 본질적인 표현이다. 그러나 그것을 지나치게 과장하거나
강조한 나머지 '내'가 없으면 타인도, 사회도, 우주도 없다고 여기는
정도에 이르게 되면 자아의식을 각성시키는 혁명적 의미에 손해를 끼
치게 된다. 실제로 주체 자아의 지위와 가치는 다른 개체와 서로 의
존하고 서로 제약하며 서로 작용하는 과정에서 확립되고 나타나는
것이다. 주체로서의 자아는 우주의 최고 존재물이 될 수 있는 것은
그 핵심과 기점으로서의 지위 때문만이 아니라 자아가 이성적인 존
재물이어서 우주와 사회 및 인생의 본질과 근원에 대해 확실하게 인
식할 수 있고, 또 그 근원에 따라 활동할 수 있으며, 우주와 인생에
의미를 부여할 수 있기 때문이다. 파울젠은 인류가 생활하는 감성세
계 밖에 '신(神)'이라는 본체 세계가 존재한다고 주장하였다. 그는 인
류의 본질특성·도덕관념의 근원은 '신'이라면서 인류의 도덕관념이 만
약 아주 오래 전에 아주 깊이 우주의 성질에 원뿌리를 내리지 않았다
면, 아무 까닭 없이 인류의 의식 속에 나타날 수 없는 것이라고 주장

하였다. 마오쩌둥은 우주에 정신의 본체가 존재한다는 관점에 찬성하였다. 그는 이렇게 말하였다. "발현(發顯)이 곧 본체이고 본체가 곧 발현이다. 무수히 많은 발현이 합쳐져 하나의 큰 본체를 이루고 하나의 큰 본체가 무수히 많은 발현으로 나뉜다. 인류는 본체와 직접적인 관계가 있으며 그 일부분이다. 인류의 의식 또한 본체의 의식과 서로 이어져 있다. 본체를 또 신이라고 부르기도 한다."[116] 본체와 그것의 드러냄, 인류의 개체의식과 우주의 본질로서의 정신 본체는 서로 이어져 있다. 인류는 이성을 갖춘 존재물로서 우주의 정신을 깊이 이해할 수 있기 때문에 우주의 본질을 주체 자아의 내재적 본질로 내재화할 수 있고, 우주의 정신을 관념적으로 파악함과 아울러 그것을 자신의 사상과 행동 속에 관철시켜 인생의 실천을 통해 우주의 정신을 과시하고 널리 알릴 수 있다. 인류는 이성적인 활동을 통해 우주의 정신을 파악하고 그 우주의 정신을 외부에서 인간의 내면으로 이입시킬 수 있기 때문에, 인류는 외부에서 숭배의 우상을 찾을 필요가 없이 자신에게만 복종하면서 우주 본질에 대한 자신의 인식에 따라 자각적이고 자주적으로 활동을 진행하면 된다.

그래서 마오쩌둥은
"신에게 순종할 바에는 차라리 자신에게 복종하는 것이 낫지 않을까? 자신이 곧 신이기 때문이다. 자신을 제외하고 이른바 신이란 것이 존재할까? 나는 양심의 기원에 대해 연구하

---

116) 『마오쩌둥 조기 문고』, 위의 책, 229~230쪽.

면서 그것을 알게 되었다. 그 문제의 답은 자신에게서 얻어야 하는 것이다. 즉 마땅히 자신에게서 얻은 것에 따라야 한다. 시공간 안에 존재하는 모든 사물이 모두 그에 따라야 한다. 신에게서 얻는 것보다 더 큰 가치는 없다. 우리의 일생동안의 활동은 자아에 복종하는 활동일 따름이다."[117]라고 하였던 것이다.

자아는 우주의 기점과 중심으로서 우주의 정신을 깊이 이해하고 널리 발양할 수 있는 한 주체로서의 자아는 마땅히 자신의 각도에서 우주의 모든 사물을 바라보아야 한다. 중국의 전통 사대부들은, 건(乾)은 곧 하늘이고 곧 아버지이며, "곤(坤)은 곧 땅이고 곧 어머니이며 백성은 나의 동포형제이고 세상 만물은 모두 하늘이 내린 것(乾父坤母, 民胞物與)"이라는 사상관념에서 출발하여 우주만물을 일체로 보고 내외의 구별, 친소의 구분이 없다고 여기면서 자아를 희생하여 중생을 이롭게 할 것을 주장하였다. 이로써 자아의 주체성이 대중성 속에 묻히게 되는 것이다. 마오쩌동은 개체인 소아(小我)와 우주 전체의 관계를 부정하지 않았다. 그는 우주는 수많은 개체의 '나'로 구성된 서로 호흡이 이어져 있는 밀접한 전체라고 주장하였다. 그러나 그는 또 전체적 관점을 개조하여 그것을 주체 자아의 토대 위에 올려놓고 자아의 각도에서 문제를 관찰하면서 우주 만물은 모두 '나'와 관계가 있는 사물이며, 심지어 우주 만물은 내외와 원근의 구별이 없

---

117) 『마오쩌동 조기 문고』, 위의 책, 230쪽.

고 '나'가 아닌 사물은 하나도 없다고 주장하였다. 그는 『강당록』에 이렇게 썼다. "맹자는 이렇게 말하였다. '몸의 여러 부분 중에는 중요한 것도 있고 부차적인 것도 있으며, 작은 부분도 있고, 큰 부분도 있다. 작은 부분을 보양하는 데 치중하면 소인이 되고, 큰 부분을 보양하는 데 치중하면 대인이 되는 것이다.'(孟子曰: 體有貴賤, 有大小. 養其小者爲小人, 養其大者爲大人.)"[118] "한 개체로서의 '나'는 '소아'이고, 우주속의 '나'는 '대아'이다. 한 개체로서의 '나'는 육체로서의 '나'이고, 우주속의 '나'는 정신적인 '나'이다."[119] "'나'의 경계를 확충하게 되면 우주속의 대아가 되는 것이다."[120] 육체로서의 '나'는 '소아'이며, 형체에 국한된 제한적인 존재이고, 정신적인 '나'는 '대아'로서 끝이 없이 무한적인 존재이다. 주체의 자아는 정신적인 '나'를 정성 들여 보양해야 한다. '나'를 본위로 하고 세상을 비탄하고 백성의 질고(疾苦)를 불쌍히 여기는 도덕정신을 키움과 아울러 이러한 자아의식을 꾸준히 확충시켜야 한다. 그러면 주체의 자아가 만물을 포괄하고 우주를 포용할 수 있어 천하 만물이 주체 자아의 확장과 연장이 될 수 있으며, 모두 주체에 속하는 구성부분이 될 수 있는 것이다. 그 정신적인 확장과 심리적 전환을 통해 천하 만물과 만사 및 모든 도덕관념 행위가 모두 주체 자아의 구성부분이 될 수 있으며, 주체 자아의 인격 구조의 중요한 조건이 되는 것이다.

---

118) 『맹자·고자상(孟子·告子上)』.
119) 『마오쩌동 조기 문고』, 위의 책, 590쪽.
120) 위의 책, 589쪽.

개인과 사회의 관계 문제에서 젊은 시절의 마오쩌동은 개인이 사회의 근본과 토대로서 개인이 연합하여 사회를 구성하는 것이며, 사회는 개인으로 구성된 것으로서 개인이 자신의 편리를 도모하고 자아를 실현할 수 있는 근거 혹은 수단이라고 주장하였다. 그의 이러한 사상은 파울젠의 국가지상론과 량치차오의 국가유기체설에 대한 회의와 비평에서 집중적으로 반영되었다. 파울젠은 권위에 순종하는 것은 인류의 본성이며, 국가의 등장은 권위에 대한 인류의 수요라고 주장하였다. 그렇기 때문에 개인은 국가에 복종만 해야 할 뿐 반항해서는 안 되고, 국가와 개인의 관계는 몸통과 사지와 같다고 했다. 즉 "국민은 실제로 서로 연합하여 생존한다. 국민과 각 개인의 관계는 몸통과 사지의 관계이다. 사지는 몸통에서 뻗어나갔으며 생명이 있다. 몸통이 생명을 갖고 있기 때문이다. 각 개인은 국민에서 생겨났으며 생명이 있고 행동을 한다. 이 또한 국민이 생명을 갖고 있기 때문이다. 각개의 개인은 국민의 일원으로서 행동하며 그가 하는 말은 국가의 말이고, 그가 품고 있는 것은 국민의 사상이며, 그가 느끼는 욕망은 국민의 감정과 욕망인 것이다. 국민이 존립할 수 있는 것도 또한 각 개인이 생식(生殖)하고 교육을 진행한 결과이다. 그 각 개인과 사회의 관계는 객관적 세계에 존재하는 것이다."[121]라고 했던 것이다. 여기서 파울젠은 국가와 개인을 몸통과 사지에 비유하면서 국가를 개체의 생명과 존재 및 활동의 근원으로 간주하였다. 이는 권력 숭배와 국가 지상론의 일종인 것이다. 아울러 그는 또 국가와 집

---

121) 파울젠, 『윤리학원리』, 차이위안페이 역, 상무인서관 1909년 판, 150~151쪽.

단은 개인과 개체의 생식과 교육에 의해 존립한다고 지적하였다. 이는 또 개인의 지위와 권리에 대한 긍정임을 어느 정도 반영하였다. 그 이론의 모순되는 점은 그때 당시 독일 자산계급이 자신의 권리를 쟁취하기를 원하면서도 힘이 약해 봉건주의 전제통치에 굴복해야 하는 이중성이 철학적으로 반영된 것이다. 중국 근대의 량치차오도 사회 유기론으로 개인과 집단, 국민과 국가의 관계에 대해 자세히 살펴보고 이해하였으며 논술하였다. 그러나 그는 양자 관계의 중심을 국가에서 인민으로 이전하였으며, 국가생활에서 인민의 토대적 지위와 결정적 역할을 강조하였다. 그는 이렇게 말했다. "국가는 국민이 모여서 형성된 것이다. 국가에 국민이 있는 것은 마치 몸에 사지와 오장육부, 근맥과 혈액이 있는 것과 마찬가지이다. 사지가 끊기고 오장육부에 병이 들고 근맥이 상하고 혈액이 말랐는데 몸이 여전히 존재하는 경우는 없다. 또한 국민이 우매하고 나약하며 해이하고 혼탁한데 나라가 여전히 바로서는 경우도 없다. 고로 몸이 장수하려면 양생술에 밝지 않으면 안 되고, 나라가 평안하고 부유하며 존귀하고 영화로우려면 국민을 교화하는 방법을 강구하지 않으면 안 된다."[122] 량치차오가 보기에 몸에 있어서 소중한 것은 자유이고 나라에 있어서 소중한 것은 자주였다. 그리고 독립적이고 자유로운 국민이 있어야만 독립적이고 자주적인 나라가 있는 것이다. 주관적 정신적으로 독립해야만 객관적 사실적으로 독립할 수 있다. 중국이 독립적이고 자주적인 국가가 아닌 것은 그 국민에게 독립적이고 자유적인 덕목이 결여

---

122) 량치차오, 『신민설·서화(新民說·敍話)』

하기 때문이었다. "고로 오늘날 독립에 대해 얘기하려면 마땅히 먼저 개인의 독립에 대해 얘기하고, 그 다음에야 전체적인 독립에 대해 얘기할 수 있으며 먼저 도덕적인 독립에 대해 얘기하고 그 다음에야 형식상의 독립에 대해 얘기할 수 있다."[123] 오로지 독립적 자유적인 덕성을 제창해야만 "사람마다 서로간의 의존관계를 단절하고…서민들은 과거 수천 년간 이어오던 노예근성의 장벽을 허물어버릴 수 있으며, 그 후 4억 명에 이르는 노예의 몰락에서 벗어날 수 있다."[124] 그러나 독립과 자유는 제멋대로 한패를 배척하는 유아독존 식이 아니다. 독립을 강조하는 토대 위에서 량치차오는 또 "자신을 포기하고 집단을 성취하며" "작은 집단을 포기하고 큰 집단을 성취하는" "집단에 어울리는 덕목"을 제창하였다. 즉 모든 사람이 독립 자유의 인격으로 전체의 기능과 가치를 이루고 개체는 또 전체 운동 속에서 자신의 의미와 가치를 완성하고 실현하는 것이라고 보았던 것이다. 신문화운동의 지도자 천두슈·리다자오 등도 봉건전제제도를 맹비난하였으며, 개인의 독립과 자유를 제창하였다. 그들은 봉건 도덕정치의 기본 원칙으로서의 삼강(三綱)과 그로부터 파생되어 나온 충효절의(忠孝節義)는 모두 자기의 마음으로 미루어 남을 헤아리는 주인의 도덕이 아니라, 자신의 마음을 남에게 귀속시키는 노예의 도덕이라고 주장하였다. 국민은 봉건적인 삼강오륜과 명교의 속박 하에 독립된 인격을 갖출 수 없었으며, "거의 모든 사람이 자아를 잃고 성현들의 허세에 기꺼이 자

---

123) 량치차오, 『10가지 덕성의 대립과 통일(十種德性相反相成義)』
124) 위의 책.

아를 빼앗긴 채로 오랜 세월 동안 반항할 생각을 못하면서 입을 다물고 자신의 주장을 감히 말하지 못하였다. 자아를 잃었는데 나라가 어이 존재할 수 있으랴? 그러면 우리 중화민족 또한 결국에는 멸망하고 말 것이다."[125] 그렇기 때문에 독립 자주의 국가를 건설하려면 반드시 인민의 윤리적 각성을 일깨움으로써 "노예적인 속박에서 벗어나 자주적 자유적 인격을 완성하도록 해야 하며"[126] "인간세상의 모든 일이 자아를 중심으로 행해지도록 해야 한다."[127]고 하였다. 마오쩌동은 "사회·단체·국가는 개인이 연합되어 구성된 것으로서 개인이 생존하고 발전할 수 있는 필요조건"이라고 주장하였다. 인류는 사회를 벗어나 생존할 수 없다. 그러나 인류와 사회의 관계에서 인류는 목적과 가치의 주체이고, 사회는 오직 인류가 자신의 생존과 발전을 위해 설립한 조건과 장소 및 수단인 것이다. 그는 이렇게 말하였다. "집단을 떠나서 외로히 홀로 사는 것은 확실히 견딜 수 없다. 그러니 사회가 개인에게 베푸는 것이지 개인이 사회에 베푸는 것은 아님이 틀림없다."[128] "국민은 실제로 연합하여 생존하는 것이다. 개개인은 국민으로부터 생겨났고, 개개인이 생명을 갖는 것은 국민이 생명이 있기 때문이며, 마치 몸통과 사지와 같다고 말하지만, 나는 그렇지 않다고 생각한다. 국민의 생활은 정치든 언어든 모두 인류가 진화된 후의 일로서 기원할 때는 그렇지 않았다. 게다가 그것은 후에 발생한 일로

---

125) 『리다자오선집(李大釗選集)』, 인민출판사 1959년 판, 42~43쪽.
126) 천두슈, 「청년들에게 삼가 아뢰노라(敬告靑年)」
127) 천두슈, 「1916년」
128) 『마오쩌동 조기 문고』, 후난인민출판사 1990년 판, 146쪽.

서 모두 개개인이 서로 연합됨에 따라 생겨났으며, 개개인에게 편리를 도모해주기 위한 것이다. 먼저 개개인이 생겨나고 후에 국민이 있게 된 것이지 개개인이 국민으로부터 생겨난 것은 아니다. 국민의 생명은 곧 개개인의 생명의 총합으로서 개개인의 생명이 합쳐져서 생긴 것이지 개개인의 생명이 국민의 생명에서 파생된 것이 아니다. 국가와 사회 조직이 형성되면서 개개인은 그 속에 살고 있으며 이탈할 수 없다. 그 현재의 상황은 얼핏 보기에는 국민이 크고 개개인이 작으며, 국민이 중요하고 개개인은 보잘 것 없는 양상을 보일 수 있다. 그러나 자세히 연구해 보면 실제로는 그렇지가 않다."[129] 이는 개인의 이익을 경시하고 개인의 지위를 폄하하며, 무조건 자아를 희생하여 권위에 순종할 것을 강조하는 국가주의이론을 부정한 것이다. 이밖에도 그는 량치차오 등 이들의 신민주장을 받아들여 개체·개개인과 국가 사이의 가분성(可分性, 나눌 수 있는 것-역자주)과 의지의 자유 및 독립적이며 의존하지 않는 성질을 극구 강조하였다. 그는 『강당록』에서 "독립심이 있는 사람을 호걸이라고 부른다."[130]라고 기록하였다. 『윤리학원리』 주해』에서는 이렇게 썼다. "혹자는 개인이 단체에 의존해 존재하는 것은 단체가 개인으로 인해 존재하는 것과 마찬가지로, 이는 모두 서로 의존하는 것으로서 어느 한쪽으로 치우쳐서도 안 된다고 말할 수도 있다. 그러나 그렇지가 않다. 먼저 개인이 있고 후에 단체가 있게 된 것이다. 개인은 단체를 떠나서 단독으로 존재할 수 없다.

---

129) 위의 책, 241~242쪽.
130) 위의 책, 581쪽.

그리고 단체는 의사가 없다. 그 의사는 역시 개인의 의사를 집합한 것이다. 개인이 단체를 배반하는 경우는 있어도 단체가 개인을 배반하는 경우는 없다. 단체는 여전히 개인이다. 큰 개인인 것이다. 한 개인의 몸은 많은 작은 개체가 모여서 이루어졌고, 사회는 수많은 개인이 모여서 구성되었으며, 국가는 수많은 사회가 모여서 구성된 것이다. 그것들이 흩어지면 많지만 하나로 결집될 수 있다. 그렇기 때문에 개인·사회·국가는 모두 개인이고 우주 역시 하나의 개인이다. 그래서 세상에는 단체가 없고 오로지 개인만 존재한다고 말해도 안 될 것은 없다."[131] 여러 사회조직은 모두 개인으로 구성된 것이다. 이상적인 사회조직 내에서 집단의 의지는 개인의 의지를 집중적으로 반영한 것이다. 이런 의미에서 사회조직·단체·국가는 곧 개인이다. 개인은 집단을 구성하는 요소이다. 그러나 개체의 의지는 그것이 연합하여 집단을 이룸으로 하여 왜곡되거나 줄어들거나 손상을 입거나 하지 않는다. 그렇기 때문에 집단이 해체되더라도 개인은 여전히 독립적인 의지와 인격을 갖춘 개체인 것이다. 마오쩌동은 사회조직 내에서 개인의 독립적 지위와 자유 의지를 강조하였는데, 이는 사상 계몽운동의 철학적 반영과 개성해방의 필연적 요구였다. 근대에 들어서서부터 청왕조의 세력이 기울고 봉건 전제제도가 붕괴됨에 따라 낡은 도덕관념과 가치 관념도 너절한 것으로 간주하여 포기해버렸다. 낡은 도덕관념과 가치 관념을 부정한 것은 자아를 확인하고 실현하기 위한 것이지 허무와 절망으로 나가기 위한 것은 아니다. 왕권정치와 봉건도덕

---

131) 『마오쩌동 조기 문고』, 후난인민출판사 1990년 판, 152~153쪽.

의 속박에서 벗어난 뒤 사람들은 새로운 도덕관념과 가치 관념으로 정신적으로 부족한 부분을 메우는 것이 시급하였다. 신문화운동은 전제제도에 반대하고 민주 자유를 제창하였으며, 미신에 반대하고 과학을 제창하였으며, 낡은 도덕에 반대하고 새로운 도덕을 제창하면서 이성적인 안목으로 모든 가치를 새롭게 평가할 것을 요구하였다. 개성해방과 인격 독립, 가치 실현을 강조한 것은 바로 그 시대적 요구에 적응한 것이다. 개인에게 있어서 하늘의 권위와 외적 도덕규범을 부정한 뒤에는 반드시 개인의 정신력으로 내재적 도덕관념에 따라 행동해야 한다. 모든 외적 권위와 도덕규범을 부정하였으나 개인과 사회의 변증통일을 미처 발견하기 전에는 오로지 자아에 의지하는 수밖에 없다. 그래서 자신의 가치를 숭상하고 개체 자아의 독립성과 가치의 주체지위를 강조하는 것이다. 마오쩌둥이 개체로서의 개인과 집단으로서의 국민, 국민과 국가 간에는 서로 갈라놓을 수 없는 관계가 존재하지 않는다고 지적하면서 개인의 독립 지위와 자유 의지를 분명하게 강조한 것도 또한 봉건전제제도에 반대하고 비합리적인 사회제도를 개조하기 위한 수요였다. 봉건전제국가는 개인을 억압하고 개성을 무시했으며 모든 강권 중에서도 가장 나쁜 강권이었다. 오로지 전제국가를 궤멸시켜야만 사회 개체의 개성 해방과 자아실현이 가능할 수 있었다. 한편 개체, 나아가서 전체 국민은 낡은 국가를 궤멸시키고 사회와 인생을 개조하는 책임을 짊어지고 있으며 사회의 진보를 추진하는 주체 세력인 것이다. 개체와 국가의 관계가 사지와 몸통의 관계라고 한다면, 사지는 당연히 몸통에 반대하지 않을 것이므로 개체도 국가에 반대할 수 없으며, 이로써 봉건전제국가는 존재할 수 있는 근거를 얻은 것이다. 사지와 몸통이 공생 공존하는 것처럼 국가도 인류와 시종일관 공생 공존하기 때문에 이로써 봉건전제국가는 영원히 존재해야 할 근거를 얻은 것이다. 사지와 몸통은 하나는 작고 하나는 크며, 하나는 가볍고 하나는 무겁다. 따라서 개체와 국민도 국가의 권위에 절대적으로 순종해야 하며, 국가를 적극적 주동적으로 개조할 수 있는 권리가 없으며, 국가를 주재할 수는 더더욱 없다. 이로 인해 개체와 국민의 독립적 주체지위와 능동적 창조정신을 말살해버리는 것이다. 오로지 개체의 독립적 지위와 자유 의지 및 주체 가치를 강조해야만 비로소 자아의 권위를 일으키고, 자아의 가치를 숭상하며, 자아의 정신을 진작시키고, 자아의 힘을 기울여 봉건전제국가를 궤멸시키고, 개체의 자유로운 발전을 이룰 수 있는 사회제도를 세울 수 있는 것이다. 개체 자아가 우주와 사회의 기점과 중심이고 모든 존재물 중 최고의 존재이며, 우주 진리를 확실히 인식하고 널리 알리는 존재이며, 우주가 나에 의지해 존재하고, 사회가 나를 위해 존재하는 이상 개체 자아는 필연적으로 최고 가치를 갖춘 존재물로서 그 존재물의 생존과 발전의 수요는 모든 사물을 평가하는 가치 척도가 되는 것이다. 마오쩌동도 역시 그러한 방법에 따라 자신의 사상 이론을 유도해내었다. 그는 이렇게 말하였다. "개인은 최고의 가치를 갖추었으며, 모든 가치는 개인에게 의존해 존재한다. 따라서 개인(혹은 개체)이 없으면 우주도 없다. 고로 개인의 가치가 우주의 가치보다 크다고 말할 수 있다."[132] "우주에서 존중해야 할 이는 오로지 '나' 뿐이고 두려워해야 할 이는 오로지 '나' 뿐이며, 복종해야 할 이도 오로지 '나' 뿐이다. '나' 이외에는 존중해야 할 이가 없으며 있다 하더라도 '내'가 추대해야만 한다. '나' 이외에는 두려워해야 할 이가 없으며, 있다 하더라도 '내'가 추대해야만 한다. '나' 이외에는 복종해야 할 이가 없으며, 있다 하더라도 '내'가 추대해야만 한다."[133] 개체 자아를 중심으로 하는 마오쩌둥의 우주관·사회관·인생관에서는 그의 유아론적 사상 경향이 드러난 한편 또 삼강오륜과 명교를 부정하고 외적인 권위와 도덕규범을 멸시하는 그의 반역정신, 세속을 떠나 은거하기를 원하는 인생 취향, 그리고 몸과 마음을 중요하게 여기고 자아를 중요하게 여기며, 아무 데도 의지하지 않고 독립적인 인생관을 확연히 보여주었다. 그는 「칠고·동쪽 나라로 가는 쇼우이치로(縱宇一郞)[134]를 배웅하며(七古·送縱宇一郞東行)」라는 시에 이렇게 썼다. "대장부가 어찌 하찮은 일을 잊지 못하고 마음에 담아두고 있으랴. 드넓은 우주라도 작은 쌀알로 간주해야 마땅할 것이거늘. 어지러운 세상 어디에 이리저리 두리번거릴 데가 있으랴. 허다한 복잡한 천하 대사를 우리가 돌보아야 하는데. 우선 자신의 몸과 마음의 수양부터 쌓아야만 마음에 모든 준비가 다 되어 있고, 머리가 나날이 새로워져 모든 일을 원만하게 이룰 수 있으리.(丈夫何事足縈懷, 要將宇宙看稊米. 滄海橫流安足慮, 世

---

132) 『마오쩌둥 조기 문고』, 위의 책, 151쪽.

133) 위의 책, 231쪽.

134) 뤄장룽(羅章龍)이 1918년에 일본으로 가려고 계획하면서 지은 일본 이름임.

事紛紜何足理. 管卻自家身與心, 胸中日月常新美.)"¹³⁵ 이 시구는 그때 당시 마오쩌둥의 인생 자세에 대한 자증으로 볼 수 있다.

3. 인간 본질에 대한 확인과 고양

젊은 시절에 마오쩌둥은 주체로서의 자아와 객관적 자연·사회의 관계문제에서 주체에 대한 객체의 결정적 역할을 발견하였을 뿐 아니라, 또 개체에 대한 주체의 능동적 역할도 보았다. 전자는 그에게 주의주의(主義主義) 미로에서 벗어나 명석한 이성정신과 현실적 태도로 인생을 관찰할 수 있게 하였고, 후자는 그에게 소극적이고 비관적인 기계론적 오류에 빠지지 않도록 하여 인간의 주체 능동성을 인정하던 데서부터 한 걸음 더 나아가 인간의 자유 의지와 사회와 인생을 개조해야 하는 중대한 사명을 인정하기에 이를 수 있도록 하였다.

인류는 자연에서 기원하였으며 자연과 떨어질 수 없는 관계를 가지고 있다. 인류가 연합하여 사회를 이루고 사회에서 생존하고 발전한다. 주체로서의 자아는 객관환경에 의존해 생존하면서 객체의 규칙성, 필연성의 규정과 제약을 받는다. 마오쩌둥의 이러한 사상은 파울젠의『윤리학 원리』제9장 "의지의 자유"를 읽으면서 쓴 주해에서 집중적으로 논술되었다. 파울젠은 이렇게 말하였다.

"인간은 부모에게서 태어나는 것이다. 이는 짐승과 같은 부분
이다. 몸과 정신은 모두 그 부모를 닮으며 기질·성벽·감정·지

---

135) 『마오쩌둥 조기 문고』, 앞의 책, 641쪽.

력은 모두 부모로부터 유전된다. 그리고 그가 속한 국민의 체력과 기백 및 정신 습관은 또 그 영향을 받으며 자체로 정할 수 있는 것은 없다. 게다가 인류의 남녀가 이체(異體)인 원인에 대해서는 비록 구체적으로 알 수 없지만, 절대 인류가 스스로 결정할 수 있는 일이 아니며, 인류는 또 자연법칙의 관할에서 벗어날 수 없음이 확실하다.[136]

사회는 언제나 언어와 행위로써 사람들에게 그른 것과 바른 것, 공경해야 하는 것과 방자해도 되는 것을 구분 지어 보이고, 언제나 일정한 직책으로 명령하거나 혹은 요구하곤 한다. 시대가 시키는 대로 하지 않을 수 있는 이가 어디 있으랴? 건축가가 도모하는 일은 그가 원하는 것이 아니라 시대가 요구하는 것이다. 예를 들면 14세기에는 고딕양식이 유행이었고, 16세기에는 문예복고시대의 양식이 유행이었으며, 18세기에는 과학양식이 유행이었던 것이 바로 그 이치이다. 학자도 역시 마찬가지이다. 과학문제에서 스스로 선택하는 것이 아니라 시대의 선택에 따라야 하는 것이다.[137]

유기체와 무기체의 구별은 전자를 구성하는 것은 외부 기계의 작용에 의한 것이고 후자를 구성하는 것은 내면세계 원리의 동력에 의한 것이라는 데 있다. 예를 들면 조각품은 뚫고 깎아 만들 수 있지만, 유기체는 기계의 작용으로는 그것을

---

136) 파울젠, 『윤리학원리』, 차이위안페이 역, 상무인서관 1909년 판, 200쪽.
137) 위의 책, 201쪽.

파괴할 수만 있을 뿐, 구성할 수는 없다. 그래서 인류는 외부 세계 기계의 작용으로 형성된 것이 아니라 내면세계의 작용으로 형성된 것이다. 우리의 의식이 우리를 일깨울 수 있는 원인이 바로 여기에 있다. 처음에는 모든 특별한 경험이 모두 원인 없이 생겨나는 것이라고 할 수 없다. 그리고 생애 어느 한 순간에 겪게 되는 여러 가지 일들이 모두 과거에 겪었던 모든 일들과 무관하다고 할 수 없다. 또 내면세계의 원리, 즉 이른바 소아는 전혀 원인이 없다고 할 수 없다. 그리고 또 소아는 고립된 실체로 이 세상에 나타났다고 할 수 없다. 우리 몸은 원래 물질로 구성되었다. 그러나 발육을 거쳐 유기체로 된 다음에는 그 발전 초기에 비록 물질의 영향을 크게 받지만 진화의 정도가 점차 높아짐에 따라 점차 물질의 힘에 저항할 수 있게 되어, 그 자신의 의지에 따라 자신과 밀접한 관계가 있는 외부 세계의 상황을 바꿀 수 있게 되며, 또 간접적으로 자체의 형체도 바꿀 수 있게 된다.[138]

파울젠은 주체 자아에 대한 객체 및 인류가 속한 세계의 규정과 제약 역할을 인정하는 한편 주체 자아가 자신의 의지에 따라 자신과 관련된 외부 세계의 상황을 바꿀 수 있으며, 외부 세계를 바꾸는 과정에서 주체 자아도 변화하는 것이라고 지적하였다. 그의 지론은 합리적이고도 정당한 것이었다.

---

138) 위의 책, 202~203쪽.

마오쩌둥은 이러한 세 단락의 인용문을 읽으면서 각각 아래와 같이 세 마디의 평어를 달았다.

"인류는 자연법칙의 지배를 받으며 서로 균형을 이룬다."[139]
"총체적으로 자아를 이루는 모든 것은 외부 세계의 재료에 의지해야 하며, 우리는 자아 밖의 세계로 단 한 치도 뛰쳐나갈 수 없다."[140]
"나는 아직도 인류가 줄곧 무능력자라고 의심하고 있다. 설령 정신이 발전한 뒤라고 한들 어찌 자연계의 지배를 받지 않을 수 있으리오?"[141]

이로부터 마오쩌둥이 파울젠의 관점에 기본적으로 찬동하였음을 알 수 있다. 그는 객체와 외부세계 법칙의 객관적 실재성 및 주체가 객관법칙의 제약을 받게 되는 필연성을 인정하였다. 자아는 외부세계의 재료로 구성되었다. 그 육체와 생명은 자연에서 온다. 자연계 나아가서 전체 우주는 영원한 운동 변화 과정에 처해 있다. 인류의 육체와 생명도 천지간 만물의 생멸과 성패의 대변화에서 벗어날 수 없다. "인류는 자연 만물 중의 하나로서 자연 법칙의 지배를 받으며 생겨남이 있으면 반드시 스러짐이 있기 마련이다. 즉 자연의 만물은 이루어

139) 『마오쩌둥 조기 문고』, 앞의 책, 270쪽.
140) 위의 책, 271쪽.
141) 위의 책, 272쪽.

짐이 있으면 반드시 망가짐이 있는 법칙을 띤다. 무릇 자연법칙은 필연성을 띤다."[142] 자아의 정신과 생명, 예를 들면 지식·도덕·미감(미적 감수)은 모두 사회의 영향과 교육·양성에서 오며 사회에서 동떨어질 수 없고, 시대의 정신을 벗어날 수 없으며, 근거 없이 억측하고 날조할 수 없다. "미학이 창설되기 이전에 이미 아름다움(美)이 존재하였고, 윤리학이 창설되기 이전에 사람마다 이미 도덕을 갖추고 목표를 세웠다. 여러 저술은 모두 그 실제 상황에 대한 묘사에 불과하며 그 자연의 질서에 대한 서술에 불과한 것이다.

어떤 서적이든 모두 선인의 학설이나 이론을 기술한 것일 뿐 자기의 생각을 가미하여 창작한 것이 아니다. 우리 마음의 뿌리는 자연에 있으며 그 범위가 제한되어 있을진대 어찌 조금이라도 창작이 있을 수 있으리오! 다시 말해 우주 역시 영원히 똑같은 상태에 처해 있어 창작력이 없다. 정신도 불멸(不滅)이고 물질도 불멸이다. 즉 정신도 불생(不生)이고 물질도 불생이다. 불멸인데 어이 생겨남이 있을 수 있으리오? 단 변화만 있을 뿐이다. 우리 마음은 관념의 제한을 받는다. 관념은 현상의 제한을 받고 현상은 실체의 제한을 받는다. 우리 마음은 변화만 있을 뿐인데 어이 추호의 창작인들 있을 수 있으리오!"[143] 마오쩌둥이 인간은 자연법의 관할을 받는다는 파울젠의 사상을 인정한 것은 그의 세계관이 유심론에서 유물론으로, 유아론에서 자아와 사회의 통일론으로의 전환을 이룰 수 있는 중요한 계기가 되었다.

---

142) 위의 책, 194쪽.
143) 위의 책, 272, 194, 216~217쪽.

그러나 그는 인간에 대한 자연법의 제약성에 대해 극단적으로 말하였는데, 이는 인간이 자연법 앞에서 무기력하다고 주장한 것으로 이는 기계적이고 소극적이며 무위한 주장이었다. 그러나 일부 연구자들이 지적한 바와 같이 젊은 시절 마오쩌둥의 그런 소극적인 무위의 주장은 일시적인 사상관념의 실수에 불과했던 것이다. 그는 우주의 운동과 변화의 보편성과 영구성에 대해 강조하고 우주에서 자아의 중심적 지위와 최고 가치에 대해 강조하였으며, 자연계 앞에서 인간은 무기력하다는 생각을 제기함과 거의 동시에 바로 자아를 부정하면서 인간은 자연법칙의 지배와 사회의 제약을 받는 한편 자연을 규정하고 사회에 영향을 끼칠 수 있는 능동적인 힘도 갖추었다고 주장하였다. 그리고 인간이 지식과 도덕·미감을 갖출 수 있고, 또 자연을 규정하고 사회에 영향을 끼칠 수 있는 것은 이를 위한 본성이 주체 자아 속에 존재하기 때문이라고 그는 주장하였다.

> "나는 상기와 같이 말한 뒤 또 다음과 같은 의견을 얻게 되었다. 우리가 비록 자연을 규정지을 수 있기는 하지만 또 자연의 일부이기도 하다. 고로 자연은 또 우리를 규정지을 수 있는 힘이 있고, 우리도 자연을 규정지을 수 있는 힘이 있다. 우리는 비록 힘이 약하지만 영향을 끼치지 못한다고는 말할 수 없다. 자연에서 우리를 제외하게 되면 바로 그 완전성을 잃게 될 것이다. 자연에 있어서 우리는 마치 국민에 있어서 개인과 같다. 그러나 개인은 국민으로부터 여러 가지 영향을 받으며

국민의 일부이다. 국민에서 개인을 제외하게 되면 역시 그 세력을 잃게 되는 것이다. 이에 대한 분석을 거쳐 알 수 있다시피 우리도 책임을 짊어지고 있으며 자유의 의지를 갖고 있다. 우리의 여러 가지 지혜와 인식, 사회교제는 모두 부모 그리고 친구 등 외부세계의 세력에 의지해 이루어진다. 물론 그렇지만 우리 자체가 인류의 지혜와 인식, 사회교제를 이룰 수 있는 본성을 갖추어야 한다면 완전한 외력은 어디에 의지해야만 하는 걸까? 이처럼 인류의 지혜와 인식, 사회교제를 이룰 수 있는 본성을 나는 가능성이라고 부른다. 그 본성을 갖춤으로써 우리는 비로소 책임을 짊어지게 되는 것이다."[144]

젊은 시절 마오쩌둥의 또 다른 사상과 연결시켜보면 그가 말하는 본성은 바로 주체 자아의 이성적인 정신의 힘과 비이성적인 정신의 힘을 가리킨다. 인간은 이성적인 정신의 힘을 갖추고 있기 때문에 자연과 사회, 나아가서 자신에 대해 이해할 수 있으며, 진리적인 인식을 얻을 수 있는 것이다. 인간은 생존과 발전을 향한 본능적인 충동과 생존 의지 등 비이성적인 힘을 갖고 있기 때문에 인생의 실천을 위한 지극히 깊고도 근본적인 동력 원천을 제공할 수 있다.

진리적 인식과 생존 발전의 수요가 서로 결합되어 목적을 형성한다. 그런 정신적인 목적은 또 육체적 힘을 추동(推動)해 감성적 물질의 활동을 진행하여 객체세계를 개조할 수 있다. 그리고 외부세계를

---

144) 위의 책, 272~273쪽.

개조하는 한편 주체 자아의 몸과 마음에 변화를 일으킬 수 있다.

그 결과는 필연적으로 외부세계가 변화를 거쳐 주체를 핵심으로 하는 가치관계 속에 포함되어 주체의 수요를 만족시키는 현실적 속성을 갖추게 되는 것이며, 주체 자아는 외부세계를 개조하는 활동 과정에서 자체 수요를 만족시켜 주체의 몸 상태가 약하던 데서 강해지고, 주체의 정신 상태가 아둔하던 데서 지혜로워지고, 미천하던 데서 고상해지고, 거칠고 속되던 데서 고상하고 우아해지는 것이다. 사람마다 인지에 대한 이성과 생존에 대한 충동이 있고 주객(주체와 객체)의 두 경계를 초월하고, 이상적인 인생을 추구하려는 자유 의지와 능동적 본성을 갖추고 있다. 그렇기 때문에 사람마다 자아 발전을 이루고 최고의 선을 실천하며 어질고 현명할 것을 바라는 인생의 책임과 의무가 있다. "성현과 호걸이라고 부르는 것은 정신과 몸의 능력이 최고로 발전하였기 때문에 그렇게 부르는 것이다. 그러한 정신과 몸의 능력이 최고로 발전한 것은 사람마다 갈망하는 것이다."[145] 주체 자아는 우주의 중심이고 가장 가치가 있는 존재물일 뿐 아니라 자각적이고 능동적인 창조력을 갖추고 완전무결하고 이상적인 우주와 인생을 창조해야 하는 책임과 의무를 어깨에 짊어지고 있다.

나는 곧 우주이고, 우주는 곧 나이기 때문에 주객의 두 경계를 완벽하게 하는 것은 모두 주체 자신의 내적 욕구인 것이다. 그리고 인생과 사회 및 전 우주를 완전무결하게 하려면, 반드시 주체 자신의 완전무결을 추구해야 한다. 마오쩌둥은 젊은 시절에 바로 자아를 실

---

145) 위의 책, 237쪽.

현하고 세계를 개조하려는 강렬한 소원을 품고 몸과 마음을 건강하게 단련하고, 학문을 배워 능력을 쌓았으며, 의지를 연마하고 몸과 마음이 모두 완벽한 인격적 이상을 꾸준히 추구하였던 것이다.

제3장

몸과 마음이 모두 완벽한 인격에 대한 추구

인간은 우주 최고의, 그리고 가장 가치가 있는 존재물로서 능동적 창조정신과 자유의지를 갖추었으며, 자연과 사회 및 인생을 개조하는 책임을 짊어지고 있다. 그리고 자아 가치는 주관적, 잠재적 가치와 객관적, 현실적 가치의 유기적인 통일이다.

여기서 전자는 후자의 전제와 기반이고, 후자는 전자의 대상화와 구현이다. 그렇기 때문에 인생의 목표와 이상을 확립하고 자아를 충실히 하고 완전무결하며 발전시키며 인생의 내적 가치와 잠재력을 축적하는 것이 바로 인생의 첫 번째 중요한 임무인 것이다. 마오쩌동은 젊은 시절에 문화전통과 근대 사조에서 사상의 영양소를 섭취하고 거기에 자신의 확실한 인식과 창조를 결부시켜 자아실현이라는 인생 목표를 확정지었다. 그는 고대 성현과 현시대의 위대한 사상가·정치가를 본보기로 삼고 신체를 건강하게 하여 정신문명을 실현해야 한다면서 운동과 투쟁을 인생 이론에 도입시켜 인격을 완성하는 근원으로 삼아야 한다고 주장하였다.

인생의 목표론은 젊은 시절 마오쩌동의 인생철학에서 매우 특색이 있는 부분이었다.

1. 인류의 목적은 자아실현이다

젊은 시절 마오쩌둥의 인생 이상론은 그 시기 그의 인생철학과 마찬가지로 중국과 서양 문화가 서로 융합된 넓은 사회역사적 배경과 사상 문화적 배경에서, 사상계몽·개성해방의 시대적 흐름 속에서 형성된 것이다. 근대에 들어서서부터 진보적 중국인들이 다양한 구국의 방안을 설계하였었다. 견고한 군함과 성능이 좋은 대포, 선진적인 과학기술(器用技藝)의 도입, 유신변법과 군주입헌제의 실행, 정치혁명과 군주제의 폐지 등 다양한 시도는 중국의 쇠약한 국면을 근본적으로 바꾸지 못하였다. 신해혁명 후에도 나라는 여전히 어지럽고 어두운 국면에 처해 있었고, 국민은 여전히 우매함에서 깨어나지 못하고 깊이 잠들어 있었으며, 봉건 복고주의 사조가 사상 영역에 퍼져 있고, 자유·평등·박애의 도덕사상이 분명하게 나타나지 않고 있었으며, 삼강오륜 등 자신을 남에게 귀속시키려는 도덕관념이 여전히 사람들의 영혼을 잠식하고 있었다. 독립 자유의 도덕관념으로 노예도덕을 대체하고, 국민의 독립자유정신과 자아 완성, 자아실현의 새로운 인격을 양성하는 것이 시대가 신문화운동의 사상 선구자들에게 부여한 중대한 사명이었다. 그들은 인간의 존엄을 짓밟고 인간의 가치를 폄하하며 인간의 개성을 억압하는 봉건도덕과 이질화된 인간 권리의 상태인 전제제도를 겨냥해 봉건전제제도가 존재의 합리성을 상실하였다는 것, 낡은 윤리제도가 봉건전제통치의 사상 심리적 기반이라는 것, 오로지 낡은 윤리도덕을 폐지하고 새로운 윤리도덕을 사상 행위의 규범으로 삼아야만 봉건주의 속박을 타파하고 개성을 해방시키고 발전시키며, 국민의 독립 자유의 새로운 인격을 수립할 수 있다고 지적하였다. 이런 의미에서 신문화운동이 창도한 윤리혁명의 실질은 인간의 존엄과 권리를 긍정하고, 인간의 주체 가치를 널리 알리며, 인간의 해방과 발전 및 완성을 추구하는 인도주의운동이었다고 할 수 있다. 신문화운동의 거센 물결의 영향을 받아 후난 사상계는 유난히 활약적이었다. 그중에서도 후난제1사범학교가 후난성의 윤리혁명과 사상해방의 중심이었다. 그 학교에는 인재가 많이 모여 사상이 활발하였다. 쉬터리·양창지·팡웨이샤(方維夏)·리진시(黎錦熙)등 교사들은 모두 애국 열정이 강하고 사상이 진보적이며 엄숙하고 정직하며 품성이 고상한 지식인들이었다. 그들은 천두슈·리다자오·차이위안페이 등 이들과 사상적으로 서로 호응하면서 청년 학생들에게 새로운 철학관념과 윤리사상을 전파하였다. 이들 진보적 교사들 중에서도 양창지가 마오쩌동에게 준 영향이 가장 컸다. 양창지는 중국과 서양의 학문에 통달한 학자이며, 또 도덕이 고상한 인생의 본보기이기도 했다. 윤리학 연구와 전수에서 그는 "서양의 윤리학설에만 국한되지 말고 중국의 선유(先儒)들, 예를 들면 공맹주정장주육왕(공자·맹자·주돈이[周敦頤]·정이[程頤]·장재[張載]·주희[朱熹]·육구연[陸九淵]·왕수인[王守仁]) 및 선산(船山, 왕부지를 가리킴—역자 주)의 학설도 일부 취할 것"[146]을 주장하였다. 그의 윤리사상은 다양한 윤리사상을 고루 다 관용하여 받아들이고 중국과 서양 학문을 결합시키는 특징과 자아를 널리 선양하고 사회를 위해 진력하며 분투 향상하고 내용이 풍

---

146) 양창지, 『달화재 일기』, 87쪽.

부한 기상을 띠었다. 그는 전통철학에 대한 소양이 두텁고 정주 성리학과 육왕심학에 대한 연구가 깊었다. 그는 또 일본과 영국·독일을 유학하면서 유학(儒學)의 전통을 바탕으로 서양의 윤리학설을 받아들였다. 그는 영국 애버딘대학교에서 유학하는 기간에 신헤겔주의 자아실현 이론에 대해 연구하였으며, 그 이론 관점을 받아들였다. 귀국 후 그는 책을 써 이론을 수립하기도 하고, 강단에서 연설하기도 하면서 열성을 다해 선전하고 성실하게 실천하였다. 그는 자신의 학문과 도덕으로 후난 교육계와 사상계에서 호평을 받았으며, 마오쩌둥·차이허썬등 철학 윤리학 연구에 열성을 다하면서 사회와 인생의 진리를 탐구하기 위해 고심하는 수많은 학생들의 마음을 끌었다. 마오쩌둥은 오래 전 창사도서관에서 독학할 때 존 밀의 『윤리학』을 읽은 적이 있었다. 사범학교에서 공부하는 동안 그는 또 양창지 선생이 윤리학 교수를 위해 번역한 『서양 윤리학설사』를 7권이나 또박또박 베껴 두고 읽었다. 그리고 그는 또 『신청년』 『동방잡지』 『갑인(甲寅)』 등 간행물에 발표된 서양 윤리사상에 대해 평가·소개하고 연구한 글을 상세하게 읽으면서 고대 그리스에서 근대에 이르기까지 서양 윤리학설에 대해 비교적 체계적으로 이해하였다. 그러나 현재 찾아볼 수 있는 자료를 통해 보면 젊은 시절 마오쩌둥의 인생 이상은 신 헤겔주의자 그린과 신 칸트주의자 파울젠의 영향을 주로 받았음을 알 수 있다.

신헤겔주의는 고전헤겔주의의 부흥형태로서 윤리학 분야에서의 그 주요 대표인물은 그린과 브래들리이다. 그들은 경험주의와 행복주의 윤리학에 반대하고 헤겔(Hegel)과 칸트(Kant)의 철학 윤리학 관점과 방법을 받아들이고 발휘하여 이성이라는 기치를 추켜들고 도덕이상의 형이상학 토대를 재건하려고 애쓰는 한편 '자아실현'이라는 명제를 빌려 도덕이상과 인생목표에 대한 여러 방면의 창조적 연구와 논술을 진행하였다. 그린은 "인간은 자아의식을 갖춘 존재물로서 자아의식은 자신을 대상화하는 특성을 갖고 있다. 즉 자아긍정, 자아개선, 자아만족, 자아탐구, 자아실현이 가능하다"라고 주장하였다. 이러한 정신의 실체로 인해 인간은 내면으로 세계의 본체로서의 우주정신을 파악하고 나타낼 수 있는 것이다. 인생의 목적은 고통을 피하고 즐거움을 추구하는 데 있는 것이 아니라 우주정신을 깊이 이해하고 긍정하며 충분히 드러내야 하는 사명을 완성하는 데 있다. 자아긍정과 자아실현은 도덕-인생 이상의 가장 핵심적인 의거로서 인생에서 그것을 포기하게 되면 이상을 잃는 것이며, 따라서 인생도 의미를 잃는 것이다. 브래들리는 눈에 보이는 감성세계와 인간 자체를 초월하는 모종의 정신이 존재한다고 주장하면서 사람마다 그런 정신에 대해 어느 정도 느끼고 그 정신과 교류한다고 주장하였다.

사람의 일생은 그 형이상학적인 정신 실체에 침투하고 그 정신 실체를 추구하는 과정이다. 인간은 자아의식으로 인해 동물적 본능에 사로잡히지 않고, 자신의 완전무결을 이루는 것을 목표로 삼아 자아창조와 자아개선을 실천해나갈 수 있는 것이다. 도덕에 대한 판단과 평가의 토대, 인생 가치를 가늠하는 기준은 행위의 공리성과 육체적 감각기관의 향락에 있는 것이 아니라, 자아실현과 자아 완성에 이로운지 여부에 달렸다. 인생의 이상은 최고의 가치 목표이며, 그 본질은 인류의 자아 완성과 실현이다. 그린과 브래들리는 모두 '자아실현'을 인생의 이상으로 삼았으나 그 이상을 어떻게 이룰지 하는 문제에서 두 사람의 사고방식에는 다소 차이점이 존재했다. 그린은 개인과 사회의 관계에서 자아실현의 길을 찾고자 하였다. 그린의 관점에 따르면 인간의 자아는 사회와 개인 이중성격을 띠며, 인류정신과 민족정신은 추상적이고 허황된 것이 아니다. 인간의 자아는 오로지 개인에게만 존재하며 개인의 실현은 민족이 발전할 수 있는 전제이다. 자아실현은 우선 개인으로부터 이루어지며, 인류 발전의 매 한 단계가 개인 주체 능력의 일정한 정도의 실현을 의미한다. 물론 인류정신과 민족정신은 오로지 개인에게만 존재하며 개인을 통해 실현된다고는 하지만 개인이 사회를 떠나 존재할 수 있다는 말은 아니다. 반대로 개인의 실현과 완성은 오로지 사회 속에서만 이루어질 수 있다. 사회가 없으면 개인도 있을 수 없다. 마치 개인이 없으면 자아 대상화의 동력 요소가 있을 수 없고, 또 사회도 존재할 수 없는 것과 마찬가지로 진실한 것이다. 개인은 오로지 사회의 일원으로서 사회 공동의 선(善)을 파악해야만 그 내면에서 신성한 우주정신을 완전하게 보여줄 수 있는 것이다. 브래들리는 전체와 일부의 관계에서부터 자아실현문제에 대해 사고하였다. 그는 목적으로서의 자아는 하나의 전체적인 자아로서 자아의 여러 가지 상태의 집합만은 아니라고 주장하였다. 개체 자아는 전체의 일부로서 그 개인 목적은 전체 목적 속에 포함되어 있다. 전체의 의지는 개인의 의지를 대표하는 것으로 개체가 어떤 직능을 이행하는 것은 곧 개체 자아를 통해 전체의 의지를 펴는 것이며, 전체 의지를 실현하는 과정에서 개개인도 자아를 실현하는 것이다. 경험주의와 행복주의에 반대하는 신헤겔주의의 인생 목적론은 편향을 바로잡고 폐해를 고치기 위한 동기에서 비롯된 것으로 인생 이상 중의 이상 정신을 고양한 것이 장점이었다. 그러나 그 이론은 객관적 절대정신 혹은 우주정신이라는 형이상의 토대 위에 도덕적 이상을 수립하고, 인간의 육체가 존재하는 의미와 인생 실천에서 감성 물질의 내용을 포기하였으며, 자아의 본질을 우주정신에 대해 자세히 살펴보고 긍정하는 자아의식에 대한 개조와 완성 및 실현이라고 규정지었으며, 자아실현을 오로지 심리적 완성으로만 이해한 것이다. 그린은 개인과 사회의 관계 면에서 자아실현을 논증하면서 개인의 자아실현을 민족과 인류 진보의 전제조건으로 간주하고, 개체 자아의 지위와 가치를 중시하는 민주정신을 숭상하였다. 브래들리는 전체의 힘이 개인의 힘을 능가하고, 전체의 의지가 개인의 의지를 능가한다면서 자아는 우선 전체의 자아라고 주장하였다. 이는 전체에 치우쳐 개인을 경시하는 혐의가 있었다. 양창지는 「여러 윤리주의에 대한 약술 및 개평」이라는 글에서 서양 윤리사의 금욕주의·행복주의·자아실현주의 3대 유파에 대해 여실하게 소개하고 공정하게 평가하였다. 그는 신헤겔주의의 자아실현 이론에 대해 완전히 인정하지는 않았지만 각별한 관심을 보였다. 그는 인간의 행위는 이성과 감정이 공동으로 추동한 결과라고 주장하였다. 인류는 선의 목적에 이르기 위해서는 적당하게 이성으로 감정을 절제할 필요가 있다. 그러나 금욕주의자들은 인간의 본질에는 오로지 이성만 있을 뿐이라며 정욕은 인간

세상의 여러 가지 죄악의 근원이라고 주장하였다. 따라서 인생의 목적은 바로 이성(理性)에 순종하여 정욕을 억제하는 것이라고 하였다. 이런 관점은 "인생의 자연스러움에 상반되는 것"이다. 즐거움(행복)은 욕망에 떠밀린 활동이 저애를 받지 않고 실행되는 것, 그리고 그 활동 목적에 이른 후 생기는 기쁜 정신상태를 가리킨다. "고상한 정신 상태에 이르러 느끼는 행복은 우리의 자신감을 키워줄 수 있고 노력하도록 돕고, 실패하였을 경우 위안을 줄 수 있어 인격을 완성하는 데 대단히 필요한 것"이다. 그러나 "우리의 행위 목적은 언제나 행위의 실행에 있는 것이지 행복을 느끼기 위한 데 있지 않다." 즉 도덕행위 자체에 있는 것이지 도덕의 공리적 목적 및 그 목적에 도달한 후 생기는 행복한 심리적 느낌에 있지 않다는 것이다. 그렇기 때문에 행복주의는 사람들의 행위의 가치가 즐거움을 늘리고 고통을 줄이는 데 따라 결정되는 것이고, 인생의 목적은 감각기관의 향락과 심리적 즐거움을 추구하기 위한 것이라고 주장하는 것이었다. 이 또한 그릇된 주장이었다. 자아현실주의는 주체의 본질이 자아의식이라면서 자아의식은 지식·감정·의지 등 여러 요소로 구성된 유기적인 체계이고 자아실현은 바로 자아의식체계의 여러 가지 능력을 충분히 살려 세계와 인생 근본으로서의 우주정신에 대해 인식하고 긍정하며 반영하는 것이라고 주장하였다. 인생은 자신을 충실히 하여 발달한 가능성을 갖출 수 있도록 하는 것으로, 즉 자아를 실현하는 것을 목적으로 삼는다. 양창지는 "행복주의는 감정을 자아로 삼고 극기주의(克己主義)는 이성을 자아로 삼는데, 모두 우리 자아의 일면을 그 전체로 간주하였다."라고 지적하였다. 자아실현주의에 대해 그는 세계의 본체로서의 절대정신 혹은 우주정신을 깊이 이해하고 보여주는 것을 목적으로 삼은 것과 인류 및 그 자아실현을 절대정신의 자체실현의 도구 혹은 수단으로 이용하는 관점에는 찬성하지 않았다. 그는 "인류를 세계가 자신을 전개하고 자신을 완성하는 수단으로 삼는 것은 세계에 치중하여 인류를 경시한다는 비난을 피할 수 없다"라고 주장하였다. 그러나 그는 자아실현 이론에 대해서는 기본적으로 찬성하였다. 그는 자아실현주의가 "자아를 욕망의 전반 체계로 삼고 감정과 이성을 모두 포함하여 자아조절활동을 도덕적 생활의 중요한 요소로 삼아 행복주의 폐단에서 벗어나고, 또 극기주의 폐단에 빠지지 않을 수 있다면 비교적 공정한 것"[147]이라고 말하였다. 신 헤겔주의자는 자아실현이 체계적인 주체 자아로서의 전체 능력을 발휘하는 것이라고 주장하였다. 이는 그 합리적인 요소 중의 하나였다. 단 그들이 말하는 자아는 다만 주관정신영역의 자아의식일 뿐이었다. 신칸트주의자 파울젠의 자아실현론은 주체 자아의 몸과 마음 두 방면의 발전과 완성에 동시에 주의를 돌렸다. 파울젠은 인생 목표와 그 목표에 이르는 길을 확정하는 것이 윤리학의 직책이라고 주장하였다. "인생의 목표는 최선에 이르는 것, 충족한 삶이다."[148] "충족한 삶이란 무엇인가? 인류의 체력과 정신이 모두 부족함이 없이 최고로 발전한 삶을 가리

---

147) 『동방잡지(東方雜誌)』 1916년, 제13권 2, 3, 4호.
148) 파울젠, 『윤리학원리』, 차이위안페이 역, 상무인서관 1909년 판, 3쪽.

킨다."[149] 인생의 목표와 이상은 체력과 정신의 충분한 발전이며, 생리적 수요와 심리적 수요, 물질적 욕구와 정신적 추구가 최대 만족을 얻는 것이다. 파울젠은 여러 가지 용구를 만족시키는 도덕적 의미를 인정하였으며, 또 생리적 욕구가 만족을 얻는 것은 다만 심리적 욕구가 만족을 얻을 수 있는 토대라면서 심리적 욕구의 만족이 생리적 욕구의 만족보다 더 높은 차원과 더 큰 가치가 있다고 주장하였다. 인류는 만물의 영장으로서 생존에 대한 욕구를 제외하고도 교제가 있는 삶과 지식이 있는 삶에 대한 욕구, 즉 도덕적인 삶과 이성적인 삶에 대한 욕구도 있다. "인류의 삶이 이러한 최고 능력을 발전시킬 수 있고, 또 그 하급자의 능력이 그에 종속되게 할 수 있다면 그 인격 또한 높은 것이다.…이른바 원만한 삶을 가진 자는 인류 정신의 능력을 최고로 발전시켜 그 능력으로 사고하고 창작하며 행동함으로써 원만한 정도에 이르지 못할 리 없다.…진실한 것과 착한 것은 원만한 삶의 두 방면이다."[150]

중국사상사에서 유물주의자는 몸과 마음 두 방면에서 자아의 구조를 이해하고 그에 따라 인생의 목표와 이상을 확립하였다. 인간은 형체와 정신의 통일체이다. 그중에서 형체는 정신의 물질적 운반체이고 정신은 형체의 기능적 속성이다. 후기에 묵가는 생명 현상을 "형체와 심리가 하나로 합쳐진 것(刑[形]與知處)"[151]이라고 이해하였다.

---

149) 위의 책, 13쪽.
150) 위의 책, 73~74쪽.
151) 『묵자·경상(墨子·經上)』

순자(荀子)는 형체에 대한 정신의 의존성을 발견하였으며 "인간은 형체를 갖춤에 따라 정신도 생겨났다. 좋은 것과 싫은 것, 기쁨과 분노, 슬픔과 즐거움 등은 인간의 형체와 정신 속에 깃들어 있는 것(形具而神生, 好惡, 喜怒, 哀樂臧焉)"[152]이라고 주장하였다. 동한(東漢)시기의 환담(桓譚)은 인간의 형체와 정신을 촛불에 비유하면서 "정신은 형체 안에 들어 있다. 마치 초가 타면서 촛불이 보이는 것과 같다", "초가 없으면 불이 허공에서 홀로 피어오를 수 없는 것이다."[153] 남조(南朝) 제·량(齊梁)시기의 유물주의자 범진(范縝)은 형체와 정신이 체용(體用)관계라고 주장하면서 "형체와 정신은 서로 갈라져서 존재할 수 없으며 서로 의존한다(形神相卽)", "형체는 정신이 의지하여 존재할 수 있는 물질적 실체이고, 정신은 형체의 속성과 작용의 반영이다(形質神用)", "형체가 존재해야 영혼도 존재하고, 형체가 없어지면 정신도 없어진다(形存則神存, 形謝則神滅)"[154]라고 주장하였다. 유물론자들은 인간이 형체와 정신의 통일체라는 관점에서 출발하여 형체와 정신, 몸과 마음의 조화로운 발전을 중시하였다. 유심주의자들은 정신이 형체와 갈라져서 독립적으로 존재할 수 있기 때문에, 인의를 중히 여기고 이득을 가볍게 여겼으며 도덕을 숭상하고 물욕을 억제하였다. 선진(先秦)시기 유물주의 철학의 대집성자인 순자는 몸과 마음의 능력이 전면적이고 충분한 발전을 이루는 것이 인생의 최고 이상과 최고

---

152) 『순자·천론(荀子·天論)』
153) 환담, 『신론(新論)』
154) 범진(范縝), 『신멸론(神滅論)』

가치 기준이라고 주장하였다. "몸과 마음을 다하여 공부하여야 한다. 그래야만 진정한 학자로 불릴 수 있다. 학문을 연구함에 있어서 전면 적이 못하고 순수하고 올바르지 못하다면 완벽하다고 할 수 없음을 군자는 알고 있다.… 군자가 뛰어난 것은 그가 품성을 중시하는 것과 완벽한 지조를 갖춘 데 있다.(全之盡之, 然後學者也, 君子知夫不全不粹之不足以爲美也.…君子貴其全也)"**155** "일반인이 선행을 많이 쌓아 완전무결한 정도에 이르게 되면 성인이 될 수 있는 것이다. 그것은 반드시 노력해 야만 얻을 수 있고, 꾸준히 실천해야만 성공할 수 있으며, 꾸준히 쌓 아야만 제고시킬 수 있으며, 최종적으로 완전무결한 경지에 이르게 되면 성인이 될 수 있는 것이다(積善而全盡, 謂之聖人, 彼求之而後得, 爲 之而後成, 積之而後高, 盡之而後聖.)"**156** 명청시기의 왕부지는 중국의 고대 철학·윤리학이 이를 수 있는 높이에 서서 형체와 정신의 이론에 대 해 비판적으로 종합하여 "생명을 소중히 여기고 해야 할 의무에 충실 한(珍生務義)" 인생 목적론을 제기하였다. 인간은 생명이 있고 이성과 도덕을 갖춘 우주 최고의 존재물로서 마땅히 형체와 욕망 및 생명을 소중히 여겨야 한다. 오로지 생명을 소중히 여기고 감정을 중히 여 겨야만 인의를 중히 여기고 도덕을 숭상할 수 있다. 반대로 "몸을 가 벼이 여기면 필연적으로 정을 가벼이 여기게 되고, 정을 가벼이 여기 면 필연적으로 생명을 가벼이 여기게 되며 생명을 가벼이 여기면 필 연적으로 인의를 가벼이 여기게 된다.(賤形必賤情, 賤情必賤生, 賤生必賤

---

155) 『순자·권학(荀子·勸學)』
156) 『순자·유효(荀子·儒效)』

仁義)"[157] 마오쩌둥은 젊은 시절에 개성 해방, 의지 자유, 인격 독립의 시대적 큰 흐름에 휩쓸리고 떠밀려 몸과 마음이 통일된 현실적인 나를 인생의 이상을 추구하는 주체로 삼은 동시에 "자아를 충실히 하여 발전 가능성을 갖추는 것"을 인생 최고의 목적과 이상으로 삼는 신헤겔주의자의 사상과 체력과 정신을 모두 최고로 발전시키는 것을 인생 목표로 삼는 신칸트주의자의 합리적인 사상을 받아들이고, 선행을 많이 쌓아 완전무결한 정도에 이르러 성인이 되는 것과 생명을 소중히 여기고 해야 할 의무에 충실한 중국 고대의 인문주의 전통을 계승함으로써 자아를 실현하고 몸과 마음의 동시 완성을 이루는 인생의 이상을 확립하였다. 그는 "인류의 목표는 자아를 실현하는 것일 뿐이다. 자아실현이라는 것은 자신의 몸과 정신의 능력을 충분히 발전시켜 최고 수준에 이르도록 하는 것을 가리킨다."[158]라고 말했다. 여기서 '몸'은 주체 자아의 물질적 육체로서 그 실현 상태는 신체가 건강하고 온전하며 건장한 것을 말한다. 여기서 '마음'은 주체 자아의 이성·감정·의지 등 정신능력으로서 그 실현 상태는 지인용(智仁勇)을 두루 갖추고 진선미 덕성의 통일을 이룬 것이다. 주체로서의 자아는 몸과 마음, 형체와 정신의 통일체로서 개조와 완성, 실현을 이룬 자아는 몸과 마음에 잠재된 능력이 충분히 발전하고 구현된 이상적인 인격이다. "근육과 뼈는 우리의 육신이고, 지식·감정·의지는 우리의

---

157) 왕부지, 『주역외전(周易外傳)』 권2.
158) 『마오쩌둥 조기 문고』, 앞의 책, 246쪽.

163

마음이다. 몸과 마음이 모두 편안한 것을 평안하다고 이른다."[159] 몸과 마음이 막힘이 없고 여유롭고 발전하였다면 건전한 인격을 갖추었다고 할 수 있다. 몸과 마음이 모두 완전무결하고 지인용을 모두 갖추었으며, 입덕(立德, 덕성을 갖춤-역자 주), 입공(立功, 공적을 쌓음-역자 주), 입언(立言, 후세에 모범이 될 훌륭한 말을 남김-역자 주)을 모두 이룬 성현 호걸 대장부 위인을 인생의 목표로 삼는 것이다.

2. 신체를 강건하게 하고 정신을 문명화해야 한다

인간은 몸과 마음, 물질과 정신, 자연과 사회 등 다중 속성을 띤 존재물로서 그 육체적 생명과 정신적 생명은 모두 그 일생에서 매우 소중한 것이다. 그러나 몸과 마음 혹은 형체와 정신은 본말, 체용의 구분이 존재한다. 양자의 본연의 관계에 대해 명확히 하고 자발적이고 합리적으로 생명활동에 종사하는 것은 인생의 발전과 완성에 있어서 매우 중요한 것이다. 몸과 마음, 형체와 정신 두 방면에서 마오쩌둥은 몸과 형체가 본질적인 것, 본체이고 마음과 정신이 지엽적인 것, 그 작용이라고 주장하였다. 형체가 토대와 근본이 되는 첫 번째 이유는, 신체가 지식·감정·의지 등 심리적 요소와 지인용 등 주체 소질의 물질적 운반체이기 때문이다. 인간은 이성 정신을 갖춘 존재물로서 주체와 객체 및 양자의 관계에 대해 자발적으로 의식할 수 있고, 사물의 본질과 규칙을 인식할 수 있으며, 또 그것으로 자신의 인생활동을 지도한다. 그렇기 때문에 이성·지식이 확실히 소중하며, 또

---

159) 위의 책, 72쪽.

인간이 동물과 구별되는 점이기도 하다. 그러나 형체·몸이라는 운반체가 없다면 존재할 수 없는 것이다. 도덕도 확실히 소중하여 인간은 이로써 사회도덕을 세우고, 사람과 사람 사이의 평등한 관계를 유지하며 인간과 사회, 인간과 인간 사이의 관계를 조화롭게 한다. 그러나 형체가 없다면 도덕이 어디에 기거하겠는가? 이로부터 알 수 있다시피 "몸은 지식의 운반체이고 도덕의 안식처이다. 신체는 지식을 실을 수 있으니 마치 수레와 같고 도덕이 기거할 수 있으니 마치 집과 같은 것이다. 몸은 지식을 싣는 수레요 도덕이 기거하는 집이다." "도덕과 지혜가 모두 몸에 기거하며 몸이 없으면 도덕과 지혜도 있을 수 없다." "일단 몸이 없어지면 도덕과 지혜도 따라서 깨지는 것이다." 의지도 인간의 중요한 심리자질의 일종이다. 맹렬하고, 두려움이 없으며, 대담하고, 강인하며, 내구력이 있는 것 등은 모두 의지의 범주에 속한다. 신체가 건장하면 기품이 깊고 웅장하며 생각이 원대하고 의지가 굳세어 "학문과 도덕을 닦음에 있어서 대담하여 장기적 효과를 거둘 수 있다." 이와 반대인 경우, "몸체가 왜소한 자는 거동이 경박하고, 피부가 늘어진 자는 마음도 약하고 무디다."[160] 두 번째 이유는, 건전한 신체는 인간의 타고난 삶을 즐기고 공적을 쌓을 수 있는 토대와 근본 조건이다. "인생의 큰 뜻을 이루는 것은 외부적인 일이요 결과적인 일이다. 체력이 충실한 것은 내부적인 일이고 원인적인 일이다."[161] 몸이 없어지면 도덕과 지혜도 모두 사라진다. 몸이 튼튼하

---

160) 위의 책, 66, 67, 68, 72쪽.
161) 위의 책, 65쪽.

지 못하면 적을 만나면 두려워하고, 어려움에 부딪치면 물러설 궁리만 하니 큰 뜻을 이루고자 하는 인생 목표를 실현함에 있어서 크고도 심원한 효과를 거두기가 어려운 것이다. 몸이 불구이거나 아프면 인생에 대한 친절감과 애착을 잃게 될 뿐 아니라 비참하고 고통스러운 감정 정서가 생겨날 수 있기 때문에, 강건하고 유망하다거나 공적을 쌓는다거나 하는 것에 대해서는 더욱 언급할 여지도 없다. 마오쩌둥은 역사적으로 성현들은 도덕과 공적을 쌓고 후세에 남을 훌륭한 말을 하였을 뿐 아니라, 양생에도 크게 관심을 기울여 신체가 건전한 이들이었다고 말하였다. 공자는 집에 있을 때 깔끔하고 청결하였으며, 화목하고 즐거우며 쾌적하게 지냈다. 음식도 위생적이고 정갈하도록 중시하였으며, 곰팡이가 낀 식량이나 부패한 생선과 육류는 먹지 않았다. 그리고 예악과 활쏘기, 수레 몰기, 서예, 수학을 교육의 주요 내용으로 삼았으며, 그중에서도 활쏘기와 수레 몰기를 양생과 신체단련의 수단으로 삼았다. 『예기·사의(禮記·射義)』의 기록에 따르면, "공자가 확상에 위치한 농장에서 활쏘기연습을 할 때면 구경꾼들이 둘러싸 담을 이루곤 하였다.(孔子射於矍相之圃, 蓋觀者如堵牆)"라고 하였다. 그는 72세에 사망하였는데 신체가 건강하지 않다는 말은 전해 듣지 못하였다. 그런데 지난날 일부 학자들은 늘 지·덕·체 세 가지 교육을 모두 중시하는 성현 선철의 정신을 어기고 덕성과 지성에 대해서만 상세하게 기록하고 신체에 대해서는 간략히 하였다. 그로 인한 폐단으로 사람들은 몸이 구부정하고 머리가 수그러졌으며, 손이 가늘고 핏기가 없으며, 산에 오를 때면 숨이 가쁘고, 강물을 건널 때면 발이 경련을 일으키곤 하였다. 일부 사람들은 비록 지극히 높은 덕성과 지성을 갖추었지만, 몸이 병약하여 결국 인생의 큰 뜻을 이루는 효과를 거두기 어려웠던 것이다. 안연(顔淵)은 공자가 가장 마음에 들어 신뢰한 학생으로서 안빈낙도(安貧樂道, 가난한 생활을 하면서도 편안한 마음으로 도를 즐겨 지킴−역자 주)하고 배우기를 좋아하였으며, 유덕하였으나 몸이 매우 허약하여 29살에 머리가 하얗게 세고 31살의 젊은 나이에 너무 일찍 세상을 떠났다. 가의(賈誼)는 서한(西漢) 시기 뛰어난 정론가와 문학가로서 문제(文帝) 통치시기에 박사(博士)에 등용되어 꽤 총애를 받았으며, 후에 벼슬이 태중대부(太中大夫)에까지 올랐다. 그러다가 대신 주발(周勃)·관영(灌嬰)에게 배척을 당해 장사왕(長沙王)의 태부(太傅)로 강등되었으며, 후에 양회왕(梁懷王)의 태부로 자리를 옮겼다. 양회왕이 말에서 떨어져 죽은 뒤 가의는 태부의 직책을 다하지 못했다는 죄책감에 시달렸으며, 게다가 정치적으로 실의에 빠져 마음이 울적하고 수심에 빠져 있으면서 늘 흐느껴 울곤 하다가 겨울에 겨우 32살 나이로 생을 마감하였다. 유향(劉向)이 이르기를, "가의가 하·상·주(夏商周) 3대와 진(秦)나라 치란(治亂)의 의미에 대해 담론하였는데, 참으로 뛰어나게 훌륭한 논술이었다. 그는 국가의 법령제도에 통달하였는데 고대의 이윤(伊尹)·관중(管仲)도 그를 넘을 수 없다. 만약 그때 당시 그의 주장이 실행되었더라면 필히 뚜렷한 공훈과 업적, 교화를 이루었을 것이다. 그러나 애석하게도 그는 용렬한 신하로부터 모함을 당하였으니 참으로 마음이 아프다.(賈誼言三代與秦治亂之意, 其論甚美, 通達國體, 雖古之伊, 管未能遠過也. 使時見

用, 功化必盛. 爲庸臣所害, 甚可悼痛.")[162] 소식(蘇軾)은 가의가 포부는 크나 도량이 좁고 재능은 많으나 식견이 짧다고 평가하였으며, 자신의 재능을 발휘하는 데 서툴러 위로는 군주의 신임을 얻지 못하고, 아래로는 조정 신료들의 믿음을 얻지 못해 그 재능을 발휘하지 못하였다면서, 그가 역경에 처해 있으면서 변화가 생길 때까지 기다리지 못하고 한 번 계획하였다가 채용되지 못하였다 하여 근심과 고통에 쌓여 낙담하며 다시 신심을 얻지 못하자 결국 병이 들어 죽기에 이르렀다고 비평하였다.[163] 왕발(王勃)은 패왕부(沛王府) 수찬(修撰)과 괵주(虢州) 참군(參軍)등의 벼슬을 지냈다. 그 후 아버지를 뵈러 교지(交趾)로 가는 길에 바다를 건너다 물에 빠져 공포에 휩싸여 죽었다. 그때 당시 나이가 28세였다. 노조린(盧照隣)은 신도위(新都尉)라는 벼슬을 맡았었는데, 후에 풍비증(風痺症, 통풍)에 시달리다가 영수(潁水)에 투신하여 죽었다. 안연·가의·발·노조린은 모두 단명하여 젊은 나이에 요절하였거나 어렸을 때 다쳤거나 불구가 된 이들로 덕성과 지성에 치중하고 신체 돌보기를 경시하여 몸이 없어짐에 따라 덕성과 지성도 모두 망가져 만사를 그르친 비극적인 사례이다. 그런데 중국 역사상에서도 체력을 중시하고 무용(武勇)을 숭상하는 전통이 있었다. 앞에서 언급한 바와 같이 공자가 양생을 중시하고 활쏘기와 수레 몰기를 연습한 것이 바로 그 일례이다. 이밖에 마오쩌둥은 또 이렇게 지적하였다. "북방 사람들은 몸이 건장하다. 그들은 잘 때도 갑옷과 무기를

---

162) 『한서(漢書)』 권48, 「가의전(賈誼傳)」.

163) 소식(蘇軾), 「가의론(賈誼論)」, 『소동파전집·응조집(蘇東坡全集·應詔集)』 권9.

머리맡에 두고 자는데 어려서부터 죽을 때까지 줄곧 그리해오면서 실증을 느끼지 않았다. 연(燕)나라와 조(趙)나라에는 비장한 기개를 갖춘 용사와 협객이 많다. 열사와 무신은 양주(涼州)에서 많이 배출된다. 청나라 초기에는 안습재(顏習齋)·이강주(李剛主)는 학문도 갖추고 무술에도 능했다. 안습재와 이강주는 산을 넘어 천리 밖에 멀리 떨어진 북방 변경지대로 가서 검술을 배워 용사들과 겨뤄 이기곤 하였다. 그러므로 그는 '문과 무 중 어느 한 가지가 부족하다면 어찌 바른 도리라고 할 수 있으랴?'라고 말하였다. 고염무(顧炎武)는 남방 사람이지만 북방에서 생활하기를 즐겼으며 배타기보다는 말 타기를 즐겼다. 이들 여러 옛 사람들을 모두 스승으로 삼을 수 있는 것이다."[164] 마오쩌둥은 텅 빈 학문과 도덕만 익히고 양생과 신체건강을 경시하는 것, 그리고 "몸을 바쳐도 후회하지 않는" 삶의 자세에 찬성하지 않았으며, 과목을 솜털처럼 많이 설치해 과중한 교육과정으로 학생들을 힘들게 하면서 "학생들의 몸을 유린하고 그 삶을 해치는"[165] 학교 교육제도에 반대하였다. 그는 체력과 덕성·지성, 체육과 덕육·지육은 본말 선후의 구별이 있다고 주장하였다. 몸은 덕성과 지성의 근본이고, 체육은 덕육과 지육보다 먼저이다. "사람은 오로지 건장한 몸을 가지지 못할까 두려워해야 할 뿐, 그밖에 두려울 것이 무엇이겠는가? 자신의 몸을 훌륭하게 가꾸게 되면 다른 일도 따라서 이룰 수 있는 것이다. 자신의 몸을 훌륭하게 가꾸는 것은 결국 체육밖에 없다. 체육은 우리

164) 『마오쩌둥 조기 문고』, 앞의 책, 68쪽.
165) 위의 책, 67쪽.

에게 있어서 실제로 가장 우선시 되어야 하는 것이다."[166]

체육의 효과는 다음과 같은 네 가지이다.

첫째, 체육은 뼈를 튼튼하게 할 수 있다. 사람의 몸은 날마다 변화하며 튼튼해지거나 허약해지거나 하면서 변할 수 있다. 태어날 때부터 건장한 사람도 지나친 욕망을 절제하지 않고 건장한 몸을 남용하며 몸을 해치고 게다가 신체단련을 하지 않으면 허약해지게 된다. 태어날 때부터 허약한 사람도 욕망을 절제하고 부지런히 단련하여 본인이 갖추지 못하였던 능력을 늘리게 되면, 몸을 튼튼히 할 수 있고 체질을 허약하던 데서 건장하게 단련하여 몸과 마음을 모두 완벽하게할 수 있다.

둘째, 체육은 지식을 넓히기에 충분하다. "정신의 문명화를 실현하려면 먼저 몸을 튼튼히 하는 것부터 시작해야 한다. 몸을 튼튼히 해야만 정신의 문명화가 따르는 것이다. 지식을 얻는 것은 세상 사물을 인식하고 그 이치를 판단하는 것으로서 몸의 역할이 필요하다. 직접 관찰하는 데는 귀와 눈에 의지해야 하고, 생각하는 데는 두뇌에 의지해야 한다. 귀와 눈, 두뇌는 몸의 일부로서 몸이 온전하면 지식을 얻는 데서도 완벽할 수 있다. 고로 간접적으로 체육을 통해 지식을 얻는다고 말할 수 있는 것이다."[167]

셋째, 체육은 감정을 조절하기에 충분하다. 감정은 사람에게 막대한 영향을 끼친다. 감정을 나타내면서 절제할 수 있도록 하려면 반드

---

166) 위의 책,
167) 『마오쩌동 조기 문고』, 후난인민출판사 1990년 판, 70~71쪽.

시 이성으로 제약해야 한다. "그런데 이성은 마음에서 생기며 마음은 몸 안에 존재한다. 허약한 자는 왕왕 감정에 사로잡혀 스스로 헤어 나올 힘이 없는 것을 흔히 보게 된다. 오관이 온전치 못하거나 신체 적 결함이 있는 자는 흔히 편파적인 감정에 빠져 이성으로 구제하기 가 어려운 경우가 많다. 그래서 몸이 건전하고 감정이 바른 것이 쉽지 않다고 말하는 이치이다."[168]

넷째, 체육을 통해 의지를 강하게 하기에 충분하다. 체육의 주지는 무용이다. 무용의 요점, 예를 들면 맹렬함, 두려움이 없음, 대담함, 내구력 등은 모두 의지의 범주에 속한다. 체육의 구체적인 효용은 위 에서 서술한 바와 같다. 이처럼 체육의 근본적인 효용은 바로 우리 몸을 잘 관리하고 우리 마음을 즐겁게 하는 것이다. 국민이 건전한 몸을 길러 취약한 국력, 부진한 무예를 익히는 기풍, 민족의 체질이 갈수록 약해지는 현상을 바꿀 수 있도록 하기 위해 마오쩌둥은 「체 육에 대한 연구」라는 글에서 체육이 인생에서 차지하는 중요한 지위 에 대해 명백하게 주장하고, 사람들에게 학문을 익히는 것만 중시하 고 신체단련을 경시하면서 체육운동을 수치스럽게 생각하는 그릇된 관념을 버릴 것과 자발적·적극적으로 체육운동에 참가할 것을 호소 하였으며, 또 운동에는 꾸준한 마음이 있어야 하고 전력을 다해야 하 며 우직한 것이 바람직하다고 주장하였다. 그는 여러 가지 운동의 장 점을 명시하면서 자신의 운동 소감에 근거하여 손과 발, 몸통, 머리, 두드림, 조화로움 6절로 된 운동체조를 만들었다.

---

168) 『마오쩌둥 조기 문고』, 후난인민출판사 1990년 판, 71쪽.

체조를 제외하고도 마오쩌둥과 그의 동학들은 또 다른 체육단련에도 열성을 다했다. 1936년에 스노와 이야기를 나누면서 그는 이렇게 회고하였다. "겨울방학이 되면 우리는 들판과 숲을 걸어서 지나고 등산을 하고 도시 외곽을 돌았으며 강을 건너곤 하였다. 비가 오는 날이면 우리는 윗도리를 벗고 비를 맞으면서 우욕(雨浴, 빗물에 목욕한다는 뜻—역자 주)을 한다고 말하곤 하였다. 햇볕이 쨍쨍 내리쬘 때도 우리는 윗도리를 벗고 햇볕을 쬐면서 일광욕을 한다고 말하곤 하였다. 봄바람이 불어오면 우리는 높은 소리로 외쳐대면서 이는 '풍욕(風浴, 바람에 목욕한다는 뜻—역자 주)'이라는 새로운 체육 종목이라고 말하였다. 이미 서리가 내린 뒤에도 우리는 노천에서 잠을 자곤 하였으며, 심지어 11월에도 차가운 강물에서 수영을 하곤 하였다. 이 모든 것은 '신체단련'이라는 명분하에 진행되었다. 이는 어쩌면 나의 신체를 단련하는 데 큰 도움이 되었는지도 모른다. 훗날 화남(華南)지역에서 있었던 여러 차례 왕복 행군 과정에서, 장시(江西)에서 서북에 이르는 장정 과정에서 그런 신체가 특히 필요하였다."[169] 후난성립제1사범학교 시절 마오쩌둥의 친한 벗이었으며 그때 당시 신민학회 회원

169) 에드가 스노우, 『서행만기』, 둥웨산 역, 산롄서점 1979년 판, 123~124쪽.

이었던 장쿤디[170]가 1917년 9월에 쓴 두 편의 일기에 그들의 등산, 소풍, 수영, 바람에 목욕하기 등 사람을 흥분시키는 활동들에 대해 기록하였다.

오늘은 주말이라 차이허썬·마오륀즈(毛潤之)·펑저허우(彭則厚) 등과 약속하고 하루 이틀 정도 여행을 다녀오기로 하였다.… 차이 군은 오늘 마침 이사를 하게 되어 동행할 수 없었다. 그 제안은 차이 군이 내고 내가 승낙한 일인지라 펑·마오 둘과 의논하였다. 일이 어긋나는 것은 실로 예측할 수 없는 것이다. 그래서 우리 셋은 철길을 따라 걷기 시작하였다. 날씨가 무더웠지만 다행히 바람이 불어 더위를 다소 식힐 수 있었다. 십 여리를 걸은 뒤 철길 옆 찻집에 들어가 차를 마시며 갈증을 푸느라고 좀 앉았다가 다시 걷기 시작하였다. 다시 십 여리를 걸어 다튀푸(大托鋪)를 지나 또 앞으로 육십 리를 더 걸은 뒤 식당에 들어가 쉬게 되었다.…식사 후 조금 쉬었다가 식당 뒤에 있는 늪에 가서 수영을 하기로 하였다. 물이 얕아 넓적다리까지밖에 오지 않았다. 그래서 식당으로 돌아와 행장

170) 장쿤디(1894~1932), 호 즈푸(芝圃), 후난 이양(益陽)의 반시(板溪)[오늘날 타오장(桃江) 현에 속함] 사람이다. 후난 성립 제1사범학교 학생이었으며 신민학회 회원이었다. 1919년에 프랑스로 가 고학하고 1921년에 귀국하였다. 1922년에 중국공산당에 가입하였으며 징한(京漢, 베이징~한커우(漢口) 구간)철도 노동자들의 대파업을 이끌었다. 1928년에 모스크바에서 열린 중국공산당 '제6차 당대회'에 출석하였으며 국제 공산당 '제6차대회'에 열석하였다. 1931년에 중앙노동자운동특파원의 신분으로 상악서(湘鄂西, 후난과 후베이 두 성의 서부 경계지역을 가리킴) 소비에트지역에 파견되어 홍5군단(중국공농홍군제5군단) 정치부 주임 겸 상악서 성총공회(省總工會) 당단서기(黨團書記) 직을 맡은 바 있다. 1932년에 홍후(洪湖)지역에서 희생되었다.

을 챙겨들고 계속 앞으로 걸었다. 3십리를 채 못 가 물이 맑고도 깊은 저수지가 눈에 띄었다. 셋은 함께 수영을 하였다. 나는 수영을 잘하지 못하였기에 마음껏 즐길 수가 없었다. 수영을 마친 뒤 14리 정도 걸어 목적지에 이르렀다. 해가 지고 있었다. 산 뒤로 난 돌계단을 따라 올라가니 샹수이(湘水, 샹 장 강의 다른 이름—역자 주)의 맑은 물이 산 아래를 에돌아 흐르고 수려한 산봉우리가 우뚝 솟았는데 산 이름은 자오산(昭山)이었다. 산 위에 자오산사라는 절이 하나 있고, 절에는 중이 서너 명 살고 있었다. 우리는 날이 저물었으니 절에서 하룻밤 묵고자 한다고 온 뜻을 밝혔다. 중은 처음에는 썩 내키지 않는 눈치여서 우리는 숲속에서 노숙할 생각이었다. 후에 중이 우리에게 절에 묵는 것을 허락하였으므로 노숙할 계획을 접었다. 저녁식사 후 우리 셋은 산을 내려가 샹장에서 수영을 하였다. 수영을 마치고 모래에 앉아 이야기를 나누는 데 시원한 바람이 불어와 더위를 식혀주고 일렁이는 물결이 이야기 분위기를 돋구어주었다. 어디서 오는 즐거움인지 알 수 없었다. 그렇게 오랜 시간이 지난 뒤 오던 길을 되돌아갔다. 이야기를 나누면서 걷다보니(어두워져) 강물에 거꾸로 비낀 산의 그림자가 보이지 않았다. 중이 문 앞에서 기다리고 있었다. 별빛 아래서 짙은 청색을 띤 나무에서 생기가 뿜어져 나오는 것 같았다.[171]

---

171) 『마오쩌둥 조기 문고』, 앞의 책, 637~638쪽.

174 마오쩌둥 인생 여정에 대한 철학적 해석

어제 오후에 마오쭈즈와 수영을 하였다. 수영 후 뤼산(麓山)의 차이허썬 군 거처로 갔다. 날이 저물었으므로 그 곳에서 묵었다.… 오늘 아침 일찍 일어나 차이 군과 마오 군과 함께 차이 군의 거처 옆에 있는 웨뤼(岳麓)산에 갔다. 산등성이를 따라 걸어 서원(書院)에 이르렀다가 하산하였다. 시원한 바람이 불어 공기가 맑고 시원하였다. 공기욕(空氣浴)에 대풍욕(大風浴)까지 하고나니 마음이 맑아지고 확 트이는 것이 세속을 떠난 것 같은 감동을 느꼈다.[172]

마오쩌둥은 체육운동을 크게 제창하였다. 이를 통해 신체를 건강하게 하고 몸을 단련하여 마음을 즐겁게 할 수 있다는 것은 표면적인 의미였다. 그 심층적인 의미는 체육단련을 통해 국민의 체질이 허약하고, 지식을 원활하게 활용하지 못하고 덕성이 부족하며, 의지가 나약한 나쁜 현황을 바꾸어 강건한 체력을 갖추고, 몸과 마음이 완벽한 국민의 새로운 인격을 양성하며, 나아가 나라의 위상을 떨치고 민족의 기상을 넓히자는 것이었다. 사람마다 자아를 실현하고 발전시키며 드러내기를 바라는 것은 공통된 것이다. 그러나 자아실현에 대한 사람들의 이해와 식견이 각기 다름에 따라 그 인격도 높고 낮은 차이가 존재한다. 성현 군자가 보기에 인간에게는 육체생명도 있고, 정신생명도 있으며, 그 두 가지 생명은 모두 아끼고 소중히 여겨야 한다. 그러나 인간의 본질과 가치를 가장 잘 반영할 수 있는 것은 정신

---

172) 위의 책, 638~639쪽.

생명이며, 주체의 이성 의식과 도덕정신 및 인격의 힘이다. 육체생명은 소체(小體)이고 정신생명은 대체(大體)이다. 대체는 소체보다 더 큰 의미와 가치를 가진다. 공자는 "군자의 의로움을 가장 존귀한 것으로 여긴다(君子義以爲上)"[173] "어진 사람이 되고자 애쓰는 자는 더없이 훌륭한 사람이다."[174] 맹자는 인의충신(仁義忠信)과 좋은 일을 즐겨 함에 지칠 줄 모르는 정신 대체를 보호할 것을 주장하였다. 그는 작은 것으로 인해 큰 것을 해치지 말고 미천한 것으로 인해 고귀한 것을 해치지 말 것을 제창하였으며, 대체를 보호하여 큰 사람이 될 것을 제창하였다. 공자와 맹자의 유가사상에서는 그저 일반적으로 물욕에 반대하고 육체생명을 가볍게 여긴 것이 아니라, 다만 육체생명과 정신생명 사이에서 정신생명의 의미와 가치를 더 강조하였을 뿐이다. 그들은 목숨과 어짊, 목숨과 의로움을 다 얻을 수 없을 시에는 목숨을 바쳐 어짊을 이루고, 목숨을 버려 의로움을 취할 것을 주장하였다. 이처럼 인의를 몸소 실천하는 성현의 정신과 대장부의 인격은 세속의 향락과 이득을 추구하고 퇴폐적이고 음탕한 생활에 빠져 먹고 마시는 데 열중하는 소인의 인격과는 천양지차가 난다. 유가사상의 영향을 받아 마오쩌동은 체육을 제창하고 건강한 신체를 추구하는 것은, 다만 자아완성의 한 측면일 뿐 전부는 아니라고 주장하였다. 그는 육체의 나의 생존과 발전은 다만 정신의 내가 존재하고 발전할 수 있는 기반을 마련한 것일 뿐 인생의 최종 목표는 아니라는 것이

---

173) 『논어·양화(論語·陽貨)』
174) 『논어·이인(論語·里仁)』

었다. 성현과 같은 정신생활을 추구하는 것은 인생의 수요와 만족이라는 단계에서 더 높은 차원에 속하는 것이며 그 가치도 더 큰 것이다. 이런 정신적 경지는 지인용, 진선미의 통일체를 이루어 성현 군자로 응집된 이상적인 인격이다. 마오쩌동은 『강당록』에다 이렇게 썼다. "향락과 이익을 추구하는 것은 사람들의 공통된 습관이다. 오직 성현군자만이 육체적인 향락과 이익(즉 세속적인 향락과 이익)을 추구하는 것을 좋아하지 않고 정신적인 행복만을 추구한다. 그래서 잡곡을 먹고 냉수를 마시며 팔을 베개 삼아 베고 자도 즐거움을 느낄 수 있다고 말하는 것이다." "훌륭한 사람 됨됨이는 성현을 본받으려는 굳은 신념에서 온다."[175]

사람에게 있어서 소중한 것은 포부가 있고 이상이 있으며 목표가 있어서 자아를 안정시킬 수 있는 것이다. 공자는 포부에 대해 늘 강조하곤 하였는데 『논어』의 많은 곳에 기록되어 있다. 그중에서 「술이(述而)」편에는 이렇게 쓰여 있다. "공자가 이르기를, 도(道)에 뜻을 두고, 덕(德)을 근거로 삼으며, 인(仁)에 의지하여 예·악·사·어·서·수(禮·樂·射·御·書·數) 육예(六藝) 안에서 놀이와 휴식을 취해야 한다.(子曰: 志於道, 據於德, 依於仁, 游於藝.)" 여기서 '뜻(志)'은 마음이 이르고자 하는 경지를 말하고, '도(道)'는 우주와 사회 및 인생의 본질과 법칙을 가리키며, 또 인생의 목표 혹은 굳은 신념으로 이해할 수도 있다. '덕(德)'은 사람들 마음속의 '도'에 대한 지식이고, '인(仁)'은 '도'와 '덕'의 실질적 내용이며, '의(義)'는 인간의 본질을 구현하고 인생

175) 『마오쩌동 조기 문고』, 후난인민출판사 1990년 판, 591, 586쪽.

의 목표에 이르는 정확한 방법과 수단이다. 사람이 우주와 인생의 이치를 탐구할 뜻을 세워 마음에 새기고 잊지 않으면서 인(仁)의 원칙에 따라 타당하게 행동한다면 도리를 널리 펴지 못할 리가 없다. 인성 도덕, 지당한 도리와 진실한 감정을 예·악·사·어·서·수 육예와 일상의 윤리 도덕에 담아 아침저녁으로 육예와 일상 윤리 도덕 속에서 놀이와 휴식을 취하게 되면, 또 많은 도리를 알게 되고 흉금을 넓히며 감정을 바로세울 수 있다. 사람이 어짊을 실행하면서 육예를 통해 놀이와 휴식을 취하고 즐겁고 자유로운 생명체험 과정에서 인생의 본질과 의미 및 가치를 체험함으로써 고상한 정신의 아름다움을 얻고, 그 과정에서 인간 자아의 실현과 완성 및 안정을 얻을 수 있다. 도에 뜻을 두고, 덕을 근거로 삼으며, 인에 의지하여 육예 안에서 놀이와 휴식을 취하는 것은 실제로 지인용, 진선미의 일체화를 이룬 성현의 사상경지에 이르는 것이다. 이에 대해 주희(朱熹)가 그 속의 삼매를 깊이 터득하였다. 그는 이렇게 말하였다. "무릇 학문을 닦음에 있어서 무엇보다 먼저 포부를 세워야 한다. 도에 포부를 두면 마음이 바른길에 들어서 자연적인 욕망에서 벗어날 수 있다. 덕에 근거하게 되면 마음에서 얻은 도를 잃지 않을 수 있다. 인에 의지하게 되면 일상에서 덕성을 실천함으로써 물욕에 사로잡히지 않을 수 있다. 육예 안에서 놀이와 휴식을 취하게 되면 작은 일도 빠뜨리지 않을 수 있고 행동하고 휴식하면서 몸과 기질을 보양할 수 있다. 학문을 닦음에 있어서 그 선후 순서와 경중의 구분을 잃지 않게 되면 근본적인 것과 부차적인 것을 모두 돌볼 수 있고, 내면의 수양과 외적인 수양을 모두 쌓을 수 있으며, 일상생활에서 모순과 충돌을 줄일 수 있어 학문의 의미를 충분히 깊이 터득함으로써 자신도 모르는 사이에 성현의 경지에 이를 수 있는 것이다.(蓋學莫先于立志, 志道, 則心存於正而不他 ; 據德, 則道得於心而不失 ; 依仁, 則德性常用而物欲不行 ; 遊藝, 則小物不遺而動息有養. 學者于此, 有以不失其先后之序, 輕重之倫焉, 則本末兼該, 內外交養, 日用之間, 无少間隙, 而涵泳從容, 忽不自知其入于聖賢之域矣.)"¹⁷⁶ 마오쩌둥은 이러한 옛 사람들 유훈의 영향을 크게 받아 항상 지인용과 진선미를 병행하였다. 그러나 그는 또 봉건정치와 윤리관계를 인정하고, 내면의 수양을 잃지 않도록 고수하며, 봉건도덕을 직접 실천하는 특정된 의미에서 벗어나 정치 해방, 사상 해방, 인성 해방의 시대적 흐름에 따라 개성 해방과 자아 발전의 목적에서 출발하여 지인용과 진선미에 새로운 내용을 부여하였으며, 또 참되고 지혜로운 인생, 착하고 어진 인생, 아름답고 용감한 인생을 끈질기게 추구하였다. 참되고 지혜로운 인생은 인상적인 인격의 첫 번째 정신적 표징이다. 인간은 이성이 있는 존재물이다. 이성은 인간에게 반성의식을 부여하였다. 그중의 가치적 합리성으로 인해 사람은 자신의 본질과 목적, 의미 및 가치에 대해 자발적으로 관심을 기울이게 되며 세계에서 차지하는 인간의 위치를 확립하고 사상적으로 자아를 안정시킬 수 있는 내적 근거를 마련하는 것이다. 수단적 합리성은 가치적 합리성의 인도 하에 주체 자아와 대응하는 객관세계에 대해 인식하고, 주체의 수요에 따라 관념상에서 주·객체의 응연 관계를 형성하고, 나아가서 주체를 추동하여 객

---

176) 『논어집주·술이제7(論語集注·述而第七)』

체를 개조하고, 주체와 객체의 관계를 조절함으로써 주체의 생존과 발전의 수요를 만족시키는 것이다. 주체로서의 자아는 오직 우주·사회·인생에 대한 진실하고 거짓 없는 인식을 얻어야만 정확하고도 합리적이며 효과적이고, 또 자신의 생존과 발전의 수요를 만족시킬 수 있는 활동을 전개할 수 있다. 사리에 어둡고 무지 몽매한 자는 세계에서 자체 수양을 닦고 자립할 수 있는 위치를 찾을 수 없으며, 더욱이 자아실현의 이상적인 경지에 이를 수 없다. 대본대원(大本大源, 인간됨의 가장 근본적인 원리) 혹은 우주의 진리를 탐구하고 인생의 진정한 포부를 확립하는 것만이 자아실현에 이로운 행동을 취할 수 있는 중요한 점이다. 마오쩌동은 이렇게 말하였다. "포부란 우주의 진리를 발견하고 그 진리에 비추어 자신의 마음을 정하는 것을 가리킨다. 현시대 사람들에게 있어서 뜻을 세운다는 것은, 예를 들어 군사가가 되려는 뜻을 세운다거나 교육가가 되려는 뜻을 세운다거나 하는 것은 선배 혹은 가까운 사람의 행위를 보고 그들의 성공이 부러워 맹목적으로 따르는 것을 두고 뜻을 세운다고 하는데 이는 모방성에서 비롯된 것이다. 실제로 뜻을 세우는 것은 그처럼 쉬운 것이 아니다. 반드시 우선 철학과 윤리학에 대한 연구를 거쳐 진리를 탐구하여 얻은 뒤 자신의 말과 행동의 원칙으로 삼아 앞날의 목표로 세우고 그 목표에 어울리는 일을 선택해 그 목표를 이루고자 온 힘을 다해야만 뜻을 세웠다고 할 수 있다. 그런 뜻이어야만 참된 뜻이라고 할 수 있으며 맹목적으로 따르는 뜻이 아니라고 할 수 있다. 처음에 뜻을 세울 때 착한 것을 추구하거나 아름다운 것을 추구하는 경향을 보이긴 하지만 그것은 일시적인 충동일 뿐 진정으로 뜻을 세웠다고는 할 수 없다. 그러니 어찌 뜻을 쉽게 세울 수 있겠는가? 십년이 지나도 진리를 깨치지 못하면 십년간 뜻을 세우지 못한 것이고 평생 동안 진리를 깨치지 못하면 평생 뜻을 세우지 못한 것이다."[177] 주체가 자체의 이성적인 힘을 이용하여 우주·사회·인생의 본질과 법칙을 인식하는 것은 자아 완성과 자아실현의 수요이기도 하고 인생 경지의 중요한 단계이기도 하다. 그래서 마오쩌동은 인생의 이상적 인격의 화신인 성인을 최대 사상가라고 부르면서 총명예지(聰明叡智, 성인의 네 가지 덕)를 갖추고, 탁월하고 원대한 식견이 있으며 인생에 대한 통찰력과 심오한 사상을 갖추고 인간됨의 가장 근본적인 원리와 진리를 장악한 사람으로 간주하면서 '대본대원(大本大源)'을 탐구하고자 고심하고 우주의 본질과 법칙을 인식하며, 인생의 목표와 의미 및 가치에 대해 깊이 생각하고 깨달음으로써 참되고 지혜로운 인생의 경지에 이르는 것을 그가 애써 추구하는 첫 번째 목표로 정하였다. 마오쩌동은 이른바 '대본대원'은 즉 '우주의 진리'로서 우선은 우주 만물에 존재하여 우주 만물의 가장 근본적인 원인과 존재의 근거이며, 또 우주 만물과 모든 사람의 마음에 두루 존재하면서 사람의 자아의식을 통해 드러나고 나타나는 것이라고 주장하였다. "가장 근본적인 원리는 우주의 진리이다. 천하의 백성은 각기 우주의 일원으로서 모든 사람의 마음마다에 우주의 진리가 들어있으며, 비록 그 진리의 존재 정

---

177) 『마오쩌동 조기 문고』, 후난인민출판사 1990년 판, 86~87쪽.

도가 각기 다르지만 어느 정도는 반드시 존재하는 것이다."[178] 그렇다면 우주의 진리에 대해 어떻게 인식하고 파악할 것인가? 그 문제에서 마오쩌동은 그때 당시 어느 정도에서는 정주 성리학(程朱理學)[179]과 육왕 심학(陸王心學)[180]의 영향을 받았다. 주희는 이(理)는 만물의 근본으로서 갖가지 사물 현상으로 존재한다(理一分殊)는 본체론에서 출발하여 자신의 인식론을 형성하였다. 그는 격물치지(格物致知, 모든 사물의 이치를 끝까지 파고들어 앎에 이르는 것-역자 주)를 통해 모든 사물의 이치를 탐구하는 수단으로 마음속에서 자연으로부터 얻은 이치를 일깨워 오늘 하나의 사물의 이치를 연구하고 내일 또 하나의 사물의 이치를 연구하여 조금씩 축적함으로써 많은 이치를 어느 날 갑자기 깨달아 진심 어린 마음과 완전무결한 덕성을 갖춘 경지에 이를 것을 주장하였다. 육왕 심학은 내심, 반성, 입본(立本, 근본을 세움-역자 주), 치량지(致良知, 인간의 마음속에 있는 선천적인 판단력이나 논리적인 감수성 등을 실현하는 일-역자 주) 직접 겨냥할 것을 주장하였다. 마오쩌동은 이상의 두 가지 방법을 융합하여 개조 전환하였다. 한편으로는 문자가 있는 책을 읽고 철학윤리학을 연구하여 자연에서 얻어 내면에 간직하였던 우주의 진리를 발견할 것을 주장하였고, 다른 한편으로는 문자가 없는 책을 읽으면서 천하 국가·만사 만

---

178) 위의 책, 85쪽.
179) 정주 성리학(程朱理學) : 북송[北宋]의 정호[程顥] 정이[程頤]와 남송의 주희[朱熹]의 성리학을 가리킴.
180) 육왕 심학(陸王心學) : 남송의 육구연(陸九淵)과 명나라의 진헌장(陳獻章)·왕수인(王守仁)의 심학을 가리킴.

물을 통해 배우고 실제적인 일에 대해 연구하고 실제적인 이치를 추구할 것을 주장하였다. 애써 배워 깨달음에 이르는 과정에서 마오쩌둥은 또 항상 경험을 잘 종합하였으며, 많은 효과적인 학습방법을 형성하였다. 첫째, '배움(學)'과 '질문(問)'을 결합시켰다. 즐겨 배우고 깊이 생각할 뿐 아니라 의심나거나 어려운 문제를 제기하여 서로 토론하고 교류하면서 "이미 얻은 지식은 남에게 알려주지 않거나 하지 않았으며, 훌륭한 이가 있어 천리나 떨어져 있어도 찾아가 학문을 구하고자 하였으며,"[181] 서로 견학하고 학문을 널리 구하며 수신하여 학문을 쌓고 유교의 도덕 전통에 어울리도록 하였다. 다음으로는 '풍부함(博)'과 '간결함(約)'을 결합시켰다. 박학다식한 것은 요점만 요약할 수 있는 기반이다. "배우는 방법은 먼저 풍부한 지식을 쌓은 뒤 요점을 요약하는 것, 먼저 중국의 학문을 배우고 후에 서양의 학문을 배우는 것, 먼저 보편적인 지식을 배우고 후에 전문적인 지식을 배우는 것이다."[182] 공자는 고대의 문화서적을 폭넓게 배울 것을 주장하였고, 맹자는 폭넓은 지식을 배우고 명백하게 논술할 것을 주장하였다. 학문을 연구하는 사람이라면 위에서 말한 타이름을 따르고 고금의 많은 서적을 읽으면서 우주와 인생의 보편적인 상식을 내 것으로 해야 한다. 풍부하고 폭넓게 학문을 쌓는 한편 이를 더욱 간략화하고 전문적인 지식을 배워야 한다. 간략이라는 뜻은 첫째, 책을 선택할 줄 알아야 한다는 것이다. 근본이 되는 책을 위주로 읽어야 한다. 책 한 권

---

181) 『마오쩌둥 조기 문고』, 후난인민출판사 1990년 판, 28쪽.
182) 위의책, 7쪽.

을 잘 선택으로 하여 그 책 한 권을 정독하면서 많은 서적을 널리 섭렵함으로써 간략하면서도 풍부한 학문을 쌓는 효과를 거두는 것이다. 마오쩌동은 이렇게 말하였다. "옛날 사람들이 이르기를 한 가지 경서를 통달하려면 이전에 미리 많은 경서를 통달하여야 하고, 오늘날의 국학을 통달하려면 역시 이전에 이미 그 상식적인 부분에 대해 통달하여야 한다. 우선 책을 선택하는 것이 중요하다. 그 책은 반드시 뭇 서적을 아우르고 모든 것이 포함되어야 한다. 나무가 우뚝 서고 줄기가 곧게 뻗으면 가지가 많고 잎이 무성하며, 장수가 인의로 군을 다스리면 병사들의 사기를 북돋을 수 있는 것이다. 그런 책으로는 증(曾)씨의 '잡초(雜抄)'[183]가 어쩌면 어울리지 않을까? 원고시대에서 청나라에 이르기까지 모든 것은 전통문화의 정수를 반영한 4부의 고전에 대해 논한 책들이다. 예를 들면 「여형(呂刑)」이라는 글의 출처는 『서(書, 유가 경전인 경서를 가리킴- 역자 주)』이다. 나는 그 글을 읽으면서 『서』를 접하게 되었고, 그리고 『서』에서 발췌된 여러 편의 글을 상세하게 연구하면서 『서』의 전체 내용을 파악하기에 이르렀다. 다른 경서들도 매 한 가지였다. 「백이열전(伯夷列傳)」이라는 글은 『사기(史記)』에서 발췌된 글이다. 나는 그 글을 읽고 『사기』를 접하게 되었고 『사기』에서 발췌된 여러 편의 글을 상세하게 연구하면서 『사기』의 전체 내용을 파악하기에 이르렀다. 다른 사서도 역시 마찬가지였다. '자(子)'[184]에서 발췌된 글의 경우도 한 편의 '자'에서 다른 여러 편의 '자'를 파악

183) 증국번(曾國藩)이 집필한 『경사백가잡초(經史百家雜抄)』를 가리킴.
184) 자(子) : 선진백가의 저작, 종교를 가리킴.

하기에 이르렀다. '집(集)'¹⁸⁵에서 발췌된 글의 경우 역시 한 편의 '집'에서 다른 여러 편의 '집'을 파악하기에 이르렀다. 그리하여 국학 상식들이 마음속에 집결될 수 있었던 것이다."¹⁸⁶ 그때 당시 마오쩌동은 증국번의 저작 『잡초(雜抄)』를 매우 추앙하였으며, 그 책에서 적용한 방법을 '연역법(演繹法)'과 '중심통할법(中心統轄法)'이라고 부르면서 그 방법들을 적용하면 아주 미세한 부분까지 살펴 전반적인 것을 파악할 수 있고 미세한 부분을 추구하여 전부를 훤히 꿸 수가 있으며, 중점을 파악하여 전부를 완전히 얻을 수 있으며, 내면으로 실행하여 표면에까지 고루 퍼지게 할 수 있다. 간략의 두 번째 의미는 중점을 파악하고 핵심을 내 것으로 만드는 것이다. 마오쩌동은 사서를 어떻게 읽을 것인지에 대해 언급하면서 이렇게 말하였다. "역사는 지난날의 자취를 살펴 오늘의 실정에 알맞은 방법을 제정하는 것이다. 정당한 도리와 보편적인 규칙을 구하는 것이 급선무이다. 한 조대의 유구한 역사에 대해 요약함에 있어서 위대한 인물을 찾는 것보다 더 좋은 방법은 없다. 위대한 인물은 한 조대를 대표하는 인물로서 그 인물의 자취에 대해 자세하게 탐구하면서 그 시대를 살펴보면 그 시대가 그 대표 인물의 부속품임을 알 수 있다."¹⁸⁷ 이로부터 알 수 있다시피 마오쩌동의 이 사상은 영웅사관의 성질을 띠고 있다. 그러나 책을 읽음에 있어서 중점을 파악하고 핵심을 파악하여야 한다는 그의 관점은 마땅히

---

185) 집(集) : 문집, 시와 사를 집대성한 고전을 가리킴.
186) 『마오쩌동 조기 문고』, 앞의 책, 24~25쪽.
187) 위의 책, 22쪽.

인정해야 할 것이다. 간략의 세 번째 의미는 풍부한 자료에서 정수를 받아들여 널리 충분히 응용하고, 조리정연하게 철저히 이해하며, 백가의 학설을 한데 융합시켜 자체 학설을 이루는 것이다. 마오쩌둥은 샤오쯔성(蕭子升)이 자체로 작성한 독서 필기 『일체입일(一切入一)』을 위해 써준 서언에서 이에 대해 상세하게 논술하였다.

장생(莊生, 장자[莊子]를 가리킴)은 "사람의 일생은 끝이 있어도 지식은 끝이 없다."라고 말하였다. 나는 장생의 이 말을 마음에 간직하고 있다. 당대에는 학문이 갈수록 깊어지고 문화가 갈수록 발전하고 있으며 인간사가 갈수록 번영하고 있어 더 깊이 파고들 수 없는 추세를 보이고 있다. 그러나 문화가 발전하고 있기 때문에 사람의 지혜도 따라서 발전하고 있으며, 따라서 학문을 깊이 파고들 수 있는 길 또한 열 수 있는 것이다. 마찬가지로 깊이 파고들어 탐구하여도 수확이 있는 경우와 없는 경우가 있다. 이것이 학문을 쌓거나 쌓지 못하는 원인이다. 백 장(丈)이 넘는 높이의 담도 돌을 하나씩 차곡차곡 쌓아 수천수만 장의 돌을 쌓아올려 완성되는 것이다. 학문도 마찬가지이다. 오늘 한 가지 일을 기억하고 내일 한 가지 도리를 깨치면서 오랜 세월을 쌓아 학문을 이루는 것이다. 높은 구조물도 기반을 닦는 일부터 시작되고 거대한 것도 미세한 것에서부터 시작되는 것처럼 모두 사람의 추구에 달린 것이다. 그렇게 점차적으로 학문을 쌓는 것이다. 그리고 또 학문의 크고 작음과 단편적이거나 전면적인 구별이 있다. 뭇 산의 돌이 모여서 담을 이루고, 백가의 학설이 모여서 하나 의 학문을 이루는 것이다. 풍부한 자료들 중에서 정화를 취 하여 뿌리가 튼튼하고 잎과 가지가 무성한 학문을 형성하는 것이다. 이는 어느 한 선생의 학설만 고집하면서 스스로 즐겁 게 생각하는 것과는 구별되는 것이다. 비록 담을 쌓아서 높 이고 학문을 쌓아서 박식해지면 목표에 이르렀다고 할 수 있 겠지만, 기실은 그렇지가 않다. 담을 쌓았어도 튼튼하지 않고 학문을 쌓았어도 뛰어나지 않으면 그런 담과 학문은 없는 것 과 다를 바 없다. 학문은 어찌 쌓아야 뛰어난지는 깨치고 쌓 은 도리를 보아야 한다. 도리를 깨치고 쌓아야 하고 조리가 있어야 한다.…학문의 넓은 것과 뛰어난 것은 하루아침에 이 룰 수 있는 것이 아니라 반드시 꾸준히 이루어야 하는 것이 아닐까? 옛 사람들이 이르기를 매일 걷는다면 천리만리 길이 두렵지 않다. 천리를 가려 하나 항상 제 자리일 때가 있다. 비 록 애써 노력하지만 절대 이르지 못하는 것은 꾸준하냐 꾸준 하지 않느냐의 차이이다.[188]

마오저동은 『일체입일(一切入一)』의 서문 마지막 부분에서 모든 것을 찾아서 모으면 물론 그 마음을 풍요롭게 할 수 있지만 선택성과 조 리가 없이 전부 받아들이고 작든 크든 막론하고 모두 받아들이면 비

---

188) 위의 책, 82~83쪽.

록 보기에는 좋을 수 있으나 반드시 마음으로 즐거운 것은 아닐 수 있다. 그렇기 때문에 이미 축적한 지식에 대해 개조하고 정리하여 "그 정수를 받아들이고 찌꺼기를 버리는 감별력과 판단력이 있어야 하며" 또 "오랫동안 꾸준히 견지해야지 도중에서 포기해서는 안 된다."[189]라고 지적하였다. 마오쩌둥이 보기에는 일단 어렵게 배우는 과정을 거쳐 '대본대원'에 대해 탐구할 수 있다면 관념형태의 주객 통일성을 실현하고 자연의 이치를 훤히 꿰뚫고 고금을 통달하며 사물의 미세한 부분을 발견하고 심오한 부분까지 통찰하며 총명과 지혜를 갖춘 참되고 지혜로운 정신적 경지에 이를 수 있는 것이다.

착하고 어진 인생은 이상적인 인격의 핵심 요소이다. '인(仁)'은 유가학파가 추구하는 최고의 도덕적 경지이다. 공자는 '인'을 '애인(愛人, 인간을 사랑하는 것—역자 주)[190]이라고 설명하면서, "자신이 바로 서고자 한다면 다른 사람도 바로 설 수 있도록 해야 하고, 자신이 출세하고자 한다면 다른 사람도 출세할 수 있도록 해야 하며(己欲立而立人, 己欲達而達人)"[191] "자기가 싫은 것은 남에게 강요하지 말라(己所不欲, 勿施於人)"[192]라고 말하였다. 맹자도 "인은 사람의 본질적인 양심이다(仁, 人心也)"[193], "자신과 가까운 사람을 가까이하는 것이 곧 어진 것이다(親親仁也)"[194], "어진 이는 자신이 좋아하는 사람에게 은혜를 베풀 수

---

189) 『마오쩌둥 조기 문고』, 앞의 책, 83쪽.
190) 『논어·안연(論語·顔淵)』.
191) 『논어·옹야(論語·雍也)』.
192) 『논어·안연』.
193) 『맹자·고자상(孟子·告子上)』.
194) 『맹자·진심상(孟子·盡心上)』.

있을 뿐 아니라 자신이 좋아하지 않는 사람에게도 그 은혜가 미칠 수
있게 한다(仁者以其所愛, 及其所不愛)"[195]라고 주장하였다. 북송시기의 장
재는 '인'을 겸애라고 해석하면서 "자신을 사랑하는 마음으로 다른 사
람을 사랑하면 어짊을 다 실행한 것(以愛己心愛人則盡仁)"[196]이라고 주
장하였다. 유가에서 '인'에 대해 해석한 표현은 서로 다르지만 그 내재
된 정신은 일치했다. 즉 '인'은 지식과 행위, 도덕적 이성과 도덕적 실
천, 사랑의 품성과 사랑의 행위의 통일체라는 것이다. 사람들은 지행
합일이라는 주·객체 현실형태의 통일성 안에서 서로가 목적이 되고
또 서로가 수단이 되어 자신의 수요를 만족시킬 뿐 아니라 타인의 수
요도 만족시킬 수 있고, 자아를 실현할 뿐만 아니라 타인의 자아실
현을 위해서도 조건을 마련하는 것이다. '인'의 경지는 숭고한 것이다.
그러나 '인'의 원칙을 애써 실천하고자 노력한다면 그 경지를 향해 점
차 다가가 가까워질 수 있는 것이다. 그러므로 『중용(中庸)』에서는 "애
써 실천하게 되면 어짊의 경지에 가까이 다가갈 수 있다(力行近乎仁)"
라고 말하였다. 지행합일은 일종의 인생 경지이고 또 관념형태의 주
객 통일성에서 감정형태의 주객 통일성으로 과도하는 매개물이기도
하다. 그렇기 때문에 중국에는 예로부터 실천을 중시하는 우수한 사
상전통이 존재해왔다. 예를 들어 순자(荀子)는 "알고 있는 것은 직접
실천하는 것만 못하다.…알고 있기만 하고 실천에 옮기지 않으면 아
무리 많이 알고 있다 하더라도 한 걸음도 앞으로 나갈 수 없다(知之不

---

195) 『맹자·진심하(孟子·盡心下)』
196) 장재, 『정몽·중정(正蒙·中正)』

若行之, …知之而不行, 雖敦必困)"197라고 말하였다. 주희는 지식과 행위의 선후 순서와 경중을 분명하게 구분하였다. "선후 순서를 논할 것 같으면 지식이 먼저이고 경중을 논할 것 같으면 행위가 중요하다(論先後, 知爲先; 論輕重, 行爲重)", "더 명확하게 알수록 더 충실하게 행할 수 있고, 더 충실하게 행할수록 더 명확하게 알게 된다.(知之愈明, 則行之愈 篤; 行之愈篤, 則知之益明)"198 왕수인은 지식과 행위를 분리시키는 것에 반대하여 무지한 상태에서 아무렇게나 일하거나 허공에 떠서 생각하는 것에 반대하였으며, "공자의 도리를 전하는 이들이 주장하는 지행 합일의 가르침(聖門知行合一之敎)"199을 크게 제창하면서 "지식은 행위의 방법이고, 행위는 지식의 실행이며, 지식은 행위의 시작이고, 행위는 지식의 완성이다(知是行的主意, 行是知的工夫, 知是行之始, 行是知之成)"200 라고 주장하였다. "어떤 사물 혹은 도리에 대해 깊고 정확하게 알고 있는지 여부는 행위를 통해 볼 수 있고(知之眞切篤實處卽是行)", "참된 지식을 얻는 목적은 그 지식으로 실천을 이끌기 위하는데 있으며, 실천해보지 않은 것은 참된 지식이라고 할 수 없다.(眞知卽所以爲行, 不行 不足謂之知)"201 왕부지는 실천을 통해서는 이론지식도 겸해서 얻을 수 있지만, 이론지식은 실천을 대체할 수 없으며, 이론지식과 실천은 서로 영향 주기 때문에 양자를 병행시키면 효과를 거둘 수 있다고 주

---

197) 『순자·유효(荀子·儒效)』

198) 『주자어류(朱子語類)』 권9.

199) 왕수인, 『전습록(傳習錄)』 중.

200) 왕수인, 『전습록』 상.

201) 왕수인, 『전습록』 중.

장하였다. 이들 사상가들은 서로 다른 철학의 진영에 처해 있었지만 하나의 공통된 특징을 나타내는데 즉 실행을 중시한 것이었다. 그들은 모두 지행합일과 학이치용(學以致用, 배운 것을 실제로 활용할 것-역자 주)을 주장하였다.

마오쩌둥은 중국 고대의 실천을 중시하는 사상전통을 이어받아 지행합일을 자아실현의 인생 이상 중 중요한 내용으로 삼았다. 그는 『강당록』에 "성의를 다해 일하고 진심을 다해 배우며"[202] "옛 사람을 본받아 몸소 행하는 것을 중시해야 한다"[203]고 썼다. 그는 파울젠의 『윤리학 원리』를 읽으면서 또 이런 평어와 주해를 붙였다. "나는 오로지 나 일신을 발전시킴으로써 내적인 사유와 외적인 실천이 모두 이상적인 목표에 이를 수 있도록 할 것이다."[204] "마땅히 주관과 객관의 수요를 모두 만족시켜야만 비로소 훌륭하다고 할 수 있는 것이다."[205] "어떤 효과를 이루려면 반드시 그런 효과를 포함한 행위를 행하여야 한다."[206] 지식과 행위의 현실적 통일성은 또 지(知, 아는 것)·신(信, 믿는 것)·행(行, 행하는 것) 세 단계로 나눌 수 있다. 그는 이렇게 말했다. "지식은 믿음이 앞서야 한다. 한 가지 지식은 곧 한 가지 믿음을 형성하고, 그 신앙이 형성되면 곧 한 가지 행위를 부르는 것이다. 아는 것, 믿는 것, 행하는 것이 나의 정신활동의 세 단계이다."[207] 알

---

202) 『마오쩌둥 조기 문고』, 앞의 책, 581쪽.
203) 위의 책, 586쪽.
204) 위의 책, 204쪽.
205) 위의 책, 153쪽.
206) 위의 책, 151쪽.
207) 위의 책, 228쪽.

게 된 후 믿게 되고, 믿게 된 후 실행에 옮기게 되는 것이다. 주체 자아가 지·신·행 삼자의 통일을 실현하게 되면 선(善) 혹은 인(仁)의 정신적 경지에 들어서게 되는 것이다. 아름다우면서도 용맹한 인생은 이상적인 인격의 최종 실현상태이다. 아름다움과 용맹함은 주·객체의 감정형태의 통일로서 주·객체의 관념형태와 실재형태가 통일을 이룬 토대 위에서 발전하고 승화한 것이며 이상적인 인격과 경지의 완성 형태인 것이다. 인간은 자발적 능동정신, 창조적 지혜와 힘을 갖춘 존재물이다. 인간이 사물의 본질과 법칙에 대해 인식하고 자체의 수요에 따라 나아갈 방향과 목표를 확립한 뒤 합목적성과 합법칙성이 통일된 창조적 활동을 진행할 때, 그 창조적 지혜와 재능 및 힘이 드러나는 것이다. 주체로서의 인간은 이처럼 인간의 본질에 부합하는, 인간의 생존과 발전의 수요를 만족시킬 수 있는, 창조적 활동 속에서 그리고 그 성과의 관조 속에서 자신의 본질적 힘을 느낄 수 있고 우아하고 아름다운 혹은 고상한 심미적 즐거움을 체험할 수 있다. 마오쩌동은 이렇게 말했다. "어떤 사물 혹은 도리는 행위를 통해 보여준다. 반드시 먼저 기꺼이 그 일을 하고자 하는 마음이 동해야 하며 특히 그 일의 까닭에 대해 분명하고 상세하게 알 수 있는 지혜를 먼저 갖추어야 한다. 까닭에 대해 분명하고 상세하게 아는 것이 바로 자각심이다."[208] "운동을 꾸준히 견지하면 첫째, 흥미가 생길 수 있다.…둘째, 즐거움이 생길 수 있다. 장기적으로 운동하면 뚜렷한 성과를 거둘 수 있으며 자신의 가치 관념이 생기게 된다. 그런 식으로 학

208) 위의 책, 72쪽.

문을 쌓으면 맡은 임무를 훌륭히 감당해 낼 수 있는 능력을 갖출 수 있어 즐겁고 그런 식으로 덕을 쌓으면 매일 공적을 쌓을 수 있다. 마음에 무한한 즐거움을 느끼는 것도 끈기가 있어 얻을 수 있은 까닭이다. 즐거움과 흥취는 구별점이 있다. 흥취는 운동의 첫 시작에서 느끼는 것이고, 즐거움은 운동이 끝났을 때 느끼는 것이며, 흥취는 운동하는 과정에서 생기는 것이고 즐거움은 운동의 결과에서 생기는 것이다. 이처럼 양자는 서로 다른 것이다."[209] 이성과 지식 및 자각심으로 인해 사람은 인생의 완성에 대한 어떤 일의 의미를 명확히 알게 되고 "기꺼이 그 일을 하고자 하는 마음"이 동하게 되며, 어떤 활동에 항상 종사하면서 활동과정에서 흥취가 생길 수 있으며, 활동의 결과에 대해 살펴보는 과정에서 즐거움이 생길 수 있다. 그런 즐거움이 바로 수요의 만족과 이상의 실현으로 인해 생기는 심리적 느낌과 심미적 체험이다. 아름다움은 지식과 행위의 토대 위에서 생겨나는 일종의 감정 상태이며, 참된 지식과 성실한 실행에 따르는 필연적인 정신적 경지이다. 용기와 힘, 의지는 아름다움과 함께 인생 경지의 동일한 차원에 처해 있으며, 이상적인 인격의 중요한 자질이다. 마오쩌둥은 "사람은 일신의 용기와 힘을 발전시키는 것을 최종 목적으로 삼아야 한다."[210]라고 말하였다. '용(용기)'와 '지(지혜)'·'인(어짊)'은 서로 의존하며 함께 나아가는 관계이다. 한편으로 '지'와 '인'은 '용'이 생겨나고 존재할 수 있는 조건이다. 그러므로 『중용』에서는 "수치를 알면 용

209) 위의 책, 74~75쪽.
210) 위의 책, 176쪽.

감함에 접근한 것(知恥近乎勇)"이라고 말하였다. 맹자는 인의를 실천하는 것을 통해 수양을 잃지 않도록 굳건히 지키며 강대한 호연지기를 양성할 것을 주장하였다. 마오쩌둥도 "지식은 의지에 도움이 된다"[211]면서 체육·실천은 용감한 기운을 양성한다고 주장하였다. 다른 한편으로 용맹과 굳셈은 사물의 시작에서 끝까지 관련된다. "의지는 확실히 인생사업의 선구자"[212]이며 "'지'와 '인'이 근본이지만 '용'이 아니면 그 역할을 살릴 도리가 없다"[213] 우주의 진리에 대한 인식과 실천, 사업의 시작과 지속, 성공은 혁신의 용기와 변함없는 끈기가 필요하다. 용감하고 굳센 의지력이 없으면 덕과 지성을 구현하거나 펼칠 수 없다. 사람의 의지와 품격에 대해 마오쩌둥은 1913년에 지은 『강당록』여러 곳에다 기록하고 논술하였다.

1. 나태함에 반대하고 부지런함을 제창하였다. "사람이 안일함에 빠져 고생을 기피하는 것은 인지상정이다. 게으름은 온갖 죄악의 온상이다. 인간의 게으름으로 인해 농사꾼은 논밭이 황폐해지게 하고, 장인은 먹줄과 자가 녹슬게 하며, 상인은 파는 물품을 못 쓰게 만들고, 선비는 학문을 쓸모없는 것으로 만들게 된다. 생업이 황폐해지면 생계를 유지할 수 없으며 패가망신의 결과가 뒤따르게 된다. 나라가 나태하면 초기에는 발전이 없고 퇴행이 뒤따르게 되며 이어서 쇠퇴하

---

211) 위의 책, 132쪽.
212) 위의 책, 72쪽.
213) 위의 책, 59쪽.

게 되고 결국 멸망에 이르게 된다."²¹⁴

　2. 지나친 욕망을 절제하고 굳센 의지를 갖출 것을 제창하였다. "굳은 의지는 입신(立身)의 근본이다. 지나친 욕망을 가진 자는 굳은 의지를 갖추지 못한다."²¹⁵ "재물과 여색 두 개의 관문을 넘지 못한다면 그 자는 언급할 가치가 없는 자이다."²¹⁶

　3. 안빈낙도하고 외부의 저애에도 불구하고 꿋꿋이 나아가야 한다. "가난한 생활을 하면서 편안한 마음을 유지할 수 있는 사람만이 성공할 수 있다. 고로 풀뿌리를 씹어 먹으며 인내할 수 있는 사람이라면 무슨 일이든 다 이룰 수 있다."²¹⁷ 적극적이고 진취적이어야 하며 소극적인 것을 애써 경계해야 한다. "오천 명 군졸로 십만 군사에 대적해야 하고 기진맥진한 병사를 인솔하여 새로 편성된 위풍당당한 기마병을 막아내야 하며 그럼에도 생존을 도모하려면 분투해야만 한다." "소년은 생기발랄해야 한다. 그렇지 않으면 진취적이지 않고 무기력한 정신 상태에 빠져들게 된다. 무기력한 상태와 진취적이지 않은 기풍은 개인의 게으름과 해이함에서 비롯된다. 그래서 게으름은 인생의 무덤이라고 말하는 것이다."²¹⁸

---

214) 위의 책, 585쪽.
215) 위의 책, 591쪽.
216) 위의 책, 587쪽.
217) 위의 책, 591쪽.
218) 위의 책, 585쪽.

5. 독립적이고 두려워하지 말아야 하며 세속에 물젖지 말아야 한다. "독립심을 갖춘 이를 호걸이라고 부른다."[219] "성인군자의 소행에 대해 사람들은 알지 못한다. 연주하는 곡이 고상하고 우아할수록 받아들일 수 있는 사람이 적은 법이다. 그래서 사람들은 늘 그것을 파괴하게 된다. 대중들에게 어울리지 않기 때문이다. 그러나 성인의 도리는 사람들이 알아주기를 바라지 않는 것이다. 그 정신은 오로지 천지와 대질해도 의심할 나위가 없고, 온 천하에 갖다놔도 모두 바른 것이며, 오랜 세월이 지나도 현혹되지 않고 오로지 자신에게 부끄럽지 않은 것이다. 그리고 그 정신이 망가질까봐 두려워하지 않으며, 그래서 온 세상의 비난을 받아도 더 낙담하지 않고 망가뜨릴수록 더 강해지며, 더 성실하게 지키면서 선한 길을 애써 고집함을 이른다."[220] "헛된 명예에 현혹되지 않았기 때문에 그 힘이 모여 강한 의지력을 갖춘 것이고, 세속적인 것들과 다투지 않기 때문에 외부 사물에 흔들리지 않는 자제력을 갖추어 진중한 것이다."[221] 이상의 인용문이 모두 마오쩌동 본인의 사상인 것은 아니다. 그중에서 일부는 고전에서 따온 것이고, 일부는 교사의 말을 인용한 것이다. 그러나 마오쩌동이 그 내용들을 필기장에 적어 넣은 것이 선택한 것임을 인정할 수 있다. 그렇기 때문에 일정한 정도에서 의지력을 중시하는 마오쩌동의 사상경향을 반영한 것이라 할 수 있는 것이다. 「체육의 연구」

---

219) 위의 책, 581쪽.
220) 위의 책, 593쪽.
221) 위의 책, 610쪽.

라는 제목의 글에서 마오쩌동은 맹렬하고 두려움이 없으며 용감하고 내구력이 강한 것이 모두 의지와 관련된다면서 냉수욕, 장거리달리기 등 체육활동을 통해 그런 의지와 품격을 키울 수 있다고 주장하였다. 그는 다음과 같이 예를 들었다. "산을 뽑고 세상을 덮을 만한 기상(力拔山氣蓋世)이 맹렬한 것이고, 외래 침략자를 물리치기 전에는 절대 고향에 돌아가지 않으리라는 의지는 두려움을 모르는 것이며, 나 개인의 일가를 버리고 나라를 위하는 것은 용감한 것이고, 집을 떠나 8년간 집문 앞을 세 번이나 지나가면서도 집에 들르지 않은 것은 인내심이 강한 것이다."[222] 마오쩌동은 진선미와 지인용을 통일시켜 인생의 최고 경지와 인생의 이상으로 삼았으며, 그것으로 자신의 인생활동을 통제하고 격려하였다. 그는 후난성립제1사범학교에서 공부하는 기간에 지인용을 통일시킨 자신의 뛰어난 인격과 지·덕·체가 전면 발전한 우수한 성적으로 교사와 학생들의 찬양을 받았다. 후난 성립 제1사범학교 교지(校誌)의 기록에 따르면 1917년 6월 학교에서 인물선거활동을 전개하였다. 그 활동의 목적은 학생들의 품행과 학업 상황을 조사하여 학생들이 분발 진취하도록 격려함으로써 우수한 인재를 양성 선발하기 위하는데 있었다. 선거 범위에는 덕육·지육·체육 세 부분이 포함되었다. 덕육은 바른 품행·자율·호학·근면·검소·봉사 등 항목으로 나누고, 지육은 문학·과학·미감·직업·재능·언어등 항목으로 나누었으며, 체육은 담력과 식견·위생·체조·국기·경기 등 항목으로 나누었다. 구체적 선거 방법은 매 사람이 3표씩 투표하되 한 표에

---

222) 위의 책, 71쪽.

197

한 사람씩만 선거하며 피선거인은 같은 반이 아닌 학생이어야 한다고 제한하였다. 그리고 선거인은 규정된 기준에 따라 피선거인에 대한 평어사실을 선거표에 상세하게 써서 밝히도록 하였다. 그 인물선거활동에 전교 400여 명이 참가하였으며 34명이 선거되었다. 마오쩌동은 지·덕·체 세 방면의 6개 항목에서 선거되었는데 바른 품행 11표, 자율 5표, 문학 9표, 언어 12표, 재능 6표, 담력과 식견 6표, 총 49표를 얻어 총 득표수가 전교에서 1위를 차지하였다. 선거된 34명 중 마오쩌동만 지·덕·체 세 부분에 모두 득표한 항목이 있으며, 바른 품행 항목에서는 그의 득표수가 제일 많았고, 담력과 식견 항목에서 득표한 학생은 그 혼자뿐이었다. 그가 득표한 6개 항목의 구체 평어 내용은 다음과 같다. 바른 품행 항목에서 "청렴한 지조를 갖추었고, 수치심을 알며, 절개를 중시하고, 벗을 사귐에 신중하며, 외부의 유혹을 막아낼 수 있다"라고 하였고, 자율 면에서는 "질서를 지키고, 예절을 중시하며, 언행에 조심한다"라고 하였으며, 문학 면에서는 "국문에 뛰어나다"라고 하였고, 언어 면에서는 "연설에 능하고, 변론에 뛰어나다"라고 하였으며, 재능 면에서는 "응변에 능하고, 일처리에 세심하다"라고 하였고, 담력과 식견 면에서는 "모험적이고, 진취적이며, 비상한 경계심을 갖추었다"라고 하였다. 그 인물선거활동을 통해 젊은 시절에 마오쩌동은 고상한 도덕, 뛰어난 재능과 지혜, 굳센 의지를 갖추었음을 알 수 있으며, 그가 자신의 실제행동으로 자아를 실현하고, 몸과 마음이 완전무결하며, 지인용을 통일시킨 인격적 이상을 힘겨우나 끈질기게 실천하고 추구하고 있었음을 알 수 있다.

3. 경쟁과 저항은 인격 완성의 원천

젊은 시절의 마오쩌둥은 운동과 투쟁을 숭상하고 찬미하였으며 갈망하였다. 그는 운동과 투쟁이 우주 만물과 사회 인생의 본질적 속성으로 인생에 의미를 부여하고 인생의 가치를 창조하며 인생의 사업을 성공시키며 인생의 이상을 실현한다고 주장하였다.

운동 변화의 관념에 대해서는 고금중외를 막론하고 수많은 사상가들이 존중하고 숭상해오고 있다. 중국 고대의 뭇 경전 중 첫 자리를 차지하는『역경(易經)』은 만물이 서로 교감하고 변화 발전한다는 관념으로 일관되어 있다. 그리고『역경』에 대해 설명하고 보충하였으며 발양한『역전(易傳)』에서는 그 사상을 더욱 심화하고 널리 발양하였다. 『역전 · 상사 · 건상(易傳 · 象辭 · 乾象)』에서는 "우주는 끊임없이 돌고 돈다. 학식과 덕망을 갖춘 사람이라면 마땅히 천지를 본받아 영원히 꾸준히 앞으로 발전해야 한다(天行健, 君子以自强不息)."라고 하였다. 그 작자는 사물의 흥망성쇠의 변화, 굽힘과 폄, 주고받음, 강건하고 장대하며 끊임없이 운동하고 변화하는 자연의 법칙에서 깨우침을 얻어 사람도 끊임없이 생장하고 번식하는 운동 과정에서 자신의 가치를 실현할 수 있다고 주장하였다. 학식과 덕망이 높은 사람은 마땅히 끊임없이 운행하는 우주 현상을 본받아 분발하고 자강하며 정진하고 향상해야 한다. 『역전 · 계사(易傳 · 系辭)』에서는 사물의 생성과 변화는 천지의 본질이라면서 "사물이 나날이 새로워져야만 훌륭한 덕성을 갖추었다고 할 수 있다. 꾸준히 새로운 것을 창조하며 꾸준히 혁신하고 발전하는 것이야말로 주역의 본질이라고 할 수 있다(日新之謂盛德,

生生之謂易)", "천지간에 가장 위대한 도덕은 생명(天地之大德曰生)"이라
고 하였다. 자연과 사회의 모든 사물은 모두 여기저기 떠돌아다니면
서 끊임없이 운동 변화한다. "사물이 발전하다가 극에 달하면 변화가
일어나게 되고, 변화가 생겨야만 사물의 발전이 막힘이 없게 되며 그
래야만 사물은 끊임없이 발전하게 되는 것(易窮則變, 變則通, 通則久)"이
다. 운동 변화의 원인은 음양(陰陽), 강유(剛柔, 굳셈과 부드러움), 동
정(動靜, 운동과 정지)의 서로 상반되는 두 가지 힘이 서로 밀고 서로
마찰하는 데서 비롯된다. "음과 양이 서로 교체되고 순환되는 변화
상태를 이루는 것을 음양 변화의 방도(一陰一陽之謂道)"라고 하고, "굳
센 기와 부드러운 기가 서로 마찰하고 여덟 개의 기본 괘 즉 팔괘(八
卦)가 그네를 뛰듯이 서로 겹쳐(剛柔相摩, 八卦相盪)" "강유(음양)가 서
로 밀고 작용함으로써 변화가 생기는 것(剛柔相推而生變化)"이다.

　천지만물이 끊임없이 운동 변화한다는 것은 중화민족이 오랜 세월
동안 변함없이 이어온 확고한 신념이다. 근대에 들어서면서 개량파,
유신파, 혁명파가 변혁을 위해 나라를 멸망의 위기에서 구하고 민족
의 생존을 도모하기 위해 역시 변화의 철학을 극구 선전하였다. 비록
변화에 대한 그들의 이해와 해석이 서로 달라 기변도불변론(器變道不
變論, 기[천지 만물을 이루는 형체]는 개혁하되 도[마땅히 지켜야 할
도리]는 바꾸지 말 것을 주장하는 이론—역자 주)자도 있고, 기도개변
론(器道皆變論, 기와 도를 모두 바꿀 것을 주장하는 이론—역자 주)자
도 있으며, 점변론(漸變論, 점차적인 개혁을 주장하는 이론—역자 주)
자도 있고 급변론(驟變論, 혁명을 일으켜 급작스레 바꿀 것을 주장하

는 이론―역자 주)자도 있으며, 점변과 급변을 서로 전환시키고 서로
침투할 것을 주장하는 이도 있었지만, 변혁에 대한 주장이 주류사상
이었음은 의심할 나위가 없다. 예를 들면 캉유웨이는『역경』에서 변
화의 의미를 살려 변법유신의 이론적 근거로 삼았고, 량치차오는 변
화는 고금을 막론하고 두루 통하는 정당한 도리라면서 천지간의 사
물은 변하지 않는 것이 없다고 주장하였으며, 옌푸는『천연론』을 번
역 소개하면서 생물은 모두 경쟁 환경 속에 존재하며, 가장 잘 적응
한 것이어야만 살아남는다는 사상으로 변법유신하고 나라를 멸망
의 위기에서 구하고 부강을 도모해야 한다고 국민을 격려하였다. 20
세기 초에 니체철학과 베르그송 철학이 중국에서 전파되기 시작하면
서 그때 당시 사상해방운동에 중요한 역할을 하였다. 니체는 현대 서
양 존재주의 등 철학유파의 선구자이며, 시인의 기질과 정서를 띤 철
학자이다. 니체가 보기에 세계는 용솟음치며 흘러넘치는 힘의 바다로
영원히 자아 창조와 자아 훼멸의 운동변화 과정에서 자신을 긍정하
고 실현하는 것이었다. 인간은 세계 본질의 긍정자와 실현자로서 세
계 본체의 그러한 정신을 이어 적극 분투하고 창조하며, 진취적이고
낙관적이며 호방하고 굳세고 내구력이 강하며, 단련을 거치고 우월함
을 추구하며, 모든 면에서 범속함을 뛰어넘어 가장 우수하고 가장 강
력한 자가 되어야 한다. 생명철학자 베르그송도 우주를 끊임없이 흐
르는 생명의 강으로 간주하였다. 마오쩌둥은 자신의 조기 저작에서
니체와 베르그송에 대해 언급한 적이 있다. 그는 그들의 철학을 '긍
정적' 철학, '활동적' 철학으로 귀결시켰으며, 그러한 철학으로 연마되

고, '고상한 정신'을 가장 풍부하게 갖추었으며, 어려움을 극복할 수 있는 가장 큰 인내력을 갖추고, 오로지 '고상한' 인격을 실현하기를 추구하는 독일 민족에 대해 깊은 경모와 동정을 표하였다.[223]

중국 고금의 "끊임없이 변화한다"는 관념과 니체·베르그송 등의 동적인 철학의 영향을 받아 젊은 시절의 마오쩌둥도 우주 만물이 모두 영원히 멈출 줄 모르고 끊임없이 운동하는 과정에 처해있다고 여겼으며, 대천세계는 천만 가지 변화를 일으키고 천하 만물은 끊임없이 운동 변화한다고 주장하였다. 그는 심지어 사람의 몸도 매일매일 변화하고 있다면서 "신진대사의 작용이 여러 조직들 사이에서 끊임없이 일어나고 있다"라고 말하였다.[224] '움직임'은 우주에서 유일한 진실한 존재이며, 주체 자아의 인격 완성의 원천이다. "천지간에는 오로지 움직임만 있을 뿐이다"[225] "인류의 목표는 자아를 실현하는 것뿐이다.…그 목표를 이루는 방법은 활동하는 것이다."[226]

운동 변화는 우주만물의 보편적 속성이며, 또 인생 이상이 실현될 수 있는 토대와 경로이기도 하다. 그리고 운동변화의 깊은 근원은 사물 내부에 존재하는 상반되면서도 서로 보완하는 두 가지 힘의 차이와 대치, 저항 및 투쟁에 있다. 마오쩌둥은 다음과 같이 지적하였다. "인간세상의 모든 일은 모두 차이와 비교로 나타난다."[227] 음과 양, 허

223) 위의 책.
224) 위의 책, 69쪽.
225) 위의 책, 62쪽.
226) 위의 책, 184쪽.
227) 위의 책, 247쪽.

와 실, 큰 것과 작은 것, 고귀함과 미천함, 더러움과 깨끗함, 생과 사, 두꺼움과 얇음, 위와 아래, 옛날과 현재, 치세와 난세, 현명함과 우매함, 현명함과 현명하지 못함 등은 모두 서로 비교되어 나타나며, 서로 대립되는 두 극으로서 서로 떨어지지 않고 가까이 있으면서도 또 서로 경쟁하고 저항하면서 이에 따라 사물의 무궁한 변화를 일으키는 것이다. 서로 대립되는 두 가지 세력 중에서 어느 일방의 세력이 커지게 되면 필연적으로 다른 일방의 저항력도 따라서 커지게 된다. 마치 "강물이 통관(潼關)을 흘러나올 때 화산(華山)에 가로막혀 물살이 세져 격랑을 치며 흘러가고, 바람이 산샤(三峽)를 통과할 때 우산(巫山)에 가로막혀 바람이 거세져 울부짖는 것"[228]과도 같다. 인류와 외부세계와의 관계도 역시 마찬가지이다. "인류의 세력이 커질수록 외부세계의 저항도 커지게 되는 것이다. 세력이 큰 자가 있으면 그에 맞서는 큰 저항 세력이 앞에 나타나기 마련이다."[229] 경쟁·저항과 운동 변화는 언제 어디에나 존재한다. 마오쩌동은 "인간은 동물이다. 그래서 움직이는 것이다."[230] '활동'과 '투쟁'은 인간의 본질이기도 하고 또 인생의 이상을 실현하고 이상적인 인격을 완성시키는 데 반드시 거쳐야 하는 과정이기도 하다. 경쟁과 저항은 자립 자강할 수 있도록 사람을 강박한다. 사람 또한 경쟁과 저항 속에서만이 자신의 본질적 속성을 나타내며 생명의 거대한 힘과 인생의 즐거움을 체험할

---

228) 위의 책, 180~181쪽.
229) 위의 책, 181쪽.
230) 위의 책, 69쪽.

수 있고, 완전무결한 인격을 완성할 수 있는 것이다. 성인군자는 바로 "최대 악에 저항하여 성공한 자이다."[231] 마오쩌둥은 안정과 질서는 인생에서 필요한 것이지만, 장기적이고 순수한 평안한 대동(大同)의 삶은 또 인생에서 견딜 수 있는 것이 아니라면서 갑자기 변화하고 사태가 다양하게 변화하는 사회가 태평성세보다 사람에게 더 매력적이며, 활동과 투쟁을 숭상하는 사람의 본성은 필연적으로 평안한 대동의 환경에서 수많은 경쟁과 저항의 파문을 일으키게 되는 것이라고 주장하였다. 그렇기 때문에 차별이 없고 모순이 없으며 충돌이 없는 순수한 자유·평등·박애의 경지는 존재하지 않는다. 오히려 활동과 투쟁을 숭상하고 좋아하는 사람의 본성에 부합하여 인류사회는 치세와 난세가 겹치고 경쟁과 저항 속에서 앞으로 발전하는 것이다. 그는 이렇게 말하였다. "현재 사람들은 대동사회가 아닌 시대를 살아가고 있기 때문에 대동사회를 갈망한다. 그리고 또 사람들은 어려운 시기에 처해 있기 때문에 편안한 세상을 갈망한다. 그러나 장구한 평안, 아무런 저항도 없는 순수한 평안이 지속된다면 그런 인생은 견딜 수가 없어 평안한 환경에서 또 파문이 일지 않을 수 없다. 대동사회라고 한들 어찌 사람이 살면서 참고 견딜 수가 있을까? 일단 대동사회의 경지에 들어서도 또한 반드시 많은 경쟁과 저항의 파문이 일어나게 되므로 대동사회에 안주할 수 없게 될 것이다. 그러므로 노자(老子)와 장자(莊子)가 주장하는 지혜와 총명을 버리고, 인간의 천진함과 순박함으로 돌아가 늙어 죽을 때까지 서로 왕래하지 않는 사회

---

231) 위의 책, 183쪽.

는 허황된 이상사회인 것이다. 도연명(陶淵明)의 도원경의 경우는 허황된 이상의 경우에 지나지 않는다.…그렇기 때문에 치세와 난세가 겹치고 평화와 전쟁이 공존하는 것은 자연의 법칙이다. 예로부터 잘 다스려져 태평한 세상이 형성되자 바로 어지러운 세상이 생겨나곤 하였다. 우리는 항상 어지러운 세상을 싫어하고 치세를 갈망하였다. 그러나 어지러운 세상도 역사생활의 한 과정으로서 그 나름대로 실제생활에 부합하는 가치가 있음을 알지 못하였다. 우리는 역사 서적을 열람하면서 항상 전국시기에 유방(劉邦)과 항우(項羽)가 싸울 때, 한무제가 흉노와 싸울 때, 삼국이 서로 경쟁할 때, 사태가 변화다단하고 수많은 인재가 배출된 것에 찬탄을 금치 못하며 즐겨 읽곤 한다. 그러다 태평시대 역사 부분에 이르러서는 실증을 느끼곤 한다. 그것은 어지러운 세상을 좋아해서가 아니라 안일하고 안정된 환경에 오래 처해 있을 수 없고, 그것은 견딜 수 없기 때문이다. 갑작스런 변화는 인간이 본질적으로 좋아하는 것이다."[232]

젊은 시절에 마오쩌둥은 자아실현은 사회와 자아를 초월하는 것이라고 주장하였다. 자아를 실현하려면 한편으로는 사회에 도전하여 개성을 억압하고 파괴하며 말살하고 자아 발전과 완성을 저해하는 봉건전제제도와 부패한 윤리도덕 및 가치관념과 꾸준히 투쟁해야 하고, 다른 한편으로는 현재의 완벽하지 않은 자아에 도전하여 현재의 나를 초월하여 이상적인 나를 향해 나가야 한다. 그는 "나는 지극

---

232) 위의 책, 184~186쪽.

히 존귀한 사람이며, 또 지극히 미천한 사람이다."[233]라고 말하였다. 주체 자아로서 완전무결한 인격을 실현할 수 있는 잠재력을 갖추었지만, 현재의 '나'는 아직 완전무결하지 않다. 인생은 사방에 함정과 갈림길이 존재한다. 선행이냐 악행이냐는 흔히 한 순간 생각의 차이이다. 자신을 완성하려면 외부환경과 싸워야 할 뿐 아니라, 내면의 저열한 욕념, 협애한 의식, 그릇된 사상과도 싸워야 한다. 고상한 이상을 갖춘 나는 주체가 완벽하지 않은 나, 심지어 미천한 현재의 나, 습관화된 나에게 꾸준히 도전하는 과정에서 실현될 수 있는 것이다. 자아실현은 실제로 주체능력의 충분한 발휘이며, 주체가 자신과 외부환경을 넘어선 것이며, 오늘의 나가 어제의 나에 도전하고, 내일의 나가 오늘의 나에 도전하는 연속적인 과정인 것이다. 도전·분투·초월이 젊은 시절 마오쩌동 인생철학의 총체적 풍격을 이루었다. 그는 일기에 이렇게 썼다. "하늘과 싸우는 즐거움은 끝이 없다! 땅과 싸우는 즐거움은 끝이 없다! 사람과 싸우는 즐거움은 끝이 없다!"[234] 한창 젊고 재능이 넘치는 시기였던 마오쩌동은 그와 뜻을 같이 하는 젊은이들과 함께 천하를 논하였으며, 자유분방하고 열정으로 넘쳤으며, 거칠고 길들여지지 않은 대자연, 어둡고 포악한 낡은 세력, 자신의 머릿속의 낡은 사상·낡은 관념과 꾸준히 싸우는 과정에서 고상하고 위대한 즐거움과 행복을 체험하였으며, 몸과 마음이 모두 완전무결한 인격 이상을 위해 끈질기고 힘차게 나아갔다.

---

233) 위의 책, 270쪽.
234) 샤오싼(蕭三), 『마오쩌동의 청소년시대와 초기 혁명운동』, 중국청년출판사 1980년판, 47쪽.

운동과 투쟁을 숭상하고 자아를 초월하려는 사상과 일치하게 마오쩌동은 인생의 고통과 불행을 용감하게 직시하고, 생과 사, 성공과 실패와 관련된 큰 변화에 낙관적이고 활달한 태도로 대하였으며, 그 어떠한 어려움과 위기에 처한 상황에서도 모두 즐겁고 호방한 마음가짐으로 삶과 싸웠다. 마오쩌동은 진정한 인생은 행복과 불행이 얽혀서 이루어진 것이라고 주장하였다. 파울젠은『윤리학 원리』라는 저서에서 이렇게 썼다. 사람이 만약 순수한 행복만 누리고 어렵고 위험한 환경에 처해보지 못하였다면 그 자신의 최대 재능을 발전시킬 이유가 없으며, 그 자신의 모든 능력을 보여줄 기회가 없는 것이다. "불행한 처지는⋯우리를 훈련시키기에 적합하며 강대하고 순수한 효과를 낼 수 있다. 우리는 불행에 부딪치면 억압에 저항하는 반작용력이 생기며, 그것이 꿋꿋한 절개로 변화 발전하며 단련을 거치게 되므로 의지를 단단하게 단련하는 데 이롭다. 그리고 인내력과 겸양의 품성도 그로 인해 키울 수 있다.⋯최고의 고상한 도덕은 막대란 어려움을 겪지 않고 완성되는 경우가 거의 없다."[235] "확실한 행복은 반드시 행복과 불행이 합쳐져서 이루어져야 하는 것이다."[236] 파울젠의 이러한 관점은 "사람의 심지를 격려하여 꼭 참고 견디는 성정을 키워주고 없던 능력을 키워준다."[237] "가난과 어려움은 사람을 단련시켜 성공에 이르게 할 수 있다"[238]라는 중국의 전통사상과 서로 맞물린다. 마오

---

235) 파울젠, 『윤리학원리』, 앞의 책, 172쪽.
236) 위의 책, 173쪽.
237) 『맹자·고자하(孟子·告子下)』
238) 장재, 『정몽·건칭(正蒙·乾稱)』

쩌동은 파울젠의 확실한 말에 크게 찬성하였으며 "우매한 사람들을 깨우치는 말"이라고 주장하였다.[239] 인류 및 그 개체는 행복과 불행이 서로 교체되고 돌고 도는 과정에서 지혜를 키우고 지조를 양성하며 의지를 연마하는 것이다. 위대한 행복은 바로 주체가 자체의 완강한 생명력으로 고통과 불행을 이겨냄으로써 마음속에서 생겨나는 자부심과 숭고한 감정이다. 사람은 가장 큰 고통과 불행을 견디고 극복하는 과정에서 또 자신의 최대 잠재력을 발휘하여 자신의 최대의 힘을 펴고 인생 최고의 즐거움을 체험하는 것이다. 반대로 고통과 불행이 없는 순수한 '행복'은 평범하고 속되며 하찮은 것이다. 진정한 강자와 이상적인 인생의 창조자는 즐거움과 괴로움, 행복과 불행, 조화로움과 충돌, 생존과 사멸에 모두 견딜 수 있고 노력할 수 있으며 태연하게 대처할 수 있다. 사람이 살면서 느끼게 되는 가장 큰 비통 중에 삶과 죽음의 거대한 변화보다 더한 것은 없다. 삶에서 죽음에 이르는 큰 변천에 대해서도 마오쩌동은 충분히 긍정하고 뜨겁게 찬미하였다. 첫째, 그는 물질 불멸, 정신 불멸의 본체론의 차원에서 초연한 자세로 삶과 죽음을 바라보았다. 인류는 자연물의 일종으로서 자연법칙의 지배를 받는다. 자연물은 생겨남이 있으면 반드시 스러짐이 있고, 사람도 삶이 있으면 반드시 죽음이 있는 법이다. 인간의 삶은 물질과 정신의 집합이고 죽음은 물질과 정신의 분리이다. 삶에서 죽음에 이를 경우 개체인 나의 기존의 상태는 망가져버리지만 육체 생명과 정신 생명을 구성하는 물질과 정신은 불후한 것이다.

---

239) 『마오쩌동 조기 문고』, 앞의 책, 258쪽.

흩어짐이 있으면 반드시 모임이 있고, 죽음이 있으면 반드시 삶이 있는 것이다. 따라서 인간을 구성하는 물질과 정신은 반드시 우주 대아(大我) 속에 융합되어 우주 대아의 영원불변한 운동 속에서 영생과 승화를 얻을 수 있는 것이다. 마오쩌둥의 이러한 사상은 이원론과 상대주의철학의 경향을 띠지만, 그로부터 도출해낸 논리적 결론은 자못 의미심장하다. 그것은 즉 인간은 우주의 끝없이 드넓음에 경탄할 필요도, 인생의 보잘 것 없이 작고 짧음에 한스러워할 필요도 없이 오로지 인생의 완성에만 진력하게 되면, 그 사상은 인류 나아가서 전 우주 발전의 사슬 속에 융합되어 세계와 함께 공존하게 된다는 것이다. 둘째, 마오쩌둥은 삶과 죽음의 거대한 변화는 모든 것을 충분히 갖춘 삶을 실현하는 데 이롭다고 주장하였다. "우주에는 인생이라는 하나의 세계만 존재하는 것이 아니다. 인생 이외의 다양한 세계가 반드시 더 존재하는 것이다. 우리는 이 인생이라는 세계에서 이미 여러 가지 경험을 하였으니 마땅히 이 세계를 벗어나서 다른 세계에 가서 경험해야 한다.…인류는 태어날 때부터 호기심을 갖고 태어나거늘 누군들 그렇지 않겠는가? 우리는 늘 여러 가지 기이한 일을 만나는 것을 좋아하지 않는가? 죽음도 역시 우리가 태어나서 한 번 경험하는 기이한 일이거늘 누군들 좋아하지 않겠는가?…혹자는 그 변화의 거대함이 두려운 것일 수도 있다. 그러나 나는 매우 귀중하다고 생각한다. 인생 세계 안에서 어디 가서 그처럼 기이하고 위대한 변화를 찾아볼 수 있으며, 인생 세계에서 만날 수 없는 것을 죽음으로써 만나게 되다 그것 또한 귀중한 것이 아닌가? 큰 바람이 바닷물을 휘감아 거센 물결을 일으키는 것을 보고 배를 탄 이들은 웅장하다는 생각이 들 것이다. 하물며 생사가 관련된 큰 물결을 누군들 웅장하다고 생각하지 않겠는가!"[240] 셋째, 마오쩌동은 강권에 저항해 자살하였거나 투쟁하다가 살해된 자들이 자아실현에 주는 의미와 가치를 긍정하였다. 강권에 저항하기 위해 자살한 이들은 "몸은 비록 죽었으나 그의 기개는 멀리까지 뻗어…그를 짓누르던 강권은 그로 인해 제멋대로 할 수 없게 되었던 것"이다. 그렇기 때문에 자살이 인격의 보전에 대해서는 상대적 가치가 있다. 마오쩌동은 자살의 가치에 대해 긍정하였으나 자살을 제창하지는 않았으며 분투와 희생을 주장하였다. "자살해 죽느니 차라리 싸우다가 죽임을 당해 죽으리." 사회의 악과 싸워 인격을 되찾고 생의 희망을 얻으며 체력과 정신력이 최대한 발전한 충족한 삶을 실현하는 것이 가장 가치가 있는 것이다. 분투하다가 죽임을 당하였을 경우 "참으로 세상에서 가장 강하고 용감한 것이나 그 최대의 비극이 사람의 머릿속과 마음속에 깊이 각인되기에 충분하다."[241] 젊은 시절에 마오쩌동은 인생의 이상은 현실과 가까이 접근하였으면서 또 숭고하고 아주 멀다고 생각하였고 자아실현은 영원히 끝이 없는 상승과 초월 과정이라고 주장하였다. 인생의 이상은 초월에 대한 추구의 일종으로 인생의 의미에 대한 사람들의 이해와 인생의 가치 목표에 대한 사람들의 구상의 집합체이며, 외부 세계와 내적 자아에 대한 초월이다. 그러나 초월은 이탈이 아니다.

---

240) 『마오쩌동 조기 문고』, 앞의 책, 195~198쪽.
241) 위의 책, 433쪽.

인생의 이상은 현실에 뿌리를 박고 있으면서 또 현실을 초월한 것이다. 현실생활에서 자아실현에 이로운 매 하나의 도덕행위가 인생의 이상에 이르는 수단과 경로이면서도 또 인생 이상의 유기적인 구성부분이기도 하다. 생활의 변증법은 현실의 세속적인 삶에 입각하여 세속을 초월한 이상을 추구하며 현실에서 멀어지려는 모든 시도를 배제할 것을 사람들에게 요구한다. 『중용』에 이르기를 "군자의 도리는 넓고도 오묘하다. 비록 우매한 일반 남녀일지라도 군자의 도리를 알 수 있다. 그 최고의 경지에 대해서는 성인군자도 분명하게 알지 못하는 부분이 있다. 현명하지 못한 일반 남녀일지라도 군자의 도리를 실행할 수 있다. 그 최고의 경지는 성인군자라도 제대로 실행하지 못하는 부분이 있다. (君子之道, 費而隱, 夫婦之愚可以與知焉; 及其至也, 雖聖人亦有所不知焉. 夫婦之不肖可以能行焉; 及其至也, 雖聖人亦有所不能焉.)" 군자의 도리는 인생의 이상과 목표로서 모든 사람이 알 수 있고 행할 수 있다. 그러나 깊고 오묘하며 어려운 부분은 성인군자일지라도 분명히 알지 못하고 제대로 행하지 못할 수 있다. 인간은 세속적인 생활 속에서 벗어나는 것을 추구한다. 그러나 자아와 외부 세계를 뛰어넘는 것은 단번에 쉽게 성공할 수 있는 것이 아니라 평생을 부지런히 노력해야 한다. 『중용』에서 "매우 고명한 경지에 이르도록 노력하면서 어느 한쪽으로 치우치지 않고 영원불변의 본성을 수양의 방법으로 삼아야 한다(極高明而道中庸)"라는 한 마디가 현실에 입각하여 현실을 초월하는 변증법에 대해 정확하게 표현하였다. 칸트파 철학자 파울젠도 이와 같이 주장하였다. 그는 그 어떠한 도덕행위건 모두 역할과 목표, 수단과 목적이 일치한 것이라고 주장하였다. 이상과 현실의 관계에 대한 마오쩌둥의 견해는 상기의 관점과 매우 비슷하다. 그는 이렇게 말하였다. 파울젠이 "역할이기도 하고 목표이기도 하다는 정신을 발명함으로써 인류 인생관의 의미의 변화를 일으키기에 충분하다. 왜냐하면 옛날 사람들은 모두 어떤 일이 최종 목적에 이르지 못하면 아무런 가치가 없다고 여겨왔다. 목적지에 이르기 전에는 아무런 생기도 없기 때문에 이미 걸어온 한 구간을 쓸모가 없는 것으로 간주한다. 이제는 역할이기도 하고 목적이기도 함을 알게 되었기 때문에 만족을 알고 항상 즐거운 것이다. 하루를 살면 하루의 가치가 있는 것이다. 그래서 사람은 죽음을 두려워하지 않게 되어 백세까지 산다고 해도 좋고 당장 죽는다고 해도 괜찮다고 생각하게 된다."[242] "사람이 근본적인 욕망을 이룰 수 없다면 사람이 근본적인 이상을 이룰 수 없다고도 말한다. 사람은 이상을 이룸에 있어서 의지할 수 있는 어떤 일만 이룰 수 있다. 그 일을 이루면 이상은 더 한층 높아진다. 그러므로 이상은 결국 이룰 수 없고 오직 어떤 일만 이룰 수 있는 것이다."[243] 인생의 이상은 현실생활 속에 존재하며 또 현실생활을 통해 실현된다. 그렇기 때문에 사람은 현실 인생의 의미와 가치를 중시해야 하며 적극적이고 낙관적이며 충실하게 살아야 한다. 인생의 이상은 일종의 숭고한 경지이며 현실을 초월한 것이기도 하다. 사람들이 생존하고 발전하려는 욕망은 끝이 없는 것이다. 인간의 본질·이

242) 위의 책, 156~157쪽.
243) 위의 책, 162쪽.

상·의미·가치 또한 예정된 것도 아니고 정체된 것도 아니며 미리 정해지지 않고 동태적인 것이며, 인간이 활동을 통해 끊임없이 창조해 내는 것으로서 이상적인 인생에 대한 인간의 추구는 무한히 상승하는 과정이다. 주체로서의 인간은 인생의 길에서 얻은 좁은 식견과 자그마한 공로에 만족하거나 과거에 빠져 현재를 소모할 것이 아니라, 마땅히 주동적 자각적인 정신을 살려 기존의 창조적 성과를 지렛목으로 삼아 현재의 나를 꾸준히 초월하고 미래의 이상적인 나를 창조해야 한다. 이상적인 인생의 실현은 하루아침에 성사할 수 있는 것이 아니다. 사람들은 자아실현의 인생의 길을 걸으면서 언제나 앞으로 갈 길은 멀다는 사실을 느끼게 된다. 젊은 시절의 마오쩌둥은 탄탄한 인생의 땅을 딛고 개인·사회·국가에 대한 책임감과 사명감을 깊이 체험하면서 몸과 마음이 모두 완전무결한 인격적 이상과 중국과 세계를 개조하려는 사회적 이상을 마음에 품고 힘겨운 인생의 길을 꿋꿋하고도 도도하게 걸어 나갔다. 그의 마음은 심오한 도리를 탐색하고자 하는 호기심, 깊이 연구하여 지식을 넓히고 힘써 행하는 실무적인 정신, 그리고 영원히 모순·충돌·경쟁·저항의 거센 물결에 스스로 휩쓸리고자 하는 갈망으로 가득 차 꿈틀거렸다. 그는 우주의 진리를 탐색하는데 심혈을 기울이고 부패한 세력에 맞서 악전고투하는 이외에도 또 "늘 벗들과 함께 유람하고 노닐었다(攜來百侶曾遊)". 샹장(湘江) 강변, 웨뤄산 산정에 이르러 바람을 쐬고 달빛 아래서 수영도 하고 폭풍우를 가르며 달음박질도 하면서 느긋하게 즐겼다. 특히 "강에서 수영하면서 일으키는 물보라가 쏜살같이 달려오던 작은 배의 앞길까지 막을 뻔 하였던 적도 있다."[244] 그는 기운차게 앞으로 나아가는 드높은 기개와 낙관적이며 호방한 마음가짐으로 자연·사회·자신에 도전하고 싸우는 과정에서 웅건하고 아름다우며 숭고하고 드넓으며 통쾌하면서 강건하고 힘찬 기운과 인생의 진정한 행복을 체험하였으며, 현실의 나를 꾸준히 초월하면서 이상의 나를 향해 가까이 다가갔던 것이다.

---

244) 마오쩌둥, 「심원춘·장사(沁園春·長沙)」

제4장
중국과 세계를 개조하려는 사회 이상

자아실현은 인간에게 필요한 최고 차원과 인생의 최고 경지로서 주체의 충실하고 완전무결한 내면의 완성과 겉으로 드러나는 공덕사업의 통일을 이룬 상태이며, 잠재적 능력과 현실적 가치의 일치를 이룬 상태이다. 자아실현은 자아와 사회 두 방면과 연결된다. 마오쩌둥의 은사 양창지 선생은 인류의 최종 목표는 "이상적인 인격을 갖춘 자아를 실현하는 것"이라면서 개인의 이상적인 인격은 오로지 사회생활 속에서만 완성될 수 있다고 주장하였다. 그는 이렇게 말하였다. "그 누구든지 자기를 고려하지 않을 수 없고 또 사회를 고려하지 않을 수 없다. 그러므로 자아실현은 개인 인격의 완성이라고 말할 수 있고, 또 사회의 완성이라고도 말할 수 있다. 우리 목표는 개인을 훌륭하게 하는 동시에 또 사회를 훌륭하게 하는 것이다. 개인적인 측면에서 말하면 도덕의 훌륭함이 곧 자아실현이고, 사회적 측면에서 말하면 그것이 곧 사회의 실현인 것이다."[245] 청년 시절의 마오쩌둥은 양창지의 영향을 크게 받았다. 그는 『「윤리학 원리」 평어와 주해』에서 상기 주장과 대체로 비슷한 사상을 밝혔다. 즉 "인류의 목적은 자아를 실현하는 것뿐이다.…그 목적에 이르는 방법은 활동이고, 활동은 국가와

---

245) 『양창지문집』, 후난교육출판사 1983년 판, 270쪽.

사회의 여러 조직에 의지해야 하며 인류의 결합에 의지해야 한다.…
우리의 여러 가지 활동,…이를 통해 자아의 능력을 나타내는 것이
다."[246] 자아실현은 인생의 근본적인 중요한 의의이다. 애써 자신을 실
현하고 자신을 통해 자기 자신이 객관세계에서 객관성을 얻고 자기를
완성(구현)할 수 있도록 하는 것은 사람마다 공동으로 가지고 있는
욕구이다. 사회는 사람이 자아를 완성하고 지혜를 모으며 품행을 연
마하고 의지력을 증강하는 환경과 장소일 뿐 아니라, 또 사람들이 자
아의 능력을 나타내고 자유적 자각적 창조적인 활동에 종사할 수 있
는 대상이기도 하다. 주체로서의 인간은 마땅히 주동적 자각적 정신
을 살려 사회의 현실적 수요에 근거하여 사회의 이상을 확정하고 일
정한 사회활동방식을 통해 그 이상을 실현하여야 한다.

한편 주체도 이처럼 사회를 개조하는 실천 활동 과정에서 자신의
몸과 마음의 능력을 살려 자신의 주관적 능력과 잠재적 가치를 객관
화하고 대상화할 수 있다. 이로써 개인의 자아실현과 사회실현, 개인
의 사상생활의 향상과 사회의 진보·발전은 동일한 과정에서의 두 가
지 측면이 되었다. 개인의 삶, 인격 이상과 연결시켜 사람들은 필연적
으로 그에 상응한 사회 이상을 형성하고 확립하게 된다. 그리고 사회
이상의 확립은 또 개인의 생활 이상 및 인생활동에 대해 강력하고 지
구적인 규범화 역할, 고무 격려의 역할을 하게 되며, 이에 따라 사회
이상에 대한 추구와 헌신 또한 인생 이상의 중요한 내용과 자아 가치
의 사회적 표현이 되는 것이다. 사회가 부패하고 온갖 죄악이 난무하

---

246) 『마오쩌둥 조기 문고』, 앞의 책, 246~247쪽.

며 개인을 억누르고 인성에 손상을 주며 인간의 발전과 완성을 저해할 경우 "사회가 개인이 발전할 수 있는 장소가 되는 것이 아니라, 개인이 사회의 희생물이 되는 것이다."[247] 그리 되면 자각의식과 능동정신을 갖추고 자아실현과 자아완성을 갈망하는 주체는 필연적으로 낡은 것을 씻어내고 새로운 것을 이루며 사회를 개조하려는 강렬한 염원이 생기게 된다. 마오쩌동은 젊은 시절에 "자아능력을 나타내고" "중국과 세계를 개조하려는" 뜻을 세웠다. 그 원대한 사회 이상은 자아를 실현하고, 몸과 마음이 완전무결하며, 덕업까지 갖춰야 한다는 그 자신의 인생 목적론의 필연적인 논리의 발전과 연장이었다.

1. 만물일체와 자비로 세상을 구원

청년 마오쩌동이 생활하였던 시대는 제국주의 침략이 날로 심해지고 국내 군벌들이 혼전을 벌이고 있어 전쟁과 재난이 끊이지 않고 대중들이 도탄에 빠져 허덕이며 처참하게 유린당하던 시기였다. 나라와 민족이 위급한 상황에 처한 정세와 인민대중이 막심한 고난에 시달리는 것을 보면서 마오쩌동은 시국의 폐단을 바로잡고 천하를 구하려는 뜻을 세웠다. 그는 중국인민이 노예의 처지에서 벗어나 독립과 자유·평등·행복을 얻을 수 있기를 간절히 바랐다. 그런데 5.4운동 이전에 마오쩌동은 마르크스주의를 미처 접하지 못하였으며 아울러 한 걸음 더 나아가 사회를 개조하는 바른 길을 미처 찾지 못하였다. 그의 사상은 전통문화 중 만물일체 관념, 성현이 세상을 창조했다는 관

---

247) 위의 책, 453쪽.

념, 도덕 정치 관념의 영향을 받아 짙은 영웅사관의 색채를 띠고 있었다. 중국 전통철학에서 유가학파는 천지 우주와 사회 인생은 일원지기(一元之氣)에서 번성하여 뻗어 나가 생성 육성된 것이며, 그 발전 변화는 하나의 통일된 완전한 생명과정이라고 주장한다. 인간의 본질과 생명은 우주의 본질과 생명에 원천을 두고 있으며 인간의 심성은 본질적으로 천지 우주의 본성과 일치한다. 천지 인물의 본성은 생명의 생성·육성·발전·완성이며, 어질고 착한 심성과 신령스럽고 명백한 지식을 갖춘 인류로서 그 목적·사명·가치·의미는 천지인 마음의 생령을 소중히 여기고 살생을 하지 않는 품성과 맞물리는 데 있으며, 그것을 우주·사회·인생에 충분히 드러내고 널리 알리며 만물의 육성을 돕고 만물을 정성들여 만들어 천인합일(天人合一, 하늘과 인간이 하나라는 말—역자 주), 대덕돈화(大德敦化, 넓고 큰 덕은 두텁고 후하여 천지 만물을 생성 육성한다는 말—역자 주)의 경지에 이르는 것이다. 선천적으로 타고나는 천성과 후천적으로 쌓는 수양이 각기 다름에 따라 사람은 군자와 소인, 현명한 자와 어리석은 자의 구별이 있는 것이다. 오로지 성현 군자만이 천지와 인생의 본질을 세심하게 살피고 체험할 수 있으며, 물질적 욕망과 육체적 소아(小我)의 속박에서 벗어나 정신적인 나를 보호하고 확충할 수 있으며, 만물일체, 인류를 포함한 세상만물을 사랑하는 드넓은 흉금으로 널리 은혜를 베풀어 뭇 사람을 구제하고 사람에게 자애롭고 만물을 사랑할 수 있다. 공자는 "스스로 바로 서야 할 뿐 아니라 다른 사람도 바로 설 수 있게 하고, 스스로 출세해야 할 뿐 아니라 다른 사람도 출세할 수 있도록 할 것(立己立人, 達己達人)"을 제창하면서 "자신이 수양을 쌓아 주변 사람들이 편안하고 즐겁게 해야 하고(修己以安人)", "자신이 수양을 쌓아 백성이 편안하고 즐겁게 해야 한다(修己以安百姓)"[248]라고 하였다. 맹자는 천하와 국가의 근본은 자신에게 있다고 말하였다. "군자가 갖춰야 할 품행은 자신의 수양을 쌓는 데서 시작하여 나아가 천하를 태평하게 하는 것(君子之守, 修其身而天下平)"[249], "자신과 가까운 사람을 사랑하던 데서부터 백성을 사랑하고 백성을 사랑하던 데서부터 만물을 소중히 여기기에 이르는 것(親親而仁民, 仁民而愛物)"[250]이라고 하였다. 『중용』에서는 자기 마음에 비추어 남을 헤아리고 자신이 성공을 이룰 뿐 아니라 자기 이외의 모든 것이 성공을 거둘 수 있도록 하는 "내외합일을 이루는 도리(合內外之道)"를 숭상하였다. 북송시기 철학자 장재는 건(乾)은 아버지이고 곤(坤)은 어머니라면서 인류를 포함한 세상만물을 사랑할 것을 제창하였다. 그는 "천지간에 꾸준히 변화하는 마음을 확립하고 백성을 위해 공동으로 따를 큰 도리를 명시하며 실전된 공자와 맹자 등 옛 성인의 학문을 계승하고 천하의 후세를 위해 영원한 태평성세를 누릴 수 있는 대업을 개척하려는(爲天地立心, 爲生民立道, 爲往聖繼絶學, 爲萬世開太平)"[251] 학문을 힘써 연구하여 지식을 넓히고, 사물의 심오한 이치를 탐구하여 사물의 변화를 파악하며 천심을 헤아려 우주의 본질과 법칙을 파악하고, 예법을 정하고 악률을

---

248) 『논어·헌문(論語·憲問)』
249) 『맹자·진심상(孟子·盡心上)』
250) 위의 책.
251) 장재, 『근사록습유(近思錄拾遺)』

제정하여 백성들과 함께 어울려 친밀하게 지내고 서로 연결 짓는 생활방법을 가르치며, 공자 학문의 맥을 이어 덕행을 널리 발양하여 교화시키며, 스스로 바로 서고 다른 사람도 바로 세우며, 공을 세우고 업적을 쌓아 영원히 태평한 세상을 개척할 것을 주장하였다. 근대 유신운동의 지도자인 캉유웨이 등 이들도 건곤(乾坤)을 부모로 삼고 만물은 동포라고 선양하였으며, 스스로 성현군자로 자처하면서 나라와 인민을 구하기 위해 유신변법을 실시하고 자유·평등·박애의 주장을 널리 보급하였으며, 착취와 압박이 없고 등급차별이 없으며, 가난과 우매함이 없는, 생산이 발달하고 재산을 공유하며 민주 정치를 실행하고, 개인의 자유와 평등을 실현한 공상사회주의 성격을 띤 대동 세계를 수립하려고 시도하였다. 청년 마오쩌동은 1917년 8월 23일 리진시(黎錦熙)에게 보낸 편지에서 "중요한 이치에 따르는 자는 군자이고, 사소한 이치에 따르는 자는 소인배"[252]라는 기준에 따라 사람을 '군자'와 '소인' 두 부류로 나누었다. 그리고 '군자'는 또 '도리를 전수하는 사람(傳敎之人)'과 '일을 처리하는 사람(辦事之人)'으로 나눌 수 있다고 했다. 즉 '도리를 전수하는 사람'은 유가에서 추앙하고 동경하는 현명하고 훌륭한 이상적인 인격이고, 현명하고 훌륭한 사람은 우주와 인생의 진리를 속속들이 깊이 탐구하고 덕행을 널리 발양하여 교화시키며, 예법을 정하고 악률을 제정하며 만민을 교육하고 교화하며, 현시대에 공적을 쌓아 그 은혜가 만대에 걸쳐 영원히 미칠 수 있게 한다는 것이다.

---

252) 『맹자·고자상(孟子·告子上)』

한유(韓愈)은 『원도(原道)』에서 이렇게 썼다.

"옛날에는 백성들이 재해를 많이 입곤 하였다. 후에 성인이 나타나 백성들에게 함께 친밀하게 지내고 서로 어울리는 생활방법을 가르쳐주면서 그들의 군왕 혹은 스승이 되어 뱀이며 벌레며 짐승들을 몰아내고 사람들을 중원에 정착시켰다. 날이 추우면 그들에게 옷을 지어 입는 법을 가르치고 배고프면 농사를 지어 먹는 법을 가르쳤다. 나무 위에서 살면 떨어지기 쉽고 동굴 속에서 살면 병이 들기 쉬우므로 그들에게 집을 짓고 살도록 가르쳤다. 그리고 장인의 기술을 가르쳐 생활에 필요한 도구를 마련하도록 하고, 상업경영을 가르쳐 물품을 융통시켰으며, 의약을 발명해 단명해 죽게 되는 사람을 구제하였고, 장례와 제사 제도를 제정해 사람과 사람사이의 감정을 증진시켰으며, 예절을 제정해 존비질서를 분별하고 음악을 제작해 사람들 마음속의 울적함을 털어낼 수 있게 하였으며, 정령을 제정해 게으르고 해이한 사람들을 독촉하였고 형벌을 제정해 난폭한 자들을 제거하였다. 거짓을 꾸미는 자가 있음으로 하여 또 부절(符節)·인새(印璽)·두곡(斗斛)·저울과 자를 제작하여 신뢰할 수 있는 기준으로 삼았다. 쟁탈하고 약탈하는 일이 존재함으로 하여 성을 쌓고 갑옷과 병장기를 만들어 나라를 지켰다. 총체적으로 재해가 들면 방법을 대어 방비하고 재난이 일어날 기미가 보이면 미연에 예방하였

다.…만약 고대에 성인이 나타나지 않았더라면 인류는 오래전
에 벌써 멸망하였을 것이다.

(古之時, 人之害多矣. 有聖人者立, 然後教之以相生相養之道. 爲之君,
爲之師. 驅其蟲蛇禽獸而處之中土. 寒, 然後爲之衣; 饑, 然後爲之食;
木處而顚, 土處而病也, 然後爲之宮室. 爲之工以贍其器用, 爲之賈以通
其有無, 爲之醫藥以濟其夭死, 爲之葬埋祭祀以長其恩愛, 爲之禮以次其
先後, 爲之樂以宣其湮鬱, 爲之政以率其怠倦, 爲之刑以鋤其强梗. 相欺
也, 爲之符, 璽, 斗斛, 權衡以信之; 相奪也, 爲之城郭甲兵以守之. 害至
而爲之備, 患生而爲之防.…如古之無聖人, 人之類滅久矣.)"

옛날 성현들이 만민을 교화하는 데 사용하였던 사상은 바로 인의
도덕(仁義道德)이다. 박애는 인(仁)이라고 부르고 그 인을 실행하는데
알맞은 것을 의(義)라고 불렀으며, 인의에 이르는 방법과 경로를 도
(道)라고 하고, 자아 완성을 실현하면서 외부의 힘에 의지하지 않는
것을 덕이라고 불렀다. 청년 마오쩌둥은 유가경전에 대해 이해하였으
며, 더욱이 한유의 글을 숙독하였다. 그도 종교를 창설하고 전장제
도를 창조한 성인의 유심사관의 영향을 받아들여 "성인이 나타남으
로 인해 예가 생겨났다"[253]라고 주장하면서 전장제도, 더 나아가서 인
류의 모든 물질문명과 정신문명의 성과를 모두 현명하고 뛰어난 이
의 창조로 돌렸다. 군자 중의 '일을 처리하는 사람'은 비록 성현의 가
르침에 따를 수 있고 현시대에 공을 세우고 업적을 쌓았지만 그들

---

253) 『마오쩌둥 조기 문고』, 앞의 책, 66쪽.

은 우주의 진리를 탐구할 의향이 없고, 내면의 자연적인 충동과 의지력에 의해 일을 행하는 이들로서 품성 면에서 결함이 존재하며, 입덕(立德)·입공(立功)·입언(立言) 세 가지를 모두 이룬 인생의 경지에는 이르지 못하였다. 마오쩌둥은 『강당록』에 이렇게 썼다. "왕선산(王船山)이 이르기를 호걸 중에 성현이 아닌 자는 있지만 성현 중에 호걸이 아닌 자는 없다. 성현은 덕행과 공훈·업적을 모두 쌓은 자이고 호걸은 품성은 부족하나 큰 공명을 이룬 자이다. 나옹(拿翁, 나폴레옹을 가리킴—역자 주)은 호걸이긴 하나 성현은 아니다."[254] 청년 마오쩌둥은 우주 인생의 본질인 '우주의 진리' 혹은 '대본대원'에 대한 깨우침과 이해 정도에 따라 사람을 성인(聖人)·현인(賢人)·소인(小人)·우인(愚人)으로 나누었다. 그는 이렇게 말하였다. "성인은 가장 크고 근본적인 진리를 터득한 자이고, 현인은 가장 크고 근본적인 진리를 대략적으로 터득한 자이며, 우인은 크고 근본적인 진리를 터득하지 못한 자이다. 성인은 천지간의 이치를 통달하고 과거와 현재·미래에 대해 통달하였으며, 삼계(三界)의 현상에 대해 훤히 꿰뚫고 있는 자로서 예를 들면 '백 세대 이후의 상황에 대해서도 알 수 있는'[255] 공자, '성

---

254) 위의 책, 589쪽.
255) 『논어·위정(論語·爲政)』 원문은 다음과 같다. "상(商)나라가 하(夏)나라의 예의제도를 답습하여 그 중의 것이 줄어들었거나 추가한 내용에 대해 알 수 있고, 주(周)나라가 또 상나라의 예의제도를 답습하여 그 중의 것이 폐지되었거나 추가한 내용에 대해서도 알 수 있다. 앞으로 주나라의 예의제도를 답습하게 될 경우 그 백 세대 이후의 상황에 대해서도 미리 알 수 있을 것이다.(殷因于夏禮, 所損益, 可知也; 周因于殷禮, 所損益, 可知也其或繼周者, 雖百世, 可知也)"

인이 다시 태어나더라도 나의 말에 반대하지 않을 것'²⁵⁶이라는 맹자
가 바로 그런 사람들이다. 공자와 맹자는 제자의 질문에 대답하면서
전혀 어려움을 느낀 적이 없는 것 같다. 아둔한 자는 혹시 그 신기
함에 놀랄 수 있는데 그 어떤 속임수나 교묘한 계책이 있는 것이 아
니라 오로지 가장 크고 근본적인 진리를 얻었을 뿐임을 알지 못함이
다."²⁵⁷ 마오쩌동은 '대본대원'을 탐구하여 터득하였는지 여부를 의거
로 삼아 중국 근대 역사를 두루 살펴보면서 증국번·캉유웨이·손중
산·위안스카이등 근대 중국 정치무대에서 명성이 자자한 인물들에
대해 평가하였다. 위안스카이에 대해서는 "끄트머리 두공 주제에 대
들보의 책임을 맡고자 하였으며, 속에 아무것도 든 것이 없이 무식한
주제에 고대 간웅의 의기만 배워 헛된 짓만 하고자 하였으며, 술수와
계책을 한 평생을 얽매는 수단으로 삼았다"²⁵⁸면서 가을철 큰물에 원
천이 없고 부평에 뿌리가 없듯이 그 세력이 오래 가지 못함은 불가피
한 것이다. 손중산은 최초로 혁명을 제창하면서 '대본대원'을 탐구하
는 것에서부터 착수하는 것이 아니라 무장봉기에서 착수하였기 때문
에 혁명을 위한 철학의 이론적 근거를 마련하지 못하였다. 캉유웨이
는 육왕심학과 금문경학(今文經學)을 토대로 서양 자산계급의 학술과
정치사상을 두루 받아들여 일련의 옛것을 빌려 제도를 바꾸고, 변법
유신을 실시해야 한다는 이론을 제기하였는데 얼핏 보면 대략 본원

---

256) 『맹자·공손추(孟子·公孫醜)』 원문은 다음과 같다. "만약 성인이 다시 나타나더라도 나의
     견해에 찬성할 것이다.(聖人複起, 必從吾言矣)"
257) 『마오쩌동 조기 문고』, 앞의 책, 87쪽.
258) 위의 책, 85쪽.

이 있는 것 같아 보인다. 그러나 사실은 역시 경솔하고 부족함이 많으며, 중국의 학문도 아니고 서양의 학문도 아니며, 중국의 학문에도 다가가려 하고 서양의 학문에도 다가가려 한 절충주의와 타협주의의 잡탕으로서 "그 본원이 어딘지에 대해서는 결국 지적하지 못하고, 겉만 화려하고 실속이 없는 허황한 말만 늘어놓았으며, 줄기가 바로 서서 잎과 가지가 무성하게 자라도록 하는 기발함이 없다."[259] 마오쩌둥은 근대 인물들 중에서 오직 증국번만이 '대본대원'에 대해 진정으로 탐구한 사람이라고 주장하였다. 증국번(1811~1872년)은 후난 샹샹 사람으로서 자(字)는 백함(伯涵), 호(號)는 조생(滌生)이며 도광(道光) 연간의 진사(進士)이다. 그는 송명 성리학을 늘 마음에 깊이 새겨 잊지 않았으며, 삼강오륜과 명교를 수호하면서 군자는 마땅히 "백성을 동포로 생각하고 만물을 동류로 보는 도량이 있어야 하고, 내면으로는 성인의 재덕을 갖추고 외면으로는 왕도의 정치를 펴는 대업을 이룰 수 있어야 한다. 그래야만 키워준 부모의 은혜에 부끄럽지 않고 완전무결한 인격을 갖춘 사람이 되기에 부끄러움이 없도록 할 수 있다.(有民胞物與之量, 有內聖外王之業, 而後不怍于父母之所生, 不愧爲天下之完人)"[260]라는 뜻을 세워야 한다고 주장하였으며, 사회 기풍을 바꾸고 현시대의 인재를 양성하는 것을 소임으로 삼았다. 그는 열강의 위협과 농민의 반항, 그리고 청 왕조가 바람 앞의 촛불과 같이 위급한 정세에서 단련(團練)을 조직하여 전쟁터를 누볐다. 태평천국 농민봉기를 진압하고

---

259) 위의 책.
260) 증국번, 『증문정공가서(曾文正公家書)』, 도광 22년 10월 26일.

봉건 사대부로부터 내면으로 재덕을 겸비하고 외면으로는 왕도를 행할 수 있는 입덕·입공·입언을 모두 이룬 완전무결한 사람으로 간주되었다. 양창지는 증국번의 저작을 여러 차례 거듭하여 읽고 깊이 연구하였으며, 그의 『구궐재일기(求闕齋日記)』를 베껴 쓰기까지 하였다. 마오쩌둥과 이야기를 나누면서 그는 농민의 가정에서 뛰어난 인재가 많이 난다면서 "조생·량임공(梁任公, 임공은 량치차오의 호-역자 주)을 예로 들어 그를 격려하였다.(引曾滌生, 梁任公之例以勉之)"[261] 양창지의 영향을 받아 청년 마오쩌둥은 경건한 마음으로 증국번의 저작을 깊이 연구하였으며, 증국번의 일부 어록을 신조로 받들었다. 덕과 재주가 뛰어난 사람이 우주의 진리를 탐구해내게 되면 그 사상활동이 시대의 면모를 결정짓게 되며 역사의 발전에 영향을 끼치게 된다. 그러나 보통 어리석은 자와 '소인'은 물욕에 빠져 대본(大本)을 취할 수 없게 된다. 그들은 주견 없이 맹목적으로 믿고 따르며 주관적 정신을 잃고 마치 '화물' '토목'과 마찬가지로 힘이 센 자에 의해 좌지우지 당하게 된다. 그들은 고상한 지혜와 도덕이 부족함으로 인해 "그들의 마음속에는 항상 투쟁을 벌이는 몇 가지가 있다. 한 가지는 생과 사의 투쟁이고, 다른 한 가지는 의로운 것과 이로운 것의 투쟁이며, 또 다른 한 가지는 비방과 칭찬의 투쟁이다. 어리석은 자의 경우에는 저것이 맞는 것인지 이것이 맞는 것인지 갈림길에 서서 망설이면서 확실한 기준이 없고 판단을 내릴 수 있는 주견이 없다. 마치 바람에 흔들리는 갈대처럼 바람이 부는 대로 이리저리 흔들리는 것이다. 그가

---

261) 양창지, 『달화재일기』, 후난인민출판사 1981년 판, 169쪽.

악의 방향으로 기울게 되면 그건 우연한 일이고 선한 방향으로 기울게 되어도 그 또한 우연한 일인 것이다."[262] '소인'과 어리석은 자의 처지는 참으로 가여운 것이다. 마오쩌둥은 성현을 숭상하였으며 천지자연의 법칙에 따라 제도를 창조하고, 교화를 실시하면서 역사의 발전을 추진한 성현의 역할을 과대평가하는 한편 인민대중의 소극적이고 낙후한 일면을 지나치게 과장하였으며, 인민대중이 갖고 있는 역사적 능동성과 적극적인 창조정신을 발견하지 못하였다. 이는 소자산계급 지식인이 노동자·농민과 서로 결합하기 이전의 사상 상태와 유심사관의 영향을 반영한다. 그러나 마오쩌둥은 대중을 적대시하거나 냉대한 것이 아니라 정신적, 육체적으로 노예 취급을 당하는 인민대중에게 깊은 동정을 보냈으며 우주의 진리를 터득한 성현이 이 세상에 나타나 '소인'을 구원하는 책임을 맡아주기를 간절히 바랐다. '소인'은 성현의 구원을 기대하고 있다. 성현은 마땅히 '만물은 일체'이고 '인류는 모두 나의 동포'라는 흉금과 세상에 적극 뛰어드는 정신으로 '소인'을 가엾이 여기고 구제하며, 그들의 지혜를 깨우치고 고상한 도덕을 갖추도록 하여 그들과 함께 태평스러운 대동 세계에 들어서야 한다. 그는 이렇게 말하였다. "소인은 군자를 힘들게 한다. 군자는 마땅히 자비심을 갖고 소인을 구제해야 한다. 정치·법률·종교·예의제도, 그리고 그 밖의 농·공·상업을 경영하느라 항상 바삐 보내야하는데, 이는 모두 군자를 위해 마련한 것이 아니라 소인을 위해 마련한 것이다. 군자는 이미 고상한 지혜와 도덕을 갖추었다. 만약 세

---

262) 『마오쩌둥 조기 문고』, 앞의 책, 88쪽.

상에 군자만 존재한다면 정치·법률·종교·예의제도, 그리고 그 밖의 농·공·상업은 모두 폐지하고 사용하지 않을 수도 있다. 그렇지만 어찌 할 도리가 없이 소인이 너무 많아 세상의 운행은 다수를 기준으로 해야 하기 때문에 군자의 일부를 희생시켜 그 기준에 따르도록 해야 한다. 이것이 바로 소인이 군자를 힘들게 하는 이치이다. 그러나 소인은 가엾이 여겨야 한다. 군자가 만약 자신만 돌보고자 한다면 대중을 떠나 따로 살 수 있다. 옛날 이처럼 행해온 이들 중에는 소(巢)·허(許)가 있다.[263] 만약 자비심을 갖추게 되면 그 소인은 나의 동포이고 우리는 우주와 일체를 이루는 것이다. 우리들이 홀로 떠난다면 그들 소인은 몰락하게 된다. 그래서 구원의 손길을 뻗어 그들의 지혜를 깨우치고 도덕을 쌓게 하여 그들과 함께 성인의 경지에 올라서야 한다. 그때가 되면 천하는 온통 성현들뿐이어서 용속하고 우매한 자가 존재하지 않게 되어 세상의 모든 법이 폐지될 것이며, 천지간에 온화하고 부드러운 기운으로 가득 차 조화로움을 이룰 것이다. 공자는 그 의미를 잘 알고 있었기 때문에 태평한 세상을 목표로 삼고 거란(据亂世)·승평(升平) 두 세대를 폐지하지 않았던 것이다. 대동사회는 우리가 이루고자 하는 목표이다. 현 시기에 입덕·입공·입언을 이루기 위해 진력해야 하며 우리는 자비심을 갖고 소인을 구제해야 한다."[264] 만물은 일체, 모든 인류를 동포로 생각하는 관점을 갖고 세계를 대하는

---

263) 소(巢)는 소부(巢父)를 가리키고, 허(許)는 허유(許由)를 가리킴. 두 사람은 모두 고대 은사(隱士)였음.
264) 『마오쩌둥 조기 문고』, 앞의 책, 88~89쪽.

것, 그 생각이 크지 않다고 할 수 없다. 세상을 비탄하고 백성의 질고를 불쌍히 여기며, 시대의 폐단을 바로잡으려는 정신 또한 높이 찬양하고 널리 알려야 할 것이다. 그러나 역사를 창조할 수 있는 인민대중의 능동적 정신과 거대한 힘을 보지 못하고 세상을 위기에서 구하고 가난을 구제하며 역사를 창조할 수 있는 성현 호걸의 역할을 과대평가한 것은 결국 유심사관인 것이다. 그리고 모든 사람이 성현이 될 것을 희망하며 모두가 함께 모순이 없고 차별이 없으며 법도가 필요하지 않은 성스러운 경지에 오를 것을 바라는 관점은 운동과 투쟁을 숭상하는 인생자세와 크게 어긋나는 것이다. 그 이후 청년 마오쩌둥이 쓴 『「윤리학 원리」 평어와 주해』에서는 이상과 같은 자신의 사상에 대해 자아비판을 진행하였다. "나는 사람의 지혜가 모두 평등해지고 인류가 모두 성인이 되어 모든 법치를 폐지할 수 있기를 꿈꿨었다. 오늘날에 이르러서는 또 그런 경지에 절대 이를 수 없음을 알게 되었다."[265] 그렇지만 제국주의 열강의 침략과 괴롭힘을 당하고 잔인하고 혹독한 군벌 통치를 받고 있는 어둡고 폐쇄적인 사회에서 백성을 고난에서 구제하여 백성을 위급한 상황에서 벗어나게 하는 것은 마오쩌둥이 추구하는 단기적 목표였던 것이다. 만물 일체 사상과 자신이 바로서야 할 뿐 아니라 다른 사람도 바로 세워야 한다는 사상이 마오쩌둥에게 매우 큰 영향을 주었다. 그와 차이허썬 등 이들의 발기로 설립한 신민학회가 바로 개인의 "분투와 향상"과 "전 인류생활의 향상"을 취지로 하고 중국과 세계를 개조하는 것을 목표로 삼은 조직이

---

265) 『마오쩌둥 조기 문고』, 앞의 책, 186~187쪽.

었다. 그 후 마르크스주의자로 전환한 뒤에도 사회주의에 대한 마오쩌동의 이해에는 여전히 상기와 같은 사상의 흔적이 남아 있었다. 그는 "세계주의는 바로 '온 세상 사람은 모두 동포'라는 주의이고, 바로 '자기도 잘되고 남도 잘되길 원하는' 주의이다. 즉 이른바 사회주의인 것이다."[266]라고 말하였다.

2. 대본대원과 정신혁명

"사회를 어떻게 개조할 것이냐?" 하는 문제에 대해서 청년 마오쩌동은 마르크스주의자로 전환하기 이전에 근대자산계급 계몽사상의 영향을 받은 바 있다. 그는 세계의 본질과 근원 및 역사발전의 동력을 일종의 정신적 실체인 '우주의 진리' 혹은 '대본대원'에 귀결시켜 정신혁명을 진행하고 국민의 정신을 개조하는 것을 사회혁명의 최종 원인과 본질로 간주하였다. 무술유신(戊戌維新)운동의 지도자들, 예를 들면 량치차오·담사동 등은 사회개조 방식과 경로 문제에 대한 인식이 다소 달랐다. 그들은 혹자는 서서히 점차적으로 개량할 것을 주장하고 혹자는 빠르고 급격한 근본적인 개조를 주장하였다. 단 공통점은 그들 모두가 사회 변혁에 대한 국민정신의 개조의 의미를 발견하였다는 사실이다. 량치차오는 모든 새로운 국가 정치의 수립과 추진이 민중의 사상도덕의 변화에서 발족한다고 주장하였다. 사회를 개조하고 새로운 국가와 새로운 정치체제를 수립함에 있어서 "일시적으로 현명한 군주나 재상"에만 의지하거나 혹은 "초야의 한 두 명의 영

---

266) 『마오쩌동 서신 선집(毛澤東書信選集)』, 인민출판사 1983년 판, 3쪽.

웅의 굴기"에 희망을 걸어서는 안 되며 반드시 '신민(新民)'에 의지해야 한다. "신민이 있다면 어찌 신제도, 신정부, 신국가가 없을까 걱정하겠는가?"[267] 그렇기 때문에 변법유신은 마땅히 신민에서 시작해야 한다. 우리 국민을 새로워지게 하는 것은 바로 사회의 낡은 악습을 제거하고 국민성 중 미신과 맹목 순종, 우매함과 낙후함, 애국심의 결여, 공공심의 부족, 자치능력의 저하 등 약점을 개조하여 "우리 4억 인민의 민덕(民德)·민지(民智)·민력(民力)"을 크게 증강시키는 것이다.[268] 변법유신지사 담사동은 "어짊은 천지만물의 근원이다. 그러므로 유심(唯心, 마음이나 정신적인 것이 만물의 근원이며 실재(實在)하는 중심적인 것이라는 생각–역자 주)이요, 유식(唯識, 마음의 본체인 식[識]을 떠나서는 어떠한 실재[實在]도 없음을 이르는 말–역자 주)이다(仁爲天地萬物之源, 故唯心, 故唯識)"[269]라는 본체론(本體論)에서 출발하여 심원(心源)을 청정하게 함으로써 중생을 제도할 것을 제창하였다. 그가 보기에 '인(仁, 어짊)'은 천지 우주의 정신적인 본체이기도 하고 인간 영혼과 '심력(心力, 마음이 미치는 힘–역자 주)'이기도 하며 "심력이 최대인 자는 뭐든 못할 일이 없는 것"이었다.[270] 인간의 마음이 후천적으로 착하지 않게 됨으로 인해 여러 가지 죄악인 '겁운(劫運, 재앙이 낀 운수–역자 주)'이 생겨나는 것이다. "겁운은 마음이 만들어내는

267) 량치차오, 「신민설·신민에 대해 논하는 것은 오늘날 중국의 제일가는 급선무이다(新民說·論新民爲今日中國之第一急務)」, 『음빙실합집·전집4(飲氷室合集·專集之四)』.
268) 위의 책.
269) 담사동, 『인학(仁學)』.
270) 위의 책.

것인 만큼 당연히 마음으로 풀 수 있는 것"이다.[271] 오로지 인애(仁愛)의 심력이라는 천성적인 근원을 탐구해내어 그것으로 천하를 교화하기만 하면 사람이 악을 행하게 되는 '기심(機心, 기계지심─역자 주)'을 말살할 수 있어 심원을 청정하게 하여 중생을 구제할 수 있게 되는 것이다. 양창지는 량치차오·담사동의 정신혁명 관련 관점을 인정하였으며, 담사동의 '심력'설을 추앙하였다. 그는 일기에 이렇게 썼다. "나는 10여 년 동안 학리(學理)에 대해 연구해 왔으나 너무 어렵고도 광범위함을 느끼고 있었다. 담류양(譚瀏陽, 담사동)의 『인학』을 읽게 되면서 갑자기 깨달은 느낌이 들었다. 그 서언에는 겹겹의 속박과 공허, 무극에 대한 내용을 담고 있었다. 사람은 제일 먼저 이익과 관록의 속박을 뚫고 나와야 하고, 그 다음 삼강오륜의 속박을 무너뜨려야 하며, 마지막으로 불교의 속박에서 벗어나야 한다. 심력이 용왕매진함에 따라 내 마음이 따르게 되니 힘이 갑자기 백배 천배는 세진 것 같다."[272] 양창지는 심력의 역할을 극구 선양하였으며, 자신의 제자들에게도 그런 관념을 주입시켰다. 마오쩌둥은 양창지의 영향을 크게 받았으며, 양창지를 통해 더 위로 거슬러 올라가 담사동의 '마음을 다스려야 한다(治心)'는 주장을 이어받아 "사람의 심력과 체력을 합쳐서 일을 행하게 되면 이루지 못할 일이 없다"라고 주장하였다.[273]

　신문화운동의 선구자들은 신해혁명의 실패와 위안스카이·장쉰(張

---

271) 위의 책.
272) 양창지, 『달화재일기』, 165쪽.
273) 『마오쩌둥 조기 문고』, 앞의 책, 638쪽.

勛)이 주도한 군주제 복벽의 추태를 통해 봉건분화와 봉건전제제도의 밀접한 연결성을 통감하였으며, 봉건문화를 비판함으로써 민중의 각오를 불러일으키는 것은 사회혁명에 필요한 것이라고 주장하였다. 그러나 그들은 유물사관을 미처 장악하지 못하였기 때문에 정신혁명과 사회혁명의 관계에 대해 정확하게 이해할 수 없었으며, 정신혁명을 정도 이상으로 과장하여 사회 개조를 봉건제도에 대한 이성적인 비판에 귀결시키고 대중에 대한 계몽에 귀결시켰다. 리다자오(劉大釗)가 바로 중국의 옛 철학은 아둔한 자의 철학이고 옛 윤리는 약자의 윤리로서 그것들은 인민을 우매하고 무기력하게 만들며, 인민의 정신을 마비시키고 있다고 주장한 사람이다. 약자의 윤리를 강자의 인생으로 바꾸고 용속한 자의 철학을 천재의 교조로 바꿈으로써 중화민족을 아름다운 민족으로, 차원이 높은 민족으로 만드는 것은 혁명의 근본적 임무였다. 청년 마오쩌동은 그때 당시까지는 사회의 심층 구조 속에 깊이 파고들어 역사발전의 동력과 객관적 법칙에 대해 미처 연구하지 못하였기 때문에, 사회개조의 경로문제를 과학적으로 해결할 수 없었다. 상기의 사상 선구자들의 영향을 받아 그는 이성적인 정신과 사상관념을 역사발전의 동력과 근원으로 간주하였으며, 존재는 의식에 의해 결정된다고 여기면서 "관념이 문명을 만든다"라고 주장하였다.[274] 여기서 관념은 곧 하늘과 인간을 연결시켜 천도(天道)·인도(人道) 및 인간의 이성 도덕의 '대본대원' 혹은 '우주의 진리'로 삼아야 한다는 것이었다. 사회의 개조, 인류의 문명 발전은 전적으로 관

---

274) 위의 책, 168쪽.

념의 전환과 갱신 및 발전에 의하여야 하며 사람들이 자기 마음속에 간직되어 있는 '대본대원'을 깨닫고 이해할 수 있도록 깨우치는 것이 관건이다. 청년 마오쩌둥은 그러한 시각으로 민중의 정신상태를 살펴보았으며 "우리나라 국민에게는 오랜 폐단이 깊이 뿌리내렸으며 사상이 너무 낡고 도덕이 너무 나쁘다. 사상은 사람의 마음을 지배하고 도덕은 사람의 행위를 규정짓는다. 그 두 가지가 깨끗하지 못하면 온 천지가 어지러워진다. 그 두 가지 세력의 영향이 닿지 않는 곳이 없으며 널리 퍼져 있다. 사상과 도덕은 반드시 진실하고 확실해야 한다. 우리나라 사상과 도덕은 진실하지 않고 허위적인 것, 확실하지 않고 텅 빈 것 두 마디로 개괄할 수 있다. 오늘날까지 5천년간 전해져 내려오면서 뿌리가 깊고 근원이 견고하기 때문에 강력한 힘이 아니면 타파하고 일소하기가 쉽지 않다."[275]라는 사실을 발견하였다. 역대 통치자들이 우민정책을 펴왔기 때문에 국민들은 지혜가 꽉 막히고 도덕이 파괴되었으며, 자아를 상실하고 우매하게 맹목 순종하며 귀신·물상·운명·강권을 미신하고, 개인과 자아 그리고 진리를 인정하지 않았다. 중국의 정치는 명분에 있어서는 공화(共和)정치지만 실제로는 전제정치로서 갑이 무너지면 을이 대체하곤 하여 갈수록 점점 나빠지기만 하였다. 그 원인을 분석해 보면 바로 국민이 낡은 사상과 낡은 도덕의 속박을 받아 그 마음속에 독립·자유·민주·과학의 흔적이 없기 때문이다. 막강한 역사의 타성이 존재하는 상황에서 사회를 개조하려면 절대 지엽적인 부분에 대한 개량에 기대를 걸 것이

---

275) 위의 책, 85쪽.

아니라 근본적인 혁명에 착안해야만 하였다. 그러나 마오쩌둥은 "반드시 총칼을 맞대야만 혁명인 것이 아니라 낡은 것을 버리고 새로운 것을 세우는 것도 혁명이다."[276]라고 주장하였다. 여기서 그가 말하는 혁명은 폭력적인 혁명이 아니라 우주의 진리로 사람의 마음을 감동시키고 국민의 자질을 변화시키는 정신혁명을 가리킨다. 지엽적인 부분에 대한 개량은 문제를 근본적으로 해결할 수 없으며, 사회역사는 근원과 사람의 마음이 서로 통하고 서로 교감하는 과정에서 앞으로 발전하는 것이다. 그래서 마오쩌둥은 이렇게 지적하였다. "사회 조직은 지극히 복잡하다. 그리고 또 수천 년 역사를 가지고 있는 중국사회에서는 백성의 지혜가 꽉 막혀 뚫기가 어렵다. 천하를 움직이려면 반드시 천하의 마음을 움직여야지 겉으로 쉽게 드러나는 부분에만 치중하여서는 안 된다. 그 마음을 움직이려면 반드시 대본대원을 갖추어야 한다. 오늘날 변법은 모두 지엽적인 부분에서 착수하고 있다. 예를 들면 의회·헌법·총통(總統)·내각·군사·실업(實業)·교육이 모든 것이 모두 지엽적인 부분이다. 지엽적인 것도 물론 빠져서는 안 된다. 다만 그러한 지엽적인 부분에도 반드시 근원이 있어야 하는 것이다. 근원을 갖추지 못하면 그러한 지엽적인 부분은 군더더기와 같으며 서로 연결이 되지 않고 산산이 흩어지게 된다. 그나마 행운스러운 경우라면 근원에 가까이 다가갈 수 있으나 불행한 경우라면 반대로 어긋나게 된다. 근원에 어긋나는 것을 백성을 다스리는 수단으로 사용하게 되면 어찌 잘못된 것을 후세에 전해 한 시대 혹은 한 나라를 패망

---

276) 위의 책, 639쪽.

에 몰아넣지 않을 리 있으며, 어찌 털끝만치의 부강과 행복에 대해서라도 거론할 수 있겠는가?"[277]

"대본대원"으로 사람의 마음과 도덕을 개조하여 개인과 전 인류의 삶을 향상시키는 것을 어떻게 가능하게 할 수 있을까? 그 문제에 대한 청년 마오쩌둥의 대답은 송명 성리학과 심학의 영향을 받은 것이 분명하다. 주희는 태극의 이(理)가 우주의 최고 정신의 본체라면서 그것은 천지만물에 앞서 존재하였을 뿐 아니라 음양 두 기(氣)를 통해 만물을 창조하였으며, 또 만물 속에 보편적으로 존재하면서 만물을 통해 반영된다고 주장하였다. 본체의 이와 천지간 인간·사물의 이는 전체(總)와 부분(分), 하나(一)와 각각 다름(殊)의 관계로서 일리(一理, 하나의 이치—역자 주)가 만수(萬殊, 모든 것이 여러 가지로 다름—역자 주)로 화(化)하고 만수가 일리로 귀결되는 것이다. 그는 이렇게 말하였다. "만물이 합쳐서 하나의 태극을 이룬다. 본체에서 지엽에 이르기까지 실제로는 하나의 이(理)로 충만되어 있다. 만물이 나뉘어서 각각의 본체를 이루기 때문에 만물에는 각각 하나의 태극이 존재하는 것이다.(合萬物而言之, 爲一太極而已也. 自其本而之末, 則一理之實, 而萬物分之以爲體, 故萬物之中各有一太極.)"[278] "천하의 이치는 하나이며 그것을 나누어놓으면 각각 다르지 않은 것이 없다.(天下之理未嘗不一, 而語其分則未嘗不殊)"[279] "오직 하나의 이(理)뿐인데 만물이 나뉘어서 각각의

277) 위의 책, 85쪽.
278) 『통서·이성명주(通書·理性命注)』
279) 『중용혹문(中庸或問)』

본체가 되는 것(只是此一個理, 萬物分之以爲體)"이며, "모든 사람에게 각각 하나의 태극이 존재하고, 모든 사물에 각각 하나의 태극이 존재하며, 천지만물의 이(理)가 합쳐져서 하나의 태극을 이루는 것(人人有一太極, 物物有一太極, 總天地萬物之理, 便是太極)"이다.[280] "만물에는 모두 이(理)가 존재하며 이는 모두 하나의 근원에서 비롯되었다(萬物皆有此理, 理皆同出一源)"[281] 하늘이 인간과 사물에 하나의 같은 이(理)를 부여하였으며, 만물과 인간의 마음속에 존재하는 이는 모두 하나의 이에서 화한 것이다. 하나의 이에 만 가지 이가 포함되어 있고 만 가지 이는 또 하나의 이에 귀결된다. "마음은 만 가지 이(理)를 포함하고 만 가지 이는 하나의 마음에 귀결된다.(心包萬理, 萬理具于一心)"[282] 이(理)는 사람의 마음속에 선험적으로 존재한다. 그러나 이는 자연적으로 나타나는 것이 아니라 반드시 격물치지의 노력을 거쳐 외부의 사물에 들어있는 이치에 대한 인식을 통해 마음속의 이치를 발명하고 세심하게 살피고 인식하여야만 한다. 그래서 단편적이던 데서 전면적으로, 넓은 학문을 쌓는 데서 출발해 보다 깊고 정세하게, 마지막에 간단명료함에 이르며 사물의 이치를 끝까지 철저히 탐구하여 훤히 꿰뚫기에 이르며 "모든 사물의 표면에서부터 내면에 이르기까지 얕고 피상적인 부분에서 깊고 미세한 부분에 이르기까지 분명하게 인식하지 못하는 것이 없게 되며, 자기 내면의 모든 인식능력을 남김없이 발휘

---

280) 『주자어류(朱子語類)』 권94.
281) 『주자어류』 권95.
282) 『주자어류』 권9.

할 수 있게 되는 것(衆物之表理精粗無不到, 而吾心之全體大用無不明)"²⁸³이
다. 심학의 대표주자인 육구연·왕수인은 주관적 유심주의 입장에서
출발하여 우주의 본체 혹은 천리는 사람의 마음속에 있다면서 "모든
사람에게는 마음(心)이 있고, 마음 안에는 사물의 이치가 있으며, 마
음은 곧 이치(心卽理)이다(人皆有是, 心皆有是理, 心卽理也)"²⁸⁴, "마음의
본체가 곧 천리이다(夫心之本體, 卽天理也)"²⁸⁵, 모든 사람이 다 "같은 마
음이요, 같은 이치이다(同此心, 同此理)"²⁸⁶라고 주장하였다. 사람 마음
속에 존재하는 이치가 사욕에 가로막히게 되면 이치에 밝지 못하고
우매해지게 된다. 오로지 반성하고 내면의 수양을 닦으며 그것을 목
표로 삼으면서 "몸과 마음을 깨끗이 하여 아주 미세한 먼지도 남기
지 말아야만 비로소 진심이 보이기 시작한다.(廓淸心體, 使纖翳不留, 眞
心始見.)"²⁸⁷ 양창지도 송명 성리학과 심학 사상을 다음과 같이 주장하
였다. "우주는 하나의 전일체이며 그것을 관통하는 대원칙이 존재한
다. 우주의 모든 현상은 다 그 원칙에서 생겨나는 것이다. 우리는 마
땅히 깊이 생각하고 마음속으로 깨쳐 그 대원칙을 명확히 알아야 한
다. 이른바 근원을 통달하는 것이다. 공자는 '내가 말하는 도리는 하
나의 기본 사상으로 시종일관 관철되어야 한다는 것(吾道一以貫之)'이
라고 말하였다. 증자(曾子)는 '우리 스승이 말하는 도리는 그저 진실

---

283) 『대학장구·보격물장(大學章句·補格物章)』
284) 육구연, 『여이재서(與李宰書)』(2), 『육상산전집(陸象山全集)』 권11.
285) 왕수인, 『답서국용(答舒國用)』
286) 육구연, 『잡설(雜說)』, 『육상산전집』 권22.
287) 『왕문성공전서·연보(王文成公全書·年譜)』

한 것(忠)과 너그러운 것(恕)일 뿐이다(夫子之道, 忠恕而已矣)'라고 해석
하였다. 이는 도덕 실천에서의 일관적인 원칙이다."[288] 그는 학생들에
게 천지 우주와 사회 인생의 대원칙에 대해 탐구하고 체험하여 터득
할 것을 요구하면서 선각자가 미처 깨닫지 못한 자를 깨우쳐주고 국
민의 자각을 불러일으킬 것을 요구하였다. 그는 "진리에 대한 사람들
의 느낌과 마음은 크게 다를 리 없으며, 모든 것이 치자마자 소리 나
는 격으로 반응이 매우 빠른 것"[289]이라고 굳게 믿었다.

청년 마오쩌동은 '이일분수(理一分殊, 세계를 관철하는 보편적인 원
리와 구체적 개별적인 원리 사이에 일치성이 있다고 보는 성리학 이
론-역자 주)', '심포만리(心包萬理, 마음에 만 가지 도리를 품다-역자
주)', '동심동리(同心同理, 동일한 마음 동일한 이치-역자 주)'의 관점을
받아들여 그 관점들로써 '우주의 진리'로 하여 천하의 마음을 움직이
고, 세상의 기풍을 바꾸며 위기에 처한 시국을 구할 수 있는 가능성
에 대해 논증하였다. 그는 『「윤리학 원리」 주해와 평어』에서 이렇게 썼
다. "발현(發顯)은 곧 본체이고 본체는 곧 발현이다. 무량수의 발현이
합쳐져서 하나의 대 본체를 이루고, 하나의 대 본체가 나뉘어서 무량
수의 발현이 된다. 인류는 본체와 직접적인 관계가 있으며 본체의 일
부분이다. 인류의 의식은 또 본체의 의식과 서로 연결된다."[290] 우주
의 본체로서의 '우주의 진리' 혹은 '대본대원'은 모든 사물에서 생겨나

---

288) 『논어유초(論語類鈔)』, 『양창지문집』.
289) 「학생들에게 고하노라(告學生)」, 『양창지문집』.
290) 『마오쩌동 조기 문고』, 앞의 책, 229~230쪽.

또 모든 사물에 존재한다. 사람 마음의 이(理)와 근원의 이가 서로 연결되고 서로 호응하는 것, 이것이 바로 '대본대원'으로 천하의 마음을 움직일 수 있는 근거이다. 마오쩌둥은 1917년 8월 23일 리진시(黎錦熙)에게 보낸 편지에 이렇게 썼다. "근원이란 우주의 진리를 가리킨다. 천하의 백성은 각각 우주 속에 존재하는 개개의 개체이다. 즉 우주의 진리는 모든 사람들의 마음속에 각기 들어 있다. 비록 단편적으로 존재하거나 전면적으로 존재하는 구별이 있지만 어쨌든 얼마간이라도 존재한다. 오늘날 우리가 대본대원을 호소하고 있는데 천하의 마음이 움직이지 않을 리 있겠는가? 천하의 마음이 모두 움직이고 있는데 천하의 일이 어찌 이루어지지 않을 리 있겠는가? 천하의 일이 이루어지는데 나라가 어찌 부강하지 않을 리 있으며 행복하지 않을 리 있겠는가?"[291] 천하가 어지러운 원인은 사람들이 우주의 진리에 대해, 그리고 천하를 움직이는 방법과 수단에 대해 인식하지 못한 데 있다. 마오쩌둥은 철학과 윤리학을 개조하여 새로운 철학사상과 윤리 관념으로 진부하고 낙후한 옛 철학과 옛 윤리를 대체하여 국민의 각오를 깨우고 과학과 민주를 숭상하는 것이 사회를 개조하고 천하를 구제할 수 있는 근본적인 경로라고 주장하였다. 민주와 과학의 참신한 내용을 갖춘 '대본대원'으로 천하에 호소한다면 많은 사람의 호응을 이끌어낼 수 있어 어둡고 답답한 낡은 사회에 충격을 줄 수 있는 강력한 힘을 형성할 수 있다. 그렇기 때문에 청년 마오쩌둥은 이렇게 주장하였던 것이다. "오늘날 세상에는 넓은 덕량과 재능을 갖춘 사람

---

291) 위의 책, 85~86쪽.

이 필요하다. 철학과 윤리학에서 착수하여 철학과 윤리학을 개조하여 전국의 사상을 근본적으로 바꿔야 한다. 이는 마치 큰 깃발이 펼쳐지자 수천수만의 남아대장부가 집결하는 것과 같고, 번개가 번쩍하자 어둠이 순식간에 자취를 감추는 것과 같아 그 거셈은 막을 길이 없는 것이다!"[292]

3. 명덕明德 신민新民 및 지어지선至於至善

우주의 진리를 탐구하는 데 전력을 다하고 도덕품행을 애써 연마하며, 선각자가 미처 깨닫지 못한 자를 깨우쳐주고, 진리를 명백하게 주장하여 민중의 자아의식을 불러일으키며, 우주의 진리를 지도사상으로 삼아 사회와 인생을 개조하여 모든 사람이 덕과 재주를 갖추고, 천하 대동을 실현한 이상적인 경지에 이를 수 있도록 하는 것은 청년 마오쩌둥이 자아능력을 과시하고 중국과 세계를 개조하는 삼부곡이었다. 이러한 사회 개조 관련 경로와 절차에 대한 구상은 유가의 수신제가치국평천하·내성외왕(內聖外王, 내면으로는 성인이고 외적으로는 임금의 덕을 갖춤-역자 주)의 방향과 문화적 연관성이 있다.

『상서(상서)』에는 "극명준덕(克明峻德, 숭고한 정신적 경지를 추구하고 고상한 도덕품질을 키움-역자 주)"[293] '작신민(作新民, 백성을 교육하여 백성의 지혜를 개발함-역자 주)'[294] 등의 말이 등장하고『대학(大

---

292) 위의 책, 86쪽.
293) 『상서·제전(尙書·帝典)』
294) 『상서·강고(尙書·康誥)』

學)』에서는 '명덕(明德, 덕을 밝힘-역자 주)'과 '신민(新民, 백성을 새롭게 함-역자 주)'을 연결시켜 유가의 내성외왕의 인생 방향에 대해 명백히 논술하였다.

대학의 취지는 바르고 고상한 도덕품성을 밝히고 그것을 배워 생활에 널리 응용함으로써 사람들이 최고의 선(善)의 경지에 닿아 머무를 수 있게 하는 것이다.…사물에는 본말(本末, 근본적인 것과 지엽적인 것-역자 주)이 있고, 일에는 시종(始終, 시작과 끝)이 있다. 그 본말과 시종의 도리를 깨우치게 되면 사물 발전의 법칙에 가까이 접근한 것이다. 옛날 바르고 고상한 도덕품성을 온 세상에 널리 펴고자 하였던 이들은 먼저 자신의 나라를 잘 다스려야 하고, 자신의 나라를 잘 다스리려면 먼저 자신의 가정과 가족을 잘 다스려야 하며, 자신의 가정과 가족을 잘 다스리려면 먼저 자신의 품성부터 닦아야 하고, 자신의 품성을 잘 닦으려면 먼저 자신의 마음부터 단정하게 바로잡아야 하며, 자신의 마음을 단정히 하려면 먼저 자신의 성실한 의념부터 갖추어야 하고, 성실한 의념을 갖추려면 먼저 지식을 쌓아야 하며, 지식을 쌓는 수단은 세상 만물과 만사에 대한 인식과 연구를 통해서 마련해야 한다. 세상 만물과 만사에 대한 인식과 연구를 거친 후에야 지식을 얻을 수 있고, 지식을 얻은 후에야 성실한 의념을 갖출 수 있으며, 성실한 의념을 갖춘 후에야 단정한 마음가짐을 갖출 수 있고,

마음이 단정해야만 품성을 닦을 수 있으며, 품성을 쌓은 후에야 자신의 가정과 가족을 잘 다스릴 수 있고, 가정과 가족을 잘 다스린 후에야 나라를 잘 다스릴 수 있으며, 나라를 잘 다스린 후에야 비로소 천하가 태평해질 수 있다. 위로 나라 임금에서 아래 서민에 이르기까지 모든 사람이 도덕수양을 닦는 것을 근본으로 삼아야 한다.

(大學之道, 在明明德, 在親民, 在止於至善.…物有本末, 事有終始, 知所先後, 則近道矣. 古之欲明明德於天下者, 先治其國; 欲治其國者, 先齊其家; 欲齊其家者, 先修其身; 欲修其身者, 先正其心; 欲正其心者, 先誠其意; 欲誠其意者, 先致其知; 致知在格物. 物格而後知至, 知至而後意誠, 意誠而後心正, 心正而後身修, 身修而後家齊, 家齊而後國治, 國治而後天下平. 自天子以至於庶人, 壹是皆以修身爲本.)

주희는 『대학장구(大學章句)』에서 다음과 같이 설명하였다.

"대학이란 대인군자의 학문이다. 명(明)은 밝히는 것이다. 명덕은 사람이 자연에서 얻은 마음의 맑은 본성으로 모든 이치를 갖추고 있어서 만사와 만물에 적응할 수 있다. 그런데 타고난 성품의 속박을 받고 욕망에 가려져 때로는 어두워지기도 한다. 그러나 그 본체의 밝음은 사라지지 않는다. 고로 학문을 쌓는 이는 이를 발견하고 밝힘으로써 최초의 밝은 상태로 회복할 수 있는 것이다. 신(新)은 낡은 것을 새롭게 혁신함을 가리키는 것으로서 자신의 명덕을 스스로 밝히는 한편 그 밝힘이 다른 사람에게까지 미치게 함으로써 다른 사람도 낡고 더러워진 것을 제거할 수 있도록 한다. 지(止)는 애써 이상적인 경지에 이른 뒤 그 상태를 유지하는 것을 가리킨다. 지선(至善)은 만물과 만사가 이를 수 있는 최고의 선(善)의 경지이다. 이에 명덕을 밝히고 백성을 새로워지게 하여 모두 최고의 선의 경지에 닿아 그 상태를 유지할 수 있도록 하는 것이다. 모두 하늘의 이치를 따라야 하며 개인의 욕망이 털끝만큼도 있어서는 안 된다.

(大學者, 大人之學也. 明, 明之也.明德者, 人之所得乎天, 而虛靈不昧, 以具衆理而應萬事者也. 但爲氣稟所拘, 人欲所蔽, 則有時而昏; 然其本體之明, 則有未嘗息者. 故學者當因其所發而遂明之, 以復其初也. 新者, 革其舊之謂也, 言旣自明其明德, 又當推以及人, 使之亦有以去其舊染之汙也. 止者, 必至於是而不遷之意. 至善, 則事理當然之極也. 言明明德, 新民, 皆當至於至善之地而不遷. 蓋必其有以盡夫天理之極, 而無一毫人欲之私也.)"

'명명덕(明明德, 사람의 마음에 있는 맑은 본성[명덕]을 밝히는 것-역자 주)', '신민(新民, 백성을 새롭게 하는 것-역자 주)', '지어지선(至於至善, 최고의 선의 경지에 이르러 머무는 것-역자 주)' 이 세 가지는 대인군자의 학문을 통섭한 '강령'이고, 격물(格物)·치지(致知)·성심(誠心)·정심(正心)·수신(修身)·제가(齊家)·치국(治國)·평천하(平天下) 여덟 가지는 대학의 조목이다. 이 여덟 조목 중 수신을 포함해 그 앞의 조목들은 명덕을 밝히는 일이고, 제가에서부터 그 뒤의 조목들은 신민(新民)과 관련된 일이다. 명덕은 근본이고 신민은 작용이다.

　주희의 주장에 따르면 격물·치지·성심·정심은 즉물적으로 사물의 이치에 대해 탐구하는 것으로서 외향적인 격물과 실천을 통해 자연에서 얻은 마음속의 명덕·천리(天理, 하늘의 이치)·선성(善性, 착한 성질)을 깨우치고 밝히는 것이며, 제가·치국·평천하는 그 천리·명덕·선성을 널리 행하여 백성을 교화시킴으로써 그들이 사욕을 극복하고 천리가 널리 행해지도록 하는 것이다. 격물·치지·성심·정심은 인식과 수양 문제를 해결하기 위한 것이고, 제가·치국·평천하는 교화를 성실하게 실행함으로써 세상의 도의와 사람의 마음이 선을 지향하도록 하여 최종적으로 모든 사람이 덕과 재능을 갖추고 대동천하의 경지에 올라 설 수 있는 도덕과 정치실천문제를 해결하기 위한 것이다. 유가는 천지간의 호생지덕(好生之德, 살아 있는 것을 아끼어 함부로 살생하지 않는 품성—역자 주) 및 생성화육(生成化育, 자연이 끊임없이 만물을 만들고 길러 냄—역자 주)의 법칙을 세심하게 살피고 천지의 큰 덕에 순응할 수 있는 정신적 경지에 가까이 다가갈 것을 요구하였으며, 백성을 아끼고 만물을 사랑하는 드넓은 흉금으로 천리와 인성을 사회 정치생활과 윤리 도덕의 일상생활 속에서 실현할 것을 요구하였다. 유가학파는 내면과 외면의 수양을 함께 닦고, 지식과 행위를 통일시키며, 입덕·입공·입언을 모두 이룬 이상적인 인격을 동경하였다. 그러한 이상적인 인격은 또 "대도가 실행되어 천하가 공평해지는(大道之行, 天下爲公)" 이상사회와 연결된다. 『대학』의 세 가지 강령과 여덟 가지 조목은 인생과 사회의 이상적인 경지에 이르고자 하는 유가학파의 기본 방향을 그린 것이다. 마오쩌동 등 이들의 발기로 설립된 후난의 진보적 청년학생단체 이름은 신민학회였다. 이는 물론 량치차오의 「신민설」, 나아가서 근대 중국 계몽사조의 영향과 관련이 있지만, 동시에 또 『대학』의 '명덕'과 '신민'의 뜻을 취한 것이기도 하다. 신민학회는 "학술을 혁신하고 품행을 연마하며 사람 마음의 풍속을 개량하자"라는 취지를 세우고 "개인 및 전 인류의 삶을 향상시키는 것"[295]을 목표로 삼았으며, 이는 또 유가의 명덕·신민의 사상과도 일치하는 것이었다. 청년 마오쩌동은 사회의 개량과 변혁을 물론 빠뜨려서는 안 되는 것이지만, '대본대원'으로 관철하고 통섭하여야 한다고 생각하였으며, 사회를 개조하려면 반드시 먼저 사람이 마음을 올바르게 가지도록 하고, 사람이 마음을 올바르게 가지도록 하려면 반드시 먼저 근본을 바로 세워야 한다고 주장하였다. 그는 대본대원을 탐지해 얻은, 드넓은 기량을 갖춘 사람이 태어나 대본대원과 우주의 진리로 천하를 호령하며 사회를 개조하는 책임을 짊어질 수 있기를 희망하였다. 그는 스스로 쌓은 지식이 없다고 여기며 고뇌하곤 하였다. "지금까지 뜻을 세우지 못하였다고 스스로 생각하고 있다. 우주에 대해서, 인생에 대해서, 나라에 대해서, 교육에 대해서 어떤 주장을 해야 할지 모두 정해진 바가 없이 막연하다. 글은 어떻게

---

295) 「신민학회회무보고(新民學會會務報告)」 제1호, 『신민학회자료(新民學會資料)』, 1920년 겨울.

가르쳐야 할지, 일은 어떻게 처사해야 할지? 다짐만으로 하게 되면 허구한 날 헛수고만 할 것이 뻔하고, 그렇지 않으면 또 너무 어리석은 것 같은 느낌이다. 어리석음에 바탕을 둔다면 반드시 어리석은 결과를 얻게 되는 것이다. 그래서 두렵다."[296] 그래서 그는 사숙(私塾)을 조직하여 옛날 학문을 가르치는 면에서 뛰어난 점과 오늘날 학교의 장점을 취하고 국학의 요점을 대체적으로 터득한 뒤 서양 학문의 요점을 취해 동양과 서양의 사상을 한데 융합시킬 것을 구상하였다. 그 목적은 동양과 서양의 학술사상, 특히 철학과 윤리사상에 대한 연구와 개조를 통해, 천도와 인성의 본질을 탐구하고 사회와 인생에 대한 근본적이고도 올바른 주장을 확정하며, "참 뜻을 세우고" 어지러운 상황을 해결하며, 사악함을 물리치고 마음을 올바르게 가지며, 범속함에서 벗어나 성스러운 경지에 오르는 것이다. 바로 이러한 생각을 바탕으로 마오쩌둥은 "대본대원을 탐구하는 데 모든 심혈을 기울여야 한다. 탐구가 이루어진다면 자연히 모든 것을 해석하기에 충분하며 가지와 잎이 무성하다면 터무니없는 의론에 시간과 정력을 빼앗기지 않을 것이다."[297]라고 주장하였다. 청년 마오쩌둥이 경모하고 나타나기를 기대했던 '드넓은 기량을 갖춘 사람'은 전통적 의미에서 말하는, 봉건도덕을 수양하고 실천하는 지주계급의 대표인물이 아니라 대담하게 진리를 탐구하는, 민주와 과학 정신을 상징으로 하는, 사상의 자유와 개성의 해방을 제창하는, 국민의 자아의식을 불러일으킬 수

---

296) 『마오쩌둥 조기 문고』, 앞의 책, 89쪽.
297) 위의 책, 87쪽.

있는, 두려움 모르는 투사를 가리킨다. 철학과 윤리학에 대한 연구와 개조를 통해 현실세계를 개조하는 것은 마오쩌동과 그와 같은 길을 가는 젊은이들의 일치된 견해였다. 장쿤디는 1917년 9월 23일 일기에 이렇게 적었다. "마오륀지가 말하였다. 현재 국민은 성정이 나태하고 허위적인 것을 숭상하며, 노예근성이 몸에 배고, 사상이 협애하다. 그러니 국민 중에서 어찌 위대한 철학혁명가 위대한 윤리혁명가가 나타날 수 있겠는가! 예를 들어 러시아의 톨스토이처럼 국민의 낡은 사상을 깨끗이 씻어내고, 새로운 사상을 개발할 수 있는 사람 말이다. 나는 그가 말한 것보다 더 심하게 말하였다. 중국인은 침울하고 고집스러우며 꽉 막혀 자신의 고질적인 악습에 대해 알지 못하며, 자기주장만 맹신하고 다른 주장을 받아들이지 못하는 것이 보편적인 습관으로 굳어졌다. 그러니 어찌 러시아의 톨스토이와 같은 이가 나타나 모든 현상의 속박을 찢어버리고 이상적인 세계로 발전할 수 있겠는가! 몸소 실천하고 책으로 저술하며 오로지 진리로 돌아가 진리만 존재한다면 다른 것은 털끝만큼도 걱정하지 않아도 된다. 이전의 담사동, 오늘날의 천두슈, 그들은 웅대한 기백을 갖추었는데 그야말로 오늘날의 속된 학문을 닦은 이들은 그들과 견줄 수조차 없다."[298] 그 시기 마오쩌동은 우주의 진리는 사람의 마음속에 있다고 여겼었다. 그래서 그는 사회의 심층구조를 깊이 파고들어 그 객관적 법칙에 대해 발견하고 연구한 것이 아니라, 철학과 윤리학에 대한 연구와 개조를 통해 자연에서 얻어 마음에 간직한 우주의 진리에 대해 깨우치고 세

---

298) 위의 책, 639쪽.

심히 살피고자 시도하였다. 그러나 중국 역사에서 실학(實學, 실용적인 학문-역자 주) 실사(實事, 실제로 존재하는 일-역자 주) 실공(實功, 실제의 공력이나 공적-역자 주)을 중시하는 우수한 사상전통의 영향과 현실 사회생활의 교훈은 그가 이성적인 사고 판별력을 숭상하던 데서 사회현실에 대해 연구하는 것을 중시하는 방향으로 점차 전환할 수 있도록 이끌었다. 따라서 그는 "우리가 만약 오늘날 세계에서 조금이라도 애쓴다면 물론 '중국'이라는 땅에서 벗어날 수가 없다. 이 땅 안의 상황에 대해서 실제로 조사하고 연구하지 않을 수 없을 것 같다"[299], 마땅히 "인생 사회의 실제 상황에 발을 딛고 서서 이야기하고", "실제 상황을 끌어들여 실재하는 일과 진리에 대해 연구해야 한다"[300]라고 주장하였다. 철학과 윤리학은 사람들의 '언행의 준칙'이고 '앞날의 목표'로서 철학과 윤리학을 연구하여 인생의 준칙과 목표 및 이상을 확립하는 것은 인생을 완성하고 원만하게 함에 있어서 지극히 중요한 것이다. 단 오로지 소수의 사람들만 철학과 윤리학에 대해 연구하고 우주와 인생의 진리를 장악하는 것만으로는 턱없이 부족하다. 사회의 중견 세력은 배움의 기회를 잃은 대다수의 국민들이다. 그들의 지혜와 도덕 및 능력의 높고 낮음, 크고 작음이 정령의 보급과 사회의 진보를 결정한다. 비록 그들은 '대본을 터득하지 못한' '우인(愚人, 어리석은 사람)'이지만 '우주의 진리'는 그들의 마음속에 간직되어 있다. 그들의 지혜를 깨우치고 덕을 품게만 한다면 그들은 범

---

299) 위의 책, 474쪽.
300) 위의 책, 363쪽.

인(凡人)의 영역을 벗어서 성인의 경지에 들어설 수 있는 것이다. 그래서 마오쩌둥은 철학을 널리 보급시켜 국민의 사상을 근본적으로 바꿀 것을 주장하였다. 그가 말하였다. "나의 얕은 소견으로는 이른바 본원이란 배움을 제창하는 것일 뿐이다."[301] "모든 사람이 다른 사람의 시비 기준에 맹목적으로 따르지 않고 진정으로 자신의 주장에 따라 행동할 수 있도록 하려면 반드시 철학을 보급시켜야 한다.…모든 사람이 철학적 견해를 가지고 있게 된다면 자연스럽게 서로가 평등하게 되어 분쟁이 사라지고, 진리가 널리 행해질 수 있게 되며, 도리에 맞지 않은 수많은 것들이 자취를 감추게 된다."[302] 마오쩌둥은 대중에 대한 선전과 교육을 진행하여 대중의 지혜와 각오를 깨우치는 것을 크게 중시하였다. 그는 수천수만의 새로운 국민과 개척능력을 갖춘 인재를 양성하기 위해 타고난 성질의 차이와 처지의 다름으로 인해 배움의 기회를 잃은 사람들을 소중히 여기고 아낄 것을 주장하였다. 그리고 학교와 사회의 연결을 소통시켜 사회인은 학생을 눈과 귀처럼 아껴 그 학생들이 성장하여 사회인을 이끌어 번영과 발전을 이루는 데 도움이 되도록 하고, 학생은 사회인을 친형제처럼 아껴 사회인의 보좌에 의지해 그 뜻을 펴는 데 도움이 되도록 해야 한다고 주장하였다. 그의 주도로 1917년 2월에 노동자 야간학교를 개설해 평민교육을 실시하기 시작하였다. 1918년 상반기 마오쩌둥은 샤오쯔성·차이허썬 등은 신민학회를 창설하여 지식을 탐구하고 배움을 제창하

---

301) 위의 책, 85쪽.
302) 위의 책, 87~88쪽.

기 위한 일종의 구체적인 조직형태를 마련하였다.

같은 해 그의 발기로 후난 학생들의 프랑스 고학을 조직하였고, 그 자신은 후난제1사범학교 부속초등학교에 남아 계속하여 초등학교 교육에 종사하였다. 1921년 1월 16일 마오쩌동은 신민학회 창사(長沙)회원대회에서 발언을 통해 교육학과 교육방법에 대해 연구하면서 교육에 전적으로 종사할 계획과 문화 서사(書社, 옛날 문인들이 조직하는 독서회)를 잘 꾸려나갈 계획을 밝혔다. 1921년 가을 그는 중국공산당 샹취(湘區, 후난지역)위원회 설립을 준비하는 과정에서 선산학사(船山學社)의 장소와 경비를 이용하여 후난자수대학(湖南自修大學)을 창설하고 교육개혁실험을 진행하면서 마르크스주의이론을 선전하였다. 마르크스주의자로 전환하기 이전부터 시작해 마르크스주의자로 전환하는 과정에서도, 그리고 전환을 완성한 뒤에도 교육을 중시하고 배움을 제창하며 아둔함을 깨우치는 계몽교육을 주장하고, 사람의 마음을 바로잡으며 사회를 개조하는 것이 마오쩌동의 마음에서 매우 중요한 지위를 차지하였다. 세속을 바로잡고 세상을 구하려면 환상과 공론에만 그쳐서는 안 된다. 반드시 사회 개조의 이상을 실제적인 활동으로 바꿔야 한다. 양창지는 「학생들에게 고하노라」라는 제목의 글에서 다음과 같이 지적하였다. "오늘날 우리들의 급선무는 전국을 통일시키는 중심사상을 수립하는 것"과 "국민의 자각을 불러일으키는 것이다."[303] "자각을 실현한 뒤에는 계속하여 그것을 실행에 옮겨야만 한다. 하나를 자각하면 하나를 실행에 옮기고 자각이 진보하면 실행

303) 『양창지문집』, 후난교육출판사 1983년 판, 363쪽.

도 진보해야 한다. 자각과 실행은 한 활동의 두 측면이다. 정신적 지각으로 나타나는 것을 자각이라고 하고, 몸의 운동으로 체현되는 것을 실행이라고 한다. 인식하는 즉시 실행하고 지행합일을 이루어야 한다. 반드시 그렇게 한 뒤에야 비로소 자각하였다고 말할 수 있다. 사상의 자유는 반드시 언론의 자유로 이어지고 언론의 자유는 반드시 행동의 자유로 이어진다. 언론과 행동의 자유가 없으면 사상의 자유도 완전하다고 말할 수 없다. '알게 된 후에는 반드시 실행에 옮겨야 한다. 실행에 옮기지 않으면 텅 빈 지식일 뿐이다. 말하였으면 반드시 행동에 옮겨야 한다. 행동에 옮기지 않으면 빈말이 될 뿐이다.' 자각과 활동은 서로 갈라놓을 수 없는 것이다. 활동이 없으면 자각도 없다. 고로 실행을 존중해야 하는 것이다."[304] 자각과 실행은 하나라는 양창지의 사상에 맞춰 마오쩌둥도 우주·사회·인생에 대한 진리성 인식을 이상·신념으로 승화해야 할 뿐 아니라, 또 객관적 사회 실천 활동으로 표면화할 것을 극구 주장하면서 실제적 사회운동을 통해 온 세상 사람은 모두 동포이고, 세계가 대동 사회를 실현하는 이상적인 경지에 이를 것을 주장하였다. 그는 이렇게 말하였다. "무슨 일이든지 한 가지 '이론'을 갖추었는데, 그 뒤를 잇는 한 가지 '운동'이 없다면, 그 이론의 목적은 실현될 수 없다.…현재 부족한 것은 실제적인 운동이다. 현재 가장 시급하게 필요한 것 또한 그 실제적 운동일 뿐이다."[305] 종합적으로 마하자면 "천하는 우리의 천하이다. 나라는

---

304) 위의 책, 365쪽.
305) 『마오쩌둥 조기 문고』, 앞의 책, 517쪽.

우리의 나라이다. 사회는 우리의 사회이다. 우리가 얘기하지 않으면 누가 얘기하겠는가? 우리가 하지 않으면 누가 하겠는가?"[306]라는 것이었다. 마오쩌동은 '만물은 일체(萬物一體),' '인류는 모두 나의 동포, 세상 만물을 사랑해야 한다(民胞物與)'라는 관념에서 출발하여 천하를 하나의 대아로 보고 사회의 진보와 전 인류생활의 향상을 반드시 자아실현의 주제에 포함되어야 하는 내용과 이치로 간주하며, 분발 향상하는 기백과 드넓은 흉금으로 마음을 다해 우주와 사회 및 인생의 진리를 탐구하면서 힘겨우나 아주 자신 있게 민중을 깨우치고 사회를 개조하는 위대한 사업에 종사하고, 그 위대한 사업을 통하여 자신의 사상을 꾸준히 발전시키고 인격을 꾸준히 승화시켰던 것이다.

---

306) 위의 책, 390쪽.

제5장
자신을 소중히 여기고
오늘을 중시하는 인생자세

중국의 근대는 봉건전제통치체계가 쇠미해져 무너지고 민주정치가 국내외 반동세력의 파괴와 유린 속에서 힘겹게 성장한 시대였으며, 또 자신을 남에게 예속시키는 봉건적인 낡은 도덕이 쇠미해지고 자산계급의 독립소유적 새 도덕이 싹 트고 자라나기 시작한 시대였다. 젊은 시절의 마오쩌동은 근대 계몽주의사상의 영향과 민주와 과학을 제창하는 신문화의 거센 물결의 세례를 받아 봉건도덕을 단호히 포기하고 독립자주의 새 도덕관념을 받아들였으며 드높은 분발 투쟁의 열정과 명석한 자아의식 관념으로 개성의 해방과 의지의 자유를 선양하고 개인 본위 관점으로 남과 나, 사물과 나의 관계를 확립하여 남을 대할 때에만 있는 것이 아닌 독립소유의 '주관적 도덕률'을 창도하였으며, 그 도덕률을 '정신적 개인주의'와 '현실주의' 2대 인생 준칙으로 구체화하였다.

한편 젊은 시절의 마오쩌동이 숭상하는 도덕 율령은 자산계급 도덕관념에 대한 단순한 답습이 아니라, 고금 중외 도덕관념의 수많은 요소를 융합하고 또 자신의 견해를 결합시킨 것으로서, 오늘을 중시하고 자아를 소중히 여기는 그의 인생 준칙이 자아를 위하면서도 이기적이지 않고, 현실을 중시하면서도 인생을 장난삼아 살지 않는 특유의 풍채를 보여줄 수 있었던 것이다.

1. 남에게 의지하지 않는 독립적인 '주관적 도덕률'

젊은 시절의 마오쩌둥이 독일 철학자 파울젠의 『윤리학 원리』라는 책을 읽으면서 쓴 주해와 평어에는 다음과 같은 구절이 있다. "도덕의 가치는 반드시 타인의 이익과 손해를 자신이 행동을 취하는 동기로 삼는 것이라고 하였다. 그러나 나는 그렇게 생각하지 않는다. 도덕은 반드시 남을 대할 때만 존재하는 것이 아니다. 남을 대할 때만 존재하는 것은 객관적 도덕률이고, 독립적으로 소유하는 것은 주관적 도덕률이다. 우리는 자신의 본성을 다하고 자신의 마음을 완성하며, 가장 소중한 도덕률을 갖추고 싶어 한다. 세계에는 인간과 사물이 존재하지만 모두 나로 인해 존재하는 것이다. 내가 눈만 감으면 아무 것도 보이지 않는다. 고로 객관적 도덕률도 역시 주관적 도덕률과 연결되는 것이다. 게다가 세상에 오로지 나 한 사람뿐일지라도 다른 사람에게 손해를 끼치지 않는다고 나의 본성을 다하지 않을 수 없고, 나의 마음을 완성하지 않을 수 없으며, 여전히 본성을 다하고 마음을 완성하여야 한다."[307] 마오쩌둥은 도덕 율령에는 두 가지 기본 유형이 있다고 주장하였다. 한 가지 유형은 남을 대할 때에만 존재하는 '객관적 도덕률'이다. 이런 도덕률은 자신의 생존과 발전에 필요한 물질적 수요와 정신적 욕망을 배제하고, 개체의 독립적인 지위와 가

---

307) 『마오쩌둥 조기 문고』, 앞의 책, 147~148쪽.

치를 상실한 것으로, 타인의 이익과 손해를 도덕가치의 기준으로 삼는다. 이는 외부세계의 권위에 무조건적으로 순종하고, 신의 지시에 무조건적으로 복종하며, 타인의 의지에 따르는 다른 사람에게 예속되거나 신에게 예속되고자 하는 노예의 도덕이다. 다른 한 가지 유형은 독립적 소유의 '주관적 도덕률'이다. 이런 도덕률은 자아를 핵심으로 하고 독립소유와 자아에 복종하는 것이 그 표징이다. 이런 도덕률은 외부 권위에 순종하는 노예도덕의 합리성과 정당성을 부정하면서 개성의 해방과 의지의 자유를 취지로 삼고, 독립적이고 자유로운 인간의 천부적인 본성으로 신에 대한 맹목 숭배와 타인의 의지에 대한 복종 및 외재적 도덕 권위에 대한 순종을 대체하였다. 따라서 도덕을 주체로서의 개인의 내면에서 생겨나고, 주체의 생존과 발전에 이로운 일종의 규범과 원칙 및 요구로 변화시켰다. '주관적 도덕률'은 일종의 독립소유의 주인도덕이다. 주인도덕은 '의식적인 도덕'으로 우주의 본질과 인생의 목적에 대한 뚜렷한 인식과 높은 자각을 사상 심리적 토대로 삼는다. 이와 반대로 노예도덕은 일종의 '맹목적인 도덕'으로 습관에 순종하고 외부의 권위에 굴복하며, 행위의 옳고 그름, 선과 악에 대해 자신을 본위로 한 판단 기준이 없고, 명확한 인식이 없기 때문에, 그 행위는 자각적 혹은 자발적이지 않고 기계적이고 피동적이며 적극적이지 않고 소극적인 것이다. 수천 년간 이어져 내려온 중국의 봉건도덕이 바로 사람의 개성을 속박하고, 사람의 자유와 평등한 권리를 박탈하였으며, 사람의 생존 발전 욕망을 말살한 노예적이고 맹목적인 도덕이었다. 그런 도덕은 인생의 향상에 아무런 가치가 없는 것은 물론 오히려 사람의 주관 정신과 생명 활동을 부식시키는 작용을 하기 때문에 인생 발전을 저애하고 위해를 끼치는 마이너스가치를 가지고 있다. '주관적 도덕률'과 '객관적 도덕률' 사이에서 젊은 마오쩌동은 후자를 경멸하고 전자를 인정하고 숭상하였다. 그가 이러한 명확한 선택을 할 수 있었던 것은 그때 당시 중국 대지에 널리 퍼졌던 계몽사조와 니체 철학의 영향과 관련이 있으며, 그때 당시 그가 신봉하였던 우주관과 인생목표론 및 성현 사관과 밀접히 연결되어 있다. 젊은 시절의 마오쩌동이 살았던 근대중국 사회에서는 제국주의 열강의 침략과 약탈을 당하고 어둡고 폐쇄적인 봉건주의 전제통치를 받고 있었으며, 군벌이 혼전을 벌이고 전쟁이 끊이지 않았으며, 인민대중이 도탄 속에서 허덕이고 처참하게 착취를 당하고 있어 인간의 자유와 자주적 권리를 모두 상실하고, 인간의 존엄·인격·가치가 억압당하고 짓밟혀 심한 손상을 입었다. 열강의 압박과 전제통치에 반대하기 위해 인민대중은 불굴의 정신으로 투쟁을 벌였다. 이와 동시에 인간에 관심을 두고, 인간을 연구하며, 인간 본질의 소외를 극복하고, 인간의 존엄과 권리를 회복시키는 윤리혁명의 새로운 사조가 일어났다. 윤리혁명은 뚜렷한 반(反)봉건전제주의와 반(反)제국주의 압박의 특징을 띠었으며, 인간의 가치를 고양시키고, 인간이 존엄과 권리를 인정하며, 의지의 자유를 숭상하는 데 주력하였으며, 인간의 해방과 발전 및 완성을 요구하였다. 본 도서 제1장에서 서술한 바와 같이 청년 마오쩌동의 자아의식은 그러한 시대의 사조의 물결 속에서 각성하고 강화되었던 것이다.

그는 인간의 의지와 자유에 어긋나고 인간의 생존 발전의 권리를 박탈하는 봉건전제통치의 죄악을 강력히 비난하였다. 그는 이렇게 지적하였다. "우리 삶을 개괄해 말하면 생리적, 심리적 욕망이 만족을 얻는 것이다." 인간의 물질과 정신 두 방면의 욕구를 만족시키는 것은 매우 정당한 일이다. 그러나 그때 당시 중국사회에서는 "유독 그 문제만 제쳐놓았던 것"이다.[308] 전제정치의 잔혹함, 가부장제도의 어두움, 예교 습속에 의한 속박, 미신사상의 속박으로 인해 사람들은 자기 의지의 자유와 혼자만의 가치 및 생존 발전의 권리를 상실하였다. 사회에서 사람은 군주와 전제국가의 희생양이 되고, 가정에서는 가장의 희생양이 되었으며, 부부관계에서는 여성이 남편의 희생양이 되고, 인간과 신의 관계에서는 사물과 귀신의 희생양이 되었다. 인간은 자신을 잊어버리고 잃어버렸으며, 자기의 본위를 상실함으로써 자유의 의지와 가치를 잃고 신령세계와 현실사회에서 외재적 권위의 노예가 되었던 것이다. 이는 인생의 비극이며 사회의 비극임이 틀림없다. 인간의 개성을 회복시키고 발전시키려면 반드시 자주와 자결을 제창하고 자유의 의지를 널리 펼쳐야 하며, 스스로 남에게 예속되고 맹목 순종하는 노예도덕을 포기하여야 하고, 독립소유의 주인도덕을 숭상하여야 한다. 주인도덕을 따르고 실행하려면 더 나아가서 '삼강(三綱)'을 중심으로 하는 봉건 윤리 및 종교·자본제도·봉건군주·전제국가를 타파하고, 본래 사회 개체 자신에게 속하는 생존 발전의 권리를 거둬들여야 한다. 마오쩌둥이 젊은 시절에 남에게 의지하지 않고

308) 위의 책, 435, 436쪽.

독립적인 '주관적 도덕률'을 제창할 수 있었던 것은 개성 해방의 필연적인 요구이며, 윤리혁명 사조의 철학적 반영으로서 제국주의와 봉건주의에 저항하는 진보적 의미가 있다. 마오쩌둥은 젊은 시절에 '주관적 도덕률'을 숭배하였으며, 또 신문화운동 이래 선진적인 지식인들이 극구 선양하고 숭배하였던 니체의 도덕철학의 영향을 받은 흔적도 희미하게 드러나기도 한다. 니체는 도덕의 역사에 주인도덕과 노예도덕 두 가지 주요한 도덕 유형이 존재해왔다고 주장한다. 주인도덕은 인간의 육체적 생명과 자연적 충동을 인정하고, 투쟁과 진취를 제창하며, 현실생활과 창조를 중시하고 사람들이 여러 가지 가능한 수단과 더 높은 방향 및 목표를 향해 발전하도록 격려할 수 있다. 이런 유형의 도덕은 삶에 대해 더욱 긍정하는 세계관을 포함하고 있다. 그러나 노예도덕은 겸손하게 자기를 낮추고 연민과 순종을 치켜세우며, 인간의 육체적 생명과 본능적 충동, 감정적 욕망, 마음의 자유 등의 가치를 폄하한다. 기독교의 도덕이 바로 노예도덕의 일종이다. 기독교는 생리와 도덕의 원죄설을 선양하면서 인간의 자연적이고 본능적이며 원시적인 욕망을 죄악으로 간주하고 겸손하게 자기를 낮추고, 나약하며 생기 없고 혈기 없는 병약한 품성을 미덕으로 간주하고, 사람들에게 육체적 생명을 가볍게 여기고, 생리적 욕망을 억제하며 소리 없는 그림자를 숭배하라고 가르친다. 기독교는 연민의식을 선양하면서 그것을 보편적 도덕원칙으로 간주한다. 연민은 모든 자유로운 마음을 둘러싼 무거운 공기를 조성하여 의지를 약화시키고 생명력이 뻗어나가는 것을 방해하며, 인간의 본능을 말살함으로써 인간의 생명활력을 위축시켜 보이지 않게 한다. 연민은 겉으로는 자애롭고 착한 표정인 것 같이 보이지만, 실제로는 상대방의 자존심과 독립성 및 완전한 인격을 암암리에 말살해버린다. 그는 다음과 같이 지적하였다. "연민은 우리의 활력을 제고하여 사람을 분발시키는 정서들과는 반대로 우울한 효과를 도출시킨다. 우리가 불쌍하다고 느껴질 때 우리 힘이 박탈당하게 되는 것이다. 이처럼 고통에 의해 삶에 가해지는 힘의 상실은 또 연민으로 인해 더욱 증폭되고 확대되는 것이다. 연민은 고통을 퍼지게 한다. 어떤 상황에서 연민은 생명과 활력의 철저한 상실을 초래할 수 있다."[309] "오직 퇴폐한 자만이 연민을 미덕으로 간주한다. 연민은 흔히 하나의 위대한 전도를 훼멸시키는 결과를 초래할 수 있으며 슬픔의 고립을 초래할 수 있다."[310] 기독교는 "세상을 포기하라"라는 기본 관념을 선양함으로써 사람들에게 현실을 도피하고 내세에 마음을 기탁하라고 부추기며 존재의 책임을 잊어버리게 한다. 니체는 그것은 대자연에 대한 배은망덕한 태도라면서 다음과 같이 지적하였다. 우리는 대자연의 산물로서 현실의 땅에 두발을 붙이고 투사가 되고 창조자가 되어야 마땅하다. 그런데 기독교는 우리의 분투적 흥미와 창조적 욕망을 빼앗아가 우리에게 기꺼이 허구적인 하느님의 노예가 되라고 하며, 우리에게 진실한 자신의 주인이 되는 것을 포기하라고 설교한다. 기독교의 도덕은 사람들에게 연민과 자기부정, 극기와 금욕을 가르치며 세상에 비관적이고도 퇴폐한 색채가

---

309) 니체, 『안티크리스트(Antichrist)』 제7절.
310) 니체, 『이 사람을 보라』.

짙은 느낌이 들게 한다. 그러한 도덕은 인간의 본능을 고갈시키고 생명을 위축시키며 인격을 상실시키는 정신적 근원으로서 반드시 포기하고 타파하여야 한다. 그리고 그는 방향을 바꾸어 주인도덕을 제창하고 자기 긍정, 적극적인 분발 전진, 과감함과 굳은 의지를 제창하면서 인간의 개성을 발휘케 하고 인간의 존엄을 회복함으로써 스스로 주재자가 되어 자신의 주인이 되며, 자아를 등지거나 상실하지 말고 신의 노예가 되지 말며, 다른 사람의 노예가 되지 말 것을 요구하였다. 이로부터 쉽게 볼 수 있다시피 니체의 노예도덕에 대한 비판과 주인도덕에 대한 창도는 봉건주의에 반대하는 진보적인 의미가 있다. 그렇기 때문에 중국 자산계급 개량파와 혁명파들은 그것을 봉건전제 정치와 윤리도덕을 비난하는 사상무기로 삼아 널리 선전하고 숭배하였던 것이다. 1902년에 량치차오가 『신민총보(新民叢報)』 제18호에 발표한 「진화론 혁명자 키드의 학설」이라는 글에서 최초로 마르크스와 니체에 대해 언급하였다.

"오늘날 독일에서 가장 큰 세력을 자랑하는 두 가지 사상은 마르크스의 사회주의와 니체의 개인주의이다. 마르크스는 오늘날 사회의 폐단은 다수의 약자가 소수의 강자에 굴복하고 있는 것이라고 주장하였고 니체는 오늘날 사회의 폐단은 소수의 훌륭한 자가 다수의 저열한 자의 견제를 받는 것이라고 주장하였다." 1904년에 왕궈웨이(王國維)가 「쇼펜하우어와 니체」라는 제목의 글을 발표해 니체가 "굳센 의지로 위대한 지력을 돕고 있으며, 사상계에서 멀리 내다보는 안목을 갖추었다"라고 추켜세웠다. 1907년에 루쉰은 「문화편지론(文化偏

至論)」이라는 글에서 니체가 오래된 문명에 도전하고 근세 문명의 허위적이고 편파적인 부분에 대해 풍자하고 비난한 사실에 대해 소개하면서 니체가 "개인의 인격을 확대한 것", "개성을 존중하고 정신을 널리 펼친 것"을 찬양하였으며, 니체의 철학을 앞으로 "새 사상의 출현 징조"와 "새 삶의 선구"라고 칭송하였다. 1915년에 천두슈가『청년잡지』창간호에「청년들에게 삼가 말한다」라는 제목의 글을 발표해 니체가 도덕을 두 가지 유형, 즉 "독립심을 갖추어 용감한" 주인도덕과 "겸손하게 굴종하는" 노예도덕으로 분류하였다고 지적하였다. 그는 니체의 주인도덕관을 찬성하고 제창하면서 봉건적인 충효절의 등 노예도덕을 비판하였다. 사상계몽과 개성해방의 역사적 대 배경에 처한 청년 마오쩌둥은 량치차오가 1902년부터 1903년까지 책임 편집한『신민총보』, 천두슈 등 이들이 창간한『청년잡지』와 또 다른 진보적 출판물을 폭넓게 읽으면서 니체의 사상을 접하게 되고, 그 영향을 받게 된 것은 전적으로 가능한 일이다. 그는『「윤리학 원리」평어와 주해』에서 '주관적 도덕률'을 숭상하고 인간에게 순종하고 신에게 순종하는 맹목적 도덕과 노예 심리에 반대하며 스스로 주재자가 되고 자기 본위의 도덕적 자율 원칙에 따를 것을 제기하였다. 그는 1919년 7월 21일『상강평론(湘江評論)』제2호에 발표한「독일인의 침통한 계약」이라는 글에서 "독일 민족은 근년에 니체·피히테(Fichte)·칸트·파울젠 등 '진취적' '활동적' 철학으로 연마되어 거대한 명성과 실력을 갖추고 기회만 기다리고 있다."[311]라고 썼다. 청년 마오쩌둥의 이러한 관점

---

311) 『마오쩌둥 조기 문고』, 앞의 책, 352쪽.

에서 우리는 니체의 주인도덕관의 그림자를 엿볼 수 있다. 청년 마오쩌동이 독립소유의 '주관적 도덕률'을 제기할 수 있었던 것도 역시 그의 우주관과 인생 목적론의 필연적 논리적 발전인 것이다. 마오쩌동은 "나는 곧 실재하는 것이고 실재하는 것이 곧 나"라면서 자아는 현실적인 존재로서 우주와 사회를 구성하는 기본 단위이며 개체 자아가 없으면 우주도 없고 사회도 없다고 주장하였다. 그는 자아는 의식을 갖춘 존재물로서 최고의 가치를 가지고 있으며, 우주는 나에 의지해 존재하고 사회는 나를 위해 세워진 것이라고 주장하였다. 자아가 우주·사회의 기점과 가치의 핵심인 이상 그가 따르는 도덕준칙은 신의 명령이나 타인의 의지에서 비롯된 것이어서는 안 되며, 또한 사회 역사의 외적 요구에서 비롯된 것도 아니다. 주체 자아의 입신(立身)의 이치와 생각·행위의 도덕기준은 오로지 내면에서 비롯된 것이며, 독립소유여야지 외부세계에서 비롯된 것이 아니며, 다른 사람을 대할 때만 존재하는 것이 아니다. 오로지 내가 두려워하고 존중하며 복종해야 하는 것일 뿐 나 밖에 두려워하고 존중하며 복종해야 할 이는 없는 것이다. 인생의 목적과 이상에 대하여 청년 마오쩌동은 인류의 목적은 자아실현이라면서 그 모든 도덕관념과 생활 행위는 모두 개인의 완성을 위한 것이라고 주장하였다. 그는 도덕은 자신에 달린 것이지 다른 사람에 의한 것이 아니라고 주장하였다. 그리고 청년 마오쩌동은 세상만물은 하나라는 인자(仁者)의 정신을 선양하면서 "자신을 완성시킬 뿐 아니라 자신 밖의 만물을 완성시킬 것(成己成物)", "자신의 도덕을 바로세울 뿐 아니라 다른 사람도 바로세울 것(立己立人)"

을 주장하면서 자기완성과 사회 개조, 자아실현과 사회실현을 통일시키는 원칙을 고수하고, 다른 사람과 사회에 대한 책임과 의무를 주체의 자아실현, 자기완성의 요구로 내재화하였다. 따라서 주체 자아는 오로지 자기에 대한 내재적 의무와 책임만 있을 뿐 외재적 의무와 책임은 없는 것이다. 그는 이렇게 말했다. "우리는 오로지 자기 자신에 대한 의무만 있을 뿐 다른 사람에 대한 의무는 갖고 있지 않다. 무릇 나의 사상이 닿는 것에 대해 나에게는 모두 실행할 의무가 있다. 즉 무릇 내가 알고 있는 것에 대해 나는 모두 행동에 옮겨야 할 의무가 있는 것이다. 그 의무는 나의 정신 속에서 자연스럽게 발생하는 것이다. 빚을 갚고 계약을 이행하는 것, 그리고 도둑질해서는 안 되고 사기를 쳐서는 안 된다는 것 등은 비록 다른 사람과의 관계문제에 속하지만, 또한 내가 원해서 그렇게 하는 것이기도 하다. 이른바 자기 자신에 대한 의무란 두말 할 것 없이 자신의 몸과 정신의 힘을 충분히 발전시키는 것일 뿐이다. 남의 위급한 상황을 해결해주고 남의 좋은 일을 도와 이루게 하는 것, 위험한 상황에서 자신을 포기하고 남을 구하는 것 등도 의무의 범위에 속하지 않지만 모두 내가 원해서 그렇게 하는 것이며, 그래야만 내 마음이 편안해질 수 있는 것이다."[312] 사람이 자기 자신에 대해 이행해야 하는 의무는 바로 몸과 마음의 능력을 충분히 발전시켜 충분히 실천하는 삶을 사는 것이다. 자아실현과 자기완성은 청년 마오쩌둥이 제창하는 '주관적 도덕률'의 기본 정신이며, 또한 자율도덕의 최고 가치기준이기도 하다. 도덕자율주의

312) 위의 책, 235쪽.

자들은 도덕의 기원 혹은 도덕행위의 내적 동력과 출발점에 대해 설명할 때 혹자는 순수한 이성으로 이론을 내세우거나, 혹자는 감성적 충동, 천부적 본능으로 자신의 학설을 세우거나, 혹자는 상기 두 가지 관점을 통합하여 감성적 충동과 이성적 의식의 통일을 주장하기도 한다. 칸트는 도덕 율령의 출발점과 근원이 '순수한 이성'에 있다고 주장하였다. "모든 도덕의 개념이 소유한 중심과 기원은 모두 이성에서 비롯되며 경험에는 전혀 의지하지 않는다.…이들 개념이 그 어떤 경험적(즉 필연적이지 않은) 지식에 의해 추상적으로 형성될 수 없는 것은 바로 그 개념의 기원이 그처럼 순결하기 때문이다. 그 개념이이야말로 우리의 최고 실천 원칙이 될 자격이 있는 것이다."[313] 이러한 최고의 도덕원칙이 바로 '절대 명령'이다. 인간이 '절대 명령'을 수행하는 것은 전적으로 의무에서 비롯된 것으로 무조건적이며 이해관계를 따지지 않는다. 인간행위의 보편적 도덕준칙은 바로 '사람이 목적'이라는 것이다. 이성을 갖춘 사물은 자신을 목적으로 존재한다. 이성을 갖춘 매 한 사람은 자신이 목적이 있고 가치가 있는 존재임을 확인해야 할 뿐 아니라, 또한 다른 사람의 존재도 존중해야만 한다. 그 "실천 공식은 다음과 같다. '그대는 이렇게 행동해야 한다. 그대 자신 혹은 다른 누구든지를 막론하고 항상 사람을 목적으로 삼아야 하며 언제나 그를 수단으로만 삼아서는 안 된다.'"[314] 칸트의 도덕자율론과 '사람이 목적'이라는 도덕의 기본 원칙은 독일 자산계급이 봉건적 속

313) 칸트, 『도덕의 형이상학적 근본 탐구(道德形而上學探本)』, 상무인서관 1957년 판, 26쪽.
314) 위의 책, 43쪽.

박에서 벗어나고 자신의 인격적 독립과 개성해방 및 물질 이익을 쟁취할 것을 요구하지만, 또 봉건 세력에 맞서 싸울 충분한 힘과 용기가 부족한 이중성을 반영하기도 하였다. 18세기 프랑스의 유물론자와 영국 공리주의 행복론자들은 자연 본능과 물질 이익에서 출발하여 도덕의 근원에 대해 해석하였다. 그들은 이익이 도덕의 토대이고 생존 욕망의 만족과 삶의 행복을 추구하는 모든 행동의 내적 동력이라고 주장하였다. 개개의 사회 개체는 행복을 추구하는 과정에서 흔히 충돌이 발생하게 된다. 개개의 사회 개체의 행동을 조율하여 개개인의 행복 추구의 욕망이 만족을 얻도록 하기 위해 그들은 또 '인류의 사랑'을 인간의 본질 요소와 도덕의 중요한 원칙으로 확인하였다. 프랑스의 유물론자와 영국의 공리주의 행복론자들은 정욕의 정당성을 긍정하고 육체 생명과 자연 본능이 도덕생활에서 차지하는 지위를 회복시켰다. 칸트는 "프랑스 자산계급 의지의 물질적 동기가 있는 규정을 '자유 의지', 자재 의지와 자위 의지, 인류 의지의 순수 자아의 규정으로 바꾸어 따라서 이들 의지를 순수한 사상적인 개념 규정과 도덕 가설로 변화시켰다"고 했다.[315]

송명 성리학에서 정주학파는 천리와 인욕, 도덕 이성과 본능 충동을 분리시키고 또 대립시켜 천리로써 인욕을 부정하고 물욕을 극복하고 천리가 널리 행해지도록 할 것을 선양하였으며, 인간의 본성과 정당한 생존 욕구를 심각하게 억제하고 말살하였다. 그 후의 유물론자들은 정주 성리학의 유폐를 제거하고, 인성해방과 사회발전

---

315) 『마르크스 엥겔스 전집』 제3권, 인민출판사 1960년 판, 213쪽.

의 요구에 적응하기 위해 천리와 인욕이 모두 도덕적이고 정당한 것이라고 인정하였으며, 그 양자의 관계를 조율하고자 애썼다. 왕부지는 천리는 바로 인욕 속에 존재한다면서 인욕을 떠나 독립적으로 존재할 수 없다고 주장하였다. 담사동은 천리는 착한 것이고 인욕도 착한 것이라고 주장하였다. 대진(戴震)은 한 걸음 더 나아가 이치로써 인욕을 절제할 수 있다면, 인욕이 곧 천리라고 주장하였다. 그는 "천리는 욕망을 절제하여 욕망을 다 만족시키지 않는 것이다. 고로 욕망은 다 만족시키면 안 되는 것이지 욕망이 있으면 안 되는 것은 아니다. 욕망은 갖되 절제하여 지나침이 없도록 하면 이치에 닿지 않을 리 없으니 어찌 천리가 아니라고 할 수 있겠는가!(天理者, 節其欲而不窮其欲也. 是故欲不可窮, 非不可有. 有而節之, 使無過情, 無不及情, 可謂之非天理乎!)"316 젊은 시절의 마오쩌동은 봉건적인 삼강오륜, 외적 권위, 초자연적·초인간적인 신성으로 인간의 본성과 욕망을 억압하는 것에 반대하였으며, 그런 것들이 도덕에서 차지하는 모든 가치를 부정하였다. 그는 칸트의 도덕자율론의 영향을 받아들였지만 감성 물욕에 대한 부정과 쾌감을 배제한 추상적 도덕 이성주의에는 찬성하지 않았다. 그는 감정의 만족과 행복에 대한 욕구의 도덕 가치를 확인하였지만, 욕망을 절제하지 않고 제멋대로인 향락주의에는 반대하였다. 그는 욕망과 도리, 충동과 양심의 통일을 극구 주장하였으며, 내적 감성 충동은 도덕 율령의 토대이며 인격 완성의 원천이라고 주장하였다. 아울러 의무와 양심 등 도덕의식이 충동을 절제하는 역할과 자

---

316) 대진, 『맹자자의소증(孟子字義疏證)』

아실현과 자기완성에 대해 갖는 의미도 긍정하였다. 젊은 시절의 마오쩌동은 인간이 자연에서 얻은 본성으로서의 자연 충동은 생명이 존재하는 기본 형태이고, 사람들이 생존 발전하고 건전한 인격을 완성하는 내적 동력이라고 주장하였다. 성현호걸, 대인군자의 인격이 숭고할 수 있는 것은 그들이 이와 같은 위대한 힘을 충분히 동원하고 펼치며 발전시킬 수 있는 데 있었다. 이와 같은 내재적 힘은 지극히 굳세고도 진실하며 강력한 것으로 그 어떤 외재적 힘도 속박하거나 저애할 수 없는 것이다. 그 힘이 도덕이성의 유도로 발산됨으로 인해 인생이 활발하고 산뜻하며 생기 넘치는 양상을 나타내는 것이며, 또 인간의 육체 생명과 정신 생명의 생존 발전을 위한 강력한 동력 원천을 마련할 수 있는 것이다. 그는 이렇게 말하였다.

"영웅호걸은 그 자신이 자연에서 얻은 본성을 발전시키고, 그 본성에서 가장 위대한 힘을 펼침으로 인해 호걸이 될 수 있는 것이다. 본성 이외의 모든 외력과 관련된 것, 예를 들면 제재와 속박과 같은 것들에 대해서는 모두 그 본성에 존재하는 지극히 강력한 동력으로 배제해버리는 것이다. 그러한 동력은 지극히 굳세고 진실한 실체로서 인격을 완성할 수 있는 원천, 즉 이 책(『윤리학원리』-인용자 주)에서 이르는 이른바 자연의 충동이요, 이른바 타고나거나 굳어진 성질인 것이다.…대체로 영웅호걸의 행위는 스스로 동력을 일으켜 분발하여 사기를 북돋우고 종래의 악폐를 타파하여 일소하며 용감하게 앞으로 나아가는 것으로 마치 계곡 사이를 뚫고 불어오는 거센 바람과도 같이 막강한 것이다. 예를 들어 성욕이 발동한 호색한이 정인을 찾아

나섰을 경우 그를 막아 돌려보낼 수 있는 이가 절대 없을 것이며, 돌아설 수 있는 이 또한 절대 없을 것이다. 만약 그를 막아 돌려보낸다면 그 세력은 사라질 것이다. 자고로 전장에서 용맹한 장수는 만 사람이라도 당해낼 수 없는 기개를 갖추었음을 나는 늘 느끼곤 한다. 강경한 태도를 보이는 사람은 그 힘이 더할 나위 없이 맹렬하다. 속담에 이르기를 한 사람이 목숨을 바치는 것마저 불사한다면 백 명이서도 당할 길 없다고 하였다. 그것은 망설임이 없고 용감하게 직진함으로써 막혀서 돌아섬도 사라짐도 없기 때문에 그 동력이 더할 나위 없이 굳세고 강할 수 있기 때문이다. 호걸의 정신과 성현의 정신도 이와 마찬가지이다. 대인군자는 의무적 감정으로 실현하는 것이 아니고, 활발한 감정 충동의 영향을 받는 것이라고 파울젠이 주장하였는데, 어찌 그렇지 않다고 할 수 있겠는가? 어찌 그렇지 않다고 할 수 있겠는가?"[317] 충동은 인류 개체가 자아를 실현하는 내적 욕구와 희망으로 인간의 여러 가지 행위의 동력이다. 그러나 인간은 이성을 갖춘 존재물로서 그 언행은 자연 본성의 감성 충동에 근원을 두고 있을 뿐 아니라, 또 양심·의무감 등 감정과 이성적인 힘의 제약을 받는다. 충동 자체도 신비로운 것이 아니며, 또 기분 내키는 대로 멋대로 할 수 있는 것이 아니다. 충동의 정도와 충동에 대한 제한은 도덕의식, 특히 양심의 지배와 통제를 받는다. 충동에 대한 양심의 제약은 주체의 자아실현에 이로운지의 여부를 준칙으로 삼는다. "그러나 그런 충동을 일으키는 것이 적합한지의 여부와 충동 정도가 적절한지

---

317) 『마오쩌둥 조기 문고』, 앞의 책, 218~220쪽.

의 여부를 가늠해야 한다. 적합하고 정도가 적절하다면 유지하고, 그렇지 않다면 적합하고 정도를 적절하게 변화시켜야 한다. 그것은 전적으로 스스로 가늠할 일이지 외래의 도덕률이나 이른바 의무감에 따라야 하는 것은 절대 아니다."[318] 사람들의 생존 발전은 모두 자연의 충동에 의한 것이며, 도덕 이성으로서의 양심도 충동의 정당성을 항상 인정한다. 양심으로 충동을 통제해야 하고, 심지어 때로는 충동의 발산을 멈추도록 해야 하는 것은 외부 세계가 변화무상하여, 인간이 그런 온갖 어려움과 우환이 존재하는 환경에서 생존하기가 쉽지 않기 때문이다. 만약 충동에 의해 진행되는 활동을 적절하게 절제하지 않거나 제때에 멈추지 않을 경우 때로는 인간의 생존 발전을 위협할 수도 있다. 비록 그러할지라도 양심은 다만 충동을 절제하기만 할 뿐 충동을 근본적으로 반대하는 것은 아니다. 그리고 적절한 절제는 "곧 충동의 본직을 수행하는 것"[319]이다. 양심은 도덕 주체가 타인 및 사회와 도덕 교류를 진행하는 과정에서 자신의 관념·성격·경험·습관을 기반으로 형성된 일종의 도덕의식으로 의무감 등 심리적 요소의 집합이다. 도덕의 주체는 양심의 지배를 받아 도덕행위의 승리에 기뻐하고 만족스러워하며, 부당한 비도덕적행위가 행해진 데 대해 슬퍼하고 괴로워하며 부끄러워하고 비열함을 느낀다. 이는 양심의 참회와 고통인 것이다. 양심은 또 이성적인 힘의 일종이다. 우리가 어떤 한 가지 행동에 대한 사고를 거쳐 의무감과 찬성하는 감정을 느끼

---

318) 위의 책, 218~219쪽.
319) 위의 책, 211쪽.

고 그 감정에 대해 "이 행동은 정당한 것이다. 우리는 마땅히 이렇게 행동해야 하며 저렇게 행동하지 말아야 한다"라고 언어로써 표현해 낼 수 있다면 그것이 곧 도덕 감정을 바탕으로 판단하고 평가한 것이다. 이로부터 양심은 주체 자신 혹은 타인의 행위에 대해 감정적으로 의존할 뿐 아니라, 도덕적 판단과 도덕적 평가를 진행할 수 있어 인간의 생명활동을 이끌고 규범화하며 조절하는 역할을 한다는 사실을 알 수 있다. 청년 마오쩌동은 충동을 인격 완성의 근원으로 삼고, 충동에 대한 양심의 적절한 조절을 자아실현과 인격 완성의 필요조건으로 삼았다. 이러한 사상은 그의 독특한 견해를 반영한 것이다.

젊은 시절의 마오쩌동은 충동과 양심이 일치한다고 주장하였다. 그러한 일치성은 한편으로는 양심의 근원이 충동에 있는 데서 반영되고, 다른 한편으로는 충동이 곧 양심인 데서 반영된다. 충동과 양심 양자 중 충동은 양심보다 더 근본적이며, 양심의 본초 자연적인 원시 상태이고, 양심은 후천적인 생활·교육·훈련·학습 과정에서 충동에 대한 절제·유도·조절을 거쳐 심리의식 속에 축적된 도덕 감정과 의무 관념이다. 양자는 자연적이고 소박한 것과 인위적이고 수식적인 것 간의 관계이다. 순자는 "인간의 본성은 악한 것이다. 그에게서 나타나는 선량함은 인위적인 노력에서 비롯된 것이다(人之性惡, 其善者偽也)"[320]라고 말한 바 있다. 그는 인간의 생존 욕망의 합리성과 정당성에 대해 긍정하면서도 또 그런 소박한 본성은 도덕적 요구에 부합하지 않는다면서 예의법도의 교화와 규범화를 거쳐야 하고 후천적인 교

---

320) 『순자·성악(荀子·性惡)』

육과 훈련을 거쳐야 한다고 주장하였다. 그는 "타고난 천성이 없으면 인위적인 노력은 행할 곳이 없게 되며, 인위적인 노력이 없다면 천성 자체로 아름다울 수가 없다. (오로지) 천성과 인위적인 노력이 결합되어야만 성인의 명성이 완성될 수 있다(無性則僞之無所加, 無僞則性之不能自美. 性僞合, 然後成聖人之名.)"[321]라고 말하였다. 청년 마오쩌둥은 순자의 성악론에는 찬성하지 않았지만 그의 "천성과 인위적인 노력을 결합시켜야 한다"라는 관점은 받아들여 계승하였다. 그는 이렇게 말하였다.

"의무감은 훈련과 습관을 거쳐 형성되는 것으로 후천적이고 인위적인 것이다. 자연 충동은 자연적으로 생겨나는 것으로 선천적이고 비인위적인 것이다. 자연적으로 생겨나는 것은 자연계에 본디부터 그 사물이 확실히 실재하는 것이다. 인위적으로 얻는 것은 경험을 통해 얻어지는 것이며, 개념을 통해 만들어지는 것으로 주변을 둘러싸고 있는 모든 현상을 통일시킬 수 있어, 우리의 생존과 발전을 완성할 수 있을 뿐 자연계에 그런 사물이 반드시 존재하는 것은 아니다. 자연계에 그런 사물이 존재하지 않기 때문에 실재하는 것이 아니다. 그러나 충동은 자연적으로 생겨나는 것이긴 하지만 우리 생존과 발전을 완성시킬 수 없고, 의무감은 자연적으로 생겨나는 것이 아니지만 우리 생존과 발전을 완성시킬 수 있다. 이에 대

---

321) 『순자 · 예론(荀子 · 禮論)』

해서는 어떻게 설명해야 할까? 나는 우리가 우리 주변을 둘러싸고 있는 모든 현상을 잘 통일시키지 못하고 생존과 발전의 이치를 잘 이용하지 못하기 때문이라고 생각한다."[322]

충동은 인간의 생리적 욕망으로 자연적으로 생겨나는 것이다. 인간은 의식과 이성을 갖춘 존재물로서 그 생리적인 충동 욕망은 필연적으로 그 의식 속에 반영되어 생존하고 발전하고자 하는 정신적 욕망과 의지의 힘으로 전환한다. 의지는 인간의 자각의식으로 인생 실천 활동의 정신적 원천이다. 인간은 자신의 생존과 발전 의지의 추동으로 활동을 진행할 때 필연적으로 인간과 자연, 인간과 사회, 인간과 타인, 나아가서 인간과 자신의 관계에 대해 처리해야 하며, 그 과정에서 많은 생활 경험을 쌓고 많은 행위습관을 형성하는 것이다. 그러한 경험과 습관이 사람들의 심리구조에 쌓여 의무감·양심 등 도덕의식이 형성되는 것이다. 인간의 생존 발전 본능의 충동 창조의 힘과 심리적 욕망은 충동에 근원을 두고 또 충동을 추월한 의무감 혹은 양심의 절제와 조절을 거쳐 발산과 실현 방식이 더욱 합리적이 되고 인간의 발전과 완성에 더욱 이로울 수 있게 된다. 충동과 의무감, 충동과 양심의 일치성은 양심이 충동에 근원을 두고 있는 것과 또 주체 자아의 생존 발전의 수요에 따라 충동을 조절하는 것에서 반영될 뿐 아니라, 또 충동과 양심의 상호 전환과 융합에서도 반영되며, 심지어 양자는 본디 동일한 사물이라고 할 수 있다. 마오쩌둥은『윤리학 원

322) 『마오쩌둥 조기 문고』, 앞의 책, 208~209쪽.

리」주해와 펑어』에서 "성벽(性癖, 즉 타고난 천성적인 욕망, 자연적인 본능—역자 주)과 의무는 본디 하나의 사물이다."[323]라고 썼다. 의무감은 도덕활동의 막강한 내적 추동력이다. 단 의무감은 사람의 애호·욕망·충동과 근본적으로 대립되는 것이 아니고 도덕 주체 또한 의무감과 충동 사이에서 끊임없이 악전고투를 벌이는 것이 아니며, 사람들의 매 하나의 행동이 다 의무감 혹은 책임감에서 비롯되는 것은 아니다. 사람들은 후천적인 교육훈련을 거쳐 습관을 형성하고 또 습관의 힘으로 행동한다. 즉 교육이 성격을 형성하고 성격이 행동으로 연결되는 것이다. 도덕이 고상한 사람은 매번 행동에 앞서 의무적 감정과 도덕적 판단의 권위를 부르짖는 것이 아니라, '나에게 무엇을 할 것을 요구한다'를 '내가 무엇을 하고자 한다'로 전환시켜 의무감과 책임감을 그의 심리구조와 행위방식에 융합시켜 욕망과 충동의 방식으로 드러내는 것이다. 물론 이처럼 후천적인 교육을 거쳐 형성된 욕망과 충동은 원시적·자연적·본능적인 충동과는 다르다. 만약 그것도 천성이라고 한다면 그것은 오로지 제2의 천성의 일종일 뿐이다.

자아실현의 도덕행위의 근원은 자연 충동에 있으며 또 의무감과 양심의 제약을 받는다. 칸트의 이성주의와 정주 성리학의 "마음속의 천리를 보존하고 인간의 욕망을 없애야 한다(存天理, 滅人慾)"는 금욕주의는 이성과 감성, 의무와 충동을 대립시켜 오로지 감성과 충동을 배제하고, 욕망과 쾌감을 제외한 순수하게 이성적이고 이타적인 행위여야만 도덕에 부합하는 것이라고 주장하였다. 청년 마오쩌둥은 그러

---

323) 위의 책, 215쪽.

한 관점은 인생의 실제에 어울리지 않으며, 그런 도덕은 인생세계에 존재하지 않는다면서 "오로지 무의식계에서만 얻을 수 있고, 오로지 사계(死界)에서만 얻을 수 있는 것"[324]이라고 주장하였다.

2. 정신적 가치를 추구하는 '개인주의'

청년 마오쩌둥은 스스로 남에게 예속되고자 하는 노예도덕에 반대하면서 독립소유의 주인도덕을 제창하였다. 그가 봉행하는 주관적 도덕률에 따르면 자아를 실현하고 자신의 몸과 정신의 능력을 충분히 발전시키는 것이 인생의 최고 목표이며, 또한 도덕행위를 가늠하는 최고의 가치기준이기도 하다. 그 최고의 가치기준은 또 인생의 두 가지 기본 원칙인 개인주의와 현실주의로 구체화할 수 있다. 청년 마오쩌둥은 『윤리학 원리』주해와 평어』에서 이렇게 썼다. "윤리학 분야에 대한 나의 주장은 두 가지가 있다. 하나는 개인주의이다.…다른 하나는 현실주의이다."[325] 개인주의 인생 준칙에는 도덕행위의 기점과 본위, 이기와 이타, 물질적 이익과 정신적 이익의 관계 및 도덕행위에 대한 평가 등의 내용이 포함된다.

청년 마오쩌둥은 "'나'로써 이론을 세우고" '자아실현'을 도덕활동의 기점과 본위로 삼았다. 파울젠은 다음과 같이 주장하였다. "인간의 의지는 나 일개인과 타인의 안녕을 목표로 삼는다. 나 일개인에게 속하는 안녕과 타인에게 속하는 안녕 사이는 심하게 뒤엉켜 있어 그 어

---

324) 위의 책, 214쪽.
325) 위의 책, 203쪽.

떤 일에서든 양자 사이가 연결되지 않은 경우가 거의 없다. 고로 이른바 박애주의자는 이타주의에 치우친 사람이고, 이른바 이기주의자는 이기주의에 편중한 사람에 불과할 뿐이다."[326] "우리 의식 속에서 나 일개인의 자극과 사회의 자극, 이기적인 감정과 이타적인 감정은 흔히 한데 뒤섞여 공존한다."[327] 청년 마오쩌동은 사람에게 이기적인 마음과 이타적인 마음 및 이기적 행위와 이타적 행위가 존재한다는 사실을 인정하면서도 '이기'와 '이타'를 동일시하며 선후 순서를 구분하지 않으면 원만하게 설명하기가 어렵다고 주장하였다. 남과 나, 사물과 나의 관계에서는 자아가 중심이고, 이기와 이타의 관계에서는 이기가 기점·본위·전제이며, 이타는 이기의 보급·확산·효과이다. 그는 이렇게 말하였다. "인간에게는 아성(我性, '나'라는 성품)이 있다. 나는 모든 일과 모든 생각의 중심이다. 그러므로 사람은 영원히 나를 위하는 것을 중요하게 생각한다. 남을 위하는 자는 그가 나와 같은 부류이고 나와 관계가 있기 때문에 그에게 이롭게 하는 것이다. 그러므로 남을 위할 수밖에 없기 때문이라고 할 수 있다. 남을 위하는 것은 나를 기점으로 하고 나와 관계가 있기 때문이다. 자기 생각을 전혀 하지 않으면서 순수하게 남을 위하는 마음은 있을 수가 없다. 세상에는 타인을 기점으로 하는 경우가 없다. 세상에는 나와 무관한 타인을 위하는 경솔한 경우가 절대 존재하지 않는 것이다."[328]

---

326) 파울젠, 『윤리학원리』, 앞의 책, 44쪽.
327) 위의 책, 45쪽.
328) 『마오쩌동 조기 문고』, 앞의 책, 141쪽.

이는 일개인의 나의 각도에서 이기와 이타의 관계에 대해 살펴본 것이다. 만약 안목을 넓혀 "인류는 모두 나의 동포이고 세상만물을 사랑하며" "만물은 하나"라는 우주의식에서 바라보면, 인류는 하나의 대아(大我)이고, 생류(生類, 생명이 있는 모든 존재물-역자 주)도 하나의 대아이며, 우주도 하나의 대아이다. 이러한 개방된 마음가짐과 드넓은 마음으로 생각하고 행동한다면 "이기에서 풀려나 전 인류의 대아를 위하기에 이르고, 생류 대아를 위하는 데에 이르며, 우주 대아를 위하는 데에 이를 수 있는 것"[329]이다. 그는 중국 전통철학에서 유가·묵가(墨家) 두 학설도 이기주의를 토대로 한 것이라고 주장하였다. 『예기·중용』에 이르기를 "군자가 굳게 지키는 중용의 도리는 일반 부부도 알고 있는 알기 쉬운 도리에서 시작되는 것이다. 아주 세밀하고 심오한 도리를 알기까지 이르게 되면 천지간의 모든 사물에 대해 명확하게 알 수 있다.(君子之道, 造端乎夫婦, 及其至也, 察乎天地.)" 『대학』에 이르기를 "옛날 바르고 고상한 도덕품성을 온 세상에 널리 펴고자 하였던 이들은 먼저 자신의 나라를 잘 다스려야 하고, 자신의 나라를 잘 다스리려면 먼저 자신의 가정과 가족을 잘 다스려야 하며, 자신의 가정과 가족을 잘 다스리려면 먼저 자신의 품성부터 닦아야 하고, 자신의 품성을 잘 닦으려면 먼저 자신의 마음부터 단정하게 바로잡아야 하며, 자신의 마음을 단정히 하려면 먼저 자신이 성실한 의념부터 갖추어야 하고, 성실한 의념을 갖추려면 먼저 지식을 쌓아야 하며, 지식을 쌓는 수단은 세상 만물과 만사에 대한 인식과 연구를

---

329) 위의 책, 143쪽.

통해서 마련해야 한다. 세상 만물과 만사에 대한 인식과 연구를 거친 후에야 지식을 얻을 수 있고, 지식을 얻은 후에야 성실한 의념을 갖출 수 있으며, 성실한 의념을 갖춘 후에야 단정한 마음가짐을 갖출 수 있고, 마음이 단정해야만 품성을 닦을 수 있으며, 품성을 쌓은 후에야 자신의 가정과 가족을 잘 다스릴 수 있고, 가정과 가족을 잘 다스린 후에야 나라를 잘 다스릴 수 있으며, 나라를 잘 다스린 후에야 비로소 천하가 태평해질 수 있다.(古之欲明明德於天下者, 先治其國; 欲治其國者, 先齊其家; 欲齊其家者, 先修其身; 欲修其身者, 先正其心; 欲正其心者, 先誠其意; 欲誠其意者, 先致其知. 致知在格物, 物格而後知至, 知至而後意誠, 意誠而後心正, 心正而後身修, 身修而後家齊, 家齊而後國治, 國治而後天下平.)"고 했다. 맹자도 "자신과 가까운 사람을 친하게 대하는 것으로부터 백성을 사랑하게 되는 것이고, 백성을 사랑하는 것으로부터 세상만물을 사랑하기에 이른다.(親親而仁民, 仁民而愛物)"[330]라고 말하였다.

유가는 먼저 주체 내면의 학문 수양과 도덕정신의 이상화와 완성에 심혈을 기울여 주체의 잠재 능력을 발전시키고 쌓는 데 주의를 기울인 다음 자아를 본위와 기점으로 하여 사랑하는 마음을 친 자식, 만백성, 천지 우주로 점차 넓혀나갔다. 묵가는 이기적 차별을 평등 박애 정신으로 바꿀 것(兼以易別)을 제창하면서 "남을 사랑함에 있어서 마치 자기 자신을 사랑하는 것과 마찬가지로 해야 한다(愛人若愛己身)"[331]를 주장하였다. 그러나 "겸애설(兼愛說, 모든 사람을 똑같이 두

330) 『맹자·진심상』
331) 『묵자·겸애상』

루 사랑해야 한다고 주장한 묵자의 학설–역자 주)은 이타주의가 아니다. 겸애 이론에는 '나'가 포함되었다. '나'를 사랑하듯이 온 세상의 모든 사람을 두루 사랑해야 한다고 말한 것"[332]이다. 자신을 위하는 것에서부터 타인을 위하는 것, 인류를 위하는 것, 살아 있는 모든 것(生類)을 위하는 것, 우주를 위하는 것에까지 미치게 하여 도덕의식과 도덕행위의 본말과 선후를 명확히 하였으며, 남을 위한다는 명분 아래 실제로는 자신의 이익을 챙기는 위선적인 행위를 철저히 막아버렸다. 마오쩌둥은 세상에는 남을 위한다는 명분을 빌려 실제로 자신의 이익을 챙기는 자들이 많다고 주장하였다. "진실한 것은 착한 것이고, 허위적인 것은 악한 것이다. 이기주의를 실행하는 자는 생각은 작지만 그래도 진실한 면이 있다고 할 수 있지만, 남을 위한다는 명분을 빌려 실제로 자신의 이익을 챙기는 자는 큰 위선자이다.… 남과 자신을 함께 다루면서 선후 순서를 분명하게 가리지 않을 경우, 흔히 남을 위한다는 명분을 빌려 자신의 이익을 챙길 수 있어, 이기의 목적을 최대한 이루게 되는 것이다."[333] "'나'로써 이론을 내세우는 것은 기점이 있고 본위가 있다. 남과 나를 병칭하면 기점이 없고, 본위를 잃게 된다."[334] '나'로써 이론을 내세우게 되면 '나'를 남과 자신 양자를 모두 위하는 핵심으로 삼아 자신을 위하는 것이 곧 남을 위하는 것, 인류를 위하는 것, 생류(生類)를 위하는 것, 우주를 위하는 것이 된

---

332) 『마오쩌둥 조기 문고』, 앞의 책, 144쪽.

333) 위의 책, 143쪽.

334) 위의 책, 144쪽.

다. 이러한 이기의 동기와 바람 및 행동은 나 일개인의 사적인 경계를 이미 넘어선 것으로서 고상하고 도덕적인 것임이 틀림없다. 그러니 "자신을 위한다고 구태여 말하기를 꺼려야 할 필요가 있겠는가? 자신을 위하는 것이 좋은 것이 아니라고 말할 필요가 있겠는가?"[335]

젊은 시절의 마오쩌둥은 자아실현을 인생의 최종 목표로 삼았다. 여기서 '자아'는 사회·우주의 중심과 기점으로서의 개체인 나 일개인이기도 하고, 또 인류·생명·우주의 대아이기도 하다. 만물은 하나라는 관점과 정신적인 '나'를 확대하여 천하에 '나'가 아닌 사물은 하나도 없다는 정신적 경지에서 보면, 자신이 성과를 이루는 것과 자신 이외의 모든 것이 성과를 이루게 하는 것, '이기'와 '이타'는 모두 자아를 실현함에 있어서 반드시 해야 하는 일이다. 그러나 주체로서의 개체인 나는 객체로서의 타인과 천하 만물과는 반드시 구별된다. 그렇다면 자신이 성과를 이루는 것과 자신 이외의 모든 것이 성과를 이루게 하는 것, '이기'와 '이타'는 어떠한 도덕적 관계일까? 청년 마오쩌둥은 오로지 남과 자신을 모두 이롭게 하여야만 모두를 만족시킬 수 있는 삶을 이룰 수 있다는 파울젠의 사상을 받아들여 남과 자신을 모두 이롭게 하는 도덕적 의미를 인정하였지만, 한편으로는 또 이타적 행위의 이기적 본질을 강조하면서 '이타'는 수단이고, '이기'는 본질과 목적이라고 주장하였다. 마오쩌둥은 순수한 이기주의는 아무런 근거도 없다면서 순수한 이기주의는 "다만 이론일 뿐 수많은 개체들이 뒤섞여 활동하는 세계에서는 절대로 실현될 수 없는 것"이라고 주

---

335) 위의 책, 142쪽.

장하였다. 비록 "인류의 삶의 본의가 여전히 개체의 발전에 있고,"[336] '이기'는 인간이 맨 처음에 품은 생각이며, 자아 보존과 발전은 인간의 본능이고, 인류 개체가 자기 생존과 발전의 수요를 만족시키기 위해서 최초에는 역시 완전 이기적인 태도와 수단을 취하는 것이지만, 그들이 각자 활동 과정에서 똑같은 태도와 수단을 취하는 동류를 만나면, 치열한 충돌과 투쟁이 벌어지게 되며, 결국은 각자 모두 생존 발전의 목적에 이를 수 없게 된다. 삶의 교훈은 그들에게 완전히 이기적인 태도와 수단을 포기하고 개개인이 자기 이익을 추구할 때 타인의 이익에 손해를 끼치지 않도록 하였으며, 자신의 행위가 자신과 타인에게 모두 이로울 수 있도록 하여 자아실현과 자기완성에 이로울 뿐 아니라, 타인의 행복도 늘려줄 수 있도록 하여 남과 자신이 각기 순조로운 삶을 살고 각기 원하는 것을 얻을 수 있게 한다. 이타적인 행위가 이기의 필요조건과 수단인 것처럼 이타심도 주체의 정신세계를 포용하는 도덕품성이 될 수 있는 것이다. 그리고 이러한 이타심을 겉으로 드러내고 이타적인 행동으로 객관화하는 것 또한 주체 자아의 내적 욕구가 되며, 주체가 자신의 정신능력을 발전시키고 실현하는 경로와 방식 및 수단이 되는 것이다.

마오쩌둥은 이렇게 말했다. "삶의 모든 동작이 개인을 완성시키고 모든 도덕이 개인을 완성시켜, 타인에게 동정을 표하고 타인을 위해 행복을 도모할 수 있는 것은 남을 위한 것이 아니라 자기 자신을 위한 것이다. 누구나 이와 같이 사람을 사랑하는 마음이 있으므로 그

---

336) 위의 책, 240쪽.

마음을 완성시켜야 한다. 만약 완성시키지 않는다면 완벽한 삶에서 뭔가 결여된 것이며 목표에 이르지 못한 것이다."[337] 이타의 동기와 행위가 없다면 이기는 완벽하지 않고 도덕적이지 않은 것이며 그 인격이 고상하지 않고 건전하지 않은 것이다. 오직 주관적 동기와 객관적 효과 면에서 이타를 실현할 수 있는 경우여야만, 이기가 비로소 도덕적인 것이며 자아실현의 인생목표도 비로소 몸과 마음 여러 방면으로 원만하게 실현될 수 있는 것이다. 그렇기 때문에 마오쩌동은 "우리가 때로는 남의 이익을 두루 위하는 수단도 자신의 이익을 챙기는 목적을 이루기 위한 것이다."[338] "이타를 통해 자신의 삶을 실현하는 목적을 이루는 것은 그 수단을 바꾼 것에 불과하다."[339]고 하였던 것이다. 마오쩌동이 창도하는 남을 포용하고 사랑하는 마음과 이타적 행위의 이기주의는 남과 자신을 두루 사랑하고 서로에게 이롭게 할 것을 주장하며, 이타적인 수단으로 자아실현의 목표를 이루는 데 도움이 되도록 하는 것이다. 그것은 순수한 천성을 보존하고 화를 멀리하며 솜털 하나를 뽑아 천하를 위하는 것조차 원치 않는 개인주의와도 다르고, 또 비열하고 옹졸하며 욕망을 절제하지 않고 제멋대로이며, 자신의 사리사욕만 챙기고 남에게 손해를 끼치며 자기 이익만 도모하는 개인주의도 아니다. 사실상 마오쩌동도 순수한 이기주의에 분명하게 반대하였다. 그는 "타인의 불행에 슬퍼하지 않고, 타인이 이익

---

337) 위의 책, 203쪽.
338) 위의 책, 241쪽.
339) 위의 책, 240쪽.

과 행복을 얻은 것에 즐거워하지 않는 것은 가장 협애한 이기주의이다. 세상에는 그런 일이 있을 수 없다"[340]라고 주장하였다.

청년 마오쩌동은 이타 행위의 목적은 이기에 있으며 "자신에게 이롭게 하는 것은 자신의 정신을 이롭게 하는 것으로, 육체는 이롭게 할 가치가 없다"[341]라고 주장하였다. 사회 개체로서의 자아는 몸과 마음, 형체와 정신의 집합체이며 사람들 간의 도덕관계에서 본 자아는 정신적인 '나'이다. 그래서 도덕적 삶에서의 이기는 주체의 감정·의지·목적·이상·가치 취향에 따라 행동하는 것이며, 정신적 욕망과 충동을 실현하여 정신 생명을 보전함으로써 주체의 심리가 안정을 얻도록 하는 것이다. 남을 사랑하는 마음에서 비롯된 이타적 행위가 주체 자아의 생리적 감당 능력을 벗어나 주체의 정상적인 생존 발전과 첨예하게 충돌하거나 혹은 인격을 보전하고 진리를 고집하며 재난을 구제하기 위해 육체 생명을 희생시켜야 할 경우, 마오쩌동은 자아를 희생시켜 남을 위하고 기꺼이 목숨을 바치며 자기 육체 생명을 훼멸시키는 한이 있더라도 정신적 '나'의 안녕을 구할 것을 주장하였다. 육체적 '나'를 훼멸시키는 과정에서 육체적 '나'의 잠재력을 최대한 펼칠 수 있을 뿐 아니라 정신적 '나'의 능력도 따라서 승화될 수 있다. 마오쩌동은 『강당록』에가 다음과 같이 썼다. "독사에게 손을 물린 장수는 자신의 손목을 잘라낸다. 그것은 손목이 아깝지 않아서가 아니라 손목을 잘라내지 않으면 한 몸을 보전할 수 없기 때문이다. 그 어

---

340) 위의 책, 149쪽.
341) 위의 책, 147쪽.

진 사람은 천하의 만 세대를 한 몸으로 삼고 한 몸과 자기 일가를 손목으로 삼은 것이다. 오로지 천하의 만 세대를 아끼는 성실함이 있기에 자기 한 몸과 자기 일가를 아낄 수 없는 것이다. 자기 한 몸과 일가는 비록 죽지만 천하 만 세대가 살 수 있어야만 어진 사람은 마음의 안녕을 얻을 수 있는 것이다."[342] 몸과 손목의 비유는 사회에 대한 자아의 도덕적 책임을 설명하며 타인과 사회를 위해 목숨을 희생시키는 것이 마음의 안녕과 정신적 '나'의 실현에 대한 의미와 가치를 긍정한 것이다. 『『윤리학 원리』 주해와 평어』에서 마오쩌둥은 그러한 정신의 이로움에 대해 충분하고 명백하게 주장하였다. "정신에 이롭게 하는 것은 정과 마음에 이롭게 하는 것이다. 마치 내가 사랑하는 사람에 대해 감정적으로 잊을 수 없고, 마음으로 구하고 싶어 온 힘을 다해 구하는 것과 마찬가지이다. 치열하고 극심한 상황에 닥쳤을 경우 자기가 죽을지언정 자기가 사랑하는 사람을 죽게 할 수는 없는 것이다. 그래야만 내 마음이 후련해질 수 있다. 고금을 막론하고 효자·열녀·충신·협객들, 사랑 때문에 목숨을 바친 자, 애국자, 세계를 사랑하는 자, 주의(主義)를 사랑하는 자들은 모두 자기 정신에 이롭게 한 이들이다."[343] 마오쩌둥은 주체 자아의 정과 마음에 이롭게 하는 것을 중시하여 육체적 '나'를 기꺼이 희생시켜 정신적 '나'를 보전하고 신장한 '이기'를 "정신적 개인주의"[344]라고 불렀다. "정신적 개인주

---

342) 위의 책, 590쪽.
343) 위의 책, 147쪽.
344) 위의 책, 151쪽.

의"는 공공심을 갖춘 개인주의로서 정신적 이익의 최고 가치를 확인하고 천하 국가·주의(主義) 벗의 이익을 위해 희생하는 과정에서 고상한 행복감과 살을 에는 듯한 쾌감을 체험할 수 있는 것이다. 이는 물욕을 추구하고 욕망을 절제하지 않고 제멋대로인 상스럽고 속된 개인주의와는 전혀 다르며, 자신의 사리사욕만 추구하고 남을 해쳐 자기 이익만 도모하며 백성을 억압하고 학정을 행하는 비열한 개인주의와는 더욱이 천양지차가 난다. 도덕평가문제에서 청년 마오쩌동은 자아실현의 동기 및 그 객관적 효과의 통일 여부를 선과 악을 가늠하는 기준으로 삼았다. 도덕평가는 사람들이 사회생활 속에서 일정한 도덕원칙기준에 따라 자신 혹은 타인의 행위에 대해 진행하는 일종의 도덕 판단이다. 도덕평가는 정신적 힘의 일종으로 악을 억제하고 선을 선양하는 사회적 기능을 갖고 있다. "도덕의 실행은 감정과 의지에 의지하는 것이지만 그에 앞서 반드시 그 실행하려는 도덕에 대한 분명한 의식을 갖춘 뒤에야 그 행위가 자발적으로 행해질 수 있는 것이다. 만약 맹목적인 도덕이라면 아무런 가치도 없는 것이다."[345] 선과 악에 대한 판단은 도덕 평가의 중요한 내용이다. 행위의 선과 악은 초월성 본체에 의해 결정되는 것이 아니라 "그것이 인류의 삶과는 어떤 관계냐에 따라 결정되는 것"[346]이다. 마오쩌동은 추상적인 선과 악의 관념, '선량한 의지' 혹은 즐겁고 행복한 것을 평가 기준으로 삼은 것이 아니고, 또 이기와 이타, 동기와 효과의 양극 대립 속에서 적

---

345) 위의 책, 156쪽.
346) 위의 책, 154쪽.

응할 수 없어 갈팡질팡한 것이 아니라 '이기'를 출발점으로 삼아 '이기'와 '이타', '동기'와 '효과'의 통일을 도덕 평가의 기준으로 삼았다. 파울젠은 『윤리학 원리』에서 다음과 같이 말하였다. "인간의 행위는 객관세계에서 보면 개체인 나의 행복을 증진시켜 충족한 삶에 이르고자 하는 경향을 보이고, 주관세계에서 보면 스스로 의무를 다하고자 하는 의식을 갖추었을 경우 도덕계에서는 이른바 선한 것이라고 하며, 그 반대일 경우는 사악한 것이라고 한다. 객관세계의 특질만 빠져 있는 경우를 악한 것이라고 하고, 주관세계의 특질도 빠져 있는 경우를 사악한 것이라고 한다."[347] 마오쩌둥은 파울젠의 이러한 관점에 찬성하였다. 그는 "몇 마디 말은 파울젠주의의 진면모"라면서 "마땅히 주관적, 객관적으로 모두 만족시켜야만 선한 것이라고 할 수 있다"[348]라고 말하였다. 종합적으로 마오쩌둥은 선한 행위는 '이기'와 '이타'의 통일이고 자아실현의 동기와 자아실현에 이로운 객관적 효과의 통일이라고 주장하였다.

3. 몸과 마음이 발전한 '현실주의'를 중시

마오쩌둥은 세속을 떠나 은거하는 낭만주의 시적 정서를 띤 이상과 진리를 추구하고 실효를 강조하는 현실주의 원칙적 태도를 모두 갖추었다. 그러한 이중품격은 오래 전 청년 시대의 그에게서 이미 실마리가 드러나기 시작하였다. 그는 마음속으로 자아를 실현하고 몸

---

347) 파울제, 『윤리학원리』, 차이위안페이 역, 상무인서과 1909년 판, 48~49쪽.
348) 『마오쩌둥 조기 문고』, 앞의 책, 153쪽.

과 마음을 발전시켜 현재의 나를 초월하려는 높은 목표를 세웠다. 동시에 그는 또 인생의 실제를 크게 중시하면서 자신의 목표를 대상화하고 현실화하려고 애썼으며, 인생의 이상을 현실 인생의 활동 과정에서 실현하려고 하였다. '정신적 개인주의'와 '현실주의'가 긴밀히 연결되어 서로 표리를 이루어 공동으로 마오쩌둥 인생활동의 원칙과 규범 및 사상 태도를 구성하였다. 그는 파울젠의 『윤리학 원리』 제4장 「해로운 것 및 악한 것」 중 '생사를 논함'이라는 부분을 읽으면서 다음과 같은 평어와 주해를 달아 자신의 현실주의 인생준칙에 대해 집중적으로 밝혔다.

시간에 대해 논해 보면 과거와 미래만 보일 뿐 본래 현재는 보이지 않는다. 현실은 그런 것을 가리키는 것이 아니라, 우리가 일생동안 모아온 정신과 물질이 우주에서 겪는 경력을 가리키는 것이다. 우리는 마땅히 현실에 주력해야 한다. 예를 들어 한 가지 행위가 객관적으로 타당한 실용적인 일일 경우 마땅히 애써 행하여야 하고, 한 가지 사상이 주관적으로 타당한 실용적인 일일 경우 마땅히 애써 실현하여야 한다. 우리는 오로지 우리의 주관적, 객관적 현실에 책임질 뿐 우리의 주관적, 객관적 현실이 아닐 경우에는 일절 책임지지 않는다. 지난 일에 대해서 우리는 알지 못하고, 미래에 대해서도 알지 못한다. 이는 모두 나 개인의 현실과 무관한 것이다. 혹자는 인간이 역사에서 지난날의 사업을 계승하여 앞날을 개척하는 책임을 짊어지고 있다고도 말하지만 나는 그것을 믿지 않는다. 나는 오로지 나 한 몸만 발전시킴으로써 내면으로는 생각하고, 외면으로는 일을 행해 인생의 목표를 달성하여야만 한다. 그래서 내가 죽어 지난 역사가 된 뒤 후세 사람들이 보고 내가 확실히 자기완성을 실현하였다는 사실을 모두가 알 수 있도록 하는 것이다. 후세 사람들은 나의 인생이 이처럼 원만하다고 여겨 자발적으로 높은 명성을 붙여줄 수 있다. 그러나 그것은 나의 기쁨이 아니라 그것은 후세에 속하는 것이며, 내가 직접 몸담고 있는 현실에 속하는 것이 아니다. 지난 역사도 역시 마찬가지이다. 우리는 역사 속에서 취한 경험으로 현실의 충족한 삶을 충분히 발전시킬 수 있다.…파울젠은 사람은 죽어도 그의 공적은 후세에 이로움을 줄 수 있고, 그의 생애에 쌓은 업적이 자손과 국민들 속에 여전히 존재하기 때문에 그가 죽지 않는다고 말할 수 있다고 주장하였다. 이는 다만 객관적 사실에 대한 묘사일 뿐 절대로 그 사람의 주관 속에는 존재할 수 없는 것이다. 우리는 후세에 남겨주기 위해서 공훈과 업적을 쌓는 것이 아니라 그 공훈과 업적이 후세에 이로움을 줄 수 있는 성질이 그 공훈과 업적 속에 들어있는 것이다. 나의 불멸 또한 그런 불멸의 성질이 원래부터 내 몸 속에 들어있기 때문이다.[349]

---

349) 『마오쩌둥 조기 문고』, 앞의 책, 203~206쪽.

마오쩌둥이 말하는 '현실'은 시간적 관념에서 말하는 '현재'가 아니라 자신이 일생동안 이어오고 모아온 정신과 물질의 우주에서의 경력을 가리키며 끊임없이 건장하게 운행하는 우주 속에서 자신의 정신과 형체의 운동과정을 가리킨다. 현실은 오로지 자기 일생의 생존 발전과 관련되며 자신을 위해 터득하고 파악하고 겪고 움직일 수 있는 사물로서 자신의 인생 현실과 무관한 사물에 대해서는 알려고 하지 않고 행동에 옮기려고 하지 않는다. 즉 "우리는 오로지 우리의 주관적, 객관적 현실에 대해서만 책임질 뿐"이다. 자아실현을 이루고 주관적 정신의 외재화와 현실화 수요를 만족시키며, 우리 생존 발전과 관련된 객관적 현실의 본질적 법칙적 요구를 만족시키기 위해서는 반드시 세속의 명예와 이익의 속박과 비실제적인 삶에서 벗어나야 하고, 과거 역사의 속박과 낡고 오래된 학설의 속박을 뚫고 나와야 하며, 자기 몸과 마음의 생존발전에 진력하면서 '나'가 마땅히 생각해야 할 바를 생각하고, '나'가 마땅히 행해야 할 바를 행하며, 주관적으로 타당한 실용적인 일을 이루는 데 온 마음을 다하고, 객관적으로 타당한 실용적인 일을 이루는 데 온 힘을 다해야 한다. 자기 일생의 경력, 자기실현의 수요는 마오쩌둥에게 있어서 '나'의 사상과 행위의 타당성 여부를 판단하는 기준이 되었으며, 그가 다른 모든 문제를 생각하고 헤아리는 좌표와 기준이 되었다. 예를 들어 사람들이 역사를 연구하는 것은 옛 성현의 흔적을 찾으면서 마음속 깊이 간직한 지난 세월을 그리는 감정을 기탁하려는 것이 아니라, 사회역사 발전변화의 규칙에 대해 통달하여 "우리 현실의 충족한 삶을 발전시키기 위한 조건을 마련하기 위함"이며, 당면한 현실생활을 위해 봉사하기 위함이다. 현실과 이상의 관계 문제에서 청년 마오쩌동은 현실을 고집하고 실천을 중시하였으며, 현실생활에서 상대적 가치성을 갖춘 매 한 가지 실용적인 일들을 절대적 의미와 가치를 갖춘 인생의 이상에 이르는 경로와 계단으로 간주하면서 현실을 가벼이 여기고 부정하며 미래와 이상에 대해 떠벌리는 텅 빈 허황된 이상주의와 미래주의에 반대하였다. 량치차오는 「진화론 혁명자 키드의 학설」이라는 제목의 글에서 키드의 입을 빌려 현실주의를 비판하였으며, 현재를 희생시켜 미래에 마음을 기탁하는 '장래관념'을 선전하였다. "진화의 의미는 미래를 창조하는 데 있다. 과거와 현재는 미래로 넘어가는 편리한 방법에 불과할 뿐이다."[350] "현재는 사실상 미래를 위한 희생물이다. 만약 오직 현재에 대해서만 말한다면 아무런 의미도 없고 아무런 가치도 없다. 오로지 미래를 위해 쓰일 수 있어야만 현재는 비로소 의미가 있고 가치가 있는 것이다."[351] 마오쩌동은 텅 빈 공상적인 이상주의나 미래주의에 분명하게 반대하였다. 그러나 공상적 이상주의나 미래주의는 실재성이 적고 허위성이 많으며 게다가 현실에 대한 비관과 실망 혹은 현실 도피의 생각을 불러일으키기 쉽고, 사회와 개인의 완성에 대한 신심을 잃게 하며 사회와 개인의 완성을 아득히 먼 이상의 반대편으로 밀어버리기 쉽다. 미래주의와 이상주의의 유폐를 겨냥해 마오쩌동은 학문을 배움에 있어서 현재를 중요하게 생각하지 않으

---

350) 『음빙실문집(飮氷室文集)』 정정분류본, 상하이 광익서국(廣益書局) 1948년 판, 55~56쪽.
351) 위의 책, 57쪽.

면 안 된다고 과단성 있게 지적하였다. 그는 『강당록』에서 다음과 같이 기록하였다. "어떤 사람이 '이미 지난 일에 대해 되돌아보고 후회하는 것은 아무 도움이 안 되고, 미래의 일에 대해 예측하는 것도 아무 도움이 안 된다. 의거가 될 것을 구하려면 오로지 현재뿐이다. 현재가 있어야 일생이 있는 것이다.'라고 말하였다. 이해가 가는 말이다. 학문을 쌓음에 있어서 현재를 중시하지 않으면, …사람이 얼마를 살 수 있을지도 모르고, 또 세월이 덧없이 흐르면 과연 누구를 탓하겠는가? 대우(大禹)가 시간을 아꼈다는 설도 이러한 이유 때문이리라."[352] 그는 『「윤리학 원리」 주해와 평어』에서 현실과 무관한 과거와 미래에 대해 알지 못하고, 지난날을 계승해 앞날을 개척해야 하는 책임에 대해 인정하지 않는다고 밝혔다. 이는 마오쩌둥이 극단적인 개인주의자와 유금주의자(唯今主義者)여서 사명감이 전혀 없음을 표명하는 것은 아닐까? 정답은 아니라는 것이다. 매 한 시대는 모두 지난 역사의 귀숙과 미래 이상의 발원지이다. 매 한 시대를 살아가는 사람들은 모두 그 시대가 부여한 임무를 완성하고자 노력하고 있으며, 생각해야 할 바를 생각하고 행해야 할 바를 행하고 있다. 그 자체가 책임감과 사명감의 구현이다. 현실에 입각하여 현실사회와 인생의 완성에 주력하는 것이 바로 인류사회가 발전하고 진보하며 이상적인 경지에 이를 수 있는 정도(正道)이다. 현실생활의 가치를 부정하고 현실사회와 인생을 개조하고 완성하려는 노력을 포기하고 오로지 미래에 대해서만 상상하고 제창한다면 오히려 미래로 향하는 길을 차단할 수 있다. 마

---

352) 『마오쩌둥 조기 문고』, 앞의 책, 601쪽.

오쩌동이 현실을 중시한 것은 바로 이상을 실현하기 위해서였다. 그리고 또 마오쩌동은 우주와 역사는 나에 의해 존재한다고 주장하였다. 그는 '나'가 곧 우주라면서 우리 일생의 경력이 곧 우주 운행의 역사와 과정이라고 주장하였다. 그는 지난날을 계승하고 앞날을 개척하며 공훈과 업적을 쌓는 것은 바로 자아실현의 과정에서 실현하는 것이며, 자아실현 과정 밖에서 별도로 지난날을 계승하여 앞날을 개척하거나 공훈과 업적을 쌓는 책임과 의무를 정하고 그것을 짊어지고 실현하는 것이 아니라고 주장하였다. 그는 이미 타인과 사회 및 우주에 대한 도덕적 책임과 의무를 자기 자신의 책임과 의무로 내면화한 것이다. 이는 천하를 자기소임으로 생각하는 드넓은 흉금의 반영이며 상징인 것이다. 청년 마오쩌동이 '현실주의'적 인생 준칙을 고수한 사실에서 그때 당시 선이냐 악이냐 하는 것을 중시하고 한 생애 동안 몸과 마음의 완성을 중시하였으며, 명성을 떨치는 일에는 무관심한 그의 삶의 자세를 읽을 수 있다. 공자가 이르기를 "군자는 자신이 죽은 뒤 사람들의 칭송을 받지 못할까봐 걱정한다.(君子疾沒世而名不稱焉.)"[353] 사마천(司馬遷)도 "좋은 명성을 쌓는 것은 한 사람의 품행이 이르고자 하는 목표이다.(立名者, 行之極也.)"[354]라고 말하였다. 그러나 마오쩌동은 좋은 명성을 남기는 것을 인생의 목표로 삼는 전통 관념에서 벗어나 그때 당시 주관적으로 타당한 사상의 실현과 객관적으로 타당한 행위의 실행을 중시하였으며, 자아실현을 위해 생각하고 행동

---

353) 『논어·위령공(論語·衛靈公)』
354) 사마천, 『보임안서(報任安書)』

하며 공훈과 업적을 쌓을 것을 주장하였다. 그는 공훈과 업적을 쌓는 것은 특별히 후세 사람들에게 이로움을 주기 위해서가 아니라 "후세 사람들에게 이로움을 주기에 충분한 성질이 그 공훈과 업적 속에 존재하는 것"이라고 주장하였다. 주체가 자아실현과 공훈을 세우고 업적을 쌓을 것을 기대하는 것도 좋은 명성을 얻기 위해서가 아니라, 다만 후세 사람들이 역사주의 시각으로 '나'에 대해 심사하고 주시하며 평가할 때 그때 당시 시대에 '내'가 확실히 자기완성을 실현하였음을 발견하고 "자발적으로 나에게 좋은 명성을 붙여줄 수 있도록" 하기 위해서이다. 그러나 그것은 '나'가 기대한 일이거나 즐거움을 느낄 수 있는 일이 아니다. 그것은 후세의 일로서 내가 직접 체험하거나 겪을 수 있는 사실이 아니다. 군자는 오로지 자신이 마땅히 해야 할 일을 하고 오로지 자기 마음의 평안을 추구하면서 설사 죽어서 마음으로 느끼지도 못하고 이름이 불리어지지 않을지라도 원망하거나 후회하지 않는다. 어떤 사람은 오랜 세대에 걸쳐 이름이 길이 전해지길 바라지만 역사에서 쉽게 사라지고 후세 사람들에게 쉽게 잊혀지고 만다. 그러나 세속의 명리에 욕심이 없고 담담하며 자기완성과 자아실현을 중시하는 사람들에 대해서는 역사와 후세 사람들이 영원히 그들을 기억하게 된다. 그래서 마오쩌둥은 "자기 명성이 오랜 세월 동안 남기를 바라는 것은 허황한 짓이며, 명성을 남긴 사람을 부러워하는 것도 허황한 짓이다."라고 말하였다. 실제로 마오쩌둥은 입덕(立德, 덕을 세움)·입공(立功, 공훈을 세움)·입언(立言, 후세에 남겨 교훈이 될 만한 말을 함)의 사회 역사 가치에 대해서 부정하지는 않았다. 그가 반대한 것은 그것을 자아실현의 경로로 삼는 대신 오히려 죽은 뒤 이름을 남길 수 있는 수단으로 삼는 것이었다. 명성이 천고에 길이 빛나는 것은 자기가 관여할 수 있는 일이 아니고 후세의 일이며 현실생활과 아무런 관계도 없는 것이기 때문에 그것을 인생 이상과 인생 활동의 동력으로 삼아서는 안 된다. 현실에 입각하여 신중하게 생각하고 애써 행하며 몸과 마음을 완성하는 것만이 마땅히 긍정하고 고집해야 할 인생의 이상과 인생의 태도인 것이다. 자아실현과 자기완성이야말로 인생 활동의 강력한 원동력인 것이다. 오로지 '정신적 개인주의'와 '현실주의' 인생준칙에 따라 자아실현에 주력하는 인생이어야만 '진정으로 자유롭고' '진정으로 자기완성을 실현한' 인생이라고 할 수 있다.[355] 청년 마오쩌동은 바로 자아를 소중하게 여기고 현실을 중시하는 인생준칙에 따라 뚜렷한 시대적 의식과 깊이 있고 막중한 책임감과 의무감을 안고 위험한 상황이 끊이지 않고 온갖 어려움이 존재하는 인생세계에 몸담고 있으면서, 자신의 몸과 마음의 능력으로 진리를 깊이 탐색하고 애써 실천하는 과정에서 활력이 넘치고 건전하며, 고상한 인격을 창조하였을 뿐 아니라, 구 사회를 개조하고 새로운 삶을 창조하는 면에서 더없이 위대한 공헌을 할 수 있었던 것이다.

---

355) 『마오쩌동 조기 문고』, 앞의 책, 205쪽.

제6장

우주 진리에 대한 추구와
인생길에 대한 탐색

　젊은 시절의 마오쩌동에게 있어서 자아실현과 사회개조는 한 인생 여정의 두 측면이다. 이상적인 인생과 이상적인 사회를 실현하려면 반드시 '대본대원' 혹은 '우주 진리'를 지도로 삼아야 한다. 그렇다면 그 '대본대원' 혹은 '우주 진리'는 대체 무엇인가? 마오쩌동은 문제에 대한 해답을 찾기 위해 온갖 어려움과 우여곡절이 많은 심경의 변화를 겪었다. 최초에 그는 개량주의사상의 영향을 받아 전제주의 정치체제에 반대하고 군주입헌제를 주장하였었다. 그 뒤 손중산의 혁명적 민주주의 주장을 받아들여 붓을 내던지고 종군의 길에 들어서 신군(新軍)에 참가하여 군주제를 뒤엎고 민국을 세우기 위해 온 힘을 쏟았다. 그는 또 후베이성립도서관에서 독학하면서 서양 자산계급의 철학·정치·윤리 분야의 저작들을 체계적으로 탐독하는 과정에서 적자생존의 진화론사상의 영향을 크게 받았다. 신문화운동에서 그는 민주와 과학정신의 세례를 받아 급진적 혁명민주주의자가 되었다. 5.4 운동, 후난에서 일어난 군벌 장징야오(張敬堯) 축출 운동(驅張運動)과 후난자치운동에서 단련을 받고 천두슈·리다자오·차이허썬등의 영향을 받아 사회와 인생을 개조하는 주의와 방법에 대해 심혈을 기울여 탐색하고 이성적인 선택을 함으로써 마오쩌동은 진정한 '대본대원'인 마르크스주의 유물사관을 접촉하고 이해하며 인정하고 장악하였으며, 급진적 혁명민주주의자에서 공산주의자로의 전환을 완성할 수 있었던 것이다. 이와 동시에 마오쩌동은 또 유심주의와 자산계급 개인주의 의미를 갖춘 인생철학을 마르크스주의 인생철학으로 승화시켰다. 이는 젊은 시절 마오쩌동이 우주와 인생의 진리에 대해 탐색한 귀결점이며, 또 그의 사상과 행동의 전환점이기도 했다. 이를 통해 마오쩌동은 일개인인 자신의 시야에서 벗어나 사회운동과 인류해방의 드넓은 세계가 그의 눈앞에 펼쳐지게 되었던 것이다. 그 결정적인 전환은 5.4운동을 전후로 해서 완성되었던 것이다.

1. 다양한 학설에 대한 수용과 융합

1918년 8월부터 1919년 11월까지는 젊은 마오쩌동의 인도주의 역사관과 유물주의 역사관이 서로 뒤섞여 공존한 사상전환의 시기였다. 그 기간에 그는 이미 공산주의 사상의식을 초보적으로 갖추었으나 비(非)마르크스주의 사조의 영향에서 완전히 벗어나지는 못하고 있었다. 1918년 8월에 마오쩌동은 후난 학생들의 프랑스 고학을 조직하기 위해 처음으로 베이징으로 가 리다자오의 수하로 베이징대학 도서관 보조로 일하게 되었다. 그때 당시 베이징대학은 신문화운동의 중심이어서 여러 가지 사조가 서로 충돌하고 경쟁하며 패권을 다투고 있었다. 여러 가지 비(非)마르크스주의 사조가 성행하고 있을 때 리다자오는 마르크스주의에 대한 연구와 선전에 주의를 돌리기 시작하였으며, 시월혁명의 세계적 영향을 극찬하였다. 그는 러시아혁명은 "20세기 세계 혁명의 전주곡"[356]이고, 볼셰비키주의정신은 "20세기 전 세계 인류가 마음으로 깨우친 공동의 정신"[357]이라고 주장하였다. 그가 『신청년』 제6권 제5, 6호에 발표한 「나의 마르크스주의관」이라는 글에서는 마르크스주의 특히 마르크스주의 유물사관에 대해 체계적으로 소개하였다. 유물사관은 "모든 사회의 정치적·법제적·윤리적·철학적 등의 정신 구조는 생산관계의 총계로 구성된 경제구조의 변화에 따라 변화한다."라고 주장하고 있다. 그리고 "경제구조는 또 생산력의 변화에 따라 변화한다. 인류의 의식은 생산력을 결정지을 수 없지만, 생산력은 사람들의 정신·의식 주의·사상을 결정지을 수가 있다. 생산력 발전의 최종 결과는 생산력과 사회조직의 충돌이 조절할 수 없는 정도에 이르는 것이다. 따라서 필연적으로 사회조직의 붕괴와 사회혁명의 도래를 초래하게 되는 것이다. 마르크스는 유물사관에 근거하여 자본주의 경제조직에 대해 분석하였으며, 자본주의경제조직이 필연적으로 사회주의경제조직에 의해 대체될 것이라고 예언하였다." 사회주의를 실현하려면 반드시 최후의 계급투쟁으로 해결해야 하며, 반드시 노동자계급의 연합에 의지하여야 한다. 마르크스주의에 대한 리다자오의 선전과 반제국주의 반봉건적 5.4운동 및 5.4운동에서 중국 노동자계급이 보여준 막강한 힘이 마오쩌둥에 대한 교육적 역할은 자못 깊었다. 그 영향을 받아 그는 혁명민주주의 사상 범주를 돌

356) 리다자오, 「서민의 승리」, 『신청년』 제5권 제2호, 1918년 11월 15일.
357) 리다자오, 「볼셰비키주의의 승리」, 『신청년』 제5권 제5호, 1918년 11월 15일.

파하기 시작하였으며, 공산주의 사상의식을 초보적으로 갖출 수 있게 되었던 것이다. 마오쩌동은 러시아 시월혁명이 인류 해방에 가져다준 의미 및 그 세계적 영향에 대해 충분히 인정하고 열성을 다해 칭송하였다. 그는 '세계 혁명'의 외침이 울려 퍼지고 '인류해방' 운동이 거센 기세로 전개되면서 사람들은 강권에 대한 순종과 귀신에 대한 미신에서 벗어나기 시작하였고, 인류가 어떻게 살아나가야 하는지 하는 중대한 문제에 대해 사고하기 시작하였으며, 종교·문학·정치·교육·경제·사상·국제관계 등 여러 분야에서 개혁과 혁명을 진행하고 전제와 강권을 타파하며 민주와 자유를 쟁취하기 시작하였다고 지적하였다. "그러한 시대의 흐름은 그 어떤 힘으로도 막을 수 없는 것이다. 그 어떤 인물일지라도 그 흐름에 따르지 않을 수 없는 것이다."[358] 특히 제1차 세계대전 이후 세계혁명의 정세에 중대한 변화가 일어났으며 무산계급 사회주의혁명이 세계혁명의 주류를 이루었다. 그가 말하였다. "세계전쟁의 결과 여러 나라 민중 삶의 고통문제를 해결하기 위해 갑자기 많은 활동을 벌였다. 러시아에서는 귀족을 무너뜨리고 부자를 몰아냈으며, 노동자와 농민이 연합해 위탁정부를 설립하였다. 홍기군(紅旗軍)이 동으로, 서부로 돌격하며 얼마나 많은 적을 무찔렀던가! 홍기군의 등장으로 협약국(제1차 세계대전 때 영국·미국·프랑스 등의 연합국—역자 주)은 낯빛이 변하였으며 전 세계가 들썩였다. 헝가리가 굴기하면서 부다페스트에 또 노동자·농민 정부가 나타났다. 독일인·오스트리아인·체코인이 연합하여 국내 반대당과 사력을

다해 싸웠다. 성난 파도가 서부로 밀려가다가 동으로 방향을 바꿈에 따라 영국·프랑스·이탈리아·미국에서 수많은 대규모 파업이 일어났으며, 인도·조선에서도 대혁명이 일어났다. 더욱이 중화대지의 장성과 발해 사이에서 신흥 세력이 갑자기 흥기하면서 '5.4'운동이 일어났다. (운동의) 깃발이 남으로 돌진하면서 황허(黃河)를 건너 창장(長江)에 이르고 황푸장(黃浦江)·한까오(漢皐, 후베이성 상양[襄陽] 서북쪽에 위치한 산 이름–역자 주)에서 활극이 잇달아 펼쳐졌으며, 동팅호(洞庭湖)와 저장·푸젠 지역에서 더욱이 운동이 고조되었다. 그로 인해 하늘땅이 생기를 되찾고 간사한 무리들이 두려워 뒷걸음쳤다."[359] 러시아 시월혁명은 노동자·농민계급의 혁명이었다. 그 혁명이 인류역사의 새 기원을 열었다. 그 혁명은 여러 제국주의국가의 전쟁에서 계급전쟁으로 과도한 전환점이 되었다. 그 이후부터 여러 나라 인민의 민족민주혁명은 무산계급 사회주의혁명의 일부가 되었다.

마오쩌둥은 자본가와 노동대중의 대립을 폭로하였으며, 실업(實業) 전제국가에서 "몇몇 사람이 복을 누리면 수천수만 명이 울어야 한다. 실업이 발전할수록 울어야 할 사람이 더 많아진다"[360]라고 주장하였다. 그리고 강권자·귀족·자본가가 연합해 민중을 압박하고 착취한 필연적인 결과는 연합된 민중의 저항인 것이다. 그는 제1차 세계대전의 실질이 여러 제국주의집단 간의 강권과 강권의 투쟁이라면서 그 이후의 전쟁은 계급전쟁이 될 것이라고 지적하였다. "계급전쟁의 결

---

359) 위의 책, 390쪽.
360) 위의 책, 321쪽.

과는 바로 동유럽 여러 나라 주의의 성공, 즉 사회주의자의 성공이다."[361] 마오쩌둥은 인민대중의 대연합이 사회를 개조하는 거대한 힘이라는 사실을 인식하기 시작하였다. 그는 "세계상에서 무슨 문제가 제일 클까? 밥 먹는 문제가 제일 큰 것이다. 무슨 힘이 제일 셀까? 민중 연합의 힘이 제일 센 것이다."[362]라고 말했다. 교육과 실업, 파괴와 건설은 물론 사회를 개조할 수 있는 효과적인 방법이긴 하지만, 근본적인 방법은 민중의 대연합이다. 역사적으로 그 어떤 운동이든지를 막론하고 일부 사람들의 연합에 의해 이루어지지 않은 것이 없다. 운동의 승부와 성패는 "그들 간의 연합이 탄탄한지 취약한지에 달렸고, 그리고 그런 연합 기초주의의 신구(新舊) 여부 혹은 진실과 허황 여부에 의해 결정된다." 귀족 자본가는 연합을 수단으로 삼아 "자기의 특수한 이익을 유지하고 다수 평민의 공공 이익을 착취한다."[363] 평민계급은 귀족 자본가의 통치를 뒤엎고 자유와 해방을 얻고자 하며 그것은 반드시 자신의 연합에 의지해야 한다. 마오쩌둥은 민중의 대연합이 필요할 뿐 아니라 가능한 것이라고 주장하였다. 신해혁명·러시아 시월혁명 및 5.4운동이 인민의 각오를 깨움으로써 인민이 사회개조의 책임을 인식할 수 있도록 하였다. 지난 경험을 통해 연합하기만 하면 강권통치를 뒤엎고 민주 권리를 얻을 수 있다는 사실이 증명되었으며 사람들은 그것을 믿어 의심치 않게 되었다. 정치의 개방과 사상의 개

---

361) 위의 책, 353쪽.
362) 위의 책, 292쪽.
363) 위의 책, 339쪽.

방은 또 중화민족에게 대연합의 동기를 부여하였다. 그런 연합을 조직할 수 있는 능력에 대해서 마오쩌둥은 기존의 우리 관리능력이 너무 후지긴 하지만 우리에게 애초에 그런 능력이 없는 것은 아니라고 주장하였다. 우리에게 능력이 없는 것처럼 보이는 것은 우리가 오랜 세월동안 봉건정치의 통치와 봉건사상의 속박을 받아온 탓에 자유로운 사상과 연습을 할 수 없었기 때문이다. 오늘날 전면 해방의 시대는 우리를 위해 개성 발전과 능력 양성의 유리한 시기를 마련해주었다. 그는 다음과 같이 자신에 차서 말하였다. "우리 중화민족은 본디 위대한 능력을 갖추었다! 압박이 클수록 반작용력도 큰 것이다. 오랫동안 모은 힘은 그 기세가 반드시 세찬 법이다.…훗날 중화민족의 개혁은 그 어떠한 민족에 비해서도 더 철저할 것이다. 중화민족의 사회는 그 어떠한 민족에 비해서도 더 밝을 것이다. 중화민족의 대연합은 그 어느 지역, 어느 민족에 비해서도 더 먼저 성공할 것이다." 마오쩌둥은 일반 민중이 사회 변혁의 중견세력임을 이미 인식하고 있었다. 그는 높은 곳에 서서 굽어보는 자세로 자비심으로 세상을 구하고자 한 것이 아니라 연합된 민중의 힘에 의지해 사회를 개조할 수 있기를 희망하였으며 대중을 벗어나 그 위에 올라선 것이 아니라, 대중 속에 자신을 융합시켜 민중과 함께 앞으로 돌격하려고 노력하였으며 "밝고 빛나는 세상"을 개척할 수 있기를 희망하였다.[364]

마오쩌둥은 비록 공산주의 사상의식을 초보적으로 갖추었고, 사상이 갈수록 급진적으로 발전하였지만 그는 또 무정부주의와 공상사회

364) 위의 책, 393~394쪽.

주의 및 개량주의의 영향도 받았다. 무정부주의자 크로포트킨은 "인류사회의 진화법칙은 상부상조·협력·우의·박애이며 생존경쟁이 아니다"라고 주장하였다. 그는 모든 강권에 반대하면서 권위적 차별이 없고 모든 사람이 평등하며 완전 자치를 실행하는 '무정부공산주의' 사회제도를 수립할 것을 주장하였다. 그는 사회역사발전의 객관적 법칙에 대해 알지 못하였으며 자본주의사회에서 사회주의사회로 과도하는 역사적 필연성 및 그 과도 과정에서 무산계급혁명과 무산계급독재의 필요성에 대해 알지 못하고 사람마다 서로 돕고 우애하는 도덕정신을 발양하기만 하면 인류 역사상 마지막 착취제도를 소멸할 수 있을 줄 알았으며, 인류사회 전대의 역사에서부터 모든 사람이 평등하고 절대적 자유를 누릴 수 있는 역사시기에 들어설 수 있을 것이라고 주장하였다. 마오쩌동은 제일 처음 베이징에 갔을 때 많은 무정부주의 소책자를 읽고 무정부주의 주장에 찬성하였으며, 주첸즈(朱謙之)와 함께 무정부주의 및 중국에서의 전망에 대해 토론하였던 적이 있다.[365] 마오쩌동은 대중이 연합한 뒤 치열하게 펼쳐질 계급투쟁과 무산계급독재의 극단적인 중요성에 대해 미처 인식하지 못하였으며, 무산계급독재와 봉건지주계급독재·자산계급독재 간의 근본적인 구별을 미처 발견하지 못하였다. 그 시기 그는 '목소리혁명(呼聲革命)'을 주장하면서 상부상조와 박애의 정신으로 사람의 마음을 개조시키고 평민주의로 강권정치를 대체할 것을 주장하였다. 그는 이렇게 말하였다. "여러 가지 혁명은 한 마디로 개괄하면 '강권으로부터 자

---

365) 에드거 스노, 『서행만기』, 앞의 책, 177~178쪽.

유를 얻는 것'일 뿐이다. 강권에 저항하는 여러 가지 근본주의는 '평민주의'이다."[366] 강권으로부터 자유를 얻을 수 있는 방법은 상부상조와 박애의 정신으로 '목소리혁명'과 '충고운동(忠告運動)'을 전개하는 것이다. 그는 이렇게 말하였다. "연합한 뒤의 행동에서는 매우 격렬한 한 파가 있는데 그 파는 '바로 그 사람이 썼던 방법을 그대로 답습해 그 사람을 다스리는'수법을 써 그들과 결사적으로 싸운다. 그 파의 우두머리는 독일에서 태어난 마르크스라는 사람이다. 다른 한 파는 온화한 편이며, 효과를 거두기에 급급하지 않고 먼저 평민에 대해 이해하는 것부터 착수한다. 모든 사람이 서로 도울 수 있는 도덕을 갖추고 스스로 원해서 일한다. 귀족 자본가에 대해서도 그가 착한 마음으로 일에 종사하고 남을 해치지 않고 도울 수 있다면 죽일 필요가 없다고 주장한다. 그 파는 더 넓고 더 심원한 의미를 갖는다. 그들은 온 지구를 연합하여 한 나라를 이루고 인류를 연합하여 한 가정을 이루며 평화롭고 즐거우며 친선적인(和樂親善)-일본이 주장하는 친선은 아님-태평 성세에 함께 이르고자 한다. 그 파의 우두머리는 러시아에서 태어난 크로포트킨이라는 사람이다."[367] 마오쩌둥이 무정부공산주의의 온화한 방법에 찬성하였던 것은 그가 무산계급독재와 반동계급의 강권을 구분하지 못하였기 때문이라는 원인을 제외하고도, 또 그가 "인류는 모두 동포이고 세상만물을 사랑하여야 한다"는 사상의 소극적인 부분의 영향을 받았기 때문이기도 하다. 그가 말하였

366) 『마오쩌둥 조기 문고』, 앞의 책, 293쪽.
367) 위의 책, 341쪽.

다. "우리는 강권자들 모두가 사람이며, 모두 우리의 동류라는 사실을 인정해야 한다. 강권을 남용하는 것은 그들이 저도 모르게 범한 잘못과 불행이며 구 사회와 옛 사상이 그들을 전염시키고 그들에게 해를 끼친 것이다." "강권으로 강권을 무너뜨리게 되면 결과는 여전히 강권을 얻는 것이다. 그것은 서로 모순되는 일일 뿐 아니라 아무런 효력도 없는 일이다."[368] 그래서 마오쩌둥은 대중을 연합하여 강권자들을 상대로 지속적인 '충고운동'을 진행하고 '목소리혁명'을 실행할 것을 주장하면서 '폭탄혁명'과 '유혈혁명'을 진행하는 것에는 반대하였다. 마오쩌둥은 캉유웨이가 주장하는 "세상이 모든 사람의 것이고 계급이 존재하지 않으며 모든 것이 평등한 대오사회 이론"[369]에 끌렸으며, 한편으로는 또 사회현실에서 벗어나 기존 사회 밖에서 착취와 압박이 없고, 모든 사람이 독립적이고 평등하며 서로 돕는 행복한 새 사회를 환상하는 새마을주의(新村主義)와 지식인이 일을 하면서 노동자가 지식을 배울 수 있도록 돕는 방법을 통해 정신노동과 육체노동의 차별을 없앰으로써, 모든 사람이 평등하고 서로 돕고 사이좋게 지내는 새 사회를 실현하고자 하는 고학주의(工讀主義, 정신노동과 육체노동을 결합시키고 교육과 직업을 통일시킴. 학문과 생계를 통일시켜 모든 사람이 일할 수 있고 공부할 수 있으며, 각자의 능력을 살리고 각자가 필요한 것을 얻을 수 있는 새 사회를 창조해야 한다고 주장하는 이론-역자 주)의 영향을 받아 한때는 새마을운동에 열중하

---

368) 위의 책, 293쪽.
369) 캉유웨이, 『대동서(大同書)』

면서 새로운 생활 실험을 통해 근본적으로 사회를 개조하는 목적에 이를 수 있을 것이라고 환상하였다. 그는 "사회제도의 주요 부분은 경제제도이고, 가정제도의 주요 부분은 혼인제도"라면서 이처럼 시작이 거창한 제도개혁은 낡은 것을 개량한다고 하여 해결될 수 있는 일이 절대 아니며, 반드시 새로운 것을 창조해야 한다고 주장하였다. 그는 새 학교를 창조하고 새 교육을 실행하며 완전 새로운 인재를 양성함으로써 이들 인재들을 결합시켜 가정을 이루고 여러 개의 새 가정이 합쳐서 새 사회를 이루어야 한다고 주장하였다. 그렇게 이루어진 새 사회에는 공공육아원, 공공유치원(蒙養院), 공공학교, 공공도서관, 공공은행, 공공농장, 공공작업장, 공공소비사, 공공극장, 공공병원, 공원, 박물관, 자치회 등이 포함되어야 한다. 이러한 시설들이 합쳐서 형성된 새 학교, 새 사회가 하나의 '신촌'을 이루는 것이다.[370] 근본적으로 사회를 개조하고자 하면서 혁명과 전제정치를 거치지 않으려는 것은 실제에 어긋나는 환상일 따름이다.

청년 마오쩌동도 한때는 실험주의, 개량주의 사상의 영향을 받았었다. 후스(胡適)가 실험주의를 중국에 소개하였다. 그는 모든 학설은 반드시 실험을 거쳐 증명되어야 하며 반드시 인생의 요긴한 문제를 해결할 수 있어야 한다고 주장하였다. 이러한 사상은 미신을 타파하고 사상을 해방하며 공론에 반대하고 실제에 주의를 기울일 수 있는 면에서 일정한 적극적인 의미가 있다. 그렇지만 실험주의는 마르크스주의와 본질적으로 대립되는 것이다. 마르크스주의가 중국에서 널리

---

370) 『마오쩌동 조기 문고』, 앞의 책, 454쪽.

전파되는 것을 억제하기 위해 후스는 『매주평론』에 「문제를 많이 연구하고 주의는 적게 논해야 한다」 「문제와 주의에 대해 세 번째로 논함」 「문제와 주의에 대해 네 번째로 논함」 등 세 편의 글을 잇달아 발표하여 실험주의에서 출발해 혁명에 반대하고 개량을 고취하였으며, '주의'에 대해 연구하는 것에 반대하고 구체적 사회문제의 해결방법을 많이 연구할 것을 주장하였다. 그때 당시 마오쩌동은 마르크스주의와 실험주의의 근본적 대립에 대해서, 그리고 후스의 정치 목적에 대해 미처 분명하게 인식하지 못하고 있었다. 게다가 줄곧 후스를 숭배해왔었기 때문에 그는 여전히 "인생과 사회의 실제에 입각하고" "실제에 도입시켜 구체적 사실과 진리에 대해 연구하는" 적극적 의미에서 후스의 사상을 이해하였다. 1919년 9월 마오쩌동은 창사에서 문제연구회를 발기, 설립하였으며 「문제연구회 규약」을 제정하였다. 그는 현대 인생 관련 문제 및 인생의 발전에 대한 영향 문제를 해결하려면 반드시 먼저 연구에서 착수해야 한다고 주장하였다. 「규약」에서 열거한 70여 가지 문제는 정치·경제·군사·법률·사상·문화·교육·민족 등 여러 영역과 연결되었다. 이로부터 마오쩌동이 국가정치생활·사회생활에 대해 이미 전면적이고 깊이 있게 생각하기 시작하였음을 알 수 있다. 마오쩌동은 이렇게 말하였다. "문제의 연구는 반드시 학문적 이론을 근거로 삼아야 한다. 그렇기 때문에 여러 가지 문제에 대해 연구하기에 앞서 반드시 여러 가지 주의에 대해 연구해야 한다." 그러나 그가 말하는 '주의'는 그때까지는 이론·신앙·운동·제도를 일체화한 '주의'가 아니라, 철학·윤리·교육·종교·정치·경제·법률 등 여러 학과의 기본 이론과 '과학적 법칙'이었다.[371] 사회 경제제도와 정치 제도를 근본적으로 개조하기 이전에 사회문제의 철저한 해결을 이루려는 것은 불가능한 일이다. 낡은 제도에 근본적으로 저촉되지 않는 전제하에서 낡은 것을 개량하는 방법을 통해 새로운 것을 창조하려는 것도 불가능한 일이다. 실험주의 철학은 마오쩌동이 사고를 숭상하던 데서 현실적 투쟁을 중시하는 데로 전환하는 면에서 간과할 수 없는 적극적인 역할을 일으켰다. 그러나 마오쩌동의 개량주의사상은 필경 그의 사상발전의 주류와 서로 저촉되는 것이었다.

2. 유물사관의 확립과 인생길의 선택

1919년 12월부터 1921년 1월까지 마오쩌동은 자발적으로 마르크스주의에 대해 공부하면서 군벌 장징야오 축출운동과 후난 자치운동의 경험과 교훈을 종합하고 받아들였으며, 마르크스주의사상 선구자의 영향을 받아 드디어 자아를 실현하고 전 인류의 삶을 향상시킬 수 있는 마르크스주의라는 사상무기를 찾아낼 수 있었으며, 혁명민주주의자에서 공산주의자로의 근본적인 전환을 실현할 수 있었던 것이다.

5.4운동 후 후난 인민의 운동은 반일 반 매국정부를 중심으로 하는 대중애국운동에서 환계(皖系, 중화민국 초기 돤치뤠이(段祈瑞)를 수령으로 하는 북양군벌(北洋軍閥)의 일파-역자 주) 반동군벌 장징야오 축출운동으로 점차 바뀌었다. 그들은 학생 동맹휴학과 교원 동맹파업을 거행하는 한편 장징야오 축출 대표단들을 조직하여 베이징·

---

371) 『마오쩌동 조기 문고』, 위의 책, 401쪽.

상하이·한커우(漢口)·창더(常德)·헝양(衡陽)·광저우 등지로 나뉘어 가서 장징야오가 터무니없이 가중한 세금을 받아내고 군사를 풀어 약탈을 감행하였으며, 민주를 억압하고 교육을 파괴한 만행을 전국에 널리 알렸다. 여러 지역에 파견된 대표단으로부터 편지와 전보가 끊이지 않았고 말과 글로 그 죄상을 폭로하였는데, 한때 전국적인 장징야오 축출 고조가 형성되기도 하였다. 마오쩌동이 거느린 대표단은 1919년 12월 18일 베이징에 도착하여 '평민통신사'를 창설하고 총통부와 국무원에 거듭 청원하였으나 모두 냉대를 당하였다. 장징야오는 돤치뤠이정부를 등에 업고 후난에 주둔해 기회를 엿보면서 꼼짝 않고 있었다. 그러다가 직계(直系)·환계 두 군벌 간 모순이 격화되어 헝양(衡陽)을 수비하던 직계 군벌 우페이푸(吳佩孚)가 철수해 북상하고 상군(湘軍) 탄옌카이(譚延闓)의 군대가 우페이푸의 군대와 묵계를 이루고 그 뒤를 이어 창사로 압박해오게 되자 더 이상 버틸 수 없게 된 장징야오가 비로소 후난에서 퇴출하게 되었다. 장징야오의 후난 퇴출을 부른 직접적인 원인은 군벌 간 모순충돌의 격화이지 '목소리혁명'과 '충고운동'이 아니었다. 장징야오의 뒤를 이어 후난을 주관하게 된 탄옌카이는 스스로 세력이 약함을 알고 정부 '자치'에 힘입어 자체 세력을 탄탄히 다지고자 하였으며, 마오쩌동 등 이들은 민간 자치를 적극 계획하였다. 그는 전국적인 건설이 한동안은 전혀 가망이 없다고 보고 그 사이에 후난은 경내 땅을 지키면서 자치하는 것이 최선이라고 주장하였다. 그 구체적인 방법은 "소극적인 면에서는 독군(督軍)제도의 폐지와 군대의 감축만한 것이 없고 적극적인 면에서는 민치건설

만한 것이 없다."[372]라고 주장하였다. 마오쩌둥은 자치운동에 큰 기대를 걸었다. 그는 그 운동이 이상적인 새 후난을 건설하고 "미래 후난의 황금빛 세계를 창조하는" 천재일우의 기회라고 생각하였다.[373] 후난의 자치는 사회에 대한 총적인 해결, 총적인 개조를 진행할 수 있는 긴요한 수단으로서 양호한 환경을 형성하여 근본적인 사회 개조를 위한 준비를 마련할 수 있을 것이라고 그는 생각하였다. 그는 탄옌카이의 군정부가 '혁명정부'라고 찬양하였으며 그 정부가 인민헌법회의를 소집해 후난의 새 헌법을 제정할 것을 제안하였다.

그러나 냉혹한 현실은 장징야오 축출 운동에서의 청원활동을 마치 "신포서(申包胥)가 진나라(秦國) 조정에서 초나라로의 출병을 애걸한 것"[374]과도 같은 상황으로 만들었다. 마오쩌둥 등 이들이 민간자치를 추진하고자 조직한 '10.10'절과 시월혁명 기념일 두 차례의 시위행진은 모두 탄옌카이·자오헝티(趙恒惕)의 단속과 파괴의 화를 입어야 했다. 민간 자치운동이 탄옌카이와 자오헝티의 이익에 저촉되자 그들은 '민주'의 허울을 찢어버리고 인민을 진압하는 자결 자치운동으로 방향을 바꾸었다. 두 차례 운동에서 얻은 심각한 교훈을 통해 마오쩌둥은 '충고운동'과 '목소리혁명'이 군벌과 관료 정객의 마음을 선한 방향으로 돌릴 수 없다는 사실과 평화적인 수단으로는 근본적인 사회 개조의 목적에 이를 수 있는 가망이 전혀 없다는 사실을 인식

---

372) 마오쩌둥, 「쩡이(曾毅)에게 보낸 후난 개조촉성회의 회답편지(湖南改造促成會復曾毅書)」 (1920년 6월 23일), 『마오쩌둥 조기 문고』에 게재, 앞의 책, 488쪽.

373) 위의 책, 529쪽.

374) 이페이지(易培基), 『증양청원록·서(蒸陽請願錄·序)』, 후난인민출판사 1979년 판.

하게 되었다. 그는 이렇게 말하였다. "수개월 동안에 훤히 꿰뚫어 보았다. 정치계는 완전히 무기력하고 썩을 대로 썩었다. 정치 개량의 길은 전혀 희망이 없다고 할 수 있다. 우리는 오로지 그 모든 것을 무시하고 다른 길을 개척하고 다른 환경을 선택하는 방법밖에 없다."[375] 훗날 그는 그때 당시 사상 상황에 대해 회고하면서 "그때부터 시작하여 오로지 대중의 행동을 통해 대중의 정치권력을 얻어야만 유력한 개혁의 실현을 보장할 수 있다는 사실을 점점 더 굳게 믿게 되었다."[376]라고 말하였다. 새마을실험과 고학 호조단의 실패는 마오쩌동의 공상사회주의사상을 제거하였다. 비록 그가 오래전인 1918년 봄에 이미 차이허썬 등과 웨뤄산 아래에 '새마을'을 세우려고 시도하였고, 1919년 12월에는 또 새마을계획의 학교부분을 신문지상에 공개하기까지 하였지만, 그 새마을계획은 줄곧 실행되지 못하였으며, 베이징 남녀 고학 호조단도 잇달아 실패로 돌아가고 말았다. 스촌퉁(施存統)은 고학 호조단이 실패한 교훈에 대해 총결하면서 다음과 같이 예리하게 지적하였다. "1. 사회를 개조하려면 반드시 근본적으로 전체에 대한 개조를 도모해야지 일부에 대한 지엽적인 개조는 아무 소용이 없다. 2. 사회에 대해 근본적으로 개조하기 이전에는 새 삶에 대한 실험을 진행할 수 없다. 그것이 고학단이건 새마을이건 말이다."[377] 새 생활의 시험은 사회를 벗어날 수 없기 때문에 사회의 지배에서 벗어

---

375) 『마오쩌동 조기 문고』, 앞의 책, 548쪽.
376) 에드거 스노, 『서행만기』, 앞의 책, 131쪽.
377) 스촌퉁, 「고학호조단(工讀互助團)의 실험과 교훈」, 『주일평론(星期評論)』 1920년 5월 1일.

나거나 사회의 장애를 피할 수 없다. 이들 장애를 제거하려면 "오로지 전 인류가 단합하여 함께 일어나 혁명을 진행하는 것이 유일한 방법이다. 혁명을 진행할 바에는 왜 또 새 생활을 시험하겠는가? 새 생활을 시험하려면 오직 무릉도원에 가야만 한다."[378] 스촌퉁은 사회제도를 근본적으로 개조하기 전에 새 생활에 대한 시험 가능성을 단연코 부정하였다. 개량에 반대하고 혁명을 주장함으로써 사람들이 문득 깨닫고 길을 잃었다가 올바른 길로 돌아올 수 있도록 하였다. 마오쩌동은 1920년 6월 7일 리진시(黎錦熙)에게 보낸 편지에 "고학호조단에 대해서 전혀 확신이 없다. 고학단의 발족을 단호히 중지시키고 독학사(自修學社)를 세워 일하면서 공부하여야 한다."라고 썼다. 이는 마오쩌동이 새마을운동에 대한 환상을 단념하였음을 설명한다. 그후 설립된 독학대학은 마르크스주의자를 양성하는 간부학교로서 '새마을' '고학호조단'과는 원칙적으로 구별되는 것이었다. 그 시기 마오쩌동은 공산주의 문헌을 수집하고 자발적으로 공부하는 데 열중하였으며 자신이 장악한 마르크스주의 이론으로 머릿속의 무정부주의·공상사회·개량주의 등 사상과 투쟁하였다. 특히 『공산당선언』, 카우츠키의 『계급투쟁』, 커컵(Kirkup)의 『사회주의사』를 읽은 뒤에야 그는 "인류역사가 생긴 뒤로 계급투쟁이 생겨났다는 사실과 계급투쟁은 사회발전의 원동력이라는 사실을 비로소 알게 되었으며 문제를 인식하는 방법론을 초보적으로 이해할 수 있게 되었다." 게다가 "실제 계

---

378) 위의 책.

급투쟁에 대해 착실하게 연구하기 시작하였던 것이다."[379] 리다자오·천두슈 등 이론 선구자들의 영향과 신민학회 회원 간의 토론과 연구는 마오쩌동이 마르크스주의자로 근본적으로 전환할 수 있는 중대한 역할을 일으켰다. 마오쩌동이 두 번째로 베이징에 갔을 때 다시 한 번 리다자오의 가르침을 직접 받을 수 있는 행운이 찾아왔다. 리다자오가 후스의 개량주의에 겨냥해서 쓴 일련의 논문들에서는 다음과 같이 지적하였다. "오로지 '생기를 잃은' 사회에 대한 '근본적인 해결'만이 '구체적인 문제를 하나하나 모두 해결할 수 있다는 희망을 가지게 한다.' 근본적인 해결은 곧 경제적 해결이며 사회 경제제도 개혁의 근본적인 수단은 노동자계급 및 또 다른 노동대중들이 지주계급과 자산계급에 저항하는 계급투쟁이다"[380] 이들 관점은 마오쩌동이 마르크스주의와 개량주의의 경계선을 분명하게 가릴 수 있는 이론적 지도 역할을 하였다. 마오쩌동은 오래 전에 처음으로 베이징에 갔을 때 이미 양창지의 소개로 그때 당시 베이징대학 문과 학과장이었던 천두슈를 알게 되었다. 사회문제에 대한 천두슈의 투철한 견해에 대해 마오쩌동은 진심으로 감복하였다. 두 번째로 베이징에 갔다가 후난으로 돌아오는 길에 상하이에 들른 마오쩌동은 자신이 읽었던 마르크스주의 서적을 둘러싸고 천두슈와 또 한 차례 토론을 벌인 적이 있었다. 그때 천두슈가 마오쩌동에게 자신의 공산주의 신앙과 창당계획에 대해 이야기하였다. 훗날 마오쩌동은 "천두슈가 자신의 신앙에 대해 이

---

379) 『마오쩌동 농촌조사 문집』, 앞의 책, 22쪽.
380) 리다자오, 「문제와 주의에 대해 재차 논함」, 『매주평론』 1919년 8월 17일.

야기한 내용들은 나의 일생 중 어쩌면 가장 중요한 시기였다고 말할 수 있는 시점에서 나에게 심각한 인상을 주었다."[381] 마르크스주의 이론에 대한 연구와 이해 면에서 그때 당시 차이허썬은 마오쩌둥보다 약간 위에 있었다. 1920년에 프랑스의 몽타르지(Montargis)로 간 그는 굳센 의지로 마르크스주의에 관한 권위 있는 저작을 학습하고 번역하는 한편, 여러 가지 사회주의에 대해 종합적으로 살펴보는 과정에서 감정적으로, 나아가 이론적으로 마르크스주의에 대한 신앙을 확립할 수 있었다. 그가 1920년 8월 13일과 9월 16일에 마오쩌둥에게 보낸 두 통의 편지[382]에서는 사회주의·공산당·무산계급혁명·무산계급독재 등 중대한 문제에 대해 매우 전면적이고 상세하게 논술하였다. 그는 오로지 공산당의 지도하에 무산계급혁명과 무산계급독재를 거쳐야만 자산계급의 통치를 뒤엎고, 그들의 저항을 진압한 뒤 사회주의 건설을 순조롭게 이루고 중국과 세계를 개조하는 목적을 달성할 수 있다고 주장하였다. 차이허썬의 편지는 마오쩌둥이 마르크스주의자로 근본적으로 전환하고 이해한 마르크스주의 이론을 체계화하는 데 매우 중요한 역할을 하였음이 틀림없다.

마오쩌둥은 이렇게 말했다. "마르크스주의가 역사에 대한 정확한 해석이라는 사실을 받아들인 뒤로 마르크스주의에 대한 나의 신앙은 흔들린 적이 없다.…1920년 여름에 이론적으로, 그리고 어느 정도의 행동 면에서 나는 이미 마르크스주의자가 되어 있었으며, 그때부

---

381) 에드가 스노우, 『서행만기』, 앞의 책, 132쪽.
382) 『신민학회 자료』.

터 나 스스로도 마르스크주의자라고 여기게 되었다."[383] 마오쩌둥이 1920년 여름에 이미 마르크스주의자로 전환하였다면, 그가 1920년 12월 1일에 샤오쉬둥(肖旭東)·차이린빈(蔡林彬), 그리고 프랑스에 있는 여러 회원들에게 보낸 편지와 1921년 1월 21일에 차이허썬에게 보낸 편지, 그리고 1921년 1월 창사 신민학회 회원신년대회에서 발표한 연설에서는 자신의 마르크스주의 관점에 대해 체계적으로 설명하였다고 할 수 있다. 마오쩌둥은 마르크스주의가 아닌 여러 가지 사상의 영향을 뿌리 뽑고 마르크스주의를 중국과 세계를 개조하는 지도사상으로 확정하였다. 그는 이렇게 말하였다. "사회정책은 부족한 부분을 보충하고 수정하는 정책일 뿐 방법이 될 수는 없다. 사회민주주의는 의회를 개조의 수단으로 삼고 있지만 실제로 의회의 입법은 언제나 유산계급을 보호하는 것이다. 무정부주의는 권력을 부정한다. 그런 주의는 어쩌면 영원히 실현될 수 없을 것이다. 온화한 방법의 공산주의, 예를 들면 버트런드 러셀(Russell, Bertrand)이 주장하는 극단적 자유, 자본가에 대한 방임과 같은 주의도 영원히 실현될 수 없는 것이다. 격렬한 방법의 공산주의, 즉 이른바 노(동자)농(민)주의는 계급독재의 방법을 취하는데 그 효과를 기대해볼 만하다. 그러므로우리가 취할 수 있는 가장 적절한 방법이다."[384] 마오쩌둥은 폭력혁명과 무산계급독재가 사회와 인생을 근본적으로 개조함에 있어서 필수 수단이라고 줄곧 주장하였다. 차이허썬은 "사회주의는 자본주의의 반영이다.

---

383) 에드거 스노, 『서행만기』, 앞의 책, 131쪽.
384) 「신민학회 업무보고」 제2호, 1921년 1월, 『신민학회 자료』

그 중요한 사명은 자본주의 경제제도를 타파하는 것이고, 그 방법은 무산계급독재이며, 정권으로 사회경제제도를 개조하는 것이다. 그러므로 계급전쟁은 본질적으로 정치적 전쟁이며, 중산계급이라는 기계(국회정부)를 타파하고 무산계급이라는 기계인 소비에트를 건설하는 것이다."라고 말하였다. 혁명을 거친 후 반드시 무산계급독재를 실행하여야 하는 이유는 다음과 같았다. "정권이 없으면 집산을 이룰 수 없고, 산업의 사회 공유를 실현할 수 없다. 바꿔 말하면 경제제도를 개조할 수 없는 것이다. 정권이 없으면 혁명을 보호할 수 없고 반혁명을 막을 수 없다."[385] "계급전쟁의 필연적인 결과는 계급독재이다. 독재를 실행하지 않으면 사회를 개조할 수 없고 혁명을 보호할 수 없다. 자본가는 정권·법률·군대를 이용하여야만 노동자를 제압할 수 있다. 때문에 노동자가 철저히 해방되려면 반드시 정권부터 장악해야 한다.···무산계급은 정권을 장악하지 않고는 경제의 해방을 절대 실현할 수 없다."[386] 마오쩌둥은 차이허썬의 관점에 전적으로 찬성하면서 폭력혁명은 사회발전의 필연적 법칙이며, 무산계급독재는 사회 개조에서 반드시 거쳐야 할 길이라고 주장하였다. 그는 "러시아식 혁명은 모든 길이 다 막히고 막다른 골목에 이르러 어찌할 도리가 없는 상황에서 짜낸 응변 책일 뿐, 더 좋은 방법이 있음에도 취하지 않고 일부러 그처럼 공포스러운 방법을 취한 것은 아니다."라고 말하였다. 그는 교육을 통해 유산계급을 각성시킴으로써 유혈전쟁을 피할 것을

---

385) 차이허썬, 「마오쩌둥에게 보내는 편지」 (1920년 8월 13일), 『신민학회 자료』.
386) 위의 책, 「마오쩌둥에게보내는 편지」 (1920년 9월 16일), 『신민학회 자료』.

주장하는 샤오쯔성(肖子升)의 온화한 혁명 주장을 겨냥해 "공산주의자가 정권을 얻지 못하면 그 손아귀에서 안식할 수가 없는데 어찌 교육권을 장악할 수 있겠는가?"[387]라고 예리하게 지적하였다. 그리고 통치계급의 반동적 본질은 경제정치 지위에 의해 결정된 것으로서 역사적으로 반동통치계급은 남이 무너뜨리기 전에는 절대 스스로 끝장을 내는 법이 없었다. 그렇기 때문에 교육을 통해 자본가에게 공산주의를 믿게 하는 것은 불가능한 일이다. 그리고 무산계급독재는 무산계급혁명과 건설의 필연적인 요구이다. 그것은 "정권을 얻지 못하면 혁명을 일으킬 수 없고 혁명을 보호할 수 없으며 혁명을 완성할 수 없기 때문"[388]이다. 폭력혁명과 무산계급독재를 받아들이고 이어나가야 한다는 주장은 마오쩌동이 마르크스주의자로 전환한 가장 중요한 상징이다. 마오쩌동은 사회 변혁과정에서 공산당의 영도핵심 역할을 충분히 인정하였으며, 무산계급정당을 창설하여야 한다는 주장에 찬성하였다. 그는 러시아 시월혁명이 성공할 수 있었던 중요한 원인 중의 하나가 바로 볼셰비키당의 확고한 영도였다고 주장하였다. 차이허썬은 당을 무산계급혁명운동의 발기자·선전자·선봉대·작전부와 무산계급혁명운동의 신경중추라면서 원리와 방법 면에서 모두 러시아와 일치한 공산당을 창설할 것을 주장하였다. 마오쩌동은 이에 크게 찬성하면서 공산당 건설을 사회 근본 개조의 토대로 간주하고 창당 준

---

387) 마오쩌동,「샤오쉬둥·차이린빈, 그리고 프랑스의 여러 회원들에게 보내는 편지」(1920년 12월 1일),『신민학회 자료』.
388) 마오쩌동,「차이허썬에게 보내는 편지」(1921년 1월 21일), 『신민학회 자료』.

비활동에 적극 종사하였다. 마오쩌동은 "연합된 민중의 힘이 가장 강하다"라는 관점을 발전시켰다. 그는 대중 속에 무궁무진한 지혜와 창조 열정이 잠재되어 있으며 그들은 사회개조의 거대한 힘이라고 주장하였다. 부패 사회를 철저히 타파하고 사회를 근본적으로 개조하는 것은 소수의 관료·정객·군인의 책임이 아니라 전국 인민의 책임이다. 정치·법률은 소수의 특수한 계층의 전문 직업이 아니라 전체 인민의 공동 사업이다. 그는 자비심을 없애고 자신감을 키우며 사회개조의 책임을 용감하게 짊어지도록 인민을 격려하였다.[389] 이때에야 청년 마오쩌동은 비로소 진정한 '대본대원'인 마르크스주의를 탐구하고 장악하게 되었으며, 자아실현과 사회개조의 바른 길을 찾고, 주관적 유심주의와 자산계급 개인주의 색채를 띤 인생철학에서 마르스크주의 인생철학으로 승화하였으며, 민주주의자에서 공산주의자로의 근본적인 전환을 완성하였고, 자신의 사상 사업을 마르크스주의 궤도에 끌어들여 공산주의 사업을 위해 필생의 정력을 다 바쳤다. 그는 중국과 세계를 개조하는 과정에서 자아실현도 동시에 이루었다. 그의 사상 사업은 중국 현대 역사의 발전에 거대한 영향을 일으켰으며, 그의 미풍양속 또한 반드시 후세에까지 미쳐 끊임없이 이어나갈 것이다.

3. 무아·유아·자아와 사회의 통일

젊은 시절 마오쩌동의 인생철학은 중국 근대 이후 경제정치 발전의 산물이며, 또 근대 이후 중화민족의 오랫동안 쌓아온 사상해방운

---

389) 『마오쩌동 조기 문고』, 앞의 책, 519~521쪽.

동 성과와 승화이다. 천두슈는 중국 인문사상 발전역사에 대해 총결하면서 무아는 고대의 사조이고, 유아는 근대의 사조이며, 자아 확대는 최근대의 사조라고 말하였다. 무아론은 봉건경제와 전제정치의 산물이다. 사회 개체가 가정과 사회에서 의존적, 종속적 지위에 처해 있어 경제적, 정치적으로 독립하지 못하였기 때문에 인격적 독립을 이룰 수 없으며, 자신에게 속하는 의미와 가치도 가질 수 없다. 유아론과 자아확대 사상은 중국 민족자본주의가 이미 초보적인 발전을 이룬 토대 위에서 외래 자본주의 경제·정치·사상·문화의 충격을 받아 생겨난 것으로서 자산계급 계몽 성질의 개성 해방과 독립·자유·민주·평등 요구를 구비한 철학적 반영이며, 인류 개체 자신의 주체 지위와 창조능력 및 생존의 가치와 의미에 대한 자가 발견과 인정 및 긍정이다. 유아론과 자아확대 사조는 미신을 타파하고 사상을 해방시키며, 봉건적 삼강오륜과 명교 등 노예도덕을 폐지하고, 독립 자유의 주인도덕을 양성하며, 전제정치를 철저히 타파하고, 민주정치를 건설하는 데 이롭다. 그렇기 때문에 천두슈 등 신문화운동의 정신적 지도자들은 민주와 과학을 대대적으로 치켜세우면서 몽매의 시대를 벗어나 세속적임을 부끄럽게 생각하는 국민이 되려면 마땅히 분발하여 앞선 자를 바싹 따라잡아야 하며, 과학과 인권을 모두 중시해야 한다고 주장하였다. 그들은 국민, 특히 젊은이들에게 사상을 해방시키고 봉건적 윤리도덕의 속박을 타파하며 사람을 기만하는 우상을 쓸어버리고 역대로 불변의 진리로 여겨오던 낡은 관념에 대해 대담하게 의심을 제기하며, 이성적인 시각으로 모든 것을 다시 자세히 살펴

볼 것을 호소하였다. 그 어떤 사물이든 간에 이성적·과학적 판단을
거쳐 인간의 발전 수요에 어울리지 않는다면, 비록 그것이 조상으로
부터 물려받은 것이고 성현의 가르침이며 정부가 제창하는 것이고 사
회가 숭상하는 것일지라도 모두 아무런 가치도 없는 것이다.

천두슈 등 이들의 민주와 과학에 대한 선전과 봉건도덕에 대한 비
판은 곧 닥치게 될 새 시대의 사상 지침서가 되었다. 젊은 시절의 마
오쩌동은 바로 근대중국의 이러한 거대한 역사적 전환기에 각성하여
'무아론'에서 '유아론'으로 전환하고, 자신의 주체적 지위와 인생 가치
에 대해 인식하였으며, 자아를 극력 추켜세우고 자아를 실현하기 위
해 고심하였다. 유아론 사조는 미신을 타파하고 사상을 해방시키며,
주체의식을 수립하고 주인도덕을 양성하는 면에서, 속박을 찢어버리
는 거대한 역할을 하였다. 그러나 유아론은 또 불안정하고 여러 가지
발전 가능성을 포함한 사상 심리상태로서 책임감과 사명감을 불러일
으킬 수도 있고, 또 유아독존적이고 이기적인 개인주의도 유발할 수
있다. 마오쩌동은 개성해방, 자아실현 등 자산계급 계몽사상을 "만
물은 하나(萬物一體)", "모든 인류는 나의 동포이고 세상 만물을 사랑
하는 것(民胞物與)", "자강불식", "덕을 두텁게 쌓아 마치 대지처럼 만
물을 품을 수 있는 것(厚德載物)"등 깊고도 품위가 있으며 분발하고
의지가 굳센 민족정신과 기묘하게 결합시켜 독창적이고 뛰어나며 처
량하고도 비장한 우주 즉 인생의식, 몸과 마음이 완전무결하고 지인
용의 일체화를 이룬 인격 이상, 온 힘을 다해 힘써 싸우며 창조적이
고 진취적인 인생 품격, 천하를 자기소임으로 삼고 중국과 세계를 개

조하려는 강렬한 책임감과 숭고한 사명감, 자아를 소중히 여기고 현실을 중시하는 인생준칙을 발전시켰다. 이러한 사상 심리 요소가 서로 작용하면서 그가 진리를 탐구하고 자아를 완성하며 사회를 개조하고 개인과 전 인류의 생활을 향상시킬 수 있는 인생의 길을 걷도록 깨우침을 주고 격려해주었다. 심혈을 기울여 이론적 탐구를 진행하고 성실하고 굳세게 몸소 실천하는 과정을 거쳐 마오쩌둥은 끝내 공산주의 인생 방향을 선택하였고, 무아에서 유아로의 전환을 완성하였으며, 나아가 유아에서 자아실현과 사회실현을 통일시킨 변증법적 발전과정을 완성할 수 있었던 것이다. 그는 가장 개성이 넘치는 자아를 가장 보편적 진리성을 띤 마르크스주의의 규범에 맞추고, 가장 개성적 색채가 넘치는 "몸과 마음의 완성"이라는 인생 이상에 대한 추구를 가장 사회성을 띤 중국혁명 운동에 융합시켜 개인과 사회, 개성해방과 인류해방, 자아실현과 사회진보의 완벽한 일치를 실현하였다. 이때부터 마오쩌둥의 인생 경력은 개인 역사의 범주에서 벗어나기 시작하여 중국인민의 해방과 발전의 위대한 운동의 유기적인 구성부분이 되었다. "비록 그가 운동에서 지배적 지위에 처해 있었지만 개인적 존재로서의 그는 보이지 않았다. 서술 대상은 더 이상 '나'가 아니라 '우리'였고, 더 이상 마오쩌둥이 아니라 홍군이었으며, 더 이상 개인 경력의 주관적 인상이 아니라 인류 집단 운명의 흥망성쇠를 관심을 두는 방관자의 객관적 역사자료의 기록이었다."[390] 이와 동시에 마오쩌둥의 인생철학도 마치 봉황이 열반에 들 듯 새 생명과 승화를

390) 에드거 스노, 『서행만기』, 앞의 책, 147쪽.

이루었으며, 개인 사상발전의 빈약한 줄거리에서 벗어나 마르크스주의 사상체계에 들어선 것이다. 저우언라이는 "마오쩌동에 대해 학습하려면 반드시 전면적으로 학습하여야 하며, 그의 역사발전으로부터 학습하여야 한다."[391]라고 말한 바 있다. 마오쩌동은 천성적으로 타고난 마르크스주의자가 아니며, 전지전능한 신은 더욱이 아니다. 그는 장기간의 이론 탐구와 실천 단련 과정에서 점차적으로 마르크스주의자로 발전한 것이다. 마오쩌동 본인도 자신의 역사를 각성하지 못하였던 데서부터 각성하고, 유심주의에서 유물주의로, 유신론에서 무신론으로 발전하였다고 생각했다. 그는 자신의 인생 여정에서 심지어 일반인들보다 더 많은 고뇌와 방황·곤혹 및 곡절을 겪었다. 그러나 그는 수없이 꺾여도 결코 굽히지 않고 시대에 따라 발전하였으며 꾸준히 자아를 초월할 수 있었다. 그는 입덕·입공·입언을 모두 이룬 성현의 인격을 지향하였으며, 몸과 마음이 완전무결한 인격 이상과 중국과 세계를 개조하려는 사회 이상을 추구하고, 대담하게 진리를 탐구하고 진리를 견지하며 진리를 위해 투쟁하려는 뜻을 세웠다.

그는 명석한 이성적 태도와 실무적인 정신으로 고금중외의 문화유산 중 우수한 성과를 비판적으로 받아들였으며, 실천 과정에서 여러 가지 이론에 대한 검증과 선택, 취사를 진행하였다. 마오쩌동이 마르크스주의자가 된 후에도 그의 조기 인생철학 중의 합리적 요소는 사라지지 않았으며, 변증법적 지양과 정제 및 승화 과정을 거쳐 그의 일생의 사상 사업에 차곡차곡 쌓였다. 물론 마오쩌동의 조기 인생철

---

391) 『저우언라이 선집』 상권, 인민출판사 1980년 판, 332쪽.

학이 훗날 그의 사상사업에 여러 방면으로 영향을 준 점에 대해서는 반드시 짚고 넘어가야 한다. 마오쩌동이 중국혁명과 건설을 이끄는 과정에서 보여준 성공과 실수, 전진과 좌절, 속박과 초월 등 여러 가지 사변을 통해 그의 조기 인생철학의 영향을 엿볼 수 있는 것이다.

- 승화편 -

제1장
마오쩌동 인생철학의
창조적 전환의 조건

　마르크스와 엥겔스는 다음과 같이 지적했다. "시대를 뛰어넘는 체계의 모든 진정한 내용은 모두 그런 체계가 생겨나게 된 시기의 수요로 인해 형성된 것이다. 그런 체계는 모두 과거 자국의 전반적인 발전을 토대로 하며, 계급관계의 역사적 형태 및 정치적·도덕적·철학적 그리고 또 다른 후과를 토대로 한다."[392] 마오쩌동의 인생철학은 마오쩌동사상과 마찬가지로 역시 역사와 시대의 산물이었다. 중국 노동자계급의 강성과 각성, 중국혁명노정의 전환과 질적 변화, 중국의 혁명과 건설 및 도덕실천의 경험, 마르크스주의 세계관·방법론·인생관의 학습과 응용이 마오쩌동 인생철학의 승화와 전환을 위한 깊고 두터운 사회역사적 근원과 실천 토대 및 사상조건을 구성했다.

1. 중국 노동자계급의 강성과 각성, 그리고 혁명운동의 전환

　마오쩌동 인생철학의 승화 형태는 마르크스주의 인생관의 이론체계로서 중국 노동자계급이 그 매이며, 중국혁명과 건설실천이 그 동력의 원천이다. 중국은 근대 들어 봉건주의 통치가 막다른 골목에 이

---

392) 『마르크스 엥겔스 전집』 제3권, 인민출판사 1960년 판, 544쪽.

르렀고, 자본주의 요소가 일정하게 성장하였으며, 자연경제가 흔들리고 해체되기 시작했다. 제국주의 열강의 군사적 경제적 침략이 중국 사회 고유 구조의 붕괴를 가속시킴에 따라 중국은 반식민지·반봉건사회로 점차 전락하기 시작했다. 19세기 중엽부터 외국의 침략자들이 상품의 덤핑과 중국의 저렴한 노동력을 약탈하기 위해 잇달아 중국 연해도시에 공장을 세우기 시작했다. 자본주의 경제가 중국에 뿌리를 내리기 시작함에 따라 중국에 첫 근대산업노동자가 탄생했다. 1860년대에 정부와 상인이 연합한 양무파(洋務派)가 "외국의 기술을 배워 외국을 제압하려고(師夷長技以制夷)" 시도하면서 공업을 발전시키고 광산을 채굴하였으며, 선박을 제조함에 따라 산업노동자의 숫자가 다소 늘었다. 제1차 세계대전 직전에 중국의 공업과 광산업·철도·선원 등 업종에 종사하는 노동자의 인원수가 이미 100여만 명을 넘어섰다. 제1차 세계대전 기간에 제국주의 국가들이 전쟁을 치르기에 바빠 동양을 돌볼 겨를이 없어 중국에 대한 경제 침략을 잠시 늦춘 틈을 타 중국의 민족공업이 어느 정도 발전을 이룰 수 있었다. 1919년까지 중국 산업노동자가 이미 200여 만 명을 넘어섰다는 점에서 알 수 있다. 중국 노동자계급은 탄생한 날부터 반제국주의 반봉건주의 투쟁에 용감히 투신하여 여러 차례에 걸쳐 파업과 봉기를 일으켰으며, 자산계급이 이끄는 구(舊)민주주의혁명에 참가했다. 유명한 파업과 봉기로는 광저우를 점령한 영국·프랑스 침략자에 저항했던 홍콩 시정 노동자와 운반 노동자들이 일으킨 파업투쟁, 1906년 안위안(安源) 탄광 노동자들이 참가한 동맹회가 핑샹(萍鄉)·류양(瀏陽)·리링(醴陵)

에서 이끈 봉기, 1911년 신해혁명 시기에 촨한(川漢)철도 노동자들이 청정부의 '철도 국유화'에 저항하는 자산계급에 호응해 일으킨 폭동, 1913년 베이징 우정 노동자들이 송신 횟수의 증가에 반대해 일으킨 파업, 1914년에 상하이 투자유치국 등 선박회사 3개사의 노동자들이 임금 인상을 요구하며 일으킨 동맹총파업 등을 꼽을 수 있다. 중국 노동자계급의 봉기와 파업투쟁은 계급대오를 단련시켰으며, 자신의 계급의식을 꾸준히 일깨웠다. 그러나 1919년 5.4운동 이전의 중국 노동자계급의 파업은 주로 경제투쟁으로서 그들이 정치투쟁에 참가한 것도 자산계급의 추종자로서 자산계급의 인솔 하에 진행된 것이었다. 1919년 5월 4일에 일어난 반제국주의 애국운동을 상징으로 중국 노동자계급은 저재적(自在的) 계급에서 자위적 계급으로 바뀐 것이다. 제1차 세계대전이 끝난 후 미국·영국·프랑스·일본 등 국가가 파리에서 평화회의를 연 가운데 "제국주의국가들이 중국에서의 특권을 포기하고 '21조'를 폐지하며 독일에 빼앗긴 산동(山東)의 모든 권리를 회수할 수 있기를 희망한다"는 내용을 담은 중국의 제안이 미국·영국·일본·이탈리아 등 제국주의에 의해 부결되었다. 평화회의는 또 「베르사유 평화조약」에서 산동에서의 일본의 권익에 대해 명문으로 규정지었다. 그런데 돤치뤠이(段祺瑞) 군정부가 그 평화조약에 서명할 계획일 줄은 상상도 못했다. 중국 외교의 실패 소식이 전해지자 국민들은 크게 분노했다. 5월 4일 베이징에서 국내외를 들썩한 애국학생운동이 일어났으며, 톈진(天津)·상하이·창사·광저우 등지로 빠르게 퍼져나갔다. 학생들에 대한 군정부의 잔혹한 진압이 전국인민의 분개를 불러

일으켰다. 상하이·난징·톈진 등 많은 지역에서 노동자들이 정치파업을 진행하고 상인들이 동맹파업을 진행했다. 지식인 가운데서 시작된 5.4운동이 노동자계급을 주력군으로 하여 도시 소자산계급과 민족자산계급이 참가한 전국적인 혁명운동으로 발전하기에 이르렀다. 6월 6일부터 10일까지 군정부는 전국인민의 거대한 압력에 못 이겨 학생들을 석방하고 평화조약의 체결을 거부했다. 5.4운동은 중국 노동자계급이 처음 독립적인 정치세력으로 역사무대에 등장하였음을 표명하며, 자산계급이 이끄는 구민주주의혁명의 종결과 무산계급이 이끄는 반제국주의 반봉건주의 신민주주의혁명의 시작을 상징했다.

20세기 초에 일부 진보적 지식인이 민주와 과학의 기치를 치켜들고 신문화운동을 일으킨 바가 있다. 러시아 10월 혁명 이후 마르크스주의가 중국에서 광범위하게 전파되었다. 5.4운동의 세례를 거쳐 천두슈·리다자오·마오쩌둥·차이허썬·저우언라이·덩종샤(鄧中夏)·취츄바이(瞿秋白)·리다(李達)·윈다이잉(惲代英) 등 많은 진보적 지식인이 마르크스주의자로 전환했다. 그들은 중국 노동자계급의 거대한 힘을 인식하였으며, 노동자대중 속에 깊이 들어가 마르크스·레닌주의를 선전했다. 이에 따라 중국 노동자계급이 더 한 층 각성하도록 추진하였으며, 마르크스주의와 중국 노동자운동이 결합하는 역사과정을 가속함으로써 중국 노동자계급이 자기 계급의 이익과 역사적 사명을 자각적으로 인식할 수 있게 되었으며, 중국혁명의 중견세력과 지도세력이 될 수 있었다. 마오쩌둥이 「중국혁명과 중국공산당」이라는 글에서 지적한 바와 같이 중국 무산계급은 새로운 노동계급으로서 일반 무산계급의 기본 장점을 갖추었다. 즉 가장 선진적인 경제 형태와 연결되어 조직성과 기율성이 강하며, 개인 소유의 생산수단이 없는 것이다. 그리고 중국 무산계급은 또 자체 특유의 장점도 갖추었다. 첫째, 중국 무산계급은 제국주의와 자산계급 및 봉건세력으로부터 세계적으로도 보기 드문 가혹한 압박을 받았기 때문에 혁명투쟁에서 그 어떤 계급보다도 더 단호하고 철저할 수 있었다. 둘째, 중국 무산계급은 혁명의 무대에 등장하기 시작하여서부터 본 계급의 정당인 중국공산당의 영도 하에 중국사회에서 가장 각오가 높은 계급이 되었다. 셋째, 파산한 농민 출신이 대다수를 차지하였기 때문에 중국 무산계급은 광범위한 농민들과 자연스럽게 연결되어 있어, 그들이 농민과 친밀한 연맹을 결성하는 데 편리를 마련했다.[393] 무산계급의 강성과 마르크스주의의 전파가 중국공산당이 태어날 수 있는 계급적 조건과 사상적 조건을 마련했다. 그리고 5.4운동의 추동 하에 마르크스주의는 노동자운동과 결합하여 중국공산당의 탄생을 현실로 바꿨던 것이다. 중국공산당은 공산주의를 목적으로 하고 마르크스·레닌주의를 행동지침으로 하는 통일된 완전 신식의 노동자계급 정당이다. 중국공산당은 마르크스·레닌주의 입장과 관점 및 방법으로 중국의 역사와 현황에 대한 과학적인 분석을 거쳐 중국혁명이 민주혁명과 사회주의혁명이라는 두 개의 단계로 나뉠 것이라면서 그 두 단계의 혁명은 각기 특수한 성질의 규정을 갖추었으나 또 서로 연결된다고 지적했다. 민주혁명단계에 당의 강령은 "내란을 없애고 군벌을 제거하며 국

393) 『마오쩌동선집』 제2권, 인민출판사 1991년 판, 644~645쪽.

내 평화를 건설하는 것, 국제 제국주의 압박을 뒤엎고 중화민속의 완전 독립을 실현하고 중국을 통일시켜 진정한 민주공화국을 건설하는 것"이었다. 당의 최고 강령은 "노동자·농민 독재의 정치를 수립하고, 사유재산제도를 뿌리 뽑으며, 공산주의사회를 점차 실현하는 것"이었다. 중국공산당의 탄생은 중국혁명의 새로운 국면을 개척했다. 그때부터 중국 무산계급은 본 계급 정당의 영도 하에 자발적인 계급의식에 의해 한 계급으로서 제국주의·봉건주의·관료자본주의와 끈기 있게 투쟁을 전개하면서 국민혁명운동·토지혁명전쟁·항일전쟁·해방전쟁을 겪었으며, 새 중국이 창립된 후에는 또 사회주의혁명과 사회주의건설을 진행했다. 중국에서 무산계급이 이끄는 신민주주의혁명·사회주의혁명·사회주의건설은 시대의 주류임이 틀림없다. 그 위대한 역사운동은 소수의 사람이 편협한 사리사욕을 위해 발기한 것이 아니라 무산계급과 광범위한 노동인민대중의 근본적 이익을 대표하며, 무산계급과 광범위한 대중이 대거 참여한 역사적 운동이었다. 그 운동은 사회 기본 모순운동을 집중적으로 반영한 것으로 필연적으로 그 운동 참가자의 사상의식에 반영되며 무산계급과 인민대중의 이익을 반영하는 세계관과 인생관을 형성하게 되었다. 그리고 역사의 활동은 사람이 참가하여 전개하는 것으로서 그 운동의 바른 방향을 보장하려면 반드시 무산계급의 인생관으로 공산주의자와 무산계급 및 기타 노동대중을 교육함으로써 그들이 과학적인 인생목표와 인생이상 및 인생태도를 확실하게 세울 수 있도록 하여, 자기 활동을 인류의 자유해방사업과 결합시킬 수 있도록 하며, 특히 민주혁명의 승리, 사회주의 건설, 공산주의 실현을 이루는 전례 없는 사업에 자발적으로 종사할 수 있도록 해야 했다. 중국 무산계급의 성장과 강성, 중국공산당의 탄생, 그리고 또 중국의 구 민주주의혁명에서 신민주주의혁명으로의 전환은 마오쩌동의 인생철학이 승화하고 성숙할 수 있었던 계급적 조건과 시대적 조건이었다.

2. 중국혁명과 건의 실천 경험에 대한 개괄과 총결

마오쩌동의 인생철학은 중국의 사회구조 및 중국혁명과 건설 실천의 기름진 토양에 깊이 뿌리를 내렸다. 주지하다시피 중국 현대 혁명의 기본 동력과 지도세력은 무산계급과 그 계급의 선봉인 중국공산당이다. 그러나 중국 사회의 반식민지 반봉건적 성질로 인해, 더욱이 제국주의와 중화민족 간의 모순 및 봉건주의와 인민대중 간의 모순으로 인해 무산계급과 반무산계급 및 소자산계급이 혁명에 참가할 수 있었을 뿐 아니라 민족자산계급도 혁명에 참가하고자 하는 요구를 가지고 있었다. 특히 농업경제가 여전히 주도적 지위를 차지하고 있고, 또 농민이 전체 인구의 절대다수를 차지하는 나라에서는 농민문제가 중국혁명의 중심문제가 되었다. 오로지 농민이 들고 일어나 혁명에 참가하고 농민의 토지문제를 해결하며, 농민의 사상 각오가 제고되어야만 혁명은 비로소 성공을 거둘 수 있었던 것이다. 중국혁명의 동맹 중에서, 공산당과 공산당이 이끄는 인민군대에서 노동자계급·소자산계급·농민계급 등 여러 가지 요소가 나타내는 소자산계급의 동요성, 농민계급의 산만성과 편협성은 모두 혁명대오의 순결성과 전투성에 영향을 끼칠 수 있다. 혁명 지도자로서의 노동자계급은 젊고 문화수준이 낮으며, 완전하고 빈틈없는 무산계급 세계관과 인생관을 자발적으로 형성할 수도 없다. 무산계급의 계급 선봉인 중국공산당일지라도 마르크스주의를 중국혁명과 결합시키는 과정에서 반드시 오랜 문화전통의 부정적인 영향과 혁명·역사·자연의 축적 및 인식론적 근원으로 인한 주관주의·종파주의 등의 고질적인 습관을 극복하여 중국혁명과 건설을 이끄는 중대한 역사적 사명을 짊어질 수 있도록 보장해야 했다. 이를 위해 중국혁명과 건설의 기나긴 과정에서 반드시 마르크스주의 세계관과 인생관으로 공산주의자와 전체 인민을 교육해야 하며, 정치투쟁과 군사투쟁을 진행하는 한편 사상문화투쟁도 진행해야 했다. 중국공산당과 마오쩌동이 여러 전선과 여러 영역에서 쌓은 투쟁실천경험이 마오쩌동 인생철학을 승화시키고 성숙시키며 풍부해질 수 있는 조건을 마련해 주었던 것이다.

첫째, 마오쩌동 인생철학의 성숙과 발전은 당의 건설 경험에 대한 총결이었다. 중국공산당은 창설되기 바쁘게 기세 드높은 혁명투쟁에 뛰어들었다. 따라서 당 건설이 미흡하고 당 조직을 공고하게 할 틈이 없었으며, 당원과 당 간부가 사상적 정치적으로 확고하지 못하고, 당의 업무경험을 잘 총결하지 못하였으며, 신입 당원에 대한 필요한 마르크스주의 교육을 진행하지 못하였고, 정치적·조직적·사상적으로 순결하지 못하고 확고하지 못한 현상이 존재했다. 대혁명에 실패한 후 당은 자체 건설을 중시하기 시작했다. 마오쩌동은 농촌혁명근거지를 창건하는 과정에서도 당 건설문제를 크게 중시했다. 당 조직 기반의 최대 부분을 차지하는 농민과 기타 소자산계급 출신으로 구성되었으며, 게다가 당원에 대한 당 지도기관의 바른 노선 교육의 결여로 인해 당내에 여러 가지 비(非)무산계급사상이 존재했다. 그래서 마오쩌둥은 사상적 측면에서의 당 건설을 강조했다. 그는 마르크스주의 교육을 강화하고 비판과 자아비판을 전개하며, 조사연구를 제창하고 주관주의와 개인주의를 극복하며, 당원과 당원 간부의 사상 각오와 이론 수준 및 당의 바른 노선을 관철 이행하는 자발성을 높일 것을 강조했다. 항일전쟁기간에 중국공산당은 정풍(整風)운동을 통해 자체 건설을 강화함으로써 마오쩌둥 인생철학의 발전을 위한 소중한 실천 경험을 마련했다. 항일민족통일전선을 확대하고 공고히 하며, 일본제국주의에 철저히 승리하는 성스러운 사명을 짊어지기 위해 중국공산당에 전국적이고 광범위한 대중적 토대를 갖춘, 사상적·정치적·조직적으로 완전 확고하고 공고해진 무산계급정당으로 발전해야 한다는 객관적 요구를 제기했다. 이를 위해서는 수많은 훌륭한 인재를 당에 대거 가입시켜 재덕을 겸비하고 사리사욕을 도모하지 않으며 적극적이고 능동적인 간부대오를 건설해야 했다. 그러나 항일전쟁시기에 당이 빠른 속도로 발전함에 따라 대량의 신입 당원이 마르크스주의에 대해 깊이 이해하지 못하고, 필요한 정치적 조직적 훈련이 부족하였으며, 마르스크주의를 중국혁명의 실제와 창조적으로 결합시켜야 하는 필요성에 대한 인식과 능력이 부족하였고, 교조주의·종파주의가 여전히 당원의 사상을 심각하게 속박하고 있었으며, 당의 단합과 통일 및 공고화에 영향을 끼치고 있었다. 역사적 경험을 종합하고 불량

한 기풍을 극복하며 전 당의 사상을 통일시키고 당의 단합을 강화하기 위해 중국공산당은 항일전쟁이 대치단계에 처한 시기를 틈 타 전당 범위 내에서 비판과 자아비판을 통해 마르크스주의를 학습하는 정풍운동을 전개했다. 그 정풍운동의 주요 임무는 "주관주의에 반대하고 학습기풍을 정돈하며, 종파주의에 반대하고 당 기풍을 정돈하며, 당팔고(黨八股, 중국 공산당의 형식적이고 교조적인 지시문이나 문장을 일컬음)에 반대하고 문풍을 정돈하는 것"이었다.[394] 학습기풍을 정돈하는 것은 즉 주관주의에 반대하는 것, 특히 교조주의에 반대하는 것이며, 마르크스주의와 실제 업무에 대한 전 당의 태도를 바로잡고 실사구시하며 이론과 실제를 연결시키는 것이었다. 그렇게 하기 위해서는 마르크스주의 입장과 관점 및 방법으로 중국의 역사와 현황에 대해 연구하는 법을 배워야 하며 마르크스주의의 보편적 원리와 중국혁명의 실천을 결합시켜 중국혁명의 실천과정에 존재하는 문제를 바르게 해결해야 했다. 당 기풍을 정돈하는 것은 즉 종파주의에 반대하는 것으로서 광범위한 당원들이 전심전력으로 인민을 위해 봉사하는 취지를 마음에 깊이 새기고 대중과 긴밀히 연결하는 기풍을 수립하며, 모든 것은 대중을 위하고, 모든 것은 대중에 의지하도록 하는 것이었다. 당내 관계를 처리함에 있어서 당의 이익을 개인의 이익보다 중히 여기고 전국의 이익을 국부 이익보다 중히 여기는 원칙을 고수하여 당의 조직대오가 질서 정연하고 보조가 일치하며 단합하여 전투할 수 있도록 하는 것이었다. 당 외 관계를 처리함에 있

---

394) 위의 책, 제3권, 812쪽.

어서 가장 광범위한 인민대중의 가장 근본적인 이익을 쟁취하는 것을 말과 행동의 기준으로 삼고 전국 인민은 단합하여 공동 분투하며 잘난 체하며 거만하게 행동하거나 대중을 이탈하여서는 절대 안 된다. 문풍을 정돈한다는 것은 즉 혁명적인 명사나 전문용어들만 주무르며 내용은 텅 비고 사물에 대한 구체적이고 과학적인 분석을 진행하지 않으며, 구체적인 문제를 해결할 수 없는 문풍에 반대하고 생생하고 활발하며 신선하고 유력한 마르크스·레닌주의 문풍을 제창하는 것이었다. 정풍운동에서는 지난날의 잘못을 경계하여 훗날에는 다시 그런 일이 일어나지 않도록 삼가케 하고, 병을 치료하여 사람을 구하는 방침을 관철시켰으며, 문건을 학습하고, 사상과 업무를 검토하며, 비판과 자아비판을 전개하고, 결점과 실수를 공개하며, 장점과 바른 것을 발양하는 방법을 취했다. 옌안(延安) 정풍운동을 통해 전 당의 사상을 마르크스·레닌주의로 통일시킬 수 있는 기반을 닦았고, 전심전력으로 인민을 위해 봉사하는 취지를 전 당에 다시 한 번 강조하였으며, 실사구시의 바른 사상노선과 인생태도를 확립시켰고, 비판과 자아비판 및 당내 투쟁을 적극 전개하는 양호한 기풍을 형성토록 하였으며, 전체 당원의 이성 정신과 계급의식을 더 한 층 일깨웠고, 당내 생활의 민주화에 적극적인 추진역할을 했다.

중화인민공화국이 창립된 후 중국공산당은 집권당이 되었다. 그러한 지위의 변화로 인해 당 조직은 대중을 이탈하기가 쉽고, 당원은 교만한 정서와 특권주의 사상이 생겨나고 관료주의 습성에 물젖기 쉬운데다가, 봉건주의사상과 자산계급사상의 찌꺼기도 당의 건강한 조직을 침식하며 영향을 끼치고 있었다. 중국공산당이 우수한 전통과 기풍을 유지하고 발양할 수 있게 하고, 사회주의 혁명과 건설을 이끄는 중임을 짊어질 수 있도록 하기 위해, 1950년 5월 중공중앙은 「전 당 전 군 내에서 정풍운동을 전개하는 것에 대한 지시」를 발표하였으며, 하반기에 바로 새 중국 창립 후 첫 정풍운동을 전개했다. 그 정풍운동의 주요 임무는 간부와 일반 당원의 사상수준과 정치수준을 제고시키고, 업무 전개 과정에서 저지른 실수를 극복하며 공신으로 자처하는 교오(驕傲, 잘난 체하고 뽐내며 건방진 것-역자 주) 자만한 정서를 극복하고, 관료주의와 명령주의를 극복하며, 당과 인민 간의 관계를 개선하는 것이었다. 집권당의 지위와 혁명·건설을 이끄는 중임은 광범위한 당원 특히 지도직무를 맡은 당원에게 더 높고 더 엄격한 요구를 제기했다. 1951년 제1차 전국조직업무회의에서는 당원에 대한 8가지 요구조건을 통과시켜 당원에게 다음과 같이 요구했다.

"중국공산당은 중국 노동자계급의 정당이며, 노동자계급의 선진적이고 조직적인 대오임을 반드시 이해해야 한다. 중국공산당의 최종 목표는 공산주의제도를 실현하는 것임을 반드시 알아야 한다. 당의 최종 목표를 철저히 실현하기 위해 분투해야 한다는 결심이 반드시 있어야 한다. 반드시 당의 통일 지도하에 혁명운동과 건설 업무에 적극 참가해야 하고, 당의 바른 정책과 결의를 단호히 이행해야 하며, 당의 기율을 엄격히 지키고 당의 이익에 손해를 끼치는 모든 행위와 단호하게 투쟁할 수 있는 용기를 갖춰야 한다. 반드시 인민대중의 공공이익을 개인이익보다 더 중히 여겨야 하며, 당원의 개인이익은 반드시 인민대중의 공공이익에 복종해야 한다. 반드시 언제나 비판과 자아비판의 방법으로 자기 업무에 존재하는 결점과 실수에 대해 검토해야 하며, 제때에 바로잡아야 한다. 반드시 전심전력으로 인민을 위해 봉사해야 하고, 인민대중의 의견과 요구에 허심탄회하게 귀를 기울여 제때에 당에 반영토록 해야 하며, 당의 정책을 인민대중에게 선전하고 설명함으로써 당과 인민대중 간의 밀접한 관계를 유지하고, 대중을 이끌고 앞으로 나아가야 한다. 반드시 마르크스·레닌주의와 마오쩌동사상을 힘써 학습하여 계급적 각오와 사상 수준을 꾸준히 제고시켜야 한다.

사회주의 개조가 거의 완성된 후 관료주의와 주관주의 및 종파주의에 저항하여 사회주의 건설을 더 잘 이끌기 위해 중국공산당은 또 새 중국 창립 후의 제2차 정풍운동을 전개하기로 결정했다. 그 정풍운동은 관료주의와 주관주의 및 종파주의를 극복하는 면에서 일정한 역할을 일으켰지만, 우파의 공격에 반격하는 과정에서 계급투쟁을 확대시키는 실수를 저질렀다. 중국공산당의 여러 차례 정풍운동은 한 곳으로 귀결되는데 그것은 바로 공산당이 정치적으로 확고하고, 사상적으로 순결하며, 조직적으로 탄탄해질 수 있도록 유지함으로써 중국인민을 이끌고 혁명과 건설을 진행하는 중임을 떠멜 수 있도록 하기 위함에서였다. 당의 건설, 특히 당의 사상건설의 실천은 마오쩌동 인생철학의 발전에 가장 기본적인 경험을 제공하였던 것이다.

둘째, 마오쩌동 인생철학의 승화와 성숙은 중국공산당이 이끄는 인민군대 건설경험에 대한 총결이었다. 중국공산당은 창설된 날부터 국민혁명운동에 뛰어들었다. 1927년 대혁명이 실패하여서부터 1949년 중화인민공화국이 창립될 때까지 장장 20여 년 동안 줄곧 팽팽한 군사투쟁에 처해 있었다. 중국공산당이 이끄는 인민군대는 중국공산당의 목표·강령·노선의 강력한 관철자·이행자이며 구현자였다. 군대건설도 당 건설과 마찬가지로 중국공산당과 마오쩌동의 사상관점과 정치입장 및 가치기준을 반영했다. 무산계급의 성질을 갖추고, 엄격하고 공정한 기율을 갖추었으며, 광범위한 대중과 밀접하게 연결된 인민군대를 건립하는 것이 중국공산당의 중요하고도 막중한 임무였다. 당과 마오쩌동은 '8.1 난창(南昌)봉기'와 '추수(秋收)봉기' 때부터 시작한 군대건설을 이끈 경험을 종합하여 인민군대 건설문제를 해결하는 데 주의를 기울였고, 군대에 대한 당의 영도를 강화할 것을 주장하였으며, 군대의 정치사상업무를 강화하고, 홍군병사의 계급적 각오를 깨우쳐줌으로써 병사들이 자신과 노동자·농민 대중을 위해 싸우고 있다는 사실을 명확히 인식할 수 있도록 하였으며, 군대 내부에서 민주제도를 실행할 것을 강조했다. 1929년 12월 마오쩌동은 홍4군 제9차 당대표대회를 위해 작성한 결의에서 징강산(井岡山)시기 군대건설의 경험을 종합하고, 인민군대의 건설원칙을 체계적으로 명확히 밝혔다. 그는 "중국공농홍군(工農紅軍)은 혁명적 정치임무를 수행하는 무장집단으로서 전심전력으로 인민을 위해 봉사하는 것을 취지로 삼아야 한다, 공농홍군은 단순히 싸움만을 위한 대오가 아니라, 대중에 대한 선전과 조직, 대중을 무장시키고 대중을 도와 혁명정권과 공산당조직을 수립하는 중대한 임무를 떠메야 한다, 관병일치·군정일치·군민일치의 원칙을 실행해야 한다."라고 지적했다. 이들 원칙과 사상은 인민군대의 발전과 강성을 위한 튼튼한 이론적 토대를 마련해주었다. 새 중국이 창립된 후 당과 마오쩌동은 현대화와 정규화를 실현한 인민군대를 건설할 것을 강조하는 한편, 군대의 혁명화 건설을 크게 중시하면서 현대화 기술을 습득하여 현대 선진기술 전쟁의 수요에 적응할 것과 우리 군의 영광스러운 전통을 유지하고 발양할 것, 그리고 전심전력으로 인민을 위해 봉사하는 정신과 자아희생적인 영웅적 기개를 계속 유지하고 발양할 것을 군대의 간부와 전사들에게 요구했다. 당과 마오쩌동의 건군사상은 인민군대의 건설에 방향을 제시하였으며, 인민군대가 인민을 위해 봉사하는 취지를 마음에 깊이 새기고 인민의 이익을 위해 성의를 다해 용감하게 싸울 수 있도록 보장했다. 인민군대의 건설 실천도 마오쩌동 인생철학의 승화와 발전에 소중한 경험을 마련해주었으며, 전국인민에게 무산계급 인생철학을 실천하는 본보기를 세워주었다.

셋째, 인민대중에 대한 당과 마오쩌동의 선전·교육·조직·영도 및 인민대중의 혁명건설 실천은 마오쩌동 인생철학이 풍부해지고 발전할 수 있는 가장 튼튼한 근원을 마련해주었다. 중국 근대화의 역사를 통해 알 수 있다시피 중국혁명과 건설의 승리를 거두려면 반드시 중국공산당의 영도가 있어야 하고, 동시에 광범위한 인민대중이 지지하고 자발적으로 참가해야 했다. 그런데 광범위한 대중을 각성시키는 것은 결코 쉬운 일이 아니었다. 중국공산주의자들과 마오쩌동은 대중의 실제 생활에 주의를 기울이고, 대중의 물질적 이익에 관심을 기울이는 한편, 문화교육에 대한 업무도 크게 중시하여 신문화운동의 기본정신을 계승하고 전제통치와 종법제도와 관련되는 노예관념을 타파하도록 이끌었으며, 독립자주적인 주인의식을 양성시켰다. 또 혁명대오에서 농민 출신의 소생산자의 편협한 관념과 노동자 출신의 공단(工團)주인공 의식을 타파하고, 공산주의정신과 원대한 이상을 점차적으로 수립하도록 했다. 그리고 또 개인주의를 핵심으로 하는 인생관을 타파하고, 무산계급과 전체 인민의 근본 이익을 최고기준으로 하는 인생관을 수립하도록 이끌었다. 인민의 물질문화 생활의 수요를 만족시키는 한편 인민대중으로 하여금 이상이 있고 도덕을 갖춘 사람으로 점차 발전하도록 이끌었으며, 혁명영웅주의 교육을 진행하여 민족과 계급 및 인민의 이익을 위해 헌신적으로 일하며 용감하게 헌신할 것을 제창했다. 중국공산당과 마오쩌동은 공산주의정신으로 대중을 교육하여 광범위한 대중이 각성하도록 깨우쳐주었다. 중국공산당은 바로 그렇게 각성한 대중을 이끌고 기세 드높은 국민혁명운동·토지혁명전쟁·항일전쟁·해방전쟁 등 일련의 영웅서사시와 같은 역사운동을 전개하였으며, 세계 인구의 4분의 1을 차지하는 동양의 대국에서 신민주주의혁명과 사회주의혁명을 완성하였고, 인민이 주인이 된 새 나라를 세웠으며, 인민대중의 주인공으로서의 열정과 역사적 적극성을 충분히 살려 사회주의 건설에서 세계가 공인하는 성과를 거두고, 재덕이 겸비한 간부와 일반 노동자를 대거 키워냈으며, 무산계급 인생 실천의 풍부한 경험을 쌓았다. 이렇게 함으로써 마오쩌동 인생철학의 승화를 위한 깊은 역사적 근원을 마련하고 실천 토대를 닦아놓았던 것이다.

3. 마르크스주의 세계관과 방법론에 대한 학습과 실천

마오쩌동의 인생철학은 또 마르크스주의를 학습 활용하고, 마르크스주의의 보편적 진리를 중국혁명과 건설의 실천과 결합시키는 과정에서 풍부히 하고 발전시켰던 것이다. 마르크스주의철학의 기본 원리와 중국혁명과 건설의 실천을 이끄는 과정에서 이룬 마오쩌동의 독특한 철학적 창조가 마오쩌동의 인생철학을 위한 이론관점과 사상방법을 마련해주었다. 마오쩌동은 마르크스주의 변증유물주의 철학노선을 중국혁명을 이끄는 실천에 관철시켜 실사구시의 사상노선을 창설했다. 실사구시는 마오쩌동사상의 정수로서 일종의 철학적 입장이기도 하고 일종의 사상방법과 인생태도이기도 했다. 마르크스주의는 오로지 여러 나라 혁명 실천과 결합되어야만 비로소 현실을 바꿀 수 있는 힘을 발휘할 수 있으며, 여러 나라 혁명 실천도 오로지 마르크스주의의 지도를 고수해야만 반드시 거쳐야 할 역사의 길을 걸을 수 있도록 보장할 수 있었다. 그러나 마르크스주의는 일종의 과학적인 입장과 관점 및 방법으로 추상적이고 텅 빈 그리고 경직된 교조주의가 아니었다. 마르크스주의와 여러 나라 실천의 결합은 그 기본 입장과 관점 및 방법으로 그 나라의 사회 구조와 계급 관계에 대해 분석하여 그 나라 사회의 특수한 본질을 발견하고, 그 나라 국정에 알맞은 혁명과 건설의 길을 모색하는 것으로서 마르크스주의로 여러 나라의 실제를 억지로 규범화시키는 것은 아니었다. 경험주의자들은 오직 편협한 경험만 믿고 이론의 가치를 배척하는데 이는 그릇된 것이었다. 교조주의는 오직 교과서를 그대로 암기할 줄만 알뿐 어렵게 조사연구를 진행하려고 하지 않으며, 중국의 실제에 대해 알지 못하고, 마르크스주의를 교조로 삼고 모든 병을 치료할 수 있는 만병통치약으로 삼는데 이 또한 그릇된 것이다. 마오쩌동은 장기적인 혁명생애에서 유물변증법에 대해 선전하고, 유심주의와 형이상학에 반대하는 것을 꾸준히 중시해왔으며, 경험주의와 교조주의에 반대하고, 모든 것은 실제에서 출발하고 실사구시하며 이론과 실제를 연결시키는 사상노선을 고수하였으며, 마르크스주의의 보편적 원리를 중국혁명과 건설의 실천과 긴밀히 결합시켜 조사 연구를 거쳐 중국의 국정에 대해 깊이 이해한 뒤 그것을 근거로 바른 노선과 방침 및 정책을 제정하면서 중국혁명과 건설의 실천 및 자신의 인생 실천을 과학적 인식이라는 토대 위에 쌓아올렸다. 실사구시가 마오쩌동 인생철학의 종합적 풍격과 기본 정신을 구성하였던 것이다.

마오쩌동은 마르크스주의 인식론과 변증법사상을 계승 발전시켰으며, 자신의 인생철학을 구축하는 과정을 과학적인 철리의 지도하에서 완성시켰다. 마르크스주의 창시자는 인식론을 세계에 대해 인식하고 개조하는 사상무기로 삼고, 실천관과 변증법을 인식론에 도입시켜 실천은 인식의 토대이고 인식은 주체가 세계를 능동적으로 인식하고 개조하는 과정이라고 지적했다. 중국혁명과 건설을 이끄는 중임을 떠멘 마오쩌둥과 기타 중국공산주의자들은 마르크스주의의 보편적 진리를 중국혁명의 구체적 실천과 창조적으로 결합시키기 위하여서는 반드시 실제를 벗어난 주관주의에 반대하고, 사상이 앞서가는 '좌'경 오류와 사상이 뒤처진 우경오류에 반대해야만 했다. 그러려면 반드시 실천을 토대로 하는 능동적 혁명적 반영론에 대해 체계적이고 구체적이며 광범위한 당원대중이 이해하고 받아들일 수 있도록 설명해야만 했다. 마오쩌둥은 주관과 객관, 이론과 실천, 지(知)와 행(行)의 구체적 역사적 통일이라는 중심을 긴밀히 둘러싸고 인식의 변증 과정과 인식운동의 종합 법칙에 대해 명확히 밝히고, 실천 제일의 변증유물주의 인식노선을 고양함으로써 능동적 혁명적 반영론이 체계적이고 과학적인 이론형태를 갖출 수 있게 했다. 이와 동시에 마오쩌둥은 마르크스주의 변증법사상을 계승 발전시키고, 변증법의 실질과 핵심으로서의 대립통일의 법칙에 대해 체계적으로 명확히 밝혔으며, 특히 모순의 특수성 이론에 대해 명백히 설명하였으며, 구체적인 상황은 구체적으로 분석해야 한다는 마르크스주의의 살아 움직이는 영혼을 철리의 높이로까지 끌어올렸다. 그리고 또 마오쩌둥은 자신의 변증법 관련 독특한 이론 창조를 정치와 군사투쟁 및 사회주의 혁명과 건설을 이끄는 실천에 활용했다. 마르크스주의 인식론과 변증법에 대한 마오쩌둥의 독특한 발휘는 무산계급과 광범위한 인민대중을 위한 바른 인생 방향을 확정해주고, 객관세계와 주관세계에 대해 효과적으로 인식하고 개조하며, 인간의 여러 방면의 잠재력을 최대한 살려 사회의 발전과 진보를 추진할 수 있는 세계관과 방법론적 의거를 마련해주었다. 마오쩌둥은 마르크스주의 유물사관을 계승 발전시키고, 사회 기본 모순 이론과 대중관점에 대해 집중적으로 설명함으로써 인생의 이상과 목표를 확정할 수 있는 튼튼한 이론적 토대를 닦아 놓았다. 유물사관의 창립은 철학 영역의 혁명을 일으켰다. 그러나 유물사관의 발전은 혁명실천의 수요에 적응하기 위해 꾸준히 보완되는 과정이다. 1880년대 이전에 마르크스와 엥겔스는 다양한 형태의 유심사관에 반대하고자 경제연구에 중점을 두고 상부구조에 대한 경제토대의 결정적 역할을 강조하면서 물질자료의 생산방식이 역사 과정의 결정적 요소이며, 상부구조의 생성과 변혁은 경제토대에 의해 결정된다고 지적했다. 1880년대 말과 90년도 초에 유물사관을 저속화하고 교조화하며 상부구조의 반작용을 부정하는 경향에 대해 엥겔스는 경제토대의 결정적 역할을 충분히 인정한다는 전제하에서, 상부구조가 경제토대에 반작용을 일으키는 변증법에 대해 명백하게 주장하면서 현실생활에서 생산과 재생산은 사회발전의 결정적 요소이긴 하나 유일한 결정적인 요소는 아니며, 역사발전을 결정하는 요소에는 상부구조 중의 여러 가지 요소도 있다고 지적했다. 경제 토대와 상부구조의 작용은 일방적인 것이 아니라 서로 작용하는 것이다. 마오쩌둥은 마르크스와 엥겔스의 사상을 계승 발전시켜 생산관계에 대한 생산력의 주요한 결정적 작용과 상부구조에 대한 경제 토대의 주요한 결정적 작용을 인정하는 한편, 또 일정한 조건에서 생산력에 대한 생산관계의 반작용과 경제 토대에 대한 상부구조의 반작용도 지적했다. "종합적인 역사 발전과정에서 물질적 요소가 정신적 요소를 결정하는 것이고, 사회의 존재가 사회의 의식을 결정하는 것임을 인정하면서도 동시에 또 정신적 요소의 반작용과 사회 존재에 대한 사회의식의 반작용, 경제토대에 대한 상부구조의 반작용도 인정했다."[395] 이로써 역사관의 유심론과 형이상학을 피하였으며, 사회역사 영역에서 유물론과 변증법을 고수할 수 있었다. 마오쩌둥은 바로 유물론과 변증법적 역사관을 활용해 중국사회의 성질과 특징에 대해 분석하고, 중국사회의 발전법칙을 명시하였으며, 신민주주의혁명에 대한 독창적 이론을 제기하였고, 중국사회의 사회주의 전망과 공산주의 방향을 제시했다. 이로써 실현하고자 하는 사회 이상을 튼튼한 사회 토대와 이론 토대 위에 수립하여 인생길에서 기운을 떨쳐 나아가며 창조하고 진취할 수 있도록 격려하는 거대한 정신적 동력이 되게 했다. 마르크스주의 창시자인 마르크스와 엥겔스는 사회발전의 역사가 근본적으로는 물질자료생산 발전의 역사이며, 물질자료 생산에 종사하는 인민대중이 역사를 창조하는 결정적 세력이라고 주장했다. 마오쩌둥은 그 사상을 계승하여 인민은 역사의 범주로서 끊임없이 변화하고 있다면서 단 노동대중은 언제나 인민의 기본 구성요소로서 인민대중이 사회문명과 진보의 방향을 대표하고, 물질적 재부와 정신적 재부의 창조자이며, 사회발전과 변혁의 결정적인 힘이라고 지적했다. 인민대중은 역사운동의 주체로서 가치를 창조하는 자이기도 하

---

395) 위의 책, 제1권, 326쪽.

고, 또 가치를 누리는 자이기도 하다. 무산계급 및 그 정당은 전 인류를 해방시키는 것을 소임으로 삼고 광범위한 인민대중의 근본적인 이익을 도모하기 위해 분투하며, 전심전력으로 인민을 위해 봉사하고 모든 것은 인민대중에게 책임지며, 대중들 스스로가 자신을 해방시킬 수 있다는 진실을 믿고 광범위한 대중에게서 배워야 한다. 인민대중이 역사를 창조한다고 주장하는 유물사관에는 전심전력으로 인민을 위해 봉사하려는 무산계급의 인생 목표가 논리적으로 포함되어 있다. 마오쩌동은 일생동안 인민의 이익을 위해 노력해왔으며, 중국혁명과 건설을 이끄는 장기적인 과정에서 모든 것은 대중을 위하고 모든 것은 대중에 의지하며, 대중에게서 얻은 것을 대중에게 되돌려주는 대중관점과 대중노선을 창립하여 전심전력으로 인민을 위해 봉사하는 인생목표를 실행 가능한 방식 방법으로 구체화했다.

마오쩌동은 인류의 보편적 특성과 사회성 관련 마르크스주의 창시자의 사상을 계승 발전시켜 인류는 동물과 구별되는 주관적 능동성을 갖추고 있다고 지적했다. 그런 주관적 능동성은 인류가 객관세계의 본질과 법칙을 인식할 수 있는 데서 반영될 뿐만 아니라, 인류가 그런 인식으로 자신의 행동을 지도하고 객관적 세계를 개조함으로써 인류 생존발전의 수요에 부합하도록 하는 데서 반영되며, 또 인류가 이상·신념·도덕·감정·의지 등 자아통제와 조절을 진행할 수 있는 정신적 힘을 갖추고 있는 것에서도 반영되었다. 인류의 주관능동성은 인류 발전과 완성의 가장 핵심적인 근거이다. 마오쩌동과 중국공산주의자들은 혁명전쟁 시기든 평화 건설 시기든 항상 인류의 주관능동성을 크게 중시했다. 예를 들면 민주혁명시기에 마오쩌둥은 중국혁명의 규칙에 대해 과학적으로 인식하고 통일전선·무장투쟁·당의 건설을 결합한 3위 일체의 신민주주의혁명의 총체적 전략을 제정하였으며, 적아 쌍방의 세력 차이를 깊이 이해한 뒤 정확한 군사투쟁 전략과 책략을 제정하여 중국혁명의 위풍당당하고 힘찬 활극을 연출하였던 것이다. 마오쩌둥은 또 광범위한 당원과 인민대중에 대해 공산주의 이상, 애국주의와 국제주의 정신, 집단주의 관념, 혁명영웅주의 정신 등 면의 교육을 진행함으로써 그것을 인민의 사상 감정으로 내재화시켜 인민대중이 고난과 시련을 이겨내면서 있는 힘을 다해 싸우고, 헌신적으로 일하며, 용감하게 희생할 수 있도록 격려했다. 그렇기 때문에 중국은 세계가 주목하는 성과를 거두고 이루 다 헤아릴 수도 없이 많은 영웅인물이 창출되었으며, 헤아릴 수도 없이 많은 감동적인 영웅적 업적을 창조할 수 있었던 것이다. 이밖에 마오쩌둥은 또 인간의 사회성 본질을 확인하고 생산과정에서 인간은 일정한 생산관계를 맺고, 나아가 일정한 정치관계와 사상관계를 맺는다면서 개개인은 모두 일정한 사회관계 속에서 자신의 사회활동과 인생실천을 진행한다고 지적했다. 그래서 인간은 추상적인 것이 아니라 구체적인 것이라 했다. 그리하여 그는 추상적인 인성론에 반대하면서 인간은 분석 가능하다고 주장했다. 인간은 여러 가지 사회관계 속에 처해 있기 때문에 인간의 본질은 마땅히 여러 가지 사회관계 속에서 드러나고 설명할 수 있어야 한다. 계급사회에서 계급관계는 인간과 인간 사이의 근본관계이며, 인간의 사회 본질은 마땅히 계급관계 안에서 설명되어야 한다. 마오쩌동은 인간의 사회성 본질을 깊이 파고들어 탐구하면서 경제적 차원에서 계급을 나누고, 인간의 경제지위에 대한 분석에 착수하여 혁명에 대한 그의 태도를 연구한 뒤, 중국혁명의 지도세력, 동맹군, 혁명대상이 누구냐는 등의 문제를 해결함으로써 신민주주의 혁명의 총체적 노선을 제정하기 위한 과학적 근거를 마련했다. 새 중국이 창립된 후, 특히 생산수단 사유제의 사회주의 개조를 거의 완성한 후, 마오쩌동은 중국 사회계급 관계의 변화를 근거로 대규모의 대중성 계급투쟁이 이미 끝났고, 이제는 인민 내부 모순을 정확하게 처리하는 것이 국가 정치생활의 주제로 부상했다고 지적했다. 생산력을 발전시키고 경제를 건설하는 것이 당과 국가의 근본적인 임무가 되었다. 인류의 보편적 특성과 사회성에 대한 마오쩌동의 사상은 그의 인생철학의 형성을 위한 가장 핵심적인 이론적 근거를 마련해주었을 뿐만 아니라, 인간의 자발적이고 능동적인 창조성의 잠재력이 구체적인 사회 환경 속에서 발휘될 수 있도록 했다.

엥겔스는 이렇게 말했다. "모든 한 시대의 철학은 분업의 특정 영역으로 선구자들로부터 이어받고 또 그것을 바탕으로 출발하여 형성한 특정된 사상 자료를 전제로 한다."[396] 마오쩌동이 마르크스주의를 계승 발전시켰다는 사실은 마르크스주의 기본 관점을 혁명과 건설 및 인생 실천에 활용한 데서 반영되었을 뿐만 아니라, 마르크스주의의 과학적 태도와 방법을 이용하여 고금중외의 문화유산에 대해 비판적으로 계승한 데서도 반영되었으며, 특히 인생철학의 우수한 전통을

---

396) 『마르크스·엥겔스선집』 제4권, 인민출판사 2012년판, 612쪽.

비판적으로 계승하여 그의 인생철학이 선인의 인생실천과 경험을 종합한 토대 위에서 한 걸음 더 발전시키는데 반영되었다.

신문화운동 이래 고금중외의 문화에 대한 문제에서 사람들은 전혀 다른 몇 가지 태도를 보였다. 고금의 문화를 대하는 문제에서 혹자는 고대의 문화를 따르고 현재의 문화를 부정하거나 혹자는 현재의 문화를 따르고 고대의 문화를 부정하는 태도를 보였으며, 중국문화와 서양문화를 대하는 문제에서 혹자는 민족 보수주의를 주장하면서 국수를 고집하거나, 혹자는 민족 허무주의를 주장하면서 전면적 서구화를 주장하는 태도를 보였다. 그러한 사상방법의 특징은 편파성과 절대주의이다. 그러나 마오쩌둥은 현실적인 인생 실천의 수요에 따라 고금중외의 문화유산에 대해 정리하면서 전통문화의 합리적인 내용에 대해 비판적으로 계승하여 마르크스주의를 풍부히 하였으며, 마르크스주의가 본 민족의 문화심리에 부합하고 광범위한 대중에게 쉽게 받아들여질 수 있는 대상이 되도록 했다. 마오쩌둥은 이렇게 말했다. "우리의 역사유산에 대해 학습하면서 마르크스주의의 방법을 활용하여 비판적으로 종합하는 것은 우리가 학습하는 과정에서 완성해야 할 또 다른 임무이다. 수천 년의 역사를 자랑하는 우리 민족은 자체적인 특징이 있고 많은 소중한 유산을 가지고 있다. 그 부분에서 우리는 겨우 초등학생에 불과하다. 오늘날 중국은 역사상 중국의 한 발전 과정이며, 우리는 마르크스주의 역사주의자로서 역사를 단절시켜서는 안 된다. 공자에서 손중산에 이르기까지 우리는 마땅히 종합하여 그 소중한 유산을 계승해야 한다. 이는 당면한 위대한 운동을 이끄는 데 중요한 도움이 된다. 공산당원은 국제주의 마르크스주의자이다. 그러나 마르크스주의는 반드시 우리나라의 구체적 특징과 결합시켜야 하며, 일정한 민족형태를 통해야만 실현될 수 있다. 마르크스 레닌주의의 위대한 힘은 그것이 여러 나라의 구체적인 혁명 실천과 연결시킬 수 있는 데 있다. 중국공산당으로서는 마르크스 레닌주의 이론을 중국의 구체적 환경에 활용하는 법을 익혀야 한다. 위대한 중화민족의 일부가 되어 그 민족과 밀접하게 연결되어 있는 공산당원이 중국 특징을 떠나 마르크스주의에 대해 논하는 것은 추상적이고 텅 빈 마르크스주의일 뿐이다. 그렇기 때문에 마르크스주의를 중국에서 구체화하고 마르크스주의가 반드시 중국의 특성을 띨 수 있도록 하는 것, 즉 중국의 특징에 따라 마르크스주의를 활용하는 것이 전 당이 시급히 이해해야 하고, 또 반드시 해결해야 하는 문제이다."[397] 마오쩌동은 「신민주주의론」에서도 민족문화전통과 외래문화를 어떻게 대할 것이냐는 문제에 대해 과학적으로 논술했다. 그는 다음과 같이 지적했다. 신민주주의 경제 정치에 걸맞은 신민주주의문화는 무산계급 사회주의사상을 지도로 하는 민족적, 과학적, 대중적인 문화이다. 신민주주의 문화는 민족적인 것이다. 그 문화는 제국주의 압박에 반대하고 중화미족의 존엄과 독립을 주장하며 민족적인 특성을 띤다. 그러나 그 문화는 또 모든 다른 민족의 사회주의 문화와 신민주주의 문화와 연합하여 서로 받아들이고 서로 발전하는 관계를 형성하여 세계의 새로운 문화를 공동으로 형성해야 한다. "중국은 마

---

397) 『마오쩌동선집』 제2권, 앞의 책, 533~534쪽.

땅히 외국의 진보적 문화를 대대적으로 받아들여 자기 문화의 식량을 만드는 원료로 삼아야 한다.…여기에는 당면한 사회주의 문화와 신민주주의 문화뿐 아니라, 여러 자본주의국가의 계몽시대의 문화와 같은 외국의 고대문화도 포함된다. 무릇 오늘날 우리가 이용할 수 있는 것이라면 마땅히 모두 받아들여야 한다."[398] 그러나 외국의 문화에 대해서는 반드시 비판적으로 받아들여야 한다. 신민주주의 문화는 과학적인 것으로 모든 봉건사상과 미신사상에 반대하고 실사구시를 주장하며 객관적 진리를 주장하고 이론과 실천의 일치를 주장한다. "중국은 장기간의 봉건사회를 거치면서 빛나는 고대문화를 창조했다. 고대문화의 발전과정에 대해 정리하면서 그 봉건적인 찌꺼기를 제거하고 민주적인 정수를 받아들이는 것은 새로운 민족 문화를 발전시키고 민족 자존심을 키우는 필요한 조건이다. 그러나 비판을 거치지 않고 전부 받아들이는 것은 절대로 안 된다. 반드시 고대 봉건 통치계급의 모든 썩은 것과 고대 우수한 인민문화 즉 조금이라도 민주성과 혁명성을 띤 것은 구별해야 한다. 중국 현 시기의 신(新)정치, 신경제는 고대의 구(舊)정치, 구경제에서 발전해온 것이고, 고대 현 시기의 신문화 역시 고대의 구문화에서 발전해온 것이다. 그렇기 때문에 우리는 반드시 자기 역사를 존중해야 하며 절대로 역사를 단절시켜서는 안 된다. 그러나 이러한 존중은 역사에 일정한 과학적인 지위를 부여하는 것이며, 역사의 변증법적인 발전을 존중하는 것으로서 고대의 문화를 칭송하고 현 시기의 문화를 부정하는 것이 아니며,

---

398) 위의 책, 706~707쪽.

그 어떤 봉건적인 독소를 찬양하는 것이 아니다."³⁹⁹ 1942년 5월에 열린 옌안문예좌담회에서 마오쩌둥은 고금중외의 우수한 문학예술유산을 비판, 개조, 계승하는 것에 대해 투철하게 논술하였으며, 그것을 인민을 위해 봉사하는 사상으로 전환시켜야 한다고 말했다. "중국과 외국의 지난 시대에 남아 내려온 풍부한 문학예술 유산과 우수한 문학예술 전통을 우리는 계승해야 한다. 그러나 그 목적은 여전히 인민대중을 위해 봉사하는 것이다. 지난 시대의 문예형태에 대해서도 우리는 이용하기를 거부하지 말아야 한다. 단 그런 구형태가 우리 손을 거쳐 개조되고, 새로운 내용이 보충되어 혁명적이고 인민을 위해 봉사하는 것으로 바뀌어야 한다."⁴⁰⁰ "우리는 반드시 모든 우수한 문학예술유산을 계승하여 그중의 모든 유익한 것을 비판적으로 받아들여 그것을 현재 이곳 인민의 삶에서 문학예술의 원료로 작품을 창조할 때 거울로 삼아야 한다.…우리는 옛사람과 외국인에 대해 계승하고 거울로 삼는 것을 절대 거부해서는 안 된다. 그것이 봉건계급과 자산계급의 것이라 할지라도…"⁴⁰¹ 고금중외의 문화에 대한 마오쩌둥의 기본 태도와 방법은 실사구시적인 것이고, 구체적인 분석을 거치는 것이며, 비판을 거친 토대 위에서 계승하고 개조를 거쳐 받아들임으로써 무산계급 사상체계를 풍부히 하여 인민대중을 위해 봉사하는 것이었다. 중국문화를 볼 때 마오쩌둥은 선진(先秦)시기의 철학,

---

399) 위의 책, 707~708쪽.
400) 위의 책, 855쪽.
401) 위의 책, 860쪽.

초사(楚辭)·한부(漢賦), 당송(唐宋)시기의 고문(古文)과 시사(詩詞), 송명(宋明) 성리학과 심학 및 청나라 왕부지·안이학파(顔李學派)·대진·고염무 등의 사상에 대해 잘 알고 있었으며, 전통문화 속에서 배우기를 좋아하고 깊이 연구하여 지식을 넓히며 실사구시의 실무적인 태도와, 경세치용·천하구제의 세속적인 정신, 그리고 꾸준히 노력하고 끊임없이 진취하는 생명의식, 천하일가(天下一家) 세계 대동의 박애주의 감정, 인의를 실천하며 자제하고 헌신적인 도덕정신을 받아들임으로써 자신의 인생철학이 중국적인 특징과 기품 및 기백을 띠도록 했다. 종합적으로 말하자면, 마오쩌동의 인생철학은 중국과 서양을 융합시키고, 고금을 결합시킨 산물로서 뚜렷한 시대적 특징을 띨 뿐 아니라, 깊은 문화적 유전도 갖추었으며, 서양에서 생겨난 인류문화의 가장 선진적인 성과인 마르크스주의를 계승 발전시켰을 뿐만 니라, 또 중국의 전통문화에 대해서도 개조하고 전환시켰으며, 이왕의 인생철학을 논리적으로 발전시켰을 뿐 아니라, 국공산당 영도하의 무산계급과 광범위한 인민대중의 도덕실천 경험에 대해서도 개괄하고 승화시켰다. 본 편에서 우리는 인생의 본질·이상·목표·가치·경지·태도 등 독창적인 의미를 띠는 마오쩌동의 사상에 대해 집중적으로 연구 토론하게 된다. 마오쩌동과 중국공산당이 이끄는 중국혁명과 건설 사업은 우여곡절과 어려운 고통을 겪으면서 순조로울 때도 있었고 좌절할 때도 겪었으며, 성공도 거두고 또 실수도 있었다. 마오쩌동은 인생에 대한 깊은 철리적 사고를 진행하는 과정에서 곤혹스러움과 잘못된 인식에 빠졌던 때도 있었다.

그래서 우리는 인생 이론에 대한 마오쩌동의 과학적이고 독창적인 창조에 대해 중점으로 토론하는 한편, 마오쩌동의 이론적 실수에 대해서도 피하지 않고 실사구시의 태도로써 그 실수에 대해 평론하며, 마오쩌동의 인생 사고와 인생 실천의 실수를 통해 교훈을 섭취하여 소극적인 부분의 경험을 적극적인 의미에서의 재부가 되도록 바꿔야 할 것이다.

제2장
인생 본질론

　인생의 본질은 인간이 인간일 수 있는 내재적 근거이며 인간이 갖추고 있고 또 그로 인해 인간이 만물과 구별되는 특질과 속성이다. 인간의 본질 문제는 인생의 여러 가지 문제 중에서 최고의 문제로서 인생의 본질에 대한 이해와 확실한 인식은 사람들의 인생의 목표·인생의 이상·인생의 가치 및 인생의 태도를 결정짓는다. 인생의 본질에 대해 인식하고 설명하는 것은 인생관을 사고의 대상으로 하는 마오쩌동 인생철학의 관건적인 부분이다. 마오쩌동은 중국 전통 인생철학에서 인간의 본질 관련 합리적 사상에 대해 비판적으로 개조하고 마르크스주의 인생 본질 이론을 계승 발전시켰으며 인간의 본질은 사람들의 자발적이고 자유로운 창조적 활동에서 반영되고 인간의 본질은 공통성과 개성의 통일이며 인간의 본질을 풍부히 하고 발전시키는 것은 사회역사과정이라고 정확하게 지적했다.

1. 자발적이고 자유로운 활동은 인간 본질의 현실적 반영
　인생의 본질은 영원한, 유혹적인 과제로서 고금중외의 수많은 사상가들이 모두 그에 대한 탐구에 고심했다. 중국 전통 철학에서 유가학파는 만물일체, 천인동구(天人同構, 하늘과 인이 합일하는 것—역자 주)의 사상 신념을 기반으로 하여 천지 우주의 본질에 대해 자세히 살피고 연구에 몰두하여 심오한 도리를 탐구하고 은밀한 것을 캐냈으며, 사람의 시각으로 하늘을 관찰하고 또 하늘의 이치로 사람을 증명하면서 천지우주의 본질과 특성을 통해 인생의 본질과 특성을 추리하고 유도해내어 자신의 인생철학체계를 형성하기 위한 형이상적 이론 토대와 사유의 틀을 마련했다. 유가학파의 주장에 따르면 우주의 근원·본체는 만물이 구별되지 않아 혼돈스럽고 가없이 넓은 일원지기(一元之氣, 근본적인 으뜸 된 기운—역자 주)인 '태극'이다. 태극 안에는 서로 대립되면서 서로 보완하는 음과 양이라는 두 개의 실체의 힘이 들어 있다. 음과 양 두 기는 서로 마찰하고 변화하며 서로 이어지고 어울리며 왔다갔다 굽혔다 폈다 끊임없이 변화하면서 오행 남녀와 천지만물을 생성한다. 우주가 끊임없이 운동하는 목적은 생명을 창조하고 이어가기 위함이며 전체 우주는 바로 끊임없이 운행하고 끊임없이 변화하는 생명의 흐름이다. 유가학파의 창시자 공자는 "하늘이 뭐라고 말을 한 적이 있었던가? 그래도 사계절은 여전히 운행하고 있고 백 가지 사물은 여전히 생장하고 있다. 하늘이 뭐라고 말을 하였던가?(天何言哉? 四時行焉, 百物生焉, 天何言哉?)"[402] 『역전(易傳)』에도 이르기를 "만물이 끊임없이 번성하고 생장하며 새로운 사물이 끊임없이 생겨나는 것을 가리켜 바뀐다고 한다(生生之謂易),"[403] "천

402) 『논어·양화(論語·陽貨)』
403) 『계사전(系辭傳)』상 제5장.

지자연의 가장 우수한 품성은 만물을 낳아 키우는 것이다(天地之大德
曰生),"404 "천지자연은 안개가 자오록이 낀 것처럼 혼돈하던 상태에서
만물이 변화하여 순수함을 낳고 남녀가 교합하여 만물이 생겨나는
것이다(天地氤氳, 萬物化醇, 男女構精, 萬物化生),"405 "서로 상반되면서 상
생하는 음과 양 두 기가 끊임없이 운행하는 것은 우주 만물의 성쇠
와 존망의 근본으로서 이를 도라고 한다. 음과 양의 도리가 계속하여
존재하면서 우주 만물이 생겨나는데 이를 선이라고 한다. 만물을 이
루는 것은 천성, 즉 도덕이다. 어진 이가 그 성질과 도를 발견하게 되
면 그것을 어진 것이라고 여기게 되고, 지혜로운 자가 그 성질과 도를
발견하게 되면 지혜로운 것이라고 여기게 된다. 백성은 일상생활에서
그 도리와 그 성질에 따라 각자의 생각대로 살아가면서도 그것을 알
지 못한다(一陰一陽之謂道, 繼之者善也, 成之者性也. 仁者見之謂之仁, 知者見
之謂之知, 百姓日用而不知)"406라고 했다. 우주는 끝없이 운동하면서 만
물을 낳고 만물을 키운다. 음과 양 두 기가 서로 마찰하고 서로 흔들
리면서 오행과 남녀, 만물이 우주에 넘쳐흐르고 만물의 형체를 낳고
만물에 성정을 부여한다. 이는 우주 천지가 깊고도 풍부한 생명을 소
중히 여기는 덕을 갖추었음을 표명하며, 이처럼 생명을 소중히 여기
는 덕이 바로 천지 우주의 선한 본성과 영혼이다. 인간과 천지 만물
은 일원지기의 천성을 타고 태어나며 태어난 초기에 천지 우주의 착

---

404) 위의 책, 제5장.
405) 위의 책.
406) 위의 책, 제5장.

하고 아름다운 본질을 받아들인다. 그러나 형체를 얻고 성정을 부여받은 후 만물은 각기 다른 속성을 갖게 되어 서로 구별되는 것이다. 본질이 같으나 형체와 성정이 각이하며 사람의 수양과 식견이 서로 다름으로 인해 우주와 인생의 본질에 대한 이해가 각기 다르게 된다.

우주의 생성과 그 본질에 대해 탐구하는 동시에 유가학파는 우주에서 인간이 차지하는 지위, 다른 사물과 구별되는 인간의 본질적 특성, 인간이 천지의 이치를 세심하게 살펴 현실 인생을 완성하는 가능성 등 문제에 대해서도 연구하고 사고하였으며 해설했다. 인류는 유(類)의 전체로서 음과 양 두 기가 교감하여 생겨난 산물이기도 하다. 인간이 물과 불, 초목, 금수(禽獸)와 서로 다른 점은 맑고 부드러운 기운을 타고 태어나기 때문에 천지자연에서 하늘땅과 비슷한 최고의 존재라는 것이다. 『예기·예운(禮記·禮運)』에 이르기를 "고로 인간은 천지자연의 덕이 모이고 음과 양의 두 기가 교합하며 형체와 영혼이 결합하고 오행의 정수를 빨아들여 태어난다(故人者, 其天地之德, 陰陽之交, 鬼神之會, 五行之秀氣也.)"라고 했다. 송나라 유가인 주돈이도 "음과 양 두 기가 서로 교감하고 서로 작용하여 만물을 낳는다. 만물이 끊임없이 생겨나기 때문에 우주도 끊임없이 변화하는 것이다. 오로지 인류만이 태극의 가장 우수한 천성과 음양오행의 정수를 얻어 만물 중에서 가장 영리하고 빼어나다. 사람의 형체가 생겨나면 정신과 사상도 지각을 나타내기 시작한다. 사람 몸속의 오행의 성질이 외부세계와 점차 감응하고 영향을 주고받으면서 후천적으로 선과 악을 가릴 수 있게 되며 인류사회의 모든 일이 나타나고 발생하게 되는 것이다.(二氣交感, 化生萬物. 萬物生生, 而變化無窮焉. 惟人也得其秀而最靈. 形既生矣, 神發知矣, 五性感動而善惡分, 萬事出矣.)"[407] 인간은 만물이 갖는 모든 본성을 갖추었을 뿐 아니라 자체의 특유한 속성도 갖추었다. 그렇기 때문에 인간은 만물의 영장(靈長)이 될 수 있는 것이다. 인간의 그런 특유의 속성이 바로 객관 사물에 대해 분별하고 사고할 수 있는 영명한 마음과 인의도덕 품성인 것이다. 순자가 이르기를 "물과 불은 기(氣)는 있으나 생명이 없고, 초목은 생명은 있으나 지각이 없으며, 금수는 지각은 있으나 도의를 알지 못한다. 그러나 인간은 기도 있고 생명도 있으며 지각도 있고 도의도 중히 여길 줄 안다. 그렇기 때문에 인간은 천하에서 가장 존귀한 존재이다.(水火有氣而無生, 草木有生而無知, 禽獸有知而無義, 人有氣有生有知亦且有義, 故最為天下貴也.)"[408]

유가의 인생철학에서는 천지 우주와 사회 인생은 통일된 완전한 생명체계로서 인류의 본질과 생명의 근원은 우주의 본질과 생명에 있으며, 인류의 본성과 천지의 본성, 인류의 마음과 천지의 마음은 본질적으로 서로 같은 것이라고 주장한다. 천지는 자체의 덕성을 인류에게 부여하고 인류는 자신의 지각과 영명한 마음으로 천지의 덕성에 대해 느끼고 해석한 뒤 그것을 양성·발전·발양·확장한다.『중용』에 이르기를 "인간이 선천적으로 타고나는 천성을 '성(性, 본성)'이라고 하고 그 본성에 따라 행하는 것을 '도(道)'라고 하며, '도'의 원칙에 따라 수양을 닦는 것을 가리켜 '가르침(敎)'이라고 한다.(天命之謂性, 率

---

408) 『순자·왕제(荀子·王制)』

358 마오쩌동 인생 여정에 대한 철학적 해석

性之謂道, 修道之謂敎)” 장재는 “인간은 천지자연으로부터 천성을 부여
받아 본성을 갖춘다(人受于天則成性)”[409]라고 주장했다. 이정[二程, 정호
(程顥)와 정이(程頤)]은 인간의 본성은 천도(천지자연의 이치)와 일치한
다고 주장했다. 주희도 “인간의 본성은 인간이 천지자연으로부터 얻
은 이치이다.(性者, 人之所得於天之理也.)”[410] “인간의 본성은 실제 이치
로서 인·의·예·지등의 품성을 모두 갖추는 것이다.(性是實理, 仁義禮智
皆具)”[411]라고 말했다. 천지 우주의 덕성 혹은 본질은 바로 운동 변화
하는 과정에서 만물을 낳고 육성하는 것으로서 이는 어진 마음과 착
한 본성이다. 천지자연은 만물을 육성하는 것을 중점으로 삼고 인간
은 천지자연의 중심을 중심으로 삼는다. 천심(天心)·천성·천리·천도
는 곧 인심·인성·인리(人理)·인도(人道)이다. 인간의 본성과 본분은
바로 우주의 생명을 발전시키고 이어가는 것이며, 스스로 바로 설 뿐
아니라 남도 바로 서도록 하고 백성을 사랑하고 세상 만물을 사랑하
는 것이다. 공자가 이르기를 “한 사람이 생존하는 것은 그가 정직하
기 때문이다(人之生也直),”[412] “사람이 선천적으로 타고나는 순진한 본성
은 서로 비슷하지만 후천적으로 점차 몸에 밴 습성은 서로 큰 차이
가 난다(性相近也, 習相遠也),”[413] “어질고자 하는 뜻을 세우면 나쁜 짓
을 하지 않을 것이다.(苟志於仁矣, 無惡也.)”[414] 비록 그가 인간의 본성

409) 『장자어록(張子語錄)』 중.
410) 『맹자집주·고자상(孟子集注·告子上)』
411) 『주자어류(朱子語類)』 권5.
412) 『논어·옹야(論語·雍也)』
413) 『논어·양화』
414) 『논어·이인(論語·里仁)』

은 착하다고 명확하게 말하진 않았지만, 그의 사상에는 성선론(性善論)의 내용이 포함되어 있다. 맹자가 사람은 태어날 때부터 측은지심, 수오지심(羞惡之心), 시비지심(是非之心), 사양지심(辭讓之心)을 갖추었다고 정직하게 말하였는데, 이는 인·의·예·지 4가지 도덕의 단서이다. 그는 마음속의 뛰어난 재능을 충분히 살려 인간의 본성에 대해 인식하고 천지자연의 이치를 인식하여 '천명'을 어기지 않음으로써 내적으로는 천지자연과 하나가 되는 정신적 경지에 이르고, 외적으로는 널리 은혜를 베풀어 뭇 사람을 구제하는 왕도(王道)정치를 펼 것을 주장했다. 순자는 비록 "인간의 본성은 악한 것으로 그에게서 드러나는 착한 것은 꾸며낸 것(人之性惡, 其善者偽也)"[415]이라고 말하였지만, 그것은 감정의 측면에서 인간의 본성에 대해 말한 것으로서 정욕을 방종하여 악을 낳는 데서 인간의 본성은 악한 것이라는 추론을 얻어낸 것일 뿐 근본적으로 인간의 착한 본성을 부정한 것은 아니었다. 그는 사람들 간의 빈부귀천과 남녀, 장유의 구별을 명확히 하여 사람들이 사회 집단을 구성하도록 하고(明分使群), 예를 숭상하고 가르침을 중히 여기며(崇禮隆敎), 예의법도 등으로 선천적으로 타고나는 인간의 본성을 개조하여 후천적인 인위적인 도덕관념을 수립하도록 함으로써(化性起偽) 사람의 마음을 어진 방향으로 이끌 것을 주장했다. 이는 실제로 인간의 본성은 착하게 교화할 수 있다는 것을 전제로 하는 것이다. 인간의 본성이 착한 것이라는 공자와 맹자의 주장은 착한 인격을 완성시킬 수 있는 선천적·내재적 근거를 강조한 것이다. 인간

---

415) 『순자·성악(荀子·性惡)』

의 본성이 악한 것이라는 순자의 주장은 후천적인 수양과 교화가 착한 인격을 완성시키는 데서 일으키는 중요한 역할에 대해 강조한 것이다. 그 두 가지 관점은 실제로 서로 밀접히 연결되며 서로 보완하는 것이다. 송유들은 천리(天理, 천지자연의 이치)를 선으로, 인욕(人慾, 인간의 욕망)을 악으로 간주하면서 물욕을 억제하고 천리가 널리 행해지게 할 것을 극구 주장하였으며, 천리와 인욕을 전적으로 대립시켰다. 이는 천지자연의 끊임없이 운동 변화하는 덕성과 만물을 낳고 육성하는 본질에 저촉되는 것이다. 유가학파는 사람마다 천지간의 만물을 두루 살피고 지난날을 거울삼아 미래를 내다보는 인식능력과 남과 자신에 대해 환히 알고 사회관계를 조율하며 집단의 안정을 수호할 수 있는 도덕의식을 갖추었음을 발견하고, 인류를 천지만물보다 우월한 최고의 존재자로 간주하고, 영명한 지혜와 어진 덕성을 인간의 본질로 삼았다. 유가학파는 또 오로지 끊임없이 강건하게 운행하는 하늘의 이치와 덕을 두텁게 쌓아 세상만물을 포용하는 땅의 덕을 본받아 내면적으로는 자신의 마음을 자제하여 수양을 닦아 주체 능력을 높이고, 외면적으로는 제가·치국·평천하를 행하면서 인덕의 마음을 도덕과 정치실천으로 구체화해야만 인간의 본질이 비로소 충분히 발전하고 보완되며 실현될 수 있다고 주장했다. 이로써 인생의 목표·이상·가치 등 문제에 대해 설명할 수 있는 이론적 토대를 마련한 것이다. 그러나 그들은 인류의 활동을 도덕실천 방면에 고정시키고 구체적인 사회역사조건과 계급 상황과 분리시켜 인류의 문제를 사고하였기 때문에, 인류의 영명한 마음과 도덕적 본성의 형성과 변화발전에 대해서 과학적으로 설명할 수가 없었으며 이성과 도덕으로 인간의 본질을 규정지음으로써 추상적이고 텅 빈 관점에 치우치는 상황을 면치 못했다. 서양사상사에서 인생본질이론의 발전도 많은 우여곡절을 겪었다. 긴긴 중세기에는 종교신학이 모든 것을 통치하였으며 인생이론이 기타 이론학설과 마찬가지로 신학의 노예가 되었다. 토마스주의 신학이론에서는 인간이 자기 본질적 존재를 가지고 있지 않으며 인간의 본질은 하느님의 본질에서 비롯되었다고 주장했다. 인간이 기타 만물과 다른 것은 하느님의 특수한 창조 때문이라고 주장했다. 종교 신학은 한편으로는 인간을 기타 모든 생물보다 훌륭한 최고의 지위로 끌어올리고, 다른 한편으로는 또 인간의 독립적인 인격과 인간이 갖춘 본질적 존재를 빼버려 인간을 하느님의 지배와 노역을 받는 곤경에 빠뜨렸다. 그리고 독일 고전철학의 거장이며 객관적 유심주의자 헤겔은 인간의 본질을 절대적 관념의 자아의식이라고 설명하고 규정지었다. 절대적 관념은 천지와 인류·만물이 생겨나기 오래 전에 벌써 존재한 객관 정신이며 자연계는 절대적 관념의 표면화이다. 절대적 관념이 자연으로 표면화하는 것은 다만 자연이라는 일환을 통해 인류를 발전시킨 다음 인류의 이성 속에서 절대적 관념의 자아의식에 이르는 것이다. 헤겔은, 인간은 오직 자아의식에 이르고 자신으로 복귀하는 과정에서 절대적 관념이 의지할 수 있는 일종의 수단일 뿐 인간 자체가 목적이 아니며 인간은 자기 특유의 본질을 가지고 있지 않고 절대적 관념을 본질로 하며 인간의 이성·감정·의지는 반드시 절대적 관념에 따라야 한다고 주장했다.

중세기의 종교신학이건 헤겔의 절대적 관념이건 모두 정신적 측면과 초자연적 의미에서 인간의 본질 문제에 대해 설명한 것이다. 그들이 말하는 인간은 현실적인 인간이 아니라 추상적인 인간이다. 포이어바흐(Ludwig)의 인류중심설의 유물주의는 신학의 유심주의와 헤겔의 객관적 유심주의 인간본질이론에 반대하면서 인간의 자연본성을 강조하고 자연계와 인류에 밀착하여 순자연적 의미에서 인간의 본질을 규정지었다. 그는 자연에 대한 인류의 의존성 측면에서 인생에 대해 관찰하면서는 인류가 의지해 살아가는 외부환경조건을 인류의 본질에 귀결시키고, 인류 자체와 인류의 활동기능의 측면에서 인류에 대해 관찰하면서는 인류의 모든 본능적 수요와 재능을 통틀어 인류의 본질로 간주하거나 인류의 본질을 이성·사랑·의지력 등 이른바 개개인에게 고유한 "내재적, 무성의, 수많은 개인을 자연적으로 연결시킨 보편성"에 귀결시켰다.[416] 포이어바흐는 사회적인 시각이 아닌 순자연적 시각으로 인류의 문제에 대해 관찰하고, 객관세계와 주체 자신을 능동적으로 개조하는 혁명적 실천에서가 아닌 소극적이고 피동적인, 외부 자연계에 적응하는 생존활동으로 인간의 본질에 대해 인식하였기 때문에 그는 줄곧 인류의 자연적 존재를 뛰어넘어 인류의 본질 문제에 대한 더 많은 가치가 있는 논술과 설명을 진행하지 못했다. 진정으로 인생의 본질에 대해 과학적으로 연구하고 설명한 사람은 마르크스이다. 마르크스는 「1844년 경제학 철학 친필 원고」에 다음과 같이 썼다. "한 종의 모든 특성과 종의 보편적 특성은 생명활동

---

416) 『마르크스·엥겔스선집』 제1권, 앞의 책, 135쪽.

의 성질에 달려 있으며, 인류의 보편적 특성은 바로 자유로운 의식적인 활동이다."[417] 인류의 본질 혹은 인류의 보편적 특성은 그 생명활동의 성질에 달려 있으며, 인류의 생명활동의 성질은 곧 '자유' '자각'이다. 그렇기 때문에 인류의 본질은 자유·자각적인 특성에 달려 있다. 인류의 이러한 자유·자각적인 보편적 특성은 객관적 자연계와 인류의 주관적 자신 두 부분의 요소로 구성되었다. "인류는 이중적인 존재이다. 주관적으로는 그 자체로서 존재하는 것이고, 객관적으로는 또 자기가 생존하는 그런 자연적 무기적 조건 속에 존재하는 것이다."[418] 인류의 본질적 요소는 자연계와 인류 자체에 존재하고 인류와 자체, 인류와 자연의 대립통일의 관계로 나타나며, 그리고 "인류와 그 자체 간의 모든 관계는 오직 인간과 또 다른 인간의 관계를 통해서만 실현되고 드러나는 것이다."[419] 마르크스는 「포이어바흐의 제강에 대하여」라는 제목의 글에서 "인류의 본질은 어느 한 개인에게 고유한 추상물이 아니라 그 현실성에 있어서 그것은 모든 사회관계의 종합이다."[420]라고 말했다. 여기서 말하는 '사회관계'는 오로지 인간과 인간의 관계만을 가리키는 것이 아니라 동시에 인간과 자연의 관계도 가리킨다. "사회는 인간과 자연계 간에 완성된 본질의 통일"[421]이고, 사회관계는 인간과 자연의 관계를 역사적, 논리적 토대로 삼고 또 인

417) 위의 책, 96쪽.
418) 위의 책, 491쪽.
419) 위의 책, 98쪽.
420) 위의 책, 60쪽.
421) 위의 책, 122쪽.

간과 자연의 관계를 포함한 일종의 더 고급적인 관계이다. 그리고 또 "모든 사회생활이 본질적으로는 실천적인 것"이며[422] 사회실천은 우선 인류가 자연을 개조하는 생산 활동이다. 그렇기 때문에 인류와 자연의 관계가 본질적으로는 일종의 사회화한 관계이기도 하다. "모든 사회관계의 종합"은 또 여러 가지 사회관계를 억지로 한데 긁어모아 겹쳐놓은 것이 아니라 이런 모든 사회관계 속에서 인류가 진행하는 생명활동 즉 노동(광의적) 혹은 사회실천인 것이다. 노동은 인류가 자연과 그리고 다른 사람과의 이중관계 속에서 진행하는 생명활동으로서 외부세계인 자연을 개조하는 것이기도 하고, 또 자신의 자연을 개조하고 인간화하는 것이기도 하며, 또 그러한 주동적이고 자각적인 창조적 활동 속에서 자유를 얻고 자신의 본질을 발전시키고 보완하며 실현하는 것이다. 종합적으로 인류는 주관과 객관의 이중적 존재물로서 양자의 유기적인 통일은 현실적인 생명활동으로 나타나며, 인류는 바로 그러한 생명활동을 통해 자유·자각의 본질을 실현하는 것이다. 마오쩌둥은 이성과 도덕 및 진취적이며 창조적인 진화 정신을 인생본질로 삼는 유가학파의 합리적 사상을 비판 개조하고 자유·자각 특성을 인생본질로 삼는 마르크스주의 과학적인 논단을 계승하였으며, 또 중국혁명의 현실적 운동과 연결시켜 역시 자유·자각, 능동적 창조의 의미에서 인류의 본질을 규정짓고 이해했다. 그는 「지구전을 논함(論持久戰)」이라는 유명한 논문에서 이렇게 논술했다. "모든 일은 사람이 하는 것이다.···일을 하려면 반드시 먼저 사람이 객관적 사

---

422) 위의 책, 135쪽.

실에 따라 사상·도리·의견을 이끌어내고 계획·방침·정책·전략·전술을 제기해야만 잘할 수 있다. 사상 등은 주관적인 것이고 일을 하거나 행동하는 것은 주관적인 것이 객관적인 것으로 반영되는 것으로서 모두 인류의 특수한 능동성이다. 이러한 능동성을 우리는 '자발적 능동성'이라고 일컬으며, 그것은 인류가 다른 사물과 구별되는 특징이다."[423] 이른바 능동성이란 모종의 사물이 다른 사물의 작용에 반응하고 또 주동적으로 그 사물에 작용하는 일종의 능력을 가리킨다.

그런 능력은 인간과 일반적인 동물이 모두 갖추고 있다. 그러나 자발적 능동성은 인류 특유의 보편적 특성으로 목적이 있고 의식적으로 활동을 진행하는 능력이다. 인류는 활동을 진행하기에 앞서 언제나 먼저 일정한 목적을 형성하고 그 목적에 따라 행동계획을 세운 다음 그 계획을 실행에 옮긴다. 마치 마르크스가 말한 바와 같이 "꿀벌이 벌집을 짓는 재주는 인간세상의 많은 건축사들을 부끄럽게 한다. 그러나 아무리 재주가 없는 건축사일지라도 애초부터 가장 재주가 뛰어난 꿀벌에 비해 빼어난 점은 그가 밀랍으로 벌집을 짓기에 앞서 자기 머릿속에다 벌집을 이미 지어볼 수 있다는 사실이다. 노동과정이 끝날 때 얻을 수 있는 결과가 그 과정의 시작 초기에 이미 노동자의 표상에 존재하는 것, 즉 이미 관념적으로 존재하는 것이다. 그는 자연물의 형태를 변화시킬 수 있을 뿐 아니라 한편으로는 또 자연물 속에서 자기 목적을 실현할 수도 있다. 그 목적은 그가 알고 있는 것이며 법칙으로서 그의 활동 방식과 방법을 결정짓는다. 그는 반드시 자

---

423) 『마오쩌둥선집』 제2권, 앞의 책, 477쪽.

신의 의지가 그 목적에 복종하도록 해야 한다."[424] 동물의 활동은 본능적이고 무의식적인 것으로서 오로지 자기가 속해 있는 종의 표준에 따라 자기의 생존과 직접적인 관계가 있는 것을 만든다. 그러나 인류의 활동은 자발적이고 의식적인 것으로서 임의의 표준에 따라 다 만들 수 있다. 인류는 활동과정에서 사물의 변화 및 사물에 대한 인식이 깊어짐에 따라 자기 사상과 인식 및 계획을 꾸준히 조절하면서 자기 행위의 범위와 강도를 의식적으로 통제하여 예기한 목표를 실현할 수 있도록 보장한다. 인류의 그런 자발적 능동성은 '사상'과 '행동' 혹은 세계를 인식하고 세계를 개조하는 두 가지 측면에서 반영되며, 물질이 정신으로 바뀌고 정신이 물질로 바뀌는 과정에서 반영된다. 세계에 대한 인식과정에서 자발적 능동성은 첫째, 인식의 주체가 자체의 수요에 따라 인식 대상을 의식적으로 선택하고 확정하는 데서 반영된다. 우리가 마주하는 객관세계는 만물이 성행하고 세상만사가 복잡하게 얽혀 있어 임의의 사물이 모두 주체에게 있어서 가능적 잠재적인 인식 대상이지만 모두가 주체의 현실적인 인식 대상인 것은 아니다. 주체로서의 인류는 언제나 자기 수요에 따라 많고 복잡한 객관 사물 속에서 어느 한 특정된 실천 즉 인식활동의 객체 대상을 선택하고 확정한다. 바로 그런 선택과 지향적 작용으로 인해 인식활동이 비로소 가능성을 띠게 되는 것이다. 둘째, 자발적 능동성으로 인해 주체는 어느 한 대상에 대해 지속적으로 주목할 수 있어 인식활동의 안정성과 일관성, 그리고 깊이 있는 진행을 보장할 수 있

424) 『마르크스·엥겔스전집』 제23권, 앞의 책, 202쪽.

다. 셋째, 자발적 능동성으로 인해 인식주체는 소극적이고 직관적이며 객관적인 대상이 아니라 실천을 토대로 감성 인식을 얻을 수 있게 되며, 이성 사유의 힘을 빌려 "풍부한 감각자료에 대해 찌꺼기는 버리고 알맹이만 취하며, 거짓은 버리고 진실만 남기며, 고립적으로 보지 않고 종합적으로 고려하며, 표면적인 현상만 보지 않고 본질을 파악하는 과정을 거쳐 개조하고 제작하여 개념과 이론의 체계를 형성하며"[425] 감성인식으로부터 이성인식으로 전환하여 사물의 본질과 법칙에 대한 인식을 얻을 수 있게 된다. 세계를 개조하는 과정에서 자발적 능동성으로 인해 주체는 객관적 상황의 변화와 새로운 인식성과에 따라 객관세계를 개조하는 활동을 조정·제어하여 주체의 활동방식과 활동목적이 최대한 일치해질 수 있게 한다. 자발적 능동성으로 인해 주체는 사물의 본질과 법칙에 대한 인식을 기반으로 일정한 목표를 형성하고 일정한 이상을 확립하며 일종의 신앙으로 승화할 수 있다. 그리고 목표·이상·신앙의 확립이 주체의 활동을 규범화하고 격려하며 촉진하는 역할을 하게 되며 이론이 실천으로, 정신이 물질로 전환하는 것을 가속화할 수 있다. 인류의 자발적 능동성은 세계를 인식하고 세계를 개조하는 활동 과정에서 반영되며 자발적 능동성의 발휘과정이 곧 필연적인 것을 인식하고 세계를 개조하며 자연계와 사회에서 자유를 얻는 과정인 것이다. 엥겔스는 헤겔이 최초로 자유와 필연의 변증관계에 대해 정확하게 서술했다면서 그는 자유가 필연에 대한 인식이라고 생각했다고 주장했다. 필연은 오직 그에 대한

---

425) 『마오쩌둥선집』 제1권, 앞의 책, 291쪽.

이해가 없을 때야만 맹목적인 것이다. 자유와 필연은 다만 절대적 관념의 발전과정에서의 두 개의 서로 다른 부분일 뿐이다. 필연은 필연일 뿐 자유가 아니지만 자유는 필연을 전제로 한다. 주관성은 인식활동을 통해 실제로 존재하는 세계의 필연성을 파악하고 자신의 추상적인 확정성을 지양하며 또 실천 혹은 의지의 활동을 통해 주관성내부의 합리적인 필연성 혹은 규정성을 객관 세계에 주입시켜 객관세계의 편파성을 제거함으로써 기존의 세계에서 목적성에 맞춘 변화를일으켜 이로써 주관성과 객관성의 통일을 실현하고 필연에서 자유로의 전환 혹은 과도를 완성하는 것이다. 필연과 자유는 서로 배척하는것이 아니라 서로 흡수하고 서로 포용하는 것이다. 헤겔의 필연자유관은 변증법적 관점이다. 그러나 그 관점은 절대적 관념을 우주의 근본 원리로 삼는 객관적 유심주의 토대 위에 수립된 것이다. 그가 말하는 필연성은 객관적인 물질세계의 필연성이 아니라 절대적 관념에서 발전한 논리적 필연성이다. 그가 말하는 필연성에 대한 인식은 감성 물질 활동으로서의 실천을 기반으로 하는 것이 아니라 의지활동의 의미에서의 '실천'을 기반으로 한다. 엥겔스는 필연과 자유문제에서 헤겔의 변증법적 사상을 충분히 인정하는 한편 또 그의 유심주의전제를 제거하고 자유와 필연의 관계에 대해 유물변증법적으로 논술했다. 이른바 필연이란 외부세계의 객관적 필연성을 가리키고 이른바자유란 "자연계의 필연성에 대한 인식에 따라 우리 자신과 외부 자연을 지배하는 것"[426]이다. 필연성 자체는 자유가 아니지만 자유를 위한

---

426) 『마르크스·엥겔스선집』 제3권, 앞의 책, 492쪽.

전제와 토대를 마련한 것이며 자유를 내적으로 포함하고 있다. 자유도 필연성에서 벗어나거나 필연성을 포기하는 것이 아니라 필연성을 자기 안에 포함시키는 것이다. 이는 주관·객관 두 측면의 편파성을 지양하여 나타나는 일종의 상태이다. 필연에서 자유로의 전환은 하나의 발전과정이다. 객관적 필연적 법칙에 대한 사람들의 인식이 깊을수록 그 인식을 지도로 하는 실천 활동이 더 자각적이 되고 세계를 개조하는 효과가 더 크게 되며, 그 과정에서 사람들이 얻는 자유도 더 많아지게 된다. 마오쩌둥은 필연성·자유·올바른 자발적 능동성 3자를 연결시켜 문제를 고려하였으며, 인류 특유의 본질에 대해 진일보 하게 설명했다. 그는 "자유는 필연에 대한 인식과 객관세계에 대한 개조이다."[427]라고 지적했다. 필연은 즉 객관적으로 존재하는 규칙성이다. 자연계건 인류사회건 간에 모두 사람의 의지로 바꿀 수 없는 객관적 법칙이 존재한다. 사람들이 그런 필연성에 대해 인식하지 못하였을 때 그들의 행동은 자발적, 맹목적, 피동적이기 때문에 자유롭지 못한 것이다. 사람들이 객관적 법칙에 대해 정확하게 인식하고 객관적 법칙에 따라 주동적 자발적으로 활동할 수 있게 되면 객관세계를 개조하는 활동을 통해 목표에 이를 수 있고 자유를 얻을 수 있다. 마오쩌둥은 "오로지 필연에 대해 인식한 토대 위에서만 사람들은 비로소 자유롭게 활동할 수 있다."[428] "사람들이 사회에서 자유를 얻으려면 사회과학으로 사회를 이해하고 사회를 개조하며 사회혁명을

---

427) 『마오쩌둥문집』 제8권, 인민출판사 1999년 판, 306쪽.
428) 위의 책, 306쪽.

진행해야 한다. 사람들이 자연계에서 자유를 얻으려면 자연과학으로 자연을 이해하고 자연을 극복하며 자연을 개조해야 한다."[429]라고 말했다. 필연을 인식하는 것은 주관적 객관적 관념형태의 통일을 실현하는 것이고 세계를 개조하고 목적에 이르는 것은 주관적 객관적 실재형태의 통일을 실현하는 것이다. 그리고 주관적 객관적 관념형태와 실재형태의 통일을 실현하는 것은 올바른 능동성을 발휘하는 것과 갈라놓을 수 없다. 마오쩌동은 이렇게 말했다. "객관 사실에 따르고 객관 사실에 부합하는 모든 사상은 바른 사상이며, 바른 사상에 따라 하는 모든 일 혹은 행하는 행동은 바른 행동이다."[430] 오로지 바른 자발적 능동성을 발휘해야만 사상을 객관적 사실에 부합시킬 수 있고 바른 사상을 현실적 실천과 일치시킬 수 있으며 그래야만 활동과정에서의 자유와 활동결과의 자유를 얻을 수 있다. '자각'과 '자유'는 인류활동의 두 가지 중요한 특징으로서 공동으로 인류의 보편적 본질을 구성한다. 이상에서 서술한 바와 같이 인류의 자각·자유의 보편적 본질은 세계를 인식하고 세계를 개조하는 활동을 통해 드러난다. 그리고 실천은 인류와 자연, 인류와 사회의 구체적이고 역사적인 통일이다. 인류의 본질에 대해 진정으로 이해하려면 인류와 자연, 인류와 사회, 인류와 역사의 관계에 대해서도 고려해야 한다. 마오쩌동은 자유·자각이 인류의 보편적 특성임을 확인하였을 뿐 아니라 또 인류와 자연·사회·역사 등 여러 측면으로 인류에 대해 이해하고 설

429) 위의 책, 제2권, 인민출판사 1993년 판, 269쪽.
430) 위의 책, 477쪽.

명했다. 마오쩌동은 「실천론」에서 다음과 같이 말했다. "마르크스 이전의 유물론은 인류의 사회성을 떠나, 인류의 역사발전을 떠나 인식문제에 대해 관찰하였기 때문에, 사회실천에 대한 인식의 의존관계에 대해 즉 생산과 계급투쟁에 대한 인식의 의존관계에 대해 이해할 수 없었다."[431] "마르크스주의자는 인류의 생산 활동이 가장 기본적인 실천 활동이며 기타 모든 활동을 결정지을 수 있다고 주장한다. 인류의 인식은 물질의 생산 활동에 의존하여 자연의 현상, 자연의 성질, 자연의 법칙성, 인류와 자연의 관계에 대해 점차적으로 알아가는 것이다. 그리고 생산 활동을 통해서도 각기 다른 정도에서 사람과 사람 간의 일정한 상호 관계에 대해 점차 인식하게 된다.…계급이 없는 사회에서 개개인은 사회 일원의 자격으로 사회의 다른 구성원과 협력하여 일정한 생산관계를 맺고 생산 활동에 종사하여 인류의 물질생활문제를 해결한다. 여러 계급 사회에서 여러 계급의 사회 구성원은 또 다양한 방식으로 일정한 생산관계를 맺고 생산 활동에 종사하여 인류의 물질생활문제를 해결한다. 이는 인류의 인식발전의 기본 근원이다."[432] "마르크스주의자는 인류사회의 생산 활동이 낮은 단계에서 높은 단계로 한 걸음 한 걸음씩 발전하는 것이라고 주장한다. 그렇기 때문에 사람들의 인식은 자연계 측면에서건 사회 측면에서건 모두 낮은 단계에서 높은 단계로 한 걸음 한 걸음씩 발전하는 과정이며, 즉 얕은 데서 깊은 데로, 단편적이던 데서 더 많은 방면으로 발전하는

---

431) 위의 책, 제1권, 1991년 판, 282쪽.
432) 위의 책, 282~283쪽.

과정이다."[433] 이상의 인용문은 마오쩌둥이 생산과 발전의 근원에 대한 인식에 대해 한 말로서 인류의 본질에 대한 전문적인 논술은 아니지만, 그중에는 인류와 자연의 관계, 사람과 사람의 관계 및 인류사회의 생산 활동과 사람들의 인식의 역사발전에 대해 확인하였으며, 다각도 적으로 전방위 적으로 인류의 본질 문제에 대해 이해하고 설명할 수 있는 중요한 방법이 포함되어 있다. 인류와 자연의 관계로부터 인류의 본질을 들여다보면 인류는 자연계가 오랜 세월동안 발전하여 생겨난 산물로서 자연계의 일부이다. 자연계에 존재하는 모든 유기체와 마찬가지로 인류는 오로지 외부 자연과 꾸준한 물질교환을 진행해야만 비로소 생존하고 발전할 수 있는 것이다. 이처럼 인류가 자연계와 뿌리가 같다는 특성으로 인해 인류가 영원히 자연계를 떠나거나 자연법칙의 제약에서 벗어나 독립적으로 존재할 수 없음이 결정되었다. 그런 의미에서 인류는 피동적인 존재물이라고 말할 수 있다. 그러나 "세상의 모든 사물 중에서 인류가 가장 소중한 존재이다."[434] 인류는 자연계의 일반 산물이 아니라 자연계 최고의 산물이며 인류는 자연계의 일반적인 일부가 아니라 그중의 한 특별한 일부이다. 인류는 "자연력, 생명력을 갖춘 능동적인 자연 존재물이다. 그러한 힘들은 천부와 재능으로, 욕망으로 인류의 몸에 존재하는 것이다."[435] 그런 의미에서 인류는 또 일종의 능동적인 자연존재물로서 자

433) 위의 책, 283쪽.
434) 위의 책, 제4권, 1512쪽.
435) 『마르크스·엥겔스전집』 제42권, 앞의 책, 167쪽.

연계의 제약도 받고 자체의 수요에도 따르며, 자체적 활동능력과 활동방식으로 자신의 자연과 객관적인 자연을 변화시키고 있다. 인류와 자연의 피동성과 능동성의 통일은 생물학적 의미에서 말하는 순자연적인 통일이 아니라 노동을 토대로 하는 통일이다. 객관적 자연이건 주관적 자연이건 모두 직접적으로 인류에게 속하는 것도 인류의 수요에 부합하는 것도 아니다. 유인원이 일종의 생리적 수요에서 비롯하여 본능적 충동에 떠밀려 단순하게 자연계에서 생존의 수단을 취할 때, 그들은 자신의 독립적 존재에 대해 의식하지 못하였으며, 또 자연에서 분화되어 나오지 않고 오로지 자연계의 다른 동물과 아무런 본질적 구별도 없는 하나의 구성부분일 뿐이다. 오직 그들이 의식적으로 자연을 개조하여 자신의 수요에 적응하도록 할 때에야만 비로소 인류로 진화할 수 있는 결정적인 한 걸음을 내딛게 되는 것이다. 노동은 인류의 수요에 부합하며 인류에게 속하는 육체적 감각기관과 사유적 감각기관을 창조하였을 뿐 아니라, 인류의 수요에 부합하며 인격화한 객관적 자연을 창조했다. 마오쩌둥은 다음과 같이 말했다. "인류가 노동 과정에서 외부 세계를 개조하는 한편 자기 자신도 바꾼다."[436] 인류가 "장기적인 노동 과정에서 자연을 변화시키는 한편 자기 자신(생리와 성질)도 변화시킨다."[437] "인류의 감각기관은 노동 과정에서 발전하고 분화하는 것이다."[438] "대뇌의 발달은 노동의 결과이다."

436) 『마오쩌둥철학주해집』 중앙문헌출판사 1983년 판, 17쪽.
437) 위의 책, 211쪽.
438) 위의 책, 18쪽.

"언어는 노동의 결과이고 교통의 수단이며 인식의 전제이다. 언어표현의 개념이 있기 때문에 비로소 사고를 시작하게 되는 것이다."[439] 노동이 인류와 자연계의 분리와 대립을 초래하였으며, 인류에게 속하는 육체적 감각기관과 주체 능력을 창조했다. 그리고 인류는 또 자신의 특별한 주체능력에 의지하여 일정한 목적에 따라 자연과 물질·에너지·정보의 교류를 진행하면서 더 높은 토대 위에서 자연과의 통일을 실현하며 자연을 인식하고 자연을 개조하는 자발적 능동 활동 과정에서 자유를 얻는 것이다. 동물이 자체 자연과 외부 자연의 이중 노역을 받아 생존 수단을 얻기 위해 진행하는 활동은 맹목적이고 피동적이며 본능적인 것이다. 그러나 인류는 자연계와 자신을 인식과 개조의 대상으로 삼을 수 있으며 그 활동은 의식적이고 목적성이 있는 것이기 때문에 자유롭고 자발적인 것이다. 인류와 사회의 관계에서 인류의 본질을 들여다보면 인류와 자연의 관계는 오직 인류가 인류로 된 역사 즉 논리의 발전과정에서 최초의 단계와 필요한 부분일 뿐으로 그 자체는 아직 인류의 본질을 나타내거나 설명할 수가 없다. 오직 그 부분에서 인류와 사회의 관계로 더 한층 상승하고 발전하여 인류와 자연의 관계를 인류와 사회의 관계와 통일시켜야만 전자가 비로소 인류의 본질을 구성하는 한 분야와 한 부분으로서의 의미를 나타낼 수 있는 것이다. 우리도 오로지 사고방식을 인류와 자연의 관계에서 그 관계를 포함한 인류와 사회의 관계로 추진해야만 인류의 본질에 대해 추상적이지 않고 현실적으로, 생물학적 의미가 아니라 사

---

439) 위의 책, 211쪽.

회학적으로 설명할 수 있는 것이다. 인류는 사회에 속한 인류로서 언제나 일정한 상관관계에 처해있다. 실천이 그러한 상관관계를 창조하였고 그러한 상관관계가 또 실천 활동의 진행에 조건을 마련하여 인류의 생산 실천과 기타 사회실천을 가능하도록 했다. 사회생활의 본질은 실천에 있으며 실천은 인류와 자연, 인류와 사회, 인류와 역사 이 세 가지 관계를 한데 겸한 자발 능동적이고 객관 물질적이며 창조적이고 역사적인 활동이다. 그러한 활동도 인류의 자각·자유적 본질의 현실적 반영이다. 인류의 본질은 그 현실성에 있어서 모든 사회관계의 종합이며 인류 본질의 현실적 전개는 실천이다. 이 두 가지 명제가 실질상에서는 일치하는 것이다. 구(舊)유물주의자들은 인류의 사회성을 보지 못하였고, 인류의 본질을 구성함에 있어서 실천의 결정적 의미를 보지 못하였으며, 인류의 육체·사고력·감정·의지가 모두 사회 환경 속에서 실천 속에서 개조되고 발전하는 것이라는 사실을 보지 못했다. 그래서 그들이 이해하는 인류는 자기가 결성한 사회관계를 통해 자발적 능동적으로 세계를 인식하고 세계를 개조하는 인류가 아니라 사회에서 동떨어진 소극적이고 피동적인 실체이며 다른 동물과 구별이 별로 없는 자연 존재물이었던 것이다. 구 유물주의자 포이어바흐에 대한 마르크스와 엥겔스의 비평이 한 마디로 정곡을 찔렀다고 할 수 있다. "그는 여기서도 여전히 이론의 영역에 머물러 있으면서 사람들의 기존의 사회적 관계에서, 그리고 사람들을 현재의 이런 모양으로 만든 주변 생활조건에서 사람들을 관찰하지 못했다. 그리고 이 점을 잠시 제쳐두더라도 그는 또 한 번도 현실적으로 존재하는 활동적인 인류를 보지 못하고 추상적인 '인간'에 머물렀으며, 다만 감정적 범위 안에서만 '현실적·단독적·육체적인 인간'을 인정하는 데 그쳤을 뿐이다."[440] 마오쩌둥은 시로코프·아이젠버그 등 이들의 저작 『변증법적 유물론 강좌』 중국어 번역본 제3판을 읽고 쓴 주해와 평어에서도 포이어바흐의 추상적 인성론을 비판했다. 그는 포이어바흐가 이해하는 사회관계와 실천 활동에서 동떨어진 인류는 추상적인 인류이며, 오직 사회관계 안에서 생활하고 실천하는 인류야만이 현실적인 인류라면서 '추상적인 인류'와 '구체적인 인류'를 분명하게 대립시켰다. 러시아의 게오르기 플레하노프도 인류의 사회성에 대해 이해하지 못했다. 그는 "인류의 본질은 그의 육체라면서 인류의 본질이 육체적인 것이 아니라 사회적인 성질이라는 사실을 보지 못하였으며" 인류와 자연의 관계, 주체와 객체의 통일이 사회의 실천과 무관하다고 주장했다. 마오쩌둥은 "플레하노프의 '반(反)역사주의가 포이어바흐의 관점과 같은 것'"[441]이라고 지적했다. 마오쩌둥은 「실천론」이라는 제목의 글 첫머리에서 인류의 사회성을 확인하였으며, 인류의 실천 활동에서 사회관계의 형성과 발전에 대해 설명하면서 인류의 사회적 본질의 근원을 명시했다. 인간과 인간의 관계는 실천 활동 과정에서 형성되며, 실천 활동을 위한 기본 조건을 마련한다. 사람들은 생산 활동에 종사하여 인류의 물질생활 문제를 해결하기 위해 일정한 생산관계를 맺는다. 이는 사람들의 생활 활동의 조화를 이루기 위해

---

440) 『마오쩌둥문집』 제5권, 앞의 책, 78쪽.
441) 『마오쩌둥철학주해집』 앞의 책, 20~21쪽.

창립된 가장 기본적인 물질적 사회관계의 일종이다. 이런 물질관계를 확인하고 수호하기 위해 사람들은 또 일정한 정치관계와 사상관계를 수립한다. 여러 가지 사회관계는 모두 사람이 의식적으로 창조한 것이지만 그런 사회관계가 일단 생겨난 뒤에는 사회에 대한 개개의 구체적 구성원의 의존에서 벗어나 상대적으로 독립된 사회 존재물의 일종이 되어 사람의 의지로 좌우지할 수 없는 객관적 필연적 법칙에 따라 운동한다. 그런 의미에서 인류는 자신이 창조한 여러 가지 사회관계의 객관적 필연성의 지배를 받는 수동적인 사회 존재물인 것이다. 인류사회는 생산력과 생산관계, 경제적 토대와 상부구조 등의 사회 기본 모순의 변증적 운동 속에서 변화하고 발전한다. 그리고 이런 발전은 저절로 이루어지는 과정이 아니라 사회 속 인간의 현실적이고 역사적인 활동을 통해 실현되는 것이다. 사회법칙 앞에서 인간은 무기력한 것이 아니라 '인간과 인간의 일정한 상관관계'를 인식할 수 있고, 사회관계 변화발전의 규칙성을 인식할 수 있으며, 정치생활과 문화생활을 통해 합법칙성과 합목적성이 일치한 개조와 보완 및 발전을 진행할 수 있다. 그런 의미에서 인류는 또 사회법칙을 인식하고 이용할 수 있고, 여러 가지 사회관계에 대해 합목적성 개조를 실행할 수 있는 자각 능동적인 사회 존재물인 것이다. 그리고 사회 존재의 객관적 필연성과 인류의 자발적 능동성의 관념성과 현실성의 통일이 바로 사회에서 인류의 자각적이고 자유로운 본질의 반영과 사회 자유의 실현이다. 인류와 역사의 관계에서 인류의 본질을 들여다보면, 인류의 자발적이고 자유로운 활동은 사회적이고 역사적인 것으로 이에 의지해 드러내는 인류의 자각적이고 자유로운 본질도 사회적, 역사적, 발전적인 것이다. 엥겔스는 자유가 "역사발전의 산물"이라면서 "문화적으로 매 한 걸음의 발전이 모두 자유로 향하는 한 걸음"이라고 지적한 바 있다.[442] 역사적으로 매 한 세대의 사람들은 모두 기정 조건에서 이전 세대 사람들이 이른 인식과 실천의 종점을 기점으로 하여 활동을 전개하면서 제멋대로 어떤 조건을 선택할 수 없으며, 또 어떤 조건을 떨쳐버리거나 넘어설 수도 없다. 그런 조건들 중에서 생산력이 인류와 자연의 관계의 발전정도를 나타내며, 생산력은 이전 여러 세대 사람들이 생산과정에서 늘리고 발전시켜온 자연을 정복하는 힘의 축적이다. 그중에서 생산관계와 기타 사회관계는 사람들이 생산 활동과 정치 활동 및 문화 활동 과정에서 역사적으로 형성된 것이다. 매 한 세대 사람들의 활동에 대한 생산력과 생산관계 및 기타 사회관계의 지배와 제약은 역사적 필연성을 띤다. 그러나 인류는 자발적 능동적인 존재물의 일종으로 역사적 주동성을 갖추었다. 그들은 기존의 생산력수준과 사회관계 상황에 만족하지 않고 꾸준히 세계를 인식하고 세계를 개조하면서 주체능력을 키우고 자기 본질을 풍부히 한다. 사람들은 생산 활동 과정에서 자연계에 대한 인식을 꾸준히 향상시키고 자연계에 대한 지배능력(생산력)을 꾸준히 증강시킨다. 그리고 생산력의 발전에 따라 사람들은 "이미 거둔 성과를 잃지 않기 위해, 문명의 성과를 잃지 않기 위해 그들의 왕래(commerce)방식이 기존의 생산력과 더 이상 어울리지 않게 될 경우 그들이 계승한

---

442) 『마르크스·엥겔스선집』 제3권, 앞의 책, 492쪽.

모든 사회형태를 변화시켜야만 한다."[443] 만약 인류가 자체의 사회 역사적 주동성으로 생산력과 생산관계 및 기타 사회관계를 창조하였고, 또 그런 사회관계로 구성된 모순의 변증법적 운동이 인류의 역사적 주동성을 살리기 위한 객관적 의거를 마련했다면, 인류의 지식·경험·문화의 특별한 전달방식이 그런 역사적 주동성의 실현을 위한 주체 방면의 조건을 마련했다고 할 수 있다. 동물은 생리적 유전의 지배를 받아 매 한 세대는 다만 본능에 떠밀려 이전 세대의 활동을 단순하게 반복할 뿐이다. 그러나 인류는 교육과 학습의 경로를 통해 그 이전 세대 인류의 자연계와 사회와 관련한 모든 지식을 받아들여 처음부터 이전 세대 사람들이 이르렀던 높이에 서서 세계를 인식하고 세계를 개조하는 활동을 전개할 수 있다. 인류사회는 바로 이렇게 앞 세대와 뒤 세대가 서로 이어지고 꾸준히 상승하는 발전과정인 것이다. 마오쩌둥은 이렇게 말했다. "우리가 객관세계에 대해 인식하려면 과정이 필요하다. 처음에는 인식하지 못하였거나 혹은 완전하게 인식하지 못하였던 데서부터 반복적인 실천을 거쳐…그 다음 비로소 점차 발전하여 완전한 인식 혹은 비교적 완전한 인식을 얻기에 이를 수 있다. 그때가 되면 우리는 비교적 주동적이고 비교적 자유로워질 수 있어 좀 더 총명한 사람으로 바뀔 수 있다."[444] 자연계와 인류사회가 꾸준히 앞으로 발전함에 따라 인류와 자연, 인류와 사회의 관계도 역사 속에서 변화 발전하게 된다. 자발적 능동정신을 갖춘 인류는

---

443) 『마르크스·엥겔스선집』 제4권, 위의 책, 532~533쪽.
444) 『마오쩌둥문집』 제8권, 앞의 책, 306쪽.

반드시 실천 과정에서 그 관계들에 대해 점차 인식해야 하며 합법칙성과 합목적성을 일치시키는 원칙에 따라 그 관계들을 조절하여 이로써 자연계와 사회에서 필연적인 노역에서 벗어나 자유로운 인생을 얻을 수 있어야 한다. 종합해보면 마오쩌둥은 '자발적 능동성'을 동물과 구별되는 인류의 뚜렷한 특징으로 확인하였으며, 그 특징이 세계를 인식하고 세계를 개조하는 두 방면의 활동에서 반영되고 인류와 자연, 인류와 사회, 인류와 역사의 관계 속에 들어 있다고 주장했다.

이로써 신학 혹은 사변(思辨), 구 유물주의, 그리고 인류의 본질 관련 모든 텅 빈 추상적인 이론과 경계선을 명확히 갈랐으며, 다양한 시각과 여러 차원으로 현실적 인류의 자유·자각적, 창조적 본질을 명시했다.

2. 인류의 본질은 공통성과 개별성의 변증법적 통일

마오쩌둥은 1956년 8월 24일 음악종사자들과 대화를 나누는 자리에서 공통점과 차이점이 존재하고 공통성과 개별성이 존재하는 것은 자연법칙이라고 말했다. 모든 사물 자연계·사회계·사상계를 막론하고 모두 그러하다. 나뭇잎을 예로 들어 보면, 얼핏 보기에는 대체로 같은 것 같지만, 자세히 살펴보면 매 하나의 나뭇잎이 다 같지가 않다. 나무 한 그루에서 완전히 똑같은 두 개의 나뭇잎을 찾는 것은 불가능한 일이다. 어떠한 개별적이고 특별한 사물도 모두 그 공통성과 보편성이 존재하며 개별성·특별성은 일반성과 연결되어 존재하는 것으로서 일반성·보편성·공통성에서 동떨어져 존재하는 사물은 없다. 보편성·일반성·공통성은 특별·개별·개별성 속에 존재하며 특별·개별·개별성이 없으면 보편성·일반성·공통성도 없다. 인류의 인식 질서는 언제나 개별적이고 특별한 사물부터 먼저 인식하여 그중에서 일반적이고 보편적인 본질을 개괄해낸 다음에 다시 그런 사물 관련 일반적·보편적 본질을 지도로 하여 아직 사람들에게 인식되지 못하였거나 깊이 인식되지 못한 사물들을 연구하는 것이다. 이러한 일반과 개별, 공통성과 개별성의 변증법은 인류의 본질문제에 대한 연구와 인식에도 마찬가지고 적용된다. 마르크스는 실제 활동에 종사하는 인류에 대해 연구하기 위해서는 "우선 인류의 일반 본성에 대해 연구해야 하고 그 다음에 매 시대에 역사적인 변화가 일어난 인류의 본성에 대해 연구해야 한다."라고 말한 바 있다.[445] 마오쩌동은 바로 마르크스 사유의 맥락에 따라 인류의 본질과 실제 활동에 종사하는 인류에 대해 인식하였던 것이다. 인류는 세계를 인식하고 세계를 개조할 수 있는 자발적 능동성을 갖춘 사회 존재물이다. 이는 다른 동물과 구별되는 인류의 뚜렷한 특징이며, 또 인류가 인류일 수 있는 보편적 본질이기도 하다. 그러나 이러한 인류의 공통적 보편적 본질은 의식적으로 현실적·역사적 활동을 전개하는 구체적인 개체를 통해 나타난다. 인류의 현실적·역사적 활동은 언제나 일정한 생산력 상황을 토대로 하며, 언제나 일정한 생산관계와 기타 사회관계 속에서 전개된다. 인류의 본질은 생산을 진행하는 물질조건 그리고 그런 물질조건에 적응하기 위해 형성된 물질관계·정치관계·사상관계에 의

---

445) 『마르크스·엥겔스전집』 제23권, 앞의 책, 669쪽 주해(63).

해 결정된다. 생산력 수준이 서로 다른 사회관계에서는 사람들의 활동 양식도 서로 다르기 때문에 인류의 본질도 서로 다르게 나타난다. 이로써 인류 본질의 특수성과 개별성이 뚜렷이 나타나는 것이다. 계급사회에서 물질의 생산관계는 계급관계에서 집중적으로 반영되기 때문에 인류의 본질은 각 계급의 본질로 분열된다. 계급사회에서 구체적인 인성 혹은 인간의 본질에 대해 이해하려면 계급·계급관계·계급투쟁에 대해 연구해야 한다. 민주혁명시기에 마오쩌둥은 그때 당시 중국사회에서 사람들이 경제관계에 처한 지위에 따라 그들을 지주계급·매판 자산계급·민족자산계급·소자산계급 및 무산계급 등 여러 계급으로 나누었으며, 각 계급이 처한 경제적·정치적 지위가 서로 다르고 이익과 요구가 서로 다름으로 인해 그들의 인성과 표현도 서로 다르다고 지적했다. 설령 동일한 계급 내부에서일지라도 각 계층의 구성원들 사이에 계급 전체의 이익과 같은 이익 이외에 자기의 특별한 이익도 가지고 있으며, 다른 계층의 사람들과 비교하여 자신의 특별한 개별성을 가지고 있다. 각 계급의 공통성은 각자 구성원의 개별성 속에 존재하며, 그 구성원의 개별성을 통해 반영된다. 계급사회에서 인성은 각 계급의 개별성을 통해 나타난다.

마오쩌둥은 다음과 같이 말했다. "오직 구체적 인성만 있을 뿐 추상적인 인성은 없다. 계급사회에서는 오직 계급성을 띤 인성만 있을 뿐 이른바 초계급적인 인성이란 존재하지 않는다. 우리는 무산계급의 인성, 인민대중의 인성을 주장하지만 지주계급과 자산계급은 지주계급과 자산계급의 인성을 주장한다. 그러나 그들은 그렇게 말을 하지 않고 유일한 인성이라고 말한다. 일부 소자산계급 지식인들이 떠들어대는 인성 역시 인민대중을 이탈하였거나 인민대중에 반대하는 것이며, 그들이 주장하는 이른바 인성은 실질상에서 자산계급의 개인주의에 지나지 않으며 그렇기 때문에 그들이 보기에 무산계급의 인성은 인성에 어울리지 않는 것이다."[446] 인성은 구체적이고 현실적인 것으로서 일정한 사회관계에 처한 사람을 통해 직접적 혹은 간접적으로, 진실한 형태 혹은 왜곡된 형태로 반영되는 것이다. 계급사회에서는 계급성을 띤 인성만 존재할 뿐이다. '계급성을 띤 인성'은 다만 인성의 개별적이고 특별한 표현의 일종일 뿐이며 인성의 일반적 본질은 아니다. 지주자산계급의 '인성'은 이기적인 것이며, 노동대중을 압박하고 착취하는 것이다. 그들의 '인성'은 실질상에서 반(反)인성적인 것이며 인성이 사라진 것이다. 노동대중은 지주자산계급의 압박과 착취를 받아 그 인성은 억압당하고 손상당한 것이다. 우리가 인민대중의 인성을 주장하는 것은 바로 지주자산계급의 반(反)인성을 제거하고 노동대중의 인성을 해방시키는 것이다. 우리는 오로지 현실속의 인간에서 출발하여 인류의 공통성을 장악하는 한편, 또 서로 다른 생산조건과 사회관계에 처한 인류의 개별성에 대해 진일보하게 탐구해야만 비로소 인류의 본질에 대해 깊이 인식할 수 있고, 인민의 경제·정치·문화 권리를 쟁취하는 임무를 정확하게 제기하고 해결할 수 있다. 만약 인류의 사회성과 역사발전을 떠나 인류의 보편적 본질 혹은 인류의 공통성이 서로 다른 시대와 사회조건에 처한 인류의 특수 본

---

446) 『마오쩌둥선집』 제3권, 앞의 책, 870쪽.

질·인류의 개별성을 통해 존재한다는 사실을 무시한 채 인류의 본질 문제에 대해 추상적으로 논한다면, 텅 빈 공론에 빠진 것이거나 혹은 의도적으로 정치적 기만을 하는 것이다. 유학의 종주인 공자가 주장하는 인간의 본질은 어진 것(仁), 즉 "어진 이는 타인을 사랑한다", "자신이 원하지 않는 일은 남에게 강요하지 말라"라는 등 관점에 대하여 마오쩌둥은 "어떤 사람을 사랑해야 하는가? 모든 사람을? 그런 법은 없다. 착취자를 사랑해야 하는가? 그것도 완전하지 않다. 다만 착취자의 일부일 뿐이다.[447] 인류가 계급으로 분화된 후부터 그러한 보편적인 인류애는 있었던 적이 없다. 과거 모든 통치자와 많은 성인 현인들은 모두 이에 대해 제창하였지만 그 누구도 진정으로 실행했던 적은 없다. 그것은 그런 인류애를 계급사회에서는 실행할 수 없기 때문이다. 전 세계적으로 계급이 소멸된 뒤에야만 진정한 인류애가 나타날 수 있다.[448] 마오쩌둥은 인류의 공통성과 개별성의 통일에서 인류에 대해 인식하고 이해함으로써 우리가 인류의 본질에 대해 바르게 인식할 수 있는 지도적 단서를 마련하였으며, 서로 다른 사회 역사시기에 알 맞는 투쟁임무를 제기할 수 있는 중요한 이론적 근거를 마련했다. 중국공산당 제7차 전국대표대회 기간에 마오쩌둥은 당성과 개성 관계문제에 대해 여러 차례 언급하였으며, 독특한 측면에서 인류의 공통성과 개별성의 관계에 대한 그의 견해를 밝혔다. 마오쩌둥은 다음과 같이 주장했다. 일정한 문제에 대해 일치한 의견을 갖

---

447) 마오쩌둥, 「철학문제 관련 대화」, 1964년 8월 18일.
448) 『마오쩌둥선집』 제3권, 앞의 책, 871쪽.

고 일치한 행동을 취할 수 있는 것이 바로 당성(黨性)과 보편성이다. 마르크스주의에 대한 매 당원의 이해 정도가 서로 다르고 연령이 다르며 특기가 다른 것은 개별성과 차별성이며, 보편성·공통성·당성은 차별성과 개별성을 토대로 형성된다. 차별성이 없으면 보편성도 없으며, 당원이 없으면 당도 없다. 120여 만 명의 당원이 120만 개의 나무토막으로 변한다면 우리에게 무슨 당성이 있을지 상상조차 할 수 없다. 매 동지를 똑같은 사람으로 바꿀 수는 없다. 당에 복종하면서 그 토대 위에서 개인의 장점을 최대한 발전시키고 창조적 개성을 발전시켜야 한다. 흙으로 빚고 종이로 만든 것 같은 그런 사람들만 좋아해서는 안 된다. 당성과 개성, 당의 통일된 기율과 매 당원이 자신의 개성을 충분히 발휘하여 자발 능동적으로 창조적 업무를 전개하면 양자는 전적으로 통일되는 것이다. 설령 동일한 시대, 동일한 역사조건에서 동일한 계급·계층·사회집단 내부에서일지라도, 그 구성원들 간에 식견과 예지가 서로 다르고 의지와 품격이 서로 다르며 취미와 애호가 서로 다르고 생활경력이 서로 다르며 이론수준과 업무능력이 서로 다르기 때문에, 천차만별의 개성·차별성을 나타내는 것이다. 바로 이처럼 풍부한 개별성이 전체로서의 계급·계층·사회집단의 공통성의 내용을 충실히 하는 것이다. 개별성·차별성·공통성이 없다면 보편성은 인생 현실 속에 존재하지 않는 순수한 이론적 추상이 될 것이다. 중국공산당과 마오쩌동은 민주혁명시기에 이미 개성 해방과 발전 임무를 제기하였으며, 그 임무를 반제국주의 반봉건주의 민주혁명의 중요한 내용으로 삼았으며, 개성해방과 정치해방 및 경제해방을 결합시키고, 노동대중 개인의 해방을 계급의 해방과 결합시켜 개성의 해방 여부를 민주혁명과 사회주의혁명의 성공 여부를 결정짓는 관건으로 간주했다. 마오쩌동이 그때 당시 옌안 해방일보사 사장직을 맡고 있었던 친방셴(秦邦憲)에게 보낸 편지에서 썼다시피 개성해방은 민주 대 봉건혁명에서 필연적으로 포함되어야 할 내용이다. "어떤 사람들은 우리가 개성을 경시하거나 제압한다고 말하는데 그것은 틀린 말이다. 속박 당한 개성이 해방되지 못하면 민주주의가 있을 수 없고 사회주의도 있을 수 없다."[449]

3. 인류 본질의 억압과 소실 및 해방과 복귀

마오쩌동은 인류의 역사는 곧 필연의 왕국에서 자유의 왕국으로 꾸준히 발전하는 역사라고 주장했다. 필연의 왕국은 사람들이 필연성에 대해 미처 인식 이용하지 못하고 필연성의 지배를 받고 노역을 당하는 맹목적이고 피동적인 상태이다. 자유의 왕국은 사람들이 필연성에 대해 인식하여 필연성에 대한 인식을 근거로 주동적·자각적으로 세계를 개조하고 자유를 얻는 상태이다. 필연의 왕국에서 자유의 왕국으로 비약하는 과정 또한 인류와 자연, 인류와 사회 모순의 추동 하에서 인류가 주동적·자각적으로 세계를 인식하고 세계를 개조하며, 노역에서 벗어나 자유를 얻고, 자신의 자유·자각적 창조성 본질을 드러내는 과정이다. 인류사회 발전의 역사를 살펴보면 인류와 인류의 본질 사이의 관계는 각기 다른 세 단계를 거쳤다.

---

449) 『마오쩌동 서신 선집』, 인민출판사 1983년 판, 239쪽.

즉 인류 본질의 맹아 및 인류와의 원시적 통일 단계, 인류 본질의 힘의 초보적 발전과 억압 및 인류를 떠난 단계, 인류 본질의 힘의 충분한 발전 및 인류 본질에 대한 인류의 전면적 점유 단계이다.

원시사회는 인류의 동년시대였다. 유인원이 자연 도구의 사용과 도구의 제조를 배워 자신의 야수성과 점차 작별하고 동물계에서 분화하여 사회성을 갖춘 인류로 되었다. 도구의 제조, 불의 사용, 활과 제도술의 발명, 목축업과 농업생산은 인류가 자연계의 일부 법칙을 인식하기 시작하였으며, 자기 몸의 기관을 연장하고 자기 몸의 능력을 키웠으며, 자연을 인식하고 개조하는 과정에서 자각·자유의 창조성 본질을 형성하고 드러냈으며, 자연계에서 최초의 자유를 쟁취하였음을 표명한다. 짐승이 가진 발톱도 이빨도 없고 날개도 없는 인류가 개체의 힘만으로는 자연을 이길 수가 없었다. 그래서 무리를 지어 살면서 함께 노동하고 평균적으로 분배했다. 원시사회에서 인류는 자신의 창조적 활동을 통해 자연계의 노역을 극복하고 개체와 동류의 발전을 도모했다. 인류의 본질은 인류 자체와 서로 통일된 것이며, 그 형태와 전개는 개체의 발전 및 전체 동류의 발전과 일치하는 것이다. 그러나 인류가 막 동물계에서 분화되어 인류의 주체 능력과 생산력 수준이 매우 낮았기 때문에 자연계에서 얻은 자유 또한 매우 제한적이었다. 계급사회에서 사람들은 자유·자각적으로 그 정신적 힘과 육체적 힘을 발휘할 수 없었고, 자각·자유의 활동을 통해 자신을 인정할 수 없었으며, 인류의 본질이 억압당하고 손상을 입어 자유가 전면적인 발전을 이루지 못했다. 원시사회 후기에 생산력의 발전과 잉여

제품의 등장에 따라 분업과 교환이 발전하기 시작했다. "분업으로 인해 정신 활동과 물질 활동, 향유와 노동, 생산과 소비가 각기 다른 개인이 분담하는 상황이 가능해졌으며 게다가 현실이 되었다."[450] 분업으로 인해 개인의 능력과 수요가 분리되고 사람들 서로간의 의존도가 커졌으며, 서로간의 교류와 제품의 교환 범위가 커졌다. 일부 씨족 수령은 대중이 부여한 권력을 이용하여 공공재산을 강점하고 씨족 내부의 다른 구성원을 착취했다. 원시 공유제와 사회 평등이 파괴되고 씨족이 해체되면서 사회에 빈부격차와 계급대립이 나타났다. 계급사회에서 인간의 본질·본성은 계급성을 띤 인성으로 나타나며, 인류 노동의 대상화는 이화(異化)된 양식으로 나타난다. 노동자의 창조물로서의 유형적 노동은 통치자·착취자가 노동자를 노예로 부리고 노동자와 대립하는 반대파의 힘으로 전락하였으며, 사람들이 노동 과정에서 인류 집단의 조화를 이루고, 주체의 힘을 제고시키기 위한 취지에서 결성한 여러 가지 사회관계가 오히려 노동자를 압박하고 노예화하는 사슬이 되었다. 노동자의 육체적 능력과 정신적 능력의 발휘가 자각·자유의 성질을 잃어 노동이 더 이상 인간 본질의 자유의 표현이 아니라 어쩔 수 없이 행하는 개인의 생존을 유지하기 위한 수단이 되었다. "노동이 노동자에게 있어서 외재적인 것이다. 다시 말하면 그의 본질에 속하는 것이 아니다. 그렇기 때문에 그는 자신의 노동 과정에서 자신을 인정하는 것이 아니라 부정하고, 행복을 느끼는 대신 불행을 느끼며, 자기 체력과 지력을 자유롭게 발휘하는 것이

---

450) 『마르크스·엥겔스선집』 제1권, 앞의 책, 83쪽.

아니라 자신이 육체적 고통과 정신적 모욕을 당하게 된다."[451] 노동자들 속에는 풍부한 창조성이 잠재되어 있다. 그러나 노동이 대상화된 이질적 상태에서 그리고 착취제도의 속박과 억압 아래서는 그 창조성을 충분히 방출하고 발휘할 수가 없다. 계급사회에서 개개인은 모두 일정한 계급늬 지위에 처해서 살아가며, 각개의 사회계급은 경제적·정치적 이익이 다름으로 인해 서로 간에 첨예하게 대립하고 충돌하게 된다. 문명사회의 역사는 바로 계급투쟁사이다. 마오쩌동은 1964년 봄에 지은 「하신랑·독사(賀新郎·讀史)」라는 제목의 사(詞)에 다음과 같이 썼다. "인간 세상에는 (살기가 어려워) 즐거운 일이 없고 (모두가 불운한 삶을 살면서) 전쟁터에서 서로를 향해 활을 겨눠야 하니 피가 흘러 강을 이루고 사방에 이재민이 넘쳐나네.(人世難逢開口笑, 上疆場彼此彎弓月. 流遍了, 郊原血.)" 이런 계급의 대립은 인력과 물력의 막대한 파괴를 초래했다. 주 무왕(周武王)이 상(商)나라 주(紂)임금을 토벌하는 전쟁에서는 흐르는 핏물에 방패가 떠내려갈 지경이었고, 춘추전국시기 제후들 간의 싸움에서는 죽임을 당한 시신이 온 벌판과 성을 차고 넘쳤다. 인류의 운명에 깊은 관심을 갖고 있었던 마오쩌동은 상하 수천 년 계급투쟁의 역사를 읽고 노예·농노·무산계층의 비참한 처우에 대해 훤히 꿰뚫어보게 되어 마음에 엄청난 자극을 받았다. "한 편을 읽고 나니 머리 위에서 눈발이 휘날리는 듯"이라는 표현은 계급사회에 대한 그의 증오와 고난에 시달리는 인민에 대한 그의 깊은 동정을 예술적으로 표현한 것이다. 계급적 대항이 전체적 힘으

---

451) 『마르크스·엥겔스전집』 제42권, 앞의 책, 93쪽.

로서의 인류가 자연계에 일으키는 역할을 일시적으로 약화시켰음은 의심할 나위가 없다. 그러나 노동자 대 착취자와 압박자의 투쟁은 또 자체 생산과 생활조건을 개선하여 인류로서의 자체 지위와 가치를 높여주었다. 그래서 마오쩌동은 또 춘추(春秋)시기 노예봉기의 수령들인 도척(盜跖)·장교(莊蹻), 진나라 말기(秦末) 농민봉기의 수령 진섭(陳涉)을 진심으로 찬미하면서 노동자의 봉기와 전쟁을 사회의 발전을 떠미는 거대한 동력으로 간주했다. 긴긴 계급사회에서 노동자는 생산투쟁과 계급투쟁 과정에서 자연의 노예, 사회의 노예가 되는 것을 극복하면서 자신의 본질을 간신히 드러내곤 했다. 노동 수단을 잃어버린 노동자는 노동 과정에서 다른 사람으로부터 제약을 받아 자유롭지 않기 때문에 자신의 본질적 힘을 전면적으로 발전시킬 수 없으며, 오직 통치자·착취자에게 필요한 부분과 분야만 발전시킬 수 있을 뿐이다. 통치계급은 자신들의 이익을 수호하기 위하여 또 사상·정치 방면에서 독재를 실행하여 사람의 개성을 말살했다. 따라서 인간의 본질이 억압당하고 기형적으로 발전하였으며 심지어 질식하기에 이르렀다. 사유제와 계급 간 대립은 생산력의 발전에 따라 생겨난 것이고, 또 생산력이 고도로 발전함에 따라 필연적으로 소멸되게 되어 있다. "사회주의제도가 결국은 자본주의제도를 대체하게 될 것이다. 이는 사람들의 의지에 따라 바뀌는 것이 아닌 객관적인 법칙이다."[452] 미래 공산주의사회에 이르면 사람들은 자연계와 인류사회의 필연성에 대해 전례 없는 정도로 인식할 수 있어 행동의 맹목성을 극복하고 자연

---

452) 『마오쩌동문집』 제7권, 앞의 책, 1999년 판, 315쪽.

계의 진정한 주인이 됨과 아울러 자신의 사회적 결합의 주인이 될 수 있다. 공산주의시대가 오면 사회는 개개인의 자유로운 발전이 모든 사람의 자유롭게 발전을 이룰 수 있는 조건이 되는 연합체가 되어, 개개인은 모두 건전한 인격을 갖추고 자기 본질을 전면적으로 소유한 사람으로 점차 발전하게 된다. 사람들은 자신의 본질적인 힘과 잠재적 능력을 자유·자각적으로 발전시킬 수 있으며, 더 이상 고정적이고 강제적인 분업의 제한을 받지 않게 된다. 이는 일종의 노동 해방으로 인간 및 그 본질적인 힘의 해방이기도 하다. 마오쩌둥은 다음과 같이 지적했다. "사회의 발전이 오늘날의 시대까지 이르러서는 세계를 정확하게 인식하고, 개조하는 책임이 역사적으로 무산계급과 그 정당의 어깨 위에 놓였다. 이처럼 과학적인 인식에 따라 정해진 세계 개조의 실천과정은 세계에서, 중국에서 모두 한 역사적 시기 즉 역사 이래 있어본 적이 없는 중대한 시기에 이르렀다. 그것이 바로 세계와 중국의 암흑면을 전면적으로 뒤엎고 그들을 전례 없는 밝은 세계로 바꾸는 시기이다. 무산계급과 혁명 인민이 세계를 개조하는 투쟁에는 다음과 같은 임무를 실현하는 내용이 포함된다. 객관세계를 개조하는 것, 자기 주관세계도 개조하는 것, 즉 자기 인식능력을 개조하는 것, 주관세계와 객관세계의 관계를 개조하는 것이다.…이른바 개조되어야 할 객관세계에는 개조에 반대하는 모든 사람들이 포함된다. 그들이 개조되는 과정은 강박적인 단계를 거쳐야 하며, 그런 뒤에야 자각적인 단계에 들어설 수 있다. 전 인류가 모두 자각적으로 자신을 개조하고 세계를 개조할 수 있는 때가 되면 그때 세계는 공산주의시대에 들어선 것이다."[453] 인류역사가 오늘날까지 발전하여 어둠을 등지고 밝은 앞날을 향해 나아가며 사유제와 계급 착취 및 계급 압박을 지양하고 무산계급사회로 들어서는 전환점에 처해 있다. 역사는 인류의 본질적 힘을 해방시키고 세계를 정확하게 인식하고 개조해야 하는 중대한 사명을 무산계급 및 그 정당에 부여했다. 무산계급은 자신을 해방시킬 수 있다. 그러나 "만약 무산계급이 그 자신의 생활조건을 소멸시키지 않는다면, 자신을 해방시킬 수 없는 것이다. 만약 무산계급이 그 자신이 처한 상황에 집중적으로 반영되는, 인성에 어긋나는 현대사회의 모든 생활조건을 소멸시키지 않는다면, 그 자신의 생활조건을 소멸할 수가 없다."[454] 이른바 "인성에 어긋나는 생활조건"이란 바로 인간의 자유·자각 본질을 억압하고 질식시키는 사유제 및 계급대립·계급착취·계급압박이 존재하는 사회 상태를 가리킨다. 무산계급은 반드시 우선 현대사회에서 인성에 어긋나는 착취제도를 소멸하여 전반 사회를 착취제도에서 해방시키고, 전 인류를 압박과 노예화에서 해방시켜야만 최종적으로 자신의 해방을 이룰 수 있다. 마오쩌둥은 "무산계급이 자신을 해방시키려면 전 인류를 해방시켜야 한다.…반드시 전 인류가 모두 해방하고 새 제도로 바뀌어야만 무산계급은 비로소 최종적으로 자신을 해방시킬 수 있다."[455]라고 지적했다. 인류의 해방은 순수한 이성적인 활동이 아니라 현실적 운동의 일종으로, 반

453) 『마오쩌둥선집』 제1권, 앞의 책, 296쪽.
454) 『마르크스·엥겔스전집』 제2권, 앞의 책, 45쪽.
455) 『마오쩌둥문집』 제6권, 앞의 책, 491쪽.

드시 계급투쟁과 사회혁명을 통해 실현해야 한다. 인성의 해방은 개체 행위의 일종이 아니라 계급적·사회적 행위의 일종이다. 그것은 그 어떤 개인이건 모두 사회 밖에 고립된 존재물이 아니라 일정한 사회관계 속에 처해 계급·인류와 함께 숨 쉬고 운명이 서로 이어진 사회존재물로서 그 자유·자각 정도는 사회관계와 계급관계의 제약을 받으며, 인류의 개별성이 오로지 계급·인류의 해방에 따라 해방될 수 있기 때문이다. 인류의 해방은 세계적인, 전 인류적인 사업이다. 마오쩌둥은 "한 사회주의국가의 최후의 승리는 자국 무산계급과 광범위한 인민대중의 노력이 필요할 뿐 아니라 세계혁명이 승리해야 하고, 또 전 지구적으로 사람이 사람을 착취하는 제도가 소멸되어 전 인류가 모두 해방되어야 한다."[456]라고 말했다. 그렇기 때문에 무산계급혁명과 인류 해방 사업은 국제적, 세계적인 사업이다. 인류 해방 사업은 역사발전의 과정으로 단계성과 연속성의 특징을 띤다. 따라서 반드시 역사발전단계 및 조건에 따라 해방의 목표와 임무를 적절하게 제기해야지 현실을 벗어나 인류 해방을 떠벌려서는 안 된다. 민주혁명시기에는 다만 인민대중을 민족 압박과 봉건압박으로부터 해방시키는 임무만 제기할 수 있었을 뿐, 무산계급과 전 인민의 최후의 해방은 사회주의시대에 들어서서야만 비로소 실현될 수 있었다. 전 인류가 모두 자각적으로 자신을 개조하고 세계를 개조하며 인류의 본성에 부끄럽지 않은 사회관계를 맺고 인류의 자유·자각 특성을 가장 잘 구현할 수 있는 인류와 자연의 관계를 수립하는 때가 오면 인류가 자

---

456) 『건국이래 마오쩌둥의 원고』 제13권, 중앙문헌출판사 1998년 판, 15쪽.

기 본질을 전면적으로 소유할 수 있는, 공산주의시대를 맞이할 수 있는 것이다. 공산주의사회의 실현은 인류역사의 끝과 인성발전과정의 종결이 아니라 인류발전을 위한 새로운 길을 여는 것이다. "사회주의에서 공산주의로 넘어가는 것은 한 차례의 투쟁이고 한 차례의 혁명이다. 공산주의시대에 들어선 뒤에는 또 많고 많은 발전단계가 있을 것이며 이 단계에서 저 단계로 넘어가는 관계는 필연적으로 양적인 변화에서 질적인 변화에 이르는 관계가 될 것이다. 여러 가지 돌변과 비약은 모두 일종의 혁명으로서 모두 투쟁을 거쳐야 한다."[457] "인류는 언제나 꾸준히 앞으로 발전하고 있고 자연계도 언제나 꾸준히 앞으로 발전하고 있으며, 영원히 어느 한 수준에서 멈추지 않을 것이다."[458] 필연의 왕국에서 자유의 왕국으로 발전·전환하는 인류의 역사는 영원히 끝이 나지 않을 것이다.

457) 위의 책, 제7권, 중앙문헌출판사 1992년 판, 53~54쪽.
458) 『마오쩌동문집』제8권, 앞의 책, 325쪽.

제3장
인생 이상론

    인류는 우주에서 자유·자각적인 능동적 창조 본성을 갖춘 최고의 존재물로서 그 존재의 의미와 가치는 동물처럼 오로지 본능적 활동으로 외부 자연계에 적응하는 데 있지 않다. 인류는 미래를 동경하고 갈망하며 추구하고 창조할 수 있으며, 자기 본질적 요구와 사회발전의 필연적 추세에 따라 이르고자 하는 인생의 이상을 확립하고, 이상의 설계도에 따라 주체와 객체가 통일된 현실 활동을 전개하면서 자연과 사회 그리고 인류 자체를 재구성할 수가 있다. 인생의 이상은 현실에서 출발한, 미래의 이상적인 사회와 이상적인 인격에 대한 인류의 추구와 갈망으로서 인류의 물질생활과 정신생활을 지탱해주고 규범화하며 이끌어주고 격려하는 역할을 한다. 오로지 이상으로 차넘치는 삶이어야만 인류의 진정한 삶이라고 할 수 있으며, 오로지 원대한 이상을 확립해야만 바람 부는 대로 물결치는 대로 세상 돌아가는 대로 따라가지 않고 삶의 질을 향상시키고 비이상적인 환경과 현재의 나를 초월하여 갈망하고 추구하는 이상적인 사회와 이상적인 인격에 이르도록 보장할 수 있다. 마오쩌둥은 세속적이지 않고 원대한 이상과 낭만적인 정취, 시인의 기질을 갖춘 뛰어난 정치적 지도자로서 천하위공(天下爲公)·대동세계(世界大同)의 사회이상, 재덕을 두루 갖추고 전면 발전한 인격이상, 자유적으로 선택하고 진취적이며 창조적인 직업이상을 가슴에 품고 명석하고 냉철한 이성적 시각으로 현실을 주시하면서 인생과 사회의 이상적인 경지에 이르는 올바른 길을 모색하였으며, 이상을 추구하고 이상을 위해 헌신하는 기세 드높은 혁명과 건설 실천의 막대한 시련과 진정한 즐거움을 몸소 체득하기 위해 애썼다.

1. 천하위공·대동세계의 사회 이상

천하위공·대동세계는 고금을 막론하고 오랜 세월 동안 많은 성현 선철들이 동경해온 꿈이고, 역대 진보적 사상가들의 현실비판주의정신의 반영이며, 인류의 본성에 부합하는 합리적이고 마땅한 사회제도에 대한 이상과 추구이다. 유가학파의 창시자인 공자는 '인(仁)'이라는 기본 범주에서 출발하여 자신의 정치사회이상을 수립했다. 그가 보기에 '인'은 인류의 본질적 속성이고, 자신과 타인, 자신과 사회, 자신과 국가의 관계를 처리하는 최고의 원칙이기도 하였다. 자신과 국가, 자신과 사회의 관계를 처리하는 문제에서, 공자는 "자기 욕망을 절제하고 예의 요구에 따라 행하는 것이 곧 어진 것이다. 그렇게만 하면 천하의 모든 것이 어짊에 귀결될 수 있다.(克己復禮爲仁, 一日克己復禮, 天下歸仁焉.)"[459]고 했다. 그 뜻은 내면 도덕품성의 수양을 강화하고 자기 욕망을 절제하는데 주의를 기울임으로써 자기 말과 행동이 나라

---

459) 『논어·안연(論語·顏淵)』

의 규정제도에 부합하도록 하고, 자기 언행이 이상사회의 통치 질서와 윤리도덕과 일치하도록 하는 것을 가리킨다. 사람과 사람 간의 관계 처리 문제에서 공자는 "어진 이는 다른 사람을 사랑한다(仁者愛人)"면서 '공(恭, 공손함)' '관(寬, 너그러움)' '신(信, 성실함)' '민(敏, 기민함)' '혜(惠, 자애로움)' '충(忠, 충성함)' 등의 도덕규범에 따라 사람과 사람 간의 관계를 잘 처리할 것을 제기했다. '인'의 원칙을 널리 행하기 위하여 공자는 "충서의 도리(忠恕之道)", 즉 "자기 스스로 바로 서야 할 뿐 아니라 다른 사람도 바로 서도록 해야 하며, 자신이 출세해야 할 뿐 아니라 다른 사람도 출세하도록 할 것(己欲立而立人, 己欲達而達人)"[460], "자신이 행하기를 원하지 않는 일은 남에게도 강요하지 말 것(己所不欲, 勿施於人)"[461]을 제기했다. 공자의 인학사상은 치국위정(治國爲政)에서 반영된다. 정치적으로 보면 통치자가 자신의 도덕품성수양을 닦고 자신의 욕망을 절제하며 군자의 덕성으로 백성의 도덕을 교화하는 데서 반영된다. 경제적으로 보면 백성의 성정에 순응하여 "백성을 어질고 자애롭게 대하며(養民也惠)"[462], 나라의 재물을 아껴 쓰고 백성을 사랑하며, 백성에게 노역을 시키면서도 농기를 놓치지 않도록 하는 데서 반영된다. 인사정책 면에서는 어진 이를 발탁 등용하며 신분이 미천해도 꺼리지 않는 데서 반영된다. 공자는 어진 성품으로 나라를 다스릴 것을 주장했다. 그 목적은 '서주(西周)시기의 성세'로 돌

---

460) 『논어·옹야』
461) 『논어·안연』
462) 『논어·공야장(論語·公冶長)』

아가려는 것이며, 나아가 '요순(堯舜) 두 임금이 다스리던 시대'로 돌아가려는 것이었다. 이상사회의 모습에 대하여 공자는 여러 장소에서 서술한 바 있다. "자로가 공자에게 '당신의 포부에 대해 듣고 싶습니다.'라고 말했다. 이에 공자는 '그 언젠가는 모든 사람이 늙게 되면 편안하고 행복한 삶을 누릴 수 있고, 친구들 간에 서로 믿을 수 있으며, 젊은이들은 원대한 이상을 품을 수 있기를 바란다.'라고 말했다.(子路曰 : '願聞子之志'. 子曰 : '老者安之, 朋友信之, 少者懷之.')"463 "제후이건 혹은 대부이건 재부가 많지 않음을 걱정하는 것이 아니라, 오로지 재부 분배가 균형적이지 않음을 걱정할 뿐이다.(丘也聞有國有家者, 不患寡而患不均, 不患貧而患不安.)"464 "온 세상 사람은 모두 형제(四海之內皆兄弟也)"465 "신분의 귀천, 현명함과 아둔함의 차별 없이 누구에게나 다 교육을 실시할 수 있다.(有敎無類)"466 이로부터 알 수 있다시피 공자가 마음껏 상상한 이상사회에서는 노인이 안락한 삶을 누릴 수 있고, 아이가 보살핌을 받을 수 있으며, 친구 간에 서로 믿을 수 있고, 사람들은 경제·정치·교육·사회·인격상에서 평등한 권리를 누릴 수 있다. 널리 은혜를 베풀어 뭇사람을 구제하고, 화목하게 지내며, 모든 사람이 평등한 것은 그 이상사회의 뚜렷한 특징이었다. 공자의 이러한 사상은 고대 중국의 대동사상의 발전에 심대한 영향을 미쳤다. 전국(戰國) 말 혹은 진·한(秦漢) 때 쓰여 진 유가의 저작 『예기·예운(禮記·禮

---

463) 『논어·공야장』
464) 『논어·계씨(論語·季氏)』
465) 『논어·안연』
466) 『논어·위령공(論語·衛靈公)』

運)』편에서는 공자의 대동사상의 맥락을 답습하여 이상적인 사회제도
에 대해 완전하고 권위적인 구상을 내놓았다.

"대도가 실행되는 시대는 천하가 모든 사람의 것이다. 도덕과
재능을 모두 갖춘 인재를 등용하며 사람들 서로 간에 신용을
지키고 화목하게 지낼 수 있다. 그래서 사람들은 오로지 자기
와 가까운 사람과만 가까이 지내는 것이 아니고, 자기 자녀만
자녀로 생각하는 것이 아니다. 노인들은 만년에 모두 안락한
삶을 살 수 있고, 젊은이들은 모두 일을 할 수 있으며, 어린
이는 모두 건강하게 자라날 수 있고, 홀아비와 과부와 같이
외로운 사람과 장애인, 질병이 있는 자는 모두 보살핌을 받을
수 있다. 남자는 모두 종사할 수 있는 직업이 있고, 여자는
때가 되면 모두 시집을 갈 수 있다. 재물에 대해서 사람들은
다만 땅에 거저 버려둘 수가 없어 건사하는 것일 뿐, 반드시
자기 집에 숨겨두기 위함이 아니며 힘도 쓸 수 없을까봐 걱정
일 뿐 반드시 자기 자신을 위한 것이 아니다. 그래서 서로 다
투고 싸우는 일이 일어나지 않고 강탈·도둑질·반란을 일으
켜 사람을 해치는 현상이 자취를 감추었으며, 그래서 집집마
다 문을 잠그는 일이 없다. 이를 가리켜 '대동사회'라고 일컫
는다.(大道之行也, 天下為公. 選賢與能, 講信修睦. 故人不獨親其親, 不
獨子其子. 使老有所終, 壯有所用, 幼有所長, 鰥寡孤獨廢疾者皆有所養.
男有分, 女有歸. 貨惡其棄於地也, 不必藏於己, 力惡其不出於身也, 不必

為己. 是故謀閉而不興, 盜竊亂賊而不作, 故外戶而不閉, 是謂'大同'.)"

　　유가의 '대동사회' 이상은 이로써 비교적 완전하게 서술되었다. 유가가 생각하는 이상사회는 더할 수 없이 훌륭한 것이었다. 그러나 그들은 또 사회 퇴화론자들로서 대동사회가 당우[唐虞, 당요(唐堯)와 우순(虞舜)을 통합하여 이름] 삼대[하(夏)·상(商)·주(周)]에만 존재했다고 주장한다. 당우 이후부터 사회가 태평세(太平世)에서 승평세(升平世)로 들어섰으며 다시 승평세에서 거란세(据亂世)로 타락했다. 유가는 자체의 사명이 사회를 앞으로 떠밀어 새로운 미래를 창조하는 데 있는 것이 아니라 예의도덕으로 만민을 교화하여 역사를 역전시켜 거란세에서 승평세로 되돌아가고 또 다시 승평세에서 요·순 시기 대동의 태평세로 복귀하는 것이라고 주장했다. 묵가학파는 소생산자의 이익과 염원에서 출발하여 겸이역별(兼以易別), 즉 빈부귀천의 차별이 없이 모든 사람을 두루 사랑할 것을 주장했다. 그들은 천하에 재난과 권력 찬탈, 원한이 생겨나는 것은 모두 서로 사랑하지 않기 때문이라고 주장했다. 그래서 겸애(兼愛)의 원칙을 관철하여 "남의 나라를 대함에 자기 나라를 대하는 듯 하고 남의 가족을 자기 가족처럼 대하며 남의 몸을 자기 몸처럼 생각(視人之國若視其國, 視人之家若視其家, 視人之身若視其身)"[467]한다면 천하에 재난과 권력 찬탈, 원한이 생겨날 수 없다. 겸애원칙을 관철하기 위하여서는 반드시 어질고 현명하며 지혜롭고 사리에 밝은 인재를 선택하여 세상의 시비와 이해의 가치기준을 통일시

---

467) 『묵자·겸애중(墨子·兼愛中)』

키며 세상 사람들의 활동을 조화롭게 하여 백성의 사상과 언행을 천자의 의지와 통일시키고 천자의 의지를 하늘의 뜻과 통일시킨 이상사회를 건설해야 한다. 그러한 이상사회에서는 어진 이를 존경하고 재능이 있는 이를 등용하며 존비귀천의 등급 제도를 타파하여 어진 이를 등용할 때는 "빈부·귀천·원근·친소의 차별이 없이 어진 이를 천거하고 존경하며 어질지 못한 이는 제지시키고 포기해야 한다.(不辨貧富, 貴賤, 遠近, 親疏, 賢者擧而尙之, 不肖者抑而廢之)"[468] 모든 사람이 노동에 종사하고 애써 일해 물질과 정신노동의 성과를 공유하며 힘으로 서로 돕고 도리는 서로 가르치며 재물은 함께 나눠가져야 한다. 이밖에도 비공(非攻, 큰 나라가 작은 나라를 공격해서는 안 된다는 의미)의 외교정책과 법률평등원칙을 따라야 한다. 계급이 존재하는 사회에서 겸애를 제창하는 것은 비현실적인 것이다. 최고 통치자에게 소생산자의 소망과 이익을 대표하기를 기대하는 것도 환상일 뿐이다. 그러나 이러한 겸애교리, 천하에 이로운 것을 일으키고 천하에 해로운 것은 제거하는 정치원칙은 소생산자의 자체 경제·정치·사회 등 여러 방면의 권리에 대한 요구를 반영한 것으로서 진보적 의미를 갖는다. 중국 근대 무술유신운동의 지도자인 캉유웨이도 '어짊을 근본으로 삼는(以仁爲本)' 인애(仁愛) 철학체계에서 출발하여 대동사회의 실현을 논증하고 대동세계의 모습을 구상했다. 그는 "어짊이란 자연계에 있어서는 끊임없이 변화하고 신생사물이 끊임없이 생겨나는 이치이고 인간에게 있어서는 모든 사람을 평등하게 사랑하는 박애의 도덕

---

468) 『묵자·상현중(墨子·尙賢中)』

이다.(仁者, 在天爲生生之理, 在人爲博愛之德.)"[469]라고 주장했다. 그는 또 '인(仁)'은 "만 가지 변화의 바다이고 모든 사물의 뿌리이며 모든 사물의 근원이다.…사람으로서 지켜야 할 도리 중에서 인애, 문명, 진화, 태평한 대동세계는 모두 인에서 비롯된다.(萬化之海, 爲一切根, 爲一切源,…人道之仁愛, 人道之文明, 人道之進化, 至於太平大同, 皆從此出)"[470]라고 말했다. 고대의 공구(孔丘)·묵적(墨翟)이건 근대의 캉유웨이건 그들이 구상하는 대동세계의 매혹적인 모습이 현실에 대한 인민의 불만 나아가서 비판을 이끌어내는 거대한 정신적 힘이 될 수 있었던 것이다. 그러나 그들은 사회역사발전의 객관적 법칙에 대해 알지 못하여 현실적인 사회생산력의 발전과 현실적인 사회관계를 개조하는 역사 활동을 이탈하였기 때문에 대동사회의 실현에서 의지해야 하는 힘과 거쳐 가야 할 길을 찾을 수가 없었다. 마오쩌동은 사회 이상의 형성과 확립 과정에 많은 우여곡절을 겪었다. 그는 청년시절부터 학문과 처세에 있어서 뜻을 세우는 것이 중요하다고 주장하였으며 우주와 인생의 진리를 탐구하는 과정에서 "중국과 세계를 개조하려는" 사회 이상을 확립했다. 그는 중국에서 태어난 우리는 중국을 개조하는 일이 좀 더 편리할 수 있으며 또 중국이 세계적으로 비해 볼 때 더 미숙하고 더 부패하기 때문에 마땅히 여기서부터 착수해 개조해야 한다고 주장했다. 그리고 또 세계를 개조할 것을 제기한 것은 감정이 언제나 보편적인 것이어서 이 한 곳만 사랑하지 말고 다른 곳도 사랑해야 한

---

469) 『중용주(中庸注)』
470) 『맹자미(孟子微)』

다고 생각하기 때문이다. "그런 세계주의는 곧 온 세상 사람은 다 동 포라는 주의(主義)이고 자기도 잘되고 남도 잘되기를 바라는 주의이며 또 이른바 사회주의이다."[471] 세계주의와 식민주의는 근본적으로 대립 되는 것으로서 "세계주의를 취하고 식민정책은 취하지 말아야 한다. 세계주의는 자기도 잘되고 남도 잘되기를 바라는 것으로서 솔직하게 말하면 즉 모두가 잘되기를 바라는 주의이다. 식민정책은 오로지 자 기만 잘되기를 바라고 남이 잘되는 것은 바라지 않는 것으로서 솔직 하게 말하면 즉 남을 해치고 자기 이익만 도모하는 정책이다. 세계주 의는 용납되지 않을 리가 없고,…식민정책은 용납될 리가 없다." 그리 고 "대동 세계는 반드시 여러 지역 민족이 스스로 결정하는 것을 토 대로 한다."[472] 젊은 시절의 마오쩌둥이 세운, 세계주의를 취하고 대동 세계를 실현하고자 하는 사회 이상을 통해 자기 자신도 바로 서고 남 도 바로 세울 것을 주장한 공자의 사상과 묵자의 겸이역별 사상 및 공자·묵자·캉유웨이 등 이들의 인애철학이 마오쩌둥에게 준 영향을 보아낼 수 있다. 그 이상은 천하를 자기소임으로 간주하고 대동 사회 실현을 목표로 삼은 마오쩌둥의 원대한 포부를 보여주었다. 그러나 어진 마음을 품는 것을 그 사회 이상으로 삼는 마오쩌둥의 이론-감 정 토대에서는 태평한 대동 세계 실현의 객관적 필연성을 보아낼 수 없다. 그래서 그 이상은 효과적인 현실 운동으로 전환할 수 없는 것 이었으며 따라서 '이상적인 세계주의'의 원대한 계획과 소원은 실현할

---

471) 『마오쩌둥 서신 선집』, 앞의 책, 3쪽.
472) 『마오쩌둥 조기 문고』, 후난인민출판사, 1990년 판, 560쪽.

수 없는 것이었다. '대동세계' 이상도 추상적이고 텅 빈 공론에 지나지 않았다. 마오쩌동의 과학적 공산주의사회 이상은 마르크스주의를 학습하고 실천하는 과정에서 확립한 것이다. 마르크스주의 유물사관과 잉여가치학설의 창립은 자본주의가 필연적으로 멸망하고 사회주의·공산주의가 필연적으로 승리하게 될 것이라는 불가피성을 명시함으로써 사회주의를 공상에서 과학으로 바꾸었다. 유물사관에서는 사회 변동의 근본적인 원인이 생산력과 생산관계, 경제적 토대와 상부구조의 모순 운동에 있다고 주장한다. 계급사회에서는 사회 기본 모순이 계급모순과 계급투쟁으로 나타나며 계급투쟁은 계급사회 발전의 직접적 동력이다. 잉여가치학설은 자본주의 착취의 비밀과 고용노동제도의 본질을 까발렸다. 자본가가 더 많은 잉여가치를 짜내기 위하여, 그리고 경쟁에서 실패하는 것을 피하기 위하여서는 반드시 확대 재생산을 꾸준히 진행해야 했다. 생산규모의 확대와 사회 분업의 발전에 따라 갈수록 제고되는 생산의 사회화정도와 생산 수단이 날이 갈수록 소수의 자본가에게 집중되며 따라서 첨예한 모순이 형성되었다. 사회 기본모순의 변증 운동으로 인해 자본주의가 더 고급적인 사회형태에 의해 대체되는 것이 불가피해졌으며 계급투쟁은 사회형태의 신구교체를 위한 직접적인 동력 원천을 제공했다. 마오쩌동 역시 바로 마르크스의 상기 사상을 근거로 삼아 자본주의 멸망과 공산주의 승리의 역사적 필연성에 대해 이해하였던 것이다. 그는 다음과 같이 말했다. "마르크스·엥겔스는 그 사물의 모순의 법칙을 사회역사과정 연구에 응용하는 과정에서 생산력과 생산관계 사이의 모순을 발견하였고 착취계급과 피착취계급 간의 모순 및 그 모순들로 인해 생겨나는 경제적 토대와 정치·사상 등 상부구조 간의 모순을 보아냈으며, 그 모순들이 어떻게 서로 다른 여러 계급사회에서 불가피하게 서로 다른 여러 가지 사회 혁명을 일으키는지를 보아냈다."[473] "마르크스는 그 법칙을 자본주의사회 경제구조에 대한 연구에 응용하는 과정에서 그러한 사회의 기본 모순이 생산의 사회성·소유성과 인성 간의 모순에 있다는 사실을 발견했다. 그 모순은 개별적인 기업에 존재하는 생산의 조직성과 전 사회에 존재하는 생산의 비조직성 간의 모순에서 반영된다. 그 모순의 계급적 표현은 자산계급과 무산계급 간의 모순이다."[474] 사회 기본 모순의 변증적 운동은 필연적으로 사유제의 최종 사회형태—자본주의 멸망과 공산주의 승리를 초래하게 된다. 그 사회형태의 교체를 완성하는 데 반드시 거쳐야 할 길은 폭력혁명과 무산계급독재이며 무산계급은 그 사회변혁을 완성하는 위대한 세력이다. 중국 역사를 공산주의로 밀고 나가는 것은 중국공산당의 최고 강령이며 또 마오쩌둥을 대표로 하는 중국공산주의자의 최고의 사회 이상이기도 하다. 마오쩌둥은 다음과 같이 확고하게 주장했다. "공산주의는 무산계급의 전체적 사상체계이며 또 새로운 사회제도의 일종이기도 하다. 그런 사상체계와 사회제도는 다른 그 어떤 사상체계·사회제도와도 구별되는, 인류역사 이래 가장 완전하고 가장 진보적이며 가장 혁명적이고 가장 합리한 것이다. 봉건주

---

473) 『마오쩌둥선집』 제1권, 앞의 책, 317~318쪽.
474) 위의 책, 318쪽.

의 사상체계와 사회제도는 이미 역사박물관에 들어가 있는 것이다. 자본주의 사상체계와 사회제도는 그중 일부가 이미 박물관에 들어가 있고(소련에 있음) 나머지 일부도 '해가 서산에 기울고 숨이 간댕간댕하며 목숨이 위태위태하고 아침에 저녁 일을 알 수 없듯이 쇠하고 부패해져 멸망에 이를 상황이어서(日薄西山, 氣息奄奄, 人命危淺, 朝不慮夕)' 곧 박물관에 들어갈 처지가 되었다. 오직 공산주의 사상체계와 사회제도만이 산을 밀어치우고 바다를 뒤집어엎을 듯한 거센 기세와 그 무엇으로도 막을 수 없는 무서운 힘으로 전 세계를 휩쓸고 있으며 그 아름다운 청춘의 기상을 떨치고 있다. 중국에 과학적 공산주의가 생겨난 뒤로 사람들의 시야가 넓어졌으며 중국혁명도 모습이 바뀌었다."[475] 바로 그 공산주의 사회 이상이 중화민족의 가장 훌륭한 아들딸을 굳센 전투적 집단으로 응집시켰으며 그 집단이 전 민족과 가장 광범위한 인민대중의 이익을 대표하여 인민대중을 이끌고 낡은 세계를 개조하고 새로운 세계를 건설하는 용감한 투쟁을 전개할 수 있었던 것이다. 또한 그 공산주의 사회 이상이 있었기에 국민당 반동파가 혁명을 배신하고 백색테러가 중국 대지를 뒤덮었을 때 마오쩌둥은 "격앙된 마음을 술에 실어 강물에 흩뿌리니 이 내 마음에 장강의 물결보다도 더 거센 파도가 일렁이네(把酒酹滔滔, 心潮逐浪高)"[476]라고 시를 지어 표현하였듯이 막대한 정치적 압력에 굴복하지 않고 혁명을 끝까지 진행하리라는 결심과 격정으로 마음을 가득 채울 수 있었던

---

475) 위의 책, 제2권, 앞의 책, 686쪽.
476) 마오쩌둥, 「보살만·황학루(菩薩·黃鶴樓)」

것이다. 또한 그 공산주의 사회 이상이 있었기에 중앙홍군은 제5차 포위 토벌에 저항하는 투쟁에서 실패한 뒤 맞닥뜨린 심각한 혁명적 위기를 떨쳐버리고 혁명의 방향을 바로잡을 수 있었으며 "험난한 관문이 철벽과도 같아 넘을 수 없다고 말하지들 말아, 이제부터 우리는 처음부터 씩씩하게 그 관문을 넘을 것이리니.(雄關漫道真如鐵, 而今邁步 從頭越)"477라고 표현한 마오쩌동의 시구와도 같이 원대한 이상을 가슴에 품고 현실에 입각하여 신심 가득히 파란만장한 투쟁의 길에서 씩씩하게 걸어 나갈 수 있었던 것이다. 홍군이 적의 포위망을 뚫고 추격을 따돌리며 겹겹의 어려움을 전승하고 항일전쟁의 전쟁터로 향할 때 마오쩌동은 "더 기쁜 것은 민산의 천리 적설을 밟으며 산을 넘은 홍군전사들의 얼굴마다에 웃음꽃이 활짝 피었네(更喜岷山千里雪, 三軍 過後盡開顏)"478라고 높이 읊어 혁명의 위기를 이겨내고 항일전쟁과 해방전쟁을 맞이할 수 있게 됨에 금할 수 없는 기쁜 마음을 표현했다. 마오쩌동의 미래 사회의 이상은 그의 사(詞) 「염노고·곤륜(念奴嬌·崑崙)」에서 남김없이 드러난다.

"하늘을 뚫고 우뚝 솟았네. 아스라이 높은 곤륜산이여, 너는 인간세상의 풍운변화를 낱낱이 보았느니. 설산으로 변한 너의 몸이 무수한 고드름이 되어 춤을 추고 온 하늘을 뒤덮은 추위 골수 깊이 파고드네. 여름이 되어 너의 몸을 감싸고 있

---

477) 마오쩌동, 「진아를 추억하다·루산관(憶秦娥·婁山關)」
478) 마오쩌동, 「칠률·장정(七律·長征)」

던 얼음이 녹아 흐르며 강물이 범람하여 어떤 이는 물고기 밥이 되기도 한다네. 너의 천년의 공과와 시시비비를 어느 누가 평가하였던가? 이제 내가 곤륜에 대해 논하려 하느니. 너는 그처럼 높고 험난하지 말지어다. 또 그렇게 많은 눈이 쌓이지도 말지어다. 어찌 해야 푸른 하늘을 등에 업고 보검을 뽑아 너를 세 토막으로 벨 수 있을까? 그래서 그중 한 토막은 유럽에 주고, 한 토막은 미주에 주고, 또 한 토막은 동방에 남겨둘 수 있으면 좋으련만. 그 평화로운 세계에서 전 지구가 뜨거움과 시원함을 고루 누릴 수 있기를.(橫空出世, 莽昆侖, 閱盡人間春色. 飛起玉龍三百萬, 攪得周天寒徹. 夏日消溶, 江河橫溢, 人或爲魚鱉. 千秋功罪, 誰人曾與評說? 而今我謂昆侖 : 不要這高, 不要這多雪. 安得倚天抽寶劍, 把汝裁爲三截? 一截遺歐, 一截贈美, 一截還東國. 太平世界, 環球同此涼熱.)"

위의 마오쩌동이 쓴 사는 1935년 10월에 지은 것이다. 그때 당시는 홍군이 2만 5천리 장정을 완성하고 샨베이(陝北)에 성공적으로 당도하였을 무렵이고, 국내 정세가 급격히 변화하여 민족모순이 중국 사회의 주요 모순으로 떠오른 때였다. 마오쩌동은 제국주의를 곤륜에 비유하여 묘사·서정·의론을 결합하는 예술적 수법을 이용하여 제국주의를 소멸하고 세계의 대동과 평화를 쟁취하는 사회 이상을 표현했다. 험난한 곤륜산이 가없이 넓은 하늘에 가로놓여 하늘을 뚫고 우뚝 솟았는데 겨울이면 큰 눈이 흩날리고 하늘을 뒤덮는 추위가 휘

몰아치고 여름이면 적설이 녹아 흐르며 강물이 범람하여 숱한 사람이 물고기 밥이 된다. 수천 수백년래 곤륜의 공과와 시비에 대해 누가 평가하였던가? 오늘날 마오쩌둥이 인민혁명세력의 대표가 되어 세상을 압도하는 용맹한 기백으로 곤륜산에 눈발을 줄이고 높이를 낮추라고 명령한다. 그리고 약동적인 생각과 웅대한 포부로 높은 하늘을 등에 업고 장검을 휘둘러 곤륜산을 세 토막 내어 유럽과 미주 그리고 동양에 나누어주고 전 세계가 뜨거움과 시원함을 함께 누리는 태평세계를 창조하려는 것이다. 사에서는 무산계급혁명세력에 대한 마오쩌둥의 넘치는 자신감을 반영하였으며 제국주의와 공존할 수 없다는 주장과 공산주의 아름다운 이상에 대한 갈망과 추구 및 찬미를 반영했다. 마오쩌둥은 "곤륜의 주제 사상은 다름이 아니라 제국주의에 반대하는 것"이라고 스스로 주해를 달았다. 이는 제국주의를 철저히 소멸하고 대동 태평세계를 실현하려는 마오쩌둥의 사회 이상에 대한 자기 증명이라고 할 수 있다. 마오쩌둥은 공산주의를 자신의 숭고한 사회 이상으로 확정하였지만 전반 민주혁명과 사회주의혁명 및 사회주의건설 시기에 미래 공산주의 사회모습에 대해 구체적이고 자세하게 서술하지 않았다. 그것은 공산주의운동이 정신적이고 이상적인 활동이 아니라 현실적이고 역사적인 활동으로서 사람들은 오직 현실적인 역사 조건에 근거하여 혁명임무를 제기하고 완성해야 하고 조건이 허락하는 상황에서 시기를 놓치지 않고 역사적인 운동을 사회주의와 공산주의로 떠밀고 나가야만 하기 때문이다. 신민주주의혁명시기에 중국이 반식민지 반봉건 사회에 처해 있어 중국혁명의 주요한 적이 제국주의와 봉건 세력이고 중국 사회의 주요 모순이 제국주의와 중화민족 간의 모순 및 봉건주의와 인민대중 간의 모순인 점에 비추어 마오쩌둥은 "그때 당시 중국혁명의 성질은 사회주의가 아니라 자산계급민주주의이고 혁명의 임무는 제국주의와 봉건세력의 통치를 무너뜨려 중국인민을 제국주의의 노역에서 해방시키고 농민을 봉건주의 압박에서 해방시켜 외부세력의 지배를 받지 않는 독립적인 민족국가를 수립하는 것"이라고 주장했다. 정치적으로는 여러 혁명계급의 연합독재를 실현하고, 경제적으로는 제국주의와 관료자본주의 자산을 몰수해 국가 소유로 하고 지주의 토지를 거둬들여 농민에게 나누어주며 민족자본주의경제를 보호하고 발전시키고 사회화한 대 생산을 실현함으로써 자본주의 발전을 위한 길을 마련하는 한편 사회주의사회를 창조하기 위한 전제를 마련하는 것이다. 독립·자유·평등·민주·통일·부강을 실현한 새 중국을 건설하는 것은 마오쩌둥과 모든 애국지사들이 오매불망 갈망해오던 이상이었다. 마오쩌둥은 많은 장소에서 그 이상에 대해 거듭 강조하였으며 그 이상을 전체 당원과 광범위한 인민대중이 단합하고 분발하며 신민주주의 혁명의 힘겨운 임무를 완성할 수 있도록 격려하는 거대한 정신적 힘으로 삼았다. 마오쩌둥은 민주와 자유를 신민주주의혁명이 승리한 후 세워질 새로운 국가의 중요한 특징으로 간주하는 한편 신민주주의혁명을 완성하는 데 필요한 필수 조건으로 간주했다. 그는 다음과 같이 말했다.

"중국은 다음 두 방면의 민주개혁을 반드시 즉각 실행하기 시작해야 한다. 한 방면으로는 정치제도에서 국민당의 하나의 당파, 하나의 계급의 반동독재 정체를 여러 당파 여러 계급이 합작하는 민주 정체로 바꾸어야 한다. 이 방면에서는 국민대회의 선거와 소집에서 민주에 위배되는 방법을 바꿔 민주적인 선거의 실행과 대회의 자유로운 회의 개최를 보장하는 데서 출발하여 진정한 민주 헌법을 제정하고 진정한 민주적인 국회를 소집하며 진정한 민주 정부를 선거하고 진정한 민주 정책을 실행하기에까지 이르러야 한다. 그렇게 해야만 국내 평화를 진정으로 공고히 하고 국내 무장 대치의 국면을 끝내며 국내 단합을 증강함으로써 거국일치로 외적의 침략에 저항할 수 있다…다른 한 방면으로는 인민의 언론 자유, 집회의 자유, 결사(結社)의 자유이다. 이러한 자유가 없다면 정치제도의 민주개혁을 실현할 수 없고 인민을 항일전쟁에 참가하도록 동원할 수 없으며 조국을 보위하고 잃어버린 땅을 되찾는 전쟁에서 승리를 거둘 수 없다…정치제도의 민주개혁과 인민의 자유 권리는 항일민족통일전선강령에서 중요한 부분이며 또한 확실히 탄탄한 항일민족통일전선을 구축할 수 있는 필요 조건이기도 하다."[479]

독립·자유·민주·평등·통일·부강을 실현한 새 중국을 창립하는 것은 신민주주의혁명의 목적인 한편 신민주주의혁명시기에 중국공산

---

479) 『마오쩌동선집』 제1권, 앞의 책, 256~257쪽.

당이 시종일관 관철해야 할 정치적 노선이기도 하다.

> "항일전쟁은 전 민족의 혁명전쟁으로서 그 전쟁의 승리는 전
> 쟁의 정치적 목표―일본제국주의를 몰아내고 자유 평등을 이
> 룬 새 중국을 창립하는 목표를 떠날 수 없다…"[480]
> "우리 임무는 다름이 아니라 대담하게 대중을 동원하고 인민
> 의 힘을 키우며 전국적으로 단합할 수 있는 모든 힘을 단합
> 하여 우리 당의 영도 아래 일본침략자를 물리치고 밝은 새
> 중국을 창립하며 독립적이고 자유로우며 민주적이고 통일된
> 부강한 새 중국을 창립하기 위해 분투하는 것이다."[481]

신민주주의혁명의 승리를 거둔 후 당과 마오쩌동은 인민을 이끌어
역사적으로 반드시 거쳐야 할 길을 걸으면서 역사 활동을 사회주의
혁명으로 떠밀었으며 짧은 몇 년 사이에 생산수단의 사유제에 대한
사회주의개조를 완성하였고 사회주의 민주정치의 경제적 기반을 마
련하였으며 인민민주와 사회주의원칙을 확립함으로써 광범위한 인민
대중이 생산수단의 주인이 되고 나라와 사회 및 역사의 주인이 될 수
있도록 했다. 이로써 인민대중의 능동적 창조정신과 사회주의 건설에
서의 역사적 주동성 및 노동 열정을 크게 불러일으켰으며 경제발전·
정치개혁·사상문화건설 등 여러 분야에서 거대한 성과를 거두었다.

---

480) 『마오쩌동선집』 제2권, 앞의 책, 479쪽.
481) 위의 책, 제3권, 1026쪽.

새 중국이 창립된 후 최초 몇 년간 마오쩌둥은 주요하게 국가의 정치 통일, 소유제 개조, 국민경제의 회복과 경제현대화 목표를 실현하는 데 주력하였으며 공산주의로 넘어가는 것을 서두르려는 의향이 없었다. 그런데 첫 번째 5개년 계획을 앞당겨 완성하고 사회주의개조가 빠르게 실현되었으며 국내에 통일되고 안정된 정치 국면이 나타나고 인민대중의 사회주의 적극성이 전례 없이 고조됨에 따라 하루 빨리 공산주의로 넘어가려는 구상과 격정이 마오쩌둥의 가슴속에서 일렁이기 시작했다. 그는 중국이 15년 안에 선진국의 경제수준에 이를 수 있을 것이라고 여겼으며 경제·정치·사상문화의 전면적 약진을 통해 공업과 농업, 육체노동과 정신노동, 도시와 농촌의 3대 차이를 없애고 멀지 않은 앞날에 중국 대지에서 공산주의를 실현할 수 있을 것이라고 생각했다. 그러나 경제발전은 거스를 수 없는 법칙이 존재하며 정치에 대한 경제의 제약성은 부정할 수 없는 철칙으로 존재한다. 생산력이 발달하지 않고 경제발전이 부족한 상태에서는 공산주의를 실현할 수 없는 것이다. '대약진'운동의 실패가 증명하다시피 단시일 내에 공산주의를 실현하려는 것은 비현실적인 구상이었다. 마오쩌둥은 사회주의건설의 경험과 교훈을 총결한 뒤 다음과 같이 지적했다. "중국은 인구가 많고 기반이 약하며 경제가 낙후하다. 생산력을 빨리 발전시키고 세계에서 가장 선진적인 자본주의국가를 따라잡거나 추월하려면 적어도 100년이 넘는 시간이 필요하다고 본다."[482] 그는 또 다음과 같이 지적했다. 앞으로 약 50년에서 100년 사이는 세계에서 사

---

482) 위의 책, 제8권, 302쪽.

회제도가 철저히 바뀌는 시대가 될 것이다. 지난 시대와는 다른 수많은 특징을 띤 위대한 투쟁을 전개하기 위하여서는 반드시 마르크스주의 보편적 진리를 중국 사회주의건설의 구체적 실제와, 세계혁명의 실제와 가급적 잘 결합시켜 규칙성을 점차 인식하고 맹목성을 피해야 하며 실패와 좌절을 통해 경험을 얻어 하루 빨리 사회주의를 건설하고 하루 빨리 공산주의를 실현할 수 있도록 노력해야 한다.

종합적으로 서로 다른 혁명투쟁시기에 당과 마오쩌동은 혁명의 성질과 임무에 근거하여 서로 다른 사회정치목표를 제정하였지만 역사적으로 각개의 구체적인 정치 목표와 사회 이상은 모두 공산주의 실현이라는 최고의 사회 이상과 서로 연결시켰다. 바로 그 숭고한 사회 이상이 마오쩌동과 중국공산주의자들을 격려해 불굴의 정신으로 좌절을 당할수록 분발하면서 지금까지 그 누구도 이룬 적이 없는 위대한 공적을 쌓을 수 있도록 하였으며 그들이 이상적인 인격을 완성하고 자아가치를 실현할 수 있는 막강한 이성적, 감정적 힘이 되었다.

2. 재덕을 겸비하고 전면 발전한 인격적 이상

마르크스주의는 환경의 변화와 인류의 변화가 동일한 과정의 두 방면이며 그 과정이 바로 사회실천이라고 주장한다. 이상적인 공산주의사회는 인류, 더 나아가서 개개인의 전면적 발전을 위한 필요한 사회적 전제를 마련하였으며 공산주의 사회 이상을 실현하려면 인류의 활동, 인류의 창조적 노동이 필요하다. 그중에서 관건적인 역할을 하는 것은 공산주의 원대한 이상과 도덕품격 및 혁명적 헌신정신을 갖춘 인류이다. 인격 이상은 일정한 사회역사조건에서 활동하는 인류가 사상·품질·기풍·언행 등 여러 방면에서 모종의 안정적인 경향을 나타내는 인생의 본보기에 대해 동경하고 추구하며 이루는 것을 가리킨다. 인격 이상은 사회 이상 및 일정한 계급의 이익을 반영하는 도덕 원칙과 규범의 인격화이다. 인격 이상은 사회 이상에서 생겨나는 것으로서 어느 한 역사시기에 일정한 사회계급이 추구하는 사회 이상에 따라 그 단계 인격 이상과 그 단계에 우러러 받들리는 가치 관념을 추정하며 인식하고 이해할 수 있다. 인격 이상은 사회 이상에 따라 부각되는 것이며 이상적인 인격의 현실화는 그런 인격 이상을 갖춘 신인이 대거 창출되어야 하는 객관적 요구에 부합된다. 그리고 인격 이상은 구(舊)사회를 개조하고 새 사회를 건립하는 여러 가지 전제조건 중에서 가장 중요한 전제조건의 하나이다.

이상적인 사회와 이상적인 인격 간의 관계에 대해 마오쩌동은 매우 깊은 인식을 갖고 있었다. 신민주주의혁명시기에 마오쩌동은 다음과 같이 주장했다. "4억 5천만 명의 인구를 가진 중국에서 역사적으로 선례가 없는 대혁명을 전개하려면 지도자가 협애한 작은 단체여서는 안 되며 당 내에 오직 일부 사소한 일에 구애되어 대국을 알지 못하고 통찰력이 없으며 능력이 없는 지도자와 간부들뿐이어서도 안 된다. 중국공산당은 오래 전에 이미 큰 정당이 되었으며 반동시기에 손실을 보긴 하였으나 여전히 큰 정당으로서 많은 훌륭한 지도자와 간부를 갖추었다. 그러나 여전히 부족하다. 우리 당의 조직이 전국으로 발전하려면 수만을 헤아리는 간부를 자발적으로 양성해야 하며 수백을 헤아리는 가장 훌륭한 대중 지도자가 있어야 한다."[483] 이를 위하여서는 반드시 광범위한 당원간부가 공산주의 입장과 방법으로 문제를 관찰하고 학문을 연구하며 업무를 처리할 수 있도록 교육해야 하고 노동자계급에 대해 사회주의와 공산주의를 애써 선전해야 하며 농민과 기타 대중의 물질적 이익과 삶의 토대를 관심하는 토대 위에서 그들에 대한 반제국주의 반봉건적 신민주주의문화 교육을 진행하여 독립·자유·평등·민주적인 새로운 인격을 양성해야 하고 적절하게, 단계적으로 사회주의로 농민과 기타 대중을 교육해야 한다. 오직 마르크스주의이론수준과 정치적 각오 및 대중을 조직하여 운동을 이끌 수 있는 강한 능력을 갖춘 대규모의 간부를 양성해야만, 그리고 오직 농민과 기타 노동대중을 봉건적, 노예적 사상에서 해방시키고 신민주주의문화 교육을 받게 하여 반제국주의 반봉건적 민족의식과 계급의식을 양성해야만 비로소 신민주주의혁명의 승리를 거둘 수 있으며 중국을 사회주의 밝은 앞날로 이끌 수 있다. 우리나라 역사가 사회주의시기에 들어선 후 마오쩌둥은 다음과 같이 지적했다. 대규모의 경제건설과 정치건설을 진행하는 한편 문화건설의 붐을 일으켜 전 당과 전국 인민에 대해 사회주의·공산주의 사상교육을 진행함으로써 사회주의·공산주의 이상 신념을 확고히 하고 혁명사업의 후계자를 양성해야 한다. 사회주의 최종 실현과 공산주의 이상의 실현은 물론 사회역사발전의 객관적 필연적 법칙이고 또 생산력의 고도의 발전을 물질적 전제로 삼아야 하지만 한편으로는 또 공산당원과

---

483) 위의 책, 제1권, 277쪽.

전체 인민대중의 역사적 주동성 및 공산주의를 추구하는 것에 대한 신심과 결심도 필요하다. 그러한 이상사회에 부합하고 그 이상사회를 실현할 수 있는 이상적인 인격을 양성하는 것은 필요할 뿐 아니라 가능한 것이다. 공자와 맹자를 비롯한 유가학파는 인간의 본성은 원래 착한 것이라는 추상적인 인성론을 전제로 출발하여 도덕교육과 사회 개체의 극기 수신을 거친다면 동물과 구별되는 인류의 어진 마음과 착한 본성을 발전시키고 인의예지(仁義禮智)등 착한 품격을 양성할 수 있으며 도덕실천을 통해 그 착한 품격을 확장하고 현실화할 수 있다고 주장했다. 이러한 이론적 신념을 토대로 맹자는 "사람은 누구나 다 요(堯)임금과 순(舜)임금과 같은 성인이 될 수 있다"고 말하였으며 순자는 "길가의 일반인도 우(禹)임금과 같은 성인이 될 수 있다"고 말하였던 것이다. 요·순·우는 모두 고상한 도덕을 갖추고 은혜를 널리 베풀어 뭇사람을 구제하는 인격의 본보기이다. 모든 사람이 다 요·순·우와 같은 성인이 될 수 있다고 말하는 것은 성현을 본보기 삼고 성현의 행위를 본받을 수 있는 보편적 가능성을 인정한 것이다. 마오쩌동은 객관세계를 개조하는 과정에서 자기 주관세계를 개조해야 한다고 항상 강조하였으며 낡은 사회제도와 철저히 결렬해야 할 뿐 아니라 낡은 관념과도 철저히 결렬해야 한다고 강조했다. 공산주의이상으로 무장된, 새로운 삶을 위해 창조적 노동을 진행하는 인민대중의 품격은 요·순과 마찬가지로 고상하며 그가 가진 거대한 힘으로 산천을 개조하고 하늘땅을 뒤흔들 수 있다. 마오쩌동은 「칠률2수·역귀를 보내며(七律二首·送瘟神)」 제2수에 다음과 같이 썼다. "수천수만의 버드나무 가지가 봄바람에 흔들리고 새 중국의 6억 인민이 모두 요·순과 같은 성인이로다. 꽃잎은 떨어져 마음 가는 대로 물결 따라 춤을 추고 푸른 산도 험난한 산길을 탄탄대로로 닦아 인민을 위해 다리를 놓으리.(春風楊柳萬千條, 六億神州盡舜堯. 天連五嶺銀鋤落, 地動三河鐵臂搖. 紅雨隨身翻作浪, 靑山著意化為橋.)" 여기서는 인민대중이 자연과 싸우며 산천을 개조하는 풍경을 묘사하였을 뿐 아니라 인민대중 주체의 잠재력을 충분히 발휘하고 자체 존재의 진정한 소유 및 자주적 활동의 전면적 대상화에 대해 확인하였으며 인민대중의 이상적인 인격을 실현할 수 있는 가능성과 현실성에 대해 충분히 인정했다.

마오쩌동이 구상하고 구축하고 부르짖는 이상적인 인격은 몸과 마음의 잠재적 능력이 충분히 발휘되고 덕지체가 전면적으로 발전한, 사회주의·공산주의 신인이다. 전면적 발전은 사회 개체로서의 개개인의 자체 수양 목표이기도 하고 또 사회주의·공산주의 교육의 근본적 지도사상이기도 하다. 마오쩌동은 「인민 내부 모순을 정확하게 처리하는 것에 관한 문제」라는 글에서 다음과 같이 명확하게 지적했다. "우리 교육방침은 마땅히 교육을 받는 자가 덕육·지육·체육 등 방면에서 모두 발전하여 사회주의 각오와 문화를 갖춘 노동자로 성장하도록 하는 것이다."[484] 신체·이성·도덕은 인류가 긴긴 자연의 진화와 사회발전 과정에서 쌓인 자연의 에너지와 사회 품질로서 그것들은 인격의 기본 내용이다. 사유제 사회에서는 인류의 본질이 이질화되었기 때문에 인류의 발전은 편파적이고 기형적이며 불건전한 것이

---

484) 『마오쩌동문집』 제7권, 앞의 책, 226쪽.

다. 혁명 연대 그리고 사회주의제도가 형성된 후에는 경제·정치·사회의 불평등을 없애 인민이 자기 본질을 다시 소유하도록 하고 여러 가지 사회관계는 인류의 창조정신을 속박하고 인류의 개성을 억압하는 굴레가 아니라 사람들이 그 관계들 속에서 자유로이 활동하고 전면 발전할 수 있는 조건이 되도록 해야 한다. 마오쩌둥의 '전면발전'사상은 새로운 인격에 대한 기대일 뿐 아니라 신형의 사회관계에 대한 구상을 반영한 것이기도 하다. 사회 개체로서의 개인은 생명이 있는 자연존재물이다. 인류의 자연적 존재는 사회적 존재와 정신적 존재의 물질적 매체이다. 그렇기 때문에 마오쩌둥은 젊은 시절부터 몸의 역할을 크게 중시하였으며 몸을 지식을 싣는 수레, 도덕이 거주하는 집에 비유하면서 건강한 몸을 순수한 도덕을 양성하고 전면 지식을 얻는 전제조건으로 삼았다. 새 중국이 창립된 후 마오쩌둥은 체육사업을 사회주의사업에서 빠뜨릴 수 없는 중요한 구성부분으로 간주하였고 인민을 위해 봉사하고 인민을 위해 이익을 도모하는 구체적 표현으로 간주하였으며 건전한 인격을 갖춘 신인을 양성하는 중요한 조건으로 간주했다. 혁명과 건설에 대한 사람들의 열정이 뜨겁고 업무와 학습 임무가 과중하며 휴식과 수면을 중시하지 않는 등 문제에 대하여 그는 "모두들 건강한 몸을 보장할 것, 노동자·농민·전사·학생·간부 모두 건강한 몸을 보장할 것"[485]을 강조했다. 젊은 세대가 더 훌륭하게 성장할 수 있도록 보호하기 위하여 청소년 학생의 학습 임무가 과중하고 몸 상태가 좋지 않은 문제에 대하여 마오쩌둥은 과목 수를

---

485) 위의 책, 제6권, 277쪽.

줄이고 휴식시간을 늘릴 것을 요구하면서 "한편으로는 공부하고 다른 한편으로는 오락과 휴식·수면을 보장하는 두 방면을 모두 충분히 고려할 것"을 요구했다. 그는 "두 방면을 모두 중시해야 한다. 공부와 업무도 중시해야 하고 수면과 휴식·오락도 중시해야 한다. 과거에는 한 방면만 중시하고 다른 방면은 중시하지 않았다. 이제부터는 오락을 조직해야 한다. 시간도 내고 설비도 갖추며 이쪽 방면도 중시해야 한다."[486] 1952년 6월에 마오쩌둥은 체육업무를 위해 "체육운동을 발전시키고 인민의 체질을 증강하자"라고 제사했다. 그리고 그는 몸소 실천하면서 강이나 호수·바다로 가서 수영하곤 했다. 이는 그가 몸과 마음을 건강하게 해야 하는 중요성과 지식을 늘리고 감정을 조절하며 의지를 연마하는 여러 방면에서 체육의 역할을 깊이 이해하고 있었음을 반영한다. 혁명시기의 지도자, 그리고 사회주의와 공산주의 사회의 새로운 인격은 마땅히 몸과 마음의 잠재적 능력이 충분히 발굴되고 덕·지·체 방면에서 전면적으로 발전한 사람이어야 하고 현실적 혁명과 건설 실천 과정에서 그런 능력을 자유롭게 방출하고 발휘할 수 있는 건전한 사람이어야 하며 내재적 가치와 현실적 가치의 통일을 이룬 사람이어야 한다. 그러한 건전한 인격에 대해 마오쩌둥은 민주혁명시기와 사회주의 혁명·건설 시기에 많은 논술을 했다. 그는 무산계급 및 그 정당이 신민주주의혁명에 대한 지도를 어떻게 실현할 것인지 하는 문제에 대해 다음과 지적했다.

---

486) 위의 책, 277~278쪽.

무산계급은 어떻게 그 정당을 통해 전국 여러 혁명계급에 대한 정치적 지도를 실현할 것인가? 첫째, 역사발전과정에 근거하여 기본적인 정치 구호를 제기해야 하고 그 구호를 실현하기 위하여 매 발전단계와 매 중대한 사변에 대한 동원 구호를 제기해야 한다.…둘째, 그러한 구체적 목표에 따라 전국적으로 행동을 개시할 때 무산계급, 특히 그 선봉대인 공산당은 마땅히 자체의 무한한 적극성과 충성심을 발휘하여 그 구체적 목표를 실현하는 본보기가 되어야 한다. 항일민족통일전선과 민주공화국을 위한 모든 임무를 위해 분투하는 과정에서 공산당원은 마땅히 가장 뛰어난 통찰력을 갖추어야 하고 가장 희생정신을 갖춰야 하며 가장 확고해야 하고 또 가장 허심하게 상황을 이해해야 하며 대다수 대중에 의지하여 대중의 지지를 얻어야 한다. 셋째, 이미 확정한 정치 목표를 잃지 않는 원칙을 고수하면서 동맹자와 적절한 관계를 수립하고 그 동맹을 발전시키고 공고히 해야 한다. 넷째, 공산당대오의 발전, 사상의 통일성, 기율의 엄격성을 보장해야 한다.[487]

"위대한 혁명을 이끌려면 위대한 당이 있어야 하고 최고로 훌륭한 간부가 많아야 한다.…그들 간부와 지도자는 마르크스레닌주의에 대해 알아야 하고 정치적 통찰력과 업무능력을 갖추어야 하며 희생정신이 있어야 하고 독립적으로 문제를 해결할 수 있어야 하며 어려움 속에서도 흔들림 없이 민족을 위

487) 『마오쩌동선집』 제1권, 앞의 책, 262~263쪽.

하여 계급을 위하여 당을 위하여 충성스럽게 일할 수 있어야 한다. 당은 그들에 의지하여 당원·대중과 연결 짓고 대중에 대한 그들의 확고한 지도에 의지하여 적을 무너뜨리는 목표에 이를 수 있다. 그들은 이기적이어서는 안 되며, 개인영웅주의와 공명주의여서는 안 되며, 게으르거나 소극적이어서는 안 되며, 자고자대한 종파주의여서는 안 되며, 그들은 대공무사하고 민족적인 계급의 영웅이어야 한다. 그것이야말로 공산당원, 당의 간부, 당의 지도자가 마땅히 갖추어야 할 성격과 기풍인 것이다."[488]

"대규모의 인재를 양성해야 한다. 그들은 혁명의 선봉대이다. 그들은 정치적 통찰력을 갖추고 투쟁정신과 희생정신이 강해야 한다. 그들은 솔직담백하고 충성스러우며 적극적이고 정직해야 한다. 그들은 사리사욕을 도모하지 않고 오로지 민족과 사회의 해방만을 위해야 한다. 그들은 곤란을 두려워하지 않고 곤란 앞에서도 항상 견정하고 용감하게 앞으로 나아갈 수 있어야 한다. 그들은 무모하지도 않고 공명주의자들도 아니며 실제주의 정신을 갖춘 착실한 사람들이어야 한다. 중국에는 그런 선진적인 인재들이 많아야 한다. 그래야만 중국혁명의 임무를 순조롭게 해결할 수 있다."[489]

---

488) 위의 책, 277쪽.
489) 산베이공학(陝北公學)의 창립에 대한 제사, 1937년 10월 23일, 『마오쩌둥 연보(1893~1949)』 중권, 중앙문헌출판사, 2013년 판.

1964년 6월에 어떻게 수정주의가 나타나는 것을 방지하고 무산계급의 혁명 후계자를 양성할 것이냐는 문제에 대하여 언급하면서 마오쩌둥은 후계자의 5가지 조건을 제시했다. 즉 마르크스 레닌주의를 주장하고 수정주의에 반대해야 한다. 대다수 인민의 이익을 도모하고 중국 인민의 대다수를 위해 이익을 도모해야 한다. 예전에 자기에게 반기를 들었고 또 잘못 반대한 사람을 포함하여 대다수 사람을 단합할 수 있어야 하며 그가 어느 파벌이건 막론하고 원한을 품어서는 안 되며 "천자가 바뀌면 신하도 모두 바뀌는 격(一朝天子一朝臣)"이 되어서는 안 된다. 용무가 있으면 동지들과 의논하고 충분히 준비하며 여러 가지 의견에 귀를 기울여야 하며 반대 의견을 가지고 있어도 제기할 수 있도록 하고 민주적이어야 하며 '자기 주장만 내세우는 것'을 삼가야 한다. 자신이 잘못을 저질렀을 경우에는 자아비평을 진행해야 한다. 공산당원과 당의 지도간부는 무산계급의 선봉대전사들로서 경제·정치·사회생활에서 인민대중이 본받아야 할 본보기가 되어야 한다. 그들이 갖춰야 할 품격과 기풍에 대한 요구는 무산계급 혁명운동 및 사회주의·공산주의가 필요로 하는 이상적인 인격 형성에 대한 요구이기도 하다. 마오쩌둥이 구상하는 사회주의와 공산주의 신인은 다음과 같은 인격적 특징을 갖춘 이들이다.

1. 높은 마르크스주의 이론수준과 확고한 공산주의신념을 갖추고 공산주의사업에 무한 충성하며 정치적 통찰력을 갖추고 사회 역사 발전 법칙을 훤히 꿰뚫고 있으며 마르크스주의 입장과 관점 및 방법을 이용하여 문제를 관찰하고 분석할 줄 알고 사회 역사 발전의 필연

적 법칙과 역사 발전의 여러 시기, 단계의 성질과 특징 및 주요 임무에 따라 적절한 전략과 책략을 제기할 수 있다. 이는 공산당원, 특히 당원간부와 지도자에게 가장 소중한 품질의 하나이다. 그것은 공산주의가 소유제와 계급 차별 및 계급 착취를 소멸하고 물질문명과 정신문명이 고도로 발전하였으며 사람들의 몸과 마음의 잠재력이 충분하고 전면적으로 발전한 사회이기 때문이다. 공산주의사업을 위해 충성스럽게 분투하는 것은 가장 광범위한 인민대중, 더 나아가서 전 인류의 최고 이익에 부합하며 사회 역사 발전과정과 인류 본질의 발전 궤적과 일치하는 것이다.

2. 사욕을 버리고 공익을 위하며 솔직담백하고 자발적으로 광범위한 인민대중을 위해 이익을 도모하며 개인 혹은 소집단을 위해 이익을 도모하지 않으며 인민의 이익에 부합하는 모든 언행을 출발점과 귀착점 그리고 최고 기준으로 삼는다. 공산주의자는 무산계급과 광범위한 인민대중의 이익을 위하는 것을 제외한 자기 특별한 이익은 없다. 당의 각급 간부는 인민의 공복으로서 마땅히 인민이 부여한 권력을 적용하여 인민을 위해 봉사하며 절대 그것으로 사리사욕을 도모하지 않는다.

3. 대중을 믿고 대중에 의지하며 대중을 교육하고 조직하고 이끌어 승리의 투쟁을 벌일 수 있고 대다수 사람을 단합하여 함께 일하며 개인영웅주의와 공명주의에 반대한다.

4. 민주집중제 원칙을 고수하고 용무가 있으면 대중과 의논하며 가부장제에 반대하고 자기주장만 내세우거나 하지 않는다.

5. 자신에 대해 엄격히 분석하고 대담하게 자아비판을 진행하며 자신의 성격적 약점을 극복하고 업무 과정에서 자신의 단점과 실수를 과감하게 인정하고 바로잡는다.

6. 실사구시하고 진리를 고수하며 실제주의 정신을 갖추고 독립적으로 문제를 분석하고 해결할 수 있는 능력을 갖추었다.

7. 공산주의의 탁월한 식견과 확고한 신념으로 충성을 다해 민족과 계급 및 광범위한 인민대중을 위해 일하며 곤란을 두려워하지 않고 적극적으로 진취하며 충성심이 있고 정직하며 용감한 희생정신을 갖추었다. 마오쩌둥은 "공산당원은 반드시 생기가 있어야 하고 굳센 혁명적 의지가 있어야 하며 곤란을 두려워하지 않고 백절불굴의 의지로 그 어떤 곤란도 이겨낼 수 있는 정신을 갖추어야 한다."[490]라고 말했다.

8. 기율을 엄격히 지키고 단합 분투한다. 자유와 기율은 대립 통일의 관계이다. 당의 기율과 정치 기율, 군사 기율은 무산계급과 광범위한 인민대중의 근본적 이익과 통일된 의지의 표현이며 무산계급세력의 원천이고 혁명과 건설 사업이 성공을 거둘 수 있는 보장이다. 오로지 혁명 기율을 강화해야만 무산계급은 비로소 본 계급의 단합을 실현할 수 있고 또 나아가서 광범위한 인민대중을 자기 주위에 단합시켜 자연·사회와의 투쟁에서 자유를 얻을 수 있다. 자유는 오로지 통일된 의지와 엄격하고 공정한 기율을 갖춘 사회 집단과 사회제도에서만 얻을 수 있으며 철의 기율을 지킬 수 있느냐 여부는 무산계급혁명사업의 성패로 이어진다. 사회주의 전면 건설 시기에 마오쩌

---

490) 『건국 이래 마오쩌둥 문고』 제6권, 중앙문헌출판사 1992년 판, 547쪽.

동은 우리나라 사회주의방향을 보장하고 현대화 건설의 공업적 토대와 농업적 토대를 마련하며 사회생산력을 충분히 발전시키고 사회주의 경제제도와 정치제도를 공고히 하며 사회주의를 실현하기 위하여서는 반드시 무산계급의 각오도 있고 문화·기술·업무도 갖춘 무산계급의 새로운 대오를 양성해야 한다는 사실을 심각하게 인식하게 되었다. 그래서 그는 정치와 업무를 통일시키고, 건전한 사상(공산주의 이념이 투철한 것을 가리킴)과 훌륭한 전문지식과 기술을 갖추어야 한다는 인격 요구를 제기하였으며 지식인의 혁명화, 당의 간부와 관리자의 지식화와 전업화를 실현해야 한다는 역사적 임무를 제기했다. 건전한 사상과 훌륭한 전문지식과 기술을 갖추어야 한다는 구호를 제기하게 된 최초의 의도는 인민공화국 경제발전과 정치발전에 따라 나타난 지식계 엘리트와 정치계 엘리트의 가치취향과 행위방식의 차이와 분리를 해소하고 상기 양자와 광범위한 인민대중이 소원해지고 분리되는 것을 피면하기 위한 데 있다. 새 중국 창립 초기에 우리나라에는 구사회에서 넘어온 지식인이 500여 만 명에 이르렀으며 그들은 경제·과학기술·문화교육·신문출판·문화예술 등 여러 영역에 근무하고 있었다. 막중한 사회주의 건설 사업에는 많은 지식인이 필요했다. 그 방대한 지식인대오의 절대다수가 조국을 사랑하고 사회주의국가를 위해 봉사하기를 원하며 인민을 위해 봉사하기를 원하는 이들이었다. 그러나 마르크스주의에 대한 태도에서 보면 그때 당시 지식인의 상황은 낙관할 수가 없는 상황이었다. 당원 지식인과 공산당을 동정하는 당 외 지식인은 마르크스주의에 대해 익숙히 알고 있었으며 자산계급 세계관을 포기하고 무산계급 세계관을 수립하였으며 무산계급 입장이 확고했다. 그들은 비록 소수에 불과하였지만 지식인의 핵심이며 영향력도 강했다. 다수의 지식인은 마르크스주의에 대해 학습할 의향을 갖고 있었으며 또 일부 학습하기도 하였으나 아직 익숙한 정도는 아니었다. 그들은 세계관의 전환을 미처 이루지 못하고 여전히 회의적이고, 망설이며 흔들리는 상태에 처해 있었다. 그 밖에 또 일부 소수의 지식인은 마르크스주의에 반대하면서 마르크스주의를 적대시하는 태도를 가지고 있었다. 이와 동시에 사상업무의 약화로 인해 일부 청년학생들 속에서는 정치와 조국의 전도에 대해, 인류의 이상에 대해 전혀 관심을 갖지 않는 냉담한 편향이 나타났다. 마오쩌동은 공산주의 이상·신념·도덕·기율은 인생활동의 길잡이이고 동력이며 이정표라고 주장하였으며 "올바른 정치관점이 없으면 영혼이 없는 것과 같다."[491]라고 말했다. 지식인의 정치 각오를 높이지 않고 그들의 세계관을 전환시키지 않는다면 사회주의를 위해 훌륭하게 봉사할 수 없다. 그래서 마오쩌동은 지식인과 청년학생들이 전문지식을 배우는 이외에 정치를 학습하고 마르크스주의를 학습하여 사상적, 정치적으로 진보할 것을 제기했다. 지식인이 사상개조와 세계관의 전환을 순조롭게 실현할 수 있도록 하기 위하여서는 우선, 당과 정부의 각급 간부들이 반드시 지식인을 신뢰하고 단합하여 지식인과의 관계를 개선해야 하고 지식인의 힘겨운 노동을 존중하며 그들이 자신의 재능을 적극 살릴 수 있도록 하고 그들이 사회주의 나라에서

---

491) 『마오쩌동 저작 선독』 하권, 인민출판사 1986년 판, 780쪽.

자신의 창조적 본질이 발전하고 자기 가치가 실현되었음을 느끼도록 함으로써 공산당과 사회주의에 대한 그들의 구심력을 증강해야 한다. 이와 동시에 당은 선전교육과 전형적 시범을 통해 지식인에게 영향을 주어 지식인이 창조적 업무 속에서와 적당한 선전교육을 거친 뒤 마르크스주의에 대해 점차 많은 지식을 알아갈 수 있도록 해야 한다. 둘째, 지식인은 자아교육과 개조에 주의를 기울여야 한다.

지식인은 정신노동자인 동시에 또 교육자이다. 그리고 교육자는 반드시 먼저 교육을 받아야 한다. 신구 사회제도가 교체되는 사회 대변동시기에는 특히 먼저 교육을 받아야 한다. 아직 기본 입장을 전환하지 않은 사람들뿐 아니라 모든 사람들이 학습과 개조를 진행해야 한다. 지식인이 만약 자기 머릿속에 들어 있던 비(非)마르크스주의적인 것을 제거하지 않으면 다른 사람을 교육하는 임무를 맡기가 어렵다. 그러려면 책을 통해 배워야 할 뿐 아니라 생산자들에게서 배워야 하고 노동자와 농민에게서 배워야 하며 자기가 교육해야 할 대상에게서도 배워야 한다. 셋째, 노동자·농민과 서로 결합하는 길을 걸어야 한다. 마오쩌동은 지식인이 노동자와 농민 대중을 위해 봉사해야 하는 이상 반드시 노동자와 농민에 대해 알아야 하며 그들의 삶과 일 그리고 사상에 대해서도 잘 알아야 한다. 그러려면 될 수 있는 한 여러 가지 기회를 이용하여 노동자와 농민에게 가까이 다가가야 하며 혹은 공장과 농촌으로 가서 "말 타고 꽃구경"식으로 두루 돌아다니면서 살펴볼 수도 있고, 혹은 공장과 농촌에 몇 개월씩 머물면서 "말에서 내려 꽃을 구경하는" 식으로 조사연구를 진행하고 벗을 널리 사궐 수도 있으며, 혹은 공장과 농촌에 장기적으로 거주하면서 "정착"할 수도 있다. 그리고 일부 지식인은 원래부터 공장이나 농촌에 살고 있으며 노동자와 농민들 속에서 살고 있다. 마르크스주의에 대해 공부하려면 책에서 배워야 할 뿐 아니라 주요하게는 역시 계급투쟁과 업무실천을 통하고, 그리고 노동자와 농민 대중에게 다가가야만 실제로 배울 수 있다. 지식인은 오로지 노동자·농민과 결합하는 과정에서만 공산주의 관점과 입장 및 감정을 확립하고 양성하고 입장과 세계관의 근본적인 전환을 완성할 수 있다. 마오쩌둥은 이렇게 말했다. "우리 지식인이 마르크스주의 서적들을 읽고 또 노동자와 농민 대중에 접근하는 과정에서, 자기 업무 실천과정에서 마르크스주의에 대해 어느 정도라도 알게 된다면 우리들에게는 공통한 언어가 생길 수 있다. 애국주의방면의 공통한 언어와 사회주의제도방면의 공통한 언어가 생길 뿐 아니라 공산주의세계관방면의 공통한 언어도 생길 수 있다. 그렇게 되면 우리는 업무를 훨씬 더 훌륭하게 완성할 수 있을 것이다."[492] 마오쩌둥은 지식인들에게 업무를 학습하고 정치를 관심하며 건전한 사상과 훌륭한 전문지식과 기술을 갖추어야 한다는 임무를 제기했다. 그리고 당과 정부의 각급 간부 등 새 중국의 정치 엘리트들에게 혁명정신을 진작시키고 혁명 이상을 새롭게 수립하며 전문기술을 학습할 것을 요구했다. 인민민주주의독재의 국가 정권의 수립은 우리나라 경제문화의 빠른 발전을 위한 길을 개척했다. 중국의 개혁과 건설은 충성을 다해 인민을 위해 봉사하고 사회주의사업을 위

492) 『마오쩌둥 문고』 제7권, 앞의 책, 273쪽.

해 봉사하는 공산주의자의 확고한 지도에 의지해야 한다. 그런데 그때 당시 일부 당과 정부 간부들 속에서 주관주의·관료주의·종파주의가 생겨나고 퍼지기 시작했다. 일부 사람들은 혁명적 의지가 쇠퇴되고 혁명적 열정이 부족하며 전심전력으로 인민을 위해 봉사하는 정신과 악전고투정신 그리고 용감한 희생정신이 쇠퇴하였으며 명예와 지위를 따지고 권력을 이용해 사리사욕을 도모하였으며 부패 타락했다. 일부 당과 정부 간부들은 경제건설을 관심하지 않고 사회주의방향을 이탈하였으며 공산주의 큰 목표를 잊어버렸다. 또 일부 사람들은 정치만 관심하고 업무지식은 학습하지 않으며 전문 분야에서 문외한임을 영예로운 일로 생각하면서 전문지식을 알지 못하는 사람이 전문지식을 갖춘 사람을 부리는 현상이 나타났다. 간부대오에 나타난 상기 상황에 대해 마오쩌둥은 옌안정풍운동과 해방 전야 해방구역의 정풍운동에 이어 제3차 정풍운동을 일으켰다.

그는 정풍운동을 통해 관료주의와 주관주의 및 종파주의를 극복하고 광범위한 당원간부들이 이론과 실제를 결합시키고 대중과 밀접히 연결하며 사심 없는 공공심에서 출발하여 대다수 사람들을 단합하여 함께 업무를 전개하면서 파벌주의를 견제하고 '전국적인 단합 국면'을 이룰 수 있도록 하며 또 부패현상을 없애고 혁명정신을 분발시키며 공산주의 원대한 이상을 새롭게 수립하여 "과거 혁명전쟁시기에 보여주었던 그런 기세와 그런 혁명 열정, 그런 악전고투의 정신을 유지하면서 혁명을 끝까지 진행"할 수 있도록 하기 위해 애썼다.[493]

---

493) 위의 책, 285쪽.

그리고 또 한편으로는 정치 분야 엘리트로서의 당과 국가의 각급 간부들에게 마르크스 레닌주의, 자연과학과 기술과학을 애써 학습하여 마르크스주의 이론수준을 높이고 기술과 업무에 정통하여 자기 스스로 전문가가 되어 건전한 사상과 훌륭한 전문지식과 기술을 갖춘 인재가 될 것을 제창했다. 마오쩌동은 지식 분야 엘리트의 혁명화와 정치 분야 엘리트의 전문화를 요구하였을 뿐 아니라 또 정치와 업무, 건전한 사상과 훌륭한 전문지식·기술의 변증관계에 대해 이론적 높이에서 논술했다. 그는 건전한 사상과 훌륭한 전문지식·기술, 정치와 업무는 서로 대립되면서 통일되는 것으로서 양자로 구성된 대립 통일체에서는 정치가 주요한 지위, 우선적인 지위를 차지하고 총지휘관과 영혼이며 경제업무와 기술업무를 완성할 수 있도록 보장한다. 정치를 중시하지 않고 업무에만 전념하면 방향을 잃은 경제가와 기술자로 변할 것이다. 그렇기 때문에 반드시 정치에 무관심한 경향을 비판해야 하며 방향을 잃은 실무자가 되는 것에 반대해야 한다. 그리고 또 정치만 중시하고 기술과 업무에 대해 알지 못하면 건설과 개혁사업을 이끌 수 없다. 업무에 대해 알지 못하면서 '공산주의 이념이 투철한 것'은 진정으로 공산주의 이념이 투철한 것이 아니라 실속 없는 공론 정치가이다. 훌륭한 전문 지식과 기술만 갖추고 사상이 건전하지 않은 사람이거나 혹은 공산주의 이념만 투철하고 전문 지식과 기술을 갖추지 못한 사람은 모두 사회주의건설의 수요에 적응할 수 없다. 오로지 정치에 정통하고 공산주의 이상·신념·도덕·기율을 모두 갖추었을 뿐 아니라 전문 기술과 업무도 훌륭하게 장악한 사람만이 사회주의 혁명과 건설 사업에 필요한 신인이라고 할 수 있다.

지식 분야 엘리트와 정치 분야 엘리트에게 "건전한 사상과 훌륭한 전문 기술을 모두 갖출 것"을 요구하는 한편 마오쩌둥은 사회주의건설도 민주혁명과 사회주의혁명과 마찬가지로 전체 인민의 위대한 사업이라는 사실을 인식하게 되었다. 무산계급이 자체의 방대한 기술대오와 이론대오를 양성하기 전에는 사회주의건설을 실현할 수 없다. 사회주의건설을 실현하기 위하여 무산계급은 반드시 자체 기술 간부대오를 갖추어야 하고 자체의 교수·교사·과학자·신문기자·문학가·예술가·이론가 대오를 양성해야 하며 또 그 대오를 더 확대하여 사회주의에서 공산주의로 점차 넘어가는 데 필요한 조건을 마련해야 한다. 공산당원과 청년단원 및 전체 인민은 모두 그 역사적 사명을 인식하고 기술과 업무 및 이론을 애써 학습하여 건전한 사상과 훌륭한 전문기술을 갖춘 이상적인 인격을 키워야 한다. '건전한 사상과 훌륭한 전문기술을 갖춘' 사람은 주체능력이 전면 발전한 이상적인 인격과 신인의 본보기이다. 그런 이상적인 인격은 공산주의 이상과 전문기술의 매체로서 그런 인격을 갖춘 사람은 높은 정치적 각오를 갖추었을 뿐 아니라 여러 가지 전문지식도 통달하였고, 이론에 정통하였을 뿐 아니라 직접 실천할 수도 있으며, 육체노동에도 종사할 수 있고 또 과학연구와 문화업무도 능히 감당할 수 있으며, 현실적 사회주의사회 건설자이기도 하고 또 미래 공산주의를 갈망하고 추구하는 사람이기도 하다. 그런 이상적인 인격 속에 내재한 잠재력과 외재적 공적, 육체노동과 정신노동, 이론과 실천, 이상과 현실의 통일을 실현한 것이다. '건전한 사상과 훌륭한 전문기술을 갖춘' 인격에 대한 마오쩌둥의 구상은 사람을 분발시키고 동경하게 한다. 그 구상은 한 세대 사람들이 그런 인격 패턴에 따라 자신을 개조하고 과학적 세계관과 완벽한 인생관을 수립할 수 있도록 격려하였으며 또 극단적으로 어려운 여건에서 문화를 배우고 업무를 배워 중국 경제와 과학문화 사업의 진흥을 위해 불멸의 공헌을 하도록 격려했다.

마오쩌둥은 전 인민에게 건전한 사상과 훌륭한 전문기술을 갖춘 사람이 될 것을 호소했다. 그는 간부가 노동에 참가하고 노동자가 관리에 참가하며 지식인의 노동자화와 농민화, 노동자·농민 대중의 지식화를 제창함으로써 어느 정도에서 지식인계층·정치 분야 엘리트와 일반 대중 간의 차별을 축소시켰다.

3. 자유롭게 선택하고 능동적으로 창조하려는 직업 이상

생활 이상 혹은 직업 이상은 미래의 업무부서·업무 유형·삶의 양식에 대한 사람들의 구상과 동경 및 갈망이다. 생활 이상은 애초부터 존재해오고 있는 것이 아니라 생산력의 발전과 분업의 형성에 따라 생겨난 것이다. 초목이 우거지고 짐승이 떼 지어 달리는 환경에서 동굴 속에 거주하고 황야에서 생활하면서 새·짐승 따위를 털도 뽑지 않고 피도 씻지 않고 먹는 원시사회에서 사람들은 오로지 집단의 연합과 공동 사냥 및 채집활동에 의지하여 최저 생존의 수요를 유지해야만 했다. 따라서 이른바 생활 혹은 직업에 대한 이상과 선택이 있을 리 없었다. 생산력의 발전과 농경·목축·수공·상업의 분업 및 육체노동과 정신노동의 분화에 따라 사회적으로 사(士)·농(農)·공(工)·상(商)의 여러 업종 및 그런 활동에 종사하는 여러 부류의 인원이 형성되었으며, 비로소 직업에 대한 고려와 삶의 양식에 대한 선택문제가 생겨났다. 그러나 착취계급이 통치지위를 차지한 사유제 사회에서는 생산수단의 소유자가 곧 정치적 경제적 통치자이며 그들의 수요가 노동대중의 직업선택을 결정지었다. 일반 노동자들은 노예처럼 분업에 복종해야 할 뿐 자유롭게 직업을 선택할 수 있는 권리가 애초에 없었다. 그래서 자기 의지와 본성에 따라 자각적이고 능동적인 창조적 활동을 진행할 수가 없었다. 직업의 선택은 사회제도와 역사조건의 제약을 받기 때문에 이상적인 직업에 대한 추구도 사회 이상 그리고 인격 이상과 밀접히 연결될 수밖에 없었다. 이상적인 직업에 대한 사람들의 추구는 주관적인 임의의 행위가 아니라 전체 역사 발전과 인생 이상의 전반적인 틀 안에서 볼 때 그것은 실제로 사회 이상 그리고 인격 이상에서 생겨난 일종의 생활 이상이었던 것이다.

마오쩌동은 숭고하고도 민감한 마음을 가지고, 새 사회를 창조하고 새 인격을 완성하며 새 생활을 추구하려는 이상을 품고 정치활동과 기타 사회활동에 헌신하였던 것이다. 그는 젊은 시절부터 처한 환경의 열악함과 동반자의 흉악함을 느껴 완전 새로운 삶을 갈망하였으며, 또 새로운 삶을 위한 일부 시도도 하였었다. 그 이유는 마르크스주의자와 프로혁명가가 된 후 평생 추구해온 이상사회 또한 새로운 삶을 실현하고 새로운 인격을 이루기 위한 것일 뿐이었다.

마오쩌동은, 이상적인 직업과 생활은 인간의 성실한 성품의 발로이고 인간의 자유로운 창조 본질이 표면화되는 방식과 수단으로 반드시 인간의 잠재된 능력을 충분히 발휘하고 건전한 인격을 양성하는 데 이로워야 한다고 주장했다. 마오쩌둥의 이러한 사상을 전면적으로 이해하기 위하여 조기 그의 사상으로 적당히 거슬러 올라가 살펴보는 것은 필요한 일이다. 마오쩌둥의 새 삶에 대한 구상은 젊은 시절 그의 새마을 건설 계획에서 최초로 모습을 드러냈다. 신문화운동 시기에 근·현대 구미의 여러 가지 사조가 중국 대지에서 서로 뒤엉키고 서로 충돌하면서 나라와 민족을 구하려는 추구를 가진 한 세대 젊은 지식인들 가운데서 퍼져나갔다. 톨스토이의 '범노동주의', 크로포트킨의 '사회호조론', 일본 무샤노코지 사네아쓰(武者小路實篤)의 '새마을주의'와 '고학주의'가 젊은이들에게 끼친 영향이 특히 컸다. '새마을주의'와 '고학주의'는 무정부주의 영향으로 형성된 공상사회주의 사조이다. '새마을주의'는 인도에 어긋나는 사회제도를 비판하면서 기존의 사회에서 벗어나 새로운 천지를 개척하여 압박과 착취가 없고, 등급차별이 없으며 모든 사람이 평등하고 행복한, 서로 돕고 우애가 좋은 이상사회를 세우는 것을 환상했다. '고학주의'는 지식인에게 일을 시키고 노동자가 공부할 수 있도록 돕는 방법을 통해 정신노동과 육체노동의 차별을 없애고 정신노동과 육체노동, 교육과 직업, 지식 탐구와 생계 도모를 결합시키고자 시도했다. 사회·인격·생활의 이상을 반영하는 이러한 '주의'는 신문화운동의 일부 풍운인물을 통해 한 세대 열혈 청년들에게 소개되었다. 리다자오가 그 풍운인물의 한 사람이다. 그는 1919년 2월 20일부터 23일까지 베이징 『조간신문(晨報)』에

「청년과 농촌」이라는 제목으로 글을 발표한 바 있다. 그는 다음과 같이 주장했다. "현대 신문명을 근본적으로 사회에 도입시키려면 지식계층과 노동계급을 반드시 하나로 단합시켜야만 한다." "우리 중국은 농업국가로서 노동계급의 대다수가 농민이다."[494] 그들이 민주와 과학적 현대문명을 얻고 해방을 얻고 인생의 향상을 이룰 수 있게 하는 것은 청년들의 사명이다. 그는 자본사회의 악습에 젖어 있는 오염된 도시를 벗어나 농촌으로 가서 농민들과 함께 일하면서 자기 힘으로 생활하고 학문을 쌓고 진리를 탐구할 것을 청년들에게 호소했다. 그는 글에서 격정어린 마음으로 이렇게 썼다.

"도시에서 떠도는 청년 벗들이여! 그대들은 알아야 한다. 도시에는 너무 많은 죄악이 존재하지만 농촌에는 많은 행복이 있다. 도시의 삶은 어두운 면이 많지만 농촌의 삶은 밝은 면이 많다. 도시에서의 삶은 귀신의 삶에 가깝지만 농촌에서의 활동은 모두 인간의 활동이다. 도시는 공기가 혼탁하지만 농촌은 공기가 맑다. 그대들은 어찌하여 빨리 행장을 꾸려 숙박비를 깨끗이 청산하고 그대들의 고향으로 돌아가지 않는가? 그대들은 도시에서 매일 허위적이고 냉담한 사회를 향해 은혜를 구걸하고 있다. 만약 천만다행으로 그 보잘 것 없는 은혜가 주어진다면 그것은 대체 행복일지 아니면 고통일지도 의문이다. 그러니 어찌 하루 빨리 고향에 돌아가 자기 삶

---

494) 『리다자오 문집』 제2권, 인민출판사 1999년 판, 287쪽.

을 단순해지게 만드는 것보다 낫다고 할 수 있겠는가! 정신노동이건, 육체노동이건, 채소를 심건, 밭을 갈건, 초등학교 교사가 되건 관계없이 하루에 8시간 남에게 이롭고 자신에게도 이로운 노동을 하고 그 외의 시간은 모두 농촌을 개발하고 농민의 삶을 개선하는 사업에 쓰면서 노동을 하는 한편 노동을 함께 하는 동반자들과 웃고 이야기하는 가운데서 인생의 향수를 향상시키는 도리에 대해 의논할 수 있다. 지식계층이 노동집단에 가입한다면 노동집단은 밝아질 수 있다. 많은 젊은이들이 농촌으로 돌아가면 농촌 생활이 개선될 희망이 생기는 것이다. 농촌 생활에 개선 효과가 나타나면 사회조직이 진보하게 되며 농업노동에 종사하는 사람들을 약탈하고 농민을 기만하는 강도들이 종적을 감출 것이다. 청년들이여! 어서 빨리 농촌으로 가자! 해가 뜨면 밭에 나가 일을 하고 해가 지면 집으로 돌아오며, 밭을 갈고 농사를 지어 먹고 우물을 파 물을 길어 마시는 것이다. 일 년 내내 밭에서 일하는 노인과 아녀자와 아이들은 모두 그대들과 한 마음인 동반자들이다. 모락모락 피어오르는 밥 짓는 연기와 괭이가 보이고, 닭이 홰를 치는 소리와 개가 짖는 소리가 들리는 환경이야말로 그대들이 몸담고 근심 없이 살아갈 수 있는 곳일 것이다!"[495]

리다자오와 거의 때를 같이 하여 신문화운동의 거장 중 한 사람

---

495) 위의 책, 290~191쪽.

인 저우쭤런(周作人)도 1919년 3월 『신청년』에 글을 발표해 일본의 '새마을주의'에 대해 소개했다. '소년중국학회'의 발기자인 한 사람인 왕광치(王光祈)도 베이징에서 '고학호조단'을 설립하고 "사람마다 노동하고 사람마다 공부를 하면서 각자가 가진 능력을 발휘하고 각자 필요한 것을 얻을 것"을 주장하면서 작은 집단이던 데서 대규모의 연합을 이루어 새로운 사회와 새로운 삶을 창조하려고 시도했다. 마오쩌둥은 새마을주의·고학주의·범노동주의가 자신의 직업–생활 이상과 서로 일치한다고 주장했다. 그는 일찍 1918년 6월에 차이허썬·장쿤디 등 이들과 함께 후난대학 준비처에 기거하면서 노동과 공부가 결합된, 평등하고 우애적인 새마을을 세우려고 시도하였었다. 그러다가 후에 후난 학생들을 조직해 프랑스로 고학을 떠나는 일로 인해 당분간 보류해 두었다. 1919년 봄과 여름 사이에 마오쩌둥의 가슴속에서는 새로운 삶을 추구하려는 열정이 또 다시 일기 시작했다. 그는 '새마을'건설에 대한 구체적인 계획을 작성하였으며, 그 중 「학생의 노동」이라는 제목의 글을 『후난교육월간』에 발표하기도 했다. 새마을계획의 다른 내용에 대해서는 오늘날 사람들이 알 방도가 없다. 그러나 「학생의 직업」이라는 글을 통해서도 역시 정신노동과 육체노동, 노동과 공부, 노동과 심미의 합일 그리고 학교·가정·사회의 일체화를 추구하는 마오쩌둥의 낭만적인 정서를 볼 수가 있다. 사유제는 아랫사람의 권리를 박탈하여 윗사람의 비위를 맞추고 아랫사람이 윗사람에게 절대적으로 순종할 것을 주장하는 사회제도이다. 그런 사회에서는 인격적으로 독립할 수 없고, 개성이 자유로울 수 없으며, 사회는 인격의 완성과 개성의 발전을 실현할 수 있는 곳이 아닐 뿐 아니라 오히려 개인을 사회의 희생물로 삼는 곳이다. 사회생활은 개선할 수 없고 다만 사회제도와 가정제도의 개혁을 통해 새로운 생활을 창조하는 수밖에 없다. 그래서 마오쩌둥은 새로운 학교와 새로운 가정, 새로운 사회를 일체화하여 새로운 삶을 창조할 수 있는 구상을 제기했다.

"학생은 학교를 자기 가정으로 여기고 자신이 가꾸는 전원과 임목 등을 자기 개인의 물건처럼 여기며 학생 개개인이 개인의 물건을 소유하고 연합하여 공공단체를 이루는 그러한 단체를 '고학동지회'라고 이름 짓는다. 그 단체 산하에 생산·소비·저축 등 여러 부서를 설치한다. 학생이 학교를 나간 어느 한 기간 내에는 단체에 저축하였던 이익을 취하지 않다가 어느 한 기간 이외에는 그 이익의 일부만 취하고 나머지는 여전히 단체에 남겨둔다. 이런 방법으로 학생이 학교와 장기적으로 관계를 유지하도록 하는 것이다."[496]

"새 학교를 창조하고 새 교육을 실행하면 필연적으로 새 가정과 새 사회를 창조하는 것으로 이어진다. 새 교육에서는 새로운 삶을 창조하는 것이 주체이다. 새 학교에서 학생 개개인은 새 가정을 창조하는 구성원으로서 새 학교 학생이 많아질수

---

496) 『마오쩌둥 조기 문고』 앞의 책, 456쪽.

록 새 가정의 창조도 많아지게 된다. 여러 개의 새 가정을 합
치면 새 사회를 창조할 수 있다. 새 사회의 종류는 이루다 열
거할 수 없을 만큼 많은데 그중에서 두드러진 것들로 열거하
자면 공공육아원, 공공유아원, 공공학교, 공공도서관, 공공
은행, 공공농장, 공공작업장, 공공소비사, 공공극장, 공공병
원, 공원, 박물관, 자치회 등을 들 수 있다. 이를 통합한 새
학교, 새 사회가 하나의 '새 마을'을 이루는 것이다."[497]

새 마을의 삶은 인간의 개성에 대한 소유제 사회제도와 사회관계의
억압과 속박, 손상을 제거하여 인간이 독립된 인격과 평등한 권리 및
자유롭게 선택하고 창조할 수 있는 기회를 얻을 수 있도록 한다. 이
처럼 마오쩌둥이 구상하는 사유제에서 벗어나 공유제를 토대로 하는
새 마을 및 새 생활은 독립적이고 건전한 인격을 양성하려는 데 뜻이
있었다. 마오쩌둥이 구상하는 새 마을 및 새 생활은 인생의 이상을
실현할 수 있는 이상적인 경지일 뿐 아니라 미래 이상사회의 초기 형
태와 청사진이기도 했다. 마오쩌둥이 구상하는 새 마을의 삶은 이론
과 실제, 정신노동과 육체노동의 대립을 뛰어넘어 일과 공부, 창조 및
심미를 하나로 융합시켰다. 새 마을에서 살아가는 사람은 과거 지식
인이 농사일에 관여하지 않고 공명과 출세, 이익을 위해서라면 수단
방법을 가리지 않으며, 육체노동과 농촌을 멸시하던 진부한 기풍을
쓸어버리고 노동을 신성한 것으로 간주하고 공기가 맑고 경치가 아

---

497) 위의 책, 454쪽.

름다운 농촌을 주체 인격을 완성하는 이상적인 경지로 간주하는 것이었다. 공부도 하고 일도 하면서 농촌의 맑은 공기를 마시고 아름다운 경치를 감상하면서 성실한 성품이 드러나는 삶을 사는 것이었다. 새 마을에서의 생활은 수면시간이 8시간이고 휴식시간이 4시간, 자습시간이 4시간, 수업시간이 4시간, 일하는 시간이 4시간이다. 4시간의 노동 과정에서는 현재 학교 수공과를 통해 "섬세한 마음을 수련하고 질서를 지키는 마음과 심미적 감정을 깨우칠 수 있는" 등 인격 완성에 이로운 장점을 취하고 현실생활 및 생산 활동을 이탈하는 결함을 극복하면서 진실하고 선량하며 아름다운 마음과 지혜, 도덕 및 감정을 깨우칠 수도 있고 또 사회 재부도 생산할 수 있는 창조적 노동에 종사하는 것이다. 여러 가지 노동은 혼자서 다 완성하려 하지 말고 여러 사람이 분업하여 한 사람이 한 가지씩 혹은 한 가지 이상씩만 하면 된다. 개개인이 분담한 일은 틀림없이 자신의 본질적 힘을 보여주기 위하는데 있기 때문에 피동적으로 분업에 복종하는 것이 아니라 본인이 원해서 기꺼이 할 수 있는 것이며, 생계를 유지하기 위한 수요에서 행하는 강제노동이 아니라 삶과 자체 완성을 위한 본질적 요구인 것이다. 이처럼 생산과 심미를 하나로 융합시킨 노동은 인간 본질의 상실과 인간의 기형적 발전을 초래할 리 없으며 반대로 인간이 자기 본질적 힘을 회복하고 소유할 수 있도록 한다. 마오쩌동은 이러한 새마을건설을 통해 근본적으로 사회 경제제도와 정치제도를 개혁하고 노동과 공부를 결합시키고 정신노동과 육체노동을 통일시킨 새마을의 삶을 통해 "독립적이고 건전한 인격을 소유한 사람을 양성"하고자 시도하였던 것이다.[498] 그러나 무산계급혁명과 무산계급 독재를 떠나 사회 밖에서 일종의 도덕과 인격적인 힘에 의지하여 '새 마을'의 도원경을 건설하려는 시도는 환상에 지나지 않았다. 엥겔스가 말했다시피 "그러한 새로운 사회제도는 애초부터 공상일 수밖에 없음이 정해졌다. 그 제도에 대한 제정이 구체적이고 주도면밀할수록 순수한 환상에 더 깊이 빠져들게 된다."[499] 피동적 분업, 한 가지 전문적인 기술뿐만 아니라 다른 일에도 뛰어나야 한다는 주장에 따른 직업 이상은 마오쩌둥의 사상 여정과 현실 활동에서 다시 한 번 반영되었다. 그가 마르크스주의 학습과 혁명정치투쟁의 실천경험에 대한 종합을 통해 성숙한 마르크스주의자로 전환한 후 품게 된 직업 이상은 물론 전환 전의 직업 이상과 함께 논할 수 없으리만치 달랐다. 그러나 사회 주체 자체의 직업 활동을 통해 사회제도를 개혁하고 건전한 인격을 양성해야 한다는 기본 정신은 전후가 서로 관통하며 일맥 상통했다. 1939년 4월 24일 마오쩌둥은 항일군정대학 생산운동 대회에서 「자기 자신을 위한 노동은 전도가 양양하다」라는 제목의 연설을 통해 다음과 같이 말했다. 그대들은 노동자·농민·상인·학자·군인의 연합체로서 책을 읽을 때는 학생이고, 황무지를 개간할 때는 농민이 되며, 신발을 만들 때는 노동자가 되고, 합작사를 운영할 때는 상인이 되며, 항일군정대학에서는 군인이다. 그대들은 농민·노동자·상인·학자·군인이 한 몸에 단합되어 학문과 무예가 맞물리고 지식과

---

498) 위의 책, 453쪽.
499) 『마르크스·엥겔스선집』 제3권, 앞의 책, 645쪽.

노동이 결합된 이른바 '천하 으뜸'이다. 인민공사화 운동시기에 마오쩌동은 공사(公社)의 발전방향은 마땅히 공(공업)·농(농업)·상(거래)·학(문화교육)·병(민병)을 하나의 대공사로 차례로 점차 조직하여 우리나라 사회의 기본단위를 구성해야 한다. 그런 공사 안에서 공업과 농업 및 거래는 사람들의 물질생활이고 문화교육은 그런 물질생활을 반영하는 사람들의 정신생활이다.[500] 항일전쟁의 힘겨운 나날에 우리 당이 옌안의 대대적인 생산 운동을 이끌면서 개개인이 모두 여러 가지 업종의 기능을 습득하고 여러 가지 업종의 노동에 종사할 것을 요구한 것이 적의 경제 봉쇄를 이겨내기 위해 어쩔 수 없이 취한 행동이라고 한다면, 새 중국이 창립된 후 평화적인 환경에서 마오쩌동이 여전히 그 주장을 고집한 것은 그의 전후가 일관된 직업, 즉 생활 이상의 구체적인 구현이라고 할 수 있다. 「학생의 노동」, '항일군정대학' 보고와 인민공사의 발전 전망에 대한 구상에서 우리는 마오쩌동의 직업 즉 생활 이상이 공부와 노동, 지식 탐구와 실천, 정신노동과 육체노동, 학교와 사회를 일체화한 것임을 분명하게 엿볼 수 있다. 공산주의 신인을 양성하는 학교인 한편 공산주의 신인의 산물인 정치와 사회가 합일된 인민공사라는 사회에서 매 공사 구성원은 강제 분업의 속박을 받지 않고 육체노동에도 종사하고 또 정신노동에도 종사한다. 개개인은 일반 노동자이기도 하고 또 철학자·과학자·작가·예술가로도 될 수 있다. 마르크스가 미래 공산주의사회에서 사람들은 직업을 자유롭게 선택할 수 있다고 서술한 구절은 그때 당시 널리

---

500) 「마오쩌동 동지의 깃발 아래」, 『홍기(紅旗)』 잡지 1958년 제4호.

인용되었다.

　　"공산주의사회에서는 그 누구도 특별한 활동범위를 가지고
　　있지 않고 모두 어떤 부문 안에서 발전할 수 있고 사회가 전
　　체 생산을 조절한다. 그래서 자기 취미에 따라 오늘은 이 일
　　을 하고 내일은 저 일을 하며 오전에는 사냥을 하고 오후에는
　　물고기를 잡으며, 저녁 무렵에는 목축업에 종사하고 저녁 식
　　사 후에는 비판에 종사할 수 있다. 그래서 자신이 오로지 단
　　일한 사냥꾼·어부·목부 혹은 비판자만은 아닐 수 있는 것이
　　다."[501]

　마오쩌둥이 주장하는 자유롭게 선택하고 창조하는 삶, 즉 직업 이
상은 1966년 5월 7일 린뱌오(林彪)에게 보낸 편지(즉 '5.7지시')에서 완
벽하게 서술되었다. 마르크스는 공산주의사회의 고급 단계에 이르러
사람들에게 강제로 노예처럼 분업에 복종하도록 하는 상황이 사라지
고 그에 따라 정신노동과 육체노동의 대립도 사라지며, 노동이 더 이
상 오로지 생계를 위한 수단만이 아니라 노동 자체가 삶의 우선 수
요가 되며, 그 사회에서 개개인이 모두 전면적으로 발전할 수 있을
것이라고 구상하였었다. 마오쩌둥은 공산주의 목표와 사람들의 삶과
직업 상황에 따라 사회주의사회 운행체제와 직업구조에 대해 설계했
다. '5.7지시'에서는 여러 업계, 여러 단위(부문)를 모두 공업·농업·문

---

501) 『마르크스·엥겔스선집』 제1권, 앞의 책, 165쪽.

화교육·무예를 모두 겸한 큰 학교로 운영할 것을 요구했다. 그리고 매 하나의 큰 학교마다 모두 한 가지 업종을 위주로 하고 다른 업종도 겸해서 운영할 것과, 매 단위마다 모두 공업·농업·문화교육·민병을 갖추고 자체 체계를 형성하고 자급자족할 수 있도록 할 것을 요구했다. 그리고 군대에서는 "군학(軍學)·군수농업(軍農)·군수공업(軍工)·군민(軍民)을 겸해야 한다." "노동자는 공업을 위주로 하면서 또 군사·정치·문화도 겸해서 배워야 한다.… 그리고 또 농업과 부업 생산에도 종사해야 한다." "농민은 농업(임업·목축업·부업·어업 포함)을 위주로 하면서 또 군사·정치·문화도 두루 배워야 하며 조건이 마련될 경우에는 또 집단으로 작은 공장도 경영해야 한다." "학생도 마찬가지이다. 학업을 위주로 하면서 다른 것도 두루 배워야 한다. 즉 문화지식을 배워야 할 뿐 아니라 공업·농업·군사지식에 대해서도 배워야 한다." "상업·서비스업·당정기관 업무인원도 조건만 허용된다면 모두 그렇게 해야 한다." '큰 학교' 내부의 노동자·농민·상인·학자·군인은 고정된 분업이 아니며, 여러 가지 직업 기회가 모든 사람에게 열려 있어 개개인이 노동자가 될 수도 있고, 농민이 될 수도 있으며, 문인이 될 수도 있고, 무인이 될 수도 있으며, 망치를 들면 노동자의 일을 할 수 있고, 괭이와 쟁기를 쥐면 농사일을 할 수 있으며, 총대를 메면 적을 무찌를 수 있고, 필을 들면 글을 쓸 수 있어야 한다. 이러한 새 사회 초기 형태 혹은 본보기로서의 대학교 안에서 강제 분업을 없애고 정신노동과 육체노동의 분리와 대립을 없앴다. 그러나 그런 분업의 소멸은 생산력이 고도로 발전하고 인류의 자질(사상 각오와 문화 수양을 포함)이 전면적으로 제고된 토대 위에 이루어진 것이 아니라 자연경제를 그 토대와 전제로 했다. 그러한 전제하에서 업종의 분업을 소멸하고 정신노동과 육체노동의 차별을 소멸하였기 때문에 필연적으로 노동자가 노동자답지 않고 농민이 농민답지 않으며 학자가 학자답지 않고, 군인이 군인답지 않은 현상이 나타나게 되었으며, 생산력의 정체와 인류 자질의 하락을 초래하게 되었던 것이다. 이 밖에 마르크스는 공산주의 첫 단계인 사회주의사회에서는 상품교환이 이루어지지 않고 전 사회적 범위 내에서 제품의 조달을 실행하며 화폐가 없이 제품을 직접 분배하게 될 것이라고 주장하였었다. 단 그러한 구상은 상품경제가 충분히 발전한 후에 실행될 수 있는 제품경제를 전제로 했다. 마오쩌동은 '대약진'과 인민공사 시기에 이미 임금제도를 폐지하고 공급제를 회복해야 한다는 주장을 제기하였었다. 1975년에 이론문제 관련 지시에서 8급 임금제, 노동에 따른 분배, 화폐교환은 자산계급의 권력으로서 구사회와 별반 차별이 없다면서 그런 자산계급권력은 사람들의 혁명의지와 희생정신 및 이상 관념을 사라지게 하기 때문에 마땅히 폐지해야 한다고 주장했다. 자연경제로써 상품경제를 대체하고 이로써 사람마다 평등하고 전면 발전하는 이상을 실현하는 데 걸림돌이 되는 사회적 차별을 없애려는 마오쩌동의 시도는 사람들의 전면 발전을 위한 양호한 사회 환경을 마련하지 못하였을 뿐 아니라 오히려 생산력 발전을 억압하고 파괴하며 정체시킴으로써 사회발전의 진척을 늦추었다. 생산력수준이 매우 낮은 자연경제 조건에서 사람들은 생존을 위해 부지런히 일을 하지 않으면 안 되었으며 자유롭게 선택하고 창조하는 직업 이상은 실현할 수가 없었다. 사회 분업과 상품제도를 폐지하려는 마오쩌둥의 시도의 최종 목적은 노동자와 농민의 차별, 도시와 농촌의 차별, 육체노동과 정신 노동의 차별을 점차 축소시켜 사회 차별과 직업의 불평등을 없앰으로써 사람들이 생산노동, 물질생활, 문화교육 등 여러 방면에서 모두 평등한 권리를 누릴 수 있도록 하기 위한 데 있었다. 공산주의는 생산력이 고도로 발전하고 3대 차별이 철저히 소멸되고, 사람들이 노예와 같은 분업에서 벗어나 자유로운 창조 활동에 종사하는 시대라는 것은 의심할 나위가 없다. 그러나 3대 차별은 생산력의 일정한 정도의 발전을 토대로 형성되어 고도의 생산력 발전에 따라 소실된다. 그형성과 소멸에는 모두 객관적 필연성이 존재하며 사람들의 주관적 의지에 따라 좌우지되지 않는다. 전면 발전한 신인을 양성하는 것은 인간 본질의 구현의 내적 요구일 뿐 아니라 공산주의사회가 형성되고 실현될 수 있는 필요한 전제이기도 하며 그 최종 목표가 올바른 것이라는 사실에 대해서는 의심할 나위가 없다. 마오쩌둥은 생산력 발전 수준이 낮고 객관적 조건이 아직 성숙되지 않은 상황에서 사회생산력의 발전에 진력하는 방법을 선택한 것이 아니라, 평균주의 방법으로 3대 차별을 소멸하려고 구상했다.

'큰 학교'에서 개개인은 노동자이기도 하고 농민이기도 하며 문인이기도 하고 무인이기도 하다. 마오쩌둥은 사람들이 모든 직업에 대해 섭렵하고 참여하는 것을 통해 전면 발전한 신인을 양성할 수 있기를 희망했다. 그러나 전체 사회 생산력 발전과 문화교육의 수준이 높지 않은 상황에서 자연경제를 토대로 하고 평균주의 방법을 통해 사회차별을 없애며 모든 직업에 대해 섭렵하고 참여하는 방법으로 전면 발전한 인재를 양성하는 것은 사회 발전의 침체와 인류 자질의 퇴보만 초래할 뿐이다. '큰 학교'의 '신인'은 얼핏 보기에는 서로 평등하고 전면 발전한 것 같지만 그것은 단지 높은 자질이 낮은 자질에 굴복한 것일 뿐 낮은 자질에서 높은 자질로 제고된 것은 아니다. 사람 사이의 평등은 오직 평범함과 비 특성적 의미에서의 평등일 뿐, 제고와 발전적 의미에서의 평등이 아니다. 따라서 이상과 이상에 이르는 길의 엇갈림과 내적 충돌이 일어난 것이다. 이상의 내용은 전체 사회 집단을 사고의 대상으로 하여 형성한 마오쩌둥의 직업 이상에 대한 평론이다. 사회 개체로서의 매인을 놓고 보면 그가 사회에서 살아가고 있기 때문에 직업에 대한 그의 선택은 틀림없이 여러 가지 사회관계와 역사조건의 제약을 받게 되며 절대적으로 자유로운 선택은 존재하지 않는다. 고로 직업의 선택은 사회 개체의 개성 특징에 부합해야 하고 개성 발전의 수요에 순응해야 하는 이외에도 타인과 사회에 대한 개체의 도덕적 책임과 의무도 반드시 고려해야 한다. 오로지 사회의 수요에 부합하고 역사발전의 추세와 일치하며 대다수 사람에게 행복을 더해줄 수 있는 직업 선택이야말로 자유롭고 가치가 있으며 숭고한 것이다. 젊은 시절에 마르크스는 다음과 같이 말하였었다.

"직업을 선택할 때 우리가 마땅히 따라야 하는 주요 지침은 인류의 행복과 우리 자신의 완벽함을 실현하는 것이다. 그 두 가지 이익이 적대적이고 서로 충돌하며 그중 한 이익이 반드시 다른 한 이익을 소멸하는 것이라고 여겨서는 안 된다. 인류의 천성은 원래부터 이런 것이다. 즉 사람은 오로지 동시대 사람의 완벽함을 위하여 그들의 행복을 위하여 일할 때만이 자신도 완벽해질 수 있는 것이다. 만약 한 사람이 오직 자신만을 위해 노동한다면 그는 어쩌면 유명한 학자, 대철학자, 탁월한 시인이 될 수도 있겠지만 그는 영원히 완전무결한 위대한 인물은 될 수 없다. 역사는 공통적인 목표를 위해 노동함으로써 자기 자신을 고상해지게 하는 사람들을 위대한 인물로 인정한다. 경험은 대다수 사람에게 행복을 가져다준 사람들을 가장 행복한 사람이라고 찬미한다. 종교 자체도 사람마다 경외하는 이상적인 인물은 인류를 위해 자신을 희생시켰던 사람이라고 우리에게 가르치고 있다. 즉 그 어느 누가 감히 그러한 가르침을 부정할 수 있단 말인가? 만약 우리가 인류를 가장 복되게 할 수 있도록 하기 위해 노동하는 직업을 선택했다면 우리는 그 중책에 압도당하지 않을 수 있으며, 우리가 느끼는 것은 가련하고 제한적이며 이기적인 즐거움이 아닐 것이다.

우리 행복은 수천 수백만의 사람에게 속하게 될 것이며, 우리 사업은 묵묵히, 그러나 영원히 역할을 발휘하면서 존재해나갈 것이다…"[502]

---

502) 『마르크스·엥겔스전집』 제40권, 앞의 책, 7쪽.

마르크스와 마찬가지로 마오쩌둥도 젊었을 때 개인과 전 인류의 삶을 향상시키려는 웅대한 포부를 품고 우주와 인생의 진리를 탐색하는 데 마음을 다하면서 자기 직업을 세밀하고 신중하게 선택하고 조절했다. 그는 교사와 신문기자 직업에 열성을 다하였던 적이 있다. 그는 후난 성립 제1사범부속초등학교에서 근무하였었고 『상강평론(湘江評論)』과 『신후난(新湖南)』 편집장을 맡았었다.

그러면서 문화교육을 통해 우매한 백성을 깨우쳐 세상의 풍속과 인심을 바꿔 정신적 혁명부터 착수하여 중국과 세계를 개조할 수 있기를 희망했다. 그러나 역사의 거센 물결과 혁명투쟁실천의 수요는 직업 혁명가의 길로 그를 떠밀었다. 비록 정신적 선도자가 되고자 하였던 그의 직업 꿈이 형식적인 면에서는 실현되지 못하였지만 그는 마르크스주의 보편적 원리를 중국혁명의 실제와 결합시켜 중국 특색을 갖춘 마르크스주의 즉 마오쩌둥사상을 창설하였고, 여러 차례의 중요한 역사적 전환기에 중국혁명의 방향을 바로잡았으며, 중국혁명을 한 걸음 한 걸음씩 승리로 이끌어 덕도 쌓고(立德), 공적도 쌓았으며(立功), 후세에 모범이 될 훌륭한 말까지 남기는(立言) 천년의 꿈을 진정으로 실현했다. 종합적으로 마오쩌둥의 개인 직업 이상에 대한 추구와 전 인민의 직업 이상 선택에 대한 요구에는 두 가지 기본 원칙이 일관되어 있다. 한 가지 기본 원칙은 자기 개성 특징과 생활 취미에 부합해야 한다는 것이다. 그래서 직업이 성실한 성품을 드러낼 수 있고 즐거움과 후련함을 느낄 수 있으며 개체의 몸과 마음의 발전에 이롭고 잠재된 능력을 발휘하는 데 이로운 자유로운 창조 활동이 될 수 있도록 하는 것이다.

다른 한 가지 기본 원칙은 전 인류의 발전과 사회 대다수 사람의 행복을 늘리는 데 이로워야 한다는 것이다. 개개인은 개성의 차이가 있고 능력의 차이가 있지만 인격 존엄과 사회 지위 면에서는 모두 평등하다. 그가 종사하는 직업이 사회의 진보와 인류의 발전에 이롭고 인민을 위해 봉사할 수만 있다면 인정하고 종사할 만한 가치가 있는 것이다. 마오쩌동은 언제나 헌신적이고 적극적이며 능동적일 것을 제창하였으며 이기적이고 소극적이며 나태한 것에 반대했다. 그는 또 어떤 일을 하든 그 일에 만족해서 열심히 하며 그 일의 전문가가 되는 맡은 바 업무에 온 힘을 다하는 직업정신을 제창하였으며, 색다른 것을 보면 마음이 쉽게 바뀌는 변덕스럽고 의지가 굳세지 못한 것을 경멸했다. 그는 일이 있을 때마다 먼저 자기 계획부터 세우고 쉬운 일을 택하고 힘든 일은 회피하며, 말이 앞서 호언장담하고 명예와 지위와 대우를 따지는 사람을 경멸하였으며, 자리만 차지하고 앉아서 국록만 축내며 백성의 고통을 외면하는 관료주의자와 권력을 이용해 사리사욕을 채우고 타락하여 변질한 자들에 대해서는 특히 극도로 증오했다.

4. 인생 이상과 인생 현실 간의 장력張力

인생의 이상은 사회역사 주체로서의 인간이 희망하는 미래 사회·인격·삶의 상태에 대한 구상과 갈망 및 기대이다. 인생 현실은 사회·인격·삶의 실제 상태와 현유의 존재이다. 과학적인 인생 이상은 현실의 토양에 뿌리를 내리며 과학적인 인생 이상의 형성은 사회와 인생의 본질과 법칙에 대해 정확하게 파악하는 것을 전제로 한다. 그리고 인생 이상에 대한 구상과 실현도 초현실적인 것으로 합법칙성과 합목적성이 통일된 창조적 활동과정에서 현실을 개조하고 초월하는 것이다. 이상과 현실 사이에는 일치·통일·부합이 존재할 뿐만 아니라, 차별·충돌·위배도 존재하며 양자 사이에 존재하는 차이·모순·긴장감은 분명하게 드러나는 것이다. 마오쩌둥은 원대한 이상을 가슴에 품고 그 이상을 위해 헌신한 훌륭한 인물이다. 바로 그런 순도정신이 있었기에 그는 외부와 소통이 없는, 답답하고 고답적으로 민속을 유지하는 소박한 농촌에서 바깥의 대천세계로 뛰쳐나와 사회·인생·역사·정치의 큰 무대에 나설 수 있었으며, 세계적·역사적 영향력을 가진 위대한 인물이 될 수 있었던 것이다. 그리고 또 그가 모순에 대해 분석하고 해결하는 데 능하여 이상과 현실의 관계에 대한 특별한 이해와 성과를 쌓을 수 있었기에 그의 인생 실천이 이채로울 수 있었으며, 천추에 길이 빛날 수 있었던 것이다. 이상과 신념의 확고함과 현실운동의 단계성·영명성은 마오쩌둥의 사상의식과 행위방식에서 내재적 통일성과 일치성을 나타낸다. 그런 내재적 통일성은 중국혁명의 성질, 혁명의 발전단계, 혁명의 발전 전도, 중국공산당의 최고 강령과 최저 강령에 대한 마오쩌둥의 수많은 논술 과정에서 남김없이 드러났다. 중국공산주의자들은 세속을 떠난 이상주의자들이었다. 그들은 공산주의를 실현하고 전 인류를 해방시키는 것을 최고의 강령으로 삼았다. 그 최종 목적은 사회주의사회와 공산주의사회를 애써 실현하는 것이었다. 그리고 중국공산주의자들은 또 착실한 현실주의자들이었다. 그들은 사회의 변화 발전과 혁명 발전의 서로 다른 단계에 적절한 혁명 임무와 분투 목표를 제기할 수 있었으며, 그 임무와 목표를 실현하기 위해 적극 노력하곤 했다. 신민주주의혁명시기에 마오쩌동은 중국의 국정에 대한 과학적인 분석을 거쳐 중국은 반봉건 반식민지 사회이고, 중국혁명의 적은 제국주의와 봉건세력이며, 중국혁명의 임무는 대외적으로는 제국주의 압박을 물리치고, 대내적으로는 봉건지주의 통치를 무너뜨리는 것이며, 혁명의 칼끝은 제국주의와 봉건주의를 겨냥해야 한다는 주장을 제기했다. 그렇기 때문에 혁명의 성질은 아직 무산계급 사회주의가 아니라 자산계급 민주주의인 것이다. 그러나 그 혁명은 무산계급 및 그 정당이 이끄는 철저한 반제국주의 반봉건의 신민주주의혁명인 것이다. 정치적으로는 외부로부터 오는 압박을 물리치고, 국내 봉건주의 압박과 파시즘의 압박을 폐지하고, 모든 민주계급을 연합한 통일전선의 정치제도를 수립해야 하고, 경제적으로는 제국주의와 매국노 반동파의 대자본과 대기업을 몰수하여 국가 소유로 하고, 지주계급의 토지를 농민에게 분배하여 농민의 소유로 하며, 일반적인 개인자본기업과 부농경제는 보류해야 하며, 문화적으로는 제국주의와 봉건주의 문화에 반대하고, 민족적·과학적·대중적인 문화를 형성하며, 공산주의사상의 지도적 지위를 확정하고, 노동자계급 속에서 사회주의와 공산주의에 대해 애써 선전하며, 또 적절하게 절차에 따라 사회주의로 농민과 기타 대중을 교육하여 광범위한 인민대중이 봉건적 경제·정치 압박과 사상

관념의 속박에서 벗어날 수 있도록 하여 자기 개성을 해방시키고 발전시킴으로써 독립·자유·민주의 새로운 인격을 양성해야 하는 것이다. 신민주주의혁명은 식민지, 반식민지, 반봉건사회의 지위를 바꾸기 위한 것으로서 한편으로는 자본주의를 대신하여 길을 깨끗이 쓸어놓아 자본주의 요소의 발전에 이롭게 하고, 다른 한편으로는 또 사회주의를 위해 전제조건을 창조하여 사회주의 요소의 발전을 촉진케 하는 것이다. 그런 사회주의 요소가 바로 전국 정치세력 중 무산계급과 공산당 비중의 증가이고, 바로 농민과 지식인 그리고 도시 소자산계급이 무산계급과 공산당의 지도를 이미 인정하였거나 혹은 인정할 가능성이 있는 것이며, 바로 민주공화국의 국영경제와 노동인민의 합작경제인 것이다. 신민주주의 혁명은 사회주의요소의 성장을 촉진시키게 된다. 그리고 또 그 혁명이 1930년대와 40년대의 새로운 국제환경, 즉 사회주의가 향상되고 고조되며, 자본주의가 하향하고 쇠미해지는 국제환경에 처하고, 제2차 세계대전과 혁명의 시대에 처하였기 때문에 그 종국적인 전도는 자본주의가 아니라 사회주의와 공산주의인 것이다. 마오쩌둥은 이렇게 주장했다. "중국공산당이 이끄는 전체 중국혁명운동은 민주주의혁명과 사회주의혁명 두 단계를 포함한 전부의 혁명운동이다. 그것은 성질이 서로 다른 두 개의 혁명과정으로 오직 앞의 혁명과정을 완성해야만 뒤의 혁명과정을 완성할 수 있다. 민주주의혁명은 사회주의혁명을 위한 필요한 준비이고 사회주의혁명은 민주주의혁명의 필연적 추세이다."[503] "상편과 하편으로 된 두 편의

---

503) 『마오쩌둥선집』 제2권, 앞의 책, 651쪽.

글에서 오직 상편을 잘 지어야만 하편도 잘 지을 수 있는 것이다. 민주혁명을 단호히 이끄는 것은 사회주의 승리를 이루는 조건이다. 우리는 사회주의를 위해 투쟁해야 한다. 이는 그 어떤 혁명의 삼민주의자들과도 서로 다른 것이다. 오늘날의 노력은 앞으로의 큰 목표를 향한 것으로 그 큰 목표를 잃어버리면 공산당원이 아니다. 그러나 또 오늘날 노력을 늦추는 것도 공산당원이 아니다."[504] 전혀 의심할 나위가 없이 모든 공산주의자의 최종 목표는 사회주의와 공산주의를 실현하는 것이며, 공산당의 명칭과 마르크스주의의 우주관은 장래의 더없이 밝고 더없이 아름다운 최고의 이상이라고 명확하게 지적했다. "매 공산당원마다 입당할 때면 현 시기의 신민주주의혁명을 위해 분투하고, 앞으로 사회주의와 공산주의를 위해 분투하리라는 두 개의 명확한 목표를 마음속에 간직하곤 한다."[505] 신민주주의 혁명단계에서는 "식민지, 반식민지, 반봉건사회를 종말 짓고, 사회주의사회를 건립하는 시기의 과도 단계이며, 신민주주의혁명의 한 과정이다…중국사회는 반드시 그 혁명을 거쳐야만 사회주의 사회로 한 걸음 더 발전할 수 있다."[506] 이를 근거로 삼아 마오쩌둥은 다음과 같이 호소했다. "모든 중국공산주의자, 모든 중국공산주의 동정자는 반드시 현 단계의 목표를 위해 분투해야 한다. 민족 압박과 봉건 압박에 저항하기 위해, 중국인민을 식민지, 반식민지, 반봉건의 비참한 운명에서 벗어

---

504) 위의 책, 제1권, 276쪽.
505) 위의 책, 제3권, 1059쪽.
506) 위의 책, 제2권, 647쪽.

날 수 있도록 하기 위해, 무산계급이 이끄는, 농민 해방을 주요 내용으로 하는, 신민주주의 성질의 또한 손중산 선생의 혁명 삼민주의 성질의, 독립·자유·민주·통일·부강한 중국을 건립하기 위해 분투해야 한다."[507] 그는 다음과 같이 지적했다. "그 어떤 공산주의자 및 그 동정자이든 만약 그가 그 목표를 위해 분투하지 않고 그 자산계급민주혁명을 가볍게 여겨 조금이라도 늦추거나 조금이라도 태만하거나 조금이라도 충성하지 않고 열성적이지 않으며 자기 피와 목숨을 내놓을 준비가 되어있지 않고 사회주의와 공산주의에 대한 텅 빈 공론만 늘어놓는다면 그것은 의식적이건 무의식적이건, 많건 적건 사회주의와 공산주의를 배신한 것으로서 자각적이고 충성스런 공산주의자라고 할 수 아니다. 오로지 민주주의단계를 거쳐야만 사회주의에 이를 수 있다. 이는 마르크스주의 불변의 진리이다…신민주주의 연합 통일된 국가가 없이, 신민주주의 국가 경제의 발전이 없이, 개인 자본주의 경제와 합작사경제의 발전이 없이, 민족적·과학적·대중적인 문화 즉 신민주주의문화의 발전이 없이, 수억 인민의 개성 해방과 개성의 발전이 없이, 한마디로 공산당이 이끄는 신식 자산계급성질의 철저한 민주혁명이 없이 식민지, 반식민지, 반봉건의 폐허 위에 사회주의사회를 건립하려는 것은 전적으로 공상일뿐이다."[508] 마오쩌동은 공산주의자는 혁명 전환론자로서 신민주주의혁명의 임무를 실현하기 위해 충성을 다해 분투해야 할 뿐 아니라 모든 필요한 조건이 구비되었

507) 위의 책, 제3권, 1059쪽.
508) 위의 책, 제3권, 1059~1060쪽.

을 때 사회주의단계로 전환할 준비를 해야 한다고 주장했다. 그는 만약 우리에게 다만 현 단계의 민주혁명 임무만 있고 미래 단계의 사회주의혁명 임무가 없거나 혹은 현 시기의 혁명이나 토지혁명이 곧 사회주의혁명이라고 여긴다면 그것은 전적으로 잘못된 판단이다.

신민주주의 혁명시기에 마오쩌둥은 시종일관 이상과 신념을 확고히 하고 인생의 이상을 실현하기 위한 현실 혁명투쟁의 단계성을 통일시키는 원칙에 따라 전 당과 광범위한 인민대중을 이끌고 민주혁명의 임무를 완성하고 중화민족의 독립·자유·민주·부강을 도모하기 위하여, 인민대중의 자유·해방·발전을 도모하기 위하여 꾸준히 분투했다. 새 중국이 창립된 후 최초의 몇 년간 마오쩌둥은 여전히 그 원칙에 따라 인민을 이끌고 신민주주의혁명이 남긴 임무를 완성하였으며, 국민경제를 회복시키고 발전시켰으며, 사회주의 개조를 순조롭게 완성하고 사회주의를 전면 건설하는 시기를 열었다. 사회주의 건설과정에서 마오쩌둥은 가난하고 낙후한 면모에서 서둘러 벗어나려는 내적 충동에 떠밀려 '대약진운동'과 '인민공사화운동'을 일으켜 대중운동의 방식으로 경제를 발전시키고자 시도하였으며, 사회주의와 공산주의 두 단계를 헷갈려 경제·정치·문화 방면에서 일부 '좌'적인 조치를 취하였었다. 그 조치들은 이상의 실현을 촉진하지 못하였을 뿐 아니라 오히려 사회주의 발전과정을 더 늦추었다. 마오쩌둥이 신민주주의 혁명시기에 창도한 이상과 현실이 일치하다는 사상은 우리에게 남겨준 더없이 소중한 인생 이론의 재부이다. 그리고 사회주의 건설시기에 겪은 좌절과 실패는 그 재부의 가치를 실증할 수 있는 반면교과서이다. 이상의 희망 상황과 현존하는 실제 상황 사이에 존재하는 불일치·부조화·긴장감도 마오쩌둥의 민감한 마음을 괴롭혔다. 옛날 중국은 제국주의 열강의 침략과 봉건주의 혹독한 통치를 받아 극도로 가난하고 취약하였으며 영토가 사분오열되었었다. 광범위한 인민은 제국주의·봉건주의·관료자본주의 잔혹한 통치 하에 경제적·정치적으로 독립하지 못하였고 민주의 권리가 없었으며 인격의 존엄도 없었다. 백성은 지혜가 꽉 막히고 도덕이 소멸되었으며 무기력해졌다. 바로 그런 어둡고 답답한 현실에서 자극을 받아 국가의 흥망성쇠를 자기소임으로 여기게 된 마오쩌둥을 비롯한 한 세대의 열혈청년들은 중화민족·광범위한 인민에 대해 낡은 것을 씻어버리고 새롭게 만들 수 있는 진리와 혁명의 길을 탐구하기 위해 마음을 다했으며, 사회주의·공산주의의 원대한 이상을 확립하였던 것이다. 현실에 불만을 가지고 현실을 맹렬하게 비판하는 과정에서 마오쩌둥의 이상과 신념이 더 확고해졌으며, 이상사회와 완벽한 인격을 추구하려는 마음이 더욱 절박해졌다. 그는 신민주주의혁명을 이끄는 데 전력을 다하고 또 시기를 놓치지 않고 사회주의혁명으로 전환하였으며, 사람의 개성을 해방시키고 발전시켰으며, 국민의 독립·자유·민주의 새로운 인격을 양성했다. 그리고 또 이상에 대한 추구와 헌신 과정을 통해 또 마오쩌둥의 현실에 대한 불만과 맹렬한 비판의 정서가 강화되었다. 마오쩌둥은 바로 그 현실 비판과 이상 추구의 인생 여정에서 불후의 위대한 공적을 쌓을 수 있었다. 한편 이상 속의 제도·완전무결한 인격과 현실 속 사회와 인생의 불완전성 간의 엇갈림과 충돌이 마오쩌둥의 마음을 무정하게 괴롭혔다. 마오쩌둥의 이상세계에서는 사회주의제도의 형성에 따라 생산력을 해방시키고 생산력의 밝은 발전 전망을 개척할 수 있으며, 인민대중의 정치적 열정과 노동에 대한 적극성을 불러일으키고, 인민대중이 자신의 총명과 재능을 자유로이 발휘할 수 있는 드넓은 세계를 개척할 수 있고, 인민대중의 정치적 이상과 열정을 더 한층 격려할 수 있었다. 그 이상세계에서는 또 사회주의 경제 정치제도가 인민대중의 진정한 주인의 권리를 보장하고, 국가의 업무인원이 인민의 공복이 되어 전심전력으로 인민을 위해 봉사하는 정신으로 창조적이고, 우수하며 고효율적인 업무를 진행할 수 있었다. 그러나 사회주의는 전례가 없는 위대한 사업으로서 필연적으로 온갖 어려움과 곡절을 겪어야 하고, 공산주의 실현도 단번에 이룰 수 있는 것이 아니며, 사람들의 정치적 각오와 도덕수준 또한 사회주의 경제 정치상황에 대한 반영으로서 역사의 발전단계를 뛰어넘을 수 없었다.

마오쩌둥이 일으킨 '대약진운동'과 '인민공사화운동'은 생산력의 발전을 촉진하는 대신 오히려 생산력의 침체와 파괴를 초래했다. 그리고 인민대중의 정치적 열정과 노동의 적극성을 계속 고조시키는 대신 경제건설의 좌절로 인해 오히려 소침해지는 현상이 나타났다. 또 당과 정부의 일부 간부들이 경제건설에 더 큰 주의를 돌리는 바람에 정치적 각오가 떨어지고, 정치이상이 희미해져 공산주의가 일부 사람들에게는 심지어 팽개쳐 버려졌고 방치한 물건처럼 텅 빈 정치구호와 틀에 박힌 말로 변해버렸다. 뿐만 아니라 안정된 사회질서에 맞게, 사회의 조율과 운행을 보장하고자 설치한 다차원적 정부기관의 상하 구별, 삼엄한 등급으로 인해 평등하고 조화롭던 인간관계는 역사의 흔적으로 사라져버렸으며, 인민대중의 주인공 지위는 충분히 실현되지 못하였을 뿐 아니라 오히려 엄격한 규정·규범·기율·제도에 묶여버렸다. 인민대중은 전쟁시기의 정치에 열중하던 데서부터 자신의 물질생활에 더 많은 관심을 기울이는 방향으로 바뀌었으며, 관료주의·주관주의·종파주의·향락주의가 당과 정부부서에서 퍼지기 시작했다. 그러한 사회 현실은 마오쩌둥이 미처 예상하지 못하였던 것이며 그가 예기하였던 사회주의에 위배되는 것이었다. 현실사회를 그의 이상의 틀 안에 포함시키고, 사회주의사회에 나타난 어두운 부분을 제거하며 사회주의와 공산주의 이상을 새롭게 수립하고, 공산주의 이상 인격을 양성하고자 마오쩌둥은 많은 조치를 취하였으며 일련의 운동을 일으켰다. 예를 들면 '세 가지 반대(오직[汚職]·낭비·관료주의에 반대)운동'·'정풍운동'·'사회주의교육운동' 등이다. 마오쩌둥은 국내 계급 상황과 계급투쟁의 형세에 대해 실제에 맞지 않은 추정을 하였을 뿐 아니라 '문화대혁명'까지 일으키고 이끌었으며 정치운동과 정신혁명의 방식을 통해 사회주의제도를 공고히 하고 보완하며, 인민의 이상과 신념 및 열정을 유지하고 선양하고자 시도했다. 이상과 현실 사이의 불일치, 부조화는 마오쩌둥 내면의 고요와 평형을 깨뜨림으로써 그는 이상과 현실이라는 양극 사이에서 고통스럽게 갈등하며 망설이게 되었다. 최고 도덕이 행해지는 세상을 실현하려는 절박한 심정에 떠밀려 실제에 부합하지 않은 방법들을 불렀으며, 또 이상과 현실, 동기와 효과 사이에 분명히 깊은 골을 형성했다.

마오쩌동은 모순 투쟁의 영구성과 무한한 변화성으로 사회 즉 인격이상을 이해했다. 그렇기 때문에 미래이상에 대한 사고과정에 비이상적인 요소가 존재했던 것이다. 마오쩌동이 보기에 모순·투쟁·운동·변화·발전은 우주의 본질과 존재 상태이면서 또 인생의 수요와 추구하는 바이기도 하며, 모순투쟁은 현실을 초월하여 미래로 향하는 경로와 수단이면서 또 미래사회에 대한 이상과 인격 이상의 구성부분과 뚜렷한 표징이기도 한 것이다. 현실의 사회주의사회에서 공산주의사회로 넘어가고, 또 현실의 인격에서 미래의 새로운 인격으로 비약하는 인생의 길은 순탄하지 않은 가시밭길이어서 위험한 상황이 끊이지 않고 난관이 첩첩할 것이다. 주체는 오직 자기 잠재능력을 동원하여 이상의 실현과 인격의 승화에 불리한 열악한 환경·악한 세력과 투쟁해야만 진취적 창조적 의미에서 사회와 인생의 완벽하지 않고 이상적이지 않은 상태를 뛰어넘어 이상적인 경지에 들어설 수 있다. 사회주의 역사시기에 무산계급과 자산계급, 사회주의와 자본주의가 각자의 전장에서 여러 방위에서 겨룸을 펼치게 될 것이며, 그런 겨룸과 투쟁은 장기적이고 복잡한 겨룸과 투쟁이 될 것이다. 이와 같은 마오쩌동의 사상은 멀리 내다보는 탁월한 식견과 전략적 의미를 갖추었음이 틀림없다. 그런데 애석하게도 마오쩌동은 그런 투쟁과 위험을 적절치 않게 과장하였으며, 정치적·사상적 투쟁과 겨룸에만 주의를 기울이고 경제의 발전과 번영은 상대적으로 경시하였던 것이다. 그는 꾸준한 정치투쟁과 사상투쟁을 통해 사회주의제도를 공고히 하고, 인민의 사상을 정화하며 낡은 전통관념과 결렬할 수 있기를 희망했다. 미래사회에 대한 마오쩌둥의 구상에 따르면 생산력이 고도로 발전할 것이고, 육체노동과 정신노동, 도시와 농촌, 공업과 농업의 차별이 최종적으로 소멸될 것이며, 계급과 국가가 함께 사라질 것이다. 그 이상에 이르기 위하여 마오쩌둥은 공업과 농업을 결합시키고, 도시와 농촌을 공동으로 발전시키며, 교육과 생산을 병행하고, 정신노동과 육체노동을 서로 전환시키고 서로 융합하게 하며, 인민이 국가 관리에 참여하고, 주관주의·관료주의·향락주의에 반대하는 등 일련의 정책 조치를 취하였으며, 그 정책 조치들을 미래이상을 실현하는 수단으로 삼았다. 마오쩌둥은 자신의 생전에는 심지어 그 후의 몇 년 안에는 공산주의 새 세상 및 강한 공산주의 사상의식과 고상한 공산주의 도덕관념을 갖춘 전면 발전한 새 인격이 나타나지 못할 것임을 매우 명석하게 인식하고 있었다. 그러나 그는 그 원대한 이상에 대해 직접 실천하면서 꾸준히 추구하여왔다. 마오쩌둥과 중국공산주의자의 추구와 분투가 경제·정치·사회·문화의 많은 차별과 불평등을 감소시켰으며, 관료주의의 만연과 특권계층의 형성을 효과적으로 억제하였음은 의심할 나위가 없다. 미래사회의 이상을 실현하는 조건에 대한 마오쩌둥의 확실한 인식과 사고에서 공산주의 이상 신념의 확립과 새 인격의 출현 및 고도로 발전한 사회생산력은 모두 공산주의에서 빠져서는 안 되는 요소들이다. 그렇기 때문에 객관세계를 개조하는 한편 인류의 주관세계도 개조해야 하며, 주관세계의 개조가 더 중요한 것이다. 그래서 마오쩌둥은 사람들에게 사상을 전환하여 환골탈태하여 낡은 가치 관념과 행위방식을 버릴 것을 요구했다. 인류에 대한 개조를 중시해야 한다는 사상과 일치하게 마오쩌둥은 경제와 도덕 사이에 이율배반(二律背反)과 후퇴이동(逆向運動)이 존재하며, 경제의 발전과 진보가 이상의 희미함과 도덕의 타락을 유발할 수 있어 경제의 낙후함이 혁명성과 순결한 도덕의 근원이라고 주장했다. 그는 가난한 틈을 타서 과도할 것을 주장하면서 사람들에게 투쟁을 중시하고 자아희생과 자아부정을 전개하며, 사욕을 버리고 공공의 이익을 위하여 힘쓸 것을 요구했다. 정신의 개조는 신인을 양성하고 공산주의를 실현하는 필요조건일 뿐 아니라 또한 공산주의 이상을 구성하는 일부분이기도 하다. 따라서 사회 구성원은 반드시 기존의 집단주의의 도덕적 가치와 사회규범을 전면적으로 받아들이고 실행하기 위한 꾸준한 극기 투쟁에 종사해야 한다.

마오쩌둥은 모순의 절대성·보편성·영구성 및 운동발전의 무한성의 신념에서 출발하여 미래의 공산주의사회도 전적으로 조화롭고 통일되었으며, 고정불변의 모습이 아닐 것이라면서 그중에도 대립 면이 존재하고 모순과 투쟁이 존재하며 새로운 것과 낡은 것, 선진적인 것과 낙후한 것, 바른 것과 그른 것, 혁신과 보수의 충돌이 존재할 것이며 많은 발전단계를 거쳐야 할 것이라고 주장했다.

> "과도기가 끝나고 계급이 철저히 소멸된 후, 오로지 국내 상황만 놓고 보면 정치 분야에서는 전적으로 인민 내부의 관계만 있을 뿐이다. 그때가 되어도 사람과 사람 사이의 사상투쟁과 정치투쟁 그리고 혁명이 반드시 여전히 존재할 것이며 존

재하지 않을 리가 없다. 대립통일의 법칙, 양적 변화와 질적 변화의 법칙, 인정과 부정의 법칙은 영원히 보편적으로 존재하는 것이다. 그러나 투쟁과 혁명의 성질은 과거와 서로 다를 것이다. 계급투쟁이 아니라 인민 내부의 선진적인 것과 낙후한 것 간의 투쟁이 될 것이고, 사회제도의 선진적인 것과 낙후한 것 간의 투쟁이 될 것이며, 과학기술의 선진적인 것과 낙후한 것 간의 투쟁이 될 것이다. 사회주의에서 공산주의로 넘어가는 투쟁은 한 차례의 혁명이다. 공산주의시대에 들어선 뒤에는 또 매우 많은 발전단계를 반드시 거치게 될 것이므로 이 단계에서 저 단계에 이르는 관계는 필연적으로 양적 변화에서 질적 변화에 이르는 관계일 것이다. 여러 가지 돌변과 비약은 모두 혁명의 일종으로서 모두 투쟁을 통해야 하며 '무충돌론'은 형이상학적인 것이다."[509]

"어느 사회나 오늘과 장래를 막론하고 모두 하나가 분열되어 둘이 되는 것이며, 언제나 모순이 사회의 발전을 떠밀게 되는 것이다. 현재는 계급투쟁이 사회를 앞으로 나아가도록 떠미는 것이다. 사회는 복잡한 것이다. 백만 년 혹은 천만 년 뒤에도 바른 것과 그른 것이 존재할 것이다. 사회구조도 수백 개의 단계 혹은 수천 개의 단계로 나뉘어 앞으로 나아가게 되는 것이다."[510]

509) 『건국 이래 마오쩌둥 문고』 중앙문헌출판사 1992년 판, 53~54쪽.
510) 『마오쩌둥 연보(1949~1976)』 제5권, 중앙문헌출판사 2013년 판, 313~314쪽.

마오쩌둥은 현 시기의 모순과 투쟁으로 공산주의 미래에 비춰보았을 뿐 아니라, 인류의 최종 운명에 대한 사고에서도 미래 구상이 영구불변한 것이 아니라는 주장을 내비쳤다. 이로부터 마오쩌둥은 전반 우주의 흥망성쇠 변화라는 대 배경에서 인류의 미래에 대해 사고하였고, 미래 사회와 인격의 이상을 고정불변화하거나 절대화한 것이 아님을 알 수 있다. 그는 이렇게 말했다.

> "우주도 영구불변하는 것이 아니라 바뀌는 것이다. 자본주의가 사회주의로 바뀌고 사회주의가 또 공산주의로 바뀌게 된다. 공산주의사회도 역시 바뀌게 되며 역시 시작과 끝이 있을 것이고 반드시 여러 단계로 나뉠 것이며 어쩌면 다른 이름으로 바뀔 수도 있다. 양적인 변화만 있고 질적인 변화가 없는 것은 변증법에 어긋나는 것이다. 세계 어떤 사물이든 막론하고 발생, 발전, 소멸의 과정을 거치지 않는 것은 없다.…전 인류는 최종 소멸될 것이며 다른 한 사물로 변하게 될 것이다. 그때가 되면 지구도 없어질 것이다. 지구도 언젠가는 훼멸될 것이며 태양도 냉각될 것이다…"[511]

> "사회주의도 멸망할 것이다. 멸망하지 않으면 안 된다. 그러면 공산주의가 존재할 수 없기 때문이다. 공산주의는 적어도 백만 년, 천만년 정도 운행될 것이다. 그런 공산주의가 질적 변

511) 『마오쩌둥문집』 제7권, 앞의 책, 375쪽.

화를 겪지 않으리라고 어찌 믿을 수 있으며 질적 변화의 단계
로 나뉘지 않으리라고 어찌 믿을 수 있겠는가? 나는 믿지 않
는다. 양적 변화가 질적 변화에 이르고 질적 변화에서 양적
변화로 이어지는 것이다. 완전한 한 가지 성질이 수백 만 년
간 바뀌지 않는다는 것을 나는 믿지 않는다! 변증법에 따르면
이는 상상할 수 없는 일이다…. 변증법의 생명은 바로 꾸준히
반대편으로 걸어가는 것이다. 인류도 마지막에는 말일에 이
를 것이다. 종교에서 말하는 말일은 비관주의적인 개념으로
서 사람을 놀라게 하려는 것이다. 우리가 말하는 인류의 멸망
은 인류보다 더 선진적인 사물이 생겨남을 가리킨다. 현재 인
류는 아직 매우 유치한 단계에 처해 있다."[512]

사회와 인생의 미래 전망에 대한 마오쩌둥의 비이상적인 관점을 통
해 모순·투쟁·변화·발전·질적 변화·비약은 우주의 근본 법칙으로
서 피할 수도 없고, 또 인류 나아가서 전 우주의 운동발전에 필수적
인 것임을 알 수 있다. 마오쩌둥의 이런 무한 변화의 관점은 삶의 양
식의 일종으로서의 도전·투쟁·변혁·초월에 절대적 규범가치를 부여
했다. 지구의 훼멸, 태양의 냉각, 인류의 멸망은 필경 아득히 먼 장래
의 일로서 현실사회와 현실 우주 속에서 살아가는 사람들은 마땅히
시간을 소중히 여기고 창조하고 진취하면서 모순·투쟁·운동·변화하
는 우주와 인생의 본성에 따라 주관과 객관 두 범위의 개조 과정에

---

512) "철학문제에 대한 대화", 1964년 8월 18일.

서 사회와 인생의 승화와 변천을 추구해야지 앉은 자리에서 미래사회와 인류의 더 고급적인 존재 상태가 나타나기를 기다려서는 안 된다. 그리고 또 미래사회도 완전히 질서가 있고 정지되었으며, 고요한 초안정적 상태의 구조가 아니라 시적인 정취와 그림 같은 아름다움으로 차 넘치고 생기와 활력이 넘치며 개방적이고 끊임없이 운동변화하며 창조되고 진화되는 사회의 유기체로서 미래의 이상사회에 대한 추구가 안정되고 질서가 있으며, 완전무결한 인류 최종의 존재 상태를 추구하기 위한 갈망에서가 아니라 억제할 수 없는 창조적 욕망에 떠밀려 인류의 몸과 마음의 발전과 창조적 잠재 능력의 남김 없는 발휘를 추구하기 위한 데 있다. 마오쩌둥의 풍부하고 위대한 마음의 세계에서는 발전과 창조적 진화, 투쟁과 진취의 격정이 넘쳐난다. 인격 승화와 사회 변천에 대한 마오쩌둥의 추구는 끝이 없는 것이었다.

제4장
인생 목적론

엥겔스는 이렇게 말했다. "사회 역사 영역 내에서 활동하는 것은 의식을 갖추고 생각을 거쳤거나 혹은 격정에 따라 행동하는, 모종의 목적을 추구하는 인류이다. 어떠한 사건의 발생이건 모두 자발적 의도가 없지 않고 예기한 목적이 없지 않다."[513] 인류는 의식이 있고 목적이 있는 존재물로서 인생 활동에서 어느 한 개별적 활동을 지배하는 구체적 목표가 있고, 또 인생의 기본 방향을 규정짓는 총체적 목표도 있으며, 그 총체적 목표가 곧 인생의 목적인 것이다. 인생의 목적은 인생 이론의 근본이 되는 내용으로 인생의 방향과 태도 및 길을 결정한다. 정확한 인생의 목적을 확립하는 것은 인생의 길을 선택하고 인생의 가치를 실현하는 데서 중대한 영향을 끼친다. 마오쩌둥은 마르크스주의 유물사관을 지침으로 하여 인민대중이 역사의 창조자이고 실천의 주체와 가치의 주체임을 확인하였으며, 전심전력으로 인민을 위해 봉사하는 것을 인생의 근본적인 목적으로 삼았다. 그의 마음속에서 인민은 주인이고 '하느님'이다. 그는 인민을 믿고 인민에 의지하였으며, 인민을 위하고 인민을 교육하고 조직하고 이끌었으며, 인민의

---

513) 『마르크스·엥겔스선집』 제4권, 앞의 책, 253쪽.

이익을 위하여 투쟁했다. 인민의 안위와 고락은 마오쩌둥의 마음을 사로잡았으며, 인민이 주권을 장악한 이상적인 사회를 추구하는 것에 마오쩌둥은 필생의 심혈을 모조리 쏟아 부었다. 오성붉은기가 최초로 톈안먼(天安門)광장에서 게양되고 '마오쩌둥 만세'와 '인민 만세'라는 외침소리가 허공중에 울려 퍼지는 순간 마오쩌둥과 중국공산주의자 들의 전심전력으로 인민을 위해 봉사하고자 한 인생의 목적에 대해 가장 유력한 확증을 얻을 수 있었으며, 지도자와 인민의 마음이 감동 어린 소통과 융합을 이룰 수 있었다.

1. 마오쩌둥 마음속의 '하느님'

마오쩌둥의 내면세계에서 인민은 숭고한 지위를 차지했다. '인민'은 마오쩌둥의 인생철학 나아가 전반 마오쩌둥사상의 중요한 범주이다. 마오쩌둥 일생의 사상사업에 대해 살펴보면 인민을 무한히 열애하고 인민을 위해 성의를 다하며 인민에 확고하게 의지하고 충성을 다해 인민을 위해 봉사하며 전심전력으로 가장 광범위한 인민대중을 위해 이익을 도모하는 것이 마오쩌둥 일생을 지배하는 영혼이었고, 마오 쩌둥사상 사업을 규범화하는 불변의 목표였다는 사실을 분명하게 볼 수가 있다. 인민이 압박 받고 착취 받으며 노역을 당하는 비참한 경지 에서 벗어나게 하고, 인민과 함께 독립·자유·민주·부강의 영역에 오 르고자 애쓰는 것은, 마오쩌둥의 마음속에서 꿈틀대며 마오쩌둥의 인생 실천을 이끌 수 있는 거대한 원동력이었다. 중국공산당 제7차 전국대표대회에서 마오쩌둥은 인민대중을 지고지상의 '하느님'이라고 칭송하면서 전 당 동지들에게 어려움을 극복하고, 업무를 힘써 수행하여, 전 중국 인민대중이라는 '하느님'을 감동시켜 전국 인민대중과 함께 제국주의와 봉건주의 두 개의 큰 산을 무너뜨리고, 전국인민을 해방시키며, 독립·자유·민주·부강의 새 중국을 창립할 것을 호소했다. 마오쩌동은 인민을 위해 행복을 도모하고, 인류의 발전과 문명을 위하는 숭고한 인생 목적을 가슴에 품고 힘겹고 비장하며 파란 많은 인생 실천 과정에서, 일개의 소아와 인민 대아, 자신의 유한함과 인류의 무한함을 서로 융합시켜 자기 인생이 영원한 가치와 불후의 의미를 얻을 수 있게 했다. 마오쩌동이 전심전력으로 인민을 위해 봉사하는 것을 자기 인생 목적으로 삼은 것은 첫째, 인생 본질에 대한 깊은 인식을 토대로 한 것이었다. 인류의 본질은 그 자유·자각의 특성에서 비롯되며, 그런 창조적인 본질은 인류와 자연, 인류와 사회, 인류와 역사의 동적인 발전 과정에서 반영되고, 물질적·정신적인 창조적 실천활동에서 반영된다. 인류의 창조적 실천활동은 자신의 존재와 발전에 알맞고 자신의 본질을 인정하는 원시사회, 그리고 자신의 존재와 발전에 저촉되고 자신의 본질을 부정하는 사유제사회를 거쳤으며, 더 튼튼한 토대와 완전 새로운 의미에서 자신의 본질을 인정하고, 인류의 합리적인 생존방식을 모색하며, 전면적으로 발전한 공산주의사회를 이루고자 했다. 사유제사회에서 노동대중은 창조적 물질생산 활동과 정신생산 활동에 종사한다. 그러나 그들은 압박 받고 착취 받으며 노역을 당하는 지위에 처하여 있기 때문에 그런 창조적 활동은 강제적인 것이며 자발인 것이 아니었다. 그들은 다만 통치자의 필요에 따라 한쪽으로 치우쳐서 자기 본질의 힘을 발전시킬 뿐이기에 인류의 창조적 본질이 왜곡된 형태로 나타난다. 인류 본질의 힘의 객관화는 인류 본질의 발전과 완성을 촉진할 수 없을 뿐 아니라, 오히려 인민을 통치하고 노예로 부리는 다른 성질의 힘이 되었다. 그래서 "노동자가 사회를 위해 물질적 재부를 창조하였으나 자신에게는 가난만이 남았고 사회를 위해 정신적 재부를 창조하였으나 자신의 폐쇄적이고 우매함만 초래하였으며, 자신의 자유로운 발전을 위해 고생스럽게 일을 하였으나 자신은 권리가 없는 비참한 지위로 전락하는 비합리적인 현상"이 나타나게 되었던 것이다. '인민'은 인류 본질의 매체로서 인민이 압박 받고 착취 받으며 노역을 당하는 것은 인류의 본질이 억압당하고 소실되는 것이다. 반면에 인민의 해방과 자유는 인류 본질의 해방과 선양 및 복귀인 것이다.

'인민'은 사회역사 범주의 일종으로 서로 다른 나라와 각 나라의 서로 다른 역사시기에는 서로 다른 내용이 포함된다. 마오쩌둥은 중국 혁명의 서로 다른 역사시기에 여러 장소에서 인민문제에 대해 많은 논술을 했다.

> "신민주주의혁명은 다른 그 어떤 혁명이 아니라 오로지 그리고 반드시 무산계급이 이끄는, 제국주의·봉건주의·관료자본주의에 저항하는 인민대중의 혁명이어야만 한다. 다시 말하자면 그 혁명은 다른 그 어떤 계급과 그 어떤 정당도 지도자를 맡을 수 없으며, 오로지 그리고 반드시 무산계급과 중국공

산당만이 지도자를 맡아야 한다. 다시 말하면 그 혁명에 참가한 사람들로 구성된 통일전선은 매우 광범위하다. 그중에는 노동자·농민·독립노동자·자유직업자·지식인·민족자산계급 및 지주계급에서 분열되어 나온 일부 개명한 신사들이 포함되며, 이것이 바로 우리가 말하는 인민대중이다. 그 인민대중이 세운 국가와 정부가 바로 중화인민공화국과 무산계급이 이끄는 여러 민주계급이 연합한 민주연합정부이다. 그 혁명이 무너뜨려야 할 적은 오로지 그리고 반드시 제국주의·봉건주의·관료자본주의여야만 한다."[514]

"인민은 무엇인가? 중국의 현 단계에서 인민은 노동자계급·농민계급·도시소자산계급·민족자산계급을 일컫는다. 이들 계급은 노동자계급과 공산당의 인솔 하에 단합하여 자기 나라를 구성하였고, 자기 정부를 선출하였으며, 제국주의의 앞잡이 즉 지주계급과 관료자산계급 및 이들 계급을 대표하는 국민당반동파와 그 하수인들에 대해 독재를 실행하면서 그들을 압박하여 제멋대로 말하거나 행동하지 못하게 하고 그들이 본분을 지키도록 햇다.…인민 내부에 대해서는 민주제도를 실행하며 인민에게는 언론·집회·결사 등 면에서 자유권이 있다."[515]

---

514) 『마오쩌둥선집』 제4권, 앞의 책, 1313쪽.
515) 『마오쩌둥선집』 제4권, 앞의 책, 1475쪽.

"인민이라는 개념은 서로 다른 나라와 각 나라의 서로 다른 역사시기에 서로 다른 내용을 포함한다. 우리나라 상황을 보면 항일전쟁시기에는 항일하는 모든 계급과 계층 및 사회집단은 모두 인민의 범위에 속하고, 일본제국주의·매국노·친일파는 모두 인민의 적이었다. 해방전쟁시기에는 미 제국주의와 그 앞잡이 즉 관료자산계급·지주계급 및 그 계급을 대표하는 국민당반동파는 모두 인민의 적이었고, 이들 적에 저항하는 모든 계급과 계층 및 사회집단은 모두 인민의 범위에 속했다. 현 단계의 사회주의 건설시기에는 사회주의 건설 사업에 찬성하고 지지하며, 참가하는 모든 계급과 계층 및 사회집단은 모두 인민의 범위에 속하고, 사회주의혁명에 저항하고, 사회주의 건설을 적대시하며 파괴하는 사회세력과 사회집단은 모두 인민의 적이다."[516]

비록 국가가 서로 다르고, 시대가 서로 다르며, 사회집단으로서의 인민이 역사성과 발전 변화의 특성을 띠며, 그 질의 규정과 양의 범위도 시대별로 서로 다르고 국가별로 서로 다르지만 여러 역사시대의 인민에 대한 개별적 규정에는 일반적·보편적·공통적인 본질을 포함하고 있다. 그것은 즉 인민은 언제나 인류 본질의 확립과 승화와 일치하고 사회역사의 발전방향과 일치하며 인류 본질의 힘의 발전과 사회의 진보를 촉진할 수 있는 적극적인 힘이라는 것이다. 인민대중은

---

516) 『마오쩌동 저작 선독』 하권, 인민출판사 1986년 판, 757~758쪽.

여러 역사시기의 모든 진보적인 계급과 계층 및 사회집단으로 구성되며, 인민은 분석이 가능한 개념이고 인민 속의 여러 구성 요소의 진보성 및 역사의 진보와 인류의 발전에 일으키는 역할도 각기 다르다. 단 생산활동에 종사하는 노동인민은 시종일관 인민의 대다수이고, 인민의 기본 요소이며, 사회의 진보를 촉진하는 중견세력이다. 그리고 "이른바 노동인민은 모든 육체노동자(예를 들면 노동자·농민·수공업자 등) 및 육체노동자에 가까운, 다른 사람을 착취하지 않고 오히려 착취를 받는 정신노동자이다."[517] 노동인민이 종사하는 물질생산과 정신생산은 인간의 자발적 능동적 본질을 직접 반영한다. 그리고 인민 중의 다른 일부는 비록 생산노동에 직접 종사하지는 않지만, 그들은 노동인민의 공동의 적으로부터 압박을 받고 있어 제국주의·봉건주의·관료자본주의에 대한 혁명의 수요가 있기 때문에 광범위한 노동자들과 연맹을 결성하여 공동의 적과 투쟁을 벌일 가능성이 크다. 그들의 사회 역사 활동도 어느 정도에서는 인류와 사회의 발전에 유리한 것이다. 인민과 그들의 역사 활동은 인류 본질의 물질적 매체와 동적인 반영이며 인민의 대립 면으로서의 적은 인류의 본질을 억압하고 파괴하며 해를 끼치는 부패한 반동적인 사회세력이다. 전심전력으로 인민을 위해 봉사하고 충성을 다해 인민을 위해 이익을 도모하며 인민을 이끌어 해방 사업에 종사하고 제국주의·봉건주의·관료자본주의 압박에서 벗어나 독립·자유·민주·부강의 새 국가를 건설하는 것은 바로 인류의 개성을 해방시키고 인류의 본질을 더 높은 토

---

517) 『마오쩌둥선집』 제4권, 앞의 책, 1287쪽.

대 위에서 복귀와 풍부한 발전을 이룰 수 있도록 하는 것이다. 그리고 인민의 해방은 또 인류 본질의 해방이기도 하다.

둘째, 인민을 위해 봉사하고 인민을 위해 행복을 도모하는 것은 사회역사의 발전 법칙에 대해 훤히 꿰뚫고 있고 인민대중의 역사적 지위에 대해 깊이 인식한 것을 토대로 하여 역사적으로 반드시 걸어야 할 길을 걷는 현명한 선택이다. 인류사회는 고유의 법칙에 따라 변화 발전하고 있고, 생산력과 생산관계, 경제 토대와 상부구조의 대립 통일은 사회의 기본 모순을 구성하며, 생산력은 사회발전을 최종적으로 결정짓는 힘이다. 노동인민은 생산실천의 주체로서 생산력의 가장 중요한 요소이다. 그들은 생산과정에서 꾸준히 경험을 총결하고 쌓아 생산기술을 개선하고 새로운 생산도구를 창조하여 생산력의 발전을 촉진했다. 생산도구의 개선과 생산기술의 제고는 또 사람들 자질의 제고를 촉진시켰다. 그리고 생산력을 구성하는 요소 중에서 사람의 요소와 사물의 요소가 발전함에 따라 생산관계와 전 사회제도의 변화 발전과 보완 및 근본적인 변혁을 일으켰다. 사회 재부를 창조하는 인민의 역사 활동과 사회 발전의 객관적 과정은 일치하는 것이다. 사회 발전의 법칙과 추세는 인민의 의지·염원·요구 및 역사를 창조하는 활동을 통해 반영되는 것이다. 인민의 의지와 염원에 순응하였는지 여부는 역사발전의 객관적 법칙에 따랐는지 여부와 역사적으로 반드시 걸어야 할 길을 걸었는지 여부를 판단하는 중요한 상징이며, 역사 활동의 성패를 결정짓는 관건이기도 하다. 마오쩌둥은 늘 대세와 인심이 쏠리는 방향을 동일시하면서 이로써 역사의 필연성을 설명하였으며 인심을 따르느냐 아니면 인심을 등지느냐 하는 것을 사건의 성공과 실패를 판단하는 중요한 기준으로 삼았다. 마오쩌동은 역사 운동에는 객관적 필연적 법칙이 존재하지만, 그런 객관적 법칙은 목적이 있고, 인민의 의식적, 자발 능동적 활동을 통해 실현되는 것이라고 주장했다. 인민대중의 의지·염원·요구가 역사 발전의 객관적 법칙을 반영하고 구현하며 인민대중의 활동은 역사 법칙의 형성과 실현의 형태인 것이다. 1956년 11월 15일 마오쩌동은 중공 제8기 2중 전회에서 사회 기본 모순 문제에 대한 연설에서 자신의 독특한 역사관과 인류학에 대한 견해를 피력했다. 그는 다음과 같이 말했다. 앞으로 전 세계의 제국주의를 모두 무너뜨리고 계급을 소멸한다면 그때가 되면 혁명이 존재하겠는가? 나는 혁명은 여전히 계속해야 한다고 본다. 사회제도에 대한 혁명을 진행해야 하며 여전히 '혁명'이라는 단어를 사용하게 될 것이다. 물론 그때가 되면 혁명의 성질이 계급투쟁 시대의 혁명과 다를 것이다. 그때가 되어도 생산관계와 생산력 간의 모순, 상부구조와 경제 토대 간의 모순이 여전히 존재할 것이다. 생산관계가 생산력의 발전에 어울리지 않으면 무너뜨려야 한다. 상부구조(그중에 사상과 여론이 포함됨)가 인민이 좋아하지 않는 그런 생산관계를 보호한다면 인민은 그것을 개혁해야 한다. 상부구조도 사회관계의 일종이다. 상부구조는 경제적 토대 위에 형성되는 것이다. 이른바 경제 토대는 곧 생산관계를 가리키며 주요하게는 소유제를 가리킨다. 생산력은 가장 혁명적인 요소이다. 생산력이 발전하면 언제나 혁명을 해야 한다. 생산력에는 두 가지가 포함된다. 한 가지는 사람이고 다른 한 가지는 도구이다. 도구는 사람이 창조하는 것이다. 도구에 대한 혁명이 필요하다면 사람을 통해 말할 것이고 노동자를 통해 말할 것이며, 낡은 생산관계를 파괴하고 낡은 사회관계를 파괴해야할 것이다.[518] 계급사회에서건 무계급사회에서건 인민대중은 언제나 사회변혁을 실현하는 결정적 힘이다. 인류가 계급사회에 들어서서부터 생산관계는 계급관계로 집중적으로 반영되는 것이므로 착취자와 피 착취자, 압박자와 피압박자 2대 대립계급 간의 계급투쟁으로 반영된다. 생산력의 발전으로 인해 기존의 생산관계가 생산력에 더 이상 어울리지 않을 정도에 이르면 시대에 뒤떨어진 낡은 생산관계를 변혁하고 새로운 생산관계를 수립할 것을 요구한다. 그러나 낡은 생산관계가 자동적으로 새로운 생산관계에 자리를 양보할 리가 없다. 오로지 인민대중의 혁명투쟁을 통해 반동 통치계급의 국가정권을 무너뜨려야만 낡은 생산관계를 변혁하여 낡은 사회형태에서 새로운 사회형태로 넘어갈 수 있으며 사회생산력을 해방시키고 발전시킬 수 있다. 설령 미래의 무계급사회에 이르더라도 사회 기본 모순은 사라지지 않을 것이며 생산관계와 생산력, 상부구조와 경제토대가 서로 어울리지 않는 상황이 여전히 존재하게 될 것이다. 따라서 여전히 인민의 힘에 의지해 사회변혁을 진행하여 생산관계와 상부구조 중 생산력의 발전에 어울리지 않고 인류의 발전과 진보를 저해하는 부분을 극복해야 한다. 인민은 사회의 주체이며 역사의 창조자이다. 인민을 위해 봉사하는 것을 인생의 근본 목표로 삼은 것은 인민의 사회 역사 주체

---

518) 위의 책, 제5권, 318~319쪽.

의 지위에 대해 확인한 것인 한편 인류사회 발전의 법칙성과 필연성에 따른 것이기도 하다. 전심전력으로 인민을 위해 봉사하는 인생 목표를 확립한 것은 무산계급의 역사적 사명에 대한 심각한 인식에 토대한 것이다. 전 인류를 해방시켜 모든 사람이 대동세계에 들어서도록 하며 몸과 마음 두 방면에서 충분한 발전을 이룰 수 있도록 하는 것은 현대 무산계급의 역사적 사명이다. 마오쩌둥은 무산계급혁명 지도자의 드넓은 도량과 높이 서서 멀리 내다보는 기백으로 무산계급과 인민대중을 이끌어 세계와 중국의 어두운 면을 뒤엎고 전례 없는 밝은 세계를 창조하는 역사적 중임을 자발적으로 떠메었다. 무산계급은 스스로 해방해야 할 뿐 아니라 전 인류를 해방시켜야 한다. 전 인류를 해방시킬 수 없으면 무산계급도 결국 해방시킬 수 없다. 무산계급은 자신을 해방시키고 전 인류를 해방시키는 이중 사명을 짊어지고 있다. 무산계급은 능히 그리고 반드시 자기 자신을 해방시켜야 한다. 무산계급이 자기 자신을 해방시키려면 자신이 압박 받고 노역 당하며 착취 받는 생활조건을 반드시 전환시켜야 한다. 그리고 그 자신의 생활조건을 전환시키려면 반드시 "그 자신이 처한 상황에 집중적으로 반영되는 현대사회의 인성에 위배되는 모든 생활조건을 소멸"[519] 시켜야 한다. 즉 우선 착취제도부터 반드시 소멸시켜야 한다. 착취제도의 소멸이 곧 인류의 해방과 인성의 복귀이다. 이로부터 무산계급 자신의 해방과 인류의 해방은 일치하는 것임을 알 수 있다. 인민을 위해 봉사하고 인민을 위해 이익을 도모하며 인민의 독립·자유·해방

---

519) 『마르크스·엥겔스전집』 제2권, 앞의 책, 45쪽.

을 도모하는 것은 무산계급 자체 해방의 필요한 전제이며 무산계급의 역사적 사명의 취지이다. 그리고 또 역사의 활동은 대중의 사업으로서 오직 전심전력으로 인민을 위해 봉사해야만 인민의 혁명적 각오를 깨우칠 수 있고, 인민이 혁명을 영광스러운 기치로 간주할 수 있도록 하며, 또 무산계급과 그 정당도 광범위한 대중을 동원하고 조직하여 사회의 진보와 인류의 해방사업을 위한 투쟁을 승리로 이끌 수 있는 것이다. 전심전력으로 인민을 위해 봉사하는 인생의 목표를 확립한 것은 마오쩌동이 중국 고대 민본사상의 전통에 대해 개조하고 계승하고 발전시킨 것이며, 또 노동은 신성한 것, 주권은 민중의 것이라는 시대의 흐름과 시대정신의 구현이기도 하다. 민본사상의 전통은 유구한데 은(殷)나라와 주(周)나라 시기에 기원하여 춘추전국시기에 형성되었고, 한(漢)나라와 당나라(唐)시대에 발전하였으며, 송·원·명·청(宋元明淸)을 거쳐 형체를 이루었다. 아편전쟁 이래 유구한 민본사상은 근대 민주주의관념과 서로 교차하고 융합하면서 민주사상 체계에서 새로운 생명을 얻었다. 유가·도가·묵가·법가는 모두 정도가 다르게 백성을 근본으로 삼을 것을 주장하고 제창하였는데, 그중에서 유가의 민본사상에 포함된 내용이 가장 풍부하고 또 가장 강력하게 제창되었다. 유가의 민본사상은 『논어』·『맹자』·『대학』·『중용』 4서와 『시(詩)』·『서(書)』·『예(禮)』·『역(易)』·『춘추(春秋)』 5경 등 경전에 기록되었을 뿐만 아니라, 유가 후학들, 예를 들면 순자·동중서(董仲舒)·왕부(王符)·유종원·주희·왕부지·당견(唐甄)등 이들의 언론과 저술에도 등장한다. 민본주의는 역대 개명한 사상가와 능력이 있고 진보적인 정치가들이 정권의 교체와 조대의 흥망성쇠의 경험 교훈을 두루 살피고 현 조대의 정치 실천에 대해 반성하며, 군주·나라와 민중의 관계에 대해 탐구하여 형성한 나라를 안정하게 다스릴 수 있는 지도사상으로서 이론적 내용이 매우 풍부하다. 그 요지는 다음과 같다.

첫째, 백성을 중히 여기고 신을 가벼이 여기며 백성에게 가까이 다가가면 하늘이 보인다.(重民輕神, 卽民見天) 백성을 중히 여기는 사상은 계급사회에서 피 통치계급이 자신의 권리를 쟁취하기 위해 통치계급과 투쟁을 벌이는 과정에서 드러낸 막대한 힘이 통치계급의 사상 의식에 반영된 것이다. 중국의 첫 노예제국가인 하(夏)왕조의 노예주와 귀족들은 자신의 통치 지위를 수호하기 위하여 노예와 평민을 무력으로 진압하는 한편, 사상적으로 견제하면서 하왕조의 정권은 하늘이 내린 것이라는 신화를 만들어 "하왕조의 존재는 천명을 받은 것이다.(有夏服天命)"[520]라고 치켜세웠다. 하왕조를 교체하여 흥기한 상(商)왕조의 통치자들도 땅위의 절대적 권위를 가진 군주를 원형으로 하여 지고지상의 '하느님'을 만들어냈으며 스스로 하느님의 자손이라고 자칭했다. 서주(西周) 초기의 통치자들은 정복 대상인 이민족·노예·평민에 대한 통치를 강화하기 위하여 하·상 두 왕조 이래 군권(君權)은 신이 내리는 것이고, 하늘과 조상에 제를 지내며, 귀신을 공경히 모시는 등 미신사상의 전통을 답습하였으나 또 노예와 평민계층의 막강한 힘을 정시하지 않을 수 없었기 때문에 천명에 대해 새롭

---

520) 『상서·소고(尙書·召誥)』

게 해석했다. 그들은 "천명은 고정불변의 규칙이 아니다(天命靡常)"[521] 라면서 하늘이 정권을 어느 일가, 어느 한 성씨에게만 영원히 맡기는 것이 아니라 언제나 상황의 변화에 따라 각왕조의 흥망성쇠와 집권자의 교체를 결정짓는다고 즉 "하늘이 백성을 위하여 군주를 물색하는 것(天惟時求民主)"[522]이라고 주장했다. 정권의 쟁탈은 통치자가 백성을 보호할 수 있는 덕을 갖추었는지 여부에 의해 결정되며, 하늘이 볼 수 있는 것은 우리 백성이 볼 수 있는 것이고, 하늘이 들을 수 있는 것은 우리 백성이 들을 수 있는 것이다. 즉 하늘은 인민의 귀와 눈 등 감각기관을 통해 통치자가 정치를 함에 있어서의 득과 실을 관찰하여 하늘의 의지를 백성의 이익·소망·요구로 반영하는 것이다. 하늘은 백성과 서로 연결되어 있고, 백성이 원하는 대로 따르며, 그 합리성과 정당성을 인정한다. 즉 "백성이 원하는 것을 하늘은 반드시 따른다.(民之所慾, 天必從之)"[523] 통치자는 오로지 덕을 갖추어야만 천명을 받을 수 있고 덕을 갖추어야만 하늘의 보호를 받아 백성을 지킬 수 있으며, 그래야만 "천명을 받아 누릴 수 있다.(享天之命)"[524] 서주 초기 통치자들의 이러한 사상은 "군권은 하늘이 내리는 것"이라는 이론의 부족한 부분을 보충하였고, 하·상·주 세 왕조가 차례로 교체될 수 있었던 합리성을 논증하였으며, 아울러 인간의 역할을 중히 여기고 천명을 가벼이 여기며, 민중을 중히 여기고 귀신을 가벼이 여기는 사

521) 『시경·대아·문왕(詩經·大雅·文王)』
522) 『상서·다방(尚書·多方)』
523) 『좌전·양공31년(左傳·襄公三十一年)』『상서·태세(尚書·泰誓)』 인용.
524) 『상서·다방』

상이 실마리를 드러내기 시작한 것이기도 했다. 춘추전국시기에 제후들 사이에서 성을 공략해 땅을 빼앗는 전쟁이 사방에서 일어나고, 아비를 죽이고 임금을 죽이는 사건이 끊이지 않았으며, 신권정치 관념이 심각한 도전을 받았다. 이에 따라 인민의 힘이 그러한 천지개벽의 시대에 충분히 드러날 수 있었으며, 백성을 중히 여기는 사상도 큰 발전을 이룰 수 있었다. 수(隋)나라의 계량(季梁)은 "백성은 신의 주인이다. 그렇기 때문에 고대 현명한 임금은 먼저 백성을 안정시킨 다음에 신령을 모시는 일에 주력했다.(夫民, 神之主也, 是以聖王先成民而後致力於神.)"[525]라고 말했다. 괵(虢)나라의 사효(史囂)도 "내가 듣기로는 나라가 흥하려면 (언제나) 백성의 (의견에) 귀를 기울이게 되고, 나라가 망하려면 (언제나)신의 (의견에) 따르게 된다. 신령은 총명하고 정직하며 한결 같아 백성이 원하는 바에 따라 행동한다.(吾聞之, 國將興, 聽於民; 將亡, 聽於神. 神聰明正直而壹者也, 依人而行.)"[526]라고 말했다. 귀신은 백성을 지배할 수 없을 뿐 아니라 오히려 백성의 지배를 받으며 백성의 뜻과 원하는 바에 따라 행동한다. 통치자는 오로지 먼저 인민이 잘 살 수 있게 해야만 귀신을 모실 자격을 갖게 된다. 백성의 뜻에 따르느냐 아니면 신의 뜻에 따르느냐가 나라의 흥망성쇠를 판단하는 중요한 표징이다. 춘추시기 이후부터 역대 통치자와 사상가들은 정치적 사유의 중점을 갈수록 신에게서부터 백성에게로 돌리기 시작하였으며, 백성을 중히 여기고 신을 가벼이 여기는 좋은 기풍이 널리 펴

---

525) 『좌전·환공6년(左傳·桓公六年)』
526) 『좌전·장공32년(左傳·莊公三十二年)』

지기 시작하여 가로 막을 수 없는 사상의 흐름으로 이어졌다. 청나라
의 왕부지는 역사 발전의 객관적 이치와 필연적 추세를 합쳐서 '하늘
(天)'이라고 불렀으며, "백성에게 가까이 다가가면 하늘이 보인다(卽民
以見天)"[527]라고 공언함으로써 고대의 백성을 중히 여기고 신을 가벼이
여기는 사상을 새로운 차원으로 끌어올렸다.

　둘째, 백성은 나라의 근본이고(民惟邦本) 백성은 존귀하고 임금은
가볍다.(民貴君輕) '백성(民)'은 군주·나라·통치자와 대칭되는 범주로서
전제군주 통치하의 모든 사람을 지칭한다. 단 사(士)·농(農)·공(工)·
상(商)등 하층 민중 및 노예와 농노가 백성의 기본 구성 요소이다. 백
성은 나라의 근본이고 그 근본이 탄탄해야 나라가 안정될 수 있다.
백성은 국가와 천하에서 결정적인 역할을 하는 힘으로서 국가의 형
성, 예법·음악·정치·교육의 창제는 백성의 생존과 발전의 수요에서
기원한다. 백성은 천하와 국가가 확립되고 존재할 수 있는 토대로서
"임금은 나라에 의지하고 나라는 백성에 의지한다."[528] 백성의 노동과
창조가 예법·음악·정치·교육 등 국가 생활을 위한 물질적 조건을 마
련하며 민심의 향배가 국가의 안위와 존망을 결정짓는다. 서한(西漢)
초기의 정치가 가의는 "백성은 나라의 근본으로서 재물은 백성에게
서 나오고 백성은 나라의 안위와 관련된다.(民者, 國之本, 財用所出, 安
危所係.)"[529]라고 말했다. 청나라의 당견도 "국경은 백성에 의해 튼튼히

---

527)　『상서인의(尙書引義)』 권4, 「泰誓」 중.
528)　이세민(李世民)의 말, 『자치통감· 당기·고조 무덕 9년(資治通鑑·唐紀·高祖武德九年)』
529)　『신서·대정(新書·大政)』

지켜지고 있고, 나라 창고는 백성에 의해 채워지고 있으며, 조정은 백성에 의해 높이 떠받들리고 있고, 관리들은 백성이 먹여 살리고 있다(封疆, 民固之; 府庫, 民充之; 朝廷, 民尊之; 官職, 民養之)", "나라에 백성이 없으면 어찌 이 네 가지 정사(국경·국고·조정·관직)를 돌볼 수 있겠는가?(國無民, 豈有四政?)"[530]라고 말했다. 고대 사상가와 정치가들의 군민(君民)관계에 대한 사고에도 인민성에 대한 견해가 많이 있다. 그들은 하늘이 백성을 내리고 그들을 위해 군주와 스승을 내렸다고 주장했다. "하늘이 백성을 탄생시켰으나 임금을 위한 것이 아니다. 하늘이 임금을 세운 것은 백성을 위해서이다.(天之生民, 非為君也. 天之立君, 以為民也.)"[531] 한 나라의 임금으로서 널리 은혜를 베풀어 뭇 사람을 구제하고 중생을 널리 사랑해야 하는 책임만 있을 뿐 천자의 위엄으로 신하와 백성에게 포악무도하게 굴 권력은 없다. "나라의 기반으로서의 민중, 나라 권력의 상징으로서의 수호신, 나라의 최고 통치자로서의 군주"라는 3자의 지위 문제에서 맹자는 "백성은 존귀하고, 사직은 그 다음이며, 임금은 가볍다.(民為貴, 社稷次之, 君為輕.)"[532]라고 주장했다. 민귀군경(民貴君輕)론은 민중의 가치가 임금의 가치보다 높다는 의미가 아니라 백성이 나라보다 귀중하고 나라가 임금보다 귀중하다는 의미이며, 민중이 나라의 존속과 군권의 강약에 결정적인 역할을 한다는 뜻이다. 임금이 나라를 안정시키고 권위를 공고히 다지려

---

530) 『잠서·명감(潛書·明鑒)』
531) 『순자·대략(荀子·大略)』
532) 『맹자·진심하』

면 민의를 중히 여기고 어진 정치를 펴며 민심을 얻어야 한다. 순자의 후대이며 동한(東漢)시기의 사상가인 순열(荀悅)이 맹자의 민귀군경론을 명백하게 주장하였으며, 백성을 중히 여기는 것과 사직을 지키는 것, 천명을 받는 것 간의 관계에 대하여 더욱 명확하게 서술했다. "백성이 섬기는 임금은 천명을 받아 백성을 보살피는 것이다. 백성이 있으면 사직이 있고 백성이 망하면 사직도 망한다. 고로 백성을 중히 여기는 자여야만 사직을 중히 여길 수 있으며 천명을 받을 수 있는 것이다.(人主承天命以養民也, 民存則社稷存, 民亡則社稷亡. 故重民者, 所以重社稷而承天命也.)"[533] 명·청 시대의 뛰어난 사상가인 황종희(黃宗羲)는 이른 시기 군주전제에 저항하여 자신의 권리를 쟁취하려고 하였던 시민계층의 소원과 요구를 반영하고 원시사회의 원시 공유제와 민주적인 유풍을 회고하면서 "천하는 주인이고 임금은 손님이다(天下爲主, 君爲客)"[534]라는 유명한 관점을 제기했다. 그는 임금과 백성, 일가족 한 성씨의 사사로운 이익과 천하 만민의 공공의 이익을 사유의 양극으로 삼아 "천하의 모든 이익을 죄다 자신에게 돌리고 천하의 모든 해로운 것을 죄다 남에게 돌리며(以天下之利盡歸於己, 以天下之害盡歸於人)", "천하 백성의 뼛골을 발라내어 수탈하고 천하 백성의 부모와 자녀를 이산시키며 나 일개인의 향락만을 탐하는(敲剝天下之骨髓, 離散天下之子女, 以奉我一人之淫樂)"[535] 전제군주를 비난했다. 그는 세상 사람들에게

533) 『신감·잡언상(申鑒·雜言上)』
534) 『명이대방록·원군(明夷待訪錄·原君)』
535) 『명이대방록·원군』

이로운 일이면 일으킬 수 있도록 돕고 세상 사람들에게 해로운 것이면 제거하면서 평생을 세상 사람들을 위하는 고대의 임금을 그리워하였으며 천하 만민을 위하는 것을 목적으로 하고 천하의 공공의 이익과 만민의 슬픔과 기쁨을 사회의 치세와 난세, 천하의 흥망을 판단하는 근본적인 기준으로 삼았다. 고대의 진보적 사상가와 정치가들은 또 임금은 백성에 의해 존재하고 또 백성에 의해 멸망한다는 도리를 깊이 인식하고 있었다. 공자는 임금과 백성의 관계를 마음과 몸, 배와 강물에 비유하면서 다음과 같이 설명했다. "백성은 임금을 마음으로 삼고 임금은 백성을 몸으로 여긴다. 마음이 장중하면 몸이 편안함을 느끼고 마음이 엄숙하면 그 용모도 사람들로부터 존경을 받게 된다. 마음이 건전하면 몸도 평온하고 안정된 상태에 처하게 되고 군주가 착하면 백성은 반드시 그를 임금으로 섬기고 싶게 된다.

마음은 몸이 있음으로 완벽하고 또 몸 때문에 상처를 입는다. 임금은 백성에 의해 존재할 수 있고 또 백성에 의해 멸망할 수 있다.(民以君爲心, 君以民爲體. 心莊則體舒, 心肅則容敬. 心好之, 身必安之; 君好之, 民必欲之. 心以體全, 亦以體傷. 君以民存, 亦以民亡.)"[536] "임금은 배이고, 백성은 강물이다. 강물은 배를 띄울 수도 있고 배를 뒤집을 수도 있다.(君者, 舟也; 庶人者, 水也, 水則載舟, 水則覆舟.)"[537] 맹자는 민심에 순응하고 어질고 바른 정치를 펴는 것을 민심을 얻고 천하를 얻는 결정적인 조건으로 삼았다. 그는 이렇게 말했다. "하왕(夏王) 걸(桀)과 상왕(商王)

---

536) 『예기·치의(禮記·緇衣)』
537) 『순자·애공(荀子·哀公)』 인용.

주(紂)가 천하를 잃은 것은 그들이 백성을 잃었기 때문이다. 백성을 잃은 것은 그들이 민심을 잃었기 때문이다. 천하를 얻는 데는 방법이 있다. 백성을 얻으면 천하를 얻을 수 있다. 백성을 얻는 데는 방법이 있다. 민심을 얻으면 백성을 얻을 수 있다. 민심을 얻는 데는 방법이 있다. 그들이 원하는 것을 모아서 주고 그들이 싫어하는 것은 억지로 시키지 않는 것, 이뿐이다. 백성이 어진 것에 향하는 것은 마치 물이 낮은 곳으로 흐르고 들짐승이 넓은 벌판으로 달려가는 것과 마찬가지이다.(桀紂之失天下也, 失其民也; 失其民者, 失其心也. 得天下有道: 得其民, 期得天下矣; 得其民有道: 得其心, 斯得民矣; 得其心有道: 所欲與之聚之, 所惡勿施, 爾也. 民之歸仁也, 猶水之就下, 獸之走壙也)"[538] 가의도 백성은 만세(萬世)의 근본이요, 민심은 모욕해서는 안 되는 것이요, 백성의 힘은 전승할 수 없는 것이요, 치국안민에 있어서 신중하고 삼가야 한다고 통치자들을 타일렀다. 그는 이렇게 말했다. "백성은 만세의 근본이요, 모욕해서는 안 된다. 지식인을 소홀히 여기고 백성을 괴롭히는 자는 아둔한 자이고 지식인을 존중하고 백성을 아끼는 자는 지혜로운 자이다. 어두운가 지혜로우가 하는 것은 지식인과 백성이 정하는 것이다. 그러므로 백성은 대가족이므로 백성을 두려워하지 않으면 안 된다. 그러므로 백성은 막강한 힘을 갖추었으므로 적으로 돌려서는 안 된다.…백성을 적으로 돌리는 자는 반드시 백성에게 패하게 된다.(夫民者, 萬世之本也, 不可欺. 凡居於上位者, 簡士苦民者是謂愚, 敬士愛民者是謂智. 夫愚智者, 士民命之也. 故夫民者, 大族也, 民不可不畏也. 故夫民者, 多

---

538) 『맹자·이루상(孟子·離婁上)』

力而不可適也,…與民爲敵者, 民必勝之.)"**539** 총적으로 백성은 임금과 나라
의 근본이고 민심의 향배가 나라의 흥망성쇠와 임금의 존망을 결정
짓는다. 이는 역대의 진보적 사상가와 개명한 정치가의 공동 인식이
다. 셋째, 덕으로 나라를 다스리고 민심을 안정시키며 백성을 어질고
자애롭게 대해야 한다. 관자(管子)는 "맑고 깨끗한 정치가 천하에 행
해지게 하려면(欲修政以干時天下)"**540** 반드시 백성을 아끼는 마음으로 백
성의 사정과 형편을 돌보아야 하며 민중의 고통에 관심을 기울여야
한다고 주장했다. 공자는 통치자들에게 자신이 수양을 쌓아 백성을
안정시킬 것을 요구하면서 "자기 자신이 수양을 닦아 백성을 안정시
켜야 한다."**541**라고 말했다. 그는 자신도 바로서고 남도 바로세우며 자
신도 출세하고 남도 출세하도록 하는 어진 이의 흉금으로 나라를 다
스리고 정사를 돌보며 널리 은혜를 베풀어 뭇 사람을 구제할 것을 주
장했다. 맹자도 "군자의 직책은 자신이 수양을 쌓아 천하를 태평하
게 하는 것(君子之守, 修其身而天下平)"**542**이라면서 여러 나라 제후들에게
"남을 동정하여 보살피는 마음으로 남을 동정하는 어진 정치를 펼
것(以不忍人之心, 行不忍人之政)"**543**을 호소했다. 그리고 "임금이 어진 정
치를 행하면 이들 백성들은 저들의 상급자를 가까이 하게 되어 그들
을 위해 기꺼이 목숨을 바칠 것(君行仁政, 斯民親其上, 死其長矣)"**544** 이

---

539) 『신서·대정(新書·大政)』
540) 『관자·소광(管子·小匡)』
541) 『논어·헌문(論語·憲問)』
542) 『맹자·진심하』
543) 위의 책.
544) 『맹자·량혜왕하(孟子·梁惠王下)』

다. "임금이 백성의 기쁨을 기쁘게 생각하면 백성 또한 임금의 기쁨을 기쁘게 생각할 것이고, 임금이 백성의 근심을 걱정하면 백성 또한 임금의 근심을 걱정하게 된다. 천하 사람의 기쁨을 기쁘게 생각하고 천하 사람의 근심을 걱정하는 데도 천하의 백성을 귀순시킬 수 없고 복종시킬 수 없는 경우는 본 적이 없다.(樂民之樂者, 民亦樂其樂; 憂民之憂者, 民亦憂其憂. 樂以天下, 憂以天下, 然而不王者, 未之有也.)"[545] 정치를 하는 것은 백성을 섬기고 민심을 얻는 것으로서 백성과 동고동락하는 것은 역사상의 개명한 정치가들이 받들어 지키는 원칙이다. 북송(北宋)시기의 범중엄(范仲淹)은 "천하 사람들이 걱정하기에 앞서 걱정하고 천하 사람들이 기뻐한 다음에 기뻐할 것(先天下之憂而憂, 後天下之樂而樂)"이라는 뜻을 품었는바 이는 더 드넓은 흉금과 더 높은 품격을 갖춘 것이다. 이른바 덕으로 나라를 다스리고 정치를 함에 있어서 민심을 얻는 가장 근본적인 것은 바로 백성의 특성에 따르고, 민심에 순응하며, 인민의 생명 안전을 보호하고, 인민에게 적절한 물질적 이익을 가져다주며, 인민에 대한 도덕 교화를 진행함으로써 그들이 임금을 생전에는 잘 섬기고 사후에는 정중하게 장사지냄에 유감이 없도록 하고, 거듭 날 때 죄가 두려워 위험을 무릅쓰지 않도록 하며, 조정에 대항하고, 반역을 꾀하지 않도록 하는 것이다. 고대 민본사상은 국가와 사회생활에서 기반이 되는 인민의 지위와 중요한 역할을 확인하였으며, 민중의 막강한 힘을 보고 통치자에게 인민의 생존 권리를 존중하고, 인민을 아끼고 인민을 이롭게 하며, 인민을 돌보고 인민의 마

---

545) 위의 책.

음을 얻으며 인민을 교화하는 정치적 방략을 실행할 것을 요구햇다. 민본사상의 관철과 실행은 일정한 정도에서 인민의 부담을 경감하고 전제정치와 폭정을 약화시켰으며, 사회의 번영과 진보를 촉진시켰다. 이는 민본사상이 갖고 있는 인민성 요소와 진보적 의미이다. 그러나 민본주의는 봉건주의 사상체계에 속하는 것인 만큼 전제정치에 대한 보충이다. 민본주의는 백성을 중심으로 하는 것이 아니라 군주를 중심으로 하며 백성을 중히 여기고, 백성을 이롭게 하며, 백성을 보살피고, 백성의 마음을 얻는 것은 그저 수단에 불과할 뿐 임금을 떠받들고, 나라를 안정시키며, 임금의 지위와 전제정권의 통치를 공고히 하는 것이 최종 목적이다. 역사적으로 성군과 현상(賢相, 어진 재상-역자 주)도 백성을 다만 피동적인 객체로 간주하여 동정하고 연민하였으며 은혜를 베풀었을 뿐 민중이 사회 역사 활동의 주체로 자신의 권익을 위해 투쟁할 것을 주장하지 않았기 때문에, 또 민주의식의 성장과 민주정치의 진척을 저해했다. 이는 민본주의의 낙후하고 소극적인 일면이다. 역사문화전통은 철저히 포기하거나 모조리 제거할 수 없는 것이다. 근대에 들어선 후 선진적인 중국인은 바로 중국 고대의 민본사상을 기정 사유의 틀로 삼아 서양에서 전해져 들어온 민주주의사상에 대해 이해하고 소화하였으며, 새로운 사상적 차원에서 전통적인 민본사상에 대해 비판하고 개조했다.

5.4운동 전과 후 리다자오 등 중국 조기 마르크스주의자들은 무산계급혁명의 시대정신을 반영하고 "노동은 신성하고 주권은 민중에게 있다"는 선명한 기치를 내세웠다. 마오쩌둥 등 중국공산주의자들은

민본사상 중의 인민성 요소에 대해 비판적으로 계승하고, 인민혁명과 인민주권의 시대적 맥박을 파악하였으며, 중국사회의 발전법칙을 통찰하고 인민대중을 사회운동의 주체와 목적으로 간주하였으며, 인민대중에 긴밀히 의지하여 경제·정치·문화·사회 등 여러 분야에서 인민대중의 권리를 쟁취하기 위해 투쟁했다. 전심전력으로 인민을 위해 봉사하는 것을 인생의 목표로 삼은 것은 오래된 민본사상과 현대 민주관념이 서로 융합된 산물이며 중국공산당과 그가 이끄는 혁명과 건설 실천 경험의 결정체이다.

2. 인민은 목적과 수단의 통일체

전심전력으로 인민을 위해 봉사하는 것은 중국공산당의 근본 취지이며, 마오쩌둥을 걸출한 대표로 하는 중국공산주의자들의 확고한 인생 목적이다. 이에 대해 마오쩌둥은 여러 역사시기를 거치며 많은 논술을 했다. 1944년에 그는 「인민을 위해 봉사하자」라는 제목의 유명한 연설에서 "우리 공산당과 공산당이 이끄는 팔로군·신사군은 혁명적인 대오이다. 우리 이 대오는 전적으로 인민을 해방시키기 위한 대오이며, 철저하게 인민의 이익을 위해 일하는 대오이다."[546] 1945년에 그는 인민군대의 취지에 대해 언급하면서 다음과 같이 말했다. "이 군대가 막강한 힘을 가질 수 있는 것은 이 군대에 참가한 모든 사람이 자각적 기율성을 갖추었기 때문이다. 그들은 소수인 혹은 협애한 집단의 사사로운 이익을 위하는 것이 아니라 광범위한 인민대중의 이

---

546) 『마오쩌둥선집』 제3권, 앞의 책, 1004쪽.

익을 위하여, 전 민족의 이익을 위하여 결성되었고 전투하고 있다. 중국인민과 확고하게 한편에 서서 전심전력으로 중국인민을 위해 봉사하는 것은 이 군대의 유일한 취지이다."[547] "전심전력으로 인민을 위해 봉사하면서 한 시각도 대중을 이탈하지 않으며, 개인 혹은 소집단의 이익에서 출발하지 않고 모든 것은 인민의 이익에서 출발하며, 인민에 책임을 지는 것과 당의 지도기관에 책임지는 것의 일치성, 이런 것이 우리의 출발점이다."[548] 1957년 3월 19일 마오쩌둥은 지난(濟南) 당원간부회의에서 다음과 같이 재차 강조했다. "공산당은 분투하고자 하며 전심전력으로 인민을 위해 봉사하고자 한다. 인민을 위해 봉사하는 마음이 절반, 혹은 3분의 2만 차지하는 것은 허용할 수 없다. 혁명적 의지가 쇠퇴한 이는 정풍을 거쳐 다시 분발해야 한다."[549] 마오쩌둥을 대표로 하는 중국공산주의자들은 인민대중을 가치의 주체로 간주하고 인민을 위해 봉사하는 것을 인생의 목적으로 삼았다. 그래서 인민대중은 목적의 담당자이다. 마오쩌둥을 대표로 하는 중국공산주의자들은 또 인민대중을 실천의 주체로 간주하였으며, 인민대중의 이익·권리·복지는 오로지 인민대중 스스로 쟁취해야지 성현 호걸이 베풀어 주는 데 의지하여서는 안 된다고 주장했다. 그렇기 때문에 인민대중은 또 목적의 실현자이다. 목적과 수단, 목적의 운반자와 실현자는 통일된 것이며 '모든 것은 대중을 위한 것'과 '모든 것은 대중

---

547) 위의 책, 1039쪽.
548) 위의 책, 1094~1095쪽.
549) 『마오쩌둥문집』 제7권, 앞의 책, 285쪽.

에 의지하는 것'은 일치한 것이다. 인민을 위해 봉사하는 인생의 목적을 확고하게 수립하기 위하여 마오쩌둥은 '인민대중이 역사를 창조한다'는 유물사관에 따르고 대중을 믿고 대중을 존중하며 대중을 선전하고 대중을 조직할 것을 공산주의자들에게 요구했다. 이에 따라 인생의 목적을 과학적 이론의 토대 위에 올려놓았으며, 현실적 실천 활동 속에 구체화했다. 인민대중은 사회의 중견세력이며 역사의 창조자이다. 인류의 물질 생산 활동은 가장 기본적인 실천 활동이며, 모든 활동을 결정지을 수 있다. 물질 생산과 노동은 인류가 동물계에서 분화되어 인류사회를 구성할 수 있도록 하였으며, 인류사회가 존재하고 지속되며 발전할 수 있는 물질적 토대를 마련했다. 그리고 노동대중은 물질 생산의 주체 세력이며, 물질 재부의 창조자이다. 사회 발전의 역사는 우선은 물질 자료 생산의 발전사이고, 아울러 물질 자료 생산자로서의 노동대중의 역사이기도 하다. 노동대중은 또 정신적 재부의 생산자이기도 하다. 노동대중의 물질 생산 활동은 정신문화의 창조 활동을 위한 물질적 전제를 마련하였으며, 노동대중의 물질 생산 활동과 기타 사회 활동은 모든 정신적 재부의 원동력이다. 인류사회의 과학문화는 노동에 종사하는 지식인이 인민대중의 실천 경험을 토대로 개괄하고 총결해낸 것이다. 그들은 사회의 중견과 역사의 주체로서 사회의 평화적 발전 변화와 혁명 변천을 결정짓는다. 인민대중의 이익과 염원 및 요구에 부합하느냐 여부와 인민의 찬성과 이해 및 지지를 받을 수 있느냐의 여부가 모든 역사 활동의 성패를 결정짓는다. 마오쩌둥은 바로 인민대중의 사회 지위와 역사적 역할에 대한 깊은 인식을 바탕으로 "역사는 인민이 창조하는 것,"[550] "인민, 오로지 인민만이 세계 역사를 창조하는 동력이다."[551]라고 지적했다.

대중을 믿고 대중을 존중해야 한다. 이른바 대중을 존중한다는 것은 첫 번째는, 대중의 이익을 존중해야 함을 가리킨다. 인민의 이익을 최우선으로 간주해야 하며 인민의 이익을 공산주의자가 문제를 고려하는 출발점과 입각점으로 삼아야 한다. 마오쩌둥은 "공산주의자의 모든 언론과 행동은 반드시 가장 광범위한 인민대중의 최대 이익에 부합해야 하며 가장 광범위한 인민대중의 지지를 받을 수 있는 것을 최고의 기준으로 삼아야 한다는 사실을 매 동지가 분명히 알도록 해야 한다."[552]라고 말했다. 두 번째는, 모든 언행이 인민의 이익에 부합하도록 하려면 반드시 대중의 의견을 존중해야 한다. 대중의 의견과 경험을 우리가 정책을 제정하는 토대로 삼아야 한다. 왜냐하면 인민이 우리에게 많은 일을 가르쳐주기 때문이다. 우리의 임무는 바로 그들의 말에 따르고 그들의 경험과 염원 및 비평에 대해 학습하고 이해하며, 그들이 필요로 하는 것들을 확정하고 종합한 뒤 정책으로 그들에게 되돌려주는 것이다. 세 번째는, 인민대중의 개척정신을 존중해야 한다. 마오쩌둥은 "대중에게는 위대한 창조력이 있다."[553] "우리는 인민에 의지하고 인민대중의 창조력이 무궁무진하다는 것을 확고하게 믿으며, 그래서 인민을 신뢰하고 인민과 함께 한다면 그 어떤

---

550) 『마오쩌둥 서신 선집』, 앞의 책, 222쪽.
551) 『마오쩌둥선집』 제3권, 앞의 책, 1031쪽.
552) 위의 책, 제3권, 1096쪽.
553) 위의 책, 933쪽.

어려움도 다 극복할 수 있으며, 그 어떤 적도 우리를 무너뜨릴 수 없고, 우리에게 압도당할 수밖에 없을 것이다."[554]라고 주장했다. 그는 인민대중의 개척정신을 존중하고 인민대중의 입장에 확고하게 서서 인민대중의 혁명 열정과 역사적 주동성을 보호하고 이끌어 줄 수 있도록 주의를 기울이며, 신제도·신사상·신도덕·신인격이 싹틀 수 있도록 아끼고 양성할 것을 전 당 동지들에게 거듭 타일렀다. 마오쩌동이 인민대중의 이익과 의견 및 창조정신을 진심으로 존중할 수 있었던 것은 인민대중에 대한 신뢰를 사상 토대가 삼았기 때문이다. 그는 "우리는 마땅히 대중을 신뢰해야 하고 당을 신뢰해야 한다. 이는 두 가지 근본적인 원리이다. 만약 이 두 가지 원리에 회의를 느낀다면 아무 일도 성사시키지 못할 것이다."[555] 마오쩌동은 대중이 뛰어난 총명과 재질을 갖추었다고 믿었다. 그는 "중국인민들 중에는 참으로 수천수만을 헤아리는 '제갈량'이 있다…우리는 대중들 속으로 들어가 대중들로부터 배우고 그들의 경험을 종합하여 더 훌륭하고 조리 있는 도리와 방법으로 만들어 다시 대중들에게 알려주며(선전) 또 대중에게 실행하도록 호소하고, 대중의 문제를 해결하며 대중을 해방시키고 행복해지도록 해야 한다."[556]고 주장했다. 마오쩌동은 인민대중의 자아의식의 형성과 발전은 하나의 과정이라고 주장했다. 인민대중은 자연과 사회의 이중 압박을 받으면서 운명을 맹신하고 우상을 숭

---

554) 위의 책, 1096쪽.
555) 위의 책, 제6권, 423쪽.
556) 위의 책, 제3권, 933쪽.

배하여 왔다. 그러나 실천의 발전과 혁명운동의 심입 전개에 따라 그
들은 언젠가는 우매함과 낙후함의 쇠사슬을 떨쳐버리고 자신의 계급
이익과 사회 지위에 대해 인식하게 될 것이며, 혁명적 정당의 지도하
에 자유와 해방의 길에서 용감하게 앞으로 돌진할 것이다. 그가 말
했다. "부처는 농민들이 받들어 세운 존재로서 일정한 시기에 이르면
농민들은 자기 두 손으로 그 부처들을 내다버릴 것이니 다른 사람이
미리 앞질러 부처를 대신 버려줄 필요는 없다. 이에 대한 공산당의 선
전 정책은 '일깨우고 유도하는 것이다.(引而不發, 躍如也)' 부처는 농민
들 스스로 내다버려야 하고 열녀사·절효문은 농민들 스스로 부숴버
려야 하며, 다른 사람이 대신하는 것은 맞지 않다."[557] 마오쩌둥은 대
중의 힘을 믿었으며, 진심과 성의를 다해 혁명을 지지하는 수천수만
의 대중을 진정한 철옹성이라고 부르면서 대중의 지지만 얻을 수 있
다면 혁명과 건설 사업은 승리하지 못할 리가 없다고 주장했다. 대중
을 존중하려면 반드시 대중과 밀접히 연결하고 당과 대중, 간부와 대
중의 관계, 군인과 민중의 관계를 잘 처리해야 하며 인민과 동고동락
하면서 고난을 함께 이겨내야 한다. 반드시 대중에 의지하고 대중을
동원하여 대중 스스로 자체의 문제를 해결하도록 해야 한다. 반드시
대중의 목소리에 귀를 기울이고, 민생의 질고를 헤아리며, 실제적으
로 대중을 위해 이익을 도모해야 한다. 마오쩌둥은 다음과 같이 말
했다. 대중의 지지를 얻으려면 "반드시 대중과 함께여야 하고 반드시
대중의 적극성을 동원해야 하며 반드시 대중의 아픔과 가려움에 관

---

557) 위의 책, 제1권, 33쪽.

심을 기울여야 하고 반드시 진심과 성의를 다해 대중을 위해 이익을 도모하며 대중의 생산과 생활 문제를 해결해야 한다. 소금 문제, 쌀 문제, 집 문제, 입는 문제, 아이를 낳는 문제까지 대중의 모든 문제를 해결해야 한다. 우리가 그렇게 한다면 대중들은 반드시 우리를 지지할 것이며, 혁명을 자신들의 목숨처럼 여길 것이고, 혁명을 자신들의 무한한 영광스러운 기치로 여길 것이다."[558] 이와 반대로 "만약 지방에서 일하는 우리 동지가 대중을 이탈하여 대중의 정서를 헤아리지 못하고, 대중을 도와 생산을 조직하고 생활을 개선할 대신 그들로부터 나라를 구할 것과 공출미를 요구할 줄만 알 뿐, 먼저 90%의 심혈을 기울여 대중을 도와 그들 '백성을 구제하는 것과 개인 식량' 문제를 해결한 다음 다만 10%의 정력만으로도 나라를 구하는 것과 공출미 문제를 해결할 줄을 모른다면, 그것이야말로 국민당의 기풍에 물들고 관료주의 때가 묻은 것이다."[559]

대중에 의지하고 대중을 이끌어야 한다. 마오쩌동은 대중의 이익을 존중하였고 대중의 힘을 믿었다. 그는 인민대중이 압박과 전제통치에서 벗어나 진정한 해방을 얻으려면 성현의 베풂에 의지하여서는 안 되며, 오로지 자신의 힘에 의지하여 독립적, 자발적으로 용감하게 투쟁해야 한다고 주장했다. 국민혁명시기에 마오쩌동은 가난한 농민을 농촌혁명의 중견세력이요, 봉건세력을 무너뜨리는 선봉이라고 찬양하였으며, 중국의 신민주주의혁명이 실질적으로는 무산계급 및 그

---

558) 위의 책, 제1권, 138~139쪽.
559) 위의 책, 제3권, 933쪽.

정당이 이끄는 농민혁명이라고 주장했다. 항일전쟁시기에 일본제국주의 침략에 직면하여 마오쩌둥은 "전쟁의 거대한 힘의 가장 깊은 근원은 민중들 속에 존재한다"[560]면서 진심으로 혁명을 지지하는 대중은 뚫을 수 없는 진정한 철벽이라고 지적했다. 사회주의 건설시기에 그는 대중들에게 거대한 사회주의적 극성이 깃들어 있다고 주장하면서 "그들이 스스로 자기 운명을 결정하고, 또 마르크스·레닌주의 노선이 존재하며, 문제를 회피하지 않고 적극적인 자세로 해결하는 한 이 세상의 그 어떤 어려움도 모두 해결할 수 있을 것"[561]이라고 말했다. 대중이 자신의 이익을 깨우칠 수 있고, 자기 스스로를 해방시킬 수 있는 힘을 갖추었다고 믿는다고 하여 원칙이 없이 대중의 모든 자발적인 경향을 숭배하고 대중의 낙후한 정서에까지 타협해야 하는 것은 아니다. 마오쩌둥은 무산계급정당 및 그 지도자가 대중에 대해 정치적, 사상적, 조직적으로 이끄는 것을 크게 중시했다. 그는 "위대한 혁명을 이끌려면 위대한 당이 있어야 하고 많은 훌륭한 간부가 있어야 한다."[562]라고 말했다. 무산계급정당 및 그 지도자는 정치적으로 가장 광범위한 인민대중의 근본 이익을 대표해야 하며, 인민대중의 당면한 이익과 장원한 이익, 국부적 이익과 전체적 이익을 유기적으로 결합시켜 혁명발전의 여러 혁명시기와 단계에 적절하게 임무를 제기하고 올바른 노선과 방침 정책을 제정하며 대중의 투쟁을 위한 방향을 명

---

560) 위의 책, 제2권, 511쪽.

561) 위의 책, 제5권, 227쪽.

562) 『건국 이래 중요한 문헌 선편』 제7권, 앞의 책, 201쪽.

시해야 한다. 그리고 반드시 대중의 투쟁에 필요한 이론을 창설하여 그것을 대중에게 선전하고 대중을 교육하며 대중을 이끌어 공동의 목표를 실현하기 위해 투쟁해야 한다. 대중의 투쟁은 물론 지도자의 지도가 필요하지만 지도자 또한 대중에 의지해야 한다.

그것은 지도자가 대중 투쟁의 산물로서 지도자는 오로지 인민대중의 이익을 대표해야만 인민의 신뢰와 지지 및 애대를 얻을 수 있기 때문이다. 지도자의 총명한 지혜와 뛰어난 재능은 인민대중에게 근원을 두고 있다. 그리고 그들이 제기한 올바른 사상과 그들이 제정한 올바른 노선·방침·정책은 대중의 염원과 요구를 반영한 것이며 대중 실천 경험을 개괄하고 종합한 것이다. 지도자의 올바른 사상은 또 오로지 대중이 이해하고 장악하며 실천해야만 비로소 세계를 개조할 수 있는 막대한 물질적 힘으로 바뀔 수 있는 것이다. 지도자의 역사적 역할 또한 오로지 대중의 투쟁 속에서만 충분히 발휘되고 반영될 수 있다. 바로 지도자와 대중의 이런 변증관계에 대한 깊은 인식을 토대로 마오쩌둥을 대표로 하는 중국공산주의자들은 '모든 것은 대중을 위하여'와 '모든 것은 대중에 의지하여'를 밀접하게 결합시키고 자진하여 인민대중의 '도구'가 되었으며, 인민대중의 이익을 대표하고 그 인격적 매력과 헌신정신으로 인민대중을 단합하고 응집시켰으며, 인민을 이끌고 독립·자유·민주·부강을 이루기 위하여 투쟁했다. 대중을 대하는 태도문제에서 마오쩌둥은 명령주의에 반대해야 할 뿐 아니라 주종주의에도 반대할 것을 주장했다. 대중의 모든 투쟁은 모두 반드시 자발적이어야 하며 자원이어야 한다. 지도자의 책임은 바로 대중들 속에 깊이 파고들어 대중들과 함께하며, 대중의 목소리에 귀를 기울이고, 대중의 각성 정도에 따라 선전과 교육을 진행해야 하며, 대중 자원의 원칙에 따라 대중을 조직하고 이끌어 그때 당시 그 지역 내외 환경이 허락하는 모든 필요한 투쟁을 전개하는 것이다. 대중이 미처 각성하지 못했다면 인내심 있게 기다려주는 한편, 적극적으로 선전하고 교육하여 대중이 자기 이익에 대해 인식하고 자신의 이익을 위해 자원하여 투쟁하기에 이르도록 해야 한다. '명령주의'는 잘못된 것이다. 그것은 '명령주의'가 인민대중의 각성 정도를 벗어난 것이고, 대중의 자발 자원의 원칙에 위배되는 것이기 때문이다. '추종주의'도 잘못된 것이다. 많은 경우에 대중이 지도자의 앞에서 달리고 있으면서 지도자가 저들에게 한 걸음 더 나아갈 수 있는 방향을 가리켜줄 것을 절박하게 요구하고 있다. 만약 지도자가 대중의 각성 정도보다 뒤처져 있어 자기가 미처 알지 못하는 일은 대중도 일절 알지 못할 것이라고 생각하고, 심지어 일부 낙후한 자의 의견을 광범위한 대중의 의견으로 삼으며 낙후한 자의 뒤꽁무니를 좇는다면 우의 오류를 범하게 되는 것이다. 인민의 이익을 최우선 위치에 놓아야 한다. 마오쩌둥은, 공산당원은 개인의 이익을 우선 자리에 놓을 것이 아니라 개인의 이익이 민족과 인민의 이익에 복종해야 한다고 주장했다. 마오쩌둥은 명예를 다투고 이익을 좇으며, 지위를 탐하고 대우를 노리는 개인주의에 반대하면서 열성적으로 일에 몰두하며 사욕을 버리고 공익을 위해 힘쓸 것을 주장하였으며, 대중 위에 군림하여 대중의 고통을 못 본체하는 관료주의에 반대하면서 대중들 속에 깊이 들어가 조사 연구를 진행하며, 대중의 소원과 요구를 반영하고 자발적으로 대중을 위해 이익을 도모할 것을 요구하였으며, 귀족의식과 모든 형태의 특수화에 반대하면서 자기 자녀와 다른 친척들에게 우월감과 특권사상을 없애고 진정으로 인민들 속에서 살아가도록 교육하였으며, 일에 부딪치면 먼저 자기 생각부터 하는 협애한 의식에 반대하면서 다른 사람들이 걱정하기에 앞서 걱정하고 다른 사람들이 기뻐한 다음에 기뻐하며 고생은 먼저, 누리는 것은 후에, 혁명·일·타인을 우선 자리에 놓을 것을 제창했다. 마오쩌둥은 중국인민 나아가서 전인류의 진보 발전에 비할 바 없는 공헌을 하였지만, 그는 스스로 공로가 있다고 여기지도 않았고 교만하지도 않았으며, 검소하게 살면서 매우 절약했다. 마오쩌둥은 자기 개인의 소아를 초월하여 인민의 대아에 융합된 인물이다. 그는 생전에는 인민의 진심 어린 애대를 받았으며 별세한 지 오래 된 후에도 인민들은 여전히 그의 위대한 공적을 기리고 그의 인격과 품격을 추억하고 있으며, 그를 이상적인 인격의 상징과 진심으로 감복하는 우상으로 삼고 있다. 마오쩌둥은 인민들 속에서 나온 지도자로서 풍부한 심리 세계를 가지고 있다. 그는 인민을 깊이 사랑하고, 인민에게 무한한 관심을 기울였으며, 인민과 마음이 서로 이어져 있고, 한 마음 한 뜻이 되었다. 이는 그가 인민을 이끌고 자유와 해방을 얻기 위해 진행한 역사 활동에서 반영될 뿐 아니라 평범한 작은 일에서도 반영되었다. 마오쩌둥의 비서를 맡았던 팡센즈(逄先知)는 다음과 같이 회억했다. "마오쩌둥은 인민이 보낸 편지를 크게 중시했다. 그는 1951년 5월 16일 대중에게서 온 편지에 대한 처리 의견을 청취하는 중공중앙 판공청 비서실의 보고서에 다음과 같이 썼다. '인민의 편지를 반드시 중시해야 하며, 인민에게서 온 편지에 대해서 적절하게 처리해야 한다. 대중의 정당한 요구를 만족시켜주어야 한다. 그 일을 공산당과 인민정부가 인민과의 연계를 강화하는 방법으로 간주해야 하며, 경솔하게 대하거나 못 본 체하는 관료주의 태도를 삼가야 한다."[563] 인민을 위해 일하지 않는 자는 공산당원이라고 할 수 없다. 마오쩌동은 평생 가난한 백성의 울음소리를 듣는 것이 제일 힘들고, 그들이 고생하는 것을 보면 저도 모르게 눈물이 난다고 자술했다. 1950년 여름 안훼이(安徽)와 허난(河南) 접경지대에 큰비가 내려 화이베이(淮北)지역이 심각한 재해를 입었다. 마오쩌동은 전보를 통해 거센 물살에 이재민들이 미처 대피하지 못하여 어떤 사람들은 나무 위에 기어 올라갔다가 발을 헛디디어 물에 빠졌고, 어떤 사람들은 나무 위에서 독사에게 물려 사망하였으며, 또 어떤 사람들은 작은 배가 큰 물결에 뒤집혀 물에 빠져 죽었다는 소식을 접하고는 슬픈 눈물을 금치 못했다. 마오쩌동은 인민을 구제하고 경제를 발전시키기 위하여 화이허(淮河)에 대한 근본적인 치수를 제안했다. 1950년대 말에서 60년대 초에 나라 경제가 가장 어려웠던 날에 마오쩌동은 전국 인민과 함께 기아와 추위에 견디면서 스스로 고기를 먹지 않고 계란을 먹지 않으며 식량은 정량을 초과하지 않는다는 규정을 내렸다. 어떤 날은 하루 종일 일하면서 고작 쇠비름이나 시금치볶음 한 접시만 먹곤 했다. 노동인민에 대한 마오쩌동의 두터운 감정

---

563) 『마오쩌동과 그의 비서 톈자잉(田家英)』, 중앙문헌출판사 1989년 판, 8쪽.

과 인민의 고통을 해결하려는 결심, 인민과 동고동락하는 품격은 그의 신변의 업무인원들에게 뜻깊은 교육이 되었으며, 또 전 당과 전체 인민의 본보기가 되었던 것이다.

3. 대중노선은 인생의 목적을 실현하기 위해 거쳐야 할 길

마오쩌동은 인민대중의 주체적 지위와 역사적 역할에 대해 깊이 인식함과 동시에 변증유물주의 인식론과 역사유물론을 중국혁명과 건설 실천에 창조적으로 적용하여 "대중에게서 얻어서 대중에게로 되돌려주는 지도방법과 업무방법"을 창설하였으며, 인민을 위해 봉사하는 인생의 목표를 실현하기 위한 근본적인 경로를 가르쳐주었다.

> "우리 당의 모든 실제 업무 중에서 올바른 지도에 속하는 것은 반드시 대중에게서 얻어내어 대중에게로 되돌려주는 것이다. 다시 말하면 대중의 의견(분산되고 체계적이지 않은 의견)을 모아(연구를 거쳐 집중된, 체계적인 의견으로 바꾼 뒤) 대중들에게 선전하고 설명하여 대중의 의견으로 바꿈으로써 대중이 따르게 하고 행동으로 나타나게 하며, 대중의 행동을 통해 그 의견들의 정확 여부를 검증하는 것이다. 그런 다음 또 대중들 속에서 모아 또 대중들이 따르게 하는 것이다. 그렇게 무한히 순환하는 과정에서 갈수록 정확하고 갈수록 생생하며 갈수록 풍부해지게 하는 것이다."[564]

---

564) 『마오쩌동선집』 제3권, 앞의 책, 899쪽.

인민대중은 실천의 주체이고 가치의 주체이며 지도자는 인민 이익의 대표자이고 인민의 실제 투쟁의 지도자이다. 지도자는 오로지 대중들에게서 허심탄회하게 배워야 하고, 대중의 이익과 소망 및 요구에 대해 알아야 하며, 대중의 지혜와 실천 경험을 모아 그것을 토대로 분석하고 종합하며, 가공 정리를 거쳐 분산되고 체계적이지 않은 의견을 체계적인 의견으로 바꾸어야만 비로소 문제를 발견하고 문제를 해결할 수 있는 방법을 제기하게 되는 것이며, 대중의 투쟁을 지도할 수 있는 정책을 제정할 수가 있다. 대중에게서 얻어서 민주의 토대 위에서 집중시켜 형성된 지도 의견과 방침 정책은 오로지 대중에게 이해되고 받아들여져 대중의 자발적인 행동으로 바뀌어야만 비로소 세계를 개조하는 물질적 힘으로 전환될 수 있는 것이다. 지도의견의 정확 여부와 인민의 이익에 부합하는지의 여부 또한 오로지 "대중에게 되돌아가는 과정"에서, 그리고 대중의 실제 투쟁 과정에서만 검증을 거치고 판단을 내릴 수 있는 것이다. 지도자는 마땅히 인민에 대해 고도로 책임져야 한다는 정신으로 대중의 의견을 귀담아듣고 실천의 목소리에 귀를 기울여야 하며, 진리를 고수하고 잘못을 바로잡아야 한다. 객관세계의 무한한 풍부성과 대중 실천의 끊임없는 발전으로 인해 지도자는 반드시 객관 사물과 대중 이익의 변화에 순응하여 꾸준히 새로운 인식을 형성하고 새로운 임무를 제기하며 새로운 정책을 제정함으로써 인민의 사업을 꾸준히 앞으로 떠밀고 나가야 한다. 당의 대중 관점과 대중 노선의 창립은 당의 지도간부와 정부 업무인원이 대중과 밀접히 연결하고 불량 기풍을 극복할 수 있는 가장 근본적인 원칙을 마련했다. 인민대중의 역사 활동을 조직하고 조율하며 인민에 반대하는 적대세력에 저항하고 진압하며 인민의 이익이 침해를 받지 않도록 보호하기 위하여 마오쩌동은 인민이 주권을 장악한 국가 정권을 수립하여 인민이 주인이 되어 국가 관리와 사회의 여러 가지 활동에 참가하며 당의 지도간부와 국가 업무인원의 활동을 감독하여 그들이 인민의 공복이 되어 청렴하고 부지런하며 충성을 다하여 전심전력으로 인민을 위해 일하고, 인민을 위해 이익을 도모할 수 있도록 지지할 것을 주장했다. 국가정권은 통치계급의 이익을 가장 뚜렷하게 반영한다. 인민의 정권을 수립하여 광범위한 인민이 통치계급이 되도록 해야 한다는 마오쩌동의 주장은 전심전력으로 인민을 위해 봉사하고 성의를 다해 인민을 위해 봉사해야하는 근본적인 요구이다. 중국공산당과 마오쩌동은 토지혁명전쟁시기에 노동자·농민·도시 소자산계급이 연합하여 독재를 실행하는 정권을 수립할 것을 주장하였으며, 항일전쟁시기에는 일본제국주의 침략으로 인해 국내 계급관계에 일어난 새로운 변화에 맞춰, 항일민족통일전선을 수립하고 전 민족항일전쟁을 실행해야 하는 수요에 적응하여 무산계급이 이끄는, 또 모든 반제국주의 반봉건적 인구가 연합하여 독재를 실행하는 신민주주의공화국을 수립할 것을 주장했다. 그리고 사회주의 혁명과 건설시기에는 노동자계급이 이끄는, 노동자와 농민의 연맹을 토대로 하는 인민민주주의 독재정권을 수립할 것을 주장했다. 여러 역사시기에 수립한 인민정권에서는 인민이 주체였으며 그 기능은 모두 인민을 보호하고 인민을 교육하며 인민을 이끌어 사회주의·공산주의의 큰 목표를 향해 나아가기 위한 것이었다. 마오쩌둥은 국가의 모든 권리는 인민에게 속하는 것이고, 인민에게 는 정치와 경제 및 기타 사회활동을 관리할 수 있는 권리가 있고, 정 부 업무인원을 감독할 수 있는 권리가 있으며, 공산당은 민족을 위 해, 인민을 위해 이익을 도모하는 정당으로서 인민을 위해 행복을 도 모하는 것을 근본 취지로 삼으며, 인민의 이익을 제외하고 그 자신은 아무런 사리사욕도 도모할 것이 없다고 주장했다. 공산당은 또 마땅 히 인민의 감독을 받아야 하며, 인민의 이익과 의지를 벗어나는 것은 절대 허용할 수 없다. 민주를 발양할 수 있는지, 그리고 인민의 감독 을 자발적으로 받아들일 수 있는지의 여부는 공산당과 사회주의국가 의 생사존망과 연결된다. 1945년 7월 4일 마오쩌둥은 국(국민당)·공 (공산당) 양당 합작을 추진하고자 옌안을 방문한 국민당 참정원 황옌 페이(黃炎培)등 이들과 무릎을 맞대고 앉아 긴 대화를 나누었다. 마오 쩌둥이 황옌페이에게 며칠 동안 옌안을 답사한 느낌이 어떠냐고 물었 다. 이에 황옌페이는 다음과 같이 솔직하게 말했다.

> "내 생에 60여 년간 귀로 들은 것은 제쳐놓고 직접 본 것만 놓고 말하더라도 그야말로 '역대 왕조는 그 창조와 번영의 기 세가 당할 수 없을 만큼 거세찼을 뿐 아니라, 그 멸망 또한 순식간에 들이닥치는 것(其興也浡焉, 其亡也忽焉)'이라고 할 수 있습니다.[565] 한 사람, 한 가정, 한 단체, 한 지역, 나아가 한

---

565) 『좌전·장공11년(左傳·莊公十一年)』.

나라에 이르기까지 그 주기율의 지배력에서 벗어나지 못한 경우는 많습니다. 대체로 초기에는 모두 정신을 집중하여 심혈을 기울이지 않는 일이 없고 열성을 다하지 않는 사람이 없습니다. 어쩌면 그때 당시의 어려움과 고생은 만 번의 죽을 고비를 넘기고 살아남았다고 할 수 있겠습니다. 얼마 지나지 않아 환경이 점차 호전됨에 따라 정신도 점점 해이해지게 됩니다. 어떤 경우에는 긴 시간이 지나면서 자연스레 나태해지게됩니다. 그렇게 소수가 다수로 늘어나고 기풍이 형성되면 아무리 센 힘도 돌려놓을 수 없게 되며 구제할 수 없게 되는 것입니다. 또 지역이 갈수록 확대되는 경우도 있습니다. 지역의확대는 자연적으로 발전하는 경우도 있고, 또 공적에 대한 욕망에 떠밀려 무리하게 발전시키는 경우도 있습니다. 그래서간부 인재가 점점 고갈되어 대처하기 어려운 지경에 이르는반면에 환경은 갈수록 복잡해져 통제력이 취약해지게 되는것이지요. 한 역사에는 '환관이 정권을 장악하고 황제의 권력이 남의 손에 넘어간' 경우도 있고, '정권을 장악하였던 자가그 자리에 있지 않게 됨에 따라 그의 정치적 조치도 정지된'경우가 있으며, '부귀영화를 누리고자 하였지만 결국 지위도명예도 다 잃게 된' 경우도 있습니다. 종합적으로 그 주기율에서 벗어나지 못했던 것이지요. 내가 대략 알아본 바에 따르면중국공산당 여러분은 과거에서 현재에 이르기까지 바로 새로운 길을 찾고, 그 주기율의 지배에서 뛰쳐나오기를 희망하고 있는 것 같았습니다."

    마오쩌둥이 황옌페이에게 대답하면서 자신만만해 하였던 가장 근본적인 근거의 하나가 바로 중국공산당은 그 어떤 사리사욕도 없이 전심전력으로 인민을 위해 봉사하는 데 있었다는 점이었다. 인민에 대한 민주에 의지하면 "거센 번영과 순식간의 멸망"이라는 역사 주기율을 타파할 수 있는 것이다. 물론 인민에 대한 민주의 실현과 "거센 번영과 순식간의 멸망"이라는 역사 주기율의 타파는 장기적이고도 힘겨운 임무이다. 오늘날에 이르러서도 황옌페이의 진심 어린 간언과 마오쩌둥의 금싸라기 같은 말은 여전히 우리가 민주정치를 건설하고 당 기풍을 정돈하며 청렴한 정치를 펼 수 있도록 경계하고 깨우쳐주는 역할을 하고 있다. 마오쩌둥의 사상의식 속에서 인민은 역사의 주체이고 사회와 국가의 주인으로서 마땅히 가장 심각하고 가장 광범위한 의미와 정도에서 주인의 민주자유의 권리를 누려야 한다. 그리고 공산당과 사회주의국가의 정부는 다만 인민이 자기 가치와 목표 및 권리를 실현하는 수단 혹은 매체일 뿐이다. 혁명시기이건 혹은 평화건설시기이건 그는 모두 수단이 목적으로 바뀌는 것과 공복이 권세가로 바뀌는 것을 방지하기 위해 크게 주의했다. 새 중국의 탄생을 앞두고 그는 전 당 동지들에게 교오 자만의 정서, 공신으로 자처하는 정서, 멈춰 서서 진보를 추구하지 않는 정서 및 향락을 탐하여 더 이상 고생스러운 삶을 원하지 않는 정서가 생겨나는 것을 방지하고, 겸허하고 신중하며 자만하지 않고 조급해하지 않으며 악전고투하고 계속 혁명할 것을 타일렀다. 그는 "천하를 개척한 자가 천하를 차지하는" 사상에 대해 호되게 비판하면서 그런 사상을 협애한 소생산 의식이라고 질책했다. 그는 권세를 등에 업고 뇌물을 받아먹고 법을 어기며 인민을 압박하는 극악무도한 나쁜 자와 타락하여 변질한 자들에 대해 반드시 법에 따라 엄히 처리하여 민중의 분노를 잠재울 것을 요구했다. 항일전쟁시기에 혼인을 강요하였으나 성사되지 못하자 산베이공학(陝北公學)의 여학생 류시(劉茜)를 총으로 살해한 황커공(黃克功) 중국인민항일군사정치대학의 제6대 대장을 극형에 처하도록 그가 직접 비준했다. 새 중국 창립 초기에 당과 마오쩌동은 또 부패척결·낭비퇴치·관료주의반대 운동을 일으켜 부패를 단호히 징벌하였으며, 직권을 이용해 공금을 횡령하고 불법 투기로 이익을 취하고 나라의 정책을 파괴하고 노동자를 착취하고 부패 타락하고도 뉘우치지 않는 류칭산(劉青山) 톈진(天津)지방위원회 전 서기와 장쯔산(張子善) 톈진 파출기구 전문요원을 사형에 처했다. 마오쩌동은 스스로 영웅으로 생각하고, 인민을 초개처럼 여기며, 백성의 고통을 무시하고, 거들먹거리는 관료주의자들을 극도로 미워했다. 그는 관료주의 기풍과 인민의 이익 간의 모순은 인민 내부의 모순이지만, 만약 관료주의가 악성으로 발전하거나 혹은 그런 모순에 대한 처리가 적절하지 않을 경우 적아모순으로도 변할 수 있다고 주장했다. 마오쩌동이 인민을 국가의 주체와 목적으로 간주하고 당과 정부를 인민이 자기 이익을 실현하는 수단으로 간주한 것은 마오쩌동사상의 정수이며, 이는 인류 발전사에서 특히 국제공산주의운동사에서 음미할 만한 심원한 이론적 가치와 현실적 의미가 있는 것이다. 그 사상의 정수를 부정하는 것은 작고도 보잘 것 없는 개인주의가 아니면 허위적이고 교활한 정치적 전제주의인 것이다.[566] 짚고 넘어가야 할 것은 마오쩌둥이 대중을 위하고 대중과 연결시키며 관료주의를 근절하는 것을 당의 지도 간부와 정부 업무인원의 사상도덕문제로만 간주하였을 뿐 인민이 주인이 될 수 있도록 보장하고 인민의 근본이익을 수호하는 면에서 법제건설과 민주제도건설의 극단적인 중요성에 대해 미처 충분히 인식하지 못하였고, 도덕적 반성과 윤리적 자각 및 대중 운동을 통해 관료주의 문제를 해결하려고 시도함으로써 이론과 실천에서 일련의 잘못된 인식에 빠져들었다는 사실이다. 마오쩌둥은 평생 동안 개체 소아와 인민 대아의 통일을 추구하였으며, 인민의 해방과 자유 및 행복을 위하여 온 마음과 힘을 다하고 나라를 위하여 온 힘을 다했다. 그는 반식민지 반봉건사회의 민족 비극 속에서 민족 독립, 인민 해방의 기세 드높은 희극역사를 연출하였고, 또 사회주의 혁명과 건설에 대한 탐색과 추구 과정에서 일부 실수도 저질러 그가 가장 열애하는 인민에게 막대한 손실을 입히기도 했다. 그러나 그것은 필경 거인의 실수에 불과할 뿐이다. 역사는 공정하고 인민은 너그럽다. 세월이 흘러 인민은 이미 개체의 느낌과 경험의 협소한 천지에서 벗어나 마오쩌둥의 고상한 인격과 위대한 공적을 더듬고 있으며, 이해와 그리움 그리고 경의로운 마음으로 가슴이 가득 차오르고 있다.

---

566) 『만년의 마오쩌둥(晩年毛澤東)』, 춘추출판사 1989년 판, 68쪽.

제5장
인생 가치론

인간의 가치이론은 인생철학의 중요한 구성 부분이다. 마오쩌동은 중국의 전통적인 인생가치관의 훌륭한 성과를 비판적으로 계승하고, 마르크스주의 인생가치이론을 학습하고 중국공산당의 지도 아래 인민대중의 도덕 실천 경험을 종합하여 특색 있는 인생가치관을 형성하였으며, 인생가치의 내용과 인생가치의 근원 및 실현경로, 인생가치를 가늠하는 척도, 인생가치 실현에 영향을 미치는 주관적·객관적 요소 등 여러 문제에 대하여 독창적으로 탐구하고 발휘했다. 그는 특히 악전고투하고 사심 없이 헌신하는 인생가치 기준을 일관되게 창도하여 공산당과 전 인민이 드높은 도덕열정으로 사회주의 새 삶을 건설하도록 격려하는 데 큰 역사적 역할을 했다. 마오쩌동은 비록 인생의 가치에 대해 전문적으로 논한 저서를 남기지는 않았지만, 그의 언론 저술과 인생 실천 과정에서는 고상한 인생가치기준에 대한 그의 이해와 추구, 헌신의 성향이 곳곳에서 분명하게 드러났다. 마오쩌동 자신이 바로 인생의 가치에 대한 풍부하고 생생한 사상적 깨우침 을 후세에 깊이 심어준 인격화된 인생이론 교과서였다.

1. 가치 주체와 가치 객체로서의 인간의 이중성

마르크스는 "'가치'라는 보편적인 개념은 사람들이 그들의 욕구를 만족시키는 외부 사물을 대하는 관계에서 생겨난 것이다"라고 지적했다.[567] 가치는 실체의 범주가 아니라 관계의 범주이고, 주체의 욕구와 객체 속성의 통일체로서 욕구의 주체인 사람이 자기 욕구를 만족시킬 수 있거나, 혹은 만족시킬 수 없는 객체 사물에 대한 인식과 평가를 반영한다. 객체가 주체의 욕구를 만족시키는 속성을 가지고 있다면, 그 객체는 주체에게 가치가 있거나 혹은 플러스 가치가 있다고 말할 수 있다. 객체 사물이 주체의 욕구를 만족시키는 기능적 속성을 가지고 있지 않거나 심지어 주체 욕구의 만족과 주체의 발전을 저해하거나 해친다면, 주체에게 가치가 없거나 또는 마이너스 가치가 있다고 말할 수 있다. 인간의 가치는 사물의 가치와는 크게 다르다. 인간과 사물의 비교를 통해 알 수 있다시피 인간에게 있어서 사물은 인간의 어떤 욕구를 만족시키는 속성을 가진 객체로서 존재한다. 반면에 인간은 가치 주체와 가치 객체가 통일을 이룬 존재물로서 인간의 말과 행동은 타인, 사회 및 자신의 욕구를 만족시킬 수 있을 뿐 아니라, 동시에 타인과 사회 및 자신의 활동으로부터 만족을 얻을 수 있어야 한다. 주체로서의 인간은 물질적인 삶과 정신적인 삶을 살아야 하기 때문에 물질에 대한 욕구와 정신적 욕구가 있으며, 물질생활자료와 정신생활자료를 소비해야 한다. 그러나 객관적인 사물은 단지 인간의 욕구를 만족시키는 잠재적 속성을 가지고 있을 뿐 인간의 욕

---

567) 『마르크스·엥겔스전집』 제19권, 앞의 책, 406쪽.

구를 직접 만족시키지는 못한다. 주체로서의 인간은 자발적이고 능동적인 실천을 통해 노동하고 창조하며, 외부세계의 자재적인 상태를 바꾸어 합목적성 변화를 일으키도록 해야만 자신의 욕구를 만족시킬 수 있다. 이로 볼 때 인간은 목적과 주체이자 수단과 객체인 것이다. 레닌은 "세상은 인간을 만족시키지 못한다. 인간 자체의 행동으로 세상을 바꾸기로 결심해야 한다."[568]라고 말했다. 마오쩌둥도 "자기 손으로 직접 하면 풍족한 삶을 누릴 수 있다", "경제를 발전시켜 공급을 보장해야 한다."고 지적했다. 우리 당이 사회주의 개조와 건설 과정에서 사회주의 노동 관념을 수립하고, 노동에 따라 분배하는 사회주의 원칙을 실행하며 착취계급을 자기 힘으로 살아가는 노동자로 개조할 것을 전 인민에게 호소한 것 등의 사실은 모두 그러한 가치 주체와 가치 객체, 노동창조와 가치 향유를 통일시켜야 한다는 사상을 보여주는 대목이다. 게다가 사회성은 인간의 가장 근본적인 특성이고, 인간은 일정한 사회관계에 처한 존재물이다. 그 사회 구성원의 매인은 사회와 타인에 대한 일정한 책임과 의무를 맡고 있기 때문에 반드시 자신의 업무를 이행하는 것으로써 사회와 타인을 위해 봉사해야 한다. 그런 의미에서 인간은 가치의 객체이다. 그리고 또 사회는 인간을 존중해야 하고, 모든 사회 구성원은 또 사회의 발전과 진보에 따라 스스로 발전하고 물질적 차원과 정신적 차원에서 만족을 얻어야 한다. 인간은 가치 주체와 가치 객체, 목적과 수단의 통일체로서 절대적인 가치 주체 혹은 절대적인 가치 객체, 절대적인 목적과 절대

---

568) 『레닌전집』 제55권, 앞의 책, 183쪽.

적인 수단은 모두 비정상적인 것이다. 노예사회와 봉건사회에서 노예와 농노는 힘든 노동으로 사회적 부를 창조하여 사회 생산력의 발전을 추진하였고, 역사적으로 끊이지 않았던 노예폭동과 농민전쟁 또한 사회변혁의 결정적인 세력이 되었다. 인류 발전과 사회 진보를 추진하는 면에서 노예와 농노의 거대한 역할과 역사적 가치가 말살할 수 없는 것임은 의심할 나위가 없다. 그러나 가치를 창조하는 것과 가치를 향유하는 것, 가치가 있는 것과 가치를 담당하는 주체를 동일시해서는 안 된다. 사실 노예사회와 봉건사회에서 가치 주체와 가치 객체는 서로 분리된 것이었다. 노예주와 봉건지주는 자신을 가치 주체로 간주하고 노예와 농노를 자신이 목적을 이루고 자신의 욕구를 만족시키는 수단으로 간주했다. 노예와 농노는 인간의 지위와 존엄을 상실한 채 노예주와 봉건지주의 도구와 수단으로 전락되었다. 그들은 착취자를 위해 사회 재부를 창조하였지만 자신은 빈곤에 허덕였고, 착취자에게 정신적 생산에 종사하고 정신생활을 누릴 수 있는 조건을 마련해 주었지만 정작 자신은 정신적으로 결핍하고 우매했다. 그리고 그들은 착취자에게 국가와 사회활동에 종사할 수 있는 물질적 기반을 마련해 주었지만 정작 자신은 경제·정치 권리를 모두 상실했다. 마오쩌둥은 "농민은 봉건제도의 속박을 받아 인신의 자유가 없다. 지주는 농민을 멋대로 욕하고 때리거나 심지어 죽일 수 있는 권리까지 가진 반면에 농민은 아무런 정치적 권리도 없다."[569]라고 지적했다. 중국공산당과 마오쩌둥이 인민을 이끌어 혁명하면서 추구하고자

---

569) 『마오쩌둥선집』 제2권, 앞의 책, 624쪽.

한 것은 바로 착취제도를 없애고 가치 주체와 가치 객체의 분리 상태를 극복하여 광범위한 노동자가 국가와 사회생활의 주체가 되고, 그들이 가치의 창조자이자 가치의 향유자가 되어 사회와 타인 아울러 자신을 위한 창조성 노동과정에서 가치 주체와 가치 객체의 맞물림, 통일과 일치를 실현하는 것이었다. 마오쩌둥의 인생가치론은 매우 특색이 있다. 우리는 그 이론에서 중화민족의 유구한 문화전통의 깊은 영향을 발견할 수 있을 뿐 아니라 또 마오쩌둥이 한 세대의 사상가이자 혁명가로서의 새로운 창조를 하였음을 볼 수가 있다.

첫째, 마오쩌둥은 인간의 가치가 사물의 가치보다 높다고 주장했다. '가치'라는 단어는 근대 이후에야 중국에서 유행하기 시작했다. 비록 고대 중국에는 '가치'라는 단어가 없었지만 가치에 관한 관념과 사상은 있었다. 고대 중국에서 '가치'와 의미가 같은 개념은 '귀하다(貴)'였다. 고대 중국의 주류 문화로서의 유가학설은 인류를 다른 '사물'과 비교하여 인류의 가치를 인식하고 설명하였으며, 인간이 천지간의 최고 존재물임을 논증했다. 공자는 "인간은 천지 만물 가운데서 가장 존귀하다.(天地之性, 人為貴)"[570], "인간은 새나 짐승들과는 함께 살 수 없으니, 인간과 어울려 살지 않으면 누구와 함께 산단 말인가?(鳥獸不可與同群, 吾非斯人之徒與而誰與?)"[571]라고 말했다. 천지간에 기타 사물과 비교할 때 인간은 가장 가치가 있는 존재물로서 그는 새나 짐승과 함께 무리 지어 살 수 없고, 오직 사람들과 어울려야만 한

---

570) 『효경(孝經)』 공자의 말 인용.
571) 『논어·미자(論語·微子)』

다는 것이다. 맹자는 "사람마다 그 자신만의 존귀한 점이 있다(人人有貴於己者)"[572], 즉 사람마다 스스로의 가치가 있고, 그 가치는 인식능력과 도덕의식에서 비롯된다고 주장했다. 전국(戰國)말기의 순자도 "물과 불은 원기는 있지만 생명이 없고, 풀과 나무는 생명은 있지만 생각이 없고, 금수(禽獸) 감지능력은 있지만 도덕이 없다. 사람만이 원기, 생명, 감지능력을 갖추었을 뿐 아니라 도덕까지 갖추었으니 천하에서 가장 귀한 것이다.(水火有氣而無生, 草木有生而無知, 禽獸有知而無義, 人有氣有生有知, 亦且有義, 故最為天下貴)"[573]라고 말했다. 물질의 존재 상태와 운동형태의 고급스러움은 낮은 등급 물질의 존재 상태와 운동형태의 모든 속성을 포함하고 있어서일 뿐만 아니라, 낮은 등급의 물질의 존재 상태와 운동 형태에 없는 속성까지 포함하고 있기 때문이다. 우주 만물의 네 개 차원인 물과 불, 풀과 나무, 금수, 인류 중에서 인류가 다른 사물보다 고귀한 것은, 그가 원기로 구성되고 생명력과 감지능력을 갖추어서가 아니라, 인류가 기타 동물이 갖추지 못한 윤리관계 및 그런 관계를 반영하는 행위규범과 도덕의식을 갖추었기 때문이다. 『주역·계사하(周易·繫辭下)』에서는 인류를 천지에 우뚝 선 우주 만물의 근본으로 간주했다. "사람들이 탐구하고 학습하는 『주역』이라는 책은 내용이 풍부하고 상세하며 완벽하다. 그 안에는 대자연의 법칙이 있고, 인간의 도덕규범이 있으며, 땅의 본질이 들어 있어 천·지·인 삼재를 아우르고 있으나 결국 중괘(重卦)는 두 개의 단괘

---

572) 『맹자·고자상』
573) 『순자·왕제(荀子·王制)』

(單卦)로 구성되었다.(《易》之爲書也, 廣大悉備, 有天道焉, 有人道焉, 有地道焉, 兼三才而兩之)" 서한시기의 대유가 동중서는 "인류는 하늘이 낳고 땅이 길러 만물을 성취한 최고 존재자이다."라면서 "천지인은 만물의 근본이다. 하늘이 사람을 낳고, 땅이 사람을 기르며, 사람이 자신을 성취한다. 하늘은 사람에게 효제의 품성을 부여하고 땅은 사람에게 옷과 음식을 제공하며 사람은 예악으로 자신을 성취한다. 이 삼자는 서로 의존하여 하나가 된다. 어느 하나가 빠져서도 안 된다.(天地人, 萬物之本也. 天生之, 地養之, 人成之. 天生之以孝悌, 地養之以衣食, 人成之以禮樂, 三者相爲手足, 合以成體, 不可壹無也)"라고 말했다.[574] 송나라 때 주돈이, 장재, 정호, 정이, 주희 등 성리학자들 중에서도 우주에서 차지하는 인간의 숭고한 지위를 인정하지 않은 이가 없었으며, 다른 사물보다 큰 인간의 보편적 가치를 확인했다. 우주에 존재하는 물종보다 우월한 인류의 지위에 대해 인정한 것은 유가학설의 뚜렷한 특색이자 중국문화의 우수한 전통이기도 하다. 우리는 인류가치에 관한 마오쩌동의 사상에서도 전통문화의 큰 영향을 발견할 수가 있다. 마오쩌동은 "세간의 모든 사물 중에서 가장 존귀한 것은 사람이다. 공산당의 지도하에 사람만 있으면 그 어떤 인간의 기적도 다 만들어낼 수 있다."[575]라고 주장했다. 사람이 만물보다 존귀한 것은 첫째로 사람이 자유 자각적이고 능동적인 성질을 갖추었기 때문이다. 인간은 생명의 일종으로 존재하면서 물질적·정신적 욕구와, 생리적·심리적 욕구가

---

574) 『춘추번로·입원신(春秋繁露·立元神)』.
575) 『마오쩌동선집』 4권, 앞의 책, 1512쪽.

있다. 인간이 자신의 생명을 유지하면서 존재하려면 꾸준히 외부세계와 물질과 에너지를 전환시켜야 한다. 그러나 인류는 결코 소극적으로 자연계에 적응하여 단순하게 생존발전을 유지하는 데 필요한 물질자료를 자연계로부터 얻는 것이 아니다. 인간이 자신의 욕구를 만족시키는 것과 능동적이고 자유 자각적인 창조활동은 서로 상생하고 서로 맞물리는 것이다. 자연계는 자동적으로 인류를 만족시키지 못한다. 인류는 그 내적 욕구의 추동 하에 자각적으로 세계를 인식하고 개조하여 외부 자연계에 합목적성 변화를 일으킨다. 인류의 내적 욕구는 바로 그런 자유 자각적인 활동과정에서 만족을 얻는 것이다. 인류는 그런 자유 자각적인 창조적 노동과정에서, 자신을 의식과 목적을 갖춘 주체로 만들어 자신을 객체로서의 외부 자연계와 구별 짓고, 아울러 더 깊은 인식과 실천 활동을 통해 주체와 객체를 통일시켜 외부자연계의 존재 상태를 바꾸고, 그것을 주체의 시스템에 포함시킴으로써, 자신의 욕구를 만족시키고 가치를 누릴 수 있는 주체로서의 자신의 지위를 실현하는 것이다. 인류의 자유 자각적인 능동성은 인류의 본질적인 특성인 동시에 가치가 있고 사람을 다른 사물에 비해 귀한 존재가 될 수 있게 하는 근거이기도 하다. 인류가 만물에 비해 귀한 까닭은 인류가 사회속의 인간으로서 의무감과 책임감 그리고 도덕의식을 갖고 있기 때문이다. 마오쩌동은 수오지심[羞惡之心, 사단[四端]의 하나로 옳지 못함을 부끄러워하고 착하지 못함을 미워하는 마음−역자 주)을 누구나 다 가지고 있어야 한다면서 부끄러움을 모르면 일이 어려워진다고 주장했다. 인류가 만물에 비해 귀한 까닭은 또 인류가 이상적인 세계의 창조라는 최고의 가치를 추구하고 있기 때문이다. 민주혁명 시기나 사회주의혁명 시기나, 혁명 사업이 순조롭게 발전하던 시기나 혁명 사업이 좌절과 파괴, 실패를 겪으면서 위험한 난관에 처하였던 시기 등 어느 시기를 막론하고 마오쩌둥은 시종일관 원대한 혁명이상을 품고 있었으며, 또 그 이상으로 중국공산주의자와 전 인민이 백절불굴의 의지로 용감하게 분투할 수 있도록 격려했다. 일찍 젊은 시절에 그는 가장 쉽게 생계를 해결할 수 있는 방법을 강구해야 한다면서 그래야 이상적인 사업에 모든 심혈을 쏟아부을 수 있다고 주장했다. 민주혁명시기에 그는 이성과 실천으로 구세계를 비판하는 용감하고 철저한 혁명정신으로 중국 인민을 이끌어 무한한 생기와 활력이 넘치는 인민공화국을 창립했다. 사회주의 건설 시기에 당내에 존재하는 현 상태에 만족하여 진보하려 하지 않고 제자리걸음하며 신념이 흔들리고 이상에 대해 담담해졌으며, 명리·지위와 사리사욕만 추구하고 원대한 혁명 목표와 혁명을 계속해야 한다는 사상을 잊고 있는 등 현상에 대해, 마오쩌둥은 다음과 같이 의미심장하게 말했다. "먹는 문제를 해결하였으니 이제는 공산주의사업을 해봐야 한다. 공산주의 이상을 잃어버린 채 오로지 먹기 위해 산다면 개가 먹이를 찾아다니는 것과 다를 바가 없다." 이상이 있는지, 이상을 실현하기 위해 꾸준히 추구할 수 있는지 하는 것은 가치가 있는 인간인지에 관계되는 큰 문제이다. 사람은 이상적인 세계를 창조하는 존재물이다. 이상은 아름다운 미래를 지향하는 것으로서 현실에서 기원하지만 현실을 초월한다. 현실은 이상의 기반이 되지만 또 이상에 의해 부정당하고 따라잡히게 된다. 현실에 대한 불만은 사람을 자극하여 관념상에서 현실을 바탕으로 하되 또 현실을 추월한 이상적인 장래를 구축하도록 한다. 그러한 이상적인 장래는 또 목적 혹은 목표가 되어 현실 속 사람들의 모든 활동을 유도하고 규범화한다. 인류는 관념적으로 현실을 비판하고 미래를 지향하며 실제적으로 현실을 비판하고 이상을 추구하는 활동 과정에서, 즉 이상적 가치를 추구하는 과정에서 자신의 본질적인 힘을 발휘하여 인류 발전과 사회 진보에 대한 최고의 가치와 의미를 드러내는 것이다.

둘째, 사회적 가치 혹은 집단적 가치가 자기가치 혹은 개체의 가치보다 크다는 것이었다. 유가는 주로 집단의식과 등급 관념의 관점에서 인간의 가치문제를 살피고 설명했다. 유가학파의 관점에 따르면 사회는 사람들로 구성된 집합체로서 매인은 오로지 집단 안에서만 생존하고 발전할 수 있다. 사람은 집단을 떠나서 생존할 수 없고 집단을 이루었으나 무분별하면 투쟁이 일어나고 혼란이 생기게 된다. 그래서 성인이 나타나 예법을 정하고 악률을 제정하였으며 사람 사이의 빈부귀천과 남녀장유(男女長幼)의 구별을 명확히 하여 사회 집단 내부의 여러 개체를 서로 다른 등급으로 나누어 각자의 신분과 지위를 지키게 하고 각자 직책을 이행하게 함으로써, 사회의 개체는 절대 독립의 의미를 잃고 집단의 질서적인 구조의 구성 부분이 될 수 있었던 것이다. 단독적인 개체는 자신의 가치를 나타내기 어렵다. 그런 개체는 오로지 집단의 질서와 안정을 유지하기 위한 활동과정에서만 자신의 존재를 증명할 수 있으며, 또 전체 속에서 자신의 의미를 얻을 수 있다. 그렇기 때문에 등급과 명분을 중시하고 전반적인 안정과 조화를 유지하는 것이 모든 것을 압도하는, 심지어 개성의 소멸을 대가로 하는 가치기준이 된 것이다. 공자는 군신 간, 부자간의 등급 예속관계를 주장하였고, 맹자는 최초로 "부자지간에는 혈육의 정이 있어야 하고, 임금과 신하 사이에는 의로움이 있어야 하며, 부부 사이에는 분별이 있어야 하고, 어른과 어린이 사이에는 차례가 있어야 하며, 친구 사이에는 믿음이 있어야 한다.(父子有親, 君臣有義, 夫婦有別, 長幼有序, 朋友有信)"[576]라고 제창하여 사회의 인간관계를 다섯 등급으로 나누고 각 등급에 속한 사람이 마땅히 지켜야 할 의무와 마땅히 행해야 할 행위 규범을 규정했다. 동시에 유가는 종법 혈연관계라는 원시사회의 문화유산을 답습하여 수신제가(修身齊家)를 실행하고, 그것을 외부로 넓혀 치국평천하를 실현할 것을 주장하였으며, 덕을 근본으로 삼고, 항상 어진 마음을 품고 있으며, 친족을 친하게 여기고 어른을 공경하며, 충직하고 너그럽고 남을 아낄 줄 알아야 하며, 널리 은혜를 베풀어 뭇사람을 구제하고 백성에게 어질고 만물을 사랑할 것을 주장했다. 유가문화의 가치기준의 특징은 전체적인 조화와 안정을 중시하고 사회집단에 대한 수호와 기여를 숭상하는 것이다. 물론 유가문화도 전체적 조화와 헌신의 가치를 강조하는 한편 개체 인격의 가치에 대해 부정하지 않을 뿐만 아니라, 오히려 인격의 독립과 그 가치를 특별히 강조하고 있음을 명확하게 보여주었다. 개체의 독립된 인격과 자각적인 도덕의식이야말로 개체의 사회가치를 위한

---

576) 『맹자·등문공상』

튼튼하고도 두터운 사상 심리적 기반과 도덕적 감정 기반을 마련해 준 것이다. 그래서 공자는 "삼군의 장수는 잡을 수 있어도 남아대장부의 뜻은 꺾을 수 없는" 독립된 의지와 인격을 창도하였고, 맹자는 '천작(天爵)'으로서의 사람 내면의 어질고 착한 심성과 '인작(人爵)'으로서의 외적인 명리와 녹위(祿位, 녹봉과 벼슬자리−역자 주)를 구분하여 전자는 하늘로부터 받은 타고난 덕성이니 빼앗을 수 없는 것이고, 후자는 세속에서 비롯된 것이니 얻을 수도 있고 잃을 수도 있는 것이라고 주장하였던 것이다. 둘을 비교해보면 '천작'이 '인작'보다 더 귀하고 더 가치가 있는 것이다. 그는 "존귀한 것을 바라는 것은 사람들의 공통된 심리이다. 사람마다 그 자신만의 존귀한 일면을 갖추고 있지만 다만 평소에 미처 생각하지 못하였을 뿐이다. 다른 사람이 가져다주는 존귀함은 결코 진정으로 존귀한 것이 아니다(欲貴者, 人之同心也, 人人有貴於己者, 弗思耳. 人之所貴者, 非良貴也.)"[577]라고 말했다. 그 말인 즉 누구나 모두 자신의 가치를 가지고 있는데, 그 가치는 외부에서 부여 받을 수도 없고, 강제로 빼앗아 갈수도 없다는 것이다. 그것은 실제로 일종의 내면의 도덕가치이자 독립된 고상한 인격의 가치인 것이다. 마오쩌동은 인간의 사회적 가치에 대해 생각하고 설명할 때, 당연히 선험적인 인성론과 종법 혈연관계를 입론의 근거로 삼은 것이 아니라 인간의 사회성과 계급성 입장을 출발점으로 삼았다. 단 집단의 가치를 중요시하고 사회에 대한 개인의 헌신을 강조하는 두 부분에서는 확실히 유가문화의 가치기준과 서로 통하는 공통점이 있다.

---

577) 『맹자·고자상』

사회개체와 사회집단을 비교하면서 마오쩌동은 집단의 역할을 중시하고 집단의 의미와 가치를 고양했다. 인간의 가치를 판단하는 기본 기준이나 최종 척도는 생산력의 발전과 사회의 진보 및 인류의 문명과 행복에 일으키는 작용력의 방향 및 그 작용력의 크기라는 사실은 의심할 나위가 없다. 계급사회에서 각기 다른 계급·계층·사회집단은 경제·정치·사회 여러 방면에서의 지위와 이익이 서로 다르기 때문에 생산력 나아가 전반 사회의 발전에 대한 태도와 일으키는 역할도 각기 다르다. 그러나 서로 다른 사회 역사시기에 인민은 언제나 생산력 발전을 추동하고 세계역사를 창조하는 결정적인 세력이었다. 무산계급정당은 인민의 엘리트와 계급의 선구자로서 혁명과 건설 사업의 지도 핵심이다. 마오쩌동은 중국 신민주주의혁명과 사회주의혁명을 이끄는 과정에서 인민대중의 역할을 중시할 것을 줄곧 강조하였고, 대중을 믿고 의지하며 조직하고 동원하며, 자신의 이익을 위해 투쟁할 수 있도록 대중을 이끌 것을 공산주의자들에게 요구했다.

대중을 이탈하여 대중의 옹호와 지지를 얻지 못한다면 아무 일도 성사시키지 못할 것이다. 마오쩌동은 대중과 정당의 집단의 가치를 강조함과 동시에 개인의 가치도 중시했다. 그는 혁명사업의 발전과 성공에 있어서, 높은 마르크스주의이론 수준을 갖추고 사회역사의 발전법칙을 훤히 꿰뚫고 있으며, 멀리 내다보는 탁월한 정치적 식견을 갖추고 뛰어난 업무 능력과 리더십을 갖추었으며, 확고한 정치적 이상과 완강한 투쟁의 의지를 갖춘 지도자로서의 역할이 아주 중요하다고 주장했다. 그래서 마오쩌동은 간부를 식별하고 육성하며 배려하고 아낄 것과 대중투쟁 과정에서 간부의 적극성과 창조성을 충분히 살릴 수 있도록 주의를 기울여야 한다고 거듭 강조했다. 마오쩌둥 본인은 청년시절에 한때는 성현이 세상을 창조한다는 영웅사관에 입각하여 개체의 인생가치를 강조하는 데 치우쳤던 적도 있었다. 그러나 그는 유심주의에서 유물주의로, 혁명민주주의에서 공산주의로 바뀐 후, 개인과 대중의 관계를 자발적으로 바로잡아 자신을 대중 속에 융합시켰으며, 인민들 가운데서 나와 또 인민들과 함께 숨 쉬는 지도자로서 중국의 혁명과 건설 사업을 위해 탁월한 기여를 했다.

사회가치와 자기가치를 비교하면서 마오쩌둥은 사심 없이 헌신하는 개인의 사회가치를 강조하는 한편 또 개인에 대한 사회의 존중, 그리고 개인의 생존과 발전 등 자기가치의 실현에 주의를 기울였다. 인간의 본질적 속성은 그의 사회성이다. 일정한 사회관계에 처해 있는 사람은 주체이자 객체이며, 또 가치의 창출자이자 가치의 향유자이다. 가치의 창출자로서 그들은 사회가치를 가지고 있고, 가치의 향유자로서 그들은 또 자기가치도 가지고 있다. 인간의 사회가치는 사회에 대한 기여와 사회 진보와 발전에 대한 추동적 역할이다. 그리고 인민은 사회의 주체이고 역사의 주인이다. 사회에 기여하고 사회와 타인의 욕구를 만족시키는 것은 본질적으로 인민에 기여하고 인민을 위해 이익과 행복을 도모하는 것이다. 무산계급은 역사적으로 가장 선진적이고 진보적이며 사심이 없는 계급으로, 그의 경제적 지위는 그가 광범위한 인민대중과 서로 대립되는 그 어떤 특수한 이익도 없음을 결정지었다. 그의 역사적 사명은 사유제와 계급 차별을 없앰으로써 착취와 압박이 없고, 계급 차별과 사회 불공평이 없으며, 물질문명과 정신문명이 고도로 발달한 공산주의사회를 수립하는 것이었다. 무산계급의 경제적 지위와 역사적 사명은 그가 광범위한 인민의 최대 이익을 자기 행동의 출발점과 귀착점으로 정할 수 있을 뿐 아니라, 또 반드시 그렇게 해야만 함을 결정지었다. 역사적 필연성에 대한 그러한 인식을 기반으로 마오쩌동은 가장 광범위한 인민대중의 현재 이익과 장래 이익을 통일시키는 것을 출발점으로 삼고, 공산주의 실현과 전 인류의 해방을 가장 원대한 목표로 정하며, 전심전의로 인민을 위해 봉사하는 것을 인생의 목표와 가치기준으로 삼을 것을 무산계급 선진분자와 공산주의자들에게 요구했다. 마오쩌동은 「인민을 위해 봉사해야 한다」라는 글에서 전적으로 철저하게 인민의 이익을 위해 일하고 인민의 이익을 위해 헌신한 일반 팔로군과 일개 홍군이었던 장스더(張思德)[578]의 마음 세계를 드러내 보여주었다. 「베쑨을 기념하여」라는 글에서는 이기심이 손톱만치도 없고, 기술을 더 깊이 연마하며 동지와 인민에 대해 지극히 열성적이고 자기를 위하지 않고 오로지 남을 이롭게 하며 사심이 없고 두려움을 모르며 헌신적으로 일하는 국제주의전사 베쑨을 찬양했다. 중국공산당 제7차 대표대회 폐막식 연설문 「우공이 산을 옮기다」에서는 『열자·탕문(列子·湯問)』 중 베이산(北山)의 우공이 꾸준히 산을 파서 하늘을 감동시킨 신화에 새

<hr />

578) 장스더(張思德) : 1944년 9월 5일 산시성(陝西省) 베이부(北部) 안사이현(安塞县)에 있던 목탄 숯가마에서 붕괴 사고가 일어나 인민군 병사 장스더(張思德)가 미처 피하지 못하고 깔려 죽는다. 그는 쓰촨성(四川省) 이롱현(仪陇县) 사람으로 책임감이 강하고 사심이 없어서 마오쩌동 경호부대의 경호 임무를 맡았었다.

로운 의미를 부여하여, 우공이 자손 후대에게 복을 가져다주고 당대와 후세에 모범을 보여준 고귀한 품성을 인정함과 동시에 우공이 산을 옮긴 정신을 본받아 애써 일하여 인민대중을 감동시키고 일깨워 낡은 세상을 뒤엎고 새 중국을 창립할 것을 전 당 동지들에게 호소했다. 그러한 가치 관념의 인격적 화신을 통해 인간의 사회가치에 대한 마오쩌둥의 이해와 설정을 엿볼 수가 있다. 즉 신념에 충실하고 부지런하고 검소하며 분골쇄신하며 대공무사하고 적극적으로 헌신하자는 것이다. 그런 가치관은 쉽게 흔들리고 비겁하며 이상을 잃고 사치부패하며 향락에만 빠져 있고, 협애하고 이기적이며 남에게 손해를 끼치고 자기 이익만을 도모하며, 탐욕에 눈이 어두워 헌신하려고 하지 않는 반사회적 가치관과는 근본적으로 대립된다. 마오쩌둥의 사회가치관은 순도정신과 고행의 특성을 띤다. 그 사회가치관이 사회와 인생의 발전에 의미가 있는 것은 그 자체가 목적이 아니라 더 높은 목표를 위해 봉사하기 때문이다. 그 목적은 그 가치관의 실행을 통해 전체 인민을 격려하여 객관적인 세계를 개조하는 동시에 주관적인 세계도 개조함으로써 전체 인민의 인격을 승화시키고 공산주의 이상사회를 실현하기 위한 것이다. 마오쩌둥은 경제발전과 사회주의 생산관계의 보완이 자발적으로 공산주의 실현으로 이어질 수 없다고 주장했다. 그는 오직 전체 인민이 자각적으로 그 목표를 추구하면서 열심히 일하고 사심 없이 헌신하는 가치관을 자각적인 의식으로 내재화하고 구체적 행동으로 외재화하여 물질적 정신적 여건을 적극 마련해야만, 공산주의 이상사회의 실현을 보장할 수 있다고 주장했다.

이상적인 패턴에 따라 현실생활을 개조하려면 매우 힘겨운 노력이 필요하다. 그리고 장래의 큰 목표를 이루기 위해서는 현실사회 속에서 사는 사람들이 평생 창조적인 지혜와 재능 및 힘을 이바지해야 하며, 심지어 자신의 목숨까지 희생해야 한다. 그러나 마오쩌둥과 그의 사상의 영향을 받은 인민들은 이미 사를 버리고 공을 위하는 가치관을 미래의 사회이상과 서로 결합시켰으며, 또 헌신과 희생에 더욱 깊은 역사적 가치와 높은 도덕적 의미를 부여하였기 때문에, 사를 버리고 공을 위하는 것이 고통스럽고 견디기 힘들게 느껴진 것이 아니라, 오히려 고생을 낙으로 영광으로 여기면서 분투와 희생 과정에서 평범한 사람은 기대할 수 없는 즐거움을 느낄 수 있었으며, 혁명과 건설사업의 발전과 성공을 통해 마음속에서 우러나오는 희열과 더없는 행복을 느낄 수 있었던 것이다. 마오쩌둥은 인간의 사회가치를 중시하고 높이 평가하는 한편 또 인간의 자기가치의 합리성도 인정했다. 마오쩌둥은 젊은 시절에 『윤리학 원리』를 읽고 쓴 평어와 주해에서, 인간에 대한 봉건전제제도와 윤리도덕의 신체적 박해와 마음의 해악을 비난하였으며, 또 개성 해방과 인격 독립이라는 근대 계몽사조의 충격을 받아 자기 지위를 고양하면서 개인은 최고 가치를 가지고 있고, 여러 가지의 가치가 개인에게 존재한다고 주장했다. 그것은 봉건사상의 울타리를 무너뜨리고 개성을 잃고 맹신하고 맹종하던 무아의 상태에서 자유롭고 자각적인 인생의 길에 들어설 수 있는 면에서 의미가 큰 것임이 틀림없다. 그러나 그가 개인의 가치를 지나치게 강조하고 집단과 사회 및 타인의 가치를 경시한 점에서는 또 편파성을 띤다. 그가 마르크스주의자로 성장한 뒤 인류의 사회성 본질을 깊이 이해하고, 사람이 주체와 목적이자 객체와 수단임을 확인했다. 사람의 삶의 여정에서는 자신을 위하는 것과 타인을 위하는 것, 자기가치와 사회가치가 서로 대립 통일을 이룬다. 사회에서 살아가는 사람들, 특히 공산주의자와 기타 혁명가들은 마땅히 사심 없이 헌신하는 것을 목적과 의미 및 가치 추구로 삼아야 한다. 왜냐하면 사회는 인류의 행복한 삶의 모체이기 때문에 오로지 헌신정신을 제창해야만 사회가 비로소 진보할 수 있고, 인류가 비로소 발전할 수 있으며, 무산계급과 광범위한 인민대중의 집단으로서의 이익 및 그 집단 내 매인의 이익이 보장을 받을 수 있고, 인민의 욕구가 만족을 얻을 수 있기 때문이다. 그러나 사회를 위해 기여하고 집단을 위해 일하고 분투하며 헌신하는 것은, 결국 모든 사회 개체의 욕구를 만족시키고, 이익을 실현하는 것으로 실행되어야 한다. 가치 주체인 사람의 욕구를 만족시키고 실현하는 것은 사회진보와 인류발전의 구체적 표현이며, 또 인류의 사회가치의 발휘와 현실화를 위한 잠재적 에너지와 여건을 마련하는 것이다. 그런 생각을 토대로 마오쩌둥은 민주혁명시기와 사회주의혁명시기에 모두 자신을 위하는 것과 타인을 위하는 것 간의 일치성을 발견하였으며, 사람에게 관심을 갖고 존중하며 이해하고, 사람의 전면적인 발전을 위한 적절한 환경 여건을 마련할 것을 당의 간부와 정부 인원들에게 요구했다. 마오쩌둥은 인간의 생존·안전·사회·자존 등 면의 욕구를 만족시키는 것을 크게 중시하였으며, 여건 조성에 주의를 기울여 인간의 생존 가치를 실현할 수 있기를 기대했다.

마오쩌둥은 일생동안 사람을 멸시하고 박해하며 착취하고 압박하며 모욕하고 유린하며 노예로 부리는 불합리한 사회제도를 없애고, 모든 사람이 평등하고 사람의 여러 가지 권리가 보장받을 수 있으며, 다양한 잠재력을 충분히 발전시키고 발휘할 수 있는 사회제도를 구축하기 위해 투쟁했다. 그는 인간의 생존과 안전의 욕구를 중요시하였으며, 대중의 생활에 관심을 갖고 대중에게 실질적인 물질적 이익을 가져다주며 광범위한 대중의 이익을 위해 싸울 것을 당과 정부에 요구했다. 가혹한 전쟁 환경 속에서도 그는 힘이 자라는 한 인민의 생명과 재산 안전을 확실하게 보장해 줄 것을 인민군대에 요구했다. 그는 개성 발전의 중요성을 인정하면서 개성의 발전이 민주혁명 승리의 조건이자 사회주의 혁명과 건설의 승리를 거둘 수 있는 조건이라고 주장했다. 수천 수백만의 농민을 봉건 압박에서 해방시키지 않고, 노동자와 또 다른 노동 종사자를 자본주의 노역으로부터 해방시키지 않고, 사람들을 낡은 가정 윤리관계에서 해방시키지 않는 한, 인간의 전면적인 발전, 그리고 혁명과 건설사업의 발전과 승리를 도모하는 것은 뜬구름 잡기에 불과하다고 했다. 마오쩌둥은 인간의 사회가치와 자존, 자립, 자강의 인격적 가치를 중시했다. 그는 대중 위에 군림하는 관료주의를 극복하고 대중과 밀접하게 연결하며 대중의 이익과 힘, 창조정신을 존중하고 인민대중이 허리를 쭉 펴고 진정으로 스스로를 주재하고 주인이 되도록 지지해야 한다고 당의 간부들을 거듭 타일렀다. 마오쩌둥은 또 인간의 자기가치 실현도 크게 중시했다. 젊은 시절에 그는 '자기실현'과 '몸과 마음의 완전무결'을 주장했다.

전쟁시기에 그는 당의 간부와 대중의 지도자라면 높은 이론 수준과 문화적 소양을 갖추어야 하며, 혁명가의 탁월한 식견과 실제 업무 종사자의 강한 업무 능력을 갖추어야 한다고 제기했다. 새 중국이 창립된 후, 그는 또 건전한 사상과 뛰어난 전문지식과 업무능력을 갖추고 덕·지·체가 전면적으로 발전한 인격 구상을 제기했다. 이 모든 것은 인간의 자기가치에 대한 마오쩌둥의 이해와 생각을 보여주었다. 그는 억압받는 작은 인물을 동정하고 이해하였으며, 인간의 개성을 억압하며 인재를 매몰시키는 관료주의와 가혹한 사회 환경을 증오하면서 민주도 있고 집중도 있으며 기율도 있고 자유도 있으며 통일된 의지도 있고 개인적인 기분까지 맞춘 생동감 넘치는 정치 국면을 마련함으로써 자기가치를 실현한 사회주의 신인들이 창출하여 건전하게 자라 인간의 자기가치 실현을 통해 사회가치를 창조할 수 있는 잠재력을 키워 인간의 사회가치의 실현에 필요한 조건을 마련하고자 했다. 한편 인간의 사회가치의 실현은 또 생존과 발전의 환경도 최적화시킴으로써 인간의 자기가치 실현과 인간의 발전도 추진할 수 있다고 보았다.

셋째, 마오쩌둥은 사회와 타인에 대한 인간의 기여와 희생의 공리성 가치를 힘써 제창하였지만 인간의 도덕적 가치를 더욱 강조했다. 그는 인간 가치의 크기와 인격의 높고 낮음은 물론 사회 진보와 인류 발전에 대한 그의 기여도를 봐야 하지만, 주체의 심성과 품격, 사회를 위해 헌신하고 희생하는 자각의식과 의무적 관념이 어쩌면 더욱 본질적이고 더욱 결정적 의미가 있는 것이라고 주장했다. 그 점에서는 유가의 인생 주장과 상통한다. 공자는 "군자는 의로움을 가장 고상한 품성으로 생각한다(君子義以爲上)"[579], "인자가 되려고 노력하는 사람보다 더 훌륭한 품성을 갖춘 사람은 없다(好仁者無以尙之)"[580]라는 관점을 제기하여 인생 가치의 체계구조에서 인격과 도덕이 가장 높은 차원에 처해 있음을 인정하였으며, 인간의 도덕 가치가 지고지상이기 때문에 사람들이 꾸준히 추구할 필요성이 있다고 주장했다. 인격을 보전하여 그러한 도덕 가치를 성취하기 위해서는 부귀·명리·봉록을 포기할 수 있고, 가난한 삶을 참고 견딜 수 있으며 심지어 목숨까지도 바칠 수 있다. 그는 "어질고 뜻있는 사람은 덕을 해하며 살려 하지 않을 것이다. 오히려 삶을 희생하여 덕을 지켜낼 것이다.(誌士仁人, 無求生以害仁, 有殺身以成仁)"[581], "부귀는 누구나 바라는 것이지만, 정당한 경로를 거치지 않는다면 군자가 받아들일 수 없다. 빈천은 사람이 싫어하는 것이지만 정당한 경로를 통해 벗어나는 것이 아니라면 군자는 벗어나지 않을 것이다.(富與貴, 是人之所欲也, 不以其道得之, 不處也. 貧與賤, 是人之所惡也, 不以其道得之, 不去也.)"[582], "도에 뜻을 둔 선비가 헌옷을 입고 나쁜 음식을 먹는 것을 부끄러워한다면, 그런 사람과는 이야기를 나눌 생각조차 들지 않을 것이다.(士誌於道, 而恥惡衣惡食者, 未足與議也.)"[583]라고 말했다. '의(義, 의로움)'는 '마땅함(宜)'으로 해

579) 『논어·양화』
580) 『논어·이인』
581) 『논어·위령공』
582) 『논어·이인』
583) 『논어·이인』

석될 수 있으며 사람의 언행이 올바르고 타당하며 일정한 도덕원칙과 도덕규범에 부합될 것을 요구한다. 공자의 사상관념에서 '의'의 본질과 핵심은 '인(仁)'이다. "군자는 의로움에 밝으나 소인은 이로움에 밝다(君子喩於義, 小人喩於利)."[584] '인'의 정신을 맑게 하고 이행할 수 있는지 여부가 군자와 소인을 구별하는 상징이다. 공자는 '이로움'의 가치를 부정하지 않았으며 그도 역시 백성을 사랑하고 부유하게 하여 "백성이 이로움을 얻을 수 있는 것으로 그들을 이롭게 해줘야 한다(因民之所利而利之)"[585]라고 주장했다. 다만 의리와 도덕이 물질적 이익보다 가치가 더 크다고 여기면서 사람들에게 도덕품성을 수양하고 사상의 경지를 높이며 인의(仁義)를 최고의 가치로 여기고 인의를 실천하는 것을 목적 자체로 간주할 것을 요구하였을 뿐, 인의가 이로운 것이기 때문에 혹은 기타 목적을 위해 인의를 행할 것을 요구한 것은 아니었다. 인간이 가치가 있는지 없는지 인격이 높은지 낮은지는 그가 가진 능력의 크기에 달린 것이 아니라 그가 도덕을 갖추었는지 아닌지에 달렸다. "천리마는 사람들이 그 힘을 칭찬하는 것이 아니라 그 덕을 칭찬하는 것이다(驥不稱其力, 稱其德也)."[586] 공자는 '생(生)'과 '의(義)', '이(利)'와 '의', 힘과 '의'의 가치를 인정하였지만, '의'라는 인간 내면 도덕의 가치를 더욱 강조했다. 그 사상이 후세에 미친 영향은 지극히 크다. 맹자는 사람미다 고유한 내재직 가치가 있다고 인정하

---

584) 『논어·이인』
585) 『논어·요왈』
586) 『논어·헌문』

면서 그것을 '천작'과 '양귀(良貴, 천부의 덕성)'라고로 불렀다. 이는 일종의 정신적 욕구의 만족과 도덕의식의 자각이다. 사람은 육체와 정신의 통일체로서 물질적 욕구와 정신적 욕구가 있다. 그렇기 때문에 형체(形)와 정신(神), 소체(小体)와 대체(大体)에 대해서 마땅히 겸애하며 서로 돌봐야 한다. 단 도덕정신의 양성과 충실이 육체의 양생보다 더 중요하다. 인간의 생리적 욕구를 만족시키는 것도 필요하지만, 단지 욕심을 만족시키는 것만 추구하면서 소체를 기르고 대체를 버리거나 소체로 대체를 해친다면 그는 가치가 없는 사람이다. '생'과 '의', 물질적 이익과 도덕정신은 모두 사람이 추구하는 바이지만 양자를 겸할 수 없다면 '생'을 버리고 '의'를 취해야 한다. 맹자도 통치자에게 백성이 걱정하는 바를 걱정해주고 백성이 기뻐하는 바를 기뻐해주며 백성을 위해 산업을 창조하고 마련해주며 어려움과 위기에 처한 백성을 구제하며 백성에게 물질적 이익을 가져다주어야 한다고 통치자들을 누누이 일깨워주었다. 그러나 그는 이익만 따지는 것에 반대하였으며 더욱이 사사로운 이익을 추구하는 것에 반대했다. 공자와 맹자는 '의'의 가치를 강조하면서 '이'의 가치를 가볍게 여기는 경향이 존재했다. 그러한 사상 경향이 후세의 일부 유가학자들에 의해 발휘되었다. 동중서는 "하늘이 인간을 낳고 그 인간이 '의'와 '이'를 갖게 했다. '이'는 몸을 기르는 데 쓰이고, '의'는 내면의 수양을 쌓는 데 쓰인다. 마음에 의로움이 없으면 즐거울 수 없고, 몸이 이로움을 얻지 못하면 편안할 수 없다. '의'는 내면의 수양을 닦는 것이고, '이'는 몸을 기르는 것이다. 몸이 마음보다 더 귀중할 수 없기 때문에 몸을 기르는

'이'보다 마음의 수양을 닦는 '의'를 더 중요시해야 한다.(天之生人也, 使之生義與利. 利以養其體, 義以養其身. 心不得義不能樂, 體不得利不能安. 義者心之養也, 利者體之養也. 體莫貴於心, 故養莫重於義.)"[587]라고 제기했다. 이는 물질적 이익보다 큰 도덕의식의 가치를 인정한 것이다. 송명 성리학자들은 도덕가치가 무엇보다 크다는 공자와 맹자의 학설을 계승하고 논술했다. 그중에서 주돈이, 정이 등 이들의 주장이 가장 힘이 있다. 주돈이는 "천지간에 가장 높은 것은 도이고 가장 귀한 것은 덕이다. 가장 얻기 힘든 것은 사람이고 사람을 가장 얻기 힘든 것은 도덕을 갖추었기 때문이다.(天地間, 至尊者道, 至貴者德而已矣. 至難得者人, 人而至難得者, 道德有於身而已矣)"[588]라고 말했다. 정이는 "사람마다 존귀한 데가 있다. 그렇기 때문에 사람은 누구나 요임금과 순임금과 같은 현인이 될 수 있다.(人人有貴於己者, 此其所以人皆可以為堯舜.)"[589] "군자가 짐승과 다른 것은 어질고 의로운 성품을 갖추었기 때문이다.(君子所以異於禽獸者, 以有仁義之性也)"[590]라고 말했다. 송명 성리학자의 견해에 따르면 인의의 선천적인 본성과 자각적인 도덕의식은, 인간이 짐승과 구별되는 본질적인 특성이자 인간이 성현으로 될 수 있는 내적 근거이다. 인간의 도덕의식을 일깨우고 인의의 도덕 원칙과 규범을 이행하며 이러한 원칙과 규범을 자각적인 의식과 행동으로 바꾸는 것이 인간의 최고 가치의 상징이 된다. 유가학파의 대다수가 인간의 내재적

---

587) 『춘추번로·몸을 수양하는 것이 의를 중히 여기는 것보다 중할 수 없다(身之養莫重于義)』
588) 『통서(通書)』
589) 『정씨유서』 권25.
590) 위의 책.

도덕의 가치를 강조하고 소중하게 여겼다. 이는 아주 귀중한 사상이다. 그러나 그들은 그러한 도덕의식을 인간의 선험적 본성으로 간주하였으며, 그 도덕가치의 실현을 내면의 수양과 자기완성의 과정으로 생각하면서 내면의 깨우침을 중히 여기고 실천을 소홀히 하였으며 도덕을 중히 여기고 공훈과 업적을 가볍게 여겼다. 그렇기 때문에 그들 중 대다수는 포부가 크고 꿋꿋한 지조와 바른 품행을 갖추었지만 실속이 없고 현실과 어울리지 못한 것은 불가피한 일이다.

마오쩌동은 인의를 숭상하고 도덕을 중시하는 유가의 합리적 사상을 계승하였지만 또 내면의 수양에만 전념하고 실천을 소홀히 하는 내성적인 경향을 극복하였으며, 특정된 가치 주체로서의 개인과 사회 및 타인의 관계로부터 인간의 도덕의식과 도덕 가치를 규정지었다. 한 사람이 가치가 있는 사람이라고 하는 것은 그가 인민의 생활과 사회의 발전에 도움이 되는 물질적 재부와 정신적 재부를 창조하였기 때문만이 아니라, 사회와 타인에 대한 자신의 책임과 의무를 자각적으로 의식하고 인민의 이익을 최우선으로 간주하며 인민을 위해 봉사하는 책임감과 의무감을 갖추었고, 또 사회와 인민을 위해 적극적이고 주동적으로 일하기 때문이다. 항일전쟁시기에 캐나다 공산당원이며 저명한 의사인 노먼·베쑨은 캐나다 공산당과 미국 공산당의 파견을 받아 중국의 항일전쟁을 돕기 위해 먼 길도 마다하지 않고 중국에 왔다. 그는 국제주의와 공산주의정신을 발양하여 중국인민의 해방 사업을 자신의 사업으로 삼고 자신을 위하지 않고 전적으로 남만 이롭게 하였으며, 맡은 바 업무에 책임지고 꾸준히 기술을 연마하였으며, 동지와 인민을 열정적으로 대했다. 진차지(晉察冀)항일근거지의 팔로군 의료 업무계통에서 그의 희생정신과 업무 열정, 책임감, 의무감은 모두 본보기라고 할 만하다. 그는 어느 한 차례 부상자에게 응급 수술을 하는 과정에 감염되어 불행하게 순직했다. 마오쩌둥은 「베쑨을 기념하며」라는 글을 써 깊은 애도를 표하였으며 그를 본받을 것을 호소했다. 마오쩌둥은 이렇게 말했다. "우리 모두 그의 사심 없는 정신을 본받아야 한다. 그 정신을 본받는 것을 출발점으로 삼는다면 인민에게 크게 이로운 사람이 될 수 있다. 한 사람의 능력은 크고 작은 차이가 있지만, 그런 정신만 있으면 고상한 사람, 순수한 사람, 도덕을 갖춘 사람, 저급한 취미에서 벗어난 사람, 인민에게 이로운 사람이라고 할 수 있다."[591] 마오쩌둥은 공리적 가치와 도덕적 가치가 밀접히 연결되어 있다는 것을 명확히 인식하게 되었다. 공리적 가치는 도덕적 가치의 전제와 기반이고, 도덕적 가치는 결국 다른 사람과 사회에 대한 실질적인 효과로 구체화된다. 베쑨은 바로 자신의 뛰어난 의술로 수많은 팔로군 부상병들의 목숨을 구하고 중국의 항일전쟁을 위해 사심 없이 헌신했다. 한편 도덕적 가치는 또한 공리적 가치의 핵심이고 영혼이다. 인간의 능력은 일종의 잠재적인 가치로서 사람들의 가치 창출활동에 가능성을 마련해 줄 뿐이다. 사회와 타인을 위해 봉사하는 책임감과 의무감을 갖고 능동성을 충분히 발휘하여 훌륭하고 효과적인 가치 창출활동을 진행해야만 그 잠재적 가치가 현실적 가치로 바뀔 수 있는 것이다. 자각적인 도덕의식과 같은 내재적 가

---

591) 『마오쩌둥선집』 제2권, 앞의 책, 660쪽.

치는 인격의 우열과 경계의 높고 낮음을 상징한다. 만약 능력에 타인과 사회에 대한 개인 기여도의 가능성이 포함되었다면, 타인과 사회를 위해 사심 없이 헌신하는 정신은 인격의 고상함과 순수함을 규정짓고, 잠재적 가치가 현실적 가치로의 전환을 결정지으며, 타인과 사회에 대한 자기가치의 실현을 결정짓는다. 그리고 자각적인 도덕의식과 높은 도덕 가치를 갖춘 사람이 사회 인심에 대한 전형적인 시범효과와 은연중의 감화역할은 더욱 짐작할 수도 없는 것이다.

2. 인생 가치의 창조적 원천과 그 현실적 전개

사람은 왜 가치가 있는지, 삶의 가치를 평가하는 척도, 그리고 인생의 가치를 어떻게 실현하는지 역시 마오쩌둥이 생각하는 중대한 인생문제였다. 마오쩌둥은 '자각적 능동성'을 동물과 구별되는 인류의 특점과 인간이 인간일 수 있는 내적 근거로 삼았다. 따라서 또한 사람이 가치가 있는 내적 근거이기도 하다. 다시 말하면 그러한 자각적 능동성이 인생 가치의 원천이라는 것이었다.

첫째, 사람과 사물의 관계로 보면 자각적인 능동성은 가치속성을 사물에 부여한다. 사람은 생명이 있는 존재로서 외부 세계와 물질과 에너지의 변환을 끊임없이 진행해야만 한다. 사람과 사물은 욕구와 욕구의 대상이라는 관계이다. 그러나 인류는 결코 단순하게 외부 자연계로부터 자신에게 필요한 물건을 섭취하는 것이 아니며, 또 외부 자연계에 소극적이고 피동적으로 적응하는 것도 아니다. 그리고 외부 사물 또한 오로지 인류의 삶의 욕구를 만족시키는 잠재적 속성만 가질 뿐 가치를 갖춘 현실적인 존재는 아니다. 인류의 주관적 능동 작용이 개입되기 전까지 사람과 사물은 현실적인 가치관계를 형성하지 않았다. 인류는 오직 자신의 능동성을 발휘하여 자신의 욕구와 목적 등 내재된 척도에 따라 외부사물을 선택하고 인식하고 개조해야만, 객관사물을 가능성 있는 가치존재물에서 현실적인 가치존재물로 바꿀 수 있다.

둘째, 인간과 자신의 관계로 보면 인간은 물질적 생명존재이기도 하고, 또 정신적 생명존재이기도 하다. 물질적 생명과 정신적 생명 모두 생존과 발달을 필요로 한다. 물질적 생명의 생존과 발달은 정신적 생명의 생존과 발달의 기반이고, 정신적 생명의 생존과 발달은 육체적 물질적 생명의 생존과 발달의 승화이다. 건장한 신체, 넓은 지식과 학문, 순수한 사상도덕은 주체로서의 사람이 자기발전에서 이루고자 하는 가치의 목표이다. 그리고 그러한 자기완성의 가치목표를 이루려면 또 주체의 자동성과 자각성이 필요하다.

셋째, 개인과 사회의 관계로 보면, 개체로서의 사람이 사회에 가치가 있는 것은 사회에 대한 개인의 책임과 의무를 자각하고 자각적인 능동성으로 객관 사물을 인식하고 개조하며, 올바른 사상도덕의 인도 하에 지혜와 재능으로 가치 창출 활동을 진행하여 사회에 물질적·정신적 부를 마련하기 때문이고, 아울러 사회와 타인을 위해 자각적으로 헌신하는 상기이 품성과 인격의 힘으로 다른 사람에게 영향을 주어 물질과 정신·공리와 도덕 여러 측면에서 사회에 공헌하기 때문이다. 만약 한 사람이 주관적 성정을 잃어버려 자아의식과 능동적 정신이 전혀 없이 무지몽매하고 어리벙벙하며 창조적 지혜와 재능 그리고 힘을 잃어버렸다면, 그는 자신에게나 타인에게나 사회에게나 모두 가치가 없는 사람이다. 사람은 가치의 주체이자 객체이고, 가치를 창출하기도 하고 누리기도 한다. 한편 사람의 자각적 능동성은 가치의 주체와 객체의 통일 그리고 가치의 창출과 향유의 통일을 가능해지게 하는 깊은 근원이다. 자각적 능동성의 발휘에는 옳고 그름의 구분이 있는가 하면, 또 크고 작음의 차별이 있는데, 전자는 주체 활동이 플러스 가치가 있는가 마이너스 가치가 있는가 이고, 가치구조에서 차원의 높이를 결정하며, 후자는 가치의 크기를 결정한다. 마오쩌둥은 올바른 자각적 능동성을 발휘하여 더 많고 더 큰 가치를 창출할 것을 무산계급정당과 광범위한 인민대중에게 요구했다.

물론 사람은 복잡한 사회관계망 안에서 실천 활동에 종사하고 있다. 만약 사람의 사회성과 실천 활동에서 벗어난다면, 사람의 자각적 능동성은 가치 근원으로서의 의미를 과학적으로 해석할 수 없게 된다. 실제로 자각적 능동성과 사회성, 창조성의 실천 활동은 서로 연결되어 있다. 사람은 내재적 욕구에 떠밀려 생존문제를 해결하기 위해 일정한 생산관계와 기타 사회관계를 형성하고, 자연을 개조하고 욕구를 만족시키는 물질생산 활동과 기타 사회활동을 진행한다. 그리고 그 활동 과정에서 사람과 자연, 사람과 사회, 그리고 사람과 자신의 관계를 점차 인식하고 자연과 사회 및 인간 자체의 본질과 운동법칙을 장악하며, 따라서 세계를 인식하고 개조하는 주체 능력을 키운다. 인류의 주체 잠재력, 인류의 자유 자각적인 창조적 힘이 사회에서, 실천 과정에서 커지고 제고되고 축적되며, 또 사회관계 속에서 이루어지는 실천 활동을 통해 발휘되고 구현된다. 사회성이 인류의 주체인 잠재력과 잠재적 가치가 생겨나고 발휘되는 장소와 조건이라면, 실천은 인간이 잠재력을 모으고 발휘하며 가치를 창출하는 직접적인 현실이라고 할 수 있다. 실천은 인간 가치의 잠재력과 가능성을 실재하는 현실로 바꾸는 매이다. 인간의 가치는 바로 실천을 통해 만들어지고 전개된다. 인민을 위해 봉사하고 사회에 기여하는 실천은 사회 역사의 발전을 추동하고, 인류의 행복을 창조하는 한편, 사람의 총명과 재지를 충분히 발휘하여 사람의 몸과 마음의 잠재력을 현실로 바꿈으로써 진일보적인 자기 발전과 완성을 위한 환경여건을 마련한다. 인민을 위해 봉사하는 실천은 인간의 자기가치와 사회가치를 통일시키고, 인간의 가치를 실현시키는 올바른 수단이자 근본적인 방식이다. 일정한 가치기준에 따라 주체·객체 간의 가치관계와 그 실현 상태 등 가치 사실에 대해 평가하는 것은 인간의 가치 생활에서 중요한 내용이다. 가치평가의 기준은 자신의 내재가치척도에 대한 주체의 자아의식으로 일반 가치관의 중요한 구성 요소이며, 마오쩌둥의 인생가치관의 유기적인 구성 부분임이 틀림없다. 과학적인 가치평가는 가치사실을 바르게 인식한 상황에서 합리적인 가치척도를 적용하여 가치 객체의 기능과 효용 그리고 가치주체와 가치객체 간의 관계에 대해 적절하게 평가하는 것이다. 서로 다른 가치주체가 동일한 가치사실에 대해 서로 다르거나 심지어 완전히 반대되는 평가를 내리는 경우가 있는데, 그 원인은 가치기준의 차이성과 가치사실의 다원성에 있다. 동일한 가치사실이 서로 다른 가치주체에 대한 효용이 다르거나 심지어 서로 충돌될 수 있는데, 서로 다른 가치주체가 처한 경제적 지위, 교육 수준, 문화 수준, 사회 경력과 삶의 목적이 다르기 때문에 그 가치 관념도 서로 다르게 된다. 그리하여 서로 다른 가치주체가 동일한 가치객체와 서로 다른 심지어 완전히 반대되는 가치관계에 처해 있을 수도 있다. 한편 서로 다른 가치주체는 늘 자신의 특수한 지위와 이익의 입장에서 가치사실을 인식하고 평가한다. 그렇기 때문에 서로 다른 가치주체가 동일한 가치사실에 대해 인정적이거나 부정적인 가치평가를 하는 경우를 쉽게 이해할 수 있다. 모든 가치주체는 그에 유리한 가치객체에 대해서는 인정적인 평가를 한다. 반대일 경우라면 부정적인 평가를 한다. 이는 가치평가기준과 가치사실의 성질의 다원성의 표징이다. 서로 다른 가치평가주체는 늘 자기 입장에서 자신의 이익을 가치기준으로 삼고 현실을 살피고 인생을 평가하며 심지어 자신의 가치기준이 옳고, 남의 가치기준은 틀렸다고 생각한다. 어찌 해야 다양한 가치기준을 통합하여 가치객체에 대해 과학적인 가치 인식과 대다수 사람들이 받아들일 수 있는 가치평가를 내릴 수 있을지 하는 문제가 역대 사상가들의 마음을 괴롭혔다. 가치평가에서 마오쩌둥의 독특함은 가치사실과 관련되는 당사자만의 개인 이익과 좁은 안목에 얽매인 것이 아니라, 당사자의 이익에 대한 고려와 좁은 시야를 뛰어넘어 인민대중의 장원한 근본적인 이익을 내다보고 인류사회 역사운동의 전반 과정을 내다보았으며, 가장 광범위한 인민대중의 근본적 이익에 부합되는지의 여부와 사회진보와 인류발전에 도움이 되는지의 여부를 최고 가치기준으로 삼을 것을 요구하는데 있다. 그리고 구체적인 가치평가에서 마오쩌동은 또 동기와 효과를 결합하여 양자의 통일로부터 사람의 감정, 언론, 사상과 행위의 가치를 인식하고 평가했다. 마오쩌동은 무산계급의 경제적 지위가 광범위한 인민대중과 서로 대립되는 특별한 계급적 이익이 그 계급에는 존재하지 않음을 결정네 했다고 주장했다. 무산계급은 새로운 생산방식의 대표이자 인류 역사상 마지막 계급으로 그 역사적 사명은 차별이 없고, 모든 사람이 평등한 공산주의사회를 세우는 것이고, 무산계급 또한 전 인류의 해방 속에서만 자신의 해방을 얻을 수 있다고 주장했다. 그렇기 때문에 무산계급과 그 정당의 가치방향은 광범위한 대중성과 원대한 이상성을 띤다. 다시 말하면 그 가치관은 만민을 포용하고 미래를 지향하는 것이다. 공산주의자 마음의 세계와 주관적인 동기로 말하자면 인민대중의 근본적 이익을 행동의 출발점과 최종 귀착점으로 삼는 것이다. 동기가 효과는 아니지만 그것은 가치사실의 영혼이다. 전심전력으로 인민을 위해 봉사하고자 하는 주관적인 동기는 인민을 위해 봉사하는 실천으로 전개되어야 하고, 인민대중의 현실적 이익과 장원한 이익에 부합되는 효과로 반영되어야 하며, 사회에 대한 물질적·정신적·도덕적 기여로 나타나야 한다. 좋은 동기만 있고 현실적인 효과가 없이 환상과 공담에만 머물러 있다면, 가치 영혼으로서의 좋은 동기는 근거가 없으며 이룰 수 없는 것이다. 오직 인민의 이익을 행동의 출발점과 귀착점으로 삼고 전심전력으로 인민을 위해 봉사하는 것을 자각적 도덕의식으로 삼아 적극적이고 성실한 실제 행동으로 변화시키고, 아울러 실천과정에서 광범위한 인민대중에게 도움이 되고 인류의 전면적인 발전과 사회역사의 진보에 추진역할을 할 수 있는 효과가 나타나야만, 비로소 가치가 있는 인생인 것이다. 만약 사회와 인류를 위해 기여하고자 하는 가치창출의 자각의식과 적극적인 활동이 없다면, 설령 그들의 행위가 사회와 인류에 도움이 되더라도 결국 맹목적인 활동으로 그 가치와 인생은 원만하지 못한 것이다. 만약 큰소리만 치면서 힘들고 세심한 일을 하지 않으려 하고, 사회와 인민에 도움이 되는 일을 하지 않으려 한다면 가치에 대해 운운할 수 없다. 마오쩌둥은 이렇게 말했다. "만약 우리 공산당원이 공업과 경제에 관심이 없고 추상적인 '혁명사업'만 할 줄 안다면 그런 혁명가는 아무런 가치도 없다. 우리는 공론만 일삼는 그런 혁명가를 반대해야 한다."[592] "유심론자는 동기를 강조하고 효과를 부정한다. 기계적 유물론자는 효과를 강조하고 동기를 부정한다. 우리는 그 둘과 반대이다. 우리는 변증유물주의 동기와 효과의 통일론자이다. 대중을 위한 동기와 대중에게 환영받는 효과는 갈라놓을 수 없으며, 양자를 반드시 통일시켜야 한다. 개인과 편협한 집단을 위한 동기는 좋지 않다. 대중을 위한 동기가 있지만 대중들에게 환영받지 못하고 대중에게 도움이 되는 효과가 없다면 그 또한 좋지 않다…사회실천과 그 효과는 주관적인 소망이나 동기를 검증하는 기준이다."[593] 사람의 도덕의식과 사상 동기는 그 행위의 강력한 내적 추진력이다.

---

592) 1944년 5월 24일 옌안 『해방일보』
593) 『마오쩌둥선집』 제3권, 앞의 책, 868쪽.

숭고한 이상과 도덕이 없고, 사회와 인민을 위해 자각적으로 봉사하려는 사상동기가 없는 사람은 자각적·적극적으로 사회와 인민을 위해 공헌하려는 실제행동이 있을 수 없다. 그래서 마오쩌둥은 가치 창출 활동에서 동기의 의미와 역할을 인정했다. 그러나 주관적인 동기는 현실적 가치가 아니기 때문에 실천활동으로 전개되어야 하고, 효용과 결과로 현실화해야 한다. 그래서 마오쩌둥은 또 현실의 실천과 그 결과를 통해 주체·객체의 상호작용으로 생겨난 산물로부터 사람의 동기와 소망을 돌이켜보고, 소망과 동기에 대한 돌이킴과 그 동기부여의 실천활동의 결과로부터 사람의 가치를 판단해야 한다고 주장했다. 종합적으로 마오쩌둥은 사회 진보와 인류 발전에 도움이 되는지의 여부를 인생의 가치를 가늠하는 기준으로 삼고 동기와 효과의 통일에서 인생의 가치를 바라볼 것을 주장했다. 이로써 동기를 강조하고 효과를 부정하는 유심론과 효과를 강조하고 동기를 부정하는 기계적 유물론을 극복하였으며, 인생가치의 평가를 위한 방대한 참조 시스템과 구체적이고 실제적인 운영 방법을 확립하였던 것이다.

3. 인생가치의 실현에 영향을 주고 제약하는 주객관적 요소

인생가치의 실현에 영향을 주는 기본 요소는 두 가지이다. 그중 하나는 사회제도와 같은 객관적 요소이고, 다른 하나는 창조의식, 가치욕구, 가치관념, 창조 잠재력 등 주관적 요소이다. 마오쩌둥은 이에 대해 깊이 연구하였을 뿐만 아니라 인생가치의 실현에 도움이 되는 객관적 환경을 만들어 주체의 창조적 잠재력을 향상시키기 위해 추

구와 실천을 꾸준히 이어갔다. 사람들의 가치창출 활동에 영향을 미치는 객관적 요소에는 주로 생산수단의 소유제형태, 사회생산 과정에서 사람들의 지위와 상호 관계, 그리고 노동 생산물의 분배방식이 포함된다. 사유제사회에서 노동자는 생산수단과 서로 분리되어 생산과정에서 억압 받고 지배당하며 노예취급을 당하는 지위에 처해 있기 때문에, 그 활동은 자유 자발적인 것이 아니다. 생산수단과 노동과정의 분리는 필연적으로 노동자가 그의 노동 생산물로부터 소외되는 상황을 초래한다. 노동자가 생산한 노동생산물은 자신을 인정하는 외재화된 산물이 아닐 뿐 아니라 반대로 자신을 억압하고 노예화하는 반대 세력이 되었다. "노동자가 많이 생산할수록 그가 소비할 수 있는 것은 더욱더 적어지고, 그가 가치를 많이 창출할수록 그 자신은 더욱더 가치가 없고 더욱더 비천해진다."[594] 사유제사회에서 노동자는 교육받을 권리를 박탈당하고, 노동자의 가치실현 방식과 정도는 착취자의 욕구의 제한을 받으며, 노동자 자신의 욕구는 합리적인 만족을 얻지 못하고, 그들의 생존 욕구와 편파적 발전 욕구의 만족은 더 한층 착취당할 수 있는 조건을 마련할 뿐이다. 사유제사회에서는 경제관계에서 노동자의 지위와 가치의 상실은 필연적으로 정치적 그리고 사회적 지위와 가치의 상실로 이어진다. 마오쩌둥은 구(舊)중국에서 많은 농민들이 봉건제도에 얽매이고 봉건적인 경제 착취와 정치 압박에 시달려 경제적으로 극도로 가난하고 정치적으로 인신자유가 없었으며, 아무런 정치적 권리도 없었다고 주장했다. 가난하고 자

---

594) 『마르크스·엥겔스선집』 제1권, 앞의 책, 42쪽.

유롭지 못한 정도가 중국인민에 견줄 민족은 세계에서도 드물 것이다. 그러한 사회제도 아래서 인민은 존엄과 가치를 모조리 상실했다. 그러나 사회주의제도 하에서 노동자는 생산수단의 주인과 생산과정의 지배자가 되어 자신을 위하는 한편, 사회 저난을 위해 일할 수 있었으며, 또 그 생산과정의 결과를 통해 자신의 가치를 확인하고 보여주었으며, 사회를 위해 가치를 창출하는 한편 사회에 대한 기여도에 따라 보수를 얻어 자신의 생존과 발전의 욕구를 만족시킴으로써 자신의 자아가치를 실현할 수 있었다. 마오쩌둥은 "사회주의는 구 사회로부터 노동자와 생산수단을 해방시켰을 뿐 아니라 구 사회에서는 이용할 수 없었던 광활한 자연계도 해방시켰다."[595]라고 말했다. 인민민주주의독재의 사회주의제도는 아주 큰 우월성을 띠고 있다. 그 제도 하에서 인민은 자체의 무궁무진한 힘을 발휘할 수가 있다. 사회주의제도의 수립은 노동자에 대한 노동수단, 노동과정, 노동생산물의 반대 성질을 없애고, 노동자를 가치창출 활동과 가치 향유 활동의 주체가 되게 함으로써 인간의 사회가치와 자기가치의 실현을 위한 전례 없는 여건을 마련했다. 이 부분을 충분히 인정한다고 해서 사회주의가 이미 완벽해졌다는 뜻은 아니다. 사회주의는 경제 분야에서나 상부구조 분야에서나 아직 완벽하지 못한 부분이 많고, 많은 관계가 아직 정리되지 않았기 때문에 생산력의 발전을 저애하고 인간 가치의 순조로운 실현을 저애하고 있다. 그래서 마오쩌둥은 1950년대에 경제 기반과 상부구조 분야의 완벽하지 못한 부분과 분야를 개혁하여 활

---

595) 『마오쩌둥문집』 제6권, 앞의 책, 457쪽.

발한 정치국면을 조성함으로써 인민이 주인이 되어 국가와 기업을 관리하고 일할 수 있는 권리와 쉴 수 있는 권리, 교육 받을 권리를 누릴 수 있도록 지지해야 한다고 제기했다. 이 모든 것은 사회제도를 개혁하여 인생의 가치를 순조롭게 실현하고자 하는 이론적 사고와 현실적 실천의 표현으로 볼 수 있다. 환경의 변화와 인류의 활동, 객관세계를 개조하는 것과 주관세계를 개조하는 것은 일치한 것이다. 사람은 항상 일정한 사회 환경에서 가치창출 활동을 진행하는데 그 환경은 또 주체의 활동을 통해 창조된 것이다. 인생의 가치에 영향을 미치는 여러 요소에 대해 탐구할 때는 환경요소의 제약을 보지 않을 수 없다. 그리고 또 주체 요소의 역할도 반드시 크게 중시해야 한다.

첫째, 마오쩌동은 자신과 광범위한 인민대중의 가치의식을 양성하고 격려하는 것을 시종일관 중시하여 왔다. 가치의식은 일종의 기능이고 효과의식이다. 인생의 가치의식을 강화하는 것은 현실의 인생을 소중히 여기고 인생 실천의 효율을 중요시 하며, 한정된 인생에서 사회에 가장 큰 공헌을 하여 자기 몸과 마음의 잠재력이 최대한 발휘될 수 있기를 바라는 것이다. 마오쩌동은 평생 시간과 경주했다. 그는 밤낮으로 거침없이 흘러가는 강물이 한 번 흘러가면 다시 돌아오지 않는 현상에서 시간의 일차원성과 불가역성을 탄식하였고, 사람들이 시간을 소중히 여기고 기회를 잡아 자연을 개조하여 인류에게 복을 가져다줄 것을 요구했다. 그는 또 무궁한 우주와 짧은 삶의 선명한 대조에 대해 감탄하면서 "만 년은 너무 길으니 지금 눈앞의 시간만 잡을 것"이라는 대망을 밝히면서 한정된 인생을 찬란한 빛을 발할 수 있게 했다. 그는 우리나라의 너무나도 가난하고 낙후한 모습을 보고 느끼면서 인민의 행복과 국가의 부강을 위해 사회주의를 더 많이, 더 빨리, 더 좋게, 더 절약하여 건설할 것을 요구했다. 강렬한 가치의식과 생생한 생명의 약동이 마오쩌둥의 인생실천에서 충분히 구현되었던 것이다.

둘째, 고차원의 가치추구를 양성하고 불러일으켰다. 가치의 욕구는 사람이 가치추구 활동에 종사하는 내재적 추진력이자 또 가치창출과 실현의 귀착점이다. 사람의 욕구는 단계적인 것으로 각기 다른 단계의 욕구가 사람들의 가치창출 활동의 방식과 강도를 결정짓는다. 건전하며 진보적인 욕구를 끊임없이 제시하고 창조해야만 사람의 사회적 행위를 가치창출의 길로 유도할 수 있다. 사람의 가치에 대한 욕구를 불러일으키는 것은, 사람들이 인생의 이상과 고상한 인생 목적을 세우고 적극적으로 진취적이고 건전하게 진보하기 위한 욕구를 고무격려하고 창조하며, 부정적이고 낙후한 욕구를 제어하고 극복하도록 하는 것이며, 또 기본 생존 욕구를 만족시키는 전제 하에서 자기발전과 자기완성, 자아실현의 욕구를 끊임없이 확대함으로써 이상적인 인격과 이상적인 사회를 창조하고자 하는 자각적인 의식을 사람의 여러 활동에 주입시키는 것이다. 마오쩌둥은 중국혁명과 건설을 이끄는 장기간의 실천 과정에서 줄곧 사람의 가치추구를 불러일으키는 면에 주의를 기울였다. 그는 인민의 물질생활 문제를 해결하기 위해 투쟁하였을 뿐만 아니라, 줄곧 공산주의 이상과 신념·도덕·기율로써 당원과 대중을 교육하여 광범위한 인민대중의 인생실천을 이상추구의 궤도에 올려놓았다. 새 중국 창립 전과 창립 초기에 일부 공산 당원과 당원지도간부들 사이에 존재하는 혁명의지가 쇠퇴하고 이상 신념이 약화되었으며 교오자만하고 향락만 탐하는 문제에 대해 마오 쩌동은 겸손하고 신중하며 분투해야 하며, 생활의 기본 욕구가 해결 된 전제 하에서도 혁명을 계속하는 것을 잊어서는 안 된다고 전 당에 당부했다. 사람이 이상이 없이 생존을 위해 산다면 동물과 별반 다 를 바가 없다. 마오쩌동 본인이 바로 평생토록 이상가치를 추구해온 고행자이고 사심 없는 순도자이다. 마오쩌동과 오랜 세대 혁명가들 이 광범위한 대중의 고상한 가치욕구를 잘 인도하고 격려하였기 때문 에, 인민대중의 충만한 정치열정과 사심 없는 헌신정신, 그리고 거대 한 역사적 주동성과 창조성을 불러일으켜 사회주의 여러 가지 사업 이 나날이 번창하고, 사회기풍이 깨끗하고 순박하며, 인민의 정신적 인 면모가 분발할 수 있었던, 사람들의 그리움과 동경을 자아내는 역 사시대를 창조할 수 있었던 것이다.

셋째, 사람의 가치 관념의 조정에 주의를 돌렸다. 가치 관념은 사람 들이 가치인지와 가치평가에 종사하는 중요한 참조시스템으로서 사 람들의 가치선택과 가치추구의 방향을 제약한다. 사람의 가치 관념 을 조정하는 것은 사회진보와 사람의 전면적인 발전이라는 총체적 요 구와 근본 기준에 따라, 서로 다른 역사시기의 중요한 임무와 사회운 동의 특징을 결부시켜, 합리적이고 과학적이며 정확한 가치평가 체계 를 구축하는 것이다. 마오쩌동의 인생가치관은 본질적으로 집단주의 를 핵심으로 한 가치관이다. 개인과 집단, 눈앞의 것과 미래적인 것,

일부와 전체, 국부와 전국의 관계문제에서 마오쩌동은 통일적으로 계획하고 전면적으로 배치할 것을 주장하면서 개인·국부·일부·눈앞의 것이 집단·전국·근본·미래에 대한 것에 순종해야 하고, 전체적·전국적·장원한 이익을 위해 개인·국부·일부의 이익을 잠시 희생시켜야 하며, 사회의 전반적 진보와 전 인류의 발전을 첫 자리에 놓아야 하며, 또한 그 전제 하에서 개인·국부·일부와 눈앞의 이익도 될수록 만족시켜야 한다고 주장했다. "우리는 예로부터 분투할 것을 제창하고, 개인의 물질적 이익을 최우선으로 여기는 것에 반대하였으며, 한편으로 우리는 예로부터 대중의 삶에 관심을 기울일 것을 제창하면서 대중의 고통에 무관심한 관료주의에 반대해 왔다."[596] 올바른 가치 방향이 이끄는 가치창출활동은 개인과 사회, 전체와 국부, 사회가치와 자기가치를 조화시키고 통일시키며 일치하게 하며 상생할 수 있게 한다.

넷째, 가치창출 주체의 소질을 높여 사람의 가치창출 잠재력을 개발했다. 사람은 가치의 창조자이고, 주체의 소질이나 주체의 창조 잠재력은 주·객체 간의 가치관계가 가능성에서 현실로 바뀌는 내재적 근거이다. 사람의 가치추구 활동은 사실상 자연과 사회 그리고 사람 자체를 인식하고 개조하여 사람의 심신능력을 향상시키고 사람의 자연적 상태를 초월함으로써 사람 자신을 주체화·사회화시키며, 사람과 자연 및 사회의 본질과 법칙을 인식하고 합목적성 개조를 더해 사람과 자연·사회의 현실적 상태를 초월함으로써 자연과 사회로부터

---

596) 위의 책, 제7권, 28쪽.

노역을 당하고 억압당하던 상태에서 해방하여 자유를 얻는 것이다. 가치창출의 주체인 사람의 자질과 능력 및 잠재력은 선천적인 것이 아니라 후천적 실천과 교육의 결과이다. 마오쩌둥은 예로부터 유심주의 선험론을 반대하면서 사람의 올바른 인식이 사회의 실천에서 오고, 후천적인 교육·경험·학습과 단련에서 온다고 강조했다. 젊은 시절에 그는 몸과 마음, 육체와 정신의 관계를 깊이 연구하여 논술하였으며, 육체를 강건하게 단련하고 정신을 문명화할 것을 제창했다. 새 중국이 창립된 이후에도 그는 중국의 체육 사업에 큰 관심을 기울였으며 "체육운동을 발전시켜 인민의 체질을 증강시키자"라고 제창했다. 그는 자연과학과 사회과학을 배우고 자연과 사회 및 사람 자신을 개조하여 자유를 얻을 수 있는 무기를 습득하며, 경제건설을 진행함과 아울러 문화건설의 붐을 일으켜 전 민족의 과학문화 수준을 향상시켜야 한다고 당원과 인민대중에게 거듭 당부했다. 그는 또 예로부터 사람들의 공산주의이상과 신념·도덕을 양성하는 것을 중시하고 정치적 자질을 주체 능력의 실질과 정수로 간주하였으며, "바른 정치 관념이 없는 것은 영혼이 없는 것과 같다."[597]고 주장했다. 그 명언은 이상·신념·도덕의식이 이상적인 인격의 중요한 구성부분인 동시에 주체의 가치창출 활동의 방향을 규정짓는 중요한 내적 자질임을 표명한다. 건전한 사상과 뛰어난 업무능력·전문지식을 갖추고 지·덕·체의 전면적인 발전을 이룬 것은 새로운 인격의 두드러진 표징이자 가치창출 주체에 대한 근본적 요구이기도 하다. 오직 사람의 주체적 잠

---

597) 위의 책, 226쪽.

재력을 꾸준히 양성하고 증강시키며 개발해야만 현실적인 실천활동에서 사회와 자신을 위해 더 크고 더 많은, 고차원의 가치를 창출해 낼 수 있다는 것이다. 마오쩌둥의 인생가치관은 사회가치와 자기가치, 공리적 가치와 도덕적 가치의 통일을 견지하였고, 인생가치의 동력을 찾아내 사람의 잠재적 가치의 양성과 그것을 현실적 가치로 바꾸는 계기와 경로를 제시하였으며, 인류 발전과 사회 진보의 심원한 사회역사 배경으로부터 인생의 가치를 가늠하는 척도를 세웠고, 인생의 가치실현 수준에 영향을 미치는 요인을 자각적으로 탐구함으로써 인생가치를 실현하는 방법과 방식·수단을 모색했다. 마오쩌둥의 인생가치관의 총체적 기조는 사회적 가치와 도덕적 가치, 이상적 가치를 중요시하였기 때문에, 그 인생가치관 또한 초월성과 현실 비판성, 그리고 낭만주의 이상성의 특성을 띤다. 바로 그러한 인생의 가치기준의 추동 하에서 마오쩌둥은 섬세한 현실주의적 통찰력과 진지함 및 낭만주의적인 자유로운 상상, 그리고 세속에서 벗어난 이중인격적 특징을 겸비할 수 있었으며, 꾸준히 현실을 비판하고 현실을 개조하여 마음속의 이상세계를 열심히 추구하였던 것이다.

이상과 목표 및 신앙의 정상은 멀고 높아 닿을 수 없을 것 같지만, 바로 이상에 대한 추구와 신념에 대한 집착이 사람에게 막을 수 없는 막강한 힘과 불요불굴의 의지를 부여하여, 보통 사람들이 이루기 어려운 업적을 창조할 수 있으며, 거대하고도 고상한 가치를 사회에 기여할 수가 있다. 바로 그러한 기여와 가치가 이상적인 인격과 이상적인 사회로 통하는 계단을 만들고 동시에 가치창출 활동 주체의 정신적인 경지를 높이고 승화시킬 수가 있다. 마오쩌둥이 바로 인생가치의 최대 실현을 추구하는 인생의 여정에서 고상한 정신적 경지에 이른 사람이었던 것이다.

제6장
인생 경지론

마오쩌동은 중국 인민의 탁월한 정치지도자이자 정신적 선도자이며 또 완벽한 인격과 고상한 정취, 그리고 풍부한 개성을 갖춘 사람이다. 그의 인생 추구와 정신의 경지는 시대를 뛰어넘고 같은 세대를 초월했다. 그가 최고 지도자로서 억만 인민의 심신활동을 불러일으켰을 때나, 그가 작고한 후 그에 대한 시비와 공과를 둘러싼 평가를 받을 때나, 사람들은 모두 그를 노래하고 추억하며 그리워하고 탄복했다. 그는 자연과 사회를 통일시킨 최고의 존재로서 인간은 물질적 정신적 욕구가 있다는 것을 잘 알고 있었기 때문에 인민에게 이익을 가져다주고 인민에게 깨우침을 줄 것을 주장하였던 것이다.

그러나 그 자신은 정작 심각하게 부족한 물질적 삶을 인내하면서 일상생활을 소홀히 하였으며, 사회의 진보와 인민의 행복 증진에 전력을 다 했다. 그는 도덕규범에 따르며 진리를 추구하고 고수하는 험난함과 고생스러움을 잘 알고 있으면서도 평생 진선미의 인생 경지를 추구했다. "내 마음에 고결한 품행에 대한 이념과 추구가 있는 한 아홉 번 죽는다고 해도 결코 후회하지 않을 것이다."[598]

---

598) 굴원, 『이소(离骚)』

이것이 바로 위인 마오쩌동의 정신적 경지였다.

1. 인간의 전체성과 욕구의 단계성

인간은 전체적인 존재물로서 다중 속성과 다양화한 욕구를 가지고 있다. 인류가 자신의 욕구를 만족시키는 방식은 동물처럼 본능에 의해 피동적으로 자연에 적응하는 것으로 실현하는 것이 아니라, 인류는 반드시 자각적이고 능동적인 물질생산과 경제·정치·정신적 교류를 통해 실현해야 하며, 다분야·다차원·다각도의 실천 활동을 통해 실현해야 한다. 인류는 자연과 사회, 물질과 정신의 통일체로서 물질 세계에서 살아가기도 하고, 또 정신의 바다에서 노닐기도 한다.

인간은 생명활동 과정에서 때때로 생리적인 것과 심리적인 것, 물질적 정신적 결핍 상태를 경험하면서 긴장감과 초조함을 느끼고 갈망과 욕구 그리고 요구가 생기곤 한다. 이것이 바로 인생의 욕구이고 본질적인 힘이다. 욕구는 일종의 내재적 원동력으로서 기정 목표를 향해 대상성 활동을 진행하도록 사람들을 떠민다. 욕구를 만족시키는 대상성 활동과 욕구를 만족시키기 위한 추구는 인간의 본질적인 힘의 표현과 확증이다. 사람은 모두 욕구가 있고 욕구는 여러 단계로 나뉜다. 사람은 자연적인 생명이 있는 육체로 존재하며 물질생활에 대한 욕구가 있다. 그는 반드시 외부 자연계와 물질·에너지 전환을 진행해야만 생존을 유지할 수 있다. 그런 부분에서는 표면상에서는 동물과 비슷하지만 실질적으로는 동물과 다르다. 동물의 생존 욕구는 순 자연적인 것으로서 동물은 소극적이고 피동적으로 자연에 적응하면서 단순하게 자연계로부터 생존의 수단을 얻을 뿐이다. 그러나 인생의 욕구를 만족시키려면 자신의 창조적인 노동에 의지하여 실현해야 한다. 인간의 자각적인 능동성과 대상성의 본질적인 힘은, 내재적인 욕구와 척도에 따라 외부 자연계를 개조하는 것으로 표현되며, 그리고 그러한 대상성 활동 과정에서 자신도 개조시킨다. 또 동물이 물질생활의 수단을 얻는 것은 단지 육체적인 생존을 유지하기 위해서이고, 한편 인간이 물질적 욕구의 만족을 추구하는 직접적인 목적은 생존을 유지하기 위한 것임은 틀림없지만, 생존이 물질적 욕구와 그것에 대한 만족을 추구하기 위해서만은 아니다. 인간은 물질적 욕구 외에 정신적인 욕구도 있으며, 물질생활 외에 정신생활도 있다. 이러한 정신적인 욕구는 고차원적인 욕구로서 지식을 얻기 위한 욕구, 도덕적인 욕구, 심미적인 욕구가 포함된다. 따라서 이와 서로 어울리는 지식을 추구하는 인생, 도덕적인 인생과 심미적인 인생도 있다.

인간의 욕구를 물질적 욕구와 정신적 욕구로 나누는 것은 비록 일종의 본질적인 구분이지만 이 또한 대략적인 것이다. 미국의 인본주의 심리학자 매슬로(Abraham H. Maslow)는 낮은 단계에서 높은 단계로의 순서에 따라 인간의 욕구를 생리적 욕구, 안전의 욕구, 사랑의 욕구, 존중의 욕구와 자기실현의 욕구로 나누었다. 여러 욕구는 강렬한 정도가 서로 다르다. 저급한 욕구일수록 생명 유기체의 생존과 관련되어 있어 생명 유기체의 생존을 지키는 데 더욱 절박하며 따라서 그 표현 또한 더욱 강렬하다. 따라서 생리적 욕구가 안전의 욕구보다 강렬하고, 안전의 욕구가 사랑의 욕구보다 강렬하며, 사랑의 욕구가 존중의 욕구보다 강렬하고, 존중의 욕구가 또 자기실현의 욕구보다 강렬하다. 그러나 매슬로는 욕구의 환원론자가 아니었다. 그는 인류의 다양한 욕구를 최종 생존의 욕구로 귀결시키지 않았다. 오히려 그 반대로 그는 고급적인 욕구보다 저급한 욕구가 더 강렬하다고 인정함과 동시에, 또 고급적인 욕구가 더욱 가치 있고, 인간의 자기실현에 더 도움이 된다고 지적했다. 고급적인 욕구는 생식 계열에서나 진화적으로나 혹은 개체의 성장 발육에서나 모두 비교적 늦게 나타나는 일종의 욕구이다. 고급적인 욕구는 저급한 욕구가 만족을 얻었거나 혹은 기본적으로 만족을 얻은 토대 위에 생겨나는 것으로, 저급한 욕구의 만족은 고급적인 욕구가 생길 수 있는 중요한 조건이다. 단 충분조건은 아니다. 일반 사람은 저급한 욕구가 만족을 얻은 후에야 비로소 고급적인 욕구를 갈망하게 된다. 그러나 저급한 욕구가 만족을 얻었다고 하여 반드시 고급적인 욕구가 생겨나는 것은 아니다. 어떤 사람들은 평생 배를 부르게 하는 것과 가무와 여색의 욕구와 추구에 머물러 자신의 인생을 동물의 수준에 머물게 한다. 그러나 어떤 사람들은 저급한 욕구가 겨우 기본적으로 만족을 얻었거나 심지어 욕구에 극도로 미달한 상황에서도, 고급적인 욕구에 집착하며 고급적인 욕구를 만족시키기 위해 기꺼이 저급한 욕구를 희생시키고, 저급한 욕구를 억누르거나 저급한 욕구를 만족시키는 물질을 잃어버리는 것을 감내한다. 고급적인 욕구와 저급한 욕구 중 전자가 후자보다 더 가치가 있는 것이다. 고급적인 욕구의 만족은 더욱 만족스러운 주관적인 효과를 불러올 수 있다. 즉 더 큰 행복감, 편안함 그리고 내면의 삶의 풍부함을 얻을 수가 있는 것이다. 사랑의 욕구에 대한 만족이 생존의 욕구와 안전의 욕구에 대한 만족보다 더 가치가 있는 이유는, 생존의 욕구에 대한 만족은 오직 생리적인 긴장과 불편함을 잠재울 수 있고, 안전의 욕구에 대한 만족은 몸과 마음이 홀가분함을 느끼게 할 수 있을 뿐이지만, 사랑의 욕구에 대한 만족은 사람을 황홀하게 하고 행복감에 따른 열광, 편안함 그리고 매혹되는 느낌을 느끼게 한다. 고급적인 욕구에 대한 추구와 만족은 공중과 사회에 유익한 효과가 있고, 저급한 욕구는 주로 개인에 관련되는 것으로 자신을 만족의 대상으로 한다. 고급적인 욕구일수록 자기와 남의 경계가 모호하고 이기적인 부분이 적으며, 자신의 정신적 욕구를 만족시키는 동시에 남의 욕구도 만족시켜 남과 사회에 도움이 되는 효과를 일으킨다. 남에게서 사랑을 받으려면 먼저 남을 사랑해야 하고, 남에게서 존중을 받으려면 먼저 남을 존중해야 하며, 사회에 공로가 있는 일을 해야 한다. 한편 초월성 동기에 떠밀려 자기실현의 욕구를 만족시키면 자아와 사회, 대아와 소아, 내재적 가치와 존재 가치의 통일, 그리고 내재적 욕구와 외재적 요구의 일치를 이룰 수 있고, 사회의 진보, 인류 발전의 책임과 사명을 자기 발전과 완성의 욕구로 삼게 된다. 고급적인 욕구에 대한 추구와 만족은 사람의 마음을 더욱 넓고 풍부하게 하며, 사람의 재능을 더욱 전면적으로 발전시킬 수 있으며, 더욱 위대하고, 더욱 강하며, 더욱 진실하면서도 풍부한 개성을 키워낼 수 있다. 매슬로의 욕구 단계설은 중국의 전통적인 인생욕구이론과 우연히 일치한다. 『관자·목민(管子·牧民)』에서는 "백성은 곡창이 넉넉하면 예절을 알게 되고, 살림이 풍족해야 영예와 치욕을 알게 된다.(倉廩實則知禮節, 衣食足則知榮辱)"라고 하여 물질적 욕구의 만족이 정신적 욕구가 생기고 이루어질 수 있는 전제임을 명확히 지적했다. 공자도 "서(庶), 부(富), 교(敎)"이론을 제기했다. 즉 많은 인민에 대하여 먼저 그들을 부유해지게 하여 물질적 삶의 문제를 해결해준 다음 그들을 교육하여 예의염치(禮義廉恥, 예절·의리·청렴·부끄러움을 아는 태도—역자 주)를 아는 도덕적인 삶을 살도록 해야 한다고 주장했다. 맹자도 덕으로 백성을 다스리고 백성들을 위한 산업을 정해 주어야 한다고 주장했다. 그는 의지해 생존할 수 있는 고정된 산업이 없이도 자기 본분을 지키면서 살아갈 수 있는 도덕적인 심성을 갖출 수 있는 것은 오로지 선비만이 할 수 있는 일이라며 백성은 고정된 산업이 있어야만 도덕심을 갖출 수 있고, 고정된 산업이 없으면 도덕심을 갖출 수 없다고 주장했다. 일반인에게 있어서는 기본적인 생활이 보장되어야만 높은 차원의 욕구가 생길 수 있는 것이다.

수양이 있는 군자는 물질과 여색의 욕구를 넘어 사람이 마땅히 지켜야 할 큰 도리를 체득하고 인의도덕을 실천하는(體道行仁) 고차원적인 추구에 마음을 쏟는다. 즉 군자는 생계를 도모하지 않고 도의를 도모하며, 가난함을 걱정하지 않고 도의를 행하지 못할까 걱정한다는 것이다. 소인은 육체의 생존 욕구를 만족시키기 위해 물질적인 행복을 추구하는데 전념하고, 군자는 정신적인 즐거움을 지향하고 정신적인 욕구의 만족과 마음의 세계의 풍부함을 추구한다. 맹자는 "사람의 몸에는 중요한 것도 있고, 부차적인 것도 있으며, 큰 것도 있고,

작은 것도 있다. 작은 것으로 큰 것을 해치지 말고, 부차적인 것으로 중요한 것을 해치지 마라. 작은 것을 보살펴 관리하면 소인이 되고, 큰 것을 보살펴 관리하면 대인이 된다.(體有貴賤, 有大小, 無以小害大, 無以賤害貴, 養其小者為小人, 養其大者為大人.)"599)라고 말했다. 유가의 주장에서는 정신적 욕구의 만족을 중시하고 정신과 도덕적인 생활을 추구하는 경향이 아주 선명했다. 마오쩌동은 인생 욕구의 단계에 대해 전문적으로 논술하지는 않았지만, 인생 욕구에 대한 예리한 견해는 확실히 가지고 있었다. 전쟁 시기에 마오쩌동은 공산당과 공산당이 이끄는 인민군대는 소수의 사람이나 협애한 집단의 사사로운 이익을 위해서가 아니라 인민대중의 이익과 전 민족의 이익을 위해 싸우고 일하며, 전심전력으로 인민을 위해 봉사하는 것을 근본 원칙과 출발점으로 삼을 것을 거듭 강조했다. 그는 대중의 정서에 주의를 기울이고 대중의 목소리에 귀를 기울이며 확실하게 대중을 위해 이익을 도모하고, 대중의 생산, 생활 그리고 또 다른 문제들을 착실하게 해결할 것을 요구했다. 만약 대중의 정서를 헤아리지 못하고, 대중을 도와 생산을 조직하고 생활을 개선시키지 못한다면, 대중을 교육하고 동원하며 대중을 조직하고 이끌어 혁명을 전개하는 기반을 잃게 된다. 오직 대중의 삶에 관심을 두고 지대한 충성과 열정으로 대중의 이익을 도모하며, 대중의 생산과 생활문제를 해결해야만 본보기적인 행동으로 대중들을 깨우쳐주고, 대중을 조직하고 이끌어 봉건주의와 제국주의의 통치를 뒤엎고, 독립·자유·민주를 쟁취하기 위해 싸

---

599) 『맹자·고자상』

울 수 있는 것이다. 새 중국이 창립된 후, 마오쩌둥과 중국공산당은 인민을 이끌어 신민주주의혁명에서 남아 내려온 임무를 완성했다. 그들은 토지개혁을 전개하였으며, 비적을 숙청하고, 패권주의를 척결하였으며, 반혁명을 진압하는 운동을 전개하였고, 생산수단의 사유제에 대한 사회주의 개조를 진행하여 빠른 시일 내에 경제를 발전시키고, 인민대중의 물질생활 수준을 향상시키려고 힘썼다. 이와 동시에 그들은 또 인민대중에 대해 사회주의와 공산주의 이상과 신념, 도덕교육을 진행할 것을 제창하였으며, 인민대중이 부유한 물질적 삶을 누릴 수 있게 할 뿐 아니라 인민대중이 고상한 이상과 도덕을 갖추게 하여 사회, 타인, 그리고 이상을 위해 분투하는 과정에 고상한 인격과 전면적으로 발전한 개성을 갖춘, 자기실현을 완성한 사람으로 성장할 것을 제창했다. 마오쩌둥이 중국혁명과 건설을 이끈 이론과 실천을 통해 마오쩌둥이 인간의 욕구에는 단계성이 있음을 발견하였고, 인민대중의 물질적 욕구와 정신적 욕구의 합리성을 인정하였으며, 그리고 인민대중을 이끌어 창조적인 실천 활동과정에서 그 욕구를 만족시켜 모든 사람들이 물질적 욕구의 만족뿐 아니라, 정신적 욕구의 만족도 얻게 함으로써 모든 사람을 정신세계가 풍부한 자, 인격이 고상한 사람으로 성장시키기 위해 온 힘을 다했다는 사실을 볼 수 있는 것이다.

2. 인생의 추구와 인생의 경지

인생의 욕구에는 여러 단계가 있다. 물질적 욕구와 정신적 욕구, 저급한 욕구와 고급적인 욕구, 기본 욕구와 초월성 욕구, 이 모든 것이 인생에 꼭 필요한 것으로서 모두 완벽한 인생의 실현에 가치가 있으며, 여러 욕구에 대한 만족은 모두 인성의 완성과 인생의 행복에 도움이 된다. 이는 상기 여러 욕구의 공통점이다. 한편 여러 욕구에 대한 서로 다른 효용 또한 분명한 것이다. 물론 저급한 욕구보다 고급적인 욕구가, 결핍성 욕구보다 초월성 욕구가, 물질적 욕구보다 정신적 욕구가 늦게 생기고 늦게 효용을 발휘하지만, 전자보다 후자가 더 가치가 있고 인성을 발전시키고 충실히 하며 풍부히 하는 것과 인격의 완성에 더 큰 도움이 된다. 그러므로 하나의 사회개체에 있어서 기본적, 물질적, 결핍성 욕구의 만족에 머물 것인지 아니면 고급적, 정신적, 초월성 욕구의 만족을 애써 추구할 것인지가 그 인격 가치의 크기와 인생경지의 높이를 결정한다. 일반 사람의 경우 기본 욕구가 만족되어야 고급적인 욕구가 생길 수 있다. 그러나 특수한 사람의 경우에는 개성의 품격, 심리감정, 천부적인 기질이 탁월함으로 인해 고차원적, 초월성 욕구, 예를 들면 진선미와 같은 욕구에 대해 특별한 열망과 갈망, 민감성를 가지고 있으며, 또 초월성 욕구를 지향하고 추구함에 있어서도 서로 다른 흥미의 중심과 치중점을 나타낸다.

엄한 아버지와 자상한 어머니의 집안 분위기와 중서문화가 서로 융합되고, 민족위기가 날로 심각해지는 큰 사회 배경 아래서 살아온 마오쩌동은, 인생과 정치적 의식이 싹 틀 때부터 고차원적, 초월성 욕구를 간절히 만족시키려는 선명한 개성을 나타냈다. 그는 남녀 사이의 진정한 사랑을 갈망하고 억지혼인에 반대하였으며, 사유제를 바탕으로 한 혼인제도를 비난하고 사랑을 모욕하는 낡은 습관과 구세력을 극도로 혐오하였으며, 연애 중심의 혼인을 제창했다. 그는 우정을 갈망하면서 고생을 두려워하지 않고 의지가 확고하며 구국의 열정과 진취적인 창조정신을 가진 벗을 사귀기를 간절히 바랐다. 그는 또 모든 사람이 평등하고 사회와 타인으로부터 이해와 존중을 받을 수 있기를 갈망했다. 1918년에 후난 성립 제1사범학교를 졸업한 마오쩌동은 후난 학생들의 프랑스 고학을 연계하고 성사시키기 위해 처음으로 베이징에 갔다. 생계를 위하여 마오쩌동은 베이징대학 윤리학 교수로 재직 중이던 양창지 선생의 추천으로 리다자오 베이징대학 도서관 주임 아래에서 도서관 보조로 일하면서 8위안의 월급을 받았다. 그는 다른 7명과 함께 베이징 산옌징(三眼井)에 있는 작은 방에서 지냈다. 그들은 높은 구들위에 큰 이불 하나를 같이 덮고 같이 누워 잘 때면 비좁아 숨이 막힐 지경이었다. 그런 열악한 생활 여건 때문에 이미 충분히 불쌍하였지만, 남의 이해와 존중을 받지 못하는 답답함이 더욱 마오쩌동의 가슴을 짓눌렀다. 그때 당시 신문화운동의 중심이었던 베이징대학에서 자신의 자리를 찾기 위해 마오쩌동은 일부 학술모임에 참가하여 관련 수업을 방청하고 남과 변론할 자격을 얻고자 했다. 18년이 지나 마오쩌동은 스노우와의 대화를 나누는 자리에서 슬프지만 엄청난 행운이었던 첫 베이징 방문을 감회 깊게 회고했다.

"나에게 있어서 베이징은 지출이 너무 큰 곳이었다. 나는 친구에게서 돈을 빌려서 수도에 오게 되었다. 온 후에는 바로 일자리를 찾지 않으면 안 되는 상황이었다. 내가 예전에 사범학교에 다닐 때 윤리학 교사였던 양창지 선생이 국립 베이징대학 교수로 계셨다. 나는 그에게 구직을 도와 달라고 부탁하였고, 그는 나를 베이징대학 도서관 주임한테 소개시켜 줬다. 그 주임이 바로 리다자오이다. 후에 그는 중국공산당의 창시자 중 한 명이 되었다. 그 후 그는 장쭤린(張作霖)에게 살해되었다. 직위가 낮은 나를 아무도 거들떠보지 않았다. 내가 하는 일 중의 하나가 도서관에 와서 신문을 읽는 사람들의 이름을 등록하는 것인데, 그들 중 대다수에게 있어서 나는 존재하지 않는 것이나 다름없었다. 열람실을 찾는 사람들 중에서 나는 유명한 신문화운동의 거물급 인물의 이름들을 일부 알아봤다. 예를 들면 푸쓰녠(傅斯年), 뤄쟈륀(羅家倫) 등이었다. 나는 그들에게 큰 흥미를 느꼈다. 나는 그들과 정치와 문화 문제에 대해 이야기를 나누고 싶었지만 그들은 모두 바쁜 사람들이어서 일개 도서관의 보조 나부랭이가 남방의 방언으로 지껄이는 말을 들어줄 여유가 없었다. 그래도 나는 낙심하지 않았다. 나는 철학회와 신문학회에 참가했다. 베이징대학에서 방청하기 위해서이다. 신문학회에서 나는 다른 학생들을 만났다. 예를 들면 천공버(陳公博)가 그중 한 사람이었다. 그는 현재 난징에서 큰 벼슬을 하고 있다. 그리고 탄핑산(譚平山)이라는 학생은 후에 공산당에 참가했다가 그 후에 또 이른바 '제3당'의 당원으로 바뀌었다. 그리고 또 사오퍄오핑(邵飄

萍)이라는 사람도 있었다. 샤오퍄오핑은 나에게 많은 도움을 주었다. 그는 신문학회의 강사였는데, 자유주의자였으며 열렬한 이상과 훌륭한 품성 갖춘 사람이었다. 1926년에 그는 장쭤린에 의해 살해되었다."[600]

그때 베이징을 방문하였을 때 물질생활의 결핍과 남에게 존중 받기를 원하는 욕구가 만족을 얻지 못하는 것이 마오쩌동을 슬프게 했다. 그러나 젊은 시절의 사랑과 고도 베이징의 아름다운 풍경이 그에게는 위안이 되었다. 베이징에서 그는 양창지 선생의 딸 양카이훼이(楊開慧)를 사랑하게 되었다. 공원과 고궁의 정원에서 그는 베이징의 아름다운 경치를 보았다. 꽁꽁 얼어붙은 베이하이(北海), 추위를 무릅쓰고 활짝 피어난 순백의 매화꽃, 길게 드리운 버드나무 가지의 끝에서 반짝이는 고드름을 그는 보았다. 그는 베이징의 겨울에 경탄하였고 그 아름다움을 찬미하면서 "문득 하룻밤 사이에 봄바람이 부는가 싶더니, 온갖 나무마다에 배꽃이 피어났구나.(忽如一夜春風來, 千樹萬樹梨花開)"[601]라는 당나라 시인 잠삼(岑參)의 유명한 시구에서 반영되고 부각된 엄동설한에 눈이 흩날리는 시적 정취에 빠져들었다. 억눌렸던 그의 마음이 달콤한 사랑과 대자연의 아름다운 풍경에 녹아내리면서 그의 정신도 그 아름다운 사랑과 아름다운 대자연 속에서 걸러지고 미화되고 승화되었다. 뿐만 아니라 마오쩌동은 젊었을 적부터 자기실

600) 에드거 스노, 『서행만기』, 앞의 책, 126~127쪽.
601) 잠삼, 『백설가를 불러 귀경하는 무판관을 보내며(白雪歌送武判官歸京)』

현의 차원에서 현실의 인생을 살펴보았으며 초월성 동기에 떠밀렸다. 그는 국가가 가난하고 취약하며, 내정의 부패가 극에 달하였고, 외교가 여지없이 실패하였으며, 국민은 지혜롭지 못하고 꽉 막혔으며, 도덕적으로 부패하고 노예근성이 심각하며, 깊은 잠에서 깨어나지 못하고 있고, 백성들이 도탄에 빠져 허덕이면서도 어디다 하소연할 데가 없는 상황을 보고 느끼면서 세상을 비탄하고 백성의 질고를 불쌍히 여기는 마음과 중생을 제도하고자 하는 구제의식이 생겨 천하의 흥망성쇠를 자기 책임으로 간주하고, 민중의 고통을 자기 고통으로 삼았으며, 스스로 도량이 크다고 자처하면서 우주와 인생의 대본대원을 탐구하여 그것으로 사람의 마음을 개조하고 사회를 변혁하여 대세를 바꿈으로써 개인과 전 인류의 삶을 향상시키려는 뜻을 세웠다. 이는 물론 유심주의 영웅구세사관의 일종이었다. 그러나 그의 의식과 마음속에서는 대아와 소아, 자아와 사회, 세계 나아가 전 우주가 하나로 되었다. 정신적 자아가 육체적 자아의 울타리를 뚫고 자아의 경계를 뛰어넘어 전 인류와 사회 및 우주를 포괄하였으며, 내재적인 자아발전·자아완성·자아의 풍부함을 실현하려는 동기와 욕구, 사회와 인생을 개조해야 하는 역사적 사명감, 내재적 의욕과 외재적 필연적 요구, 내재적 가치와 외현적(外現的, 겉으로 드러남-역자 주) 가치의 통일을 이루었다. 마오쩌둥과 그의 젊은 동지들은 물질적 삶이 극도로 결핍한 여건 속에서 살면서도 내면은 개인과 전 인류의 삶을 향상시키려는 웅대한 포부와 호방한 감정으로 가득 차 있었다. 수중에 한 푼도 없으면서 마음은 천하를 걱정하는 것, 이는 그때 당시 마오쩌둥의 마음가짐과 지향에 대한 정확한 표현이다. 마오쩌둥은 스노우와 이야기를 나누면서 이렇게 말했다.

> "나는 학생들을 점차 내 주위에 단합시켜 핵심을 형성했다. 그것이 후에 중국의 국사와 운명에 큰 영향을 미친 학회로 발전했다.[602] 그들은 태도가 엄숙한 소수의 사람들로서 신변의 자질구레한 일에 대해서는 담론할 가치가 없다고 생각했다. 그들의 말 한 마디와 행동거지 하나하나가 모두 목적이 있었다.…나의 벗들과 나는 오직 대사인 인간의 천성, 인류사회, 중국, 세계, 우주에 대해서만 이야기하길 원했다.[603]

마오쩌둥은 우주와 인생의 본질을 탐구하려는 뜻을 세우고 자신의 몸과 마음을 전 인류를 위한 사업에 기여했다. 이는 그가 5.4운동 후반에 여러 가지 사회사조에 대해 열성적으로 관심을 갖고 이해하며 살펴본 뒤 최종적으로 마르크스주의를 선택하여 공산주의 인생의 길로 들어서게 된 중요한 정신적인 계기였다. 그런 사상의식을 정신적 기반으로 삼지 않았다면, 마르크스주의에 대해 학습하고 이해하며 실천할 수 없었을 것이며, 나아가 중국 현대와 당대 역사발전에 영향을 끼치고 인류발전과 사회 진보에 혁혁한 업적을 이룩한 마오쩌둥도 없었을 것이다. 인간의 천성, 인류사회, 중국, 세계, 우주를

---

602) 즉 신민학회.
603) 에드가 스노우, 『서행만기』, 앞의 책, 123쪽.

담론하는 것은 인간과 세계의 본질과 법칙에 대한 탐구이자 도(道)에 대한 추구이다. 그 도는 남과 나, 자아와 비아, 자신의 완성과 보편적인 완성, 내재적 가치와 최종 가치의 통일이다. 마오쩌동은 그러한 통일을 집요하게 추구했다. 그러나 그런 통일을 이루어 진정으로 주관과 객관을 일치하게 하고, 자아와 비아를 융합시키며 내재적 가치와 외재적 가치를 서로 맞물리게 하는 일은 분명 지극히 어려운 일이다. 그럼에도 불구하고 마오쩌동은 낭만적인 정서와 비장한 의미를 지닌 그 사업에 서슴치 않고 뛰어들었다. 우주와 인생의 본질 및 원만한 인성을 이루는 내적인 구상과 심사숙고, 외적으로 몸소 실천을 거친 결과, 마오쩌동이 한때 유일한 준칙으로 삼았던 인도주의 역사관, 그리고 충고운동과 목소리혁명이라는 사회와 인심을 개조하는 방식과 고별하고, 인간의 사회적 본질과 착취제도가 존재하는 사회 속의 인간의 계급 본성을 깨달았으며, 계급투쟁과 폭력혁명, 무산계급독재라는 사회를 개조하고 인생을 완성할 수 있는 예리한 무기를 꺼내들 수 있었던 것이다. 마르크스주의를 중국사회에 효과적으로 적용시키기 위해, 그는 중국의 사회 성질과 계급 상황을 깊이 분석하여 중국혁명을 앞뒤가 서로 연결되는 신민주주의혁명과 사회주의혁명의 두 단계로 나누었다. 그는 또 중국사회 여러 계급의 경제적 지위와 정치적 태도를 깊이 분석하여 중국 현대혁명의 지도자와 중견세력, 동맹군 그리고 혁명의 대상을 확정지었으며, 당의 영도, 무장투쟁, 통일전선으로 삼위일체를 이룬 신민주주의혁명의 총체적 전략을 제정했다. 1차 국내혁명전쟁, 토지혁명전쟁, 항일전쟁, 해방전쟁의 고달픈 혁명전쟁의 긴긴 세월과 여러 차례 생사존망의 대 혁명을 거쳐 전체 인민과 함께 중화인민공화국의 밝은 여명을 기쁘게 맞이했다. 그는 신민주주의혁명에서 남아 내려온 임무를 완성한 후 또 때를 놓치지 않고 중국을 사회주의 개조의 길로 이끌었으며, 사회주의 기본제도와 이데올로기를 수립하여 인간 본질의 충분한 구현과 전체 인민의 고급적 욕구의 만족을 위한 제도적 전제와 이론적 기반을 마련했다. 사회주의제도가 확립된 초기 그는 사회주의제도의 구축이 인민대중의 숭고한 이상의 실현을 위해 넓은 길을 개척했다고 낙관적으로 자신하면서도 또 전체 인민에게 이상의 실현은 가만히 앉아 기다릴 것이 아니라 전 당과 전체 인민의 분투가 필요하며, 자신에 대한, 사회에 대한, 인생에 대한, 자연에 대한 개조와 혁명과 초월이 필요하다고 일깨워주었다. 마오쩌동의 드넓은 흉금과 위대한 정신은 그의 말과 행동에서 충분히 드러났으며, 중외 유지인사들에게 널리 알려지고 그들의 인정을 받았다. 그는 젊은 시절에 중국과 세계를 개조하려는 뜻을 세우고 세계 각지에 흩어져 있는 신민학회 회원들이 공산주의 입장에 서서 여러 나라 인민들의 혁명투쟁을 성사시키고 도우며 동참하기를 바랐다. 그러한 탁월한 식견은 의미심장한 것이며, 마오쩌동 일생의 마음의 역정에 영향을 주었다. 마오쩌동이 처음 혁명에 발을 들여놓았을 때이든, 인민 지도자로서 자신의 사상·사고력·의지·인격으로 현대 역사의 흐름에 영향을 주고 있을 때이든 그의 정신적 대아는 언제나 중국의 인민대중을 포괄하였으며, 그의 민감한 마음은 인민의 고락과 안위로 인해 자극을 받지 않았던 적이 없었다.

그는 인민의 질고에 관심을 가지고 절대적 충성으로 가장 광범위한 인민대중의 최대 이익을 위해 분투하는 한편, 몸소 체험하고 애써 실천할 것을 혁명대오의 동지들이 요구했다. 마오쩌둥의 생활내막이 알려지면서 피와 살이 있는 인민지도자의 이미지를 더 생생하게 그려냈고, 독특한 측면에서 그의 개성 품격에 대한 사람들의 이해와 인식을 풍부하게 했다. 예를 들면 화이허(淮河)유역에 폭우가 내려 큰물이 지는 바람에 백성들이 나무에 올라가 대피했으나, 독사에 물려 목숨을 잃었거나 또는 버티지 못하고 떨어져 물에 빠진 사람들도 있다는 사실을 알게 되었을 때, 마오쩌둥은 그의 비서 톈자잉(田家英)과 인민의 처지에 깊이 동정하면서 아무 말도 못하고 마주 보고 흐느끼기만 했었다. 1960년대 초 인민공화국이 심각한 경제난을 겪고 있던 시기에 마오쩌둥은 민정을 살피기 위해 그의 경호원들을 고향에 파견하여 조사를 진행하게 했다. 인민대중이 가난하고 고달프게 살고 있다는 상황을 알게 된 그는 경호원들이 고향에서 가져온 겨와 나물로 빚은 검고 딱딱하며 거칠고 떫은맛이 나는 워터우(窝头, 수수가루 따위의 잡곡 가루를 원추형으로 빚어서 찐 음식-역자 주)을 씹으면서 흐르는 눈물을 금치 못하였으며, 인민공화국의 지도자로서 백성들에게 행복한 삶을 가져다주지 못한 것에 대해 큰 가책을 느꼈다. 그리하여 전심전력으로 중국 인민을 위해 이익을 도모하는 한편, 마오쩌둥은 또 마음의 촉각과 보편적인 선의 빛발을 온 세상에 발산했다. 전쟁 시기에 마오쩌둥은 국제와 세계의 거시적 배경에서 중국혁명을 주시하면서 중국혁명의 승리가 세계평화와 인류발전에 대한 역사적 의의를 인식했다. 새 중국이 창립된 후, 마오쩌동은 또 중국이 인류를 위해 큰 공헌을 해야 한다는 것을 신조로 삼아, 막심한 민족적 희생을 감당하면서도 의연히 패권주의에 반대하고 세계 평화를 수호하는 중책을 맡아 세계의 많은 국가와 민족 인민의 혁명과 해방 사업을 사심 없이 지원했다. 1960년대에 미국이 일으킨 베트남전쟁에서 중국인민은 베트남 인민의 항미정의전쟁에 최선을 다해 아낌없이 지원했다. 그 외에도 중국은 많은 제3세계 국가 인민들의 민족민주혁명을 물질적, 도의적으로 지원했다. 마오쩌동은 자신의 사랑하는 아들 마오안잉(毛岸英)까지 전쟁터로 보내 시련을 겪게 함으로써 국제주의 의무를 다했다. 마오안잉이 불행히 희생되었을 때에도 마오쩌동은 노년에 아들을 잃은 비통한 심정을 억누르면서 귀국하여 업무보고와 함께 마오안잉의 희생 경과를 보고하는 지원군 사령관 펑더화이(彭德懷)를 위로했다. 그는 "혁명전쟁은 대가를 치르기 마련이다. 국제공산주의 사업을 위하여 침략자에 저항하는 과정에서 중국인민지원군 영웅들은 앞사람이 쓰러지면 뒷사람이 그 뒤를 이어 전진하면서 수천수만 명의 훌륭한 전사들이 목숨을 잃었다. 안잉은 그 희생된 수천수만 명 혁명열사중의 평범한 한 전사이다. 내 아들이라고 해서 큰일로 생각할 것 없다. 나의 아들, 당의 주석의 아들이라고 해서 중조 인민의 공동사업을 위해 희생해서는 안 된다는 이유는 없다!" 이 얼마나 드넓은 마음이며 이 얼마나 고상한 국제주의 정신인가!

마오쩌동은 저급한 욕구의 초월과 내재적 가치와 외현적 가치의 통일에 대해 이해하고 파악함에 있어서, 주객일체의 경지와 자신과 남을 모두 잊어버리는 경지에 이르렀던 것이다. 그는 인민을 위하는 것이 자신을 위하는 것이고, 인민의 가치를 추구하고 실현하는 것이 바로 자신의 가치를 실현하는 것이라고 주장했다. 그는 사회와 역사가 그에게 부여한 책임과 사명은 자신의 내재적 도덕에 대한 요구와 열망에 불과한 것이라며, 헌신적으로 배우고 일하며 분투하고 투쟁하며 인민을 위해 봉사하고 사회를 위해 봉사하는 것은 목적 그 자체이지 다른 어떤 목적을 이루기 위한 도구나 수단이 아니라고 주장했다. 그는 일이 있을 때마다 자신의 잇속부터 차리고 명예를 다투고 이익을 가로채며 권세욕에 사로잡히는 개인주의에 반대하면서 극도로 미워했다. 그는 과거 혁명전쟁시대의 정신력으로 물질적 생활을 가볍게 생각하고 굶어 죽지 않는 한 일을 하고 분투할 것을 전 당 동지들에게 간절히 바랐다. 마오쩌동 본인은 이미 개인의 발전과 가치의 실현을 중국 인민과 세계 인민을 위해 봉사하는 혁명 사업에 융합시켰고, 자신의 행복과 기쁨, 슬픔과 걱정을 인민의 안위, 걱정, 즐거움과 하나로 연결시켰다. 마오쩌동에게는 근무와 휴식, 노동과 오락이 따로 없었다. 그는 후자를 전자에 통일시켜 그에게는 일이 곧 휴식이고 노동이 곧 오락이었다. 인민의 해방과 자유, 행복과 발전을 위한 가혹한 혁명투쟁 속에서 마오쩌동의 육친 6명이 혁명을 위해 잇따라 목숨을 바쳤다. 마오쩌동 본인도 헌신적으로 자신의 안위를 돌보지 않고 일했다. 만년에 그는 사회주의사회의 계급과 계급투쟁에 관한 이론과 실천에서 마르크스주의 올바른 길을 이탈하고 사회생활에서의 부패 현상과 암흑적인 면이 확대화되어 중국사회에 새로운 귀족계층이 생기고 당내에 자산계급이 형성되었으며, 사회주의사회에서 신분이 바뀌어 주인이 되었던 인민이 다시 노예로 전락되어 인민의 주인 지위가 사실상 상실되었다고 주장하기에까지 이르렀다. 그리고 인민의 주권을 다시 얻기 위해서는 한 계급이 다른 계급을 뒤엎는 정치 대혁명을 진행하여, 기존의 경제 정치제도를 없애고 인민이 주인이 되는 새로운 사회 질서를 재건할 필요가 있다고 주장했다. 또 인민들이 하루 빨리 빈곤에서 벗어나고 중국이 하루 빨리 강국의 반열에 올라 국제사무에서 보다 큰 역할을 발휘할 수 있도록 하기 위해 마오쩌둥은 국정에서 벗어나 경제건설에서는 '대약진'을 체제상에서는 인민공사화운동을 일으키고 지지했다. 그러나 그 운동은 예기했던 목표에 이르지 못하였으며, 특히 '문화대혁명'은 마오쩌둥이 아껴오던 나라와 인민에 막심한 재앙을 안겨주었다. 이에 대해서는 물론 역사가 우리에게 보여준 쓰라린 교훈을 받아들여야 한다. 그러나 초월성 욕구와 동기의 객관화를 위하여, 마음속으로 지향하는 이상을 이루기 위하여, 사심 없이 두려움 모르고 진취적이고 자신의 한계를 뛰어넘는 마오쩌둥의 정신과 자신이 직접 참여하여 세운 제도체제를 아낌없이 무너뜨리고, 심지어 그가 일으킨 거센 물결 속에 자신을 매몰시키는 그의 용기에 사람들은 경탄하지 않을 수 없었다. 자아를 초월하는 과정에는 끝이 없고, 사람의 초월성 동기와 욕구에 대한 추구는 무한한 것이다. 마오쩌둥은 이미 인생의 힘이 닿을 수 있는 가장 먼 곳에 닿았다고 말할 수 있다. "마오쩌둥은 위대한 민족의 정신을 다시 떨쳐 일으켰다."[604] "우리의 생존 조건을 개조하고자 하는 사람의 의지력에 관한 그의 사상은 전 세계 인민에게 영향을 주었다."[605] "그의 말과 행동은 인류에게 새로운 전경을 펼쳐놓았다."[606] 그는 "세계역사의 발전과정에 중대한 영향을 끼친 많지 않은 몇 사람 중의 한 사람이다."[607] 그러나 초월성 감정과 동기의 무한성은 인생의 여정, 심신 능력의 유한성과 서로 대립을 이룬다. 이에 대해 마오쩌동은 훤히 꿰뚫어 보았다. 1972년 2월 마오쩌동은 종난하이(中南海) 쥐샹서재(菊香书屋)에서 닉슨 미국대통령을 접견했다. 닉슨은 마오쩌동이 깊은 사상을 가진 철학가로서 그의 사상이론이 "전국을 감동시키고 세계를 변화시켰다"라고 말했다. 이에 대해 마오쩌동은 세계를 변화시킨 것은 없고 다만 베이징 근처의 지역 몇 개를 변화시켰을 뿐이라고 말했다. 물론 이것은 겸손한 말이지만, 그 속에 시공간의 무궁함과 인생의 유한함, 인류 전체의 최종가치의 심원함과 인류 개체의 생사우환의 현실 근접성도 말해 주었던 것이다. 이는 틀림없이 마오쩌동을 슬프고 막막하게 하였을 것이다. 그러나 그 슬픔과 처량함 또한 저급한 욕구를 초월하고 자기실현을 추구하는 인생의 뛰어난 경지에 처한 모든 사람들이 놓을 수 없는 사상적 심리적 콤플렉스임이 틀림없었다.

---

604) 미국 『워싱턴 포스트지』 사설, 「전 세계가 마오쩌동 주석을 추모하다」, 인민출판사, 1978년 판, 429쪽.
605) 올로프 팔메(Olof Palme) 스웨덴 총리의 담화, 「전 세계가 마오쩌동 주석을 추모하다」, 인민출판사, 1978년 판, 85쪽.
606) 주니우스 리차드(J.R Javewardene) 스리랑카 통일나라당 주석의 담화, 「전 세계가 마오쩌동 주석을 추모하다」, 인민출판사, 1978년 판, 35쪽.
607) 말콤 프레이저(John Malcolm Fraser) 오스트레일리아 총리의 의회 연설, 「전 세계가 마오쩌동 주석을 추모하다」, 인민출판사, 1978년 판, 87쪽.

3. 지식 탐구, 실천과 심미적 인생

자기실현적인 사람 혹은 초월성 동기와 욕구가 있는 사람의 뚜렷한 특징이 바로 진선미를 실현한 인생의 경지를 추구하는 것이다. 진선미란 실제로 우주·사회·인생의 본질적 법칙('도')에 대해 서로 다른 차원과 다른 형태로 파악하는 것이다. '진'은 우주·사회·인생의 본질적 법칙에 대한 이성적 파악으로 여전히 주관적 편파성을 띤다. '선'은 우주·사회·인생의 본질적 법칙에 대한 현실적·가치적·도덕적 파악으로 주관과 객관의 편파성을 극복하고, 주관과 객관, 내재적 욕구와 외재적 법칙의 통일에서 반영된다. '미'는 우주·사회·인생의 본질적 법칙에 대한 감정형태의 파악으로 주·객체의 대립 및 주·객체의 통일에 따른 공리(功利)적 경향을 초월하였으며, 보다 높은 심리적 차원에서 그 주·객체의 통일로 인해 주체의 마음속에 생겨난 행복하고 즐거운 심미적 느낌을 체험할 수 있다. 인생의 경지에 대한 마오쩌둥의 이해와 추구는 유구한 역사를 가진 전통적 인생철학사상을 계승했다. 그러나 그가 무산계급 인생관의 실천자와 중국혁명과 건설 사업의 지도자로 새로운 시대적 정신과 인생의 실천 체험을 주입하였기 때문에, 그의 인생경지이론은 또 전통을 훨씬 능가한 것이다. 그럼에도 전통적인 인생경지학설로 거슬러 올라가 간략하게 돌이켜보면 마오쩌둥의 인생경지관을 이해하는 데 도움이 될 수 있다. 전통철학에서 유가와 도가의 인생경지론은 상당히 대표성을 띤다. 양자는 모두 체도하는 것(體道, 큰 도리를 체득하고 정도를 몸소 실천함―역자 주), 도덕 수양(為道), 도와 더불어 하나 되는 것(與道為一), 천인합일(天人合

一)을 인생의 최고 경지로 간주하였지만, 도에 대한 이해와 도에 이르는 방법과 수단은 또 완전히 다르다. 따라서 그로 인해 생겨난 정신적 경지와 인격적 특징 또한 완연하게 다른 것이다.

'천인합일'은 유가와 도가가 모두 추구하는 정신적 경지이다. 도가의 원조인 노자는 도·천·지·인을 '우주의 4대 존재'로 삼고, "사람은 땅의 도리를 따르고, 땅은 하늘의 법도를 따르며, 하늘은 도리를 따르고, 도는 스스로 그러한 자연의 법칙을 따른다(人法地, 地法天, 天法道, 道法自然)"[608]라고 주장했다. 인·지·천·도의 순서로 서로의 법칙에 따르다보면 결국은 사람이 자연의 법칙을 따르는 것에 귀결된다. 장자도 "천지와 나는 함께 생겨났으며, 만물과 나는 하나가 된다.(天地與我並生, 而萬物與我為一)"[609]라고 주장하면서 천지만물과 하나가 되는 것을 이상적인 경지로 생각했다. 유가도 천인일맥(天人一脈)·만물일체(万物一体)라고 주장하며 역시 덕으로 천지를 하나가 되게 하는 것(德合天地)과 도와 더불어 하나가 되는 것을 성인의 본질적인 속성과 정신적 경지로 삼았다. 공자는 "도에 뜻을 두고, 덕을 근거로 하며, 인에 의지하고, 육예(六藝)를 두루 즐길 것(志于道, 據於德, 依于仁, 游於藝)"[610] "지천명"(知天命), "이순"(耳順)(귀에 거슬리지 않다), "자기 뜻대로 하되 법도에 어긋나게 하지는 말 것(從心所欲不逾矩)"[611]을 주장했다. 맹자는 "군자가 지나는 곳은 인민이 (그의 덕행에) 감화되고, 군자가

608) 『노자』 25장.
609) 『장자·제물론』
610) 『논어·술이』
611) 『논어·위정』

널리 알리는 정신(즉 사상)이 머물며, 위 아래로 천지(의 덕성)와 흡사하다(즉 위로는 하늘의 이치에 맞고 아래로는 땅의 덕성에 어울림을 이컬음)(君子所過者化, 所存者神, 上下與天地同流)," "하늘을 우러러 보아도 부끄럽지 없고 머리를 숙여 생각해 보아도 사람에게 부끄럽지 않을 것(仰不愧於天, 俯不怍於人)"[612]을 주장했다. 이러한 주장은 모두 천지자연과 사람이 하나로 합쳐지고(天人相合), 도와 더불어 하나가 된다는 의미를 포함하고 있다. 순자는 천지자연은 '성실함(誠)'으로 만물을 양육하고 성인은 '성실함'으로 만물의 양육에 참여하고 조절하는 역할을 한다면서 "마음의 수양을 닦는 데는 성실함보다 나은 것이 없고(養心莫善於誠)," "성실한 마음으로 인의도덕을 지키고 행하면 인의도덕이 언행으로 드러나게 되고, 나아가서는 범속함에서 벗어날 수 있으며, 범속함에서 벗어나면 사물을 변화시킬 수 있다.(誠心守仁則形, 形則神, 神則能化.)"[613]라고 주장했다. 『중용』에서 말하는 "성실함은 하늘의 근본 이치이고, 성실함을 추구하는 것은 인간으로서 마땅히 지켜야 할 근본 도리이다(誠者, 天之道也; 思誠者, 人之道也)"라는 말의 의미는 순자의 말과 비슷하다. 인생경지론에서 유가와 도가의 또 한 가지 같은 점은, 양자 모두 '천일합일'과 도와 더불어 하나 되는 인생의 경지가 진선미에 대한 추구와 파악이라고 주장한 것이다. 공자는 자기 일생의 삶의 여정에 대해 "나는 열다섯 살에는 학문에 뜻을 두었고, 서른 살에는 독립적으로 처사할 수 있는 확신이 생겼으며(이립),

---

612) 『맹자·진심상』
613) 『순자·불구』

마흔 살이 되어서는(사리에 밝아져) 외부 사물에 미혹되지 않게 되었고(불혹), 쉰 살이 되어서는 사람의 힘으로 지배할 수 없는 일(하늘의 뜻)이 어떤 것인지를 알게 되었고(지천명), 예순 살이 되어서는 자신과 다른 견해에 귀를 기울일 수 있게 되었고(이순), 일흔 살이 되어서야 비로소 자기 뜻대로 하되 법도에 어긋남이 없도록 할 수 있게 되었다.(吾十有五而志於學, 三十而立, 四十而不惑, 五十而知天命, 六十而耳順, 七十而從心所欲不逾矩.)"[614]라고 서술했다. 이는 공자가 일생 동안 수양을 닦아온 과정이고, 또 공자의 진선미에 대한 추구 및 인생 경지의 발전과정이기도 하다. 만약 '학문에 뜻을 둔' 데서부터 '불혹'의 단계에 이르기까지가 성현으로 되기 위한 사전 준비단계라고 한다면, '지천명'에서 '자기 뜻대로 하면서 법도에 어긋남이 없게 되기'에 이르기까지는 그의 인격의 비약과 경지의 발전 과정이라고 할 수 있다. '지천명'과 '이순'은 우주와 인생의 본질적 법칙과 최종 가치에 대한 인식과 각성으로서 진실함을 추구하는 범위에 속한다. 그러나 양자는 또 정도가 다소 다르다. '지천명'은 우주와 인생을 인식의 대상으로 삼아 이미 그 본질과 법칙을 이해하였지만, 통달할 수 있는 수준에는 이르지 못하였고, 더욱이 천지만물의 본체와 하나로 되지 못하였음을 말해준다. '이순'은 경험적 직관과 이성적 논리의 차원을 뛰어넘어 이성적 직관의 차원에서 우주와 인생 대전(大全, 모든)의 도리에 대한 인식을 얻은 것으로서 이는 생각을 거치지 않고도 얻을 수 있고, 거침없이 널리 보급될 수 있는 일종의 이성적 직관이지만, 여전히 진실을

---

614) 『논어·위정』

추구하는 범위에 속한다. '일흔 살이 되어 자기 뜻대로 하면서 법도에 어긋남이 없게 되면' '선'과 '미'의 범주에 들어선 것이다. 주희가 이에 대해 주해를 달아 이르기를 "곱자(矩)는 법도의 기구이니 네모난 것이다. 그 마음이 시키는 대로 따르되 법도에 어긋나지 않으면 편안하게 행할 수 있고, 애쓰지 않더라도 한쪽으로 치우치지 않을 수 있다.(矩, 法度之器, 所以為方者也. 隨其心之所欲, 而自不過於法度, 安而行之, 不勉而中也.)"[615] 주체가 천지자연과 인생의 본질과 법칙을 철저히 통달하여 도덕과 마음, 이치와 욕구, 체와 용, 객관 법칙과 주관 욕구의 통일을 이루었다면, 마음이 시키는 대로 하여도 진리에 어긋나는 것이 없을 것이며, 자기 뜻대로 제멋대로 하여도 법칙에 어긋남이 없게 되는 것이다. 이것이 바로 사회 인생의 실천 과정에서 고도의 자유를 얻고 선의 인생경지에 이른 것이다. 그리고 주체의 욕구와 객관법칙의 현실적 통일과 주체가치의 실현은 심리적으로 반영되는 것으로 행복하고 편안하며 즐거운 체험의 일종이며, 그것이 바로 미의 경지인 것이다. 미는 인식과 실천을 전제로 삼고 진실을 추구하고 선을 행하는 인생의 활동에 포함되어 있으며, 또 선의 실현과 함께 심미적인 현실로 전환된다. 맹자는 "개체가 자각적인 노력을 거쳐 자신에게 고유한 인의와 같은 착한 본성으로 전 인격을 가득 채워 외적인 감성 형태로 드러나는 것이 곧 아름다운 것이다.(充實之謂美.)"[616] "자신의 착한 본심을 다하는 사람은 자신의 본성에 대해 깨우친 것이다. 자신의 본

---

615) 『논어집주·위정 제2(论语集注·为政第二)』
616) 『맹자·진심하』

성을 깨우치면 하늘의 뜻을 알게 된다.(盡其心者, 知其性也. 知其性, 則 知天矣.)"[617] "세상 만물이 갖고 있는 본성은 모두 나에게 갖추어져 있 으니, 자신을 돌이켜보았을 때 자기 덕행이 그 진리에 부합한다면, 이 보다 더 큰 즐거움이 없을 것이다.(萬物皆備於我, 反身而誠, 樂莫大焉.)"[618] 라고 말했다. 주희는 "개체가 자각적인 노력을 거쳐 자신에게 고유한 인의와 같은 착한 본성으로 전 인격을 가득 채워 외적인 감성 형태 로 드러나는 것이 곧 아름다운 것이다."라고 한 맹자의 말에 주해를 달면서 "그 착함을 힘써 행하여 자기 인격을 가득 채워 쌓이게 되면, 내면이 아름다움으로 가득 차 있어 외적인 요소의 제약과 속박을 받 지 않게 된다(力行其善, 至於充滿而積, 則美在其中而無待於外矣.)"[619]라고 주 장했다. 사람이 만약 어질고 착한 심성이 사람 마음에 원래부터 존재 하는 것이라는 도리를 깨우치고, 수양을 쌓는 과정을 통해 그 심성 을 충분히 폄으로써 인의예지(仁義禮智)의 심성을 드러낼 수 있다면, 하늘의 뜻을 알 수 있는 정도에 이르게 될 것이다. 만약 자신의 진실 한 성정에 따라 행동하면서 착한 본성을 일상적인 인간 윤리와 나라 를 다스리는 정치활동에 널리 보급한다면, 하늘의 뜻에 따르고(순천) 함께 하며(동천) 천지자연의 이치에 따르는 경지에 이를 수 있기 때문 에, 마음속으로부터 충실하고 기쁘며 즐거운 감정체험을 할 수 있다. 유가는 하늘의 뜻을 알고(지천) 하늘의 뜻에 따르며(순천) 하늘에 희

---

617) 위의 책.
618) 『맹자·진심하』
619) 『맹자집주·진심장구하』

망을 거는 것(낙천) 세 단계라고 했다. 도가 노자는 세속적인 진선미에 반대하고 세속을 벗어난 진선미를 진력하여 추구하였으며, '도와 함께 하는'(同於道) 인생 경지에 이르기를 바랐다. 그는 비록 도가 색깔도 없고 소리도 없고 모양도 없으며 감각적인 경험을 뛰어넘었지만, 사물이 생겨나고 존재할 수 있는 가장 진실한 근거이며, 사회의 인간과 사물이 마땅히 지켜야 하는 최고 준칙이라고 주장했다. 도의 근본 특성은 자연무위(自然無爲, 우주 만물의 존재와 발전은 모두 자연스럽고 어떠한 의지의 지배도 받지 않는다는 노자의 주장—역자 주)로서 세속의 지식·욕망·인의·도덕·예악·정교 등 모든 인위적인 것은 모두 도에 어긋나는 것이다. 오직 지혜로움과 총명함을 버리고(絕聖棄智) 인의도덕을 포기하며(絕仁棄義) 오색(五色)·오음(五音)·오미(五味)를 버려야만, 즉 인위적인 지식·도덕·예술을 없애고 애초 인간 본연의 천진하고 순박한 모습으로 돌아가 자연을 정화시켜야만, 도와 하나로 되거나 혹은 '도와 함께 하는' 경지에 이르러 진정한 진선미에 도달할 수 있다. 진선미를 추구하는 것은 본질적으로 자연과 사회에서 자유를 얻는 것이다. 도가의 다른 한 대표인물인 장자도 사람이 어떻게 하면 정신의 절대 자유를 얻을 수 있느냐는 독특한 각도에서 인생경지의 사상을 명백하게 주장했다. 그는 전설속의 대붕이 바람의 힘을 빌려 구중천에 날아오르고(大鵬扶搖九萬), 날개로 수면을 내리쳐서 삼천리 물보라를 일으키며(擊水三千), 열자가 바람을 헤치고 날아(列子御風而飛), 하루에 팔백 리를 갈 수 있는 것(日行八百)은 모두 넓은 공간과 풍력을 필요로 하며 '유대'(有待, 주·객관 조건의 제약과 속박을 받는 덧없는 것을 필요로 함–역자 주)한 것이므로 완전히 자유로운 것은 아니라고 생각했다. 자신과 사물에 대한 집착을 타파하고 자신을 돌보지 않으며 외부 조건에 의존하지 말아야만, 끝없이 소요하고 완전한 자유를 얻을 수 있다고 여겼다. 그러려면 인의(仁義)를 잊고 예악을 잊으며 세속의 도덕관념과 법칙을 부정해야 하며, 나아가 "강건한 지체를 망가뜨리고 영민한 청각과 똑똑한 시력을 물리치고 체구에서 벗어나 지혜를 포기하여 대도와 서로 통한 일체가 되어(墮肢體, 黜聰明, 離形去知, 同於大通)"[620], 정신에 대한 육체의 속박 및 정신에 대한 지식의 방해를 없애고, 세간의 생각, 도덕적 공리, 생사와 감회, 시비곡직, 좋아함과 싫어함, 아름다움과 추함의 한계를 뛰어넘어 도와 일치하고 융합되는 경지에 이르러야 한다. 그러한 경지에 이른 사람은 자연무위하고 자신과 사물에 아무런 집착과 욕구가 없으며, 시간과 공간의 한계를 뛰어넘어 "아무 것도 없는 무변 무애의 세계(無何有之鄉)"에서 소유하는 지인(至人)·신인(神人)·성인이다. 도와 더불어 하나가 되고 자연무위의 경지에 이른 사람이 바로 '참된 지식'을 갖춘 사람이다. 장자는 "참된 사람이 있고 나서야 참된 지식이 있게 된 것(且有真人而後有真知.)"[621]이라고 말했다. 그는 자연무위·좌망(坐忘, 조용히 앉아서 잡념을 버리고 무아의 경지에 들어감–역자 주) 무아(无己)·자유자재·솔성 이행(타고난 본성에 따라 행동함–역자 주)하여 개인의 인격을 자연적으로 발전시키는 것이 바로 최고의 덕과

---

620) 『장자·대종사』
621) 『장자·대종사』

선이라고 주장했다. 『장자·각의(莊子·刻意)』편에서는 "마음의 의지를 연마하지 않아도 선천적으로 고결한 품성을 갖추고, 인의도덕에 대해 창도하지 않아도 스스로 수양을 쌓을 수 있으며, 공명을 추구하지 않아도 천하가 잘 다스려지고, 속세를 떠나 산속과 강가에 은거해 살지 않아도 마음이 저절로 여유로울 수 있으며, 기맥을 풀어주지 않아도 저절로 장수할 수 있다면 상기 열거한 모든 것을 잊고 있어도, 모두 갖추고 있는 것이다. 마음이 담담하고 한계가 없다면 모든 아름다운 것이 따라오게 되는 것이다. 이것이 바로 천지자연의 이치이며 성인의 덕성인 것이다.(若夫不刻意而高, 無仁義而修, 無功名而治, 無江海而閑, 不導引而壽, 無不忘也, 無不有也, 澹然無極而衆美從之. 此天地之道, 圣人之德也.)"라고 말했다. 그리고 하늘을 본받아 참됨을 귀하게 여기고 꾸미지 않고 가식이 없으며 자유롭게 표현하는 참된 성정은 참되고 착한 것이기 때문에 그 또한 아름다운 것이라고 주장했다. 『장자·어부 (莊子·漁父)』편에서는 "참된 것이란 정성을 다하는 것을 말한다. 정성을 다하지 않으면 다른 사람의 마음을 움직일 수가 없다(真者, 精誠之至也. 不精不誠, 不能動人)", "훌륭하고 원만한 공적을 이룸에 있어서 불변의 궤적과 방식은 없다(功成之美, 無一其跡也.)"라고 주장했다. 오직 순박하고 진지하며 소박하고 수수한 것만이 아름다운 것이며 사람을 감동시키는 것이라고 강조했다. 유가와 도가는 모두 천인계합(天人契合)과 진선미 일체화를 인생의 정신적 경지로 삼았는데 이는 양자의 비슷한 점이다. 그러나 도에 대한 이해와 이상적인 경지에 이르는 경로 및 각자가 추구하는 이상적인 경지의 속성에 있어서 양자는 현저히 달랐다. 진실을 추구하는 측면에서 도가가 주장하는 도를 닦는 방법은 '나날이 덜어내는 것'(日損)이다. 즉 감성적인 욕망을 점차 없애고 구체적인 지식을 줄여 내면의 무지무욕(無知無欲)과 허정허령(虛靜空靈, 잡된 생각이 없이 마음이 신령하며 사물에 마음이 움직이지 아니하는 정신 상태—역자 주)의 상태를 유지하는 것을 말한다. 노자는 "학문을 추구하는 사람은 학식이 나날이 늘어나고, 도를 추구하는 사람은 욕망과 꾸밈을 나날이 덜어낸다. 덜고 또 덜어서 마지막에 '무위'의 경지에 이르게 된다. 무위에 이를 수 있다면 곧 본분을 지키지 않고 제멋대로 행동하지 않을 수 있게 되어 어떤 일이든 이루지 못하는 것이 없다.(爲學日益, 爲道日損. 損之又損, 以至於無爲, 無爲而無不爲.)"[622]라고 말했다. 장자도 "육체와 지능의 속박에서 벗어나 대도와 서로 하나로 융합되어야 한다(離形去知, 同於大通)"[623]면서 외부 세계와 자신을 잊어버리고 외부 사물과 자신이 같이 사라질 것(人己兩忘, 物我同泯)을 주장했다. 그리고 유가는 인의예지 등 도덕관념에 어긋나는 사욕을 없앨 것을 주장했다. 그러나 그는 또 학문과 도를 닦는 것을 동일한 인생 경지의 승화과정의 두 가지 측면으로 삼았다. 도덕지식을 쌓는 것은 수단과 경로이고, 도덕을 수양하여 도와 더불어 하나가 되는 성현의 경지에 이르는 것은 목적이며, 도와의 통일과 부합은 꾸준한 도덕지식 학습과 도덕품행의 연마를 통해 이루어지는 것이다. (선)을 실천하는 차원에서 도가는 자연무위의 순세주의(順世主義)

---

622) 『노자』 48장.
623) 『장자·대종사』

와 세속을 뛰어넘은 출세주의(出世主義) 특징을 나타낸다. 노자가 말한 바와 같이 "내가 인위적으로 백성을 강요하지 않으면 백성은 저절로 교화되고, 내가 백성을 성가시게 하지 않고 조용히 있으면 민풍은 저절로 바르게 되며 내가 백성에게 노역을 시키지 않으면 백성은 저절로 부유해지고, 내가 사심이 없고 사욕이 없으면 백성은 저절로 순박해질 것이다.(我無爲而民自化, 我好靜而民自正, 我無事而民自富, 我無欲而民自樸.)"[624] 장자가 생각하는 성인은 "자연의 법칙을 장악하고 최대한 자연에 순응하여 정신의 자유와 해방을 실현하고(乘物以遊心),"[625] "세속을 벗어난(遊乎塵垢之外)"[626] 사람이다. 유가는 도가와 달리 짙은 세속적인 색채를 띠고 있다. 그들은 천도와 인도가 천지만물을 나와 한 몸으로 여기는 어진 것(仁)이라면서 성인의 경지는 천지자연과 인생의 본질적 속성인 인에 대한 명철한 도덕적 자각을 이룰 뿐 아니라 경세치용(經世致用)을 실천하여 그러한 도덕의식을 현실 활동으로 외재화할 수 있는 경지라고 주장했다. 예를 들면 공자는 자신이 수양을 쌓아 주변 사람을 편안하게 하고(修己安人) 널리 은혜를 베풀어 뭇사람을 구제할 것(博施濟衆)을 주장하였고, 맹자는 다른 사람을 동정하고 가엾이 여기는 마음으로 사람을 동정하는 어진 정치를 펼 것(將不忍人之心發爲不忍人之政)을 주장하였으며, 『대학』도 격물(格物)·치지(致知)·성의(誠意)·정심(正心)의 내재적 도덕수양을 제가(齊家)·치국(治國)·평

---

624) 『노자』 57장.
625) 『장자·인간세』
626) 『장자·제물론』

천하(平天下)의 윤리 및 정치 실천과 통일시켜 윤리와 정치의 실천을 도덕수양의 확장과 연장으로 간주했다. 심미적 차원에서 보면 도가가 인륜을 초월하고 자연으로 복귀하는 것을 취지로 삼고, 개체의 정신적 자유를 즐거움으로 여긴 것은 일종의 자연적 아름다움이고, 유가가 인륜도덕에 대한 확실한 이해를 취지로 삼고 인륜도덕을 깨우치고 실천하는 것을 낙으로 여긴 것은 일종의 사회적 아름다움이다.

유가와 도가의 인생경지 이론은 같은 점과 다른 점이 있는가 하면 또 대립되면서도 서로 보완한다. 유가는 인생경지의 사회적 의의와 윤리적 의를 선양하면 널리 은혜를 베풀어 뭇사람을 구제하고 나라를 태평하게 다스리는 세속적이고(入世) 구세적(救世)인 태도를 제창하였고, 도가는 자연적인 것, 개체의 정신적 자유와 세속을 벗어난 초연함, 세상만물을 하찮은 것으로 여기는 것이 특징인 세속을 벗어난 (出世) 인격을 제창했다. 유가는 사람들에게 내면의 수양을 닦을 것과 적극적으로 사회생활에 동참할 것 그리고 경세치용을 격려하였고, 도가는 사람들에게 사회에 발을 들여놓을 길이 없거나 혹은 경세치용 활동에서 걸림돌에 부딪쳤을 때 정신적으로 해탈과 위안을 받을 수 있도록 했다. 유가를 위주로 하고 도가를 보조적 수단으로 하는 대립되면서도 서로 보완하는 인생경지 이론은 중국 역대 문인과 사대부계층에 막대하면서도 깊은 영향을 일으켰다. 마오쩌동은 무산계급 사상가와 정치가로서 전통적인 인생경지 이론의 합리적인 부분을 비판적으로 계승하였으며, 도와 더불어 하나가 되고자 하는 총체적 추구와 지식 탐구·실천·심미의 세 가지 차원에서 전통적인 인생경지

이론과 비슷한 점이 있지만, 진선미에 새로운 내용을 부여하였기에 전통을 뛰어넘은 뚜렷한 특점을 보여주었다.

'진(眞. 참됨)'은 합법칙성인 것이며 일종의 인식 가치이다. 세계를 변혁하고 주체의 욕구를 만족시키려면 마땅히 객체와 주체 자신의 본질과 법칙에 대해 올바른 인식을 가져야 한다. '진'은 인류가 세계를 장악하는 토대이자 '선'과 '미'의 인생경지에 이를 수 있는 전제이기도 하다. 마오쩌둥은 '진'을 자연과 사회 및 사람 자신 이외에 존재하는 객관적 정신으로 이해한 것이 아니며, 또 사람의 두뇌에서 생겨 두뇌에 존재하는 주관적 정신으로 이해한 것도 아니다. 그는 '진'을 자연계와 인류사회 및 인간 자신의 본질과 법칙성으로 이해했다. 그래서 그가 진실을 추구하는 방법은 천리(天理)에 따르거나 혹은 본심(本心)을 분명하게 나타내는 것이 아니라, 실천을 인식론에 도입시켜 실천을 근거로 삼아 진실을 추구하는 방법과 수단을 전개했다. 마오쩌둥과 중국 공산주의자들이 중국혁명과 건설을 이끄는 과정에서 직면한 문제는 어떻게 마르크스주의 기본 원리를 중국혁명과 건설의 구체적인 실제와 서로 결합시키느냐는 것이었다. 교조주의자들은 마르크스주의를 혁명의 영원한 승리를 보장할 수 있는 불변의 교조로 간주하였을 뿐, 마르크스주의 근원이 실천이라는 사실에 대해 알지 못하였으며, 또 실천과 유기적으로 결합하여 실천 과정에서 운용되고 풍부해지며 발전되어야 한다는 것을 몰랐다. 그들은 마르크스주의 본질에 대해 깊이 이해하려고 하지 않았고 중국혁명의 실제에 대해서는 더더욱 깊이 연구하려고 하지 않았다. 그들은 마르크스주의 조목들을 기계적으로 모방할 줄밖에 몰랐기 때문에, 중국 국정에 어울리는 혁명과 건설의 길을 개척해 나가는 것은 어려웠다. 그리고 경험주의는 실제와 경험을 핑계 삼아, 마르크스주의의 보편적 적용성과 지도적 의미를 부정하고, 편파적인 경험을 보편적인 진리로 간주하고 일부 경험으로 전 국면의 업무를 지도하려는 것이다. 교조주의와 경험주의의 두 가지 그릇된 경향에 대해 마오쩌둥은 인식과 실천, 감성과 이성, 직접적인 경험과 간접적인 경험의 관계, 그리고 인식과 실천을 번갈아 교체하는 반복성과 무한성을 명시함으로써 지식을 탐구하고 진실을 추구하는 방향을 바로잡았다. 실천은 인식의 원천으로서 오직 실천을 통해서만 사물의 현상에 접근하고 사물의 본질을 폭로할 수 있다고 마오쩌둥은 지적했다. 사람들은 생산투쟁, 계급투쟁, 정치투쟁 및 과학과 예술 활동을 통해 자연과 사회 및 인류 사유의 본질과 법칙을 이해하고, 인간과 자연, 인간과 사회, 인간과 자신의 여러 가지 관계에 대해 이해했다. 아울러 실천의 발전과 심화에 따라, 자연과 사회 및 인간 자신에 대한 인류의 인식이 날로 깊어지고 풍부해졌으며 정확하고 완벽해졌다.

인류의 인식 과정에는 감성적 인식과 이성적 인식 두 가지 형태와 두 개의 발전단계가 있다. 이성적 인식은 감성적 인식에 의지하고 감성적 인식은 이성적 인식으로 발전해야 한다. 감성적 인식의 형성과 이성적 인식으로의 비약은 모두 실천을 토대로 진행되는 것이다. 이는 현상에서 본질로, '나날이 늘어나는 것(日益)'에서 '나날이 덜어내는 것(日損)'으로의 변화과정이다. "사람들은 실천 과정에서, 최초에는 여러 사물의 현상과 여러 사물의 단편, 여러 사물 사이의 외적 연계만 보아낼 수 있을 뿐이다…그 단계에서 사람들은 깊은 개념을 형성하여 논리에 맞는 결론을 내리지 못한다."[627] "지속적인 사회 실천을 통해 사람들은 실천과정에서 느낌과 인상을 일으키는 것을 거듭 반복하게 되고, 그리하여 사람들의 머릿속에 인식과정의 돌변(즉 비약)이 생기고 개념이 형성되는 것이다. 개념이라는 것은 이미 사물의 현상이 아니고, 사물의 여러 단편이 아니며, 그들의 외적 연계가 아니라, 사물의 본질과 사물의 전체, 사물의 내부 연계를 틀어쥔 것이다. 개념과 느낌은 수량의 차이일 뿐 아니라 성격적 차이도 존재한다. 이런 순서에 따라 계속 나가면서 판단과 추리의 방법을 이용하면 논리에 맞는 결론을 얻을 수 있다. 개념과 판단 및 추리의 단계는 한 사물에 대한 사람들의 전반적인 인식과정에서 가장 중요한 단계인 이성적 인식의 단계이다. 인식의 진정한 임무는 느낌을 통해 사유에 이르고, 객관사물의 내부 모순을 점차 파악하고 그 법칙성을 파악하며 과정과 과정 사이의 내부 연계를 파악하기에 이르는 논리적 인식에 이르는 것이다"[628] 감성적 인식과 이성적 인식은 실천을 토대로 형성되는 인식과 그 과정의 두 가지 형태와 단계로서 그 성질도 서로 다르다. 감성적 인식은 사물의 단편적, 현상적, 외적 연계에 대한 인식이고, 이성적 인식은 사물의 전체와 본질 및 내부 연계에 대한 인식이다. 그렇다고 그것들이 결코 서로 분리되고 각자 독립된 것이 아니

---

627) 『마오쩌둥선집』 제1권, 앞의 책, 284~285쪽.
628) 『마오쩌둥선집』 제1권, 앞의, 285~286쪽.

라, 양자는 실천을 토대로 서로 통일된다. "이성적 인식은 감성적 인식에 의존한다"[629] 이성적 인식에 대해 신뢰할 수 있는 것은 그 인식이 감성에서 비롯되었기 때문이다. 그리하여 이성적 인식의 신뢰성을 보장하기 위해서는 반드시 실천에 참가하여 외부 사물을 접하면서 느낌과 경험 및 자료를 충분히 장악해야 한다. 느낌 자료가 자질구레하고 불완전하지 않고 아주 풍부해야 하고, 주관적 억측이 아니라 실제에 부합되는 것이어야만, 비로소 그것을 근거로 삼아 바른 이성적 인식을 얻을 수가 있다. 현실을 외면하고 객관세계에서 벗어나서는 인식이 형성될 수 없다. 감성적 인식은 "매일 학습하여 학식이 나날이 늘어나는 단계"이다. 감성적 인식을 이성적 인식으로 발전시켜야 한다. 객관사물에 대한 감성적 인식의 반영은 표면적이고 편파적인 것으로서 사물의 전체와 본질을 반영하지 못한다. 사물의 본질, 사물에 내재한 법칙성을 완벽하게 반영하려면 반드시 사고의 작용을 거쳐 풍부한 느낌 자료에 대해 나쁜 것은 버리고 좋은 것은 취하며, 거짓을 버리고 참된 것을 가려 남기며, 또 고립적으로 보지 않고 종합적으로 보며, 현상을 통해 본질을 파악하는 개조 제작의 과정을 거쳐 개념과 이념의 체계를 구축해야 하며, 또 반드시 감성적 인식에서 이성적 인식으로 전환해야 한다. 그렇게 개조를 거친 그러한 인식은 더 텅 비고 더 미덥지 못한 인식이 아니라 오히려 반대로 인식과정에서 실천을 토대로 과학적인 개조를 거친 것이라면, 레닌이 말한 바와 같이 더 깊이 있고 더 정확하며 더 완벽하게 객관사물을 반영

---

629) 위의 책, 290쪽.

한 것이다. 이성적 인식은 '도를 추구하면 욕망과 꾸밈을 나날이 덜어내는' 단계이다. 마오쩌둥은 인간의 인식이 감성에서 이성으로, 현상에서 본질로, '나날이 늘어나는' 데서 '나날이 덜어내는' 단계로의 전환 과정을 겪고 나면, 사물의 현상과 표면과 편파적인 것을 뛰어넘어 자연과 사회 그리고 사람 자신의 본질과 법칙에 대한 인식에 이르게 된다고 주장했다. 물론 인식에서의 편협성과 편파성을 뛰어넘고 인식의 그릇된 견해와 잘못을 극복하여 사물의 본질과 법칙을 맞게 반영하는 것은 단번에 이룰 수 없기 때문에 실천 과정에서 상대적 진리에서 절대적 진리로 꾸준히 다가가는 과정을 거쳐야 한다.

마오쩌둥은 또 인간의 지식을 직접적인 경험과 간접적인 경험으로 나누고 그에 따른 두 가지 지식 탐구의 수단을 제시했다. 한 사람의 지식은 직접적 경험과 간접적 경험 두 부분밖에 없다. 또 나 자신에게 간접적 경험이 될 경우, 다른 사람에게는 여전히 직접적인 경험이다. 모든 참된 지식은 다 직접적 경험에 근원을 두고 있다. 인간의 지식은 비록 직접적 경험으로 얻은 지식과 간접적 경험으로 얻은 지식, 귀로 들어서 얻은 지식, 대화를 통해 얻은 지식(추리를 통해 얻은 지식)과 스스로 체험하여 얻은 지식으로 구별할 수 있지만, 결국은 직접적인 경험에서 얻은 지식 혹은 "스스로 체험하여 얻은 지식"에 귀결되며, 스스로 실천을 통해 얻은 지식에 귀결된다. 간접적 경험을 통해 지식을 배운다 하더라도 반드시 자신이 직접 실천해서 얻은 경험을 바탕으로 해야 한다. 마오쩌둥은 이렇게 말했다. "그 누구든 어떤 사물을 인식하려면 그 사물과 접촉하는 것 말고는, 즉 그 사물과 같은 환경에서 사는 것(실천하는 것) 말고는 다른 해결책이 없다…모종의 혹은 일부 사물을 직접 인식하려면, 현실을 변혁하고 모종의 혹은 일부 사물을 변혁하는 실천투쟁에 직접 참가해야만 비로소 모종의 혹은 일부 사물의 현상을 접할 수 있고, 또 현실 변혁의 실천 투쟁에 직접 참가해야만 모종의 혹은 일부 사물의 본질을 밝혀낼 수 있고 그것을 이해할 수 있다."[630] 몸소 실천하는 것과 직접적 경험은 모든 참된 지식의 근원이다. "그러나 사람은 모든 일을 직접 경험할 수는 없다. 실제로 많은 지식은 모두 간접적 경험을 통해 얻는 것이다. 그것이 바로 모든 고대 지식과 역외의 지식이다."[631] 자연과 사회 및 사람 자신의 본질과 법칙성에 대한 인식을 얻기 위하여, 마오쩌동은 직접적 경험을 통해 지식을 얻는 것을 중히 여기면서 현실을 변혁하는 실천에 참가하고 실천에서 배웠을 뿐 아니라 간접적 경험을 통해 지식을 얻는 것도 중히 여기면서 다른 사람에게서 배우고 대중에게서 배웠으며 책에서 배웠다. 마오쩌동은 일생 동안 중국혁명과 건설이라는 뜨거운 실천을 이탈하지 않았다. 한편으로 그는 또 책을 가까이 하고 책에서 고금동서 인류의 실천경험과 문명의 성과를 받아들여 자신의 사상적 내용을 풍부하게 하고 자신의 이론적 시야를 넓혔다. 마오쩌동은 다양한 책을 많이 섭렵한 혁명가이다. 젊은 시절에 그는 지식을 늘리고 식견을 넓혀 나라와 국민을 구하는 진리를 찾기 위해 늘 밤을 새우고 침식을 잊으면서 고금동서의 다양한 서적을 많

---

630) 위의 책, 286~287쪽.
631) 위의 책, 288쪽.

이 읽었다. 그 후에 군무로 바쁘고 힘들고 어려운 혁명전쟁 시대와 눈코 뜰 새 없이 바쁜 사회주의 혁명과 건설시기에도 마오쩌둥은 책읽기를 게을리 한 적이 없다. 마오쩌둥은 독서 범위가 아주 넓었다. 사회과학에서 자연과학에 이르기까지, 마르크스주의저작에서 서양자산계급들의 저작에 이르기까지, 고대서적에서 근대서적에 이르기까지, 중국의 서적에서 외국의 서적에 이르기까지, 철학·경제·정치·군사·문학·역사·지리·자연과학·기술과학 등 방면의 서적과 다양한 잡지를 포함해 읽어보지 않은 것이 없었다. 마오쩌둥은 책을 손에서 놓은 적이 없다고 할 수 있다. 그의 거실과 사무실, 수영장 휴게실, 베이징 교외의 그가 머물렀던 곳에는 어디라 할 것 없이 모두 책이 놓여있었다. 매번 외출할 때마다 책을 지니고 다녔고 외지에 갈 때면 책을 빌리기까지 했다. 항저우(杭州)·상하이·광저우·우한(武漢)·청두(成都)·루산(廬山) 등 도시의 도서관에는 모두 마오쩌둥이 책을 빌렸던 기록이 남아 있다. 그는 옌안에서의 한 차례 연설에서 "학문을 갖추면 산 위에 서있는 것처럼 먼 곳의 많은 것을 볼 수 있고, 학문을 갖추지 못하면 어두운 골짜기를 걷고 있는 것처럼 길이 보이지 않는다. 그건 사람을 너무 고통스럽게 하는 일이다."[632]라고 말했다. 마오쩌둥이 높은 곳에서 멀리 내다볼 수 있고 사유가 트였으며 드넓은 흉금을 갖춘 뛰어난 혁명가와 사상가 그리고 전략가가 될 수 있었던 중요한 조건 중의 하나가 바로 학문이 깊고 넓으며 지식이 풍부했기 때문이다. 마오쩌둥은 책을 보기 아주 좋아하였지만 책의 내용을 맹신하

---

632) 『마오쩌둥의 독서생활』에서, 앞의 책, 9쪽.

지는 않았으며, 책의 내용만 전적으로 믿고 따른 것은 아니었다. 그는 책을 읽되 맹목적으로 따르지 말고 독립적으로 사고하고 자신의 견해를 제기할 것 제창했다. 또 대담하게 의심하고 끝까지 파고드는 용기도 있어야 할 뿐 아니라 그중의 모든 바른 내용을 보호하고 구할 것을 제창했다. 마오쩌둥은 독서에 빠지면 지칠 줄을 몰랐다. 그는 당의 간부들에게 독서하고 공부하는 습관을 키우고 근무외의 시간에는 책을 읽을 것을 호소하였으며, 아울러 몸소 체험하고 힘써 실천했다. 마오쩌둥은 견문이 넓고 기억력이 좋았으며, 지식이 해박하고 경험이 풍부하며 독서 효율이 아주 높았다. 그는 책을 빨리 보고 잘 기억하며 깊이 이해하고 요점과 본질을 빠르고도 정확하게 잡아냈다. 마오쩌둥은 늘 "배움의 길은 끝이 없다"라는 말로 자신과 주변 사람들을 격려했다. 만년에 마오쩌둥은 연로하고 쇠약해졌으며 시력도 좋지 않았지만 독서와 학습, 지식을 추구하고자 하는 욕망만은 조금도 줄어들지 않았다. 1973년에 한 번 크게 앓았다가 완쾌된 지 얼마 되지 않은 그는 양전닝(杨振宁)과 물리학에서의 철학 문제에 대해 담론했다. 1975년에 시력이 어느 정도 회복되자 『24사(二十四史)』와 루쉰의 일부 잡문들을 또 다시 읽었다. 1976년에 또 영국인 조지프 니덤의 저서 『중국 과학기술사』(1~3권)를 읽었고, 1976년 8월 26일 생명의 종점에 임박한 시점에도 필기체 중국 고대 문어문 수필 저작 『용재수필(容齋隨筆)』을 읽었다. 마오쩌둥은 책에 있는 지식을 중시하여 글자가 있는 책을 읽을 것을 제창했다. 뿐만 아니라 실제 지식도 중시하여 글자가 없는 책도 읽어야 한다면서 사회에서 배우고 대중에게 배우고 실제에서 배울 것을 제창했다. 육유의 시 중에 "책에서 얻은 지식은 어쨌든 얕고 완벽하지 않으니, 사물의 이치를 깊이 깨닫기 위해선 반드시 몸소 실천해야 한다(紙上得來終覺淺, 絶知此事要躬行)"라는 구절이 있다. 마오쩌둥도 한 사람이 책 속의 지식만 갖추어서는 안 되며 반드시 현실생활에 뛰어들어 조사연구하고 사회의 실제에서 배울 것을 거듭 강조했다. 그는 일생 동안 많은 사회조사를 진행하였고, 중국의 역사와 현황을 이해하고 마르크스주의 기본원리를 중국 실제와 결합시켜 중국혁명과 건설의 실제 문제를 해결하는 데 노력을 기울였다. 중국사회 여러 계급의 경제적 지위와 정치적 태도에 대한 과학적인 분석, 중국혁명의 길에 대한 과학적인 구상과 독특한 창조, 새 중국 창립 후 사회주의 건설의 길을 탐색하는 과정에서 형성된 '10가지 관계'에 대한 과학적 논술, 그의 이 모든 것은 실천경험의 총결과 조사연구의 결정체이다. 마오쩌둥은 '글자가 있는 책'과 '글자가 없는 책'에서 우주와 인생의 진리를 탐색하였고, 진리를 지향하고 도와 더불어 하나가 되는 정신경지에 이르기 위해 늙을 때까지 쇠락하지 않고 평생 분투했다. '선(善, 착함)'이란 합목적성인 것으로서 주체와 객체의 현실 상태의 통일이다. 레닌은 『헤겔(논리학) 적요』에서 "'선'은 '외부 현실성에 대한 요구'이다. 즉 '선'은 인간의 실천으로 이해되며 요구(1)와 외부 현실성(2)과 동일함을 뜻한다."[633] "실천은 (이론적인) 인식보다 귀중하다. 왜냐하면 실천은 보편적인 품격을 갖추고 있

---

633) 『레닌전집』 제55권, 앞의 책, 183쪽.

을 뿐만 아니라 직접적 현실성 품격도 갖추고 있기 때문이다."[634] 주체로서의 사람은 실천을 토대로 객관사물의 본질과 법칙에 대한 인식 및 자신의 욕구에 따라 일정한 목적과 요구를 형성했다. 새로운 실천 활동을 진행하기 전까지 주관적인 목적성과 외부세계의 객관성은 서로 분리되어 있는 상태이다. 목적성이 있는 실천 활동을 통해서야만 목적과 요구의 주관적인 편파성과 외부세계의 객관적인 편파성을 극복하고 양자를 일치와 통일에 이르게 할 수 있다. 실천에는 세계의 공통적인 본질과 보편적 법칙성에 대한 인식이 포함되었을 뿐만 아니라 주체 욕구의 만족도 포함되어, 주체의 목적과 요구가 외부 현실성의 형태를 갖추도록 했다. 그래서 실천은 세계의 객관적 진리성에 대한 사람들의 인식보다 한 차원 발전한 것이며, '진'의 차원보다 한층 더 높은 인생의 경지인 것이다. 중국의 고대철학에는 몸소 실천하는 것을 중요시하는 사상전통이 있으며 실천을 중요시하는 주장이 서적들에 꾸준히 등장했다. 예를 들면 다음과 같은 것들이 있다. "군자는 말은 신중하게 하고 실천하는 데는 민첩해야 한다.(君子欲訥於言而敏於行)"[635] "선비는 학문을 닦는 것만으로는 부족하다. 더 근본적인 것은 몸소 행하는 것이다.(士雖有學, 而行爲本焉)"[636] "듣지 않는 것은 듣느니만 못하고, 듣는 것은 보느니만 못하며 보는 것은 아느니만 못하고, 아는 것은 행하느니만 못하며, 학문은 그것을 행하게 되었을 때 비로

634) 『마오쩌둥선집』 제1권, 앞의 책, 284쪽.
635) 『논어·이인』
636) 『묵자·상현(중)』

소 절정에 이르렀다고 할 수 있다. 실천을 거쳐 사리를 알게 되고 사리를 알게 되면 곧 성인이 될 수 있다. 성인은 인의를 근본으로 삼고 시비곡직을 적절하게 판단하며 언행이 일치하고 한 치의 그릇됨도 없게 할 수 있다. 여기에는 다른 요령이 있어서가 아니라 그가 배운 것을 실제적 행동에 옮길 수 있기 때문일 뿐이다. 그래서 듣기만 하고 직접 보지 못한다면 아무리 많이 들었어도 필히 실수가 생기게 마련이고, 보기만 하고 이해하지 못하면 설령 기억하였더라도 필히 헛된 것이 되며, 알면서 행동에 옮기지 않으면 지식이 아무리 풍부하더라도 필히 곤경에 빠질 수밖에 없다.(不聞不若聞之, 聞之不若見之, 見之不若之, 知之不若行之, 學至於行而止矣. 行之, 明也. 明之爲聖人. 聖人也者, 本仁義, 當是非齊言行, 不失毫厘, 無它道焉, 已乎行之矣. 故聞之而不見, 雖博必謬; 見之而不知, 雖識必妄; 知之而不行, 雖敦必困.)"[637] "한 사람이 알고 있는 것이 참된 것인지 아닌지, 성의가 있는지 없는지를 알려면 행동하는 것만 보면 된다. 정말 행동에 옮길 수 있다면 참말로 아는 것이고 마음이 진실한 것임을 알 수 있다.(欲知知之眞不眞, 意之誠不誠, 只看做不做. 眞個如此做底, 便是知至意誠.)"[638] 명청시기의 왕부지는 먼저 행한 뒤 후에 알게 된다(行先知後)면서 행하는 동시에 알 수는 있지만 알아가는 동시에 행할 수는 없으며, 아는 것과 행하는 것은 서로 의지하고 서로 작용하는 것으로서 양자를 병행시키면 성과를 이룰 수 있다고 주장했다. 학문을 널리 닦는 것(博學), 모르는 것이 있으면 끝까지 캐어

637) 『순자·유효』
638) 『주자어류』 권15.

묻고 탐구하는 것(審問), 자세하게 생각하고 분석하는 것(愼思), 분명하게 분별하는 것(明辨), 배워서 아는 것을 애써 실천하는 것(篤行) 이 5가지 중에서 행하는 것이 '잠시도 늦출 수 없는 1위'[639]의 위치에 있는 것이다. 몸소 실천하는 것을 중시하는 중국 고대의 문화전통과 세상을 다스리는 데 꼭 필요한 우수한 학풍을 마오쩌둥은 계승하고 발전시켰다. '행(行)'은 일종의 내재적 도덕수양일 뿐 아니라 외재적인 감성 활동이기도 하며, 개체의 도덕실천일 뿐 아니라 일종의 광의적 사회활동이며 주체의 목적과 주·객체의 현실적 통일을 이루는 수단이기도 하다. 일찍 1920년대 초에 마오쩌둥은 "어떤 일이든지 한 가지 '이론'만 있고 한 가지 '운동'이 이어지지 못한다면 그 이론의 목적은 실현될 수 없다."[640]라고 지적했다. 그는 진심으로 학문을 탐구하고 성의껏 일할 것을 주장하면서 중국과 세계를 개조하는 것을 자신의 사회적 이상으로 삼고 실천 속에서 실제개조의 길을 모색하였으며 이론가이면서 실천가이기를 추구했다. 「실천론」이라는 글에서 마오쩌둥은 또 실천을 중요시하는 특색과 관점을 이론의 높이까지 끌어올렸다. 그는 "마르크스주의 철학이 주장하는 아주 중요한 문제는 객관세계의 법칙성을 깨달음으로써 그것으로 세계를 해석할 수 있게 되는 것이 아니라, 그러한 객관적 법칙성에 대한 인식을 갖고 능동적으로 세계를 개조하는 것이다."[641]라고 말했다. 지식을 추구하는 것은 실천하

<hr />

639) 『독사서대전설(读四书大全说)』 권3.
640) 『마오쩌둥 조기 문고』, 앞의 책, 517쪽.
641) 『마오쩌둥선집』 제1권, 앞의 책, 292쪽.

기 위해서이다. 마르크스주의가 이론을 중요시하는 원인은 그 이론이 행동을 이끌 수 있기 때문이다. "세계의 법칙성에 대해 인식한 뒤 그 인식을 가지고 세계를 개조하는 실천 속으로 되돌아가고 또 다시 생산의 실천과 혁명의 계급투쟁과 민족투쟁의 실천 및 과학실험의 실천에 활용해야 한다." 그래야만 이론을 점검하고 발전시킬 수 있고, 세계를 개조하고 욕구를 만족시킬 수 있으며, 사람의 대상성의 본질적 힘을 확증함으로써 인생의 경지를 선의 차원으로 끌어올릴 수 있다. 그와 반대로 "올바른 이론을 갖추었지만 한바탕 공론하고 방치해 두고 실행에 옮기지 않는다면, 그런 이론은 아무리 좋아도 의미가 없게 된다."[642] 사람의 인식 과정은 감성적인 인식에서 이성적인 인식으로의 비약과 이성적인 인식에서 혁명실천으로의 비약 등 두 차례의 능동적인 비약 과정을 거치게 된다. 그중에서 첫 번째 비약에 비해 두 번째 비약이 더 위대한 의미를 가진다.

'미(美)'는 합감수성인 것으로서 사람들이 객체의 대상을 주체화하고 주관적 목적을 대상화하는 과정에서 형성되는 일종의 심리적 체험이며 '진'과 '선', 합법칙성과 합목적성이 서로 통일된 표현이다. '미'는 사람이 사람에게 유용한 가치형태면에서 객체를 점유함과 아울러 또 사람과 대상 간의 직접적 공리성과 목적성을 뛰어넘어 객체 대상에 대한 더 고급적인 점유형태의 일종이 되었음을 표명한다. '미'는 일종의 인생 경지와 주체로서의 사람이 세계를 파악하는 일종의 방식으로서, 사람의 자유 자각적인 창조성 본질의 표현이다. 사람과 동

---

642) 『마오쩌둥선집』 제1권, 앞의 책, 292쪽.

물의 뚜렷한 구별은, 동물은 오직 단순하게 자연계로부터 물질생활자료를 얻을 뿐이며 소극적이고 피동적으로 자연계에 적응하여 자신의 존재로 자연계에 영향을 주어 자연계에 변화를 일으킬 뿐이다. 그러나 인류는 자유 자각적인 창조성 본질을 갖추고 있어, 소극적이고 피동적으로 자연에 적응하는 것이 아니라 자각적이고 능동적으로 자연을 개조하며 자연의 자재적인 상태를 바꾸는 것을 통해 자신의 욕구를 만족시킨다. 그렇다 하여 인류의 자유 자각적인 창조성 활동이 자연의 필연적 제약을 받지 않는 주관적이고 임의적인 행위인 것이 아니라, 객관적 법칙을 인식하고 외부세계를 인식하는 필연성을 전제로 하고 있다. 인류의 자각적 능동성은 객관에서 주관(세계를 인식)으로, 그리고 주관에서 객관(세계를 개조)으로의 양방향 운동으로 반영된다. 사람들이 객관적 법칙성과 필연성을 미처 인식하지 못하였을 때 그 행동은 맹목적인 것이며 자유 자각적인 창조성 활동에 종사할 수 없는 것이다. 오직 사람들이 객관적 법칙성을 인식하고 또 개관적 법칙성과 주체 자신의 욕구에 대한 확실한 인식에 따라 목적성을 형성해야만 비로소 주동적 자각적으로 객체 대상을 개조할 수 있고 객체 대상에 자기 의지를 흔적으로 남겨놓을 수 있는 것이다. 주체의 자유 자각적인 활동을 통해 개조된 대상은 주체의 욕구를 만족시킬 수 있는 실용성과 공리성을 갖추었을 뿐 아니라 또 사람의 지혜와 의지·목적·용기·날렵함·힘도 보여줄 수 있다. 주체로서의 사람은 개조된 대상으로부터 욕구에 대한 만족을 얻음과 동시에 자신의 목적과 이상의 실현, 자신의 지혜와 재능 및 힘의 현실화를 보아냄으로써 자유 창조의 본질의 소중함을 느낄 수 있고 마음속에서 즐거움과 기쁨 그리고 행복의 감정을 체험할 수 있게 된다. 그것이 바로 심미의 향락 혹은 심미의 즐거움인 것이다. 마오쩌동은 사람이 자각 능동적인 자유창조의 본질을 갖추고 있다는 사실을 인정하였으며, 실천이 인식의 근원이기 때문에 '미'와 같이 세계를 파악하는 독특한 방식의 근원이기도 하다고 주장했다. '미'는 사람들이 세계를 인식하고 개조하는 실천 과정에서 생기고 또 실천의 심화에 따라 거짓되고 악하며 추한 것과의 투쟁 과정에서 발전한다. 실천과 투쟁은 마오쩌동 인생이론과 실천의 특징이자 마오쩌동의 심미 관념과 심미 실천의 특징이기도 하다. '미'는 성질과 내용에 따라 우미(부드러운 미)와 숭고미(강건한 미)로 나눌 수 있다. 우미는 주체와 객체의 서로 모순되는 양측이 상대적으로 서로 균형을 이루고 조화로운 통일을 이루었을 때의 상태로서, 심미 주체에 홀가분하고 즐거우며 조용하고 담담하며 눈과 마음이 즐거운 심미적 향수를 누릴 수 있게 한다. 숭고미는 주체와 객체가 예리하게 대립되거나 격렬하게 충돌할 때 나타나는 일종의 상태이다. 주체는 객체와 필사적으로 싸우는 과정에서 자신의 뛰어난 지혜와 완강한 의지, 고상한 품성, 거대한 힘을 과시한다. 숭고미는 거칠고 호방하며 웅건하고 위대하며 방대하고 장려하며 장엄하고 낭만적이며 기이한 느낌으로 표현되는데 주체가 객체와 격렬한 투쟁을 벌이는 과정에서 자랑스럽고 비장하며 위대하고 숭고한 심미적 느낌을 형성할 수 있다. 사람들이 숭고미에 역점을 두고 자세히 살펴볼 때면 흔히 은근하고 여운이 감도는 느낌을 받게 되며 그 내면세계는 강렬한 충격을 받은 나머지 맑고 투명하며 깨끗하고 확 트이게 된다.

우미와 숭고미라는 이 두 가지 서로 다른 성질을 띤 미에 대해 고금동서의 사람들은 애써 추구해 왔다. 마오쩌동은 중국 인민을 이끌어 파란만장하고 위풍당당한 혁명과 건설 실천을 진행한 혁명가와 정치적 지도자로서 광범위한 인민대중이 가진 천지자연을 개조할 수 있는 거대한 힘을 깊이 체험하고 느끼고 인식하였으며, 혁명 과정에서 피비린 참혹함과 온갖 역경을 겪었고 혁명자들이 대의를 위해 영웅스럽게 목숨 바치는 비장한 장거를 목격하였을 뿐 아니라, 또 인민과 함께 혁명과 건설의 승리의 희열과 기쁨을 공유했다. 이러한 공전의 실천은 인민의 거대한 힘을 과시하였고, 새로운 것과 낡은 것, 진보와 퇴보, 진선미와 거짓·추악의 날카로운 대립과 격렬한 충돌을 제시한 한편, 또 마오쩌동에게 비장함과 숭고함을 높이 받들어 존경하는 심미적 이상과 심미적 추구를 부여했다.

마오쩌동은 모순·대립·충돌·분투·투쟁의 거대한 가치를 충분히 인정했다. 그는 주체가 강하고 유력한 대립면과의 투쟁과정에서만 자신의 지혜와 재능·의지·힘을 충분히 보여줄 수 있고 현실을 뛰어넘어 이상의 경지에 이를 수 있다고 주장했다. 그의 마음속에서 이상과 현실이라는 거대한 저울은 균형을 이룰 수 없었다. 그는 현실에 만족하지 않고 가슴속이 이상에 대한 격정으로 가득 찼으며, 또 그러한 원대한 이상으로 현실을 가늠하였고, 이상의 원대함은 또 현실에 대한 불만을 강화했다. 그러한 심리상태가 일시나마 안정과 균형을 되찾게 하기 위해서는 반드시 꾸준히 투쟁해야 했으며, 꾸준히 현실의 고유한 질서를 타파하고 이상적인 질서를 재건해야만 했다. 그래서 마오쩌둥은 모순과 투쟁·대립·충돌을 의식적으로 강조하였고, 오직 투쟁만이 사회의 발전과 인격의 승화를 추진할 수 있다고 주장했다. 그는 일생 동안 모두 반란자와 투쟁자의 이미지로 외부의 적과 투쟁하였을 뿐만 아니라 당내의 그릇된 사상과도 투쟁했다. 마오쩌둥은 일찍이 젊은 시절부터 운동과 투쟁을 숭상하는 뚜렷한 성격과 취미를 갖추었고, 마르크스주의자로 전환한 후에는 투쟁의 절대성과 동일한 상대성을 주장하였으며, 사물은 언제나 투쟁을 통해 파상적 경로를 따라 앞으로 발전하는 것으로서 인류사회가 바로 거대한 풍랑 속에서 발전하고 있다고 주장했다. 만년에 이르러서도 마오쩌둥은 여전히 투쟁의 기치를 높이 추켜들었으며 투쟁이 없으면 진보도 없다고 주장했다. 마오쩌둥은 강하고 유력한 투쟁대상을 필요로 하였고, 경쟁과 저항, 운동 투쟁으로 충만된 삶을 선호하면서 투쟁할 상대가 없이 쥐 죽은 듯 고요하고 활기가 없는 환경에 처해서는 깊은 슬픔을 느끼기까지 했다. 마오쩌둥 연구자이며 저서 『마오쩌둥전』의 작가인 미국인 로스테릴(Ross Terrill)은 마오쩌둥과 류사오치의 역사관에 대해 다음과 같이 재미있게 비교한 적이 있다. "류사오치의 관점으로 보면 역사는 올라가는 계단이다. 마오쩌둥의 관점으로 보면 역사는 파도가 일렁이는 바다이다. 류사오치에게 있어서 사회주의는 하나의 과학으로서 이지적인 절차에 따라 추구해야 하는 것이다. 마오쩌둥에게 있어서 사회주의는 일종의 도덕으로서 최후의 승리 속에서 왜곡되는 것을 허용하지 않는 것이다." 마오쩌둥은 노동대중의 성대한 명절인 혁명운동을 열렬히 찬미하고, 혁명투쟁 과정에서 보여 준 인민의 숭고한 품성과 굳센 의지, 거대한 힘을 찬미했다. 마오쩌 동은 여러 역사 시기의 시사 가작을 통해 독특한 각도에서 노동자와 농민 혁명에 대한 열렬한 예찬을 보여주었다. 「뽕을 따다·중양(采桑 子·重陽)」에서는 이렇게 묘사했다. "사람의 일생은 늙기 쉬워도 하늘 은 쉽게 늙지 않아 해마다 중양절은 돌아오네. 오늘 또 중양절을 맞 아 전쟁터의 국화꽃향기가 유난히도 짙다네. 해마다 가을바람이 세 차게 불어오면 그 경치가 봄날처럼 아름답지는 않지만, 그러나 봄날 의 경치를 뛰어넘어 더욱 웅장하고 아름답네. 우주와 같이 드넓은 랴 오퉈강 위의 하늘에서 흰 서리가 내리네.(人生易老天難老, 歲歲重陽. 今 又重陽, 戰地黃花分外香. 壹年壹度秋風勁, 不似春光. 勝似春光, 寥廓江天萬裏 霜.)" 인생은 짧고 우주는 무한하며 해마다 중양절이 찾아온다. 올해 의 중양절에 혁명근거지에는 들국화가 눈부시게 아름답게 피어 그 향기가 짙게 풍긴다. 가을 경치가 봄 경치와는 다르지만 온 누리에 서리가 내리고 붉은 단풍이 눈부시어 가을 경치는 봄 경치보다 더 장 려하다. 이 사(詞)는 사방이 백색정권에 포위되어 있는 홍색 근거지에 대해 찬미한 사이다. 「감자목란화·광창로에서(滅字木蘭花·廣昌路上)」라 는 제목의 사에서는 "하늘은 온통 새하얗고 그 눈보라를 헤치며 전 진하는 대군은 마음만 급하구나. 머리 위에는 험산준령이요, 붉은 기 는 광풍에 휘말려 험한 관문을 넘어가네.(漫天皆白, 雪裏行軍情更迫, 頭 上高山, 風卷紅旗過大關.)"라고 읊었다. 이는 공농홍군(工農紅軍)이 눈보 라와 혹한을 두려워하지 않고 역경을 이겨내고 험한 관문을 뚫고 용감하게 앞으로 전진하는 높은 정치적 각오와 장렬한 희생정신에 대해 칭송한 사이다. 「접련화·팅저우에서 창사로 향하며(蝶戀花·從汀州向長沙)」라는 제목의 사에서는 이렇게 묘사했다. "유월에 홍군은 부패하고 흉악한 국민당 군벌세력을 정벌하고, 인민은 기나긴 붉은 밧줄로 곤과 붕을 묶는다. 간수이(贛水) 저쪽 근거지에는 붉은 기가 휘날리는데 이 모두 황공뤠(黃公略)의 노력 덕분이다. 모든 공농홍군 전사들이여 적극적으로 적과 싸워 장시(江西)를 석권하고 적이 점령하였던 후난·후베이를 쳐부수자. 비장한 국제가 노랫소리 속에서 우리 혁명세력은 마치 하늘 군사가 강림한 듯 기세드높구나.(六月天兵征腐惡, 萬丈長纓要把鯤鵬縛. 贛水那邊紅壹角, 偏師借重黃公略. 百萬工農齊踴躍, 席卷江西直搗湘和鄂. 國際悲歌歌壹曲, 狂飆為我從天落.)" 「어가오·제1차 대 '포위토벌'을 반격하다(漁家傲·反第壹次大"圍剿")」라는 제목의 사에서는 "무수한 단풍나무는 서리를 맞았으나 붉은 색으로 눈부시고, 홍군전사 가슴에서 타오르는 분노의 불길 하늘을 찌르네.(萬木霜天紅爛漫, 天兵怒氣沖霄漢.)", 「어가오·제2차 대 '포위토벌'을 반격」에서는 "백운산 정상에서 넘실거리는 구름층은 마치 분노하여 하늘을 찌르며 우뚝 설 것만 같고, 산 아래에서는 적들의 아우성소리가 요란한데 돌격의 북소리가 천지를 진감하고 근거지 군민들은 공공의 적을 향해 적개심을 불태웠네. 심지어 말라비틀어진 나무와 썩어버린 나무 그루터기마저도 한 마음 한 뜻으로 힘을 합쳐 홍군을 도와 적과 맞서 싸웠네. 비장군(飛將軍, 한[漢] 나라 무장 이광[李廣])이 하늘에서 내렸나, 용감무쌍한 홍군전사들이 치켜든 총칼이 숲을 이루며 적을 향해 무찔렀

네. 홍군전사들은 15일 동안 700리를 신속하게 진군하여 아득한 간장(贛江)에서 푸른 민산(閩山)까지 깊숙이 쳐들어가 침범해온 적들을 돗자리를 말듯 휩쓸었다네.(白雲山頭雲欲立, 白雲山下呼聲急, 枯木朽株齊努力. 槍林逼, 飛將軍自重霄入. 七百裏驅十五日, 贛水蒼茫閩山碧, 橫掃千軍如卷席.")라고 묘사했다. 상기 사의 글귀에서는 공공의 적에 대항하여 함께 적개심을 불태우는 근거지 군민의 위엄 어린 기풍과 막아 낼 수 없는 거대한 힘을 보여주었다. 「진아를 추억하다·루산관」(憶秦娥·婁山關)에서는 이렇게 묘사했다. "매서운 서풍이 세차게 불어오고 기러기 우는 서리 찬 새벽, 달이 지새네. 서리 찬 새벽, 달이 지새고 말굽소리 자지러지고 나팔소리 목메어라. 험난한 루산관(婁山關) 철벽같다고 하지마라. 오늘 힘차게 걸어서 다시 넘노라. 다시 넘는데 푸른산 바다같고 지는 해 피같구다.(西風烈, 長空雁叫霜晨月. 霜晨月, 馬蹄聲碎, 喇叭聲咽. 雄關漫道真如鐵, 而今邁步從頭越. 從頭越, 蒼山如海, 殘陽如血.)" 이 사는 준이(遵義)회의와 루산관 전투 후에 지은 것이다. 서풍이 살을 에듯 춥고, 기러기가 열을 지어 날아가며 길게 울고 있다. 그믐달이 하늘에 걸려 있고, 땅에는 온통 된서리로 뒤덮였다. 말발굽소리가 어지럽게 울리고 군대 신호나팔소리가 들려온다. 웅위로운 루산관을 함락시켰으니 공농홍군이 승리의 여정에 오를 것이다. 푸른산 바다같고 지는 해 피같다는 묘사는 전투에 임하는 공농홍군의 호방한 감정을 한층 더 부각시켰다. 비장하고 처량한 이 한 폭의 행군도에서 사람과 사물, 감정과 경치, 인물형상의 숭고함과 대자연의 장려함이 하나로 어울렸다. 「칠률·온역신을 보내면서(七律·送瘟神)」에서는 이렇게 묘사했다. "봄바람이 산들산들 불어오고 휘휘 늘어진 수양버들에 봄 기운이 완연하네. 6억 중국 인민 모두 요·순과 같은 성인군자로다. 늦봄을 맞아 빨간 꽃잎이 물 위에 떨어져 물결 따라 기분 따라 일렁이고 청산은 이어져 다리가 되었구나. 하늘을 떠이고 우뚝 솟은 산속에서는 농민들의 호미질이 분주하고, 요동치는 강에선 노동자 농민들 수리건설 성수나네. 묻노니, 역신이여 어디로 가려느냐? 촛불을 밝히고 종이배 태워 너를 보내니 불빛이 하늘을 밝게 비추누나.(春風楊柳萬千條, 六億神州盡舜堯. 紅雨隨身翻作浪, 靑山著意化爲橋. 天連五嶺銀鋤落, 地動三河鐵臂搖. 借問瘟君欲何往, 紙船明燭照天燒.)" 이는 광범위한 인민대중들이 자신의 총명과 재질을 발휘하여 대자연과 싸우면서 아름다운 삶을 창조해나가 하늘을 찌를 듯한 노동의 의욕과 근면한 품성에 대한 마오쩌둥의 예찬이다. 마오쩌둥은 투쟁의 가치를 인정하였으며 주체가 엄혹한 투쟁 과정에서 발휘하는 지혜와 용기·의력·힘을 찬미했다. 그는 투쟁을 낙으로 삼았으며, 그의 작품에 등장하는 인물 형상 역시 투쟁을 낙으로 삼는 인물들이다. 「칠률·장정(七律·長征)」에서는 이렇게 묘사했다. "홍군은 긴긴 장정의 길에서 온갖 고생을 두려워하지 않고, 멀고 험난한 길도 지극히 평범한 것으로 대수롭지 않게 여겼다네.(紅軍不怕遠征難, 萬水千山只等閑.)" 공농홍군은 혁명적 영웅주의와 혁명적 낙관주의의 드넓은 흉금을 갖추고 온갖 험난함과 고생을 두려워하지 않고 멀고 험난한 길을 대수롭지 않게 여겼으며, 고생을 낙으로 고생을 영광으로 삼았다. 「복산자·영매(卜算子·詠梅)」에서는 이렇게 읊고 있다. "바람이 불고 비가 내려 봄을 보내고 온 하늘에 흩날리는 눈발이 또 다시 봄을 맞이하네. 천 길 낭떠러지엔 백길 넘게 뽀족한 얼음이 얼었으나 매화는 여전히 꽃가지에 아름답게 맺혔네. 아름답지만 복숭아꽃 오얏꽃과 화려함을 다투지 않고 오로지 봄소식만 알릴뿐. 온 산과 들에 꽃들이 만발할 제 매화는 꽃 숲에서 조용히 미소 짓네.(風雨送春歸, 飛雪迎春到. 已是懸崖百丈冰, 猶有花枝俏. 俏也不爭春, 只把春來報. 待到山花爛漫時, 她在叢中笑.)" 이 사는 겉보기에는 바람을 맞받아 서리와 눈과 싸우며 엄동설한에 피어난 매화를 읊은 것 같지만, 본의는 진리를 고수하고 사납고 흉악한 세력을 두려워하지 않으며, 완강하게 투쟁하는 마르크스주의자들의 정신과 겸손하고 공익을 위해 개인의 이익을 희생하는 마르크스주의자들의 고상한 품격을 찬미하였으며, 또 투쟁을 낙으로 삼는 혁명자의 삶의 감수와 심미 이상을 보여주었다. 이밖에 마오쩌동의 숭고미에 대한 추구는 또 영원한 시간과 무한한 공간을 초월하고자 하는 데서도 반영된다. 길고 넓은 시공간 앞에서 마오쩌동은 한편으로는 활달하고 홀가분하며 자신감 있고 침착한 태도를 취하였고, 다른 한편으로는 무한한 시공간과 짧은 삶이라는 큰 대비로 인한 정신적 압력을 깊이 느끼면서 자각적이고 능동적인 정신을 발휘하여 가치 있는 삶을 창조함으로써 시공간을 뛰어넘은 인생의 의미를 얻을 것을 주장하였으며, 절대로 소극적으로 무위도식하여 긴 시간에 씻겨 색이 바라지 말게 할 것을 주장했다. 투쟁에 대한 인정과 찬미 그리고 갈망, 시공간의 거대한 압박을 느낌으로 인해 생겨난 시공간을 초월하려는 마음가짐과 의념이 마오쩌동의 성격 기질과 위대함과 숭고함에 대한 그의 미학적 추구를 가장 뚜렷하게 반영했다. 심미 대상을 선택함에 있어서 마오쩌동은 대범하고 호방하며 기이하고 낭만적인 것을 추구하는 특별한 취미를 가지고 있었다. 그는 굴원, 이백, 이상은(李商隱), 소식, 신기질(辛棄疾)등 이들의 호방하고 낭만적인 정서가 풍부한 시사와 노래를 반복하여 읊었으며 거기에 심취했다. 마오쩌동은『초사(楚辭)』에서 굴원의「이소(離騷)」를 특별히 좋아했다.「이소」는 낭만주의 작품으로서 작가의 강렬한 애국정서, 광명과 이상에 대한 추구 그리고 죽어도 후회하지 않는 불요불굴의 정신을 반영했다. 바로 그러한 사상적 함의가 마오쩌동의 마음을 사로잡았기 때문에 그는 매번 읽을 때마다 "새롭게 깨닫는 바가 있어 마음이 즐거울 수 있었던 것이다."[643] 당시(唐詩) 중에서 마오쩌동은 이백과 이하·이상은의 작품을 가장 좋아하였으며, 특히 웅대한 기백, 풍부한 감정, 신기한 상상력과 뛰어난 예술성을 갖춘 이백의 시가 작품을 좋아했다. 송사(宋詞) 중에서 마오쩌동은 소식과 신기질을 숭상했다. 소식의 사는 기개가 드높고 분방하며 호방하여 만당(晚唐) 시기의 화려하고 가냘픈 문풍을 날려버리고 호방한 풍격의 시작을 열었다. 신기질은 소식의 사의 호방한 풍격을 계승한 한편 국가 대사를 한탄하며 간사한 짓을 질책하였으며, 자기 신세를 슬퍼하고 옛날을 회상하며 현 시대를 비웃고 잃어버린 국토를 되찾고 백성을 구제하고자 하는 애국주의 전투의 전통과 비장한 정서를 주입시켰다. 그의 사는 "기개가 있고 자유분방하며 세상에

---

643) 『마오쩌동의 독서생활』에서 인용, 앞의 책, 216쪽.

나밖에 없노라 뽐내는 기상을 갖추다."[644] 마오쩌동은 신기질의 사를 좋아하여 『가헌장단구(稼軒長短句)』를 늘 가까이 두었다. 신기질의 「영우락·경구 북고정에서 옛일을 회상하다(永遇樂·京口北固亭懷古)」와 「남향자·경구의 북고정에 올라 느끼다(南鄉子·登京口北固亭有懷)」 두 수의 사는 북방의 강적을 물리친 손권(孫權)의 무공을 칭송하는 것을 통해 남송 통치 집단의 우매하고 나약하며 무능함을 풍자하였고, 또 염파(廉頗)와 자신을 비교하면서 준마가 늙어서 마구간에 엎드려 있으면서도 늘 천 리를 달릴 생각을 하고 있듯이, 원대한 뜻을 굽히지 않을 것이라는 심경과 중원을 되찾아 조국을 통일시키려는 이상을 표현했다. 위 두 수의 사는 그의 애국 사의 대표작으로 꼽힌다. 마오쩌동은 이 두 수의 사에 여러 번 동그라미를 쳐놓았다. 삼국시기 오나라 임금 손권은 경구(京口, 원명은 단도[丹徒])를 수도로 정한 적이 있다. 경구는 또 남송 시기 진강부(鎭江府) 관청의 소재지였다. 1204년에 신기질은 진강에서 부지사로 부임하였었다. 한 번은 마오쩌동이 탑승한 비행기가 진강의 상공을 지나가게 되었는데 정경을 접하자 감정이 일어 감흥을 토로하고자 신기질의 사 「남향자·경구의 북고정에 올라 느끼다」를 손수 적어보았다.

"어디 가면 고향 땅 신주(중원)를 바라볼 수 있을까? 눈앞에는 아름다운 북고루 일대의 장려한 강산뿐이구나. 오랜 세월 동안 흥망성쇠를 거듭하며 얼마나 많은 변화를 겪었을까? 알

---

644) 『사고전서 총목 제요(四庫全書總目提要)』

수 없는 일이로다. 끝없이 이어지는 지난 역사는 마치 끝이 보이지 않는 도도한 장강의 강물이 쉼 없이 세차게 흐르는 것과도 같구나. 지난날(손권은) 젊은 나이에 천군만마를 거느리고 동남지역을 차지하고 끝까지 버티고 싸우면서 적에게 머리를 숙이지 않았노라. 천하의 영웅 중에 그 누가(손권과) 대적할 수 있을까? 오직 조조와 유비만이 그와 세 갈래의 세력을 이루며 정립할 수 있었노라. 오죽하면 조조가 아들을 낳는다면 마땅히 손중모(손권)와 같아야 한다!'라고 말하였을까!(何處望神州? 滿眼風光北固樓. 千古興亡多少事? 悠悠, 不盡長江滾滾流. 年少萬兜鍪, 坐斷東南戰未休. 天下英雄誰敵手? 曹劉. 生子當如孫仲謀.)"

신기질은 사에서 세월이 흘러 중원을 북벌하고 빼앗긴 땅을 되찾을 가망이 없게 되었음에 금할 수 없는 슬픔을 느끼고 있었다. 그러나 그는 삼국시기에 동남지역을 차지하고 앉아 조조·유비와 함께 천하를 셋으로 나누어 가졌던 소년 영웅 손권을 칭송하면서 눈앞의 안일함만 탐하는 남송 조정을 은근히 비판하였으며, 또 자신을 손권에 비교하면서 늙어도 기력이 왕성하고 웅대한 마음이 여전한 자신의 호방한 기개를 분명하게 드러냈다. 마오쩌둥은 그 사를 손수 적으면서 신변 사람들에게 사의 의미와 전고에 대해 설명해주었다. 이는 순간적으로 흥이 나서가 아니라, 신기질의 사에 대한 마오쩌둥의 애정 그리고 낙관적이고 호방한 심미적 추구와 이상을 보여준 것이며, 한편으로는 또 이를 통해 지난날 전투의 세월을 추억하고 미래의 혁명 노정을 전망하였던 것이다. 마오쩌둥은 지식에 대한 추구, 몸소 실천, 심미의 3가지 인생 경지를 한 몸에 융합시킨 사람이다. 지식을 추구하는 것을 통해 그는 총명하고 지혜로우며 원대한 안목을 갖출 수 있었으며, 역사에 정통하고 현실을 통찰할 수 있었을 뿐만 아니라, 지금까지 역사적으로 유례가 없는 파란만장한 많은 중국혁명의 미래를 과학적으로 예견하였으며, 객관법칙과 조건의 토대 위에서 중국혁명의 길에 대한 계획과 청사진을 그려낼 수 있었던 것이다. 그리고 또 몸소 실천하는 것을 중시하는 정신으로 인해 그는 또 남다른 용기와 의지로 당과 인민을 이끌어 온갖 우여곡절을 겪으면서 위풍당당하고 힘찬 역사의 활극을 펼쳐 보일 수 있었으며, 웅장하고 기이하며 유난히 아름다운 이상들을 하나하나 현실로 실현시킴으로써 마오쩌둥의 혁혁한 공훈과 업적을 천추에 길이 빛날 수 있게 했다. 그가 추구하는 위대하고 숭고한 심미적 취미와 심미적 이상은, 그의 성격을 호기롭고 자유분방하며 세속을 떠난 낭만적인 정서로 가득 채울 수 있었으며, 풍만하고 매력으로 넘치는 개성을 형성케 할 수 있었을 뿐만 아니라, 중국혁명과 건설의 실천이 시적인 정취로 가득 차게 함으로써 새로운 세계와 새로운 삶을 만들기 위해 분투하려는 전 인민의 열정을 불러일으킬 수 있었던 것이다. 반드시 강조해야 할 것은 현실주의 태도와 낭만주의 감성을 한 몸에 지닌 마오쩌둥의 개성 품격은 그가 새로운 사업을 성공적으로 이끌어 가고 새로운 시대를 열어나갈 수 있었던 중요한 주관적 요소였다는 점이다. 그러나 낭만주의의 초월성 감정은 현실주의와 결합되고, 현실에 대한 냉철한 관찰과 올바른 인식을 토대로 해야만, 비로소 사람의 마음을 격려하고 창조적으로 진취적이며 천지를 새롭게 바꾸는 힘을 적절하게 발휘할 수 있었던 것이다. 그렇지 않으면 허황되고 막연한 환상에 그치게 되어 결국은 사람들을 뜨거운 환상의 구름 위에서 준엄하고 냉혹한 낭떠러지로 떨어뜨리게 된다. 이 부분은 새 중국 창립 후 사회주의 건설 실천의 경험에 의해 이미 증명되었다.

제7장
인생 태도론

인생 태도란 주체로서의 사람이 학습과 교육실천 및 차아 생활체험의 토대 위에 형성된 인생문제에 대한 비교적 안정적인 심리 경향과 행위방식을 말한다. 사람은 자신의 존재를 자각적으로 의식할 수 있는 생명체로서 자아의식이 있고, 자유 자각적인 활동을 진행할 수 있는 존재물이다. 인생태도는 사람의 사상과 행동, 생존과 발전의 총체적 기조로서 사람들의 사상관념과 사고방식, 행위방식에 침투되어 있으며, 사람의 생명활동을 규범화하고 제약하며 조절하고 통제하는 역할을 한다. 인생 태도는 주체와 객체 및 그 관계에 대한 인식과 평가를 토대로 인생의 목표·이상·가치의 제약을 받아 형성된 일종의 심리적 경향과 행위방식이다. 주체의 욕구가 다르고 주·객체 관계에 대한 평가가 다르며 인생 목표·이상·가치에 대한 확실한 인식과 이해가 다르기 때문에, 인생 태도는 개성이 아주 풍부한 일종의 정신적 양식이고, 아울러 천차만별의 인생 태도로 인해 풍부하고 변화다단하며 이채로운 사람의 개성 품격을 형성한다. 마오쩌둥이 바로 독특한 인생 태도와 뚜렷한 개성을 갖춘 위인이다. 그는 근·현대 중국에서 제국주의와 봉건주의·관료자본주의의 통치에 반대하고 독립·

자유·민주·부강한 새로운 사회를 세워야 하는 시대의 정신에 순응하여, 마르크스주의를 중국 실제와 창조적으로 결합시켜 객관법칙과 현실조건을 인식하고 올바른 노선과 방침·정책을 제정하고 중국 인민을 이끌어 비할 바 없이 고생스럽고 세상에 둘도 없이 위대한 투쟁을 진행하기 위해 애썼다. 그는 또 그러한 시대정신과 투쟁경험을 심성과 품격으로 내재화하고 행위특징으로 외재화하여, 실사구시하고, 겸손하고 성실하며, 투쟁을 숭상하고, 낙관적이고 호방하며, 용감하고 의연하며, 적극적이고 진취적이며, 시대와 함께 발전하며, 혁신하고 개척하는 인생 태도를 형성했다. 적극적으로 향상하고 기운을 떨쳐 나아가는 그러한 인생 태도는 과거 파란만장한 세월에 중국혁명과 건설 사업의 승리를 확보하였고, 또 당면과 금후 중국 사회주의사업의 발전에 아주 풍부한 정신적 재부를 남겨놓았다.

1. 실사구시하고 겸손하며 성실한 인생태도

　실사구시는 마오쩌동 사상의 정수이고, 마오쩌동 사상의 출발점과 근본점이며, 마르크스주의의 근본 관점과 근본 방법이고, 또 마오쩌동이 굳게 지켜온 근본적인 인생 태도이기도 하다. 실사구시와 주관주의는 근본적으로 대립되는 두 가지 관점이고 방법이며 태도이다. 마오쩌동은 사람들의 사상방법 면에서 실사구시와 주관주의는 서로 대립되는 것이라고 주장했다. 주관주의는 철학적 유심주의가 실제 업무과정에 반영된 것이다. 그러한 사상경향은 주관에서 출발하는 것이지 객관적인 실제에서 출발하는 것이 아니다. 그러한 태도를 가진 사람은 혹자는 주관적인 염원과 의지 및 정신의 역할을 과장하여 주체 활동에 대한 객관법칙과 객관조건의 제약성을 경시하거나, 혹자는 이론을 실제에 끼워 맞추거나 이상으로 현실을 대체하며, 혹자는 어느 한 시기 혹은 어느 한 곳의 경험을 보편화하고 절대화하게 된다. 실사구시란 철학적 범주의 변증유물주의가 사상 방법과 실제 업무에 반영된 것이다. 실사구시의 사상태도와 과학적 방법은 실제에서 출발하여 이론과 실제를 연결시켜 주관과 객관을 일치시키고, 이론과 실천을 서로 결합시킬 것을 요구한다. 무산계급혁명정당과 정치지도자에게 있어서 주관주의를 효과적으로 방지하고 극복할 수 있느냐 여부와 실사구시의 원칙과 태도를 고수할 수 있느냐의 여부는 혁명과 건설 사업의 흥망성쇠와 성패와 연결된다.

마오쩌동은 중국과 세계를 개조하고 사회주의와 공산주의 사업을 위해 헌신하려는 뜻을 세운 정치지도자로서, 매 하나의 역사시기마다 항상 사상노선과 사상방법, 인생 태도 문제를 풀어나가는 것을 우선시하였고, 주관주의에 반대하고 실사구시를 제창했다. 당과 홍군 내에 보편적으로 존재하는 주관주의 사상방법에 대해, 마오쩌동은 1929년 12월 홍사군 제9차 당원대표대회에 제출한 결의문에서 "주관주의가 일부 당원들 사이에 아주 깊이 존재하고 있는데 정치형세에 대해 분석하고 업무를 지도하는 데 매우 불리하다. 왜냐하면 정치형세에 대한 주관주의 분석과 업무에 대한 주관주의 지도가 낳게 되는 필연적인 결과는 기회주의가 아니면 망동주의이기 때문이다." 라고 지적했다. 그래서 그는 당원의 사상을 정치화하고 과학화할 것을 주장하였으며, "마르크스주의의 방법으로 정치형세에 대해 분석하고 계급 세력에 대해 생각함으로써 주관주의의 분석과 생각을 대체하도록 당원을 교육했다." 또한 "당원들이 사회경제에 대한 조사와 연구에 주의를 돌리도록 하여 이로써 투쟁전략과 업무방법을 결정하도록 했다."[645] 1930년 5월 마오쩌둥은 「조사업무」(즉 「교조주의에 반대한다」)라는 글을 써, 오로지 책의 내용만을 전적으로 믿는 교조주의와 맹목적으로 모방하는 형식주의 그리고 현재에 안주하면서 노력하려 하지 않는 보수적 사상을 비판하였으며, 마르크스주의의 교과서에 대해서는 학습해야 하지만, 반드시 중국의 실제 상황에 결합시켜야 한다고 지적했다. 우리는 교과서를 필요로 한다. 그러나 실제를 벗어난 교조주의는 반드시 바로잡아야 한다. 교조주의를 바로잡으려면 "투쟁과정에서 새로운 국면을 창조하는 공산주의자의 사상 노선"을 실천하여 실제 상황에 대해 조사하고, 중국의 상황을 깊이 파고들어 조사하여 올바른 전략과 전술을 제정함으로써 중국혁명을 승리로 이끌어야 한다. 발언권이 없으면 결정권도 없다. 1937년 7, 8월 사이에 마오쩌둥은 옌안항일군정대학에서 「실천론」과 「모순론」에 대해 강의함으로써 전 당의 사상노선을 바로잡고 실사구시적 태도를 확립하기 위한 튼튼한 이론적 토대를 마련했다. 1941년에 그는 이론학습과 철학연구는 마땅히 사상방법을 연구하는 것을 위주로 하고, 주관주의와 실사구시라는 이 두 가지 태도, 두 가지 방법, 두 갈래 사상노선을 대립시켜야 한다고 창도했다. 주관주의 태도를 가진 사람은 주

645) 『마오쩌둥선집』 제1권, 앞의 책, 92쪽.

변 환경에 대해 체계적이고 주밀한 조사연구를 하지 않고 오직 주관적인 열정만으로 일하며, 역사에서 이탈하고 중국의 실제를 잘 알지 못하며 중국의 역사를 전혀 알지 못한다. 또 마르크스 레닌주의 이론을 목적 없이 추상적으로 연구할 뿐으로 중국혁명의 이론문제와 전략문제를 이해하기 위한 것이 아니고, 마르크스주의 이론에서 입장과 관점 및 방법을 찾는 것이 아니라 단순하게 이론을 배우기 위해서이다. 마르크스주의는 객관적으로 존재하는 실제 사물에서 출발하여 그중에서 법칙을 끌어내 우리 행동의 방향으로 삼을 것을 주장했다. 이를 위해서는 자료를 상세하게 수집해야 하며, 또 과학적인 분석과 종합적인 연구를 진행해야 한다. 그러나 주관주의 태도로 연구업무에 종사하는 사람은 중국의 실제에 대해 아무런 흥미도 느끼지 못하며, 실제를 벗어난 내실 없는 '이론'만 중시할 뿐이다. 그리고 주관주의 태도로 실제적인 업무에 종사하는 사람은 객관 상황에 대한 연구에 주의를 기울이지 않고 흔히 열정만 가지고 소감을 정책으로 삼는다. 이 두 부류의 사람은 모두 주관적으로 사무를 보는 사람으로 객관적 실제 사물의 존재를 경시한다. 마오쩌둥은 주관주의는 반과학적이고 반(反)마르크스·레닌주의 태도와 방법이며, 공산당과 노동자계급, 인민과 민족의 강적이고 공산당원 당성이 불순한 일종의 표현이라고 지적했다. 반대로 실사구시는 과학적이고 마르크스·레닌주의적인 태도이다. 이러한 태도를 갖는 것은 바로 마르크스·레닌주의의 이론과 방법을 활용하여 주위 환경에 대해 체계적이고 세밀한 조사와 연구를 진행하고, 중국의 역사와 현황을 파악하여 마르크스·레닌주의이론을 중국혁명의 실제 문제와 결합시킴으로써, 중국혁명의 이론문제와 전략문제를 풀어나갈 수 있는 입장과 관점 및 방법을 찾아내는 것이다. 마오쩌둥은 다음과 같이 지적했다. "'실사(實事)'는 객관적으로 존재하는 모든 사물이고, '시(是)'는 개관 사물의 내부 연계, 즉 법칙성이다. '구(求)'는 우리가 연구한다는 것이다. 우리는 국내외, 성(省) 내외, 현(縣) 내외, 구(區) 내외의 실제 상황에서 출발하여 그 중에서 억측으로 지어낸 것이 아닌 고유한 법칙성을 끌어내, 즉 주위 사물의 변화를 일으키는 내부 연계를 찾아내어 우리 행동의 방향으로 삼아야 한다. 그렇게 하려면 반드시 주관적 상상과 일시적 열정, 쓸모없는 책에 의거할 것이 아니라, 객관적으로 존재하는 사실에 의거하여 자료를 상세하게 수집하고 마르크스·레닌주의의 일반 원리를 지도로 하여 그 자료들로부터 올바른 결론을 이끌어내야 한다.…그러한 태도가 바로 공산당원 당성의 표현이고 이론과 실제를 통일시킨 마르크스·레닌주의 기풍이다. 이는 공산당원으로서 마땅히 갖추어야 하는 기본 태도이다."[646] 중국공산당은 1942년에 전개한 주관주의에 반대하는 것을 중심 내용으로 한 정풍운동과 1945년에 열린 제7차 당 대표대회를 통해 전 당의 사상을 실사구시의 사상노선으로 통일시켰다. 이로써 우리 당이 중국 인민을 이끌어 항일전쟁과 해방전쟁의 승리를 쟁취하고 사회주의 혁명과 건설을 진행하는 데서 지극히 중요한 사상 조건을 마련했다.

실사구시는 주관주의와 서로 대립되는 과학적인 태도이다. 첫째,

---

646) 위의 책, 제3권, 801쪽.

실사구시의 태도는 우리에게 주관적 능동성과 객관적 법칙성의 관계를 바르게 처리하고, 모든 것은 실제에서 출발하며, 자각적으로 객관 법칙에 따라 처사할 것을 요구한다. 사람은 능동적인 주체로서 그의 모든 활동은 일정한 사상을 지도로 하여 진행되며, 모두 내재적 욕구의 추동을 받는 의식이 있고, 목적이 있으며 계획이 있는 활동이다. 사람의 주관적인 사상과 객관적인 활동에는 옳고 그른 구별이 있다. "객관적 사실을 근거로 하거나 객관적 사실에 부합되는 모든 사상은 올바른 사상이고, 올바른 사상을 근거로 한 모든 행동은 올바른 행동이다."[647] 객관적인 실제에 부합되는 올바른 사상을 지도로 한 올바른 행동만이, 사람의 생존과 발전의 욕구에 맞게 외부 세계에 대해 합목적성 변화를 일으킬 수 있다. 그리하여 과학적 이론을 지도로 하여 올바른 입장과 관점 및 방법으로 주체의 욕구에 따라 목적을 가지고 객관사물의 법칙을 연구하고 주관과 객관 두 방면의 조건을 연구하며, 객관 사물의 법칙과 주·객관 두 방면의 조건으로부터 목적과 염원 및 이상을 추출하여, 실천 혹은 행동의 법칙을 이끌어내고, 활동을 전개하고 사물을 개조하는 방법과 수단을 찾아내며, 올바른 노선·방침·정책·전략·전술을 제정해야 한다. 마오쩌동은 다음과 같이 지적했다. "우리는 문제를 토론함에 있어서 정의(定義)에서 출발할 것이 아니라 마땅히 실제에서 출발해야 한다…우리는 마르크스주의자이다. 마르크스주의는 우리에게 문제를 볼 때 추상적인 정의에서 출발하지 말고 객관적으로 존재하는 사실에서 출발하며, 그 사

---

647) 위의 책, 제2권, 477쪽.

실을 분석하는 과정에서 방침과 정책 및 방법을 찾아낼 것을 요구한다."[648] "모든 일은 사람이 하는 것이다…일을 하려면 마땅히 먼저 사람이 객관 사실에 따라 사상·도리·의견을 이끌어내고, 계획·방침·정책·전략·전술을 제기해야만 잘 할 수 있다"[649]

둘째, 실사구시의 태도는 우리에게 이론과 실천의 관계를 잘 처리하고 실천 과정에서 이론을 창조하고 발전시키며 올바른 이론으로 실천을 지도할 것을 요구한다. 마르크스주의가 확립한 이론과 실천의 통일론은, 한편으로는 이론은 실천에서 오고 실천의 발전에 따라 발전하며, 이론은 마땅히 실천의 점검을 받아야 한다고 주장하고, 다른 한편으로는 이론은 또 실천을 지도하고 실천을 위해 방향을 제시하며 방법을 제공한다고 주장한다. 이론은 실천과 결합되어야만 세계를 인식하고 세계를 개조하는 위대한 도구의 역할을 할 수 있고, 아울러 실천 과정에서 풍부해지고 발전할 수 있다. 한편 실천은 이론의 지도를 받아야만, 사람들은 맹목성을 피하여 똑똑한 자각 의식을 가질 수 있고, 객관법칙에 따라 사무를 처리하여 사물의 발전과 역사의 진보에 있어서 반드시 거쳐야 할 길을 걸을 수 있다.

마오쩌둥이 실사구시의 태도 수립을 제창한 첫 번째 원인은, 오직 실사구시의 태도를 굳게 지켜야만 당의 올바른 지도를 실현하고, 인민을 이끌어 중국혁명과 건설의 임무를 완성할 수 있기 때문이다. 정책은 혁명정당의 모든 실제 행동의 출발점이고, 아울러 행동의 과정

---

648) 위의 책, 제3권, 853쪽.
649) 위의 책, 제2권, 477쪽.

과 귀숙으로 구현된다고 마오쩌둥은 주장했다. 혁명정당의 모든 행동은 모두 정책의 실행을 위한 것이다. 공산당 지도기관의 기본 임무는 바로 상황을 장악하고 정책을 파악하는 것이다. 한편 실사구시의 태도로 실제에 깊이 파고들어 조사 연구를 진행해야만 사물의 발전 법칙을 인식하여 제때에 혁명의 정치 강령을 제기하고 아울러 올바른 노선·방침·정책을 제정함으로써 인민을 이끌어 혁명과 건설의 임무를 완성할 수 있다. 마오쩌둥은 실사구시의 태도를 가져야 하고, 마르크스주의를 중국의 실제 상황과 서로 결합시키며 주관적 지도와 객관적인 실제상황이 서로 어울리도록 해야 한다고 거듭 강조했다. 전쟁의 지휘자에게 있어서는 실사구시하고 지피지기하며 전쟁을 지도하는 행동법칙을 찾아내야만 비로소 담력과 지혜를 모두 갖출 수 있고, 혁명과 건설의 지도자에게 있어서는 실사구시하고 혁명과 건설의 실제상황을 파악해야만 사실에 따라 올바른 노선·방침·정책을 제정하여 정해진 임무를 완성할 수 있다. 그는 "과학적인 태도는 '실사구시'이다. '독선적'이거나 '남을 가르치기를 좋아하는' 그러한 건방진 태도로는 문제를 해결할 수 없다."[650]라고 말했다. 마오쩌둥이 실사구시의 태도를 수립할 것을 제창한 두 번째 원인은, 실사구시의 태도를 갖는 것이 업무의 임무를 완성하는 자신감과 용기를 향상시키는데 도움이 되기 때문이었다. 일부 동지들이 업무상의 임무를 맡을 때 자신감과 용기가 부족한데, 그 원인은 그들이 그 업무의 내용과 환경의 규칙성에 대해 파악하지 못하였기 때문이다. 그들이 실사구시의 태

---

650) 위의 책, 제2권, 662~663쪽.

도로 업무 상황과 환경에 대해 상세한 분석을 진행하게 되면 자신감이 생기고 그 일을 해보려는 의욕이 생기게 된다. 만약 그 사람이 한동안 근무하면서 그 업무에서 경험을 쌓았고, 또 허심한 태도로 상황을 세심하게 살펴 객관적·전면적·본질적으로 문제를 파악한다면, 업무를 전개하는 방법을 얻을 수 있으며, 따라서 업무에 임하는 용기도 커질 수 있다.[651] 마오쩌둥은 1958년 10월 25일 저우스자오(周世釗)에게 보낸 편지에서도 그러한 사상을 밝혔다. 1957년 7월, 후난제1사범대학 시절 마오쩌둥의 동창이자 친한 친구이며 신민학회 회원이었던 저우스자오가 후난성 부성장에 당선되었다. 그는 새로운 직무에 임명된 후 인사 분규와 복잡한 심리에 휩싸여 마오쩌둥에게 서한을 보내 심경을 토로하면서 겸손하게 스스로 능력이 부족하다고 말했다. 마오쩌둥은 답신에 이렇게 썼다. "항상 자기 능력이 부족하다고 느끼는 것은 실은 자신을 잘 알지 못해서이고, 또 객관사물을 잘 파악하지 못했기 때문이다…그밖에 스스로 정치 경험이 부족하고 일에 부딪치면 두려움부터 앞서며 재능을 공헌한 다음에야 관직을 맡아야 한다고 생각하는데, 그것은 좋은 생각이다. 이 모두가 사실이니 만큼 이해할 수 있다. 나는 총명과 정직 이 두 가지로 모든 어려운 문제를 충분히 풀어나갈 수 있다고 생각한다. 이 부분에 대해서는 그대와 담론하였던 적이 있다. 총명함이란 많이 묻고 많이 생각하는 것이고, 진실함이란 실사구시한 것이다. 꾸준히 견지하고 평소에도 항상 하던 대로 한다면 언제나 일을 잘할 수 있을 것이다. 그대는 예전보다

---

651) 위의 책, 제1권, 289~290쪽.

용기가 많이 커진 것 같다. 선비는 삼일을 헤어졌다가 만나도 괄목상 대하게 된다더니 그대를 다시 봤다."[652] 마오쩌둥의 이 말들은 저우스 자오에게 소중한 깨우침과 크나큰 격려가 되었다. 마오쩌둥이 실사 구시의 태도를 수립할 것을 제창한 세 번째 원인은 실사구시의 태도를 수립하는 것이 당과 인민의 사업 그리고 자신의 진보와 발전에 모두 도움이 되는 일이기 때문이었다. 왜냐하면 그러한 과학적 태도를 세워야만 비로소 진리를 인식하고 견지하며 객관법칙에 따라 처사하여 사회에 공로가 있고 인민에 복지를 가져다 줄 수가 있다. 실사구시의 태도를 세우는 것은 인민사업에 도움이 되고 자신도 손해를 보지 않는 일이다. 만약 주관주의로 자신을 단속하고 사람을 가르치며 혁명을 지도한다면, 자신을 해치고 남을 해치며 혁명을 해치게 된다. 그리하여 마오쩌둥은 실사구시의 태도를 확립하고 환심을 사는 것을 타파하며, 허장성세와 위협이 아닌 실사구시에 의지하여 생존할 것을 제창하였던 것이다. 실사구시의 과학적 태도를 갖추기 위해서는 첫째로 유물론과 변증법을 선전하고 주관주의와 형이상학에 반대하면서 과학적 세계관의 기반을 다져야 한다. 둘째로, 조사연구하고 대중에게 눈길을 돌리며 객관적이고 전면적이며 깊이 있게 실제 상황을 파악하고 이론과 실천, 혁명 열정과 과학적인 정신, 상급의 지시와 본 단위의 실제를 유기적으로 결합시켜 창조적으로 업무를 전개해야 한다. 셋째로 대중노선과 민주집중제를 견지하고 대중실천의 경험을 종합하며, 당의 조직과 지도층의 집단적 지혜를 모으고, 조직노

---

652) 『마오쩌둥 서신 선집』, 앞의 책, 548쪽.

선과 제도적으로 실사구시의 사상노선과 과학적인 태도의 고수와 관철을 보장함으로써 객관사물에 대한 인식·노선·방침·정책의 정확성을 파악해야 한다. 넷째는, 공산당원 당성을 증강시키고 전심전력으로 인민을 위해 봉사하는 인생 목표와 공산주의 사회 이상을 확립해야 한다. 숭고한 인생 목표와 원대한 혁명적 이상이 없이, 명예를 따지고 자리를 다투는데 열중하고 사리사욕을 추구하며 국부적이고 일시적인 이익을 위하여 전국적이고 장기적인 이익을 해치는 것마저 불사한다면, 실사구시의 태도를 갖출 수가 없다. 인민을 위해 봉사하는 인생 목표와 공산주의 원대한 이상을 확립하고 자신의 이익과 지위에 대해 전혀 생각하지 않는 사람만이, 비로소 실사구시를 실천할 수 있으며, 진리를 추구하고 진리를 지키기 위해 창조적인 업무를 전개하며, 자신의 단점과 실수를 용감하게 극복할 수 있고, 나아가 진리를 지키기 위해, 인민의 이익을 위해 자신의 모든 것을 희생시키는 것도 불사할 수 있었다. 실사구시와 밀접하게 관련되는 인생 태도는 겸손과 성실이다. 첫째, 원대한 혁명 이상과 목표는 겸손하고 성실한 태도를 확립할 것을 요구한다. 공산주의자들은 전 인류를 해방시키고 공산주의를 실현하며 전면적이고 자유로우며 충분히 발전한 인격을 형성하는 것을 사회 이상과 인생의 이상으로 삼는다. 그러한 숭고한 이상은 몇 세대, 십여 세대 심지어 몇 십 세대 사람들의 꾸준한 노력이 필요하며, 매인의 끊임없는 개성 수양과 사회 실천이 필요하다. 과거와 현재의 매 하나의 성공과 하나하나의 진보는 이상적인 경지에 이르는 과정에서의 한 부분 혹은 한 단편일 뿐으로서 그것에 자부하고 흡족해하며 제자리에 멈춰 서서 앞으로 나아가지 않는다면, 아주 보잘 것 없고 근시안적으로 보일 뿐 아니라 혁명 사업에도 손해를 끼칠 수 있다. 마오쩌둥은 우리 당의 역사에서 크게 교오 자만하여 '좌'적인 실수와 우적인 실수를 범하여 크게 손해를 본 적이 몇 차례 있다고 지적한 바 있다. 그는 당의 역사상 몇 차례의 교오 자만과 몇 차례의 실수를 교훈 삼을 것을 전 당 동지들에게 요구했다. 그는 이자성(李自成)이 이끌었던 농민봉기군이 승리를 거둔 뒤 교오 자만하고 부패하여 실패한 역사적 사실에서 교훈을 얻어, 승리를 거둔 뒤 교오 자만하는 실수를 다시 되풀이하지 말아야 한다고 말했다. 새 중국 창립을 앞두고 열린 중국공산당 제7기 2중 전회에서 마오쩌둥은 승리를 거둠으로 인해 스스로 공로가 있다고 교만하고 환락만 탐하며 멈춰 서서 앞으로 나아가려 하지 않는 정서가 당내에 생길 수도 있는 상황에 대비하여 다음과 같이 명확하게 지적했다. "전국적인 승리를 쟁취한 것은 만리장정에서 첫 단계를 완성하였을 뿐이다. 만약 그 한 걸음도 자랑거리가 된다면 그것은 너무 보잘 것 없는 것이다. 더욱 자랑스러운 것은 뒤에 있다. 몇 십 년이 지난 후에 중국 인민의 민주혁명의 승리를 되돌아보면 그것은 마치 긴 극의 아주 짧은 서막에 불과하다고 느껴질 것이다. 극은 모두 서막으로부터 시작되지만 서막은 고조가 아니다. 중국혁명은 위대한 것이지만 혁명 이후의 길은 더 길고 사무는 더 위대하고 더 고달플 것이다. 이 점에 대해 지금 당내에서 반드시 분명히 말해둠으로써 동지들이 겸손하고 신중하며 교만하지 않고 조급해하지 않는 기풍을 계속 유지하도록 하고, 동지들이 악전고투하는 기풍을 계속 유지하도록 해야 한다."[653]

둘째, 진리를 추구하고 고수함에 있어서 반드시 겸손하고 성실한 태도를 갖추어야 한다. 실천은 인식의 근원이고 진리를 점검하는 기준이며 실천의 주체는 인민대중이다. 따라서 중국혁명과 건설의 법칙을 인식하고, 올바른 노선·방침·정책을 제정하며 인민을 이끌어 혁명과 건설 실천을 진행하는 임무를 담당한 정치가로서 객관사물에 대한 진리성 인식을 얻으려면 반드시 실천에서 배우고 인민대중으로부터 배워야 하며, 먼저 대중의 학생이 되고 다음 대중의 스승이 되어 대중의 지혜와 대중의 실천 경험을 모아야 한다. "지식의 문제는 과학의 문제로 조금의 허위와 거만이 있어서도 안 되며, 결정적으로 필요한 것은 그 반대인 성실하고 겸손한 태도이다."[654] 민주혁명시기와 새 중국 창립 초기에 마오쩌둥은 허심탄회하게 대중에게서 배우고 실천으로부터 배워야 하며, 독선적이고 득의양양하며 게으르고 건방진 태도를 애써 경계해야 한다고 전 당 동지들에게 항상 당부했다. 새 중국의 창립을 앞두고 마오쩌둥은 「인민민주주의독재」라는 글에서 다음과 같이 지적했다. 혁명전쟁은 이미 기본적인 승리를 거두었고, 막중한 경제건설 임무가 우리 앞에 놓여 있다. 과거 익숙하던 것은 방치해두고 익숙하지 않는 업무를 또 해야만 한다. 이를 위해 "우리는 마땅히 모든 전문가들(누구든 막론하고)에게서 경제 업무를 배워야 한다. 그들을 스승으로 모시고 공손한 태도로 착실하게 배워야

---

653) 위의 책, 제4권, 1438~1439쪽.
654) 위의 책, 제1권, 287쪽.

한다. 모르는 것은 모른다고 하고 아는 척 하지 말며 관료주의 태도를 취하지 말아야 한다. 몇 개월, 일이년, 삼년, 오년 동안 깊이 파고들다보면 언젠가는 배워낼 것이다."[655] 새 중국이 창립된 후에도 마오쩌둥은 겸손과 학습의 정신을 제창하고 온 마음을 다해 사회주의혁명과 건설의 길을 탐색할 것을 거듭 강조했다. 마오쩌둥은 민주혁명 시기와 새 중국 창립 초기에 모두 겸손하고 성실한 과학적 태도를 갖추었기에, 민주혁명과 사회주의 개조를 지도하여 거대한 성공을 거두었으며, 아울러 사회주의 건설의 길에 대해서도 지극히 도움이 되는 많은 탐색을 했다. 그러나 마오쩌둥 본인이 거대한 성공 앞에서 점차 신중하지 못하고 교오 자만하기 시작하였으며, 한때는 개인숭배주의를 좋아하고 받아들여 자신과 다른 의견·비평·건의를 받아들이지 않았기 때문에, 경제건설에서 급진적이고 정치적으로 계급투쟁을 확대화 하는 등 이론과 실천의 오류에 빠져들게 되었던 것이다.

셋째, 전심전력으로 인민을 위해 봉사하는 인생 목표와 당의 근본 취지도 겸손하고 성실한 태도를 수립할 것을 요구했다. 마오쩌둥은 늘 겸손하고 신중하며 교만하지 않고 조급해하지 않는 태도를, 전심전력으로 인민을 위해 봉사할 수 있는 심리적 자질과 사상 조건으로 간주했다. 왜냐하면 그렇게 해야만 대중의 목소리에 귀를 기울이고, 대중의 요구를 반영하며, 대중의 입장에 서서 대중을 위해 올바른 정책을 제정하고 이행하며, 대중을 이끌어 여러 역사시기의 임무를 완성하고 성심성의껏 대중을 위해 이익을 도모할 수 있으며, 아울러 혁

---

655) 위의 책, 제4권, 1481쪽.

명과 건설 사업을 꾸준히 앞으로 추진할 수 있었기 때문이었다. 마오쩌둥은 겸손하고 성실한 인생 태도를 수립하는 것은 필요할 뿐 아니라 전적으로 가능하다고 생각했다. 왜냐하면 무산계급과 공산주의자는 편협하거나 사리사욕만 도모하는 이기적인 마음이 전혀 없고 정치적 안목이 가장 뛰어났으며 조직성이 가장 강했다. 그들은 매일 인민의 이익을 보호하기 위하여 그리고 인민의 자유와 해방, 민주와 부강을 위하여 투쟁하고, 그들의 모든 행동은 모두 가장 광범위한 인민대중의 가장 근본적인 이익을 최고 기준으로 간주하고 있기 때문에, 용감하게 진리를 추구하고 진리를 굳게 지키며 잘못을 바로잡고 충실하게 인민을 위해 일할 수 있으며, 세계의 선진적인 무산계급과 그 정당의 경험을 허심탄회하게 받아들여 자신의 사업에 활용할 수 있었던 것이다. 이밖에 마오쩌둥은 또 겸손에 대해 구체적으로 분석했다.

1958년 5월 8일 중공 8기 2차 회의 연설에서 그는 다음과 같이 말했다. "겸손에는 두 가지가 있다. 한 가지 겸손은 저속한 겸손이고 다른 한 가지는 실제에 맞는 겸손이다. 교조주의자들은 깊이 생각하지 않고 국외의 것을 그대로 베껴 독창적인 풍격이 없다. 그것은 바로 지나친 겸손이다. 베껴야 할 것은 베끼되 그 정신과 본질을 베껴야지 껍데기만 베껴서는 안 된다. 보편적 진리를 중국의 구체적 실제와 서로 결합시켜야 한다. 이것이 실제에 맞는 겸손이다." 마오쩌둥은 중국 동지와 마르크스, 엥겔스, 레닌, 스탈린은 학생과 스승의 관계이기 때문에 마르크스·레닌주의를 배워야 한다면서 그러나 교조주의자처럼 기계적으로 모방하여서는 절대로 안 되며, 마르크스·레닌주의와 중국의 구체적인 특징을 서로 결합시켜야 한다고 주장했다. "마르크스·레닌주의의 위대한 힘은 바로 그것이 여러 국가의 구체적인 혁명 실천과 서로 결합되어 있는 데서 온다. 중국공산당은 마르크스·레닌주의이론을 중국의 구체적인 환경에 활용할 줄 알아야 한다…마르크스주의를 중국에서 구체화시켜 모든 면에서 반드시 갖춰야 하는 중국 특성을 반영시켜야 한다."[656] 중국의 특징에 따라 마르크스·레닌주의를 창조적으로 학습하고 실천하며, 또 실제 활용과정에서 마르크스·레닌주의를 풍부하게 하고 발전시키는 것이야말로 올바른 겸손한 태도인 것이다.

2. 투쟁을 숭상하고 낙관적이며 호방한 인생 태도

마오쩌둥은 평생토록 투쟁을 숭상하였으며, 마음속에는 늘 도전·투쟁·분발의 열정으로 차 넘쳤다. 첫째, 그러한 투쟁 열정은 우주 본질에 대한 깊이 있는 철학적 통찰력을 토대로 했다. 그는 "모순은 모든 사물의 발전 과정에 존재한다", "모든 사물의 발전 과정에는 끝없는 모순운동이 존재한다", "모순을 포함하지 않은 사물은 존재하지 않는다. 모순이 없으면 세계도 존재하지 않는다."[657]라고 주장했다. 사물에 포함되어 있는 서로 모순되는 측면의 상호 의존과 상호 투쟁이, 모든 사물의 생명을 결정짓고 모든 사물의 발진을 추동한다. "자연계가 변화할 수 있는 것은 주로 자연계 내부 모순의 발전 때문이다. 사

---

656) 위의 책, 제2권, 534쪽.
657) 위의 책, 제1권, 305쪽.

회가 변화할 수 있는 것은 주로 사회 내부 모순의 발전 때문이다. 즉 생산력과 생산관계의 모순, 계급 간의 모순, 새로운 것과 낡은 것 사이의 모순, 그러한 모순의 발전으로 인해 사회의 발전이 촉진되고 신구사회의 대사가 추진된다."[658] 사람의 주관적 사상은 객관사물의 반영이다. "객관적인 모순은 사람의 주관적인 사상을 반영하고 개념적인 모순운동을 형성하여 사상의 발전을 추진하고 사람들의 사상 문제를 꾸준히 풀어나갔다."[659] 마오쩌둥은 모순의 관점을 모든 사물과 모든 문제에 대한 분석에 적용했다. 그는 대립통일의 법칙으로 자연계 뿐 아니라 사회를 관찰하였고, 사유제 사회 뿐 아니라 사회주의사회에도 모순이 존재한다는 사실을 인정했다. 그는 이렇게 말했다.

"어떤 세상이든 간에 특히 계급사회는 모순투성이다. 어떤 사람들은 사회주의사회에서 모순을 '찾아낼 수 있다'고 말하는데 내가 보기에 그러한 표현은 맞지 않다. 모순을 찾아내거나 찾아내지 못하는 것이 아니라 모순으로 꽉 차있다. 모순이 존재하지 않는 곳이 없고 분석할 수 없는 사람이 없다."[660] 장차 공산주의사회가 되어 계급과 착취가 소멸되게 된다 하더라도 생산관계와 생산력 간의 모순, 상부구조와 경제적 토대 간의 모순, 그리고 선진과 낙후, 옳고 그름의 모순은 여전히 존재하게 된다. 그리고 모순의 동일성과 투쟁성이라는 두 가지 속성 중에서 동일성은 상대적이고 조건적인 것이고 투쟁성은

---

658) 위의 책, 제1권, 302쪽.
659) 위의 책, 제1권, 306쪽.
660) 위의 책, 제7권, 498쪽.

절대적이고 무조건적인 것이다. 사물의 정지와 균형, 의존과 결합은 상대적인 것이고, 또 사물의 모순되는 쌍방의 상호 배척·부정·투쟁·변동·불균형은 절대적인 것이다. 사물의 모순되는 쌍방의 투쟁성은 동일성보다 더 근본적이고 더 혁명적 의미가 있다.

둘째, 마오쩌동이 투쟁을 숭상하였던 것은 인생의 본질에 대한 깊은 이해에서 비롯되었던 것이다. 사람은 자기의식과 창조적 잠재력을 갖춘 존재물이다. 분명한 것은 사람은 반드시 자연적인 환경과 사회적인 환경에서 존재하면서 자연과 관계를 맺을 뿐 아니라 또 사회에서 다른 사람과 경제적, 정치적, 사상적으로 관계를 맺는다. 한편 사람은 또 주동적이고 자각적인 정신으로 자신의 심신 능력을 이용하여 자연과 사회 및 자신을 초월할 수 있다. 즉 자연과 사회 및 인생을 개조하여 사람의 생존과 발전 및 자기완성의 욕구에 어울리게 할 수 있다. 주체로서의 사람은 자신과 대립되는 자연계와 사회 그리고 불완전한 자신과 맞닥뜨리게 될 경우 반드시 투쟁을 진행하여 투쟁을 통해 자연계의 자재적인 상태, 인류에 있어서는 이기적인 상태를 극복하고, 사회발전을 저해하는 낡은 세력과 사람의 자유적이고 전면적인 발전을 속박하는 낡은 제도를 없애야 하며, 사람의 사상을 속박하는 낡은 관념을 극복해야 한다. 투쟁을 통해야만 비로소 주·객체의 관계를 조정하고 자연을 변혁하며 사회를 개조할 수 있고, 투쟁을 통해야만 비로소 거짓되고 악하고 추한 것을 극복하여 진선미를 발전시키고 널리 선양할 수 있다. 그는 이렇게 말했다. "사람들은 예로부터 진선미를 강조하고 있지 않은가? 진선미의 반면은 바로 거짓

되고 악하고 추한 것이다. 거짓되고 악하고 추한 것이 없으면 진선미
도 없다. 진리는 오류와 서로 대립된다. 인류사회와 자연계에서 통일
체는 늘 서로 다른 부분으로 나뉜다. 다만 서로 다른 구체적인 조건
에서 그 내용이 서로 다르고 형태가 서로 다를 뿐이다. 어느 때건 항
상 잘못된 것이 존재하고 항상 추악한 현상이 존재한다. 언제나 좋
은 것과 나쁜 것, 선한 것과 악한 것, 아름다운 것과 추한 것과 같은
대립 관계가 존재한다…비교해야만 감별할 수가 있다. 감별하고 투쟁
해야만 발전할 수 있다. 진리는 오류와 투쟁하는 과정에서 발전한다.
마르크스주의는 바로 그렇게 발전해온 것이다. 마르크스주의는 자산
계급과 소자산계급 사상과 투쟁하는 과정에서 발전하였으며, 또 오
직 투쟁 과정에서만 발전할 수 있다."[661]

　마오쩌둥은 대립통일의 법칙을 우주의 근본적인 법칙으로 확인하
였으며, 아울러 자각적이고 일관되게 그 법칙을 활용하여 문제를 관
찰하고 처리했다. 그는 평생 반란자, 투쟁자, 도전자의 이미지를 보여
주었으며, 투쟁정신이 그의 평생의 활동과정에 침투되고 관철되었다.
그러나 반드시 지적해야 할 것은 마오쩌둥이 모순의 보편성의 존재와
투쟁의 보편성의 존재에 대해 확인하였을 뿐만 아니라, 동시에 그는
또 실사구시의 태도로 착실하게 문제를 분석하고 풀어나간 사상가
와 혁명가였다는 사실이다. 그는 모순의 특수성에 대한 분석과 연구
를 크게 중시하였기 때문에 여러 가지 모순의 성질에 따라 모든 모순
과정의 각기 다른 시기와 단계의 특징에 따라 올바른 투쟁 책략을

---

661) 위의 책, 제7권, 280쪽.

취할 수 있었다. 마오쩌둥이 도전하고 투쟁하고자 한 대상에는 사람의 본성을 억압하고 사람의 발전을 저해하는 낡은 제도와 나쁜 세력이 포함되었는가 하면 비록 주체의 욕구를 만족시킬 수 있는 가능성을 갖추었지만 사람에게 있어서는 여전히 이분자 상태를 보류하고 있는 자연계도 포함되었으며, 주체의 주관적인 분야에 존재하면서 사람의 창조적 잠재력의 발휘와 인생의 완성에 영향을 주는 낡은 사상과 낡은 관념도 포함되었다. 신민주주의 혁명시기에 그는 인민을 이끌어 제국주의·봉건주의·관료자본주의와 투쟁을 벌여 독립적이고 자유적이며, 민주적인 인민공화국을 창립했다. 사회주의 건설을 전면적으로 전개하던 시기에, 그는 자연에 도전하고 지구와 투쟁을 벌이며 과학을 향해 진군하고 생산력을 해방시키고 발전시킬 것을 인민에 호소하였고, 아울러 사회주의도 생산관계와 생산력 간의 모순, 상부구조와 경제 토대 간의 모순, 적아모순 그리고 인민 내부 모순 등 여러 가지 모순을 포함해 모순으로 가득 찬 사회라는 것을 대담하게 인정하였으며, 사람들에게 대립통일의 관점으로 사회주의사회의 문제를 관찰하고 처리할 것을 호소했다. 사상의식 분야에서 그는 비평과 자아비평을 통해 정신 혁명과 도덕적 반성을 통해, 유심주의와 형이상학을 깨끗이 씻어내고 개인주의를 타파함으로써 변증유물주의 세계관과 집단주의·공산주의 도덕관념을 세울 것을 주장했다. 그는 "실패를 교훈 삼아 경계하여, 병폐를 고쳐 사람을 구하는 방침"에 따르고 '단합-비평-단합'의 공식을 활용하여 비평과 자아비평을 전개하고 적극적인 사상투쟁을 진행하였으며, 원칙적인 문제와 시비문제를 명확히 밝히고 그릇된 사상을 철저히 숙청함으로써, 단합하고자 하는 염원에서 출발하여 투쟁을 진행하고 투쟁을 통해 단합을 이룰 것을 주장했다. 마오쩌동은 비록 투쟁을 숭상하고 제창하였으며 열망하였지만, 투쟁이 전부이고 목적이라고 주장한 것이 아니라 이상적인 사회와 이상적인 인생을 실현하는 것이 투쟁의 목적이라고 주장하였음을 쉽게 알 수 있다. 마오쩌동이 투쟁을 적극적으로 제창한 것은, 그가 사회와 인생에 대한 동일과 균형의 가치를 인정하지 않았다는 의미가 아니라, 그가 상대적 동일과 균형은 절대적 투쟁을 통해 얻어지는 것임을 잘 알고 있었음을 표명한 것이었다. 마오쩌동이 투쟁의 의미를 강조했다고 하여 그가 사회 인생에 대해 관심과 동정이 없었던 것은 결코 아니다. 반대로 그는 늘 인민에 대한 깊은 관심을 갖고 지칠 줄 모르고 투쟁에 종사했다. 왜냐하면 그는 인민의 권리가 오직 투쟁을 통해서야만 얻을 수 있고, 인민의 권리는 또 오로지 투쟁을 통해서야만 지켜내고 공고히 할 수 있다는 사실을 잘 알고 있었기 때문이다. 마오쩌동은 중국혁명과 건설 사업을 이끌었던 대부분의 시간 동안 드높은 도전정신과 투쟁의지로 형성된 거대한 호소력과 응집력으로 중국 공산주의자와 중국 인민을 단합하키고 격려하여, 승리할 수 있는 거대한 힘을 형성하였으며, 신민주주의혁명과 사회주의혁명을 비롯한 영웅 서사시와 같은 업적을 이루었다. 만년에 이르러서도 마오쩌동의 투쟁에 대한 격정과 전투에 대한 의지는 조금도 줄어든 적이 없었다. 마오쩌동의 의식 속에서 모순과 투쟁이 없는 세상은 상상할 수 없었다. 무산계급과 자산계급, 마르크스주의와 수정주의, 사회주의와 자본주의, 제국주의와 피압박민족 간의 모순이 해결되지 못하였기 때문에 투쟁은 멈추지 않을 것이고 전쟁은 피할 수 없는 것이었다. 그는 민족의 독립, 국가의 안전, 인민의 행복에 진심을 다해 관심을 기울였고, 끊임없는 투쟁을 통해 혁명성과를 공고히 하고 발전시키려고 시도했다. 그러한 왕성한 투쟁의 격정과 인민을 위하여 자신을 혁명의 거대한 파도 속에 매장시키는 것조차 마다하지 않는 그의 정신에 탄복하지 않을 수 없다. 안타깝게도 그는 만년에 국내 계급투쟁의 형세에 대해 실제에 어울리지 않는 추측을 하여, 계급투쟁을 중국사회의 주요 모순으로 간주하여 "계급투쟁을 중심으로 삼아야 한다"는 슬로건을 제기함과 동시에 '문화대혁명'을 일으키고 이끌어, 동기와 효과, 목적과 수단, 이상과 현실이 엇갈리는 결과를 초래했다. 이는 분명 거인의 실수요 역사의 비극임이 틀림없었다.

인생의 길에는 순경과 역경, 고통과 즐거움, 행운과 불행, 성공과 실패가 서로 뒤엉켜 있고 혁명자의 생애는 더더욱 많은 위험 속에서 어려움을 겪게 되며 무한한 매력을 가지고 있다. 힘들고 고통스러운 인생길을 마주하여, 어떤 사람은 비관적이고 기가 죽어 침울하고 쓸쓸해하고, 어떤 사람은 삶을 놀이 삼아 모든 것을 하찮게 여기며, 어떤 사람은 속세의 덧없음을 깨닫고 세속에서 벗어나 초연해지고, 어떤 사람은 정신이 붕괴되어 세상과 관계를 단절하지만 어떤 사람은 무거운 삶의 압력에 굴복하고 도피하는 나약한 모습을 멸시하고 거대한 고통을 분발 전진하는 힘으로 바꿔 시종 즐겁고 낙관적이며, 호방한 마음가짐으로 현실의 인생을 대하며, 인생의 완성을 방해하는 여러 세력과 투쟁하는 과정에서 자신의 생명을 발전시키고 숭고한 사명을 대담하게 짊어지고 고수하며 추구한다. 물론 오로지 고상하고 굳세며 위대한 정신을 갖춘 사람만이 그러한 경지에 이를 수 있다. 마오쩌동이 바로 그런 위대한 인물이다. 인류의 정의로운 사업에 헌신한 프로 혁명가로서 그는 평생혁명대오 내부로부터 오는 너무나 많은 오해·타격·배척·보복과 적의 공격·비방·모략을 겪었고 그와 공산주의자들이 이끈 중국혁명과 건설 사업은 중외 반동파들의 연합 교살·파괴·포위·봉쇄를 당했다. 그러나 그의 마음속에는 언제나 낙관적이고 호방한 인생 태도로 가득 차 있었고, 아울러 그 인생 태도로 전 당과 전체 인민에 영향을 주고 고무 격려했다. 토지혁명전쟁시기에 강대한 국내의 적과 약소한 공농홍군의 현저한 세력 차이에 직면해 어떤 사람들 사이에 "홍군은 도대체 언제까지 싸울 수 있을까?"라는 비관적인 정서가 나타나기 시작하자 마오쩌동은 중국 홍색정권의 존재 이유를 상세하게 분석하고 논증하였으며, "작디작은 불씨가 온 들판으로 번질 수 있다"라는 사람들의 사기를 진작시키는 결론을 얻어냈다. 항일전쟁시기 일본 침략자들이 중국을 침략하여 한때 '망국론'이 전국을 휩쓸면서 중화대지가 비관적 정서에 휩싸였었다. 그때 마오쩌동은 중일전쟁의 성질과 중일 쌍방의 서로 모순되는 수많은 특징, 그리고 정치, 경제, 군사 등 면의 세력 대비와 변화에 대한 분석을 거쳐 항일전쟁은 전략적 방어, 전략적 대치, 전략적 방공이라는 세 단계를 거쳐야 하고 항일전쟁은 오래 지속되겠지만 최후의 승리는 중국의 것이라고 지적함으로써 항일전쟁에서 승리를 이루려는 전국

인민의 자신감을 한껏 북돋아 주었다. 해방전쟁시기에 국민당 반동파가 중국인민 항일전쟁 승리의 성과를 빼앗고, 공산당 및 공산당이 이끄는 인민군대를 소멸하여 일당독재의 파시스트통치를 실현하려고 꾀했었다. 중국이 두 개의 운명, 두 개의 전도 앞에서 선택의 갈림길에 처한 긴급한 시각에 마오쩌둥과 중국 공산주의자들은 혁명적 낙관주의정신으로 인민을 이끌어 위대한 해방전쟁을 치르고 중화인민공화국을 창립했다. 사회주의 건설시기에 마오쩌둥과 중국 공산주의자들은 해외 적대세력의 압력을 이겨내고 스스로를 엄동설한에 피어나는 매화에 비유하고 자부하면서 마르크스주의 원칙을 고수하면서 독립 자주적으로 사회주의 건설을 진행했다.

마오쩌둥은 어떻게 평생 낙관적이고 호방하며 분투 향상하는 인생태도를 유지할 수 있었을까?

첫째는 사회발전 법칙에 대한 뛰어난 통찰력과 혁명사업의 정의성에 대한 확고한 신념에서 비롯되었다. 중국의 전통적인 심리구조에서 낙관정신은 음양의 대립통일과 상승상응(相承相應, 서로 이어받고 어울리다-역자 주), 부진태래(否極泰來, 불운이 극에 달하면 행운이 온다-역자 주), 고진감래(苦盡甘來, 고생 끝에 낙이 온다-역자 주)의 확고한 신념을 토대로, 사람들에게 그 어떤 역경 속에서도 생에 대한 왕성한 충동과 끈질긴 희망을 유지하도록 한다. 마오쩌둥도 광명과 암흑, 진보와 보수, 혁명과 반동을 사유의 양극으로 삼고, 세계는 앞으로 발전하고 있고, 독립·자유·민주·평등은 대다수 사람들의 염원이며, 세계 역사 발전의 거스를 수 없는 대세임을 굳게 믿었다. 계급

사회에서 무계급사회로의 과도, 봉건주의와 자본주의 경제·정치·사상문화 체계의 붕괴와 몰락, 사회주의와 공산주의 사회의 실현, 이는 사람의 의지에 따라 좌우지할 수 없는 객관법칙이다. 혁명은 필연적으로 반동세력을 소멸할 것이고, 광명은 결국 암흑을 몰아낼 것이며, 정의는 반드시 사악함을 이길 것 것이다. 마오쩌둥은 자신과 공산주의자들이 종사하는 사업은 정의롭고 진보적인 것이며, 진보적이고 정의로운 사업은 반드시 승리할 것이라고 굳게 믿었다. 반동적이고 낙후하며 보수적이고 사악한 모든 세력은 비록 일시적으로는 강대할 수 있어도, 사회 역사 발전의 법칙을 거스르고 인민의 의지와 염원을 거스르는 것이어서 인민들의 지지와 옹호를 얻지 못하기 때문에 반드시 실패하고야 말 것이라고 믿었던 것이다.

둘째는 인민대중은 스스로를 해방시키며 인민대중이 역사를 창조한다는 유물사관에서 비롯되었다. 마오쩌둥은 인민이 세계역사를 창조하는 원동력이라고 주장했다. 그와 중국 공산주의자들은 인민을 위해 봉사하는 것을 근본적인 취지로 삼고, 광범위한 인민대중의 근본적인 이익에 부합되는지의 여부를 모든 활동의 출발점과 귀착점으로 삼았다. 다시 말해서 그들이 종사하는 사업은 전심전력으로 인민을 위해 봉사하는 숭고한 사업으로 반드시 인민대중의 진심 어린 열애와 지지 및 옹호를 받을 것이다. 중국의 사무는 중국 인민 자체에 의지해야 하고, 혁명과 건설도 모두 대중을 동원하고 대중에 의지해야 한다. "우리가 인민에 의지하여 인민대중의 무궁무진한 창조력을 굳게 믿음으로써 인민과 하나로 뭉친다면, 어떤 어려움도 극복할 수 있고, 어떤 적도 우리를 압도하지 못할 것이며, 오히려 우리에게 압도 당하게 될 것이다."[662]

셋째는 사물의 발전 방향에 대한 올바른 인식에서 비롯되었다. 마오쩌둥은 사물이 파상적, 나선형의 구불구불한 길을 따라 전진하고 상승한다고 주장했다. 그는 다음과 같이 말했다. "새로운 것이 낡은 것을 대신해 생겨나는 신진대사는 우주의 가장 보편적이고 영원히 어길 수 없는 법칙이다. 사물 자체의 성질과 조건에 따라 각기 다른 비약 형태를 통해 한 사물이 다른 한 사물로 전환되는 것이 바로 신진대사의 과정이다. 모든 사물의 내부에는 모두 새로운 것과 낡은 것 두 방면의 모순이 존재하며, 일련의 우여곡절의 투쟁이 일어난다. 투쟁의 결과는, 새로운 것이 작던 데서 점점 커져 지배적 지위로 상승하고, 낡은 것이 크던 데서 작아져 점차 멸망해가는 존재로 바뀐다. 한편 새로운 방면이 지배적 지위를 차지할 때면 낡은 사물의 성질이 새로운 사물의 성질로 바뀌게 된다."[663] "세상은 늘 그렇게 새로운 것이 낡은 것을 대체한다. 항상 낡은 것이 없어지고 새로운 것이 대신 생기거나, 낡은 것을 제거하고 새로운 것을 건립하거나, 오래된 것을 사라지고 새로운 것이 나타난다."[664] 파상적 전진과 나선형의 상승은 사물 발전의 보편적인 법칙으로 모든 신생사물의 성장은 두 우여곡절을 겪어야 하며, 심지어 일시적인 뒷걸음 혹은 역전의 과정을 겪을

---

662) 위의 책, 제3권, 1096쪽.
663) 위의 책, 325쪽.
664) 위의 책, 321쪽.

수도 있다. 그럼에도 불구하고 전진과 상승의 추세는 역전할 수 없는 것이다. 마오쩌둥은 사물이 구불구불하게 전진하는 변증법을 잘 알고 있었기에 어려움과 고생, 우여곡절을 사회 인생의 이상적인 경지에 이르는 과정에서 반드시 거쳐야 할 길로 간주하였고, 그 어떤 상황에서도 용기를 잃지 않고 흔들리지 않았으며 줄곧 혁명적 낙관주의 정신으로 원대한 사회 이상과 인생 이상의 실현을 위해 분발 투쟁할 수 있었던 것이다.

넷째는 혁명과 건설에서 승리와 전진의 실천 경험이 마오쩌둥의 낙관적이고 호방한 인생 태도를 강화시켰다. 중국공산당 탄생 초기에는 당원이 겨우 몇 십 명에 불과해 너무나도 보잘 것 없어 보였다. 그러나 짧은 몇 십 년 사이에 장대해져 인민을 이끌어 하나하나의 어려움을 이겨내고, 국내외의 강적을 물리치기까지 이를 수 있었다. 왜냐하면 중국공산당은 새로운 세력으로서 정의와 진리를 갖추고 있었기 때문이다. "자연계에서나 사회에서나 모든 신생세력은 그 성질로 볼 때 애초에 승리할 수 없는 것이다. 그러나 모든 구세력은 그들의 수량이 얼마나 많든지를 막론하고 결국은 소멸되게 되어 있다."[665] 그러한 역사 경험을 토대로 마오쩌둥은 이 세상에서 겪게 되는 모든 큰 어려움을 경시할 것을 공산주의자들에게 호소하였으며, 동시에 또 그러한 낙관적인 태도와 과학적이고 실무적인 정신을 결합시켜 전술적으로는 어려움을 중시하면서 진지한 태도로 조건을 마련하고 방법을 강구하여 어려움을 하나하나 극복해 나가도록 타일렀다.

---

665) 위의 책, 393쪽.

그러기 위해서는 "마르크스·레닌주의를 더 많이 이해하고 자연과학을 더 많이 이해해야 한다. 한마디로 객관세계의 법칙에 대해 더 많이 이해하고 주관주의 오류를 덜 범하도록 해야 한다."[666]

다섯째는 마오쩌동의 낙관적인 태도는 또 인심의 향상과 영원을 지향하는 확고한 신념에서 비롯되었다. 마오쩌동은 1937년에 쓴 「실천론」에서 무산계급과 중국 공산주의들에게 객관세계를 개조하는 한편 주관세계를 개조하는 임무를 제기하였고, 주관세계에 대한 개조를 통해 과학적인 세계관을 세우고 과학문화 수준을 높이며, 고상한 도덕정신을 양성함으로써 사람의 주체적 자질을 전면적으로 제고하기를 바랐다. 주체로서의 사람은 항상 자신을 제고하는 데 주의를 기울이고, 사회와 인민에 도움이 되는 일을 하는 한 그의 마음은 영원히 젊음을 유지할 수 있을 것이며, 그의 청춘과 생명은 인민의 행복을 도모하는 사업에 상주하여 영원할 것이다. 그러한 청춘과 생명에 대한 낙관적인 태도는 마오쩌동의 시와 사에서 아주 잘 반영되었다. 옛 사람들은 전쟁의 참혹함과 행역(行役, 병역 혹은 강제노동)의 고통을 한탄하며 지친 인생길에서 청춘이 사라져가고 늙어가는 것에 슬픔을 느꼈다. 설령 낙관적이고 호방한 태도로 명성이 자자한 신가헌(辛稼軒)·육방옹(陸放翁)도 그러한 슬프고 괴로운 정서에서 벗어나지 못했다. 신기질은 「청평락·홀로 박산의 왕씨 초가집에 묵으면서(淸平樂·獨宿博山王氏莊)」에서 "평생을 북부 변경과 강남지역을 전전하다가 이제는 산속에 은거하게 되었네. 이 내 모습은 노쇠하고 머리는 온통

666) 위의 책, 393쪽.

하얗게 세었구나(平生塞北江南, 歸來華發蒼顔)"라고 한탄하였고, 육유는 「어가오·중고에게(漁家傲·寄仲高)」에서 "세상을 두루 돌아다녔는데 이제는 정말로 늙고 지친 느낌일세(行遍天涯眞老矣)"라고 슬퍼하며 한탄했다. 마오쩌둥은 군무로 바쁜 전쟁시기에도 옛 사람들의 정서와 반대로 "청산을 두루 누볐지만 아직 늙지 않았노라(踏遍靑山人未老)"라는 호기로운 사를 읊었다. 사회주의 개조를 기본적으로 완성하고 사회주의 건설을 전면적으로 전개하는 시기를 맞으며, 마오쩌둥은 「칠률·저우스자오 동지와 함께」에서 "청춘 시절이 빨리 간다고 탄식하지 마라, 30년 후에 또 다시 혁희대에 돌아오지 않았는가(莫嘆韶華容易逝, 卅年仍到赫曦臺)"[667]라는 시를 지어 혁명 이상의 실현으로 기쁜 그의 심정과 아름다운 시절이 흘러간 것에 비탄하지 않는 그의 호기롭고 대범한 심경을 보여주었다.

3. 용감하고 의연하며 적극적이고 진취적인 인생 태도

마오쩌둥은 자신의 성격 특징에 대해 언급하면서 반은 원숭이이고 반은 호랑이라고 말했다. 그의 몸에서는 원숭이 기질과 호랑이 기질, 낭만적이고 원대한 이상과 객관적이고 실무적인 정신, 낙관주의 감정 경향과 용감하고 의연한 심리 상태가 공존했다. 그는 비범한 사회 역사 통찰력과 냉정하고 주도면밀한 이성적 사고능력을 갖추었고, 중국

---

667) 혁희대(赫曦臺) : 후난성 창사시(長沙市) 웨루산 웨루서원에 위치해 있다. 주희가 웨뤄산 산정을 혁희라고 불렀던 데서 후세 사람들이 그 산의 누대를 혁희대라고 부르게 되었다. 마오쩌둥 등 중국 역대 많은 유명인들이 이곳에서 공부했다.

의 사회구조와 운행 체제에 숙달하였으며, 사회역사 발전법칙을 장악하였고, 탁월한 조직적 재능과 뛰어난 투쟁예술을 갖추었으며, 중국 전통문화의 내재적 본질을 꿰뚫어 보았다. 뿐만 아니라 형초(荆楚)지역의 유구한 낭만주의 사상전통에 깊이 물들어 기세가 드높고 목표가 위대하며 경지가 아름답고 사람 마음을 사로잡는 원대한 이상을 가슴에 품었으며, 아울러 그 이상과 격정에 떠밀려 낙관주의 심리경향과 세상의 모든 큰 어려움을 경시하면서 이상 경지에 이르기 위해 불요불굴의 의지력을 양성하고 갖추었다. 마오쩌동의 심리상태와 사상관념 속에는 밝고 매력적인 앞날과 구불구불하고 험난한 길이 서로 뒤엉켜 있었다. 밝은 앞날과 눈앞의 현실 사이에서는 위기의 상황이 잇따라 발생하고, 온갖 고통과 파란 많은 여정이 존재했다. 혁명가는 밝은 앞날을 쟁취하여 이상의 경지에 이르기 위해 반드시 어려움을 정시하고 직면하며 어려움과 투쟁해야 한다. 구불구불한 길에서 오랫동안 힘겨운 투쟁을 맞이할 준비를 해야 하며, 그 어떤 요행심리도 가져서는 안 되며 편의를 탐내서도 안 된다. 항일전쟁시기에 마오쩌동은 「지구전을 논하다(论持久战)」라는 글에서 다음과 같이 지적했다.

"우리 전쟁은 신성하고 정의로운 것이며, 진보적이고 평화를 추구하는 것이다. 한 나라의 평화를 추구할 뿐 아니라 세계의 평화를 추구하며 일시적인 평화를 추구할 뿐 아니라, 영원한 평화도 추구하는 것이다. 그 목적을 이루려면 사생결단해야 하며, 모든 것을 희생시키는 한이 있더라도 끝까지 싸우면서 목적을 이루기 전에는 절대 멈추지 않을 준비를 해야 한다. 비록 희생도 크고 시간도 길겠지만, 영원한 평화와 영원히 밝을 새로운 세계가 이미 우리 앞에 분명히 보인다. 우리가 전쟁에 종사하려는 신념은 영원한 평화와 영원히 밝을 새로운 중국과 새로운 세계를 이루려는 데 있다. 파시즘과 제국주의는 전쟁을 무기한으로 끌고 가려 하지만 우리는 멀지 않은 장래에 전쟁을 마무리하려고 한다. 그 목적을 위해 인류의 대다수가 마땅히 큰 노력을 기울여야 한다. 전 인류의 4분의 1을 차지하는 4억 5천만 중국인이 일제히 노력하여 일본 제국주의를 무찌르고 자유롭고 평등한 새 중국을 창조한다면, 전 세계의 영원한 평화를 이룩하는데 아주 위대한 공헌을 할 것임이 틀림없다. 그러한 희망은 허황된 것이 아니다. 전 세계 사회경제의 여정이 이미 그 목표에 근접했다. 이제 다수 사람들의 노력만 보태면 몇 십 년 사이에 반드시 그 목적을 이룰 수 있을 것이다."[668]

항일전쟁의 승리를 앞두고 열린 중공 제7차 전국대표대회에서 마오쩌둥은 「우공이 산을 옮기다(愚公移山)」라는 제목으로 폐막연설을 했다. 그 연설에서 「열자·탕문(列子·湯問)」의 북산의 우공이 자손들을 거느리고 바위를 깨고 흙을 파 문 앞을 가로막은 태항산과 왕옥

---

668) 『마오쩌둥선집』 제2권, 앞의 책, 476쪽.

산 두 개의 산을 파서 옮겨 예남(豫南)과 한음(漢陰)으로 통하는 큰 길을 개척한 우화를 인용하면서 필승의 신념을 수립하고 투쟁을 견지하며 꾸준히 일하여 전 중국의 인민대중을 감동시키고, 전국의 인민을 각성시켜 기꺼이 공산주의자들과 함께 분투하여 제국주의와 봉건주의라는 두 개의 큰 산을 무너뜨리고 혁명투쟁의 승리를 쟁취할 것을 전 당에 호소했다. 그 후로부터 혁명시기이거나 건설시기이거나 우공은 흔들리지 않고 포기할 줄 모르는 중국 공산주의자와 인민대중의 혁명 의지와 끈기의 인격적 상징이 되었다. 마오쩌둥의 거침없는 인생 태도는 역사 인물에 대한 그의 평가에서도 드러났다. 항우(項羽)에 대한 평가가 바로 그 전형적인 예이다. 항우와 유방(劉邦)은 모두 진 나라(秦)의 폭정에 반기를 들고 일어난 농민봉기 지도자이다. 진 나라를 멸한 뒤 항우와 유방 사이에서 천하를 다투는 전쟁이 벌어졌다. 항우는 유방(劉邦)과 해하(垓下)에서 쟁탈전을 벌이다가 패하자 오강(烏江)에서 자결했다. 항우의 인격적 의지에 대해 후세 사람들의 평론이 많았다. 총체적으로는 그의 인격을 숭배하면서도 강인하고 인내하는 의지력이 부족하다는 완곡한 비평도 꽤 있었다. 당 나라의 두목(杜牧)은 「오강정(烏江亭)」이라는 시에서 항우가 실패한 뒤 받은 충격을 견디지 못했다고 비판하면서 항우가 강동으로 건너가 진용을 가다듬고 권토중래하여 유방과 끝까지 싸우지 못한 것에 깊은 유감을 드러냈다. 두목은 시에 다음과 같이 적고 있다. "승패는 병가지상사라 예측할 수 없는 법, 치욕을 참고 중임을 떠맡는 이야말로 진정한 남아대장부이거늘. 강동에는 인재도 많아, 권토중래하여 초·한이

다시 싸워본다면 누가 이길지 결과를 알 수 없거늘.(勝敗兵家未不期, 包
羞忍辱是男兒. 江東弟子多才俊, 捲土重來未可知.)" 마오쩌동은 바로 역사에
대해 치밀하게 통찰하는 이성적인 사고, 열렬하고 확고한 이상 신념,
혁명적 낙관주의정신과 굳센 의지로 이루어진 거대한 인격적 매력으
로 중화민족의 훌륭한 아들딸을 자기 주위에 굳게 뭉치게 하여 불패
의 세력을 형성함으로써 자고로 선례가 없는 영웅적 업적을 완성할
수 있었다. 마오쩌동은 이상을 현실로 바꾸려면 공산주의자와 인민
대중의 착실한 노력이 필요하며, 반드시 악전고투하고 용감하게 희생
하는 정신을 발양해야 한다고 주장했다. 중국 공산주의자는 무산계
급의 선진 부대이고 중국혁명과 건설 사업의 버팀목으로서 중국 인민
을 이끌어 암흑과 가난과 낙후함을 이겨내고 밝고 부유하며 진보하
는 길로 나아가야 할 역사적 사명을 짊어지고 있다. 그들은 중국 인
민의 가장 큰 이익에서 출발하여 현실적인 혁명투쟁 실천 과정에서
인민에 대한 무한한 충성심을 분발하여 착실하게 일에 몰두하고 악
전고투하며 꾸준히 노력하고 용감하게 투쟁하며 개인의 모든 것을
희생시키는 것을 마다하지 않고 인민의 정의로운 사업을 위해 수시로
자신의 목숨을 바칠 준비가 되어 있어야 한다. 마오쩌동의 주장에 따
르면 희생정신이 강하고 어려움 앞에서 흔들림 없이 불타는 충심으
로 민족을 위해, 계급을 위해, 당을 위해 일하는 것은, 공산주의자가
마땅히 갖춰야 할 올바른 인생 태도일 뿐 아니라, 또 위대한 운동을
지도하는 당 간부들이 마땅히 갖추어야 할 중요한 자질 중의 하나였
다. 그러한 태도와 자질은 전쟁시기의 혁명투쟁이나 평화시기의 건설

사업에 똑같이 필요한 것이다. 마오쩌둥은 1953년 하계 전국재경업무 회의 연설에서 "겸손하고 학습을 중시하며 강인한 정신을 제창해야 한다."라고 제기했다. 마오쩌둥이 제기한 두려움 없는 용감한 정신은 자연계와 사회에서 반대세력에 대한 투쟁에서 반영될 뿐만 아니라, 주체인 자아에 대한 투쟁과 초월에서도 반영된다. 마오쩌둥은 이렇게 말했다. "공산주의자는 마땅히 언제나 진리를 고수할 준비가 되어 있어야 한다. 왜냐하면 모든 진리는 인민의 이익에 부합되는 것이기 때문이다. 공산주의자는 마땅히 수시로 잘못을 바로잡을 준비가 되어 있어야 한다. 왜냐하면 모든 잘못은 인민의 이익에 부합되지 않는 것이기 때문이다."[669] 그래서 왜곡하지 말고 정확하게, 부연하지 말고 진지하게 비평과 자아비평을 경상적으로 전개해야 하며, 아는 것은 모두 말하고 할 말은 조금도 숨기지 말며, 말하는 사람에게는 죄가 없고 듣는 사람이 경계로 삼아야 하며, 결점이 있으면 고치고 없으면 그러지 않도록 더욱 노력하며, 인민의 요구에 어울리지 않는 사상·관점·의견·방법을 버리고, 그 어떤 정치적 먼지나 정치적 미생물이 우리의 깨끗한 모습을 더럽히거나 우리의 건전한 몸을 부식시키지 못하게 해야 한다. 한편 마르크스주의 이론·이상·신앙·입장의 견정성과 순결성을 유지하는 것은, 인민의 정의로운 사업에 헌신하는 모든 사람이 영원히 혁명의 청춘을 유지하는 데 필요한 것일 뿐 아니라, 인민의 정의로운 사업을 승리로 이끌고 이어나갈 수 있는 데도 필요한 것이다. 마오쩌둥은 줄곧 인민의 이익을 위해 용감하게 희생하는 정신

---

669) 위의 책, 제3권, 1095쪽.

을 찬양하였고, 봉사와 희생의 장거로 인격 승화와 새로운 세계 질서의 탄생을 얻는 가치와 의미를 인정했다. 예를 들면 그가 「칠률·사오산에서(七律·到韶山)」라는 시에서 "혁명의 붉은 깃발 휘날릴 때, 노역 당하던 농민 손에 창을 치켜들고, 검은 손은 검은 채찍 높이 치켜들었네. 얼마나 많은 장한 뜻 품은 선열들 목숨을 바쳤더냐, 오늘 내가 일월을 휘어잡아 새 천지로 바꾸련다.(紅旗卷起農奴戟, 黑手高懸霸主鞭. 為有犧牲多壯誌, 敢教日月換新天.)"라고 읊었다. 이는 그때 당시 농민계급과 지주계급 간의 날카로운 대립 충돌과 잔혹한 투쟁을 재현하였고, 농민계급과 무수한 혁명선구자들이 앞사람이 넘어지면 뒷사람이 계속 그 뒤를 이어 앞으로 나가며 대담하게 투쟁하고 대담하게 승리를 쟁취하는 불요불굴의 정신과 자기희생 정신으로 압박과 착취를 없애고 인민이 해방되어 주인이 된 새 세계의 숭고한 정신을 칭송하였으며, 사회의 진보와 인류의 행복을 추진하는 데 대한 혁명자의 분투와 희생의 거대한 역사적 가치를 인정했다.

마오쩌둥의 실사구시적이고 겸손하며 낙관적이고 호방하며 거침없는 성격 특징에는 일종의 개방적인 마음가짐과 시대와 함께 발전하고 세상의 변화에 따라 함께 변화하며, 창조적이고 진취적인 정신적 유전자가 내포되어 있다. 마오쩌둥의 인생 태도는 그의 인격과 그가 종사하는 고상한 사업과 마찬가지로 개방적이고 발전적이었다. 근본적으로 마오쩌둥의 개방적인 마음가짐과 시대와 함께 발전하는 변증법적 태도는, 객관세계와 주관세계의 발전 변화의 본질에 대한 깊은 체득에서 비롯되었다. 그는 다음과 같이 주장했다. "자연계에서건 혹은 사회에서건 간에, 그 어떤 과정이나 모두 내부 모순과 투쟁으로 인해 앞으로 나아가고 앞으로 발전하는 과정이며, 사람의 인식운동도 따라서 앞으로 나아가고 발전해야 한다."[670] "객관 과정의 발전은 모순과 투쟁으로 가득 찬 발전이고, 사람의 인식운동의 발전도 모순과 투쟁으로 가득 찬 발전이다. 모든 객관세계의 변증법적 운동은 모두 앞서거니 뒤지거니 하면서 사람의 인식에 반영될 수 있다. 사회실천 과정에서 발생과 발전 및 소멸의 과정은 무한하고, 사람의 인식의 발생과 발전 및 소멸의 과정도 무한하다. 일정한 사상·이론·계획·방안에 따라 객관현실을 변혁하는 실천에 종사하면서 한 차례 한 차례 조금씩 앞으로 나아가고 객관 현실에 대한 사람들의 인식도 한 차례 한 차례 조금씩 깊어진다. 객관적 현실세계의 변화운동은 영원히 끝이 없고 실천과정에서 진리에 대한 사람들의 인식도 영원히 끝이 없다."[671] 역사는 무산계급에게 세계를 인식하고 세계를 개조하는 임무를 부여했다. 무산계급 혁명운동의 지도자로서 사상과 이론·계획·방안에서의 잘못을 바로잡는데 능해야 할 뿐 아니라, 자신의 사상도 변하고 있는 객관상황에 따라 전진하고 객관과정이 바뀜에 따라 바뀌어야 한다. 마오쩌동은 공산주의자들에게 시대에 따라 발전하고 세상의 변화에 따라 함께 변하며, 실천과정에서 새로운 사물을 받아들이고 새로운 문제를 연구하며 새로운 경험을 종합하고 새로운 이론을 창립함으로써 개혁의 뜻을 세워 개척 혁신할 것을 요구했다. 그 본인은 바로 그

---

670) 위의 책, 제1권, 294쪽.
671) 위의 책, 제1권, 295~296쪽.

러한 태도를 애써 이어오면서 교조주의를 고집하는 좁은 식견, 작은 공로에 집착하는 협애한 경험주의를 비판하였고, 마르크스주의와 중국의 실제를 유기적으로 결합시켜 실천과정에서 마르크스주의를 활용하고 발전시킴으로써 마르크스주의와 일맥상통하면서도 또 뚜렷한 중국 특색을 갖춘 마오쩌동사상을 창립하였으며, 무장투쟁, 당의 건설, 통일전선이라는 삼위일체의 신민주주의혁명의 총체적 전략을 제정하였고, 농촌근거지를 수립하고 농촌에서 도시를 포위하며 궁극적으로 전국의 정권을 쟁취하는 중국혁명의 길을 걸었다. 새 중국이 창립된 후, 그는 평화적인 방식으로 자본가의 재산을 유상 몰수하는 레닌의 구상을 현실로 바꾸어 생산수단의 사유제에 대한 사회주의 개조를 완성하였고, 또 중국 사회주의를 건설하는 길에 대한 초보적인 유익한 탐색을 했다. 마오쩌동은 외향적인 창조와 진취, 자연·사회와의 투쟁을 강조하는 동시에 자기 개조에 대해서도 크게 중시하여 주체 자신의 완전무결을 실현하기 위해 애썼다. 그는 평생 열심히 배우고 진리를 추구하여 꾸준히 자신의 마음세계를 풍요롭게 하고, 꾸준히 자아를 초월하기 위해 애썼다. 마오쩌동의 내면세계에서 마오쩌동의 현실활동에 이르기까지 모두 창조적 진취적 욕구와 살아있는 한 창조적 진화를 멈추지 않는 정신을 보여주었다. 그러한 정신은 마오쩌동의 인생 태도를 구성하는 요소로서 중요한 심리적 태세와 성격적 특징으로 축적되었다. 물론 탐색하는 과정에 때로는 미혹되어 잘못된 길로 들어서기도 하고 창조하는 과정도 결코 순탄하기만 한 것은 아니었다. 마오쩌동이 꾸준히 개척하고 혁신하는 인생 여정에서 성공도 있었고, 실패도 있었으며, 승리의 기쁨도 맛보았고 실패의 답답함도 맛보았다. 그러나 그는 성공을 통해 경험을 종합하여 더욱 분발하였고, 실패를 통해 교훈을 얻어 꿋꿋하게 싸울 수 있었다. 꾸준한 개척정신과 혁신정신은 전쟁 년대와 공화국 창립 초창기의 어렵고 힘겨운 세월에 특히 더 필요했다면, 오늘날 개혁개방 시대에는 개척정신과 혁신 정신을 이어받아 발양시키는 것이 더욱 귀중한 일이 아닐까 한다.

- 처세편 -

제1장
교우와 처세

　교제는 사회관계의 실현에 대한 동태적인 표현으로 사회개체를 뭉치게 하고 발전시키는 방식이며, 사회개체의 자기발전과 완성을 촉진시키고, 사회문명의 진보를 추진하는 중요한 수단이다. 한편 교제 과정에서 친한 친구를 사귀거나 우정을 쌓는 것은 인생에서 더없이 소중한 일이다. 사회적 교제가 없고 진정한 친구와 우정을 얻지 못하는 사람은 고독하고 불행한 사람이다. 마오쩌동은 일생 동안 세상에서 친구를 사귀는 것을 크게 중시하였으며, 이를 통해 지능을 높이고 품행을 연마하며 마음을 합쳐 세상을 구하였다. 마오쩌동의 교우처세관은 독특한 품격을 갖추었기에 그 본보기로써 귀감을 삼아야 할 것이다.

1. 뜻이 맞는 사람을 사귀고 자기완성을 실현하며 세상을 구하다

　　『시경·소아·벌목(詩經·小雅·伐木)』에 이르기를

　　"쩡쩡 나무 찍으니 새가 앵앵 우는구나.(伐木丁丁 鳥鳴嚶嚶)

　　깊은 산골짜기를 날아 나와 높은 나무로 옮겨간다.(出自幽谷 遷于喬木)

앵앵대는 그 울음은 벗의 소리 구함일세.(嚶其鳴矣 求其友聲)

저 새를 보게나, 벗의 소리 구하거늘.(相彼鳥矣 猶求友聲)

하물며 사람인데 벗을 찾지 않겠는가.(矧伊人矣 不求友生)

신령이 이를 들어 마침내 평안함 주네.(神之聽之 終和且平)

이 시는 나무를 찍는 소리로부터 벗을 부르는 산새의 우짖음 소리를 연상케 한다. 산새가 정성이 가득한 마음으로 깊은 산골짜기에서 날아올라 높은 나뭇가지로 옮겨 앉아서 우짖으며 벗을 부른다. 여전히 깊은 산골짜기에 남아있는 벗을 잊지 못하는 것이다. 사람도 인정이 야박하여 자신의 친구를 부르지 않을 것이 아니라, 마땅히 자기 자신을 알고 경계하고 삼가면서 서로 사이좋게 지내야 하는 도리를 지켜 평화와 안녕을 얻어야 한다는 의미이다. 「벌목」은 원래 술과 음식으로 오랜 벗을 환대한다는 시로서 그중 마음이 서로 맞는 사람은 저절로 한데 모인다는 사상이 대대로 전해져 내려오고 있다. 역대로 이상과 포부를 품은 사람들은 산새가 우짖으면서 벗을 부르는 자연현상을 본받곤 하였다. 마오쩌동은 후난(湖南)성립제1사범대학에서 공부하는 동안 학문을 연구하고 나라를 구하여 백성을 구제하는 길을 탐색하는 한편 뜻이 있는 젊은이들을 사귀는 것을 크게 중시하였다. 그는 샤오즈성(肖子升)을 비롯한 사람들과 학문을 토론하고 천하대사를 논하였으며, 편지를 주고받고 화답하면서 아주 사이좋게 잘 지냈다. 그러나 늘 열악한 학교 환경과 너무 뒤진 또래들 때문에 친구를 널리 사귈 수 없고 식견이 좁음을 인식하여 "젊어서 학문을 많이 닦지 못하면 나이 들어 공적을 쌓을 수 없다고 여겨 산새가 우짖으며 벗을 부르는 것을 본받기로 다짐하였다."[672] 1951년 가을 그는 '이십팔화생'(二十八畫生)의 명의로 친구를 구한다는 광고를 띄워, 애국사업에 뜻을 둔 청년들이 그와 연락을 취할 것을 요청하였다. 그는 광고문에 고생을 두려워하지 않고, 의지가 강하며, 언제든지 나라를 위해 목숨을 바칠 준비가 되어 있는 청년을 친구로 사귀겠다는 의사를 밝혔다. 광고문에는 "편지는 제1사범부속초등학교의 천장푸(陳章甫)를 통해 전달할 것"을 명시하였고, 광고문이 들어있는 편지 봉투 위에는 "모두가 잘 볼 수 있는 곳에 붙여주십시오."라고 적어놓았다. 그때 당시의 친구 지원자였던 뤄장룽(羅章龍)은 훗날 광고는 대체로 뜻이 같은 친구를 구한다는 내용이었다며, 원문에 "새가 우짖으며 벗을 부르듯 뜻이 맞는 친구를 찾을 수 있기를 바라며 그대의 도움을 청하고자 하노라(願嚶鳴以求友, 敢步將伯之呼)"는 등의 어구가 쓰여 져 있었다고 회고하였다. 마오쩌둥은 뤄장룽의 자원편지를 받은 후 곧바로 그에게 편지를 썼다. 그 편지에서 그는 "휑한 산골짜기에서 문득 발걸음 소리가 들리니 그 기쁨을 이루 다 형언할 수 없다(空谷足音, 跫然色喜)"라는『장자』의 구절을 인용하면서 자신의 기쁜 심정을 표현하였으며, 뤄장룽과 정왕타이(定王臺)를 후난성립도서관에서 만나 이야기를 나누기로 약속하였다. 광고를 통해 친구를 사귀려는 행동이 범상치 않았기 때문에 지원자는 매우 적었다. 마오쩌둥의 말대로라면 셋밖에 안 되었다. 비록 친구를 사귀는 일은 잘 풀리지 않았지만, 마오

---

672) 『마오쩌둥 조기 문고』, 후난인민출판사 1990년 판, 28쪽.

쩌동은 벗을 사귀고 세상을 구하려는 간절한 소망과 열성에 떠밀려 일부 학생들을 자신의 주위에 점차 단합시켜 많은 학생·친구들과 널리 편지로 연계를 맺었으며, 아울러 비교적 엄밀한 조직을 세워야 할 필요성을 인식하고 1917년 겨울 샤오쯔성(肖子昇), 차이허썬(蔡和森) 등과 함께 발기하여 신민학회(新民學會) 조직하였다. 1918년 4월 14일 신민학회가 설립되었다. 마오쩌동과 차이허썬 등의 노력으로 신민학회는 발전을 추구하는 진보적인 청년단체에서 혁명조직으로 점차 발전하였으며, 학회 회원 70, 80명 중에서 많은 사람들이 훗날 중국공산주의와 중국혁명사에서 유명한 인물들이 되었다. 마오쩌동은 친한 벗을 사귀는 문제에 있어서 자신만의 독특한 견해를 가지고 있었다. 첫째, 벗을 사귀면 시야를 넓히고 지식을 늘릴 수 있다는 견해이다. 마오쩌동은 1915년 8월에 샤오쯔성에게 보낸 편지에 이렇게 썼다.

"사람은 만물의 영장으로서 사상의식이 있기 때문에 소리를 내어 언어를 만들었고 언어가 있음으로 해서 사상 감정의 교류를 통해 같은 부류가 뭉쳐 집단을 이룬다. 언어는 사상의식이 있어서 표현할 수가 있고, 집단은 언어를 통한 교류를 할 수 있어서 뭉칠 수 있는 것이다. 그렇다면 언어보다 더 귀중한 것이 또 있단 말인가! 정자(程子, 송대 성리학자 정이와 정호를 높여 이르는 말–역자 주)의 타이름을 음미해 보고, 증공(曾公, 중국번)의 절개를 살펴보고, 또 주공(周公)과 공자의 가르침으로 거슬러 올라가 보면, '말을 조심하지 않으면 분쟁을 일으키게 되기 때문에 말은 신중하게, 행동은 민첩하게 하라'고 가르치고 있으며, 그 타이름은 서책에 기록되어 천년만 년 전해져 내려오고 있다. 그리고 오늘 쯔성이 조용히 나에게 도덕규범을 알려주었다. 그 도덕규범은 성현의 뜻과 일치하니 그 혜증(惠贈, 혜사)에 어찌 감사하지 않을 수 있겠는가! 나는 천지자연과 고금의 심오한 이치에 대해 계속 생각하고 탐구 할 것이다. 그 이치는 얼기설기 복잡하게 얽혀 끊임없이 변화 하고 있으며, 어지럽게 흩어져 있어 보일 듯 말 듯 알릴 듯 말 듯하다. 할 일은 무한하지만 인생은 유한한 것이다. 한 사람 이 보석을 얻고 집안 가득 금은보화로 채워 두고 서로 보여주 지 않는 것처럼 사람들이 각자 천지의 도와 고금의 함축된 의 미에 대해 일정한 인식을 얻었지만 서로 교류하려 하지 않는 다면, 어찌 식견을 넓힐 수 있겠는가? 비록 말이 잘못을 초래 할 수 있지만, 목이 멜까봐 두려워 식음을 전폐할 수 없는 것 이고, 구더기 무서워 장 못 담글 수 없듯이 실수할까 걱정되 어 말을 안 할 수는 없는 것이다. 더군다나 모든 말이 반드시 잘못을 초래하는 것도 아니며, 설령 잘못을 한다손 치더라도 그 또한 철학가에게 있어서는 한낱 사소한 일에 지나지 않을 뿐이다."[673]

사람은 만물의 영장으로서 사상의식이 있음으로 인해 소리를 내어

(673) 『마오쩌둥 조기 문고』, 앞의 책, 18쪽.

언어를 형성하고 언어가 있음으로 하여 사상 감정의 교류를 통해 같은 부류가 뭉쳐 집단을 이룬다. 언어는 개체를 모으고 사회를 구성하며 인생을 완성하는 데 있어서 아주 귀중한 것이다. 비록 고대의 성인 현자들이 언어가 분쟁과 전쟁을 일으킨다고 주장하면서 사람들에게 말은 신중하고 더디게 하고 일은 부지런히 민첩하게 해야 한다고 가르쳤으나, 천지자연의 도와 고금의 이치가 심오하고 얼기설기 복잡하게 얽혀 있으며, 어지럽게 흩어져 있어 보일 듯 말 듯 알릴 듯 말 듯하다. 지식을 탐구하는 데는 끝이 없지만 인생은 유한하다. 만약 사람들이 각자 천지자연의 도와 고금의 이치에 대해 일정한 인식을 얻기는 하지만 서로 교류하려 하지 않는다면 식견을 넓힐 수가 없다.

비록 말이 잘못을 초래하고 말로 인해 실수할 수는 있지만 목이 멜까 두려워 식음을 전폐할 수는 없는 일이다. 오직 친구들 서로 간에 교류를 통해서야만 식견을 넓힐 수 있고, 사람의 사상이 편파적이고 편협하던 데서 전면적이고도 넓어지게 할 수 있고, 사람의 사고방식이 어둡고 혼란스럽던 데서 이지적이고 명석하게 바뀔 수 있으며, 사람의 생각이 혼란스럽고 무질서하던 데서 질서정연하게 바뀔 수 있게 된다. 프랜시스 베이컨(Francis Bacon)이 말한 바와 같이 "토론은 숫돌과 같고 사상은 칼날과 같다. 양자가 서로 연마하고 서로 격려한다면 사상은 더욱 예리해질 것이다."[674] 그렇기 때문에 마오쩌둥은 자신에게 별다른 장점은 없고 "오로지 '자신이 가진 장점은 다른 사람과 공유하고(善與人同)' 다른 사람이 가진 장점은 본받아 자신의 단점을

---

674) 프랜시스 베이컨, 『인생론』, 허신(何新)역, 후난문예출판사 1992년 판, 127쪽.

보완(取人爲善)'하는 두 가지를 고수하는 것 뿐이다. 그러므로 자신이 얻은 것은 남에게 알려주지 않는 경우가 없고, 다른 사람의 장점은 천리 길도 마다하지 않고 달려가서 구하고자 하였다."[675]라고 말했다.

친구들 간에 학문을 서로 연구 토론하고 지식을 교류하는 과정에서 각자의 사고방법도 바로잡게 된다. 한편 올바른 사고방법은 또 사회와 인생을 인식하는 유력한 수단이기도 하다. 뤄쉐짠(羅學瓚)은 1920년 7월 14일 마오쩌동에게 보낸 편지에서 사람들의 인식과 사상 방법 면에 존재하는 네 가지 그릇된 점에 대해 분석하고 비판하였다. 첫 번째 그릇된 점은 감정적으로 일을 처리하는 경우로서 일 처리에서나 사람과의 교제에서나 모두 감정의 좋고 나쁨에 따라 사물의 시비를 판단하는데 이를 '감정적 혼란'이라고 부른다. 두 번째 그릇된 점은 상식적인 관찰이 없는 경우로서 늘 국부적인 것으로 전체를 추정하게 되는데 '국부적 혼란'이라고 한다. 세 번째 그릇된 점은 인과에 대한 관찰이 없는 경우로서 늘 일시적인 현상으로 전국을 추정하는데 '일시적 혼란'이라고 한다. 네 번째 그릇된 점은 상대의 사실에 대해 관찰하지 않는 것인데, 매번 주관적 소유로 모든 것을 개괄하려고 하는데 이를 '주관적 혼란'이라고 한다. '네 가지 혼란'은 사상 혼란을 일으키는 원인으로 그 네 가지 그릇된 점을 극복하지 않는다면 학문을 탐구할 수 있는 자질을 갖추지 못한 것이며, 따라서 학문을 탐구할 자격이 없는 것이다.[676] 마오쩌동은 1920년 11월 26일 뤄쉐짠에

---

675) 『마오쩌동 조기 초고』, 앞의 책, 28쪽.
676) 『신민학회 자료』, 인민출판사, 1980년 판.

게 보낸 답신에서 이렇게 말했다. "네 가지 혼란에 대해 가장 투철하게 말하였거늘 어떻게 하면 그대의 말을 4억 장 인쇄하여 모든 중국인에게 한 장씩 줄 수 있겠는가?" 인생에서 감정생활은 워낙 중요한 것이지만 감정적으로 일을 처리해서는 안 된다. 국부적인 것으로 전체를 개괄하는 것은 공간적으로 잘못된 생각이다. 일시적인 것을 영구적인 것으로 개괄하는 것은 시간적으로 잘못된 생각이다. 주관적인 것으로 객관적인 것을 개괄하는 것은 감정적 공간적으로 모두 잘못된 생각이다. 그러나 이상의 네 가지 경우는 모두 논리적인 잘못을 범하였다. 나는 최근 들어 친구들과 자주 치열한 논쟁을 벌이곤 하는데 모두 그 네 가지 범위를 벗어나지 않는다. 나는 자신이 뒤의 세 가지 잘못을 범하는 경우는 적은 편이라고 자신하면서도 유독 감정 한가지만은 피할 수 없는 것 같다. 다만 나의 감정 문제는 그대가 가리키는 그런 사례들이 아니라 사람에 대한 문제이다. 나는 늘 언론업계에 종사하는 사람에 대해 경복(敬服, 존경해 맞이하거나 감복하는 것-역자 주)해 마지않는다. 혹은 그의 인격적인 단점을 발견한 뒤로 그가 발표하는 의론에 대해서는 썩 믿음이 가지 않음을 느끼곤 한다. 사람에게 인격적인 단점이 존재한다고 하여 그의 언론까지 쓸모없는 것으로 여기는 것이 나의 단점임을 스스로도 잘 알고 있다. 나는 이를 앞으로 반드시 시정할 것이다. 나는 이런 이야기를 하면서도 기쁠 때 혹은 격할 때 흔히 뒤의 세 가지 잘못을 범하곤 한다.(글을 지을 때도 그러는 경우가 있다)."[677] 말을 하고 일처리를 할 때 감정으로

677) 『마오쩌둥 조기 문고』, 앞의 책, 566쪽.

이성을 대체하고 국부로 전체를 개괄하며 일시적인 것으로 영구적인 것을 개괄하고 주관으로 객관을 개괄하는 것은 논리적 면에서, 사상방법 면에서 잘 못된 점이다. 마오쩌동이 이상의 네 가지 잘못된 점에 대한 뤄쉐짠의 분석과 비판에 동의함과 동시에 자신의 사상방법에 존재하는 문제에 대해 반성한 것은, 이성적인 태도를 확립하고 관찰의 객관성을 고수하며 전면적이고 그리고 발전적인 안목으로 문제를 파악하는 데 있어서 적극적인 의미를 갖는다. 마오쩌동의 유물론적 변증법적 사고방법은 바로 혁명실천 과정에서, 그리고 벗과 함께 연구 토론하고 변론을 진행하는 과정에서 점차 확립된 것이다.

두 번째 독특한 견해는 친구를 사귀는 것이 품행을 연마하고 사람의 사기를 분발시키는 데 이롭다는 것이다. 마오쩌동은 1915년 9월 27일 샤오쯔성에게 보낸 편지에서 흉금을 터놓고 벗을 사귀려는 동기를 솔직하게 털어놓았다. "우리는 입언(立言, 후세에 모범이 될 만한 훌륭한 말을 하다)해야 한다. 몸과 마음을 수양하고 학문을 연구하는 것을 중요하고 근본적인 일로 삼고, 정무에 종사하는 것을 보조적인 일로 삼아야 한다. 글의 풍격을 귀하게 여길 것이 아니라 실제 내용을 귀하게 여겨야 한다. 화려하고 장식적인 풍격은 반드시 버리고 오로지 그 중의 정신만을 취하여야 한다.…이 말은 황금과도 같아 소중히 여겨야 한다! 나는 자제력이 너무 약해 외부의 힘을 빌려 스스로를 채찍질하려고 한다. 그래서 벗을 구하고자 하는 마음이 매우 뜨겁고 간절하다."[678] 도덕과 학문은 오로지 다른 사람과 교류하는 과정

---

678) 위의 책, 28쪽.

에서 형성된다. 공통의 목표·취미·학식·감정을 갖춘 사람들 사이에
는 강한 정서적 공명, 심리적 화합, 도덕적 침투와 습관을 형성하게
된다. 그리고 사람들은 교류를 통해 자신과 남을 비교하면서 남의 장
점을 발견하고 그 장점을 본받을 뿐만 아니라 또 자산의 단점을 발견
하고 단점을 보완할 수도 있다. 이것이 바로 공자가 말한 "어질고 재
능이 있는 사람을 만나면 그를 본받아 그와 같은 사람이 되기를 바
라고, 어질지 않은 사람을 만나면 마음속으로 그와 같은 잘못을 저
지른 것은 아닌지 스스로 반성해 보게 된다(見賢而思齊焉, 見不賢而內
自省也)"[679]라는 이치이다. 친구 간에 귀에 거슬리는 충언과 진심 어린
훈계는 건전한 인격의 형성과 자기완성에 이롭다. 한편 그런 고상하
고 순진한 교류와 친선으로 형성된, 도덕적으로 서로 경쟁하고 격려
하며 분발 향상하는 환경은 사람 인격의 승화와 자기완성을 위한 소
중한 조건을 마련해주게 된다. 우리는 마오쩌둥이 젊은 시절에 신민
학회를 발기한 이유, 학회의 취지, 입회 조건, 반드시 지켜야 할 행위
규범, 학회와 회원의 태도 그리고 학회의 장점과 회원의 우점, 이 모
든 것을 통해 인생의 완성에 있어서 교우의 의미를 체득할 수가 있
다. 마오쩌둥은 「신민학회 업무보고」 제1호에서 신민학회를 발기하게
된 이유에 대해 언급하면서 다음과 같이 설명했다. 그는 샤오쯔성,
차이허썬 등과 1915년부터 '개인 및 전 인류의 삶의 향상'과 '개인 및
전 인류의 삶을 어떻게 향상시킬 것이냐'는 문제에 대한 토론을 시작
하였다. 1917년 겨울에 이르러서야 '동지들을 모으고 새로운 환경을

---

679) 『논어·이인』

마련하는 것을 공동의 활동으로 삼자'는 결론을 얻었고, 학회를 조직하자는 제의가 나왔고, 모두가 일치하는 찬성을 얻었다. "그때만 해도 여러 사람들을 불러일으키고자 했던 목적이 아주 단순하였다. 그저 자신의 품성을 개조해야 하고 학문을 진보시켜야 한다고 느껴 친구를 사귀어 서로 돕고자 하는 마음이 매우 절실하였다. 그것이 실제로 학회를 발기하게 된 첫 번째 근본 이유였다." 두 번째 이유는, "그때 국내에서는 새로운 사상과 새로운 문학이 이미 흥기하기 시작하여 낡은 사상과 낡은 논리, 낡은 문학은 이미 많은 사람들의 눈에서 모두 없어져 버렸으며, 조용한 삶과 고독한 삶은 잘못된 것임을 문득 깨닫게 되었다. 따라서 뒤척이고 움직이는 삶과 집단의 삶에 대한 추구가 생겨났다. 그것이 학회를 발기하게 된 또 하나의 이유였다." 셋째, "또 한 가지 이유는 여럿 중 대다수가 양화이중(楊懷中) 선생의 제자들이라는 것이었다. 양화이중 선생의 언론을 듣고 분투하고 향상하는 인생관을 형성하였던 것이다."[680]

1918년 4월 17일 신민학회는 성립대회를 열고 '학술 혁신, 품행 연마, 인심과 풍속 개선을 취지'로 정하고, 회원은 마땅히 5가지 기율을 지켜야 한다고 규정했다. 즉 " 1. 허위적이지 말아야 한다. 2. 게으르지 말아야 한다. 3. 낭비하지 말아야 한다. 4. 도박하지 말아야 한다. 5. 기생을 데리고 놀지 말아야 한다."는 것이었다. 1920년 봄과 여름 마오쩌둥을 비롯한 상하이를 방문할 회원과 곧 프랑스로 고학을 떠날 회원들이 상하이 반송원(半淞園)에서 송별회를 가졌으며, 토론을

---

680) 『신민학회 자료』

거쳐 "드러내지 않고 착실하며 허영을 좇지 않고 자기를 내세우지 않는 것"을 학회의 태도로 정하였다. 신입 회원은 반드시 순결하고 성실하며 분투하고 진리를 따르는 4가지 조건에 부합되어야 한다. 회원이 마땅히 갖춰야 할 태도는 "참뜻을 세워야 한다. 진지해야 한다. 서로 잘못을 꾸짖어 고쳐야 한다. 회원의 실수와 고통을 외면하여서는 안 된다. 다른 사람의 타이름을 겸허하게 받아들여야 한다. 학문을 애써 탐구해야 한다."라는 것이었다. 마오쩌동은 신민학회의 발전 과정에 대해 명확하게 서술한 뒤 또 학회의 장점과 회원들의 장점에 대해 전반적으로 귀납하였다. 그는 학회의 장점은 "추켜세우지 않는 것", "떠벌리지 않는 것", "효과를 거두기에 급급하지 않는 것", "구세력에 의존하지 않는 것"이라고 주장하였다. 회원 사이에는 면전에서 칭찬하고 자만하는 것을 삼가고, 많이 격려하고 겸손한 태도를 지녀야 하며, 눈앞의 성공과 이익에만 급급한 것을 삼가고, 침착하고 깊은 뜻을 갖추어야 하며, 옛 것을 답습하고 낡은 것을 고수하는 것을 삼가고 많이 창조하고 진취성을 가져야 한다. 학회 회원으로서 누릴 수 있는 좋은 점은 세 가지이다. "첫째는 사상이 맑고 새로운 것이다. 대다수 회원은 진부한 기풍이 없어 새로운 사상을 받아들일 수 있다. 둘째는 분투정신이 강한 것이다. 대다수 회원은 거의 모두 일정한 전투력을 갖추고 있어 적극적인 측면에서는 훌륭한 사람과 연합할 수 있고, 훌륭한 일을 성사시킬 수 있고, 소극적인 측면에서는 나쁜 사람을 배척하고, 나쁜 일을 줄일 수 있는 것이다. 삶을 개혁하고 학문을 연구하며 외부 세계로 진취하는 등 여러 면에서 모두 회원들의 분투 정신을 볼 수 있다. 셋째는 서로 돕고 희생하는 정신을 갖춘 것이다. 회원들 간에는 대체로 서로 도우며 또 일종의 희생정신을 갖추는 것이다."

신민학회는 회원들에게 과시하지 말고 착실하며 성실하고 밝으며 분투 진취할 것을 요구함으로써 상대를 격려하여 분발하게 하는 환경을 마련하여 회원들 간에 생활면에서 서로 돕고, 학술 면에서 서로 토론 연구하며, 도덕면에서 서로 단련하고 충고하여 진리를 꾸준히 추구하고 마음을 정화할 수 있게 하였다. 그렇기 때문에 학회는 현실에 불만을 가지고 진보를 추구하는 청년단체에서 중국의 현대 역사 발전 과정에 거대한 영향을 준 혁명조직으로 변화 발전하였으며, 동시에 마오쩌동, 차이허썬, 허수형(何叔衡)을 비롯한 확고한 신앙과 완강한 의지 그리고 눈부신 무산계급혁명가를 양성해낼 수 있었던 것이다. 세 번째 독특한 견해는 벗을 사귀는 것은 힘을 모아 세상과 백성을 구제하는데 도움이 된다는 것이다. 마오쩌동은 "앞으로 중국은 과거보다 백배 더 어려워질 것이며, 뛰어난 영웅호걸이 나타나지 않으면 나라를 구할 수 없을 것이다."라고 말했다. 그리고 또 "사람은 성현이 아닌 이상 혈혈단신으로는 큰일을 성취할 수 없으며, 스승을 가까이 하는 것 이외에 또 벗을 얻는 일이 급하다."라고 말했다. 바로 그러한 사상에 근거하여 그는 1915년 가을 친구를을 찾는 광고를 내고생을 참고 견디며 의지가 강하고 나라를 위해 언제든지 목숨을 바칠 준비가 되어 있는 청년을 친구로 사귀기를 간절히 바랐다. 그는 신민학회의 회원들이 동지들과 널리 연락하는데 주의를 기울이기를 바랐다. 그는 차이허썬 등 이들에게 보낸 편지에서 이렇게 썼다. "이 일은 지극히 중요한 일이다. 우리 70여 명의 회원은 성실하고 진지한 마음으로 여러 방면에 흩어져 각자 가까운 동지들과 수시로 연계를 취하여 세계를 개조하는 길을 따라 손잡고 함께 걸어가야 한다고 나는 생각한다. 남녀노소, 사농공상을 막론하고 진심어린 마음과 밝은 인격, 진보적 사상을 갖추었고, 서로 돕고 격려하는데 도움이 될 수 있는 사람이기만 하면 그가 누구든지 연계를 취하여 한마음이 될 수 있다.…특별한 환경을 마련하여 중국과 세계를 개조하는 대업은 절대 소수의 사람들이 도맡아 할 수 있는 것이 아니라고 나는 생각한다. 우리 70여 명 회원이 모두 이점에 주의를 기울이길 바란다."[681] 신민학회 회원들은 마음을 다해 탐구하고 열렬한 토론을 거쳐 최종 "중국과 세계를 개조하자"를 학회의 목적으로 확정하였고, 아울러 폭력혁명과 무산계급독재를 이러한 목표를 이루기 위한 방식과 수단으로 확정하였다. 마오쩌둥이 공산주의 인생의 길을 택할 수 있었던 것은 그 자신의 학습과 실천 외에도 리다자오(劉大釗), 천두슈(陳獨秀), 차이허썬 등 훌륭한 스승과 유익한 친구들의 인도와 충고와 사상적 깨우침이 있었던 덕분이다. 마오쩌둥이 마르크스주의자가 된 후 그의 교우관은 개인의 자기완성이라는 협애한 범주에서 벗어났다. 그는 계급적 관점과 계급적 분석 방법으로 중국사회 여러 계급의 경제적 지위와 정치적 태도를 분석하였고, 혁명의 지도계급과 동맹 세력을 확인하였으며, 혁명 형세의 발전과 계급관계의 변화 상황에 따라 가장 광

---

681) 『마오쩌둥 시신 선집』, 인민출판사 1983년 판, 10쪽.

범위한 혁명통일전선을 형성하고 단합할 수 있는 모든 세력을 단합하여 중국 혁명을 위해 봉사하고 사회주의 건설을 위해 봉사할 수 있도록 하기 위해 힘써 노력하였다. 그러나 그가 팔방의 벗을 널리 사귀고 함께 대동세계를 도모하려는 진심어린 마음은 한결같았다.

2. 이치에 따라 처사하고 정으로 벗을 사귀다

벗을 널리 사귀게 되면 견문과 학식을 넓히고 시야를 넓히며 도덕 수양을 쌓고 인격을 완성하며 원대한 계획을 함께 도모하고 공훈을 세우고 업적을 쌓을 수 있다. 그러나 어떻게 하여야 벗을 사귈 수 있고 교우의 혜택을 얻을 수 있을까? 다시 말해서 어떤 원칙에 따라 벗을 사귀고 벗과의 관계를 처리하여야 할까? 마오쩌둥은 벗 사이의 관계는 복잡하게 얽혀있지만 본질적으로 보면 '이치(理)'와 '감정(情)' 두 가지일 뿐이라고 주장하였다. '이치'는 주의와 원칙과 규범으로 이해할 수 있고, '감정'은 감정과 의지와 태도로 이해할 수 있다. 의기투합하고 지향하는 바가 같으며 마음이 서로 맞는 것이 벗 사이 사상 감정의 응집력과 정신적 지주이다. 한편 벗을 사귐에 있어서 '이치'와 '감정'의 의미를 올바르게 이해하고 또 그러한 인식으로 벗과의 교제활동을 규범화하는 것이 벗을 널리 사귀고 교우의 혜택을 받을 수 있는 관건이다. 1920년 5월 22일 어우양쩌(歐陽澤)가 마오쩌둥에게 보낸 편지에서는 신민학회의 정신을 네 가지로 귀납하였다. 첫째, 최선을 다해 본 회를 가꾸고 '물을 주고' 아껴 반드시 학회를 충분히 발전시켜야 한다. 둘째, 본 회는 개인에, 그리고 개인은 본 회에 반드시 전적으로 책임을 져야 한다. 셋째, 회원 간에는 학술 면에서 서로 도울 책임이 있고 행위 면에서 서로 격려할 책임이 있다. 넷째, 회원 간에는 이성적인 사랑이 필요하다. 감정적인 사랑은 믿을 수 없다. 감정적인 사랑은 일시적이고 국부적인 것이고 이성적인 사랑이야말로 보편적이고 영구적인 것으로서 한 단체가 갑자기 뿔뿔이 흩어지지 않게 유지할 수 있다.[682] 마오쩌둥은 답신에서 네 가지 공동의 정신에 대해 일일이 찬성한다고 표하였으며, 또 학회가 아직 튼튼해지지 못한 시기에 "고유의 동지들 간에 연계를 강화하고 도의를 중심으로 서로 격려하고 양해함으로써 사람들이 마치 친형제자매와 같은 사이가 되도록 주의를 기울여야 한다."고 주장하였다.[683] 1920년 11월 25일 그는 뤄장룽(羅章龍)에게 보낸 편지에서 더 명확하게 지적하였다. "중국의 나쁜 공기가 근원이 너무 깊고 너무 두터워서 우리는 확실하게 강한 세력의 새로운 공기를 조성하여야만 그것을 바꿀 수 있다. 내 생각에는 그러한 공기를 조성하려면 고생을 참고 견디어 스스로 분발하는 '사람'들이 있어야 한다. 특히 모두가 공동으로 믿고 따를 수 있는 '주의'가 있어야 한다. 주의가 없으면 공기를 조성할 수 없다. 우리 학회는 갑자기 사람의 집합, 감정의 결합을 이룰 것이 아니라 주의의 결합으로 바뀌어야 좋을 것 같다고 생각한다. 주의는 깃발과 같아 깃발을 세워야만 모두가 희망을 가질 수 있고 방향을 알 수 있다."[684] 벗

---

682) 『신민학회 자료』
683) 『마오쩌둥 조기 문고』, 앞의 책, 550쪽.
684) 위의 책, 554쪽.

을 사귀는 것은 감정적 응집일 뿐 아니라 이성적 결합이다. 오로지 모두가 공동으로 이해하고 신앙하는 이론·주의·원칙·지도사상을 확립해야만, 비로소 단합되고 분발하여 앞으로 나아갈 수 있는 공동의 사상적 토대를 얻을 수 있고, 추구하는 목표와 전진 방향을 명확히 할 수 있다. 아울러 이를 토대로 확고한 우정을 맺어야만 갑자기 모였다가 갑작스레 흩어지지 않을 수 있다. 일상의 대인관계를 처리하는 데서 마오쩌둥의 기본 특색은 진심으로 벗을 사귀고 원칙에 따라 처사하는 것이다. 신민학회 회원 중에서 펑황(彭璜)과 이리룽(易禮容) 사이에 모순이 생겨 서로 편견을 가졌던 적이 있다. 두 사람은 모두 신민학회의 핵심 회원으로 같은 '문화서사'와 후난 '러시아연구회'의 발기인이자 창설자이다. 이리룽에 대한 펑황의 태도가 지나치게 모질어 교우에서 취할 태도가 아니라고 생각한 마오쩌둥은 1921년 1월에 두 차례에 걸쳐 펑황에게 편지를 보내 그를 타일렀다. 첫 번째 편지에서 마오쩌둥은 친구를 대하는 펑황의 태도가 퍽 마음에 들지 않다면서 그가 "이리룽을 대함에 있어서 충직하고 온후한 도리를 잃었고" "평소의 넓은 도량"을 완전히 저버렸다고 주장하였다.[685] 두 번째 편지에서 마오쩌둥은 펑황의 여러 가지 결점을 솔직하게 진술하면서 교우와의 처세도리를 천명하고 선전하였다. 그는 자기 마음으로 미루어 그의 입장을 생각하였으며, 흥미진진하게 논하면서 떳떳하게 성실한 성품을 남김없이 드러냈으며, 진지한 감정으로 분명하게 말했다.

---

685) 『신민학회자료』

일전에 사람을 대하는 태도에 대해 논한 적이 있는데 아직 뜻이 완전히 전달되지 않은 것 같습니다. 이 아우가 나쁜 사람과는 함께 일하기를 싫어하는 사람이라는 사실에 대해서는 형이 잘 알고 있을 것이라고 생각합니다. 이 아우는 나쁜 일과 나쁜 사람을 원수처럼 증오하는 것 또한 할 줄을 모릅니다. 그는 첫째, 나쁜 사람은 스스로 나쁘다고 생각하지 않는다는 점입니다. 둘째, 우리가 나쁜 사람을 싫어하는 것을 반드시 감춰야 할 필요는 없습니다. 셋째, 원래는 나쁜 것이라고 여겼던 것이 결국 나쁜 것이 아님을 발견하곤 합니다. 네번째, 한 사람의 재능에는 장점도 있고 단점도 있으며, 성정과 습관에는 악한 부분과 착한 부분이 있기 때문에 하나만 집어내고 다른 하나를 버릴 수는 없습니다. 세 번째와 네 번째에 대해서 형도 늘 이런 말을 해왔습니다. 첫 번째는 객관적인 것에 속하고, 두 번째는 주관적인 것에 속하는 것으로서 사람을 관찰함에 경시할 수 없는 것입니다. 이 아우는 2년 반 동안 몇 번이나 쌓아온 수양을 거의 파괴할 뻔한 적이 있었습니다. 도리를 따짐에 있어서 극단적으로 고집하고 사람을 논함에 있어서 혹평을 좋아하는 반면에 깊은 자기반성을 위한 노력은 완전히 전폐하였었습니다. 이제 와서 후회하여 2년 반 전으로 돌아가려해도 뜻은 있으나 그렇게 할 수 없음에 고통스럽습니다. 형에게 자신의 아둔함과 어리석음을 털어놓으려 했으나 줄곧 기회를 얻지 못하다가 오늘 한 마디 하고자 하니 귀를 기울여 들어준다면 영광이겠습니다. 형은 큰 뜻과 용기를 갖추었고 건장하므로 나의 벗들 중에서도 많지 않은 한 사람입니다. 그러나 몇 가지 단점이 있습니다. 1. 말을 시원스럽게 하지 않고, 태도가 명쾌하지 않으며, 지나치게 겸손하여 참 모습을 보일 때가 적습니다. 2. 감정과 마음이 내키는 대로 일을 처리하여 이성과 지혜를 살리지 않습니다. 3. 이따금 의심하면서도 또 분명하게 설명하려고 하지 않습니다. 4. 관찰하고 비판함에 있어서 객관적일 때가 적고 일관되게 주관적입니다. 5. 어진 것에 불복하는 경향이 일부 존재합니다. 6. 허영심이 조금 있습니다. 7. 교만한 태도가 조금 있습니다. 8. 자기반성을 하는 경우가 적고 남의 책임을 따지는 것에는 밝지만 자기 책임을 따지는 것에는 어둡습니다. 9. 논리성이 약하고 허풍이 많습니다. 10. 스스로를 지나치게 높이 평가하고 일을 지나치게 쉽게 봅니다. 사람은 누구나 결함이 있기 마련이며 군자는 다만 잘못을 고칠 수 있을 뿐 살면서 잘못을 저지르지 않는 경우는 절대 없다고 아우는 생각합니다. 형의 결함에 대한 아우의 관찰이 꼭 맞는 것이라고 할 수는 없습니다. 이 아우에게도 제1, 제3 두 조항과 제5 조항에 해당하는 결함만 많지 않다고 자신하는 외에 나머지 결함은 모두 존재한다는 것을 알고 있습니다. 우리는 세상을 구하려는 마음은 갖고 있으나 자기 수양이 부족합니다. 뿌리가 바로 서지 않았는데 어찌 나뭇가지와 잎이 무성할 수 있겠습니까? 도구도 제대로 갖추지 못했는데 어떻게 일을 할 수 있겠습니까? 아우에게는 남에게 공개하기 무엇한 가장 큰 결함이 존재하고 있습니다. 즉 의지가 약한 것입니다. 형은 늘 나를 두고 의지가 강하다고 말하지만 실은 제 스스로가 잘 알고 있습니다. 나에게서 가장 약한 것이 의지라는 것을 알고 있습니다! 나는 평소에 태도가 좋지 않으며, 사람에 대해 단정적으로 말하여 미움을 사는데, 형은 혹시 이를 두고 의지가 강하다고 말하는 것일 수 있겠지만, 실은 이것이야말로 나의 나약함의 표현입니다. 세상에서는 오직 가장 부드러운 자가 가장 강하다는 이치를 알게 된 지는 오래지만, 자신이 그런 재주가 없기 때문에 뻔히 알면서도 범하게 되며, 정반대로 행하는 것마저 마다하지 않았으니 생각할수록 섬뜩합니다! 그나마 조금이라도 위안을 느낄 수 있는 것은 진실에 뜻을 두고 (뜻만 품었을 뿐임) 자기가 한 말은 스스로 책임지고, 자기가 한 일은 스스로 책임지며, 진실한 자아를 희생시키는 것을 원치 않으며, 스스로의 꼭두각시 노릇을 하는 것을 원치 않는다는 사실입니다. 벗을 대함에 있어서 일은 일이고, 개인적인 교제는 개인적인 교제로서, 일에 있어서는 도리와 법에 따르고, 개인적인 교제에서는 감정에 따라야 합니다. 형이 리룽을 대함에 있어서 좀 지나치다는 느낌이 듭니다. 생각을 정함에 성의가 없고, 분풀이 요소가 많으며, 선의로 남을 대하는 요소가 적은 것 같습니다. 형은 나를 저항적일 것이라고 말하였는데, 형이 보기에 나는 어떤 사람입니까? 누군가 나를 환대한다면 될수록 '동의하지 말라'고 하는데, 어떻게 '저항'이라고 할 수 있겠습니까? 모모와 리룽을 '정복'할 것이라고 한 말은 지나친 말입니다! 정복할 수 있는 사람이 어찌 있을 수 있겠습니까? 정복하려면 반드시 '힘'을 써야 하는데, 힘은 오직 법에만 사용할 수 있고 법에서만 유효한 것이지요. 힘을 개인적인 우정에 써서는 안 되고, 개인적인 우정에 쓰이면 절대 무효한 것입니다. 어찌 무효하기만 하겠습니까? 반동이 뒤따를 것입니다. 우리 사이에는 주의에 대한 다툼만 있을 뿐 개인적인 다툼은 없으며, 주의 다툼은 다투지 않을 수 없는 데서 비롯된 것이며 그 다툼의 대상은 주의이지 개인이 아니라고 저는 생각합니다. 세상에 개인적인 다툼도 많지만 대체로 서로 양보할 수 있는 것입니다. 그 원인은 대부분 '점유의 충동'과 '의지를 받아들이느냐 거역하느냐'에 있습니다. 형과 리룽의 다툼은 후자에 속한다고 나는 말하고 싶습니다.(이 아우도 그러한 경우를 자주 겪고 있으며, 또 그것을 남에게도 실행하고 있습니다.) 의지를 받아들이거나 거역하는 것이 가장 어렵습니다. 우리처럼 수양이 순수하지 않은 사람들은 그러한 경우에 부딪치게 되면 버럭 성을 내며 일어나지 않는 경우가 드뭅니다. 이런 경우에는 오로지 이른바 '시야가 넓고' '도량이 넓은' 자만이 참을 수가 있는 것입니다.

형은 어떻게 생각하시는지요?[686]

마오쩌둥의 이 편지는 벗을 사귀는 면에서 펑황에게 존재하는 결함에 대해 느낀 바를 쓴 것이지만, 그 편지를 통해 벗을 사귀고 사람을 대하는 그의 원칙과 태도도 분명히 보여주었다. 첫 번째 원칙은 진지하고 성실한 품성을 갖추는 데 뜻을 두고 남을 선하게 대해야 한다는 것이다. 벗을 진심으로 대하고 마음에 거리낌이 없어야 하며 인격이 밝고 말을 시원스럽게 하며 태도가 분명해야지, 거짓된 감정을 품고 마음이 좁으며 말을 숨기고 태도가 애매해서는 안 되며, 심지어 지나치게 공손하다 못해 허위적이고 말을 반만 하고 말과 본심이 달라서는 안 된다. 벗을 대함에 성실하고 속임이 없어야 하며 남의 신임을 받아야 할 뿐 아니라 또 남을 믿어주어야 하며 이유 없이 의심하고 간격을 두어서는 안 된다. 자기 자신을 아끼듯이 남을 아끼고 존중하며 동정하고 보호해야지, 남에게 악행을 저지르거나 툭하면 '정복'이니 '저항'이니 하는 말을 언급해서는 안 된다. 다른 사람과 모순 갈등이 생겼을 때 자기반성과 자책을 많이 하고 남을 선하게 대하는 태도로 분쟁을 해소해야지, 감정적으로 대응하여 개인적인 분풀이를 해서는 안 된다는 것이다. 두 번째 원칙은 남의 충고를 잘 받아들이고 잘못을 고침에 인색하지 말아야 한다는 것이다. 허영과 교만을 극복하고 어진 품성과 훌륭한 재능을 갖춘 사람을 보면 그를 본받아 그와 같은 사람이 되기 위해 노력하며 잘못이 있으면 고쳐야지,

---

686) 『마오쩌둥 서신 선집』, 앞의 책, 17~19쪽.

스스로 잘났다고 여기고 자기 결점을 고치려 하지 않고 덮어 감춰 결국 종양을 키워 큰 병이 되게 하는 상황을 초래하여서는 안 된다. 세 번째 원칙은 다른 사람을 평가하는 데 밝아야 할 뿐만 아니라 더욱이 자신을 엄격하게 단속해야 한다는 것이다. 남과의 교제에 있어서 남과 나 양자의 사상·품격·감정·의향 등 자질에 대해 명확히 아는 것은, 친한 벗을 찾아 장점을 취하고 단점을 보완하여 성격적으로 서로 보완하는 데 있어서 지극히 중요하다. 그러나 자신과 남을 올바르게 인식하는 것은 쉬운 일이 아니다. 많은 사람들은 남을 나무라는 것에는 밝지만 자기 자신의 책임을 따지는 데는 어둡고, 남의 단점만 보고 장점은 보지 못하며 자신의 장점만 보고 자신의 부족함을 보지 못한다. 마오쩌둥은 인물을 평가하고 세상사의 득실을 논할 때, 관찰의 객관성과 전면성의 원칙을 지켜야 하고, 좋아하거나 싫어하는 주관적인 감정과 편협한 편견으로 사람을 관찰하고 평가하는 것을 삼가야 하며 주관적인 생각으로 객관적인 사실을 대체해서는 안 된다고 주장하였다. 한 사람의 '재능에는 장단점이 있고 성격과 습관에는 악한 것과 착한 것이 공존하므로' 어느 한 측면으로 전체를 개괄하거나 그중 하나만 고집하고 다른 것을 포기해서는 안 된다는 것이다. 만약 남을 혹평하기 좋아하고 스스로 반성하지 않으며 자신만 인정하고 남을 헐뜯는다면, 실제 행동에서도 반드시 자신에게는 관대하고 남에게는 엄하며, 욕심이 많고 마음의 부담이 커 늘 울적하고 근심에 싸여 있으며, 지나치게 시시콜콜 따지며, 항상 남에 대한 요구만 높이고 자기 수양과 완성에는 게을리 하게 된다. 정말 그렇게 된다면 친구도 잃고 도덕 수양과 학문을 쌓을 수 있는 용기와 내적 원동력도 상실하게 된다. 마오쩌둥은 자기성찰과 자책을 아주 잘하는 사람이다. 그는 편지에서 펑황의 단점 10가지를 열거하고 나서, 자신도 시원스럽지 못한 것, 솔직하지 못한 것, 의심이 많고 훌륭한 것에 불복하는 것 이 세 가지 결함만 많지 않다고 자신하는 것 외에 다른 결함은 모두 가지고 있고 말했다. 그는 자신은 의지가 가장 나약하다면서 평소에 승부욕이 강하여 미움을 사는 것이 바로 의지가 약한 표현이라고 주장하였다. 그러나 그는 또 자신이 진지하고 참된 것을 추구하고자 하는 뜻을 품고 영원히 참된 자아를 유지할 수 있는 것에 위안을 느끼고도 있었다. 네 번째 원칙은 이치와 법에 따라 일을 처사하고 감정에 따라 친구를 사귀어야 한다는 것이다. 일과 개인적인 교제는 성질이 다르므로 대하는 태도도 달라야 한다. 일을 할 때는 마땅히 일정한 사상과 이론을 지도로 하고 진리와 원칙에 따라야지 감정에 얽매여 도리를 잊어서는 안 되며, 감정으로 도리와 법을 대체해서는 안 된다. 개인적인 교제는 감정으로 사람을 감동시켜야 한다. 개인적인 교제에 있어서 도리와 법을 어기거나 사사로운 감정에 얽매여 이치와 법을 어겨서는 안 된다. 이치는 개인적인 교제에 포함되어 있지만 이치로 감정을 대체할 수는 없다. 이치는 개인적인 교제를 제약하는 기본 요소이다. 개인적인 교제는 진리를 추구하고 진리를 따르면 도의를 중시하는 전제 하에서만이 비로소 가장 귀중하고 깨뜨릴 수 없어 튼튼해진다. 그러나 이치가 개인적인 교제를 가늠하는 유일한 척도는 아니다. 친구들끼리는 각자 따르는 주의, 갖고 있는 신앙이 서로 다르더라도 국가와 민족 나아가서 인류의 진보라는 추세와 대의에 의해 결합될 수 있다. 마오쩌둥은 "우리 사이에는 주의에 대한 다툼만 있을 뿐이다. 다툼의 대상은 주의이지 개인이 아니다. 세상에 개인적인 다툼도 많지만 대체로 서로 양보할 수 있을 것이다."[687]라고 말했다. 이는 그의 교우와 처세 사상의 정수이자 그가 평생 지켜온 교우의 원칙이다. 남과 잘 어울려 살아가려면 큰 뜻을 세워야 하고 주의와 원칙 앞에서 반드시 정치적 태도가 분명하고 모든 그릇된 사상과 관념 그리고 행위와 싸워야 한다. 왜냐하면 이는 인류 사회의 발전 진보와 관계되고 인생의 이상·신앙·경지·품격과 관계되는 것으로서 개인의 사사로운 이익을 크게 따질 필요가 없기 때문이다. 개인 사이의 편견과 충돌은 마땅히 극복하고 버려야 한다. 사적인 감정을 위해 원칙을 버려서는 안 되고 또 원칙의 다툼을 위해 사적인 감정에 영향을 주어서도 안 된다. 감정과 이치는 얽히고설켜 서로 침투되어 있다. 교제하는데 있어서 감정과 이치의 지위를 적절하게 배치하는 것은 인생의 큰 난제이다. 그러나 마오쩌둥은 이치에 따라 일하고 감정에 따라 교제하는 원칙을 의연히 실천하였다.

샤오쯔성은 과거 마오쩌둥 청년시절의 절친한 친구였다. 마오쩌둥은 1910년 샹샹둥산고등소학당(湘鄕東山高等小學堂)에서 공부할 때 샤오쯔성을 알게 되었다. 1913년에 마오쩌둥은 후난 제4사범학교에 입학하였고, 이듬해에 제1사범학교로 전학하여 샤오쯔성과 2년 동안 한 반에서 공부하였다. 그 후 왕래가 잦아짐에 따라 함께 학문을 탐

---

687) 『마오쩌둥 서신 선집』, 위이 책, 19쪽.

구하고 시국을 자유롭게 논하였으며, 후난의 5개 현에서 유학하였고, 신민학회 설립을 발기하였으며, 후난 학생들의 프랑스 고학을 성사시켰다. 그들은 모두 중국과 세계에 대한 개조를 자기소임으로 삼고 있었지만 개조의 방식과 수단 문제에서는 의견차이가 컸다. 마오쩌둥은 10월혁명[688]의 영향과 5.4운동의 추동 하에, 자발적으로 마르크스주의에 대해 학습하고 현실 속 정치 실천의 경험과 교훈을 섭취하고 받아들임으로써 급진적인 혁명민주주의자에서 공산주의자로 전환하였으며, 계급투쟁과 무산계급독재를 실행하고 10월 혁명의 길을 걸을 것을 주장하였다. 한편 샤오쯔성의 사상은 무정부주의 수준에 머물러 교육을 수단으로 한 온화한 혁명을 주장하고 공회합사(工會合社)를 개혁의 방법으로 삼았으며, 마르크스주의와 10월 혁명의 길을 걷는 것에 반대하였다. 중국공산당이 창설된 후 마오쩌둥은 신민학회를 해체하여 그중의 선진적인 청년들이 중국공산당과 사회주의청년단에 가입할 수 있도록 할 것을 주장하였으나, 샤오쯔성은 신민학회를 보존할 것과 무정부주의를 지도사상으로 삼을 것을 강력히 주장하였다. 마오쩌둥과 샤오쯔성 사이에 원칙적 차이가 생겨 결국 둘은 갈라섰다. 샤오쯔성은 1924년에 프랑스에서 귀국하여 국민당 베이핑(北平)시 당무지도위원, 국민당정부 농업광산부 차장 등 직을 역임하였다. 중화인민공화국 창립을 앞두고 그는 국민당정부를 따라 대만

---

688) 10월 혁명 : 1917년 10월 24~25일(신력 11. 6~7) 사이에 일어났으며 '볼셰비키 혁명' 이라고도 부른다. 이 혁명으로 사회민주노동당 볼셰비키파(볼셰비키당)는 권력을 장악하고 소비에트 정권을 출범시켰다.

으로 갔고, 1952년에 남미 우루과이에 간 뒤로 평생교육사업에 종사하였다. 마오쩌둥은 샤오쯔성과 주의 다툼과 정치견해의 차이가 있었지만, 젊은 시절 샤오쯔성과의 우정을 잊은 적은 없다. 새 중국이 창립된 후 마오쩌둥은 신민학회의 옛 친구에게 부탁하여 샤오쯔성에게 편지를 보내 그에게 귀국하여 일할 것을 청하였지만 거절당하였다.

　마오쩌둥은 천두슈와의 교제에서도 이치에 따라 일하고 감정으로 벗을 사귀는 원칙을 보여주었다. 천두슈는 신문화운동의 지도자이자 중국공산당 창시자의 한 명이다. 마오쩌둥은 1918년과 1919년에 후난 학생의 프랑스 고학 주선 사무와 장징야오(張敬堯) 군벌 축출운동으로 두 차례 베이징에 갔으며, 갈 때마다 베이징과 상하이에서 천두슈를 찾아갔다. 사회문제에 대한 천두슈의 투철한 견해에 마오쩌둥은 탄복하였고, 마르크스주의에 대한 그의 이해와 신앙은 마오쩌둥 세계관의 변화에도 깊은 영향을 주었다. 1920년 8월 천두슈, 리한쥔(李漢俊), 리다(李達)등이 상하이에서 중국공산당의 초기조직을 설립한 뒤, 곧바로 마오쩌둥에게 편지를 띄워 후난에서의 창당을 부탁하였다. 그는 마오쩌둥을 신임하였으며, 마오쩌둥이 이끈 후난 창당 업무를 높이 평가하였다. 1923년 5월 마오쩌둥은 지시에 따라 상하이로 전근하였다. 중국공산당 제3차 대표대회에서 천두슈를 중앙국 위원장, 마오쩌둥을 중앙국 비서로 정하였다. 마오쩌둥은 천두슈가 주관하는 당 중앙 업무를 협조하는 동안, 중공 제3차 대표대회에서 제정한 노선과 방침, 정책에 따라 국공(국민당·공산당)합작 업무를 중점적으로 진행하였다. 그때 당시 마오쩌둥과 천두슈는 친한 사이였으며 사상적으로도 가까워 업무 과정에서 두터운 친분을 쌓았었다. 1925년 말부터 마오쩌동과 천두슈는 중국혁명의 지도권과 농민 문제에 있어서 의견 차이를 보이기 시작하였다. 마오쩌동은 중국의 무산계급이 중국혁명의 지도 역량이고, 농민이 중국혁명의 기본 역량이라고 주장하였다. 반면에 천두슈는 중국의 무산계급은 수가 적어 강대한 역량을 이루기 어렵고, 중국의 농민은 낙후하고 보수적이어서 혁명의 기본 역량으로 될 수 없기 때문에, 무산계급의 지도권을 포기하고 당이 농민운동을 이끌어야 할 필요성을 부정하였다. 그는 마오쩌동의 「후난 농민운동 고찰 보고」를 당의 간행물에 발표하는 것을 거부하였으며, 또 중공 '제5차 대표대회'에서 마오쩌동의 올바른 의견을 억압하였다. 마오쩌동과 천두슈의 의견 차이는 개인의 다툼이 아닌 주의 다툼이었다. 대혁명이 실패한 후 중국공산당은 '87'회의를 소집하여 천두슈의 우경노선을 종결지었다. 그럼에도 그 후 천두슈는 마오쩌동을 헐뜯는 발언을 한 적이 없으며, 도리어 마오쩌동이 개척한 농촌혁명 근거지를 구축하고, 농촌으로부터 도시를 포위하며, 최종적으로 전국 정권을 빼앗는 길은 중국공산당이 중국에 있는 제국주의 세력을 없애고 지주의 땅을 몰수하여 농민에게 나눠준 증거라고 찬양하였다. 1937년 8월 천두슈는 난징의 국민당 감옥에서 석방된 후, 마오쩌동이 창도하는 항일민족통일전선 정책을 지지하고 중국공산당의 지도 아래서 일하고 싶다는 의향을 밝혔다. 마오쩌동은 과거 천두슈와 원칙적인 면에서 의견 차이가 있었지만, 천두슈가 그에게 준 영향과 중국혁명에 대한 공헌을 잊은 적이 없었다. 1936년에 그는 천두슈가 그에게 준 영향은 "그 누구도 능가할 수 없다"[689]라고 에드가 스노우에게 말했다. 천두슈가 출옥한 후 마오쩌둥은 예젠잉(葉劍英)을 보내 그에게 옌안에서 일할 것을 청하였다. 그런데 캉성(康生)이 중간에서 방해하여 천두슈를 일본 간첩이라고 모독하면서 이른바 트로츠키파의 범행을 자백할 것을 명령하였다. 그 일은 천성이 바르고 꺾일지언정 굽히지 않는 천두슈에게 있어서, 혁명을 위해 다시 일할 수 있는 길을 막은 것이나 다름없었다. 1945년에 마오쩌둥은 「여러 역사 문제에 관한 결의」에 대한 작성을 주관하면서 창당에서 천두슈의 막대한 공헌을 충분히 인정하였으며, 그가 대혁명 초기와 중기에 해온 업무를 인정해주었다. 마오쩌둥은 중공 '제7차 전국대표대회' 예비회의에서 제7차 당 대회의 업무 방침 관련 보고 연설을 통해, 천두슈는 "'5.4'운동시기의 총사령관"이라면서 "전반 운동은 사실 그가 이끈 것이며, 그와 그 주변의 리다자오 동지를 비롯한 이들이 큰 역할을 하였다."라고 찬양하였다. 그는 또 "5.4운동은 중국공산당 조직을 위한 간부대오를 마련하였다. 그때 당시 『신청년』이라는 잡지가 있었는데 천두슈가 편집장을 맡았다. 그 잡지와 5.4운동을 통해 각성한 사람들 중 일부가 훗날 공산당 조직에 가입하였다. 그 사람들은 천두슈와 그 주변 사람들의 영향을 많이 받았으며 그들이 모여서 당이 창립될 수 있었다고 말할 수 있다."라고 말했다. 그는 천두슈가 "당을 창립하였으며 공이 크다"[690]라고 칭찬하였다. 이를 통해 인물을 평가

---

689) 에드가·스노우, 『서행 만기』, 동웨산 역, 싼롄서점 1979년 판, 130쪽.
690) 『마오쩌둥의 제7차 당 대회 보고와 연설집』, 중앙문헌출판사 1995년 판, 9쪽.

함에 있어서 이치와 감정에 따르는 마오쩌동의 확고한 실사구시의 원칙성을 보여주었으며, 주의와 원칙의 다툼으로 인해 개인적인 친분에 영향을 주지 않는 드넓은 흉금을 보여주었다. 마오쩌동의 그러한 교우 처세의 태도는 훗날 혁명대오 내부, 특히 당내 동지 사이의 관계를 처리하는 기본 준칙이 되었다. 마오쩌동은 당내 단합 통일은 혁명과 건설 사업이 승리하고 발전할 수 있는 기본적 보장이라고 주장하였다. 한편 당내 단합은 원칙에 따른 것이며 마르크스주의와 올바른 정치·사상·조직노선을 토대로 한 단합이다. 사회상의 계급 모순과 신구 사물 간의 모순이 당내에서 어느 정도 반영되고, 또 혁명대오 내부와 당내 동지들의 사상 각오, 지식 구조, 실천 경험, 인식 능력이 서로 다름에 따라 문제에 대한 태도와 인식 및 처리방식도 어느 정도 다를 수 있기 때문에 당내에 모순과 투쟁이 존재하는 것 또한 불가피하다. 당내 단합과 통일은 무원칙한 것이 아니라, 원칙과 주의를 둘러싸고 투쟁을 벌이고 또 투쟁을 통해 이루어지는 것이다. 당내 투쟁을 올바르게 전개하기 위해 마오쩌동은 '단합—비평—단합'이라는 유명한 공식을 제기하였다. 즉 단합이라는 염원에서 출발하여 남을 선하게 대하는 태도로 비평과 자기비평을 전개하고, 인식이 편파적이거나 혹은 잘못을 저지른 동지에 대해서는 감정으로 마음을 움직이고 이치로 타일러 인식을 높이고 잘못을 바로잡음으로써, 당내와 혁명대오 내부 동지들의 사상을 올바른 궤도로 통일시켜 새로운 기반 위에서 새로운 단합을 이루자는 것이다. 당내 비평과 투쟁은 원칙에 따르고 사상을 분명히 해야 할 뿐 아니라 진심으로 남을 대하고 동지를 단합시켜야 한다. 마땅히 "과거의 잘못을 교훈 삼아 훗날을 경계하고 상대의 잘못을 지적하여 고치도록 해야지", 잔혹한 투쟁을 통해 무자비하게 공격하고 사람을 사지에 몰아넣어서는 안 된다. 중국 공산당은 당내 투쟁에서 감정과 이치의 결합, 원칙성과 융통성의 통일, 투쟁으로 단합을 도모하고 단합을 위해 투쟁하는 당내 관계 처리방침에 따름으로써 당내 단합과 통일을 효과적으로 지켜왔다. 마오쩌둥의 일생을 쭉 훑어보면 그는 과거에 온갖 그릇된 사조와 끈질기게 싸웠다. 당내와 혁명대오 내부 투쟁을 전개할 때 마오쩌둥도 잘못을 저지른 적이 있고 실수한 적이 있다. 그러나 그가 한 투쟁은 모두 주의와 원칙의 다툼이지 개인의 이익을 챙기기 위한 개인적인 다툼은 아니다(혹은 아니라고 자인한다). 그런 이유로 인해 마오쩌둥이 일부 잘못을 저질렀음에도 불구하고 당과 인민들은 그를 양해하고 존경할 수 있는 것이다. 그것은 비록 마오쩌둥의 잘못된 비판과 처리를 받은 사람일지라도 마찬가지였다. 그들은 마오쩌둥이 저지른 잘못은 역사적인 비극이고, 거인의 실수라면서 그가 저지른 잘못을 이른바 권력다툼과 도덕 품격의 탓으로 돌려서는 안 된다고 평가하였으며, 마오쩌둥을 악의적으로 헐뜯고 중상모략하고 마오쩌둥의 위대한 공적과 고상한 인격을 부정하는 행위에 대해 매우 분개하였다. '문화대혁명'이 끝난 후, 덩샤오핑은 마오쩌둥의 역사적 지위에 대해 정확하게 평가하여야 하고, 마오쩌둥 사상을 완전하고 정확하게 이해하고 장악해야 한다고 거듭 강조하였으며, 분명하게 설명하였다. 마오쩌둥이 만년에 실수를 하였지만 그의 공적이 먼저이고, 실수는 그 다음이다. 마오쩌둥이 우리 당과 국가 및 인민을 위해 세운 불후의 공적은 지워 버릴 수 없는 것이며, 마오쩌둥 사상은 중국공산당 집단 지혜의 결정체로서 영원히 전 당과 전 군, 그리고 전국 여러 민족 인민의 귀중한 정신적 재부이다. 1980년 11월 황커청(黃克誠)이 중앙기율검사위원회 회의에서 마오쩌둥에 대한 평가와 마오쩌둥 사상에 대한 태도 문제에 대해 터놓고 이야기하였다. 그는 중국혁명에 대한 마오쩌둥의 거대한 공헌을 회고한 뒤 마오쩌둥의 잘못에 대해 올바른 태도를 가져야 한다며 다음과 같이 지적하였다. 만약 새 중국이 창립된 후 당이 저지른 잘못을 모두 마오쩌둥의 탓으로 돌리고 그 혼자의 책임으로 돌린다면, 그것은 역사 사실에 어긋나는 것이다. 과거 중국 전역을 해방시키고 새 중국을 건설하는 데서 우리 오랜 세대 공산당원들 모두가 각자의 책임을 다하였기 때문에 공로는 모두에게 몫이 있다. 이제 와서 잘못을 한 사람에게만 떠넘기고 우리에게는 잘못이 없는 것처럼 하는 것은 불공평한 일이다. 우리 모두가 응분의 책임을 져야 한다. 그래야만 역사적 사실에 부합되고 유물주의에 부합된다. 어떤 동지들은 마오 주석에 대해 극단적인 말을 많이 하였으며 어떤 사람들은 심지어 그가 한 일은 하나도 맞는 것이 없는 것처럼 말했다. 나는 그것은 잘못된 것이라고 생각한다. 그것은 근본적인 사실에 어긋날 뿐 아니라 우리 당과 인민에게도 매우 불리하다. 일부 동지들, 특히 타격과 박해를 받은 적이 있는 동지들이 격분하는 심정은 이해할 수 있다. 모두가 알다시피 마오쩌둥 만년에 나도 많은 고초를 겪었다. 그러나 이처럼 중대한 문제에 대해 냉정하게 고려하지 않고 감정적으로 일을 처리해서는 절대 안 된다고 생각한다.

　　두보는 이런 시를 남겼다.

　　"왕·양·노·낙[691]의 시문은 시대 여건에서 이미 최고의 조예를 자랑하는 경지에 이르렀음에도(王楊盧駱當時體)경박한 글로 간주되어 옛 문인들의 조롱거리가 되었구나.(輕薄爲文哂未休) 너희와 같은 수구파 문인은 (도도한 역사의 흐름 속에서 보잘 것 없이) 몸도 이름도 죄다 사라져버렸으나(爾曹身與名俱裂), (사걸의 이름과 작품은) 마를 줄 모르는 강물처럼 만고에 길이 전해지리라(不廢 江河萬古流)"

　　마오쩌둥의 인격·사상·사업은 헐뜯어서는 안 되는 것이며, 일시적 분풀이를 위해 마오쩌둥을 전면 부정하는 경박한 논조는 반드시 역사의 비웃음을 당할 것이다. 1959년 루산회의에서 마오쩌둥의 그릇된 비판과 처리로 '좌'적인 과오에 따른 박해를 오랫동안 받아온 오랜 세대 공산당원인 황커청은, 여전히 마오쩌둥의 역사적 공적을 높이 평가하면서 1957년 반 우파운동 확대 화 문제에서 자신이 저지른 실수에 대해 점검하고 책임졌으며, 사리 다툼으로 개인적인 원한을 쌓지 않았고, 더욱이 개인적인 원한으로 사리를 어그러뜨리지 않는 광명정대하고 거리낌이 없는 마음을 보여주었다. 그의 연설은 후에 글로 정

---

691) 초당사걸(初唐四傑)로 불리는 왕발((王勃)·양형(楊炯)·노조린(盧照隣)·낙빈왕(駱賓王)등 네 시인을 가리킴.

리되어 발표되었고 많은 사람들이 보고 깊은 감명을 받았다. 감정적으로 일을 처리하였거나 개인적인 분풀이를 한 사람들도 많이 부끄러워하였을 것이다.

3. 성실한 성품의 발로와 참된 나의 영유

마오쩌둥은 펑황에게 보낸 편지에서 자신은 "진실함을 추구하는 데에 뜻을 두고", "참된 나를 희생시키는 것을 원치 않으며 자신의 꼭두각시가 되는 것을 원치 않는다."라고 썼다. 이처럼 말과 행동이 일치하고 양심이 시키는 대로 솔직하게 행하며 진실한 감정을 더럽히지 않고 사상 의지를 거스르지 않으며 자신 인격의 진실과 완전무결을 유지하는 처세 태도는 그의 일상생활과 교우활동의 여러 면에 침투되어 있다. 마오쩌둥은 시원시원하고 솔직하게 말하는 것을 좋아하고 숨기지 않으며, 말을 하다가 말거나 하지를 않는다. 혁명대오 내부, 특히 당내 투쟁에서 그는 과감하게 비평과 자아비평을 전개하고, 자기 잘못에 대한 남의 비판을 기꺼이 받아들이고, 잘못이 있으면 바로잡으며, 할 말은 조금도 숨기지 않고 아는 것은 모두 말하며, 잘못이 있으면 고치고 없으면 잘못을 저지르지 않도록 더욱 힘쓸 것을 제창하였다. 당외 우호인사에 대해서도 선한 태도로 문제에 대한 자신의 견해를 솔직하게 피력함으로써 그가 각오를 높이고 인식이 깊어지게 하였다. 마오쩌둥과 샤오쥔(蕭軍)의 교제가 이를 증명해준다. 샤오쥔은 루쉰 곁에서 자라고 투쟁해온 문학청년이며, 중편소설 「8월의 시골」의 작가이다. 1938년 초 그는 리공푸(李公樸)의 요청으로 한커우(漢口)를 떠나 산시린펀민족혁명대학(山西臨汾民族革命大學)에 가 문예 지도직을 맡았다. 민족의 의분과 애국 열정에 떠밀려 그는 붓을 내던지고 종군의 길을 걷기로 결심하고 옌안을 거쳐 우타이산(五臺山)으로 가 유격전쟁에 참가하기로 하였다. 옌안에서 우타이산으로 가는 길에 전투가 있어 그 행차는 결과를 얻지 못했다. 옌안에 머무는 동안, 마오쩌동은 친히 그의 거처로 찾아가 그를 만났다. 마오쩌동의 붙임성이 좋고 상냥하며 예의와 겸손을 갖추고 공손하고 친절한 태도에 샤오쥔은 감동하였다. 샤오쥔은 '서북 전지 봉사단' 책임자인 딩링(丁玲)의 선동으로 우타이산으로 가려던 생각을 버리고 같은 해 4월 중순, 옌안을 떠나 시안으로 가서 문예선전에 종사하였다. 1940년 6월, 샤오쥔은 두 번째로 옌안을 찾았다. 그는 모두와 단합하고 협력하여 열심히 일해 옌안 문예의 발전과 번영을 촉진하였다. 그러나 얼마 지나지 않아 그는 일부 동지들과 갈등, 의견 차이가 생겼고 거듭 고민한 끝에 충칭으로 돌아가기로 결정하였다. 그가 마오쩌동에게 작별인사를 하러 갔을 때 그런 그의 의외의 결정에 마오쩌동은 그에게 옌안을 떠나려는 이유 그리고 옌안과 그 개인에 대한 의견을 솔직하게 털어놓기를 바랐다. 마오쩌동의 진지하고 열정적인 태도에 샤오쥔은 옌안의 일부 불량 현상과 파벌주의기풍에 대해 거리낌 없이 솔직하게 털어놨으며, 아울러 문예정책을 제정하여 사상을 통일하여 혁명문예대오의 단합을 강화할 것을 제안하였다. 마오쩌동은 샤오쥔의 제안에 찬성하면서 그를 간곡히 만류하였다. 1940년 8월 2일 마오쩌동은 또 샤오쥔에게 편지를 보내 이렇게 말했다.

"전에는 당신과 접촉이 적고 이해가 부족하여 어떤 의견은 당신과 말하고 싶어도, 사귄 지 얼마 되지도 않은 사람에게 어리석게 깊은 이야기를 하여 도움이 되지 못할 뿐 아니라 오히려 간격이 생길까봐 우려되어 바로 말하지 못하였다. 옌안에는 나쁜 현상이 많이 존재하고 있다. 당신이 제기한 것들은 모두 주의를 기울일 필요가 있고 모두 바로잡아야 한다. 단 자신에게 존재하는 일부 결함에 주의를 기울이라고 당신에게 권고해주고 싶다. 문제를 절대적으로 보지 말고 인내심을 가져야 하며 다른 사람과의 관계를 잘 조율하여야 하고, 일부러 강제적으로 자신의 약점에 대해 성찰하여야만 비로소 출로가 생기며 '안심입명'(安心立命)할 수 있다. 그렇지 않으면 날마다 마음이 불안하여 고통이 클 것이다. 당신은 매우 솔직하고 성격이 시원시원한 사람으로서 당신과는 말이 잘 통할 것 같아서 위와 같이 제기하는 바이다. 상기 내용에 공감한다면 당신과 다시 한 번 이야기를 나누고 싶다."[692]

마오쩌둥의 이 편지는 글이 미끈하고 유창하며 비평도 있고 자아비평도 있으며, 샤오쥔의 장점을 긍정하는 한편 성미가 급하고 과격하며 대인관계에 능히지 못한 그의 결함에 대해서도 비판하면서 벗을 단합하고 아끼며 도우려는 양호한 소망과 가장 친절한 친구의 정을 흉금을 터놓고 솔직하고 성실하게 드러내 샤오쥔을 깊이 감동시켰다.

---

692) 『마오쩌둥의 서신 선집』, 인민출판사 1984년 판, 174쪽.

그 후 솔직하고 시원시원하며 진취정신이 풍부한 샤오쭨은 마오쩌둥과의 여러 차례 교제와 옌안 문예좌담회 학습, 그리고 5년이 넘는 옌안생활의 세례를 거쳐 정치적 소양과 사상수준이 새롭게 향상되었으며 중국공산당이 이끄는 인민 혁명 사업에 대한 믿음이 더욱 확고해졌다. 그 후의 인생 여정에서 '좌'적 그릇된 비판과 처리를 받았음에도 불구하고 그는 낙담하지 않고 한 결 같이 인민의 문화 사업을 위해 열심히 일하였다. 공자는 "오직 어진 사람만이 남을 좋아할 수도 있고 남을 미워할 수도 있다.(惟仁者能好人, 能惡人)"[693]라고 말했다. 다시 말해서 오직 어진 사람만이 누군가를 사랑하고 누군가를 혐오할 수 있다. 마오쩌둥은 인민을 진정으로 아끼고 평생 인민을 위해 행복을 도모한 정치 지도자로서 좋아하거나 싫어하는 자신의 감정을 숨기는 법이 없었으며 항상 자신이 좋아하는 것을 좋아하고 미워하는 것을 미워하였다. 그는 인민에게 깊은 동정과 애정을 간직하고 있었으며 전심전력으로 인민을 위해 봉사할 것과 루쉰처럼 기꺼이 머리 숙여 인민대중에게 '소'가 되어줄 것을 창도하였다. 그는 또 근로 대중을 압박하고 착취하며 사회의 발전과 진보를 저해하는 암흑세력을 증오하였으며 독사와 같은 악인을 절대 연민하여서는 안 되며 침착하고 정확하며 호되게 적을 공격하여 철저하게 혁명하고 궁지에 몰린 적을 끝까지 쫓아가 소멸하여야 한다고 분명하게 설명하였다. 이처럼 애증이 분명한 태도는 그의 정치 생애와 현실생활에서 반영되었을 뿐 아니라 그의 심미 활동에서도 반영되었다. 예전에 마오쩌둥 신변에서

---

693) 『논어·이인』

15년간 일한 적이 있는 리인챠오(李銀橋)가 의미심장한 생활의 세절에 대해 이야기한 적이 있다. 1958년에 마오쩌둥이 상하이에 갔을 때 시위원회에서 그를 초대하여 「백사전(白蛇传)」을 관람하였다. 마오쩌둥은 바로 연극에 몰입하였다. 그는 눈을 크게 뜨고 관람하면서 온몸은 꼼짝도 하지 않은 채 얼굴 표정만 계속 바뀔 뿐이었다. 그의 눈빛은 때로는 밝게 빛났고 때로는 열정이 넘쳤으며 때로는 감정이 유유하게 흘렀다. 그는 허선(許仙)과 백낭자(白娘子)의 사랑을 이해하고 공감하고 찬양하였으며 열정적이고 정직하며 총명하고 용감한 소청(小青)에 대해서는 더욱 경의를 표했다. 그런데 그 연극은 어쨌든 비극이었다. 늙은 중 법해(法海)가 등장하여 허선과 백낭자의 사랑을 가로막았을 때, 마오쩌둥은 안색이 어두워졌으며 심지어 긴장하고 두려워하는 빛이 역력하였다. 마오쩌둥은 그 오래되고 감동적인 신화 이야기에 푹 빠져들었다. 그는 코를 훌쩍이고 눈물을 글썽이었으며 코가 막혀 씩씩거리기까지 하였다. 법해가 백낭자를 뇌봉탑(雷峰塔) 아래에 진압하는 대목에서 마오쩌둥은 비분에 찬 나머지 무릎을 치고 일어나 "혁명하지 않고 되겠는가? 반란을 일으키지 않고 되겠는가?"라고 큰소리로 외치기까지 하였다. 공연이 끝난 후 마오쩌둥은 무대 위로 성큼성큼 걸어 올라가더니 '청사'와는 두 손을 꼭 잡으며 악수하고 '허선'과 '백사'와는 한 손으로 각각 악수하였으며 재수 없는 늙은 중 '법해'는 거들떠보지도 않았다. 자신이 좋아하는 것과 싫어하는 것을 감출 줄 모르는 마오쩌둥의 순수한 성격을 엿볼 수 있는 대목이다.

일상생활에서 마오쩌둥은 순수함과 솔직함을 추구하고 사소한 것에 구애되지 않으며 타고난 정취가 있고, 개성을 속박하고 본색을 없애버리는 번거롭고 불필요한 의식에 대해서 경시하고 배척하였다. 많은 외국인들이 마오쩌둥의 그런 성격에 대해 모두 서술한 바 있다. 미국학자 로스테릴(Ross Terrill)은 다음과 같이 서술하였다. "마오는 자신이 그 어떠한 형식의 구속도 받아들일 수 없다고 생각하였다." "그 특별한 인물이 기율을 어긴 이유는, 기율을 지키는 일이 너무 어렵다는 것을 발견하였기 때문이다. 그가 그렇게 한 것은 그가 일종의 천직감을 가지고 있었기 때문이다. 그러한 천직감은 모든 기율을 제외시켰다. 기율은 지팡이와 같은 것이다. 그는 자신이 그 지팡이를 사용하지 않아도 될 만큼 충분한 힘을 가지고 있다는 것을 깨닫고 그러한 법칙과 기율을 무시하였던 것이다."[694] 생활 습관과 외부 이미지로 보아서 마오쩌둥은 얽매이지 않고 대범하며 소박하고 꾸밈이 없는 사람이다. 그는 새 신발을 신는 법이 없었다. 새 신발을 가져오면 그는 늘 경호원이나 호위병에게 한동안 신게 하여 낡아진 다음에야 다시 가져다 신곤 하였다. 그는 젊은이들이 새 신발을 신어야 멋지다며 자신은 나이가 들어 낡은 것이 더 편하다고 말했다. 기운 옷을 입은 마오쩌둥의 이미지는 역사에 많이 남아 있다. 더욱이 그의 속옷은 깁고 또 기워 낡을 대로 낡았다. 마오쩌둥은 그저 겉옷만 기운 자리가 원래 옷 색깔과 비슷하고 모양이 단정하면 된다고 요구하였다. 겉옷은 남이 보기 때문에 너무 거슬리면 예의가 아니라고 여겼으나 속옷의 기운 자리는 참으로 천태만상으로 볼 품이 없을 정도였다. 마

---

694) 로스테릴(Ross Terrill), 『마오쩌둥전기』, 허베이인민출판사 1989년 판, 188쪽.

오쩌동은 사무를 보는 데는 시간을 가리지 않았고 식사할 때는 음식에 전혀 신경을 쓰지 않았다. 마오쩌동을 글을 쓸 때 원고지 칸 안에 쓰는 법이 없이 언제나 붓 가는 대로 써 내려 가곤 하였으며 낡은 틀에 얽매이지 않고 기존의 관례에 얽매이지 않고 자연스럽고 소탈하며 변화가 무궁하다. 마오쩌동은 당내 동지들과 교제함에 있어서도 예의에 얽매이지 않고 손님을 마중하거나 배웅하는 등 형식을 차리지 않았다. 그는 의도적으로 자신을 단속하여, 다른 동지들이 친소의 차이를 느끼지 않게 하고자 어느 한 사람 혹은 몇몇 중요한 당·정·군의 책임자들과 동지나 전우의 관계를 초월한 개인적인 친분을 쌓지 않았다. 그는 당내의 동지들과 개인적인 교제가 많지 않았고 업무상 관계를 제외하고는 거의 왕래가 없었다. 다만 펑더화이(彭德懷)와 천이(陳毅)만은 예외였다. 펑더화이와 마오쩌동의 교제는 친구의 친분이 두터웠다. 펑더화이는 말과 행동거지가 진지하고 제멋대로이며 호방하였다. 그는 마오쩌동과 이야기를 나눌 때 항상 손짓이 많았고, 목소리가 높아 집안이 쩌렁쩌렁 울리곤 하였다. 그러면 마오쩌동도 이야기에 흥이 나서 희색이 만면하였다. 1959년 루산회의에서 잘못된 비판을 받은 뒤로 펑더화이가 다시 마오쩌동을 만날 때면 말수가 적어졌고 심지어 지나치게 조심스러워하였다. 천이와 마오쩌동은 늘 시와 사로 교류하고 화답하곤 하였다. 천이는 천성이 호방하고 목소리가 굵고 높으며 시인의 특유한 충동과 열렬한 기질을 지니고 있어 이야기하다가 기분이 좋으면 덩실덩실 춤도 추고 호탕하게 껄껄 웃기도 하였다. 천이가 오기만 하면 마오쩌동의 방은 떠들썩해지곤 하였다.

마오쩌동은 벗을 사귀고 처세하는 과정에서 순박하고 순진하며 대범하고 얽매이지 않는 개성 특징이 나타난다. 그리고 한편으로 그는 또 교양이 있고, 조예가 깊으며, 지혜롭고 기민하며, 정취가 고상한 지식인이고 또 원대한 안목과 풍부한 인생 경력, 드넓은 흉금을 갖춘 정치가였기 때문에 다른 사람과의 교제에서 지식을 충분히 동원하고 총명과 지혜와 재능을 교묘하게 활용하여, 문제의 본질을 재빨리 포착하고 문제의 정곡을 넌지시 찌를 수 있었다. 그래서 소박함 속에서 생동함을 보여주고, 빈틈없는 속에서 함축된 것을 드러내며, 부드러움 속에 심오함을 내재하여, 그의 몸과 마음 전반이 매혹적인 매력을 발산하고 있다. 한번은 마오쩌동이 일본 손님으로부터 미국 점령자들이 어떻게 일본인을 차별하였는가에 대한 이야기를 엄숙한 표정을 지으며 듣고 있었다. 손님이 이야기를 마치자 그는 "그들이 유색 금속은 아주 중시하는데 유색 인종은 무시하는군요."[695]라고 한 마디 던졌다. 그 한 마디로 제국주의의 배금주의와 인종차별을 여지없이 비판하였던 것이다. 1972년에 마오쩌동이 닉슨 미국 대통령을 만났을 때 "우리가 잘 아는 오랜 벗인 장제스 총재는 좋아하지 않을 것이라면서 우리는 그와의 친분이 당신들과의 친분보다 훨씬 더 역사가 길다"고 말했다. 그러한 은유적이고 함축적인 풍격은 겉으로는 무심한 것 같지만 실제로는 날카롭고 세련된 것이었다.

마오쩌동은 공명이 혁혁한 정치 지도자이기도 하지만, 마음이 민감하고 정이 많은 일반인이기도 했다. 우리는 그의 정치적 실천만 보지

---

695) 천진(陈晋), 『마오쩌동의 문화 성격』에서 인용, 중국청년출판사 1991년 판, 277쪽.

말고 사람을 대하고 처세하는 그의 태도와 풍격에 대해서도 이해하고 나면, 위대함 속에 순진함과 소박함도 갖춘 마오쩌동이 존경스러우면서도 사랑스럽다는 것을 느낄 수 있는 것이다.

제2장
도의道義와 공리公利

'의(義, 의로움)'와 '이(利, 이로움)'의 관계는 사회생활에서 가장 흔하고 가장 기본적인 관계로서 인류사회의 여러 분야와 측면에 침투되어 있다. 따라서 '의'와 '이'의 관계 또한 인생철학에서 풀어나가야 할 중요한 과제이다. 마오쩌동은 마르크스주의 이론을 지도로 삼고 중국공산당과 그가 이끄는 인민대중의 도덕적 실천을 바탕으로 무산계급과 광범위한 인민대중의 도덕적 실천 경험을 종합하고, 역사적으로 '의'와 '이'의 논쟁에서 적극적인 사상성과를 비판적으로 받아들여, 중국공산주의자와 광범위한 인민대중의 자각적인 도덕 실천을 지도하는 의리관(義利觀)을 형성하였다.

의리관은 당내와 혁명대오 내, 사회생활 중의 이익관계 처리에 적극적인 역할을 하였다. '의'를 중시하고 '이'를 가볍게 여기는 전통적인 가치 취향의 부정적인 영향을 받아, 마오쩌동은 만년에 도덕정신의 역할을 지나치게 강조하고 물질적 이익 원칙의 역할을 소홀히 하여 의리관에서 일부 실수와 편차를 보임으로써 사회주의 건설의 실천에 불리한 영향을 일으키기도 하였다.

1. '의'와 '이'의 논쟁, 그리고 혁명 공리주의

'의(義, 의롭다)'의 본 뜻은 예의라는 의미를 나타내는 '의(儀)'인데 후에 '적당하다(適宜)', '알맞다(合宜)'는 뜻으로도 씌었으며 공정하고 합리적이며 당연한 일 혹은 행위를 지칭하기도 하였다. '의롭다'는 단어가 이론 영역에 도입되어서는 사람들의 도덕행위와 기타 사회행위를 조절하고 지도하는 규범과 원칙을 나타낸다. '이(利, 이롭다)'의 본 뜻은 '예리하다'인데 '이익'과 '이로움'으로 의미가 확장되어 인생철학 혹은 윤리학에서 물질적 이익 혹은 현실적 공리를 지칭하는 단어가 되었다. '의'와 '이'의 논쟁은 도덕원칙과 도덕규범, 물질적 이익과 실제적 공리의 관계문제이다. '의'와 '이'의 논쟁에는 주로 두 가지 방면의 내용이 포함된다. 하나는 인류의 생존 발전 과정에서 '의'와 '이'의 지위·역할·가치문제이다. 다른 하나는 공리와 사리, 개인의 이익과 사회의 이익 간의 관계 문제이다. 중국의 인생이론 발전역사에서 법가는 이로움을 숭상하고 의로움을 가벼이 여길 것(崇利簡義)을 주장하였고, 도가는 의로움과 이로움을 모두 버릴 것(義利雙棄)을 주장하였으며, 묵가는 의로움과 이로움을 두루 중시할 것(兼重義利)을 주장하였다. 그리고 유가학파는 혹자는 의로움을 중시하고 이로움을 가볍게 여기거나(重義輕利) 혹자는 의로움을 숭상하고 이로움을 배척하거나(崇義非利) 혹자는 의로움과 이로움을 다 같이 중시할 것(義利並重)을 주장하였다. 유가와 묵가의 의리관이 가장 대표적이고 중국 고금의 인생 실천에 끼친 영향 또한 특히 막대하다. 유가의 공자·맹자·순자 등은 모두 '의'와 '이'를 두루 중시할 것(義利兼重), '의'로써 '이'를 이끌 것(義以率利), 먼저 '의'를 생각하고 '이'는 나중에 챙길 것(先義後利)을 주장한 이들이다. 공자는 물질적 이익을 추구하는 것은 인간의 천성이라고 보았다. 그는 이렇게 말했다. "부귀가 도의에 부합되는 것이라면 그것을 추구할 수 있다. 비록 채찍을 쥐고 남에게 수레를 몰아주는 하찮은 일일지라도 나는 그 일을 하기를 원한다.(富而可求也, 雖執鞭之士, 吾亦為之)"[696] 어진 정치는 먼저 천하 사람들이 물질적 이익을 얻도록 하고 그 다음에 인의도덕으로 그들을 교육시키는 것(先富後教)이다. 한 사람이 "백성에게 많은 혜택을 주어 대중을 구제"할 수 있다면, 어짊의 원칙을 실천하였을 뿐 아니라 그는 반드시 성인일 것이다. 공자는 자산(子產)이 토지를 정돈하고 생산을 발전시켜 재산이 풍부해지고 백성들이 부유해질 수 있게 하였다면서 "백성을 보살핌에 은혜를 베풀고 백성에게 일을 시킴에 법도에 어긋남이 없도록 하였다(其養民也惠, 其使民也義)"[697]라고 찬양하였다. 공자는 천하 인민의 큰 이익을 중시하였고, 천하의 큰 이익을 도모하여 인민들이 그 혜택을 받을 수 있도록 하는 것이 바로 의로운 것이라고 주장하였다. 공자도 개인의 이익 혹은 사리의 정당성을 인정하였다. 단, 정당한 수단으로 얻어야 하고 도의에 부합되어야 하며 먼저 '의'를 생각하고 '이'는 나중에 챙기거나 '의'로써 '이'를 이끌어야 한다고 강조하였다. 그는 "부귀는 사람마다 얻고 싶어 하는 것이지만 정당한 방법으로 얻은 것이 아니라면 그것을 편안히 누릴 수 없다. 가난과 비천은 사람마다 싫어하

---

696) 『논어·술이』
697) 『논어·공야장』

는 것이지만 정당한 방법으로 벗어난 것이 아니라면 떨쳐버릴 수 없다.(富與貴, 是人之所欲也; 不以其道得之, 不處也. 貧與賤, 是人所惡也; 不以其道得之, 不去也.)"[698]라고 말했다. 군자는 마땅히 "이익을 얻게 되었을 때는 반드시 그 이익이 정당한 방법으로 얻어진 것인지를 생각하고(見得思義),"[699] "이익 앞에서는 반드시 도의를 먼저 생각하며(見利思義)," "의로운 것인지를 확인한 뒤에 정당하고 합법적으로 이익을 취해야지(義然後取)"[700] 사리를 추구하기 위해 남과 사회의 이익을 해쳐서는 안 되며, 또 눈앞의 작은 이익을 추구하기 위해 천하 인민의 장기적인 근본 이익을 해쳐서는 안 된다. "뭐든 빨리 이루는 것만 추구하지 말고, 작은 이익을 탐내지 말아야 한다. 일을 빨리 이루려고 서두르면 도리어 목적에 달성할 수 없고, 눈앞의 작은 이익을 탐내면 큰일을 이룰 수 없다.(無欲速, 無見小利. 欲速, 則不達; 見小利, 則大事不成.)"[701] 그는 사리사욕에 눈이 어두워 수단을 가리지 않고 사리를 챙기는 위정자들을 가리켜 도량과 식견이 좁은 '좀생원'[702]이라고 꾸짖었다. 그의 제자 염유(冉有)가 계씨(季氏)를 도와 백성들의 재물을 수탈하자 그는 '죄상을 공개적으로 폭로하고 성토할 것'[703]을 제자들에게 호소하였다. '의'와 '이'(정당 이익을 가리킴)는 인생의 발전과 완성을 이루는 데 빠져서는 안 되는 것이다. 그러나 어떤 사회 개체에 있어서, 도의를 숭상

698) 『논어·이인』
699) 『논어·계씨』
700) 『논어·헌문』
701) 『논어·자로』
702) 『논어·자로』
703) 『논어·선진』

하고 의리로써 이익을 이끄느냐, 아니면 이익을 중시하고 의리를 가볍게 여기며 심지어 사리를 추구하기 위해 수단과 방법을 가리지 않고 도의를 저버리느냐는 인격 경지의 높고 낮음을 가늠하는 기준이다. 공자는 의리와 이익을 두루 돌볼 것을 주장하였다. 그는 위정자들이 널리 은혜를 베풀어 뭇사람을 구제하고 천하 인민에게 일정한 물질적 이익을 가져다줄 것을 요구하면서도 그는 또 상당히 높은 인격의 경지에 이른 군자가 천하 인민에게 이익을 가져다줄 수 있는 의로움을 첫 자리에 놓을 것을 요구하였다. 공자는 다음과 같이 말했다. "군자는 의로움을 근본적인 본성으로 삼아 예의범절에 따라 그것을 실천하고 겸손한 말로 그것을 표현하며 성실과 믿음으로 의로움을 완성하여야 한다. 그렇게 할 수 있는 사람이어야 군자라 할 수 있다!(君子義以爲質, 禮以行之, 孫以出之, 信以成之. 君子哉!)"[704] "군자는 의로움을 가장 중요하게 생각한다. 군자가 용기만 있고 의로움을 모르면 난동을 일으키고 소인배가 용기만 있고 의로움이 없으면 도둑이 된다.(君子義以爲上. 君子有勇而無義爲亂, 小人有勇而無義爲盜.)"[705] "군자는 의로움을 중히 여기지만 소인배는 이익을 중히 여긴다(君子喩於義, 小人喩於利.)"[706] 군자는 의로움을 언행의 규범과 준칙으로 삼아, 일에 부딪치면 의로운 것인지 의롭지 않은 것인지만 따질 뿐 이로운지 이롭지 않은지는 따지지 않는다. 공자의 관념에 따르면 천하 인민의 이익

704) 『논어·위령공』
705) 『논어·양화』
706) 『논어·이인』

은 의리에 포함되어 있고, 의로운 일 하나가 행위 주체에게는 이롭지 않거나 심지어 해로울 수 있지만 천하 인민에게는 이로운 일이 되는 것이다. "이로움을 기본적 근거로 일을 행하면 많은 원한을 살 수 있다.(放於利而行, 多怨)"[707] 공자는 "이익에 대해 언급하는 경우가 적었다(罕言利)"[708]라고 하여 그가 의로움만 중시하고 이로움을 가볍게 여겼다는 의미가 아니라 다만 그때 당시 통치자들이 욕망이 팽창하여 재산을 빼앗고 탐욕스럽기 그지없는 사회기풍에 비추어 폐해를 고치고자 하는 목적에서 인의도덕정신을 널리 선양하지 않을 수 없었던 것이다. 맹자도 '의'와 '이'를 통일시키고 '이'를 '의'의 토대로 삼을 것을 주장하였다. 그는 일정한 자산이 없이도 어느 정도 도덕적 수준을 갖추는 것은 선비만이 할 수 있는 일이라고 주장하였다. 일반 백성에게 일정한 자산이 없다면 일정한 도덕관념과 신앙을 갖출 수 없으며 예의와 제도를 지키는 것은 애초에 말할 나위도 못된다. 왕도정치의 시작은 백성에게 고정된 자산을 주어 그들이 위로는 부모를 섬기고 아래로는 처자를 먹여 살리며 편안히 살고 즐겁게 일할 수 있게 하여 "산 자를 먹여 살리고 죽은 자는 안장할 수 있어 유감이 없도록 하는 것(養生喪死無憾)"[709]이다. 이를 바탕으로 해야만 부모에게 효도하고 형제간에 사이가 좋으며 예의를 지킬 수 있어 민중의 도덕관념과 신앙을 양성할 수 있다. 맹자는 물질적 이익이 사회의 안정과 도덕의 양

---

707) 『논어·이인』
708) 『논어·자한』
709) 『맹자·양혜왕상』

성 과정에서 기반이 되는 지위를 중시하면서 또 인의도덕의 통솔과 지도적 역할도 크게 강조하였다. 백성에게 이로움을 베풀거나 혹은 백성으로부터 이로움을 얻거나를 막론하고 모두 의로움의 원칙·기준·규범에 따라 행하여야 한다. 그는 "의로운 것은 인생의 바른길이다(義, 人之正路也)"[710], "정의로움에 어긋나거나 도리에 어긋나는 것이라면 지푸라기 하나라도 남에게 주지 말고 또 지푸라기 하나라도 남에게서 취하지 말아야 한다(非其義也, 非其道也, 壹介不以與人, 壹介不以取人)"[711]라고 말했다. 의로움은 수단과 방법이고, 천하 인민의 큰 이익은 귀속과 목적이다. "어질고 의로운 본심에서 우러나서 행하는 행위여야지, '인의'를 위해 행하는 '인의'여서는 안 된다.(由仁義行, 非行仁義也.)" 맹자는 양혜왕을 알현할 때 다음과 같이 말했다. "왕께서는 어찌 하필 이익만을 말씀하시옵니까? 오직 인의에 대해서만 말씀하시면 되올 것을! 왕께서 '어찌해야 내 나라에 이로울까'라고 하오시면, 대부(大夫)들은 '어찌해야 내 집안에 이로울까'라고 할 것이옵고, 선비와 서민들은 '어찌해야 나에게 이로울까'라고 말할 것이옵니다. 그래서 결국 위아래 할 것 없이 서로 이익만을 다투게 된다면 나라가 위태로워질 것이옵니다.(王何必曰利？亦有仁義而已矣！ 王曰何以利吾國, 大夫曰何以利吾家, 士庶人曰何以利吾身, 上下交征利, 而國危矣.)"[712] 만약 각 계층 통치자들이 도의를 무시하고 이익만 추구한다면 반드시 권력과 이

---

710) 『맹자·이루상』
711) 『맹자·만장상』
712) 『맹자·양혜왕상』

익을 빼앗기 위해 서로 싸우는 사회동란을 조성할 것이기 때문에 이익에는 불리한 화근이 존재하는 것이다. 만약 위아래가 모두 도덕을 숭상하고 표방한다면 도의에 실제적인 이익이 존재하는 것이다. 이익만 추구하면 '의'와 '이'를 모두 잃게 되고, '의'로써 서로 단속하면 의로움 속에 이로움이 있어 '의'와 '이'가 모두 존재할 수 있다.

순자는 '의'를 먼저 행한 다음 '이'는 후에 챙길 것, '의'로써 '이'를 제약할 것을 주장하는 공자와 맹자의 의리통일관을 계승하였으며 "의로움과 이로움을 추구하는 마음은 모든 사람이 다 가지고 있는 것으로서 요·순이라고 하더라도 인민의 이익을 추구하는 마음을 없애지 못할 것(義與利者, 人之所兩有也, 雖堯舜不能去民之欲利)"[713]이요, "배고프면 음식을 먹고 싶고, 추우면 따뜻해지고 싶으며 피곤하면 쉬고 싶은 것(饑而欲食, 寒而欲暖, 勞而欲息)"이요, "영예를 좋아하고 치욕을 싫어하며 이로운 것을 좋아하고 해로운 것을 싫어하는 것은 군자나 소인이나 똑같지만 그들이 그런 것을 취하는 수단에 있어서 서로 다를 뿐(好榮惡辱, 好利惡害, 是君子小人之所同也; 若其所以求之之道則異矣.)"[714]이라고 주장하였다. 사람은 모두 물질적 욕망과 이로운 것을 좋아하고 해로운 것을 싫어하는 마음이 있지만 그것들을 추구하는 방법이 각기 다르다. 군자는 '의'로써 '이'를 제약하고 의로움을 먼저 생각하고 이익은 후에 챙길 수 있다. "의로운 일이라면 권세에 굴복하지 않고 자기 이익을 돌보지 않으며 비록 목숨을 소중히 여기지만 의로움을

---

713) 『순자·대략』
714) 『순자·영욕』

위해서라면 뜻을 굽히지 않을 수 있는 것(義之所在, 不傾於權, 不顧其利, 重死而持義不撓)"715이다. 그러나 소인은 "학문을 모르고 정의감이 없으며 부귀와 이익을 얻는 것만 중요하게 생각하며(不學問, 無正義, 以富利 為隆),"716 "이익을 도모하고 재물을 다투며 오로지 이익밖에 모르며(為 事利, 爭貨財, 惟利之見)", 사리사욕에 눈이 어두워 의를 저버리고 심지어 자기 자신의 사사로운 이익을 추구하기 위해 수단과 방법을 가리지 않는다. 순자는 '의'와 '이'를 모두 중시하는 것을 인정하면서도 '의'로써 '이'를 이끌도록 해야 한다면서 "인민의 이익을 추구하는 마음이 의리를 중히 여기는 마음을 압도하지 못하도록 할 것(使其欲利不克其 好義.)"717을 주장하였다. 서한의 동중서는 '의'와 '이'는 인생에서 반드시 필요한 것이라고 주장하였다. 그는 다음과 같이 말했다. "이로움은 자기 몸에 필요한 것을 마련하는 데 쓰이고, 의로움은 자신의 내면을 수양하는 데 쓰인다. 마음에 의로움이 없으면 즐겁다 할 수 없고 몸이 이로움을 얻지 못하면 편안하다 할 수 없다. 의로움은 내면을 수양하는 것이고 이로움은 몸에 필요한 것을 마련하는 것이다. 몸이 내면보다 더 중요할 수는 없기 때문에 몸과 마음을 수양하는 것보다 더 중요한 것은 없다. 의로움으로 사람의 몸과 마음을 수양하는 것이 사람의 몸에 이로운 것을 마련하는 것보다 더 중요하다.…의로움을 갖춘 사람은 가난하더라도 스스로 즐거움을 느낄 수 있지만

---

715) 『순자·영욕』
716) 『순자·유효』
717) 『순자·대략』

의로움을 갖추지 못한 사람은 그가 부유할지라도 자신을 보전할 수 없다.(利以養其體, 義以養其心. 心不得義不能樂, 體不得利不能安. 義者心之養也, 利者體之養也. 體莫貴於心, 故養莫重於義. 義之養生人, 大於利.…夫人有義者, 雖貧能自樂也; 而大無義者, 雖富莫能自存.)"[718] 마음이 몸보다 더 귀중하고 또 의로움은 마음을 수양하는 데 쓰이고 이로움은 자기 몸에 필요한 것을 마련하는 데 쓰이기 때문에, '의로움'이 '이로움'보다 더 중요한 것이다. 여기서 '이로움'은 개인의 사사로운 이익을 가리킨다. 동중서가 '의로움'이 '이로움'보다 더 중요하다고 제기한 것은, '의'를 중히 여기고 '이'를 가볍게 여기라는 뜻이 아니라, 개인의 물질적 욕구를 추구함에 있어서 이익 앞에서 의로운지 여부를 생각하며 의로움을 잊고 사리에 얽매이지 말 것을 사람들에게 요구한 것이다. 그렇지 않으면 몸을 망치고 집안을 망치는 재앙이 분명히 닥치게 될 것임을 경고한 것이다. 동중서가 의로움과 개인의 이익 간의 관계에 대해 언급할 때, 도의를 중히 여길 것을 주장하여 사람들에게 '의'를 중시하고 '이'를 가벼이 여기고 있는 오해와 착각을 주었다면, 그가 천하의 공리에 대해 널리 선양할 때는 도의로써 이익의 정당성을 유지하여야 하고 공적을 쌓아 의로움을 보여줄 것을 주장하는 '의'와 '이'를 두루 중시하고 통일시켜야 한다는 사상을 분명하게 보여주었다. 성인은 선행을 많이 쌓아 공적을 이룬다. 그러한 '선'은, 천하에 이로운 것을 일으키고 해가 되는 것은 제거하는 것으로서 통치자라면 마땅히 천하 만물을 이롭게 하고 도의를 보여주는 것에 뜻을 두어야지, 물욕을 채우

---

718) 『춘추번로·몸을 수양하는 것이 의를 중히 여기는 것보다 중할 수 없다』

기에 급급하여 백성과 이익을 다투어서는 안 된다. 그는 "천도는 많은 정기를 끌어 모아 빛을 이루고 성인은 선행을 많이 쌓아 공적을 이룬다.…공적을 이루지 못한다면 비록 어진 명성을 얻었다고 해도 상을 줄 수 없는 것이다.(天道積聚眾精以為光, 聖人積聚眾善以為功.…不能致功, 雖有賢名, 不予之賞.)"⁷¹⁹라고 말했다. 통치자는 마땅히 만물을 아끼고 만물에 은혜를 베푸는 데 뜻을 두고 만물을 키우는 것을 자기소임으로 삼는 천지자연을 본받아 천하 백성을 아끼고 백성에 은혜를 베풀어야 하며 그 한 세대를 평안하고 즐겁게 해야 한다. 천하를 이롭게 하는 것이 의로운 것이고 그렇잖으면 불의인 것이다. 동중서는 「대교서왕월대부불득위인편(對膠西王越大夫不得為仁篇)」에서 "어진 성품을 갖춘 자라면 바른 도리를 따르고 개인의 사리를 도모하지 말아야 하며 도리에 맞게 일을 처리하면서 공적을 쌓기에 급급해하지 말아야 한다.(仁人者, 正其道不謀其利, 修其理不急其功.)"라고 말했다. 정인군자라면 천하를 구제하고 천하 인민의 장원하고 근본적인 큰 이익을 도모하는 도의를 몸소 실천하는 것을 임무로 삼아야 하며 사사로운 이익을 꾀해서는 안 되고 눈앞의 성공과 이익을 챙기기에만 급급해서는 안 된다. 동중서의 의리관은 바르다고 할 수 있다. 『한서·동중서전(漢書·董仲舒傳)』에는 동중서가 강도왕(江道王)의 물음에 "어진 성품을 갖춘 자라면 마땅히 도의에 맞게 행동하여야지 개인의 사리를 도모하지 말아야 하며 도의를 분명히 밝혀야지 공적을 따져서는 안 된다.(夫仁者, 正其誼不謀其利, 明其道不計其功.)"라고 답하였다고 기록되어 있다.

---

719) 『춘추번로·고공명(考功名)』

이것은 '의'를 중히 여기고 '이'를 가벼이 여기며 심지어 '의'를 중히 여기고 '이'를 배척하는 의리관이다. 그 말은 후세에 큰 영향을 미쳤지만 동중서가 직접 한 말이 아니라 반고(班固)의 수정을 거친 말이기 때문에 근거로 삼기에 불충분하다. 한나라 이후의 유가후학 내에서는 분화현상이 아주 뚜렷하였다. 일부 사람들은 공자·맹자·순자·동중서의 '의'와 '이'를 두루 돌보고, '의'로써 '이'를 이끌어야 한다는 사상전통을 이어받아 개인의 사리와 도의의 관계 문제에서 '의'를 중히 여기고 '이'를 가벼이 여겼다. 부현(傅玄)이 "대장부는 '의'를 태산과 같이 중히 여기고 '이'를 깃털처럼 가벼이 여기니 가히 인의지도를 갖추었다고 할 수 있다(丈夫重義如泰山, 輕利如鴻毛, 可謂仁義也.)"[720]라고 한 것이 그 일례이다. 그리고 '의'와 천하의 큰 이익 관계문제에서 '의'와 '이'의 통일을 주장하였다. 예를 들면 장재(張載)가 "천하 공공의 이익을 도모하는 것이 바로 의로운 것(義公天下之利)"[721]이라고 하였고 정이(程頤)가 "'의'와 '이'의 차이는 공과 사의 차이일 뿐이다(義與利, 只是個公與私也.)"[722]라고 말한 것이 그 일례이다. 이러한 사상이 극단적으로 발전한 결과는 '의'와 '이'의 논쟁을 엄하게 하여, 천리로 도의를 해석하고, 사람의 욕망으로 사사로운 이익을 해석하며, 공리로써 사리를 부정하고, 천리로써 사람의 욕망을 완전히 상실하게 하였으며, '의로움'을 중시하면 '이로움'이 된다(以義爲利)고 주장하면서 의리만 강조하

---

720) 『부자(傅子)』
721) 『정몽·대역(正蒙·大易)』
722) 『어록(語錄)』 17

고 이익에 대한 욕구를 완전히 상실하게 함으로써 금욕주의 길로 나아가게 되었다. 다른 일부 사람들은 '의'와 '이', 개인의 사리와 천하의 공리를 통일시킬 것을 주장하였다. 북송의 이구(李覯)는, '이'는 인간의 삶에 필요한 것이고 욕구는 인간의 본성이기 때문에 이욕(利慾)에 대해 논하지 않을 수 없다고 주장하였다. 만약 이익을 무시한다면 사람의 삶의 욕구가 만족을 얻을 수 없다. 다만 이익을 강조할 때 예의를 기준으로 삼아, 탐욕과 방탕함에 빠지지 않도록 막아야 한다. 그래서 공자는 식량과 병력만 충족하다면, 어질고 현명한 임금과 경제학자들도 자기 나라를 부유하게 만드는 것을 가장 중요한 일로 간주할 것이라고 말하였던 것이다. '의'를 중하게 여기고 '이'를 하찮은 것으로 간주하면서 도덕 교화에 대해서만 논하고 물질적인 이익을 부정하면서 인간의 정당한 정욕을 억누르는 것은 옳지 않은 일이다. 남송시기의 진량(陳亮)과 엽적(葉適)은 '의'와 '이'를 두루 중시하면서 공적을 강조하였다. 그들은 공리가 없으면 도의는 쓸모없는 빈말이 되어버릴 것이라고 주장하였다. 옛날 사람들은 도의를 추구하면서 공리를 배척하지 않았다. 도의는 바로 공적에 포함되어 있는 것이다. 다만 사리사욕을 차리는 것이 아니라 천하를 위해 이익을 도모하는 것이며 자기 개인의 공로를 자처하지 않고 천하의 공적으로 헤아릴 따름이었다. '의'와 '이'를 모두 중히 여기는 사상은 청나라 안원(顔元)을 거쳐 완성에 이르게 되었다. 그는 '의'를 중히 여기고 '이'를 가볍게 여기는 사상 중 사람의 욕망을 없애고 천리를 보전하여야 한다(存理滅欲)는 사상적 역류에 반대하고, 바른 도리를 따르면서 이익을 도모할 것(正誼謀利), 도의를 분명히 밝히면서 공적을 따질 것(明道計功)을 주장하였으며, 의로움 속의 이익(義中之利)과 도의에 맞는 이익(合義之利)을 긍정하였다. 그는 다음과 같이 말했다.

"의로움을 중시하면 이로움이 된다는 것은 성현의 반듯한 도리다. 요·순 두 임금의 '이용(利用, 자연자원의 작용을 충분히 살림)', 『상서』의 '정덕(正德, 덕행을 바르게 함)'과 '후생(厚生, 백성들이 넉넉하고 윤택한 삶을 살게 함)'을 합쳐서 세 가지 일이 된다. 자연자원을 이용하여 자신의 도덕을 바로세우고 죄인을 벌하니 이롭지 않은 것이 없다. 이로운 것은 의로움과 어울려서 이루어지는 것이다. 『역경』에는 '이로움'에 대한 말이 더 많다. 맹자는 '이로움'을 추구하는 것을 극단적으로 반박하였다. 그는 악한 사람이 무리하게 재물을 수탈할 뿐이다. 그 실질은 의로움 속의 이익을 위한 것이며 군자가 중요하게 여기는 바이다. 후세의 유가학자들은 바른 도리를 따르면서 개인의 사리를 도모하지 말아야 한다는 맹자의 주장이 지나친 것이라고 말했다. 송유들은 맹자의 학문을 공허하고 쓸모 없는 학문이라고 말하기를 즐겼다. 나는 그 편파적인 관점을 이렇게 고쳐보았다. 바른 도리를 따르면서 개인의 사리도 도모하고 도의를 분명히 밝히면서 개인의 공적도 따져야 한다.(以義為利, 聖賢平正道理也. 堯舜利用, 《書》明與正德厚生並為三事; 利用安身, 利用刑人, 無不利, 利者義之和也, 《易》之言利更多. 孟子極駁

利字, 惡夫掊克聚斂者耳. 其實義中之利, 君子所貴也. 後儒乃雲其正誼
不謀其利, 過矣; 宋儒喜道之, 以文其空虛無用之學. 予嘗矯其偏, 改雲:
正其誼以謀其利, 明其道而計其功.)"[723]

   '의'와 '이'를 고루 돌보고 '의'로써 '이'를 이끌며 '의'와 '이'를 모두 중
시하여야 한다는 유가의 사상이 통치자의 정치 실천으로 확대되면
백성에게 혜택을 주고 천하를 태평하게 다스리는 것이다. 그 사상은
인격의 발전과 도덕 수양 면에서는 이상과 정의를 위해 목숨을 바친
뜻있는 인사들을 세세대대로 키워내 중화민족의 존속번영과 독립적
이고 뛰어난 품격을 유지하는 데 큰 역사적 역할을 한 데서 반영된
다. 묵가는 '의'와 '이'를 통일시키고 고루 중시해야 한다는 이론을 주
장한 사람이다. 묵자는 '의'를 중요하게 여겨 "천하에 '의'보다 더 중
요한 것은 없다(天下莫貴於義)"[724] "천하는 '의'가 있으면 잘 다스려지고
'의'가 없으면 어지러워진다(天下有義則治, 無義則亂)"[725]라고 주장하면서
'이'로써 '의'를 설명하였다. 묵가의 후학들은 "'의로움'은 곧 '이로움'이
다(義, 利也.)"[726]라고 분명히 말했다. 단, 여기서 말하는 '이로움'은 한
개인의 사사로운 이익이 아니라 천하의 공리이다. 묵자는 한 이론이
옳은지 그른지 판단하는 가장 중요하고 근본적인 기준은 "그것을 형
법 정령으로 삼아 그 속에서 나라 백성 인민의 이익을 살펴보는 것이

723) 『사서정오(四書正誤)』
724) 『묵자 · 귀의』
725) 『묵자 · 천지하(墨子 · 天志下)』
726) 『묵경』 상.

다(發以爲刑政, 觀其中國家百姓人民之利)"[727]라고 주장하였다. 묵가의 후학들은 손가락과 손목으로 공리와 사리의 관계를 비유하면서, 손가락을 잘라 손목을 보전하는 것은 작은 이익과 눈앞의 이익, 사리를 희생시켜 큰 이익과 원대한 이익, 공리를 도모할 것을 주장하였다. 「대취편(大取篇)」에서는 다음과 같이 말했다.

"손가락을 잘라 손목을 보전하는 것은 이익 중에서 큰 쪽을 취하고, 손해 중에서 작은 쪽을 취하는 것이다. 손해 중에서 작은 쪽을 취하는 것은 손해를 취하는 것이 아니라 이익을 취하는 것이다. 그가 선택한 것이 바로 남이 잡고 있는 것이다. 강도를 만나 손가락이 잘리고 죽음의 화를 면한 것은 이익이고 강도를 만난 것은 손해이다.…이익 중에서 큰 쪽을 취하는 것은 어쩔 수 없는 일이 아니다. 손해 중에서 작은 쪽을 취하는 것은 어쩔 수 없는 일이다. 가지고 있지 않은 것 중에서 취하는 것은 이익 중에서 큰 쪽을 취하는 것이고 가진 것 중에서 버리는 것은 손해 중에서 작은 쪽을 취하는 것이다.(斷指以存腕, 利之中取大, 害之中取小也. 害之中取小, 非取害也, 取利也. 其所取者, 人之所執也. 遇盜人謀求而斷指以免身, 利也; 其遇盜人, 害也.…利之中取大, 非不得已也; 害之中取小, 不得已也. 所未有而取焉, 是利之中取大也; 於所即有而棄焉, 是害之中取小焉.)"

묵가 학파는 '이'로써 '의'를 설명하면서 천하 인민의 근본적인 큰 이

727) 『묵자·비명상』

익을 추구하고, 세상을 비탄하고 백성의 질고를 불쌍히 여기는 우환심리와 구제의식을 갖고, 인민의 이익을 도모하기 위해 밤낮으로 온몸이 다 닳도록 스스로 고생하는 것을 준칙으로 삼았다. 그들의 천하에 마음을 둔 인격의 경지와 비할 바 없이 고생스러운 순도정신은 일반인들이 뒤따를 수 없는 것이었고, 그들의 엄격한 규율 구속과 고된 삶은 일반인들이 견딜 수 없는 것이었으며, 그들의 정치적 주장도 그때 당시 통치자들의 요구에 맞지 않는 것이었다. 진한 이후에 묵가의 사상은 단절되었지만 '이'로써 '의'를 설명하고 천하에 뜻을 둔 구세정신은 오히려 하층 민중들의 심리구조 속에 깊이 쌓여 드러나지 않으면서 은연중에 지속적으로 역할을 발휘하는 심리 방향의 추세가 되었다. 그러한 정신은 중국 근대의 현문화(顯文化) 차원에서 부흥을 이루었다. 우리는 마오쩌둥을 비롯한 중국 공산주의자들에게서도 변증법적 부정을 거친 묵가정신의 재현과 발양을 거듭 발견할 수 있었다. 중국 고대의 의리관에 대하여 마오쩌둥은 전면 부정하거나 배척하는 태도를 취한 것이 아니라, 그것을 새롭게 개조하였으며, 또 새로운 내용을 추가하여 그것을 혁명적이고 인민을 위해 봉사하며 무산계급과 광범위한 인민대중의 인생 실천을 지도할 수 있는 과학적 이론으로 바꾸었다.

첫째, 마오쩌둥은 중국 사상사의 '의로움 속에 이로움이 있다(義中有利)', '이로움 속에서 의로움을 발견할 수 있다(利中見義)'는 의리관을 계승하여 도덕적 공리성의 보편적 의미를 긍정하였으며 공리를 초월하는 도덕은 없다고 주장하였다. 사람들은 사회생활의 실천 과정에서 여러 가지 사회관계를 맺는데 그중 가장 기본적인 것이 물질생산 활동과 연결된 경제관계이다. 그것을 토대로 형성된 것이 사람들의 정치관계와 사상관계이다. 사람들의 경제, 정치 관계는 경제 이익과 정치 이익의 형태로 나타난다. '의'는 사회사상 상부구조의 도덕으로서, 사람들의 경제·정치 관계 그리고 경제적·정치적 이익이 도덕적 차원에서 반영된 것이고, 사람들의 경제·정치 이익관계를 처리하는 방법·수단·행위방식에 대한 도덕적·이성적 선택이다. '의'는 사람들의 이익관계를 반영하고 또 다양한 이익관계를 조율하고 모종의 이익관계를 도모하고 유지하기 위해 봉사한다. 마오쩌둥의 관점에 따르면 도덕은 공리성을 띠고 있으며 공리 또한 도덕적 내용을 포함하고 있다. 바로 그러한 사상을 토대로 그는 다음과 같이 지적하였다. "유물주의자는 절대 일반적으로 공리주의에 반대하지는 않지만, 봉건계급, 자산계급, 소자산계급의 공리주의에는 반대하고, 말로만 공리주의에 반대하고 실제로는 가장 이기적이고 가장 근시안적인 공리주의 위선자에 반대한다."[728]

둘째, 마오쩌둥은 공리와 도덕의 계급성을 파헤쳤다. 엥겔스는 "사람들은 결국 언제나 자신이 처한 계급지위에 따른 실제 관계 속에서, 자신이 생산과 교환을 진행하는 경제 관계 속에서 자발적으로 혹은 무의식중에 자신의 윤리 관념을 얻게 된다."[729]라고 지적한 바 있다. 사람들의 경제적·정치적 지위와 이익이 그들의 도덕정신을 결정짓는

728) 『마오쩌둥선집』 제3권, 인민출판사 1991년 판, 864쪽.
729) 『마르크스·엥겔스선집』 제3권, 인민출판사 1995년 판, 434쪽.

다. 그리고 물질적 이익 및 사회적 공리와 도덕규범 및 행위방식이 서로 결합된 형태인 공리주의관념은 또 경제적·정치적 사회관계에서 처한 사람들의 지위 및 사회이익을 반영하며 역사적 발전적인 것으로서 사회 역사성을 띠며 계급사회에서는 계급성을 띤다. 마오쩌둥은 공리주의의 합리적인 요소를 긍정한 반면에 역사적 공리관의 추상적이고 공허한 이론과 허위적이고 기만적인 성질을 배제하였으며 "계급사회에서는 이 계급의 공리주의가 아니면 저 계급의 공리주의이다."[730]라고 명확하게 지적하였다. 이로써 공리관의 형성을 위한 튼튼한 경제·정치·사회적 토대를 마련하여 그 공리관은 진실하고 풍부한 이론적 내용을 갖출 수 있었으며 아울러 현실적인 사회도덕실천의 본질적인 힘으로 전환할 수 있었던 것이다.

셋째, '의'와 '이', 도덕과 공리가 서로 통일된 '무산계급공리주의'관념을 제기하였다. 마오쩌둥은 다음과 같이 말했다. "우리는 무산계급의 혁명적 공리주의자이다. 우리는 전체 인구의 90%이상을 차지하는 가장 광범위한 대중들의 당면의 이익과 장래 이익을 통일시키는 것을 출발점으로 삼았다. 그래서 우리는 가장 광범하고 가장 장원한 이익을 추구하는 것을 목표로 하는 혁명적 공리주의자들이며 국부적인 이익과 눈앞의 이익만 보는 협애한 공리주의자가 아니다."[731] '무산계급의 혁명적 공리주의'는 '공리'의 합리성을 확인하였다. 그리고 그러한 '공리'는 '무산계급의', '혁명적', '가장 광범위한 대중'의 공리로서,

---

인민 대중의 광범위하고 장원한 근본적인 큰 이익을 추구하고, 좁은 안목으로 비실제적인 협애한 사리를 얻기 위해 광범위하고 장원한 근본적인 큰 이익을 해치는 행위를 멸시한 데서 구체적으로 드러난다. 그러한 '공리'는 가장 광범위한 인민대중의 근본 이익을 출발점과 입각점으로 삼고, 개인의 이익은 집단의 이익에 종속시키고 국부적 이익은 전체 이익에 종속시킬 것을 강조하였다. 그러한 '공리'는 또 가장 광범위한 인민대중의 당면의 이익과 장기적인 이익의 통일을 견지하였다. 한편으로 마오쩌둥은 "그 무엇이든 인민대중이 실제적인 이익을 얻도록 하는 것만이 좋은 것"[732]이라고 주장하였다. 그는 광범위한 인민대중을 위해 근면 성실하게 행복을 도모하여 그들에게 실질적인 물질적 이익을 가져다줄 것을 주장하면서 내실이 없이 텅 빈 정치 선전과 도덕적 설교에만 열중하고 대중을 위해 실제적인 일을 하지 않으며 인민대중의 노고를 헤아리지 않는 관료주의자에 반대하였다. 다른 한편으로 마오쩌둥은 확실하게 인민을 위해 이익을 도모한다는 전제 하에서, 인민의 정치적 각오를 깨우치고 인민의 도덕적 이상을 자극함으로써 인민을 이끌어 장기적이고 근본적인 이익을 위해 투쟁할 것을 주장하였다. 그는 또 눈앞의 이익만 생각하면서 장기적인 이익을 생각하지 않는 근시안적인 행위에 반대할 것과 장기적 이익만 일방적으로 강조하면서 눈앞의 이익을 경시하고 부정하는 텅 빈 설교에도 반대할 것을 주장하였다. 즉 "'무산계급의 혁명적 공리주의'는 개인의 이익을 집단 이익에 종속시키고, 국부적 이익을 전체 이익

---

732) 『마오쩌둥선집』 제3권, 앞의 책, 864~865쪽.

에 종속시키며, 당면한 이익을 장기적인 이익에 종속시킬 것을 요구한다."는 것이었다. 이는 인민 지상주의, 즉 집단을 중요하게 생각하는 무산계급의 도덕원칙을 반영한 것이다. '무산계급의 혁명적 공리주의'는 바로 무산계급과 광범위한 인민대중의 '의'와 '이'의 유기적 통일이론을 반영한 것이었다.

2. 개인의 이익과 사회의 이익

개인의 이익과 사회의 이익관계는 '의'와 '이' 논쟁의 중요한 측면이다. 양자의 관계를 어떻게 해석하고 답하고 처리하느냐는 한 사람이 따르는 도덕체계 원칙과 도덕평가 기준 그리고 그의 도덕활동 방향을 반영한다. 마오쩌동은 개인의 이익과 집단 이익의 일치성을 인정하는 전제하에서 개인의 이익을 집단의 이익에 종속시키는 원칙에 따라 양자의 관계를 처리할 것을 주장하였다. 마르크스주의는 개인의 이익과 집단이익의 통일을 주장한다. "개인과 집단 사이, 개인 이익과 집단이익 사이에 조정할 수 없는 대립이 없으며 또 있어서도 안 된다. 왜냐하면 집단주의와 사회주의는 개인의 이익을 부정하지 않고 오히려 개인의 이익과 집단의 이익을 결합시켰기 때문이다. 사회주의는 개인의 이익을 배제할 수 없으며, 오직 사회주의만이 그런 개인의 이익을 가장 충분히 보장해줄 수 있다."[733] 마오쩌동은 "집단의 이익과 개인의 이익을 서로 결합시키는 원칙을 모든 말과 행동의 기준으로 삼는

---

733) 『스탈린문집(1934~1952)』, 인민출판사 1985년 판, 13쪽.

사회주의정신"[734]을 제창하면서 국가의 이익과 집단의 이익, 개인의 이익을 반드시 고루 돌보아야 하며, 그 이익들 간에 존재하는 모순을 조율하는 데 항상 주의를 기울일 것을 요구하였다. 인민대중의 개인이익과 사회의 전체 이익의 일치성은 우선 개인의 이익이 사회의 전체 이익을 토대로 하는 데서 반영된다. 무산계급과 노동인민의 전체 이익을 떠나서는 노동자 개인의 이익을 얻거나 보장할 수 없다. 전체이익 속에 개인의 이익이 포함되고, 전체의 근본적인 큰 이익 속에 개인의 정당한 이익이 포함되어 있다. 그리고 전체 이익도 개인 이익을 이탈할 수 없으며, 전체 이익은 오로지 개인 이익을 바탕으로 하고, 전체 중의 여러 구성원의 이익을 통해서야만 반영될 수 있다. 전체는 개인으로 구성되었기 때문에 개인이 없으면 전체도 없다. 노동자 개인의 이익을 떠나면 무산계급과 노동인민의 전체 이익은 헛것이 되고, 아무런 실제 내용과 의미도 없으며, 이른바 무산계급의 집단주의 원칙과 기타 도덕적 훈계도 추상적이고 공허하며, 표면적인 설교에 지나지 않게 된다. 무산계급과 노동인민 전체의 이익은 결국 노동자 개인의 이익으로 구체화되어야 한다. 혁명의 목적은 '중화민족을 해방시키고 인민의 통치를 실현하며, 인민이 경제적으로 행복을 누리도록 하기 위한 데 있고,'[735] 광범위한 인민대중들을 모두 문명과 행복을 누리는 사람으로 되게 하는 것이라고 마오쩌둥은 지적하였다. 혁명의 승리를 거둔 뒤 창립된 사회주의국가에서 무산계급과 광범위

---

734) 『마오쩌둥선집』 제6권, 앞의 책, 450쪽.
735) 『마오쩌둥문집』 제1권, 앞의 책, 21쪽.

한 노동대중은 생산수단의 주인과 국가의 주인이다. 사회주의 생산의 목적은 광범위한 인민대중의 날로 늘어나는 물질문화생활에 대한 욕구를 만족시키기 위한 것이고, 사회주의 국가의 정권은 노동자의 여러 가지 권익을 수호하고 보장하며 증진시키기 위한 것이며, 사회주의의 의식형태는 노동자의 물질 이익관계와 다른 여러 가지 사회관계의 조율을 위한 이론적 토대와 지도사상을 마련하기 위한 것이다. 무산계급과 노동대중의 전체 이익과 개인 이익의 일치성은 사회 전체의 이익을 지키는 전제 하에서, 개인의 정당한 이익에 충분한 주의를 기울여 개인의 물질적 이익과 기타 이익에 대한 정당한 욕구를 만족시킬 것을 요구하고 있다. 마오쩌동은 "우리는 예로부터 악전고투할 것을 제창하고 개인의 물질적 이익을 가장 중요하게 여기는 것에 반대하여 왔으며, 동시에 우리는 또 예로부터 대중의 삶에 관심을 기울일 것을 제창하고, 대중의 고통에 무관심한 관료주의를 반대해 왔다."[736]라고 말했다. 노동 생산성의 향상과 생산의 발전에 따라 인민대중의 생존 조건을 점차적으로 개선하고 인민대중의 물질문화 생활수준을 높여야 한다는 것이었다. 개인 이익과 집단 이익의 관계를 처리하는 문제에 있어서, 마오쩌동은 개인의 이익을 집단의 이익에 종속시켜야 한다는 원칙을 제기하였다. 개인의 이익과 집단의 이익은 일종의 대립통일의 관계이며, 그중에서 통일성과 일치성이 주요하고 근본적이며 일상적인 관계이다. 그래서 마오쩌동은 국가와 집단 및 개인 3자의 이익을 고루 돌보면서 광범위한 인민대중의 장기적이고 근

---

736) 위의 책, 제7권, 28쪽.

본적인 이익과 전체 이익을 반영하는 국가의 이익과 민족의 이익을 보장하는 토대 위에서 인민대중의 정당한 개인 이익에 관심을 기울일 것을 주장하였다. 개인 이익과 집단 이익 그리고 집단 이익과 국가 이익 간에 모순이 발생하였을 때, 개인의 이익은 집단의 이익에 종속시키고, 집단의 이익은 국가의 이익에 종속시킬 것을 요구하였으며, 심지어 집단의 이익을 위해 개인의 이익을 용감히 희생시키고, 국가와 민족의 이익을 위해 집단의 이익을 희생시킬 것을 요구하였다. 공산주의자는 마땅히 그러한 도덕원칙을 직접 실천하는 본보기가 되어야 하며, 또 자신의 모범적인 행위로 다른 사회공중에 영향을 주고, 그들을 이끌어 그 원칙이 생산발전과 사회진보 및 전체 인민의 도덕의식의 향상에 따라 점차적으로 받아들여지고 실행되는 도덕원칙으로 자리매김하도록 하여야 한다. 공산주의자는 무산계급의 선두주자이며 계급의 엘리트로서 언제 어디에서나 개인의 이익을 첫 자리에 놓을 것이 아니라, 개인의 이익을 민족의 이익과 인민대중의 이익에 종속시켜야 하며, 무산계급과 노동인민의 전체 이익을 우선시하여야 한다. 이는 무산계급의 근본이익이자 무산계급의 숭고한 도덕정신의 집중적인 반영이기도 하다. 무산계급과 광범위한 인민대중의 전체 이익을 지고지상한 지위에 놓고 개인의 이익을 집단의 이익에 종속시키는 원칙을 관철하기 위하여, 마오쩌둥은 전체 공산주의자들에게 많은 구체적인 요구를 제기하였다. 예를 들면 다음과 같은 요구들이다. 명리를 다투고 개인의 이익만 생각하는 이기적 개인주의에 반대하면서 청렴결백하며 일은 많이 하고 보수는 적게 받으며 열심히 노력하고 일에 몰두하며 죽을 때까지 나라를 위하여 온 힘을 다할 것을 제창하였다. 그리고 국부적 이익만 보고 전체 이익을 보지 못하며 작은 집단의 이익에만 주의를 기울이고 전체의 이익에 주의를 기울이지 않는 파벌주의와 개인본위주의 및 협애한 집단주의에 반대하면서 대국을 돌볼 것을 제창하였으며 "매 한 명의 당원, 매 한 가지 국부적인 업무, 말과 행동 하나하나가 반드시 전 당의 이익을 출발점으로 삼아야 하며, 절대로 그 원칙을 어기는 것을 허용할 수 없다"[737]라고 말했다. 또한 자기희생정신이 강해야 하며, 개인의 이익을 대담하게 포기하고 집단의 이익을 도모하여야 하며, 국부적 이익을 대담하게 포기하고, 전 당과 전 인민 전체의 이익을 도모하면서 당과 인민을 위해 열심히 일해야 하며, 개인과 파벌의 목적을 이루기 위해 당과 인민의 힘을 이용하여 당과 인민의 이익을 파괴하는 것에 반대할 것을 요구하였다. 뿐만 아니라 공적인 이름을 빌려 사사로운 이익을 채우고, 당의 사업을 빙자해 개인의 어떠한 목적을 이루거나 혹은 당의 이익과 원칙문제를 구실로 삼아 개인적인 원한을 풀거나 보복하는 행위를 절대 허용하지 않을 것이라고 밝혔다. 마오쩌동은 1937년 9월 7일에 쓴 「자유주의에 반대하다」라는 글에서, 자유주의의 여러 가지 표상을 열거한 뒤 자유주의는 소자산계급의 이기성에서 유래한 것이라면서 개인의 이익을 우선시하고 혁명이익을 그 뒤로 미루는 것이 그 특징이라고 지적하였다. 그는 또 자유주의는 일종의 부식제로서 혁명대오의 단합을 파괴하여 뿔뿔이 흩어지게 하고 관계를 소원하게 하

---

737) 위의 책, 제3권, 821쪽.

며 일에 대한 태도가 소극적이고 의견 상의 충돌을 빚어내 조직과 기율의 엄밀성을 잃게 할 뿐 아니라, 당의 정책이 끝까지 관철되지 못하게 하고, 당의 조직과 당이 이끄는 대중을 격리시킨다. 자유주의가 초래하게 될 심각한 후과를 감안하여 마오쩌동은 마르크스주의 긍정적인 정신으로 소극적인 자유주의를 극복할 것을 공산주의자들에게 호소하였다. 그는 또 "마음이 거리낌이 없이 떳떳하고 충실해야 하며, 적극적이어야 하고 혁명의 이익을 제일 생명으로 간주하고, 개인의 이익을 혁명의 이익에 종속시켜야 한다. 언제 어디서나 올바른 원칙을 따르고, 모든 그릇된 사상이나 행위와 지칠 줄 모르고 싸워, 당의 집단생활을 공고히 하고 당과 대중의 연결을 공고히 해야 한다. 개인보다 당과 대중에 더욱 큰 관심을 기울여야 하고 자신보다 남에게 더욱 큰 관심을 기울여"[738] 공산당원의 칭호에 부끄럽지 않도록 할 것을 강조하였다. 이상의 내용을 종합하면, 개인의 이익과 집단의 이익을 골고루 돌보고, 개인의 이익과 국부적 이익을 사회 전체의 이익과 전반적 이익에 종속시키며, 가장 광범위한 인민대중의 장기적이고 근본적인 이익을 위해 개인의 이익을 용감하게 희생시켜야 한다는 것이 바로 개인이익과 집단이익의 관계에 대한 마오쩌동의 근본적인 견해이자 공산주의자들이 고수해야 하는 근본적인 도의와 원칙이다.

3. 물질적 이익과 도덕정신

중국 고대의 유가 중에서 공자·맹자 학파는 "의로움은 마음의 수

---

738) 위의 책 제3권, 인민출판사, 361쪽.

양을 닦는 것이고, 이로움은 몸에 필요한 것을 마련해준다"는 것이라고 주장하였다. '의'와 '이'는 모두 인생에 필요한 것이지만 '의'와 '이'가 인생의 완성과 승화에 미치는 역할과 가치는 서로 다르다. 몸은 마음의 생리적 기반이기 때문에 인생에서 양생에 주의하지 않으면 안 되는 것이며, 질적 이익이 없어서는 안 된다. 마음은 몸의 주재이자 영혼이기 때문에 인생에서 마음의 수양을 닦는데 주의를 기울이지 않으면 안 되며, 그러므로 도덕적 추구에 주의를 기울이지 않으면 안 된다. 마음이 몸보다 중요하기 때문에 '의로움'도 '이로움'보다 중요한 것이다. 공자·맹자 유가학파는 비록 모두 인생에 대한 '의'와 '이'의 필요성과 가치를 긍정하고 백성에게 일정한 물질적 이익을 주어 살아 있는 자를 먹여 살리고 죽은 자는 장례를 치러 유감이 남지 않도록 할 것을 주장하면서 그것을 왕도정치의 시작으로 삼을 것을 주장하였다. 그러나 그들은 인의도덕을 더욱 중요시하고 도덕의 가치를 고양하였으며, 작은 몸을 기르느냐 아니면 큰 몸을 기르느냐, 그리고 이익을 챙기기에 급급하냐 아니면 인의 도덕 기준에 따라 행하느냐를 소인과 군자를 판단하는 근본적인 잣대로 삼았다. 이처럼 정신을 중히 여기고 도의를 숭상하는 사상이 여러 세대의 정치가와 사상가들에게 영향을 주어 그들의 사고방식과 가치취향을 규범화하였다.

물질적 이익과 도덕 이상의 관계문제에서 마오쩌둥은 사상과 도덕에 대한 경제적, 물질적 이익의 기초적 지위와 결정적 역할을 인정하였다. 이는 주로 다음과 같은 몇 가지 면에서 반영되었다. 첫째, 대중의 물질적 삶과 물질적 이익에 대한 요구에 주의를 기울였다는 것이다. 전쟁 시기에 그는 당의 간부들에게 대중의 삶에 관심을 가지고 대중을 위해 행복을 도모하는 데 충성을 다하며, 대중에게 실제적 물질 이익을 가져다줄 것을 거듭 강조하고 요구하였다. 그리고 그 토대 위에서 대중을 교육하고 대중의 의식을 깨우쳐 바른 도리를 따르고 도의를 분명히 밝혀야 하는 대중이 배를 곯는 일이 없도록 할 것을 강조하였다. 사회주의 건설시기에도 마오쩌둥은 대중의 삶에 관심을 기울이면서 노동 생산성이 제고됨에 따라 노동자의 노동여건을 개선하고 노동자 임금을 인상하며, 공업제품과 농산물을 등가로 교환해야지 농민을 박탈해서는 안 된다고 거듭 강조하였다. 그는 「10대 관계에 대해 논함」에서 "우리는 예로부터 분투할 것을 제창하고 개인의 물질적 이익을 가장 중요하게 생각하는 것에 반대하였으며, 동시에 우리는 예로부터 대중의 삶에 관심을 기울일 것을 제창하고 대중의 고통에 무관심한 관료주의에 반대해 왔다."[739]라고 말했다. 둘째, 경제발전을 중시하고 생산력 발전과 경제 번영을 당과 국가의 중요한 임무로 간주한 것이다. 새 중국 창립을 앞두고 열린 중국공산당 제7기 중앙위원회 제2차 전체회의에서 마오쩌둥은 당의 업무 중점을 농촌에서 도시로 이전할 것을 제기하였으며, 도시 업무 중에서 노동자계급에 긴밀히 의지하고 생산 건설을 중심으로 할 것을 강조하였다. 1956년 1월에 열린 최고 국무회의에서 그는 "사회주의 혁명의 목적은 생산력을 해방시키기 위하는 데 있다"[740]라고 지적하였다. 1957년 2월

(69) 위의 책, 제7권, 28쪽.
(70) 스중취안(石仲泉), 『마오쩌둥의 험난한 개척』, 중앙당사자료출판사 1990년 판, 22쪽.

에 열린 최고 국무회의 제11차 회의에서 그는 또 "우리의 근본적 임무는 이미 생산력 해방에서 새로운 생산관계 아래의 생산력을 보호하고 발전하는 것으로 바꿔었다"[741]라고 지적하였다. 마오쩌둥이 사회주의의 근본 임무는 생산력을 발전시키는 것이라고 주장한 것은 인민의 물질적 이익에 대한 그의 중시를 보여주는 다른 하나의 대목이기도 하였다. 왜냐하면 생산력을 발전시키고 노동 생산성을 높여야만 더 많은 물질적 부를 창출하여 인민대중의 날로 늘어나는 물질적 욕구를 만족시킬 수 있기 때문이었다. 애석하게도 업무중점의 전환을 이루려는 마오쩌둥의 결심이 확고하지 못하여 경제건설을 추진하는 과정에서 문제가 생기자 그의 사상도 망설이고 흔들리기 시작하였던 것이다. 결국 치국에 대한 사고방식에서 역전이 일어나고 말았다.

중국공산당 제8기 중앙위원회 제10차 전체회의 이후부터 그는 주요 주의력을 다시 계급투쟁으로 돌렸으며, 그런 국면은 '문화대혁명'이 일어날 때까지 지속되었다. 셋째, 가치법칙을 중시하고 등가교환을 실시했다는 것이다. 1958년의 대약진과 인민공사화운동에서 평균주의와 무상 조달이라는 이른바 '공산풍'이 나타나 대중의 물질적 이익을 해치고 간부와 대중의 생산에 대한 적극성을 꺾어놓았다. 1959년 2월 정저우(鄭州)에서 열린 정치국 확대회의에서 마오쩌둥은 '공산풍'에 대해 비판하면서 "가치법칙은 객관적으로 존재하는 경제법칙"이라고 강조하였다. 그는 사회 생산품에 대해 우리는 등가교환만 할 수 있을 뿐 무상으로 점유할 수 없으며, 공사와 생산대, 생산대와 생산

---

741) 『마오쩌둥문집』 제7권, 앞의 책, 1쪽.

대, 그리고 공사와 국가 간에는 경제적으로 매매관계여야만 하고 등가교환의 원칙을 지켜야 한다고 강조하였다. 그러면서 평균주의, 무상 조달, 과거 농촌에서 발행하였던 대출금을 모두 회수하는 것(一平, 二调, 三收款)은 가치법칙과 등가교환을 근본적으로 부정하는 것이라고 말했다. 같은 해 3월에 열린 상하이회의에서 마오쩌동은 또 "가치법칙은 위대한 학교이다. 오로지 그것을 이용해야만 비로소 수천만 명의 간부와 수억 명의 인민을 가르쳐서 알게 할 수 있으며, 비로소 우리 사회주의와 공산주의를 건설할 수 있다."라고 진일보하게 지적하였다. 1962년 2월 7천명 대회 기간에 그는 류사오치의 「중앙업무 확대회의 보고」 2월 15일 수정본 14쪽에 이런 말을 손수 추가하였다. "노동에 따른 분배와 등가교환 이 두 가지 원칙은, 사회주의 건설 단계에서 인민들이 반드시 엄격하게 지켜야 할 마르크스·레닌주의의 두 가지 기본 원칙이다."[742] 마오쩌동이 노동에 따른 분배와 등가교환을 사회주의 단계에서 반드시 따라야 하는 객관법칙이라고 말한 것은 실제로 노동자들이 자신의 노동을 통해 얻는 물질적 이익의 합리성에 대해 관심을 갖고 쟁취하는 것임을 인정한 것이었다.

마오쩌동은 물질적 이익이 사람의 생존과 발전에 대한 것이라는 의미를 인정하고, 물질적 이익에 대한 인민대중의 욕구를 만족시키는 데 주의를 기울이는 한편, 또 사람의 주관적 정신, 정치적 각오와 도덕적 이상의 역할을 강조하면서 공산주의 이상 신념과 도덕은 민주혁명의 승리를 쟁취하고 사회주의를 건설하여 공산주의로 넘어가는

---

72) 『건국 이래 마오쩌동 문고』 제10권, 중앙문헌출판사 1996년 판, 8쪽.

정신적 조건이며, 사회의 경제 정치 발전을 촉진하는 거대한 정신력이라고 주장하였다. 일찍이 항일전쟁시기에 그는 벌써 무산계급 정치가와 전략가다운 탁월한 식견으로 공산주의 사상과 도덕으로 문제를 관찰하고 간부를 교육할 것을 주장했었다. 그는 다음과 같이 말했다. "현시점에서 마땅히 공산주의사상에 대한 선전을 확대하고 마르크스·레닌주의에 대한 학습을 확실히 해야 한다는 사실은 의심할 나위가 없다. 그러한 선전과 학습이 없이는 중국혁명을 장래의 사회주의단계로 이끌 수 없을 뿐 아니라 현 단계의 민주혁명도 승리로 이끌 수 없다. 그러나 우리는 공산주의 사상체계와 사회제도에 대한 선전과 신민주주의 행동 강령에 대한 실천을 구분해야 하며 또 문제를 관찰하고, 학문을 연구하며, 업무를 처리하고, 간부를 단련시키는 공산주의 이론 및 방법과 전반 국민문화로서의 신민주주의 방침도 구분해야 한다."[73] 새 중국이 창립된 후, 마오쩌둥은 또 국민들에게 나라를 사랑하고, 인민을 사랑하며, 노동을 사랑하고, 과학을 사랑하며, 공공재산을 사랑하는 등의 사회 공덕을 지킬 것을 제창하였다. 그는 또 공산주의 이상으로 인민을 교육하여 집단주의 도덕정신을 발양케 하고, 공산주의 이상·신념·도덕·기율을 전체 인민의 내재적 품질로 내재화시킴과 동시에 자각적인 행동으로 외재화 함으로써 전 인민이 높은 정치적 각오, 확고한 이상 신념, 명확한 도덕의식과 명석한 도덕적 자각을 갖추도록 하여, 인민을 위하여 집단과 사회 및 인류의 전체 이익을 위하여 자손후대의 행복을 위하여, 개인의 임시적

---

73) 『마오쩌둥선집』 제2권, 앞의 책, 706쪽.

이고 국부적인 이익을 용감히 포기하고 뜨거운 정치적 열정과 적극적이고 능동적인 정신으로 창조적인 노동을 진행할 것을 제창하였다.

　마땅히 지적해야 할 것은 사람들이 항상 자신이 처한 시대의 경제 정치 관계로부터 자신의 도덕관념을 받아들인다는 점이다. 사회주의 조건에서는 생산력 발전 수준이 높지 않고, 생산 수단의 공유제 정도가 서로 다르기 때문에, 국가·집단·개인 3자는 이익 면에서 여전히 차이가 존재한다. 계획경제 조건 하에서는 사회생산품에 대해서 노동에 따른 분배를 실시해야 한다. 사회주의 시장경제 조건에서는 사회생산품에 대해서 노동에 따른 분배와 생산 요소에 따른 분배를 서로 결합하는 방식을 취한다. 사람들은 자신의 물질적 이익에 관심을 갖고 기여도에 따라 분배에 참여할 것을 요구한다. 그리고 집단의 이익을 위하여 개인의 이익을 희생하고 자신을 위하지 않고 전적으로 남만 이롭게 하는 것을 공산주의 도덕관념으로 삼아야 한다는 것은 공산주의자에 대한 도덕적 요구이다. 그러한 도덕적 요구가 사회 공중에 있어서는 일종의 도덕적 발전방향일 뿐 사회 전체가 모두 지키고 실천할 수 있는 도덕은 아니다. 마오쩌둥 본인은 물질적인 삶에서 굶어 죽지 않을 정도를 유지하는 것을 원칙으로, 삼고 생존할 수만 있다면 사회주의와 공산주의를 위해 분투할 것이며, 공산주의 이상을 추구할 것이라고 여러 번 말한 적이 있다. 그가 식사를 소박하게 하고 헌신적으로 일하였으며, 인민을 사랑하고 인민의 행복과 사회의 진보발전을 위해 평생 분투하였기 때문에 인민의 진심 어린 존중과 애대를 받을 수 있었던 것이다. 그런데 만년에 그는 현 단계에서는 공산주의자에게만 요구할 수 있는 도덕관념을 전 사회로 밀고 나가 공산주의 이상·도덕·제도에 대한 선전과 현실적인 사회주의 실천을 구분하지 못하였기 때문에, 이상과 도덕의 역할을 지나치게 확대하고 인생에 대한 물질적 이익의 의미 및 사람의 창조정신과 노동열정에 대한 물질적 이익의 격려 역할을 상대적으로 경시하였다. 이처럼 정신적 도덕을 중히 여기고 물질적 이익을 가벼이 여기는 경향은 주로 다음과 같은 몇 가지 방면에 반영되어 나타났다.

첫째는, 사회발전 과정에서 정치적 각오와 도덕적 이상의 역할을 확대하여 '가난이 원동력'이라고 여기면서 '가난한 상태에서 과도할 것'을 주장하였다. 생산수단의 사유제를 실시하는 사회주의 개조를 진행하는 과정에서 마오쩌둥은 생산관계의 변혁을 통한 생산력의 발전을 촉진시키려고 시도하면서 생산력의 현실 상황과 발전요구를 경시함으로써 합작화운동을 너무 빨리 전개하였다. 너무 앞선 생산관계는 생산력의 발전을 촉진시키지 못하였고, 게다가 높은 생산력 수준이라는 튼튼한 토대가 없었기 때문에 생산관계 자체도 공고히 할 수 없었다. 이에 대해 마오쩌둥은 생산관계가 생산력의 현실적 요구를 뛰어넘었다고 판단한 것이 아니라 농민들의 퇴사와 합작사의 붕괴를 사상정치업무를 중시하지 않은 탓으로 돌렸다. 그는『중국 농촌의 사회주의 고조』라는 책에 대한 평어에서, 합작사를 세우고 공고히 하려면 반드시 심각한 사상투쟁과 정치투쟁을 거쳐야 한다면서 "사리사욕만 채우는 이기적인 자본주의의 자연 발생적 경향에 반대하고, 집단의 이익과 개인의 이익을 서로 결합시키는 원칙을 모든 말과 행동의 기준으로 삼는 사회주의 정신을 제창하는 것은, 분산된 소농경제를 점차적으로 대규모의 합작화 경제로 전환시킬 수 있는 사상적 정치적 보장이다."[744]라고 주장하였다. 1956년 4월 25일 열린 중앙정치국 확대회의에서 마오쩌둥은 중국의 국정에 대해 언급하면서 이렇게 말했다. "우리는 첫째로 '가난하고(窮)' 둘째로 '공백상태(白)'이다. 즉 '가난하다는 것'은 공업이 별로 없고 농업도 발달하지 못하였다는 뜻이다. '공백상태'는 백지 한 장이라는 뜻으로서 문화수준과 과학수준이 모두 높지 않다는 의미이다. 발전의 관점으로 보면 이는 나쁜 일이 아니다. 가난하면 혁명을 해야 하지만 부유하면 혁명하기가 어렵다."[745] "사물이 발전하다가 궁지에 이르면 변화가 일어나게 되고 변화가 생겨야만 사물의 발전이 막힘이 없게 되며, 그래야만 사물은 끊임없이 발전하게 된다(窮則變, 變則通, 通則久)"[746]는 것은 중화민족의 오래된 생활신념으로 가난에 억눌리고 핍박을 받게 되면 분발하여 강해지려 하고 악전고투하고 현실을 바꾸려고 하는 것은 일반 사람들의 공통된 심리적 욕구이다. 그런데 마오쩌둥의 말은 후에 극단으로 치달아 "가난할수록 혁명하게 되고" "부유해지면 혁명하기 어렵게 된다"라는 말로 바뀌어버렸다. 그래서 어떤 사람들은 가난한 상태에서 과도할 것을 주장하면서 집단소유제에서 전민소유제로 도약할 것을 주장하기에까지 이르렀다.

---

744) 『마오쩌둥문집』 제7권, 앞의 책, 43쪽.
745) 『중국통사』 제1권, 인민출판사 2009년 판, 171쪽.
746) 『역경·계사전』

그때 당시 외국의 평론들은 "가난은 중국이 약진하는 원동력이다"라고 논하였다. 마오쩌동은 그 말을 높이 평가하면서 그 말은 바른 말이라고 주장하였다. 그 이유는 가난하면 혁명을 해야 하고 끊임없이 혁명을 해야 한다는 것이었다. "부유해지면 일이 꼬인다. 중국이 지금은 부유하지 않지만 앞으로 부유해지면 꼭 문제가 생길 것이다."[747] 마오쩌동은 한편으로는 인민들이 하루빨리 부유해지기를 바라면서도, 다른 한편으로는 또 부유해진 후 혁명의 의지가 쇠퇴되고 도덕적 이상이 내리막길을 걸을까봐 걱정하였다. 그래서 가난한 상태에서 과도하기를 바랐으며 아울러 사람의 사상 각오와 도덕수준을 과도기를 완성할 수 있는 원동력으로 삼고 더 높은 수준의 공유제를 공고히 하는 정신적 보장으로 간주하였다.

둘째는, 마오쩌동은 비록 물질적 격려와 정신적 격려가 모두 사회주의의 중요한 원칙임을 인정하면서도 물질적 격려를 가벼이 여기고 정신적 격려의 역할을 중히 여기는 경향을 보였다. 그러한 사상적 경향은 그가 소련의 『정치경제학 교과서』 하권을 읽고 발표한 평론에서 일부 반영되었다. 소련 『정치경제학 교과서』의 편집자는 레닌이 제시한 물질적 이익 원칙을 근거로 사회주의 단계에서 물질적 격려(즉 '물질적 자극')가 노동자의 적극성을 동원하고 사회주의 생산을 발전시키는 데 미치는 역할을 중시하여야 한다고 강조하였다.

그 책에는 다음과 같은 내용이 있었다.

---

747) 스중취안, 『마오쩌동의 험난한 개척』, 188쪽.

사회주의 생산의 목적은 사회 전체 구성원의 복지를 꾸준히 향상시키고 그들을 전면적으로 발전시키는 것이다. 이에 따라 노동자들은 생산을 대대적으로 향상시키는데 큰 관심을 갖게 되고 근무자들은 물질적으로 자신의 노동성과에 관심을 갖게 된다. 이는 사회주의 생산력이 향상할 수 있는 강력한 원동력이다. 한편 사회주의 생산의 발전은 노동자의 복지를 꾸준히 개선시키는 물질적 기반이다.[748] 사회주의는 자본주의보다 더 강력한 노동 생산성을 높이는 자극력과 원동력을 낳는다. 이는 광범위한 대중들이 사회주의 생산의 발전에 깊은 관심을 기울인 결과이다. 사회주의 생산은 전 인민의 물질적 복리를 꾸준히 향상시키는 목적에 종속된다. 이는 노동 생산성을 향상시키고 생산을 개선할 수 있는 무궁무진한 원천이다. 사회주의 제도아래서는 노동의 수량과 품질에 따라 소비품을 분배함으로써 개인의 물질적 이익을 보장한다. 그러한 분배방식은 노동자 개인의 물질적 복리의 향상을 그들의 노동성과와 노동 생산성의 향상과 직결시킨다. 따라서 노동에 따른 분배는 생산력을 발전시키는 강력한 힘이 되는 것이다.

노동에 따른 분배는 모든 근무자들을 자극하여 근무 시간을 충분히 이용하여 자신의 숙련도를 높이고 노동의 방식과 방법을 개선하여 생산량을 꾸준히 늘릴 수 있게 한다.[749]

---

748) 소련과학원 경제연구소, 『정치경제학 교과서』 하권, 인민출판사 1959년 판, 456쪽.
749) 위의 책, 501쪽.

노동에 따른 분배는 사회주의 경쟁의 발전에 큰 역할을 한다. 노동에 따른 분배는 근무자의 노동 수량과 품질에 따라 근무 수당이 결정되게 하기 때문에 생산과정에서 대중의 창조성과 능동성을 자극한다.[750] 노동에 따른 분배는 모든 근무자가 개인의 물질적 이익의 측면에서 자신의 노동결과에 관심을 갖도록 할 수 있어 생산 발전을 추진하는 강력한 힘이 된다. 노동에 따른 분배는 노동 생산성의 향상을 자극하는 동시에 노동자 복리의 성장도 추진한다. 노동에 따른 분배는 모든 근무자가 사회생산에 참여한 정도에 따라 사회 노동 제품 중에서 얻을 수 있는 자신의 몫이 결정되게 하기 때문에, 근무자 개인의 이익과 전반 국가의 이익을 연결시킬 수 있다.[751]

『정치경제학 교과서』의 이러한 논술은 물질적 이익 원칙과 노동에 따른 분배원칙이 사회주의시기에 반드시 취해야 할 중요한 원칙임을 인정하였고, 물질적 이익과 노동에 따른 분배원칙의 실행이 노동자의 능동적 창조정신을 자극하고, 사회주의 생산발전을 촉진시키는 데서 일으키는 강력한 역할을 명시하였으며, 사회주의시기의 생산력 발전 수준 및 인민대중의 정치적 각오와 도덕수준에 부합되는 것이기 때문에 정확한 것이라고 할 수 있다.

마오쩌동은 그 책을 읽으면서 다음과 같이 평론하였다.

---

750) 위의 책, 501~502쪽.
751) 위의 책, 525쪽.

"대중의 창조적 활동은 물질적 이익의 격려에 힘입어 이루어진 것처럼, 물질적 격려가 없이는 다른 방법이 없는 것처럼 말하고 있다. '각자 능력을 다하고 노동에 따라 분배한다'라는 구절에서 앞부분은 최선을 다해서 생산하겠다는 말이다. 왜 이 두 마디를 분리시켜 항상 물질적인 격려만 일방적으로 강조하는가? 이와 같이 물질적 이익에 대한 개인의 관심을 절대화시키면 개인주의 발전의 위험만 더 커질 뿐이다. 우리 당은 20여 년간 끊이지 않고 싸워온 당으로서 장기적으로 공급제를 실행해왔다. 해방전쟁 초기에 이르기까지 대체적으로 평균주의 삶을 살면서 모두가 열심히 일하였고 용감하게 싸웠다. 어떠한 물질적 자극에 의지한 것이 전혀 아니며 오로지 혁명정신의 격려에 의지하였을 뿐이다. 우리는 소련의『교과서』가 물질적 격려의 역할을 확대하고 정신적 격려의 역할을 경시한 경향이 분명 있다고 주장한다."

마오쩌둥이 그 책의 편파적인 부분에 대해 지적한 말은 정확하였다. 그러나 그는 또 물질적 이익과 물질적 격려를 경시하였고, 또 전쟁시대의 경험으로 사회주의 사회를 관찰하면서, 물질적 이익 원칙이 사회주의 사회의 필수 원칙이고, 물질적 이익원칙의 관철과 실행이 인민대중의 생산 적극성을 자극하고 동원시켜 노동생산성을 향상시키고, 사회주의 경제발전을 촉진시킬 수 있다는 사실까지는 미처 인식하지 못하였다. 정신적 격려의 역할을 일방적으로 확대하는 것은 일종의 일방성에서 다른 일종의 일방성으로 향한 것이다.

셋째는, 전체의 이익과 장기적인 이익만 지나치게 강조하고, 개인의 이익과 현재의 이익을 경시하였다. 마오쩌동은 『정치경제학 교과서』를 읽은 뒤 자신의 견해를 밝히면서 인민들을 각성시켜야 한다고 말했다. "교과서는 전도와 후대를 위해야 한다는 데 대해서는 강조하지 않고 개인의 물질적 이익만을 강조하였다. 물질적 이익의 원칙을 항상 단번에 개인의 물질적 이익의 원칙으로 바꾸곤 하여 진상을 왜곡하여 사람을 속이는 것 같은 느낌이 들기도 한다. 그들은 전체 인민의 이익문제를 해결하면 개인의 이익문제도 해결할 수 있다고 말하지 않았다. 그들이 강조하고자 하는 물질적 이익은 실제로 가장 근시안적인 개인주의이다. 그러한 경향은 자본주의시기 무산계급 대오에 존재하는 경제주의와 노동공산주의(생디칼리슴 [syndicalisme])가 사회주의 건설시기에 반영된 것이다."[752] 마오쩌동의 이 말은 교과서에서 개인의 물질적 이익에 대해 강조한 데서 느낀 바를 말한 것이다. 교과서에서는 노동자들이 물질적 이익 면에서 생산에 관심을 가질 것을 주장하였으며, 사회에 노동을 제공하는 것을 통해 물질적 이익을 얻는 정당성을 긍정하고, 또 물질적 격려의 방식으로 사람들의 노동열정을 불러일으킬 것을 주장하였다. 그러한 관점에 대해서는 지나치게 비난해서는 안 된다. 노동에 따른 분배원칙은 실제로 사회 전체 이익과 개인이익의 통일을 반영하였으며, 또 물질적 이익원칙이 개인의 물질적 이익으로 구체화되어야만 공허한데 그치는 것을 피할 수

---

752) 『마오쩌동문집』 제8권, 앞의 책, 134쪽.

있다. 역사상의 그 어떤 세대 사람의 활동이든지 간에 눈앞의 성공과 이익을 챙기는 데만 급급하여 눈앞의 일시적인 이익을 위해 인류의 장기적 발전의 이익을 해치는 것마저 마다하지 않는다면, 그것은 물론 비난 받아 마땅한 부도덕한 행위이다. 그러나 매 세대 사람들마다 모두 자체의 생존과 발전의 권리와 삶의 가치를 가지고 있기 때문에, 장기적인 이익만 일방적으로 강조하면서 한 세대 혹은 몇 세대의 당면의 이익과 일시적인 이익을 부정하여서는 안 된다. 사회의 전체 이익과 장기적인 이익을 쟁취하는 과정에서 자신의 물질적 이익을 희생시키고 심지어 자신의 목숨까지 바친 영웅인물이 많다. 그리고 그러한 개인적인 희생은 바로 모든 계급 나아가 인류 전체의 행복을 위한 것이다. 개인의 이익과 사회 전체의 이익, 현재의 이익과 장기적인 이익을 마땅히 통합하고 고루 돌봐야지, 한 가지만 강조하고 다른 한 가지를 부정하여서는 안 된다. 개인의 이익과 일시적인 이익을 추구하기 위해 사회 전체의 장기적 이익을 포기하거나 망각하거나 해치는 사상행위는 부도덕한 것이고, 사회주의 역사단계에서 전체 이익과 장기적 이익 그리고 헌신과 희생만 일방적으로 강조하고 개인의 현실적인 정당한 이익을 무시하는 것도 부당한 행위이다. 마오쩌동의 의리관은 적극적인 일면과 소극적인 일면을 다 갖춘 이중성을 띠고 있다. 마오쩌동은 '의로움'과 '이로움'의 통일론자로서 '의로움'과 '이로움', 물질적 이익과 도덕정신, 개인의 이익과 전체의 이익, 당면의 이익과 장기적 이익이 인류의 생존과 발전에 미치는 가치를 인정하였다. 그러나 앞에서 말한 여러 모순 체를 구성한 두 가지 방면 중에서 그는 도의와 도덕정신, 전체 이익과 장기적 이익을 더욱 숭상하였다. 그러한 의리관이 마오쩌둥 본인의 인생 실천에 관철되었을 때, 천하를 구제하고 헌신적으로 분투하며 전심전력으로 인민을 위해 복지를 도모하는 그의 드넓은 마음과 숭고한 경지를 보여주었다. 또 그러한 의리관이 현재의 실천에 영향을 미치고 당과 국가의 노선·방침·정책에 스며들었을 때, 때로는 생산력과 사회경제 발전의 수준을 뛰어넘고 일반인의 사상 각오와 도덕 수준을 뛰어넘어 '좌'적인 정책과 실천이 생겨날 수 있는 유인의 하나로 될 수 있었던 것이다.

제3장
순경順境753과 역경

　자유로운 창조의 본질을 갖춘 사회 존재물인 인간은 능동적이고 자각적인 활동을 통해 사회 역사를 창조하였고, 그가 살고 있는 자연과 사회환경을 개변시켰으며, 또 자연과 사회 환경의 영향과 제약을 받는다. 사회 발전의 매 하나의 역사적 단계마다 모두 다양한 발전 추세와 가능성이 존재한다. 사람들은 사회발전의 법칙과 가능한 발전 추세를 파악하여 자신의 생존과 발전의 욕구에 따라 판단하고 선택할 수 있다. 바른 도리를 지키는 데는 갈림길이 많고 인생은 참으로 어렵다. 인생의 길에 갈림길이 많기 때문에 항상 시세를 잘 살피면서 가급적 적절한 선택을 하여야 한다. 한편 올바른 선택을 할 수 있느냐 없느냐가 사람의 생존과 발전에 있어서 매우 중요하다. 그러한 자각적인 선택 능력은 인류의 자유로운 창조의 특성을 반영한다. 그러나 인간의 선택은 반드시 일정한 객관적인 토대가 있어야 하며, 마음대로 할 수 있는 임의적인 행위가 아니다. 다시 말하면 사회 환경은 사람에게 피할 수 없는 영향과 제약작용을 일으킨다는 것이다. 마오쩌둥은 종합적으로 말해서 사람이 살아가는 사회환경과 사람

---

753) 순경(順境) : 모든 것이 순조로운 환경.

의 생활 경력에는 순경과 역경이 존재하며, 인생은 항상 순경과 역경이 교차되고 고락이 함께 존재한다고 주장하였다. 사람의 생존과 발전으로 보아 순경은 물론 기쁜 일이지만 역경도 결코 무익한 것만은 아니다. 문제의 중요 포인트는 순경 혹은 역경 속에서 명석한 두뇌와 왕성한 투지를 유지하면서 극복과 끈질긴 투쟁정신을 고양하고, 덕행을 수양하며, 재간을 늘리고, 의지를 갈고 닦는데 있는 것이다.

1. 순경과 역경이 섞여있는 인생 노정

순경과 역경은 인생의 두 가지 상황이다. 순경이란 인생에서 겪게 되는 성공과 순조로움, 누리게 되는 건강과 영예 및 높은 지위, 체험하게 되는 행복과 즐거움 등 마음먹은 대로 생각대로 되는 일, 그리고 인생에서 처해 있는 편안하고 평화로운 생활환경을 가리킨다. 역경은 인생에서 겪게 되는 실패·좌절·불우함, 견뎌야 하는 질병·치욕·억압, 겪게 되는 불행과 고통 그리고 인성의 발전에 불리한 험악한 생활환경을 가리킨다. 순경과 역경은 그림자처럼 따라다니고 소리가 서로 어울리는 것처럼 인생활동의 전반적인 배경을 공동으로 구성한다. 인생의 여정에는 고락이 병존하고 순경과 역경이 서로 뒤엉켜 있다. 그 근원은 우주 만물과 인생의 본질에서 비롯된다. 마오쩌둥은 젊은 시절에 우주 만물, 예를 들면 음양, 상하, 대소, 존비, 인아(人我), 호오(好惡), 정반(正反), 깨끗함과 더러움(潔汚), 미추(美醜), 명암 등은 모두 차별과 비교로 인해 드러나는 것이라고 주장하였다. 사물은 차별로 인해 대우가 결정되고, 대우로 인해 모순이 생기며,

서로 의지하고 공존하면서도 경쟁하고 저항하는 모순이 사물의 변동과 발전으로 이어진다. 경쟁과 저항, 운동의 변화는 우주와 인생의 총체적 특징이며, 경쟁과 저항은 우주와 인생의 가장 심각한 본질이다. 오직 대립과 투쟁, 작용과 반작용, 억압과 저항을 통해야만 사물이 동력의 원천을 얻을 수 있고, 인생이 향상 발전할 수 있는 것이다. 독일의 철학가 파울젠은 『논리학 원리』라는 책에서 "저항이 없으면 동력이 없고 장애가 없으면 행복이 없다. 순수한 행복은 순수한 진리와도 같은데, 그런 것이 있다는 것이 신기하다."라고 말했다. 마오쩌동은 이에 대해 "지극히 진실한 이치이고 지극히 깨끗한 말"[754]이라고 극찬하였다. 이로부터 역경의 존재는 일종의 객관적인 사실일 뿐아니라, 사람의 본성과 인생 발전 향상의 욕구와도 맞물리는 것임을 알 수 있다. 순수하게 안일하고 고요하며 평화롭고 순탄한 인생환경은 인생에서 견딜 수 없는 것이다. 사람들은 반드시 그러한 평화롭고 고요한 환경에서 경쟁과 저항의 파문을 일으켜야 한다. 불평등, 부자유, 전쟁은 마땅히 천지와 함께 영원히 계속되어야 한다. 그리하여 순경과 역경은 필연적으로 서로 대립되면서 존재할 것이고, 아울러 인생과 함께 하며 인류 사회와 영원히 함께 할 것이다. 순경과 역경, 행복과 불행은 서로 의존하고 서로 침투하며 서로 바뀌면서 인류의 진정한 행복을 공동으로 구성한다. 파울젠은 이렇게 말했다. "확실한 행복은 반드시 행복과 불행이 합쳐져서 이루어져야 한다. 이른바 운이 좋은 사람이라고 하여 반드시 평생 안일하고 즐겁게만 지낼 수 있

---

754) 『마오쩌동 조기 문고』, 후난인민출판사 1990년 판, 182쪽.

음을 가리키는 것이 아니라, 행복과 불행의 상황에 번갈아 처하며 그 비례가 적당한 것을 가리킨다. 예를 들면 즐거움과 고통, 성공과 실패, 만족과 결핍, 투쟁과 평화, 노동과 휴식을 서로 조절하여 균형을 이루는 삶이 바로 그런 것이다. 우리 정신은 행복과 불행 중 어느 한쪽도 소홀히 해서는 안 된다. 마치 식물이 무성하게 자라려면 비가 오는 날씨와 맑은 날씨 중 어느 한쪽으로 치우쳐서는 안 되는 것과 마찬가지이다. 그러나 반대로 평생 순탄한 삶만 산다고 과연 행복하다고 할 수 있을까? 설사 그 사람들이 다행히 오만하고 흉포해지지 않는다 치더라도 인생에서 가장 큰 변화를 겪지 못하였다면 그의 최대 재능도 발전할 길이 없는 것이다. 늘 승리만 거둬온 장군은 그의 군사적인 책략을 연마할 기회가 없고, 온전히 행복만 누려온 사람 또한 그의 정신세계의 모든 능력을 펼칠 기회가 없다." 파울젠은 또 "실제로 인생은 반드시 인성의 실제 욕구에 맞게 대체로 행복과 불행을 번갈아 경험하게 된다. 행복을 많이 얻은 사람은 당연히 크게 걱정할 필요가 없지만, 그렇다고 불행을 많이 겪은 사람이라 하여 또 원망스러워할 필요는 없다."[755]라고 단언하였다. 행복과 불행은 끊임없이 번갈아 나타나며 양자는 인생의 여정에 공존한다. 양자의 비례가 적당하고 배치가 적절한 것이 바로 인생의 진정한 행복의 원천이다. 불행한 처지에도 처해야 하는 것이 인생에서 빠질 수 없는 반드시 필요한 것임을 설명하기 위하여 파울젠은 한층 더 나아가 사례를 들어 설명하였다. "세상에는 현 세계에 불만을 품고 다른 극락의 세계를 끝없

755) 파울젠, 『윤리학 원리』, 차이위안페이 역, 상무인서관 1909년 판, 173~174쪽.

이 상상하는 사람이 있다. 그 상상이 아무런 근거가 없다 해도 설령 과연 그 생각대로 별천지가 있어 그가 거주하는 것을 용납할 경우 어쩌면 기억 속에서 그가 평소 싫어하던 세계를 바꾸어 놓고 조금은 낫다고 생각할 수도 있다.…오늘날의 염세론자도 마찬가지이다. 가령 그를 고향을 잠시 떠나 외지에 살게 한다면, 저도 모르게 고향에 대한 그리움이 생겨 고향을 떠나온 것을 후회할 것이다." 마오쩌둥은 이 단락을 읽으면서 "나도 평소에 이런 상황이 있었다."[756]라는 평어를 달았다. 그만큼 그가 순경과 역경, 행복과 불행이 서로 교차하여 인생의 길을 이룬다는 파울젠의 관점에 공감하고 있었음을 알 수 있다.

마오쩌둥은 유물변증법적 우주관을 받아들인 후, 순경과 역경에 대한 이해가 한 차원 높아졌고, 순경과 역경의 관계에 대한 이해도 한층 더 깊어지고 과학적이 되었다. 그는 「모순론」이라는 글에서 이렇게 말했다. "유물변증법적 우주관은 사물의 내부에서, 한 사물과 다른 사물의 관계에서 사물의 발전을 연구할 것을 주장한다. 즉 사물의 발전을 사물 내부의 필연적인 자기 운동으로 간주하고 매 사물의 운동은 모두 그 주위의 다른 사물과 서로 관련되고 서로 영향을 미친다고 주장하는 것이다. 사물이 발전하는 근본적인 원인은 사물의 외부가 아닌 사물의 내부에 있으며 사물 내부의 모순성에 있다. 모든 사물의 내부에는 다 그러한 모순성이 존재하기 때문에 사물의 운동과 발전을 일으키는 것이다. 사물 내부의 그러한 모순성은 사물 발전의 근본적 원인이고, 한 사물과 다른 사물이 서로 관련되고 서로 영

---

756) 『마오쩌둥 조기 문고』, 앞의 책, 258쪽.

향을 미치는 것은 사물 발전의 두 번째 원인이다."[757] 순경과 역경은 인생의 여정에서 성질이 서로 다른 두 가지 경우로서, 인생의 주체와 인생의 객체가 서로 작용하여 생겨난 산물이기도 하다.

어떤 사회 개체 혹은 사회단체에 있어서 순경에 처하였을 때 혹자는 힘이 강하고 진실을 인식하며 결단성 있게 판단하고 의지가 강하며 방향이 맞아 과감하게 행동할 수 있고, 혹자는 처한 사회 환경이 양호해 사람의 생존과 발전에 이로울 수 있다. 반대로 역경에 처하였을 때는 혹자는 힘이 약한 것과 인식상의 오류로 인해 인생의 방향에 오류가 생기게 되고, 혹자는 불공정하고 불평등한 사회 환경에 처하여 그의 주체 능력의 증대와 발휘가 제한된다. 인생에는 순조로움 혹은 순경이 있는가 하면 어려움 혹은 역경도 있는 만큼 어려운 일면만 보고 순조로운 일면을 발견하지 못해서는 안 되고, 또 순조로운 면만 보고 어려운 면을 보지 못해서도 안 된다. 순경과 역경은 인생의 상황을 형성하는 모순통일체의 두 가지 측면으로 서로 배척하고 투쟁하며 대립하고 부정하면서도 또 서로 연결되고 관통하며 침투하고 의존한다. 서로 연결되어 있다는 것은 둘 중에서 어느 한 측면도 고립적으로 존재할 수 없다는 데서 반영된다. 만약 둘 중 어느 한 측면과 대치되는 다른 한 측면이 없다면 그 한 측면도 존재의 조건과 근거를 잃게 된다. 마치 생사, 상하, 화복이 서로 의존하고 공존하는 것과 마찬가지로 "순조로움이 없으면 이른바 어려움도 없고, 어

---

757) 『마오쩌둥선집』 제1권, 앞의 책, 1991년 판, 301쪽.

려움이 없으면 이른바 순조로움도 없다."[758] 역경과 어려움 속에 순조로움과 순경이 싹 트고 자라고 있으며 순경 속에서도 좌절과 어려움, 역경의 씨앗이 숨어있을 수 있다. 순경과 역경, 순조로움과 어려움은 모두 인생에 반드시 필요하고 반드시 겪어야 하는 것이지만 양자가 골고루 배치되어 인생에서 똑같이 절반씩 차지하는 것은 아니다. 순경과 역경이 대체적으로 비슷해지는 경우가 나타날 수도 있지만 그것은 일시적이고 상대적인 균형이며 양자 간에 불균형적이고 어울리지 않으며 비슷하지 않은 것이야말로 영원하고 절대적인 것이다. 그러므로 인생의 길에서는 때로는 순경과 순조로움이 주요 측면인 상황과 때로는 역경과 어려움이 주요 측면인 상황이 나타나게 되는 것이다. 순경과 역경의 주된 지위와 부차적인 지위는 불변의 진리이거나 고정불변한 것이 아니라 항상 변화하고 운동하는 과정에 처해있다. 다시 말하면 양자는 일정한 조건에서 각각 자신의 반대 방향으로 전환할 수 있다.

> "혁명투쟁 과정에서 어떤 때는 어려운 조건이 순조로운 조건을 초월하게 된다. 그런 경우에는 어려움이 모순의 주된 면이고 순조로움이 모순의 부차적인 면이다. 그러나 혁명주의자들의 노력으로 인해 점차 어려움을 극복하고 순조로운 새 국면을 열어 어려운 국면이 순조로운 국면에 자리를 내주게 할 수 있다…반대의 상황에서는 순조로움이 어려움으로 바뀔 수

---

758) 위의 책, 328쪽.

도 있다. 그것은 혁명주의자가 실수를 저질렀을 경우의 얘기다."[759]

　순경과 역경은 주관적 조건과 객관적 환경의 상호 작용으로 서로 의존하고 서로 바뀌게 된다. 그래서 인생의 활동과 사회운동은 파상적 전진과 나선형 상승의 궤적을 보이게 된다. 성공과 실패, 전진과 후퇴, 순조로움과 곡절은 대립되면서 또 서로 의존하고 서로 호응한다. 성공과 승리의 순경 속에서 신중하지 못하고 진취적이지 않으면 실패와 좌절을 초래하게 된다. 그리고 역경 속에서 경험을 종합하고 시세를 잘 살피며 지모가 뛰어나고 판단이 정확하며 분발하여 나아간다면 최종 어려움을 극복하고 순조로운 발전과 성공의 길로 나아갈 것이다. 사회와 인생의 전진·발전·향상은 하나의 총적인 추세이지만, 순풍에 돛 단 듯이 뜻대로 순조롭게 성공에 이를 수 있는 것은 아니다. 세상 모든 신생 사물의 운동 궤적은 모두 진보와 퇴보를 반복하며 굴곡적이지만 그래도 진보가 주요한 측면이다. 그러나 직진하는 것이 아니라 파상적으로 전진한다. 사회운동과 인생의 실천에 진보와 퇴보가 공존하고 순경과 역경이 서로 엇갈려 존재하는 상황을 감안해 마오쩌둥은 전도는 밝고 길은 구불구불한 만큼 역경 속에서는 성적과 광명을 볼 수 있고, 자신감과 용기를 제고하며, 순경 속에서는 현실의 어려움과 앞으로 나타날 수 있는 불리한 상황을 볼 수 있고, 명석한 두뇌와 신중한 업무·생활 태도를 유지하여야 한다고

---

759) 위의 책, 324~325쪽.

전 당 동지와 전국 인민을 거듭 타일렀다.

2. 역경이 인생의 완성에 주는 의미

순경과 역경은 인생의 두 가지 상황으로 모두 인생에서 반드시 겪어야 하는 인생에 꼭 필요한 것들이다. 순경은 사람에게 삶의 기쁨과 즐거움을 경험하게 하고 생명 활동에 대한 흥미와 진취 향상하는 자신감의 힘을 길러준다. 그리고 역경은 생존과 발전을 위한 분투 투쟁과정에서 자신의 최대 잠재력을 발휘하여 지혜와 의지를 가장 충분히 동원하고 연마할 수 있도록 사람을 격려해준다. 마오쩌둥은 투쟁정신과 도전정신 그리고 모험정신이 풍부한 정치가로서, 순경과 역경 양자 중에서 역경이 인생의 향상에 주는 의미를 더욱 강조하고 높이 평가하였다. 역경은 물론 인생의 불행한 처지이지만 자존감을 자극하고 자립 자강할 수 있도록 사람을 떠밀 수 있다. 그리고 압박 받고 억압 받는 사람에게는 자연적인 저항의식과 투쟁의 기개, 창조정신이 있다. 이는 어느 사회 집단, 혹은 어느 사회 개체에나 다 적용되는 이치이다. 역사상 노예주에 저항한 노예계급의 투쟁, 봉건지주에 저항한 농민계급의 투쟁, 그리고 자산계급에 저항한 무산계급의 투쟁은 모두 그들이 가혹한 경제적 착취와 정치적 억압을 받아 자신의 물질적 이익과 생존 권리가 침해당하였거나 심지어 박탈당해 자신의 생존과 발전의 의지가 저해되고 자신의 인격 존엄이 침해당하였기 때문에 굴욕과 고통 그리고 당면한 사회 상태에 절망을 느껴 일으킨 것이다. 작용이 있으면 반작용이 있고 억압이 있으면 저항이 있는 법이다. 노역 당하고 착취당하는 고난의 처지에서 벗어나 삶의 희망 및 인간으로서의 존엄과 평등한 권리를 쟁취하기 위하여 기존의 불합리한 사회제도에 불만을 느껴 반역 의식과 저항 정신이 점차 쌓여 역사적으로 기세가 등등한 대 봉기와 대 전쟁을 잇달아 일으켰던 것이다. 중국 무산계급의 계급적 지위와 정치적 의식에 대한 마오쩌둥의 논술은 억압이 자존과 저항을 초래한다는 관점에 대한 지극히 전형적인 증거이다. 「중국 사회 여러 계급에 대한 분석」이라는 글에서, 마오쩌둥은 마르크스주의 계급분석 방법을 인용하여 중국사회 여러 계급의 경제상황, 정치적 태도 그리고 중국혁명에서 차지하는 지위에 대해 투철하게 분석하였다. 무산계급에 대해 분석할 때 그는 무산계급은 경제적 지위가 낮아 "생산 수단을 잃고 맨주먹만 남았으니 치부에는 가망이 없는데다가 제국주의와 군벌, 자산계급의 잔혹한 학대까지 받고 있었기 때문에 그들은 전투에 특히 능하다."[760]라고 지적했다. 「중국혁명과 중국공산당」이라는 글에서 마오쩌둥은 중국 무산계급이 일반적인 무산계급의 기본적인 장점, 즉 가장 선진적인 경제 형태와 연결되어 있어 조직성과 규율성이 강하고 개인 소유의 생산수단이 없다는 장점을 갖추고 있는 것 외에도 다른 특별한 장점도 있다고 지적하였다. 첫째, "중국 무산계급은 세계 어느 민족에게서도 보기 드물 정도로 심각하고 잔혹한 3중 압박(제국주의 압박, 자산계급의 압박, 봉건세력의 압박)을 받고 있었기에, 그들의 혁명투쟁은 그 어느 계급보다도 단호하고 철저하였다. 식민지 반식민지의 중국에는 유럽과 같

---

760) 위의 책, 8쪽.

은 사회개량주의의 경제적 기반이 없었기 때문에 극소수의 노동귀족을 제외하고는 전체 계급이 모두 가장 혁명적이었다." 둘째, "중국 무산계급은 혁명의 무대에 등장하기 시작한 뒤 본 계급의 혁명정당인 중국공산당의 지도아래 중국사회에서 가장 각성한 계급으로 성장하였다." 셋째, "파산한 농민 출신이 다수를 차지하였기 때문에 중국의 무산계급은 광범위한 농민과 천연적으로 연결되어 있어 친밀한 연맹을 맺는데 편리하였다."[761] 중국 무산계급의 이러한 특징으로 인해 가장 심각하게 착취당하고 억압받는 경제사회적 지위가 중국 무산계급에 강한 저항의식과 철저한 혁명정신을 부여하였기 때문에, 중국 무산계급은 드넓은 도량과 높이 서서 멀리 내다볼 수 있는 식견, 전 인류의 이익을 대표하고 혁명운동을 끝까지 관철하는 계급 품격을 갖출 수 있었으며, 따라서 중국혁명을 이끄는 지도계급이 될 수 있었던 것이다. 거시적인 관점에서 보면 한 억압받는 계급은 계급의 저항의식을 형성하게 되고, 나아가 기존의 사회제도를 뒤엎고, 계급 해방과 자유를 쟁취하는 현실적인 운동을 일으키게 된다. 미시적인 관점에서 보면 억압받는 사회계층이나 사회개체는 낮은 지위와 미천한 신분에 따른 곤경에서 벗어나기 위해서는 자신의 몸과 마음의 잠재력을 동원하여 보통 사람들은 따를 수 없는 업적을 창조할 수 있으며, 또 자신의 창조성 활동과 자유 자각적인 본질의 표면화를 통해 사회의 인정과 존경을 이끌어낼 수 있다. 1958년 5월 8일 중국공산당 제8차 전국대표대회 제2차 회의의 첫 연설에서 마오쩌둥은 다음과 같이

---

761) 위의 책, 제2권, 644쪽.

말했다. "자고로 발명가나 새로운 학파를 창설한 사람은 처음 시작할 때는 모두 젊고 학문도 많이 쌓지 못해 무시당하고 억압받는 이들인 경우가 많다. 그 발명가들은 후에 장년, 노년을 거치면서 비로소 학문이 깊은 사람으로 성장한다. 그것이 보편적인 법칙인지 아닌지는 아직 인정할 수 없기 때문에 조사 연구를 더 거쳐야 한다. 그러나 다수의 경우는 그렇다고 말할 수 있다." 그리고 그는 고금동서의 정치·군사·과학·문화 방면의 걸출한 인물을 약 40명 가까이 열거하면서 뭔가 발명하고 창조한 사람들이 처음에는 혹자는 억압받고 능욕을 당하고 무시당하는 사람이었거나, 혹자는 귀족 출신이지만 별로 명성은 없고 명리에 시달리지 않은 사람들이라고 설명하였다.

대체로 1958년 후에서 1960년대까지 사이에 마오쩌둥은 왕발의 「가을날 초주의 학사호 가택에서 최사 군과 송별하며 서」(秋日楚州郝司戶宅餞崔使君序)라는 글을 읽고 천여 자 되는 평어와 주해를 썼다. 그는 왕발의 출신에 대한 고증을 거친 뒤 그의 작품에 대해 이렇게 분석하였다. "이 사람은 재능이 뛰어나고 학식이 넓으며 그가 쓴 글은 유창하고 아름다울 뿐 아니라 그때 당시 봉건 성세의 사회적 동태를 반영하였는데 읽을 만하다. 이 사람은 평생 운이 안 좋아 여기저기서 벌을 받았고, 괵주(虢州)에서는 거의 죽을 뻔하였다. 그러므로 그의 글은 유창하고 아름답지만 온통 불만으로 가득하다. 두보(杜甫)가 "초당사걸 시인이 쓰던 시는…불후의 명작으로 만고에 길이 전해지리."라고 말하였는데, 참으로 적절한 표현이다. 이 글들은 여전히 변려문이었지만, 초당시기 왕발 등 이들의 독창적인 신변(新駢)·활변(活駢)은 육조시기의 구변(舊駢)·사변(死駢)과는 천양지차였던 것이다. 왕발은 7세기의 인물로 천여 년 동안 대다수 문인들은 모두 초당사걸을 지지하였으며 반대하는 이는 고작 소수에 불과하였다. 겨우 스물여덟 살밖에 안 된 사람이 16권의 시문 작품을 썼으니 왕필(王弼)의 철학(주관유심주의)은 가의(賈誼)의 역사학, 정치학에 견줄 만하다. 이들은 모두 소년 시기부터 뛰어난 재능을 보였으며 가의는 서른 몇 살에 죽고 왕필은 스물네 살에 죽었다. 그리고 이하(李賀)는 스물일곱에, 하완순(夏完淳)은 열일곱에 죽었는데 모두 잘생긴 천재였는데 너무 일찍 죽은 것이 애석할 뿐이다."[762] 마오쩌둥은 찬양과 함께 또 느낀 바를 밝혔다. "젊은이들이 늙은이보다 낫다. 가난한 사람, 신분이 미천한 사람, 무시당하던 사람, 지위가 낮은 사람들이 70%이상이 넘는 발명 창조를 완성한 것이다. 중장년 중 30%의 의욕이 넘치는 이들도 발명 창조를 한다. 이러한 3대 7의 비례에 대해서는 모두들 깊이 생각해 봐야 한다. 결론은 그들이 가난하고 신분이 미천하지만 기력이 왕성하고 맹목적인 믿음이 적으며 걱정이 적고 두려운 것이 없어 대담하게 생각하고 대담하게 말하고 대담하게 해낼 수 있다."[763] 마오쩌둥이 보기에는 착취당하고 억압당하는 사람, 출신이 가난하고 비천하며 지위가 낮은 사람, 이름이 알려지지 않고 남들에게 무시당하는 사람, 역경에 처하여 온갖 억압을 당하는 사람들은 자연적으로 저항의식과

---

762) 장이지우(張貽玖), 『만년의 마오쩌둥과 중국 고전 시사(晚年毛澤東與中國古典詩詞)』, 춘추출판사 1989년 판.

763) 『문사고적 관련 마오쩌둥의 평어집』, 중앙문헌출판사, 1993년 판, 11~12쪽.

신분의 평등을 추구하고자 하는 갈망을 느끼기 때문에 왕성한 생명의 활력과 적극적이고 진취적인 혁신정신을 갖추었다. 가난하고 비천하며 우울한 것과 생명력이 왕성한 것, 억압당하고 모욕당하는 것과 분투 혁신은 필연적인 연계가 있다. 반면에 집안이 유족하고 높은 지위에 있는 사람, 이익과 관록, 명예와 지위에 시달리며 안일을 추구하는 사람은 현실에 안주하며 앞으로 나갈 생각을 하지 않는다. 그리하여 압박자·착취자와 피압박자·피착취자, 높은 지위에 있고 명성을 떨쳐 평판이 좋은 사람과 신분이 낮고 가진 게 없으며 이름이 알려지지 않은 사람은, 각자의 이익이 다르고 생명에 대해 느끼는 바가 다르며 생활태도가 다른 만큼 그 심성과 품격도 각기 다르다. 억압당하는 자는 억압에서 벗어나 평등과 자유를 추구하기 위하여 분투하고 맞서 싸우며, 창조하기 때문에 굳세고 왕성하며 생생한 생명력을 가지고 있는 반면, 압박자와 통치자는 자기 기득 이익을 지키기 위해 현실에 안주하고 낡은 것을 답습하며 기존의 정치·경제·사회질서와 사상·문화·도덕관념을 영구화, 고정화하려고 애쓰며, 또 신구 두 가지 사회세력의 투쟁이 점점 치열해질 때에는 천리와 인심에 따르지 못하고 시대와 함께 나가지 못하며 혁신을 어려워하면서 결국은 반동으로 나가게 된다. 그리하여 비천한 자의 총명·지혜·뛰어난 재능과 고귀한 자의 시비를 못 가리고 용속하며 무능함, 비천한 자의 생기발랄함·진취적인 기개와 고귀한 자의 패기가 없고 무기력하며 쇠퇴되어가는 것 간의 비교가 뚜렷하게 드러난다. 새것과 낡은 것, 고귀한 것과 비천한 것 두 가지 사회세력의 겨룸에서, 하층의, 비천한 자는 처음에는 힘이 약하지만 그 중에 강인함과 웅건함과 위대함이 자라고 있으나 고귀한 압박자는 겉으로는 힘이 강한 것처럼 보이지만 그 본질은 보수적이고 퇴폐적이며 썩은 것이다. 비천한 자는 신분과 사회지위의 평등을 쟁취하는 투쟁에서 자신을 강대하고 충실하며 가치가 있는 존재로 변화시키게 되며 결국 압박받고 노역을 당하는 처지에서 벗어나 자신과 사회의 주인이 되는 것이다. 억압은 자존감을 자극하고 자존감은 자강으로 이어지며 자존 자강하는 내면의 정신은 필연적으로 혁신적이고 진취적인 객관적 물질 활동을 일으키게 된다. 인생의 주체는 바로 그러한 억압-혁신의 규칙적인 운동 속에서 충실해지고 완벽해진다. 역경에 처하는 것은 물론 인생의 불행이지만 행복과 불행은 변증 통일을 이룬다. 역경은 사람의 정상적인 발전에 불리하기 때문에 인생에 여러 가지 고통과 근심을 더해준다. 그러나 역사적으로 그리고 현실에서 뛰어난 재능을 갖춘 위대한 인물은 대부분 역경 속에 나타났으며 역경과 싸우는 과정에서 뛰어난 능력을 깨닫게 되고 투쟁을 거쳐 정복하는 큰 즐거움과 큰 희열을 느꼈던 것이다. 역경은 사람의 지식과 재능을 키워주고 의지와 품격을 연마하며 정신적 경지를 높일 수 있다. 이는 옛 성인과 성현들이 오래 전에 이미 알게 된 이치이다. 맹자는 이렇게 말했다.

"순(임금)은 밭에서 농사를 짓다가 등용되었고, 부열(傅說)은 담을 쌓는 일을 하다가 등용되었으며, 교격(膠鬲)은 생선과 소금을 팔다가 등용되었고, 관이오(管夷吾, 관중의 본명)는 옥졸에게서 구원되어서 등용되었으며, 손숙오(孫叔敖)는 바닷가에 은거하던 곳에서 등용되었고, 백리해(百裏奚)는 노예시장에서 구원되어 등용되었다. 그래서 하늘이 장차 어느 한 사람에게 중임을 내리려면 반드시 먼저 그의 마음을 힘들게 하고 그의 근육과 뼈를 지치게 하며 그의 육체를 굶주리게 하여 몸을 야위게 하며, 그에게 가난과 어려움의 고통을 겪게 하고 그가 하기 시작한 일을 방해한다. 그 목적은 상기 고난과 고통으로 그의 마음을 움직이고 성격을 강인하게 단련하여 그에게 원래는 없었던 능력을 갖추게 한다. 사람은 항상 잘못을 저지른 다음에야 다시 바로잡곤 하며, 마음이 울적하고 생각이 막혀 답답해야만 비로소 분발하며, 마음의 정서가 얼굴에 드러나고 목소리를 통해 표현되어야만 비로소 다른 사람의 이해를 받게 된다. 한 나라가 만약 대내로는 확실하게 법도에 따르는 대신과 임금을 보필할 수 있는 현인이 없고 대외로는 그에 대적할 수 있는 인국이나 외환의 두려움이 없다면 늘 나라가 망할 위험에 직면하게 된다. 이로부터 근심과 재난은 사람을 생존시키기에 충분하고 안일과 향락은 사람을 멸망시키기에 충분하다는 도리를 알 수 있다.(舜發於畎畝之中, 傳說擧於版築之間, 膠鬲擧於魚鹽之中, 管夷吾擧于士, 孫叔敖擧于海, 百里奚擧於市. 故天將降大任於斯人也, 必先苦其心志, 勞其筋骨, 餓其體膚, 空乏其身, 行拂亂其所爲, 所以動心忍性, 增益其所不能. 人恒過, 然後能改; 困於心, 衡於慮, 而後作; 徵於色, 發於聲, 而後喻. 入則無法家拂士, 出則

無敵國外患者, 國恒亡. 然後知生於憂患而死於安樂也.)"**764**

　　순임금·부열·교격·관중·손숙오·백리해 등 고대의 성군과 현명한
재상, 유능한 신하는 모두 하층 민중들 속에서 발탁 등용되었다. 하
늘이 장차 어떤 사람에게 중임을 맡기려 할 때면 반드시 그 사람의
마음을 고통스럽게 하고 그의 살과 뼈를 고달프게 하며 그의 배를
굶주리게 하고 그의 몸을 곤궁하게 하여 그의 모든 행동이 항상 뜻
대로 되지 못하게 한다. 그렇게 하면 그의 마음을 흔들고 그의 성정
을 굳세게 단련시키며 그의 능력을 키울 수 있다. 한 사람이 자주 잘
못을 저질러야만 그 잘못을 바로잡을 수 있고, 마음이 고통스럽고 생
각이 막혀 답답하여야만 분발하여 창조할 수 있으며, 사상 감정을 얼
굴에 드러내고 말로 표현하여야 사람들이 이해할 수 있다. 한 나라
는 국내에 법도에 따르는 대신과 임금을 충분히 보필할 수 있는 지식
인이 부족하고 국외에 그에 대적할 수 있는 인국과 외환에 따르는 두
려움이 없으면 멸망하기가 쉽다. 이로부터 우환은 사람을 생존시키기
에 충분하고 안락은 사람을 죽게 하기에 충분하다는 이치를 알 수 있
다. 송대의 유학자인 장재(張載)는 「정몽·건칭편(正蒙·乾稱篇)」에서 "부
귀와 행복의 은택은 나의 삶을 넉넉하게 하는 것이요, 빈천과 우환
은 나를 도와 하나의 사업을 성취시켜주는 것이다.(富貴福澤, 將厚吾之
生也; 貧賤憂戚, 庸玉汝於成也.)"라고 말했다. 그는 다음과 같이 주장하
였다. "사람은 천지자연의 소생으로서 천지자연의 성정을 이어받았기

---

764) 『맹자·고자하』

때문에 마땅히 천지자연과 뜻을 같이 하여야만 사람임에 부끄러움이 없을 것이다. 하늘이 사람에게 부귀와 행복을 내려주고 또 빈천과 우환도 주었다. 양자는 인생의 두 가지 상황으로 상반되는 성격을 띠었지만 인생에는 모두 의미가 있다. 사람은 부귀와 행복 속에서 삶의 여유와 낙을 누릴 수 있는 반면에 빈천과 우환 속에서는 단련을 겪고 최고의 성취를 이룰 수 있다. 빈천과 우환, 시련을 거쳐야 성공할 수 있다는 견해는 서양의 사상가들도 갖고 있었다. 독일의 파울젠은 행복과 역경이 사람의 성격에 미치는 영향에 대해 논하면서 이렇게 말했다.

> 행복과 성공은 사람을 쉽게 자족하게 하고 자만에 빠뜨리곤 한다. 행복을 누리는 자는 비록 남을 평가하는데 밝지만 항상 자기 자신에 대해서는 정확히 알지 못하고 자기 공로를 자랑하면서 남이 불우한 처지에 처하게 되면 무능하다고 여긴다. 그리하여 남의 노력을 소중히 여길 줄 모르고 남이 곤궁에 처한 것을 보고도 연민을 느끼지 못하며 갈수록 제멋대로이며 교만하고 사치스러워져 신과 사람의 공분을 자아낸다. 무릇 전쟁에서 이겼다고 교만한 자는 항상 이웃 나라를 경시하고 약자를 능멸하며 패자를 학대하면서 스스로 안전하다고 여기지만 하루아침에 멸망에 이를 수 있다.[765] 행복한 자가 멸망에 이르는 매개의 증거는 이러하다. 한편 불행한 처지에 처

---

765) 파울젠, 앞의 책, 171쪽.

하였을 경우 예를 들어 실패하였거나 곡절을 겪거나 하는 것은 우리를 단련시키기에 알맞아 더 강해지고 순수해지게 하는 효과를 가져 온다. 우리가 불행을 당한이상 억압에 저항하는 탄력, 변화에 끄떡 않는 절개를 연마할 수 있다. 그렇기 때문에 의지가 더 단단해지고, 한편 인내력과 겸양의 미덕도 그 과정에서 양성할 수 있다.…가장 고상한 도덕은 간난신고를 당하지 않고서는 완성할 수 있는 사람이 없을 것이다.[766]

사람은 행복과 성공, 꽃과 영예로 가득 찬 순경에 처해 있을 때는 쉽게 자기만족에 빠지고 현실에 안주하는 마음이 생겨 사치스럽고 오만하며 나태한 태도를 보이며, 날이 갈수록 생기를 잃어 결국은 쇠퇴되어 멸망에 이른다. 반대로 사람이 불행을 당하고 실패를 거듭하며 순탄치 않아 침체되면 굳세고 인내하며 겸양하는 고상한 도덕을 기를 수 있다. 마오쩌둥은 파울젠의 이러한 논점에 대해 극찬하였다. 그는 그 부분을 읽으면서 붓을 휘둘러 "우매한 사람을 일깨워주는 말"이라고 써놓았다. 마오쩌둥은 여러 역사시기의 다양한 장소에서 역경이 의지를 연마하고 지식을 얻을 수 있게 한다는 도리를 거듭 강조하였다. 그는 소련의 『정치경제학 교과서』를 읽고 견해를 밝히면서 다음과 같이 말했다. "총명한 사람은 흔히 지위가 낮고 남에게 무시당하며 또 모욕을 당하였던 적이 있는 젊은이들 중에서 나온다"고 말했다. 사회주의사회도 예외가 아니다. 큰 공장은 설비가 좋고 기술

---

766) 위의 책, 172쪽.

이 선진적이라는 이유로 흔히 틀만 차리고 현 상태에 안주하며 진취하려들지 않기 때문에 그들은 창조성면에서 늘 작은 공장들을 따라가지 못한다. 지식은 어려움을 이겨내는 과정에서 얻는 것이다. 굴원이 만약 계속 벼슬을 하였다면 그의 글은 있을 수 없었을 것이다. 그러나 벼슬을 잃었기 때문에 사회생활에 더 가까이 다가설 수 있었으며, 「이소(離騷)」와 같은 훌륭한 문학작품이 생겨날 수 있었던 것이다. 공자도 수많은 나라들에서 좌절을 당하였기 때문에 다시 돌아와 학문을 연구하게 된 것이다. 그는 일부 '실업자'들을 불러 모아 여기저기 돌아다니면서 품을 팔려고 하였지만, 그들에게 일을 시키려는 사람이 없었다. 줄곧 뜻을 펼 수 없으니 어쩔 수 없이 민요(『시경』)를 수집하고 사료(『춘추』)를 정리하였던 것이다." 1962년 1월 마오쩌둥은 중앙업무 확대회의 연설에서 "사람이 올라가기만 하고 내려가지 못하면 안 된다. 어떤 사람은 실수를 하여 동지들의 비평과 상급자의 평가를 거쳐 강직(降職, 직위가 낮아지는 것-역자주)되거나 혹은 전근(轉勤)될 수 있고, 혹자는 상급 지도자가 그에 대해 잘못 처리하여 강직되거나 혹은 전근되어 억울하게 누명을 쓸 수도 있다."라고 말했다. 그는 또 그러나 "그러한 강직 혹은 전근은 옳건 그르건 모두 이로운 것이다. 혁명 의지를 단련할 수 있고, 많은 새로운 상황을 조사 연구하여 유익한 지식을 넓힐 수 있는 기회를 얻을 수 있끼 때문이다. 나 자신이 바로 이런 방면에서 경험을 얻은 바 있으며, 덕분에 큰 이로움을 얻었다. 믿기지 않는다면 한번 시도해 보는 것도 괜찮다."[767]

767) 『마오쩌둥문집』 제8권, 앞의 책, 291쪽.

이 논점을 증명하기 위해 그는 즉흥적으로 사마천의 『임 소경에게 보내는 답서』(報任少卿書) 속의 한 단락을 읊었다.

"옛날 주 문왕 희창(姬昌)은 감옥에 갇혀 있는 동안 『주역』을 늘려 썼고, 공자는 곤경에 처했을 때 『춘추』를 편찬하였으며, 굴원은 초나라에서 추방되자 『이소』를 만들었고, 좌구명은 장님이 된 후에야 『국어』를 만들었으며, 손빈은 종지뼈가 잘린 뒤에야 『병법』을 만들었고, 여불위는 촉나라에 귀양 가서 『여씨춘추』를 지었으며, 한비는 진나라에 감금된 몸으로 『설난』, 『고분』 등의 문장을 지었다. 『시』 300편 중 대다수가 일부 성현들이 분개한 감정을 토로하고자 지은 것이다.(文王拘而演《周易》; 尼厄而作《春秋》; 原放逐, 賦《離騷》; 左丘失明, 厥有《國語》; 孫子臏腳, 兵法修列; 不違遷蜀, 世傳《呂覽》; 韓非囚秦, 《說難》, 《孤憤》; 《詩》三百篇, 大抵賢聖發憤之所為作也.)" 마오쩌둥이 이 말을 인용한 의도는 위의 탁월하고 특별한 사람들이 역경 속에서 억압을 당하고 마음이 우울할 때에도 이상을 추구하려는 마음은 조금도 줄어들지 않았고 여전히 지난날을 회상하고 앞날에 마음을 기탁하며 분발하여 자기 가치를 실현한 사실로써 역경에 처하였을 경우, 좌절과 실수 앞에서 정신을 가다듬고 분발하여 목표를 향해 노력하도록 당의 간부들을 교육하기 위한 데 있었다. 마오쩌둥은 옛날 사람들이 문왕(文王)을 옥에 가두고, 공자를 곤경에 빠뜨리며, 굴원을 추방하고, 손빈(孫臏)의 종지뼈를 잘라낸 것처럼, 간부와 동지, 그 누구에게도 이유 불문하고 잘못된 처벌을 하는 것을 제창하지 않았다. 마오쩌둥 본인도 잘못된 처벌을 당하는 등 부당한 대우를 받거나 혹은 다른 사람이 그런 부당한 대우를 받는 것을 싫어하였다. 그의 뜻인 즉 "인류사회의 여러 역사단계에서 항상 그렇게 처벌이 잘못되는 사실이 있었다. 계급사회에서는 그런 일이 허다하였다. 사회주의 사회에서도 피할 수 없다. 올바른 노선으로 이끌던 시기이든 그릇된 노선으로 이끌던 시기이든 그런 일은 모두 피할 수 없는 일이다"[768]라고 했다. 그러므로 역경과 억울함에 대해 마땅히 올바른 인식이 있어야 한다. 즉 역경과 억울한 경우로 인해 소극적인 태도를 보이며 격분하고 불만을 드러낼 것이 아니라, 그것을 일종의 도움이 되는 교육으로 간주하고 단련할 수 있는 기회로 생각해야 한다는 것이다. 마오쩌동 본인도 억울하게 누명을 쓰거나 역경에 처하였을 때도 항상 활달하고 드넓은 도량을 보였으며, 혁명의 열정이 조금도 줄어들지 않았고, 정치적 신앙이 추호도 흔들리지 않았으며, 오히려 의지가 더욱 단련되고 더욱 지혜로워졌다. 그는 과거 세 차례 '좌'경 노선시기에 출당, 정치국 위원후보 해임, 홍군에서 축출 당한 것을 포함해 총 20차의 처분과 타격을 받았다. 그의 올바른 의견이 대다수 동지들의 찬성을 얻지 못하였을 때도 그는 마음이 매우 괴로웠다. 그러나 공산당원의 일원으로서 그는 의견을 보류하고 억울함을 참으며 여전히 조직의 결정에 따랐으며 조직의 결정을 이행하는 과정에 인내심을 가지고 세밀하게 동지들을 설득하였으며, 또 불리한 처지가 혁명가에게는 일종의 소중한 시련이라고 생각하였던 것이다.

---

768) 위의 책, 292쪽.

3. 순경과 역경 속에서 위대하고 아름다운 인생 완성

고대 로마의 정치가이자 철학자이며 비극 작가이자 웅변가이며 스토아파의 대표 인물이었던 세네카는 "행운도 부러운 일이지만 역경을 이겨내는 것은 경탄할 일이다."라고 말했다. 영국의 철학자 프랜시스 베이컨은 「역경을 논하다」라는 글에서 상기의 명언을 인용하면서 "행운에 필요한 미덕은 절제이고, 역경에 필요한 미덕은 인내이다. 후자는 전자보다 훨씬 더 어려운 일이다."[769]라고 말했다. 마오쩌둥도 순경과 역경에 대해 일관되게 절제하고 인내하는 태도를 취하였으며 겸손과 학습 그리고 인내의 정신을 제창하였다.

첫째, 마오쩌둥은 순경에 처하였을 때 성공과 영예 앞에서 겸손하고 절제하며 교만함과 성급함을 경계하면서 계속 앞으로 나아갈 것을 주장하였다. 중국공산당 제7기 중앙위원회 제2차 전체회의에서 마오쩌둥은 승리를 거둔 뒤 당내에서 스스로 공로가 있다고 여기며 교만하고 멈춰 서서 앞으로 나아가지 않으며 향락만 탐하는 정서가 생길 수 있는 가능성에 대비하여, 전당 동지에게 겸손하고 신중하며 교만함과 성급함을 경계하고 극기 절제하며 분투해야 한다고 타일렀다. 그는 이렇게 말했다.

> "전국적인 승리를 쟁취한 것은 만리장정에서 첫 걸음을 뗀 것에 불과하다. 만약 그 한 걸음도 자랑거리가 된다면 그것은 보잘 것 없는 것이다. 더 자랑스러운 것은 뒤에 있다. 몇 십

---

769) 프랜시스 베이컨, 『인생론』, 후난문예출판사 1992년 판, 41쪽.

년이 지난 후에 중국 인민의 민주혁명의 승리를 되돌아보았을 때, 그것은 마치 긴 장막극의 아주 짧은 서막에 불과하다는 것을 느끼게 될 것이다. 극은 반드시 서막에서 시작되지만 서막은 고조가 아니다. 중국혁명은 위대하지만 혁명 이후의 길은 더 길고 사업은 더 위대하고 더 험난하다. 이 부분에 대해 지금 당내에서 분명히 설명해야겠다. 그래서 동지들이 겸손하고 신중하며 교만하지 않고 조급해하지 않는 기풍을 계속 유지하도록 해야 하며 동지들이 간고 분투하는 기풍을 계속 유지하도록 해야 한다."[770]

공산당원, 특히 고위 지도간부들 사이에서 교만하고 자만하는 정서가 생기는 것을 방지하고 개인숭배와 맹목 신뢰를 방지하기 위해 제7기 2중 전회에서는 또 생일잔치를 치르지 않고, 선물을 주지 않으며, 술을 적게 권하고, 박수를 적게 치며, 지명에 인명을 사용하지 않고, 중국의 동지를 마르크스·엥겔스·레닌·스탈린과 나란히 열거하지 말 것을 규정지었다. 새 중국이 창립된 후 당내 일부 동지들은 혁명의지가 다소 쇠퇴되고 혁명열정이 다소 부족하며 전심전력으로 인민을 위해 봉사하는 정신도 약화되었고, 지난날 적과 싸울 때의 그런 필사적인 정신이 약화된 반면에 예를 다투고 이익을 추구하는 경향이 늘어났다. 그러한 소극적인 현상에 대해 마오쩌둥은 "지난날 혁명전쟁 시기의 그러한 힘, 그러한 혁명열정, 그러한 필사적인 정신을 유

---

770) 『마오쩌둥선집』 제4권, 앞의 책, 1438~1439쪽.

마오쩌둥 인생 여정에 대한 철학적 해석

지하면서 혁명 사업을 끝까지 전개해나가야 한다."771)라고 전 당 동지들에게 간곡하게 타일렀다. 아울러 정풍운동을 통해 간고 분투하는 전통을 계속 발양해나갈 수 있기를 희망하였다.

둘째, 마오쩌동은 역경 속에서도 낙관적이고 굳세며 불요불굴의 의지를 유지할 것을 주장하였다. 그의 그러한 주장은 3가지 면에서 구체적으로 반영되었다.

① 힘겹고 고통스러우며 어둡고 험악한 역경 속에서 밝은 앞길을 내다볼 수 있었던 데서 반영된다. 그는 일종의 신생 사회역량으로서의 무산계급은 자연계와 인류사회의 발전법칙을 장악하고 인류사회의 발전추세와 서로 일치하는 진보적이고 정의로운 사업에 종사하고 있다고 주장하였다. 그러한 성질로 볼 때 무산계급은 절대 실패할 수 없는 역량이다. 처음에는 세력이 비록 보잘 것 없고 약하지만 결국은 크게 발전할 것이다. 반대로 모든 오랜 세력은 한때는 강하더라도 결국은 소멸되게 된다. 때문에 우리는 인간세상에서 맞닥뜨리게 될 그 아무리 막심한 어려움도 경멸할 수 있고, 또 반드시 경멸하여야만 하며, 그것을 "전혀 문제가 되지 않는 만만한 위치"에 놓아야 한다. 종합적으로 전략적인 측면에서 우리는 어려움을 경멸하고 투쟁의 용기를 키워 승리에 대한 확고한 자신감을 세워야 한다. 그러나 전술적으로는 구체적인 문제의 해결에서 우리는 모든 어려움을 중시하고 진지하게 대처하며 조건을 마련하고 방법을 강구하여 어려움을 극복하여야 한다. 1927년 장제스가 혁명을 배신하고 공산당원을 피바람 부

771) 『마오쩌동문집』 제7권, 앞의 책, 285쪽.

는 험악한 경지에 몰아넣었을 때, 마오쩌둥은 "강물에 술을 흩뿌리는 강개한 이 내 마음/설레는 이 내 마음의 물결 장강의 파도보다 더 높구나"라고 읊었다. 이는 용감하게 희생된 혁명 열사를 비통한 마음으로 애도하면서 가슴속에 여전히 혁명을 향한 거센 불길과 호방한 감정이 북받치고 있음을 반영했다. 그는 정권은 총대에서 나온다는 유명한 논단을 제기하고 군사투쟁을 전개하고, 무장봉기를 일으키며, 농촌혁명 근거지를 세우고, 농촌에서 도시를 포위하여 최종 전국의 정권을 장악하는 중국혁명의 독특한 길을 걷기 시작하였으며, "작디작은 불씨가 온 들판을 다 태울 수 있다'라는 유명한 논단을 제기하였다. 일본 침략자들이 중국에 대한 대규모 침략전쟁을 발동하여 망국의 논조로 중국 전역이 떠들썩할 때, 그는 국내외 정세를 투철하게 분석하여 일본 침략전쟁의 야만성과 후진성 및 비정의성 그리고 중국 항일전쟁의 진보성과 정의성을 제시하였으며, 항일전쟁은 지구전이고 최후의 승리는 중국의 것이라는 과학적 결론을 얻어낸 뒤 중국 인민을 이끌고 더없이 험난하고 힘겨운 항일전쟁을 성공적으로 치렀다. 그 후에는 또 국민당 반동파와 중국의 앞날과 운명을 결정짓는 대결전을 치렀다. 장기적인 전쟁 과정에서 마오쩌둥은 항상 필승의 신념에 차있었으며, 원대한 정치적 안목과 뛰어난 투쟁 예술 그리고 탁월한 군사지휘 능력을 남김없이 보여주었다.

② 역경 속에서 낙관적이고 호방한 정신을 유지한 데서 반영되었다. 고금을 막론하고 전례가 없는, 세계적으로 유명한 2만 5천리 장정 과정에서, 마오쩌둥과 공농 홍군은 적군의 포위와 추격 그리고 차

단을 당하고 설산과 초원에서 추위와 굶주림에 허덕이면서 사망의 위협을 견디면서도 혁명에 대한 희망을 추구하고 언제나 확고한 혁명 낙관주의정신을 유지하였다. 마오쩌둥이 장정 과정에서 널리 사람의 입에 오르내리던 시사가 바로 그러한 낙관주의 정신에 대한 예찬이다. "철통같은 웅장한 요새라 하여 넘기 어렵다고 말하지 마라, 지금 우리는 그것을 정복하고자 나서련다!(雄關漫道眞如鐵, 而今邁步從頭越)" 얼마나 자신감에 넘치고 기세가 드높은 구절인가! "홍군은 만리 장정 길의 그 어떤 고난과 어려움도 두려워하지 않는다네. 그지없이 멀고 험한 길도 지극히 예사로운 일로 생각하노라.(紅軍不怕遠征難, 萬水千山只等閑)" "더 기쁜 것은 눈으로 뒤덮인 천리 민산에 오른 것. 민산을 넘어선 홍군전사의 얼굴마다에 웃음꽃이 활짝 피었네.(更喜岷山千裏雪, 三軍過後盡開顔)" 그처럼 어려움을 경멸하고 고생을 낙으로 삼았다. "지금 내 손에 밧줄을 쥐고 창룡을 잡아 묶을 때만 기다리노라.(今日長纓在手, 何時縛住蒼龍)"772이 또한 얼마나 기대와 집념이 넘치고 호기롭고 웅장한 기백이 넘치는가! 마오쩌둥은 평생 혁명적 낙관주의와 낭만주의 심경을 유지하였으며 그러한 낙관적이고 낭만적인 심경은 또 현실주의의 실무정신과 서로 연결되어 있고 서로 결합되어 있었다.

③ 역경 속에서도 독립적이고 두려움이 없으며, 변화무쌍한 환경에 처해도 놀라지 않은 데서 반영되었다. 새 중국이 창립된 후, 서양 국

---

772) 이 구절의 숨은 뜻 : 오늘날 공산당의 지도아래 혁명 무장 세력이 형성되었으니 국민당 반동파를 무찌를 날만 기다리노라.

가들이 중국에 대한 경제적 봉쇄와 정치적 고립, 군사적 공갈과 전복을 실행하였다. 1950년대 후반부터 중국공산당과 소련공산당은 전쟁과 평화, 평화적 과도, 평화적 경쟁 그리고 사회주의 길 등 중대한 문제에서 의견 차이와 논쟁이 일어나기 시작하였다. 소련공산당은 중공중앙에 보낸 통지서와 잇따라 발표한 수백 편의 글을 통해 중국공산당의 대내외 정책을 전면 공격하였다. 많은 형제당도 결의와 성명 혹은 글을 발표하여 중국공산당을 비난하였다. 여러 나라의 역사적 조건과 현실적 특점이 서로 다르고 여러 나라 공산당이 취한 방침과 정책이 다르므로, 사상 인식에 의견 차이가 있는 것은 원래 정상적인 현상이다. 그런데 '아버지당'이요 '혁명의 중심'으로 자처하는데 습관이 된 소련공산당 지도자는 중·소 양당의 이데올로기 방면의 차이를 국가관계로 확대시켰고, 일방적으로 계약을 파기해버리고 전문가를 철거시키면서 중국에 대한 경제기술 지원과 중요한 장비 공급을 중단하였다. 2차 세계대전 이후 국제 공산주의운동이 한동안 눈부신 발전 단계를 거쳤으나 1960년대에 들어서서부터 우여곡절을 겪었다. 게다가 우리는 업무상의 실수와 자연재해로 인해 국민경제가 심각한 어려움을 겪게 되었다. 그때 당시의 국제 국내 정세는 그야말로 "온통 흰 눈에 뒤덮인 한겨울(雪壓冬雲)"이요, "온갖 꽃이 모두 시들어 떨어진 것(萬花紛謝)"이라고 말할 수 있다. 국제투쟁의 큰 변화 앞에서 마오쩌둥을 위수로 한 중국 공산주의자들은 서양 국가의 위협과 대국 쇼비니즘의 압력을 이겨내고 독립자주와 자력갱생의 정신을 발양하여 중국 국정에 어울리는 사회주의 건설의 길을 모색하였으며, 업무상의 결함과 실수를 바로잡아 중국공산당의 독립적 지위와 중화민족의 존엄을 지켰으며, 또 중국의 국민경제를 회복시키고 발전시켰다. 마오쩌동이 이 시기에 지은 시가 중에서 노래한 어지러운 구름이 끊임없이 스치고 지나가도 여전히 침착하고 차분하며 태연자약한 '소나무', 눈보라를 맞받아 눈서리에도 굴하지 않고 활짝 피어나는 '홍매화', 호랑이와 표범과 곰도 용감하게 물리친 영웅호걸은 바로 위험에 직면해서도 전혀 두려워하지 않고 변화무쌍한 환경에 처해도 놀라지 않는 그와 중국 공산주의자들의 인격 특징에 대한 진실한 묘사이다. 마오쩌동은 인생의 길은 순경과 역경이 서로 엇갈려 있고 고락이 공존하며, 인생을 완성하는 데서 역경이 순경보다 더 가치가 있다고 여겼기 때문에, 순경 속에서 절제하고 역경 속에서 인내할 것을 주장하였고, 사람들에게 혹독한 시련을 겪어 세상 물정을 알며 투쟁 속에서 단련 받고 성장할 것을 호소하였다. 그 본인의 인생 실천과 특별하고 남다른 인격적 특성이 바로 그러한 인생 견해에 대한 현실적인 시연과 전형적인 범례였다.

제4장
사랑과 혼인

　사랑과 혼인은 인생의 두 가지 큰 과제이다. 사랑과 혼인은 사람들에게 명랑한 기쁨을 줄 수도 있고 큰 고통을 줄 수도 있다. 고금을 막론하고 어떤 사람은 세상의 모든 아름다운 말로 사랑을 찬미하고 어떤 사람은 사랑에 원망을 품고 심지어 사랑을 저주하기까지 한다. 또 어떤 사람은 사랑을 위해 온 몸과 온 마음을 다하고 심지어 희생하는 것으로 사랑을 빛내고, 또 어떤 사람은 천박하고 속된 마음으로 사랑을 이해하며, 심지어 수단과 방법을 가리지 않고 인류의 이 가장 아름다운 감정을 짓밟고 해치기까지 한다. 사람들의 사랑과 혼인에 대한 이해는 한 사람의 마음세계를 거울처럼 비추고 창문처럼 드러낼 수 있다. 한 세대의 위인으로서 마오쩌동 역시 자신의 육체적 생명과 정신적 세계가 있고 자신의 파란만장하고 우여곡절적인 감정 경력이 있다. 그는 낡은 혼인제도에 저항하고 비난하였으며 자유로운 의지를 토대로 하고 사랑을 중심으로 하는 혼인을 추구하였다. 그는 왕성한 혈기와 총기로 사랑이라는 인류의 가장 아름다운 감정의 본질적 소양을 애써 추구하였다. 그 과정에서 그는 얻은 것도 있고 충실함과 위안도 느껴보았으며, 또 실의와 허무 그리고 고통도 느껴보

앉다. 감정의 배신을 겪었을 뿐 아니라 더욱이 거듭된 시련 끝에 지나간 사랑에 대한 가망 없는 후회도 느껴보았다. 또한 집요한 추구를 경험해보았는가 하면 방황과 곤혹도 경험하였다. 마오쩌동의 사랑과 결혼생활을 통해 우리는 마오쩌동을 더 전면적이고 더 깊이 이해할 수 있으며, 마오쩌동의 내면세계와 인격 적 특징을 이해할 수 있다.

1. 혁명이상의 격정과 남녀 사이의 감정

사랑(애정)은 남녀 사이에 생겨나는 일종의 정신적·육체적 강렬한 애모의 정으로서, 대대로 사람들의 예민한 마음을 설레게 하고 대대로 사람들의 물질적 삶과 감정 경력에 스며들어 있다. 예술가는 아름다운 말로 사랑을 찬송하고 다양한 예술형태로 사랑을 표현한다. 사상가들은 사랑의 풍부한 내용과 본질적 속성에 대해 철리적으로 사고하고 탐색한다. 고대 그리스의 철학자 플라톤(Plato, Platōn)은 「향연편(飮宴篇)」에서 사랑의 본질에 대한 변론 장면을 묘사하였는데 소크라테스의 입을 빌려 자신의 애정관을 밝혔다. "사랑이란 모든 것을 사랑하는 어진 감정이고, 영원히 살아있는 욕망이며, 죽기를 각오한 사물이 생존과 번영을 통해 생명의 영생을 이루고자 하는 욕망이다. 그리고 영혼의 아름다움은 형체의 아름다움보다 더 성결하고, 이성의 산물은 육체의 산물보다 더 숭고한 것이다." 플라톤은 남녀 사이의 연정을 정신과 영혼의 사랑에 귀결시켰으며, 한 걸음 더 나아가 인간 세상의 남녀 사이의 연정을 최종 하늘의 사랑의 신에 귀결시켰다. 이처럼 생리적 기반을 잃은 남녀 간의 애욕이 없는 정신적인 사랑은 일종의 허구한 사랑일 뿐이다. 18세기 영국의 사상가 데이비드 흄(David Hume)은 철학적으로는 유심주의 불가지론자이지만 애정관에는 일가견이 있었다. 그는 남녀 사이의 사랑은 미모에서 느끼는 즐거운 감정, 육체적 생식 욕망 및 진한 호감과 선이라는 3가지 서로 다른 인상이나 감정의 결합으로 생기는 것이라고 주장하였다. 한편 흄은 사랑의 발생을 단순하게 육체의 사랑이나 영혼의 사랑으로 돌린 것이 아니라, 사랑이 생기게 하는 생리적 요소와 심리적 요소에 주의를 돌렸다. 그러나 그는 사랑의 본질문제에 대해서는 많이 다루지 못하였다. 19세기 독일의 고전 철학자 헤겔은 이렇게 말했다. "사랑은 확실히 고상한 품성을 띤다. 왜냐하면 사랑은 성욕에만 머물러 있는 것이 아니라 그 자체의 풍부하고 고상하며 아름다운 마음도 나타내며 생기발랄하고 용감하며 희생적인 정신으로 다른 한 사람과 통일을 이룰 것을 요구하기 때문이다."[773] "그러한 상황에서 상대방은 오로지 나에게서만 살 수 있고 나도 상대방에게서만 살 수 있다. 쌍방은 그 충실한 통일체 안에서 비로소 각자의 자위적(自為) 존재를 실현할 수 있고, 쌍방은 모두 각자의 전반 영혼과 세계를 그 통일체 안에 포함시킨다."[774] 사랑은 성욕을 자연적 기반으로 삼는다. 성욕이라는 기반이 없으면 사랑도 없다. 그러나 사랑을 또 단순히 성욕에만 귀결시킬 수는 없다. 사랑은 내적으로 성욕을 포함하고 있으면서 또 성욕을 초월하여 고상하고 아름다운 내면세계의 일치와 소통을 추구한

---

773) 헤겔, 『미학』 제2권, 326쪽.
774) 위의 책, 332쪽.

다. 남녀 쌍방 중 매 한 사람의 가장 사람의 마음을 사로잡는, 생기 발랄한 행위방식 그리고 헌신적인 용기와 희생정신이 다른 한 사람과 통일을 이루게 되고, 아울러 그 통일 속에서 자유로운 자신의 존재를 체험한다. 헤겔은 사랑에 대해 남녀 쌍방이 애욕을 토대로 하는 마음의 사랑이라고 이해하였으며, 각자의 편파성을 초월하고 외적인 속박에서 벗어난, 자유 자각적이며 순수하고 고상한 정신적 사랑이라고 이해하였다. 이는 사랑의 본질을 향해 크게 한 걸음 성큼 다가선 것이다. 그러나 그는 사랑의 사회적 본질은 명시하지 못하였다. 엥겔스가 현실적인 사회관계에서 출발하여 사랑의 사회성과 역사성에 대해 지적하였다. 그는 사랑이 "사람들 서로 간에 애모를 토대로 하는 관계"[775]라면서 그 관계는 인류사회가 일정한 단계까지 발전한 결과물이라고 주장하였다. 사랑은 남녀 쌍방이 서로 사랑하는 것을 전제로 하고 상대방과 결합하려는 강렬한 염원으로 나타난다. 그것은 단순한 성욕과도 다르고 단지 의무와 혼인의 부속물이었던 고대의 사랑과도 다르다. 사랑에 대한 마오쩌동의 이해는 이전의 애정이론과 맞물리면서도 또 그만의 독특하고 남다른 점이 있다. 마오쩌동은 "이른바 성적 욕망이란, 이른바 연애란 오로지 생리적인 욕정을 만족시키는 것만 있는 것이 아니라, 정신적이고 사교적인 고상한 욕구를 만족시키는 것도 있다."[776]라고 말했다. 사랑은 남녀 사이에 생기는 육체와 정신 두 방면에서 이성에 대한 애모와 갈망으로서 사랑이 추구하는

---

775) 『마르크스·엥겔스선집』 제4권, 인민출판사 1995년 판, 234쪽.
776) 『마오쩌동 조기 문고』, 앞의 책, 437쪽.

것은 육체의 생리적 욕망과 정신의 심리적 욕망을 만족시키는 것이기 때문에 사랑을 또 애욕이라고도 한다. 애욕의 내용 중에서 육체적 욕망의 실현은 연애 쌍방에게 육체적인 쾌락을 가져다주며 동시에 인류의 재생산과 종의 번식도 보장한다. 육체적인 사랑은 사랑 혹은 애욕의 중요한 내용이지만 사랑을 단순하게 육체적인 사랑이나 육체적 욕망의 만족과 쾌락에 귀결시켜서는 안 된다. 사람의 본질적 특성은 사회성이다. 인류의 남녀 이성 사이의 사랑은 자연적인 방식이 아니라 사회적인 방식으로 이루어진다. 사랑은 사회적 교제와 정신적 소통을 통해 생기는 아름다운 감정이며 마음의 소통과 끈끈한 결합으로서 남녀 쌍방이 모두 서로의 마음을 알고 정을 깊이 나누며 자유롭게 호응하고 서로 의지하여 생사를 같이 할 것을 요구한다. 마오쩌둥이 이해하는 사랑은 남녀 사이에 존재하는, 사회적 교제를 통해 생겨나는, 육체적 정신적 욕망을 만족시키는 데 취지를 둔 강렬한 애모와 갈망의 정이다. 사랑에는 생리상의 육체적 사랑과 심리상의 정신적 사랑이 포함되어야 한다. 단 육체적 사랑은 저급적인, 동물적인 육욕의 삶이 아니라 이미 고상한 정신적 사랑에 의해 정화되고 연마되었기 때문에 사회적 의미를 갖추었다. 정신적 사랑은 육체적 사랑보다 더 고상하고 더 가치가 있다.

마오쩌둥은 사랑의 깊은 뜻을 분명히 밝혔을 뿐 아니라, 애정생활의 도덕적 요구에 대해서도 논술하였으며, 특히 남녀 간의 진실한 감정인 사랑과 이상·사업의 관계에 대해 서술하였다.

첫째, 사랑은 남녀가 서로 이해하고 서로 좋아하는 데서 생긴다. 서로 이해하는 것과 서로 좋아하는 것은 실제로 애정생활에서의 이성 (理性)과 감정의 문제이다. 남녀의 사랑은 이성적인 관찰과 판단이 필요하다. 만약 이성의 참여가 없이 본능적인 직감으로만 연애 대상을 선택하고 본능적인 충동이 애욕을 좌우지하게 방치하거나 심지어 감정적·육체적 끌림과 융합만 생각하고 삶의 다른 중요한 의미를 잊어버린다면 남녀 쌍방은 그 불건전한 감정의 불길에 휘말려 잿더미가 되어버리게 된다. 그러나 이성의 참여는 경제적 물질적 측면에서의 협애하고 저속한 것에 대해 고려하는 것이 아니거나 혹은 그것을 주요한 부분으로 여겨 고려하는 것이 아니라 연애 과정에 일방이 상대방의 이상·지향·품행·성격 등 심리적 소양에 대한 이해여야 하며, 남녀 쌍방의 조화로운 통일 가능성에 대한 판단이어야 한다. 그러한 판단은 사랑의 성공 계수를 높여준다. 첫눈에 반하거나 깊은 이해를 거치지 않은 사랑은 흔히 순식간에 왔다가 홀연히 사라지기 때문에 결실을 맺기 어렵고 오래가지 못한다. 그러나 사랑은 또 이성적인 판단이 아니다. 한 사람이 이성적인 판단의 지배를 받아 진심으로 사랑할수 없다면 그는 심리적으로 건전하지 않은 사람이다. 그의 눈과 마음에는 사랑도 없고 사랑의 대상도 없이 오직 차가운 이성적인 판단과 저속한 이익 계산, 그리고 그에게 이익을 가져다줄 수 있을지에 대한 고려뿐이다. 사랑은 이성을 배척하지 않고 이성을 필요로 한다. 그러나 이성은 사랑이 아니다. 사랑은 실제로 이성적인 이해를 기반으로 생겨난 진지한 감정이다. 그렇기 때문에 마오쩌둥은 남녀 사이를 갈라놓고 남녀가 직접 물건을 주고받지 못하게 하며, 인위적으로 경계하도록 하는 낡은 악습에 대해 크게 불만스럽게 생각하면서 '남녀가 교제를 통해 서로 마음을 알아가고 정을 나누며 이성적으로 서로 이해한 토대 위에 진지한 감정을 싹틔우고 키울 것을 제창하였다. 마오쩌둥과 양카이훼이(楊開慧)의 결합이 바로 서로 만나서 알아가다가 사랑하기까지 이르는 과정을 거쳤다. 그는 젊은 시절에 후난제1사범학교에서 공부할 때 늘 샤오쯔성·차이허썬·천창 등 학우들과 '반창양위'(板倉楊寓)에 가서 양창지 선생에게 가르침을 받고 철학·사회·인생 관련 다양한 문제에 대해 토론하면서, 아버지를 따라 창사에 살고 있는 양카이훼이를 알게 되었다. 마오쩌둥의 학식과 포부는 양카이훼이의 눈길을 끌었고 그녀를 격려해주었다. 한편 양카이훼이의 총명하고 배우기 좋아하며 평범하지 않고 초탈한 개성이 마오쩌둥에게 깊은 인상을 남겼다. 1918년 여름 양창지는 차이위안페이의 부름을 받고 베이징대학 교수로 취임하게 되면서 양카이훼이는 아버지를 따라 베이징에 거주하게 되었다. 마오쩌둥은 후난 학생들의 프랑스 고학을 조직하는 일과 후난의 군벌 장징야오(張敬堯)를 몰아내는 일로 두 차례 베이징에 갔으며, 그때 베이핑에서 양카이훼이를 만나 이해가 한층 더 깊어졌다. 타향에 거주하던 소녀 양카이훼이는 같은 고향의 지기를 만나자 저도 모르게 좋아하는 마음이 생기게 되었다. 1920년 양창지가 병으로 세상을 떠나자 양카이훼이는 창사로 돌아와 푸샹여자학교(福湘女校)에 들어가 공부하면서 반제국주의 애국주장을 선전하기 시작하였다. 그리고 그녀는 마오쩌둥의 초청으로 후난학생연합회의 선전업무를 맡았으며, 또 어머니의 동의를 받아 아버지 생전의 베이징대학 동료들로부터 받은 조의금을 학생업무의 활동경비로 내놓았다. 마오쩌동와 양카이훼이는 공동적인 이상과 지향의 토대 위에서 돈독한 우정과 사랑을 쌓았다. 1920년 열애중의 마오쩌동은 양카이훼이에게 「우미인·베갯머리에서(虞美人·枕上)」라는 사(詞)를 한 수 지어 선물하였다.

베개를 베고 누웠노라니 밀려드는 고민에 내 꼴이 말이 아니지만,(堆來枕上愁何狀)

이별의 아쉬움이 강과 바다의 파도처럼 용솟음치며 밀려오네.(江海翻波浪)

어두운 밤은 지지리 길고 날은 어찌하여 좀처럼 밝아오지 않으니,(夜長天色總難明)

외로운 마음 달랠 길 없어,(無奈披衣)

옷을 걸치고 한기 속에 앉아 외로이 별을 헤고 있네.
(起坐薄寒中)

동틀 무렵 온갖 상념이 잿더미로 변하고, (曉來百念皆灰燼)

피곤하기 이를 데 없는 이 몸 기댈 곳 없지만,(倦極身無憑)

갈고리 같은 새벽달이 서쪽으로 기울어 가는(一勾殘月向西流)

그 정경을 바라보노라니 흐르는 이 내 눈물 주체할 길이 없도다!(對此不抛眼淚也無由)

마오쩌동의 올올이 얽혀 있는 양카이훼이에 대한 그리움을 달랠 길이 없어 이리저리 뒤척이며 잠을 이루지 못한 자신의 감정을 표현한 사였다. 긴긴 밤을 추위 속에 홀로 외로이 앉아 연인을 만나게 되면 어떻게 속마음을 털어놓을지 마음속으로 상상했던 것이다. 그러나 긴 밤이 지나고 날이 밝을 무렵이 되자 밤새 쌓아올린 용기는 순식간에 사라지고 그녀에게 말하기가 쑥스러워 하는 수 없이 서쪽으로 기우는 새벽달을 바라보며 하염없이 눈물만 흘렸던 것이다. 애처롭고 애틋하며 진지하고 간절한 감정이 느껴지는 이 사는, 마오쩌둥이 양카이훼이에 대해 서로 알아가다가 사랑하기에 이르면서 생긴 강렬한 그리움과 애모 그리고 마음을 고백할 길이 없음에 견딜 수 없는 심정을 토로한 것이었다. 양카이훼이 역시 약 17, 18세 때쯤에 결혼에 대한 자신의 견해를 갖게 되었고, 모든 의식적인 결혼에 반대하였으며, 사랑을 추구하려는 마음이 생긴다면 진지하고 신성하며 불가사의한 최고급의 가장 아름다운 사랑을 잃게 될 것이라고 생각하였다고 자술하였다. 혼인에 대한 그녀의 태도는 완벽함을 추구하는 것으로서 "완전하지 않으면 차라리 없는 것이 낫다"라는 것이었다. 그녀가 마오쩌둥에 대한 많은 이야기를 듣고 그가 쓴 많은 일기와 글을 읽은 후부터 마오쩌둥을 깊이 사랑하게 되었다. 그러나 그녀는 고백하지 않고 그 사랑을 마음속 깊이 묻어두었다. 그녀는 마오쩌둥으로부터 수많은 연애편지를 받고 또 마오쩌둥의 많은 친구들로부터 그녀의 담담함에 마오쩌둥이 몹시 고민하고 답답해하고 있다는 것을 알게 되었을 때에야 그녀에 대한 마오쩌둥의 진심을 완전히 알게 되었고 그리하여 새로운 인식을 갖게 되었다. 그녀는 이렇게 말했다.

"나는 어머니를 위해 태어난 것 외에 그이를 위해서 태어났다고 생각한다. 나는 이런 상상을 한다. 만약 어느 날 그가 죽고 나의 어머니도 계시지 않는다면 나는 꼭 그를 따라 같이 죽을 것이다! 만약 잡혀가서 죽임을 당한다면 나는 꼭 그와 함께 운명을 같이할 것이다. 1920년 겨울 서로 잘 알고 깊이 사랑하는 한 쌍의 연인은 봉건적인 예교에 용감하게 도전하여 자유롭게 연애하면서 결혼하였다.

둘째, 의지는 자유로워야 하고 남녀 사이는 평등하여야 한다. 사랑은 남녀 쌍방이 서로 끌리고 깊이 애모하는 감정으로서 남녀 쌍방의 자유로운 의지, 독립적인 인격, 신분의 평등을 전제로 한다. 강제적인 혼인이나 매매혼인은 충분히 있을 수 있지만 사랑은 강제로 할 수 없고 팔고살 수도 없다. 왜냐하면 "연애는 신성한 것으로서 절대 대신할 수 없고 협박할 수 없으며 이익으로 유혹할 수 없는 것이기 때문이다!"[777] 사랑과 독립되지 못한 인격, 자유롭지 못한 의지는 공존할 수 없으며 사랑과 경제적인 불평등 그리고 남존여비·남편은 아내의 벼리(夫爲妻綱)라는 신분과 지위의 불평등은 확연히 대립되는 두 가지 사물이다. 진정한 사랑을 얻으려면 반드시 가정과 사회가 뒤엉켜 사람의 개성과 의지를 속박하는 철조망을 뚫고 사회와 가정과의 싸움을 거쳐 의지의 자유와 인격의 독립을 실현하여야 한다. 반드시 남존여비 관념을 폐지하고 여성의 경제적 그리고 업무, 참정(參政), 교제에 있어서 남자와 평등한 권리를 쟁취하여야 한다.

셋째, 사랑을 애써 추구하고 사업에 충성하여야 한다. 프랜시스 베

---

777) 『마오쩌둥 조기 문고』, 앞의 책, 419쪽.

이컨은 이렇게 말했다. "진정 위대한 인물(고대인이든 현대인이든 그 이름이 인류의 기억에 영원히 남은 사람) 중에 사랑 때문에 미친 사람은 한 사람도 없다. 이는 위대한 정신과 위대한 사업이 지나친 격정을 몰아낼 수 있음을 설명한다."[778] "어떤 사람들은 사랑하는 마음이 생겨도 그것을 절제하여 중대한 사업에 방해가 되지 않도록 할 수 있다. 사랑이 사업을 방해하게 되면 사람이 정해놓은 목표를 향해 흔들리지 않고 달려가는 데 방해가 될 수 있기 때문이다."[779] 베이컨의 사랑과 사업의 양립에 대한 관점은 교훈으로 삼을만한 것이 못되지만, 그가 사람들에게 남녀 간의 사랑에 빠져 이상과 사업 등 인생의 중요한 의미를 잊지 말라고 타일렀음은 마땅히 인정해야 한다. 사랑은 인류의 아름다운 감정으로 애정생활에 대해 추구하고 동경하며 되새겨볼 가치가 있다. 그러나 무산계급의 원대한 이상과 사업은 더욱 숭고하고 위대한 것이다. 사랑은 오로지 공동의 이상과 신념 그리고 추구하는 바를 토대로 형성된 것이어야만 진정으로 미더운 것이다. "연애와 혼인문제는 사회혁명문제의 부속 부분"[780]으로서 오직 무산계급의 이상·사업과 결합되어야만 사람의 마음을 사로잡는 매력과 숭고한 사회적 의미를 나타낼 수 있다. 마오쩌동은 청년시절에 개인과 전 인류의 삶을 향상시킬 수 있는 진리와 길을 탐구하느라고 그의 친구들과 사랑에 대해 논할 여유가 없었다. 그는 "사람의 천성, 인류

778) 프랜시스 베이컨,『인생론』, 후난문예출판사 1992년 판, 59쪽.
779) 위의 책, 61쪽.
780) 레닌의 말, 체트킨, 레닌 인상기』, 싼롄서점 1979년 판, 71~72쪽.

사회, 중국, 세계, 우주와 같은 대사에 대해서만 담론하기를 원했던 것"[781]이다. 그런 그와 양카이훼이 사이에 공동의 이상, 지향, 신앙, 사업을 토대로 한 사랑이 조용히 싹트게 되고, 또 자유연애를 거쳐 결혼을 하게 된 후 그는 순결하고 진지한 사랑을 애써 추구하는 한편 사업에도 충성을 다하면서 사랑을 혁명 사업에 종속시키고 혁명 사업에 융합시켰다. 그는 양카이훼이와 공동의 사업 과정에서 사랑을 키워가고 새롭게 가꿔나가면서도 또 혁명 사업을 위해 처자식을 떠나 개연히 먼 길에 오르기도 하였다. 「신랑에게 축복을·벗과 헤어지며(賀新郎·別友)」라는 제목의 사에서는 마오쩌둥의 드높은 혁명 열정과 처절하고 애틋한 남녀의 진정한 사랑을 담아 혁명과 사랑을 통일적으로 융합시킨 마오쩌둥의 견해와 태도를 보여주었다.

손을 흔들며 이제는 떠나자. 이별을 앞두고 쓸쓸히 마주보며 이별의 슬픔을 하소연하는 건 견딜 수가 없네다 한이 맺힌 그대의 눈가, 쏟아지려는 눈물을 가까스로 삼키고 있구려. 지난번 그 편지에 대해 아직도 오해가 남아있다는 걸 알고 있네. 허나 아무리 큰 오해라 할지라도 눈 깜짝할 사이에 사라지는 안개일 뿐, 이 세상의 지기는 그대와 나일 뿐이네. 병이 있으면 치료해야지, 하늘이 어찌 알까?
오늘 아침 서리로 뒤덮인 동문로, 새벽달이 횡당(橫塘)을 비추는데 이렇게 처량할 수가 있을까. 자동차 경적 소리에 애끓는

781) 에드가 스노우, 『서행만기』, 앞의 책, 123쪽.

이내 마음 이제부터 세상을 떠도는 외로운 나그네 신세. 근심
과 원한을 끊어버리고 혁명에 뛰어들련다. 곤륜산 절벽이 무
너지듯이, 태풍이 온 세상을 휩쓸어 가듯이. 앞으로 투쟁 속
에서 만나 우리 함께 나란히 날자꾸나.

(揮手從茲去. 更那堪淒然相向, 苦情重訴. 眼角眉梢都似恨, 熱淚欲零
還住. 知誤會前番書語. 過眼滔滔雲共霧, 算人間知己吾和汝. 人有病,
天知否?

今朝霜重東門路, 照橫塘半天殘月, 淒淸如許. 汽笛一聲腸已斷, 從此
天涯孤旅. 憑割斷愁絲恨縷. 要似崑崙崩絕壁, 又恰像颶風掃寰宇. 重
比翼, 和雲翥.)

　남녀가 만나는 기쁨과 이별하는 슬픔을 읊은 훌륭한 시가는 역대
로 많지만, 대부분 처절하고 애틋하며 부드럽고 무력하며 선정적이고
아름다운 작품들로서 깊은 사회적 의미와 사상적 의미는 부족하다.
예를 들면 당나라의 유영(柳永)은 「우림령(雨霖鈴, 빗속에 울리는 말방
울소리)」에서 이렇게 썼다.

　"쓰르라미 구슬피 울어 젖힐 제, 저무는 해 바라보며 정자를
마주하고 있자니, 쏟아지던 소나기가 막 멎었네. 성문 밖 선
술집에서 쓸쓸히 술을 마시며 떠나기 아쉬워 미적거리고 있
자니 목란주 사공이 출발을 재촉하누나. 두 손 마주잡고 젖
어드는 눈동자 마주보다가, 끝내 한마디 말 못하고 목이 메이

네. 이제 떠나면 가도 가도 끝이 없을 안개 서린 천릿길 저녁 안개 자욱한 남녘 하늘 아득히 끝이 보이지 않네. 자고로 다정한 사람은 이별을 슬퍼한다고 하였지. 하물며 쓸쓸한 가을의 이별이라니! 오늘 밤 술이 깨면 어디쯤일까? 수양버들 늘어진 낯선 강 언덕 새벽바람 불어대고 조각달이 걸렸겠지. 이번에 떠나가면 몇 해가 걸릴진대 좋은 시절, 좋은 경치 헛것이 되겠지. 천 가지 그리움이 있다 한들 그 누구에게 이야기하리?

(寒蟬淒切, 對長亭晩, 驟雨初歇. 都門帳飮無緖, 留戀處, 蘭舟催發. 執手相看淚眼, 竟無語凝噎. 念去去, 千里煙波, 暮靄沉沉楚天闊. 多情自古傷離別, 更那堪. 冷落淸秋節! 今宵酒醒何處? 楊柳岸, 曉風殘月. 此去經年, 應是良辰好景虛設. 便縱有千種風情, 更與何人說.)"

그러나 마오쩌둥의 사 「신랑에게 축복을·벗과 헤어지며」는 사회적 의미와 남녀의 사랑, 혁명의 이상과 청춘 남녀의 진심을 한데 융합시켰다. 마오쩌둥과 양카이훼이가 만나 서로 알아가고 사랑하고 함께하기에 이르는 동안 이미 10여년이 흘렀다. 그들은 서로 돕고 서로 격려하며 정이 깊어졌고 격변하는 사회와 세상에서 서로를 지기로 삼았다. 그러는 동안 수많은 이별의 슬픔과 그리움도 겪었고 만나서 서로를 위로하는 기쁨도 있었다. 그러나 짧은 만남 뒤에 또 총망히 헤어져야 하니 어찌 한이 되지 않을 수 있으며 어찌 아쉽지 않을 수 있겠는가? 또 어떻게 차마 이별의 정을 하소연할 수 있겠는가? 또 이별

후의 그리움을 하늘은 알까? 하늘도 모르는데 하물며 사람이야? 날이 밝을 무렵, 새벽달이 횡당을 비추고 서리가 내린 동문로의 쓸쓸한 분위기가 이별의 슬픔을 더해준다. 마오쩌둥과 양카이훼이의 애틋한 연정을 여기에서 남김없이 보여주었다고 할 수 있다. 자동차 경적소리와 함께 떠나는 외로운 나그네, 인생이 이쯤 되면 애간장이 녹아내리지 않을 수 없다. 그러나 마오쩌둥은 그 깊은 사랑에 사로잡힌 것이 아니라 이별의 고통을 애써 참으며 슬픔과 근심을 끊어내고 흔연히 손을 흔들며 먼 길을 떠나 혁명 사업에 뛰어들면서 양카이훼이와 미래의 혁명 투쟁에서 만나 혁명의 비바람 속에서 마치 대붕이 날개를 펴는 것처럼 어깨 나란히 함께 싸울 것을 약속한다. 이 시가에서는 드높은 혁명 열정과 애틋한 남녀의 진심이 서로 교차하면서 잘 어우러졌으며 사랑에 대한 추구와 숭고한 이상이 하나로 합쳐졌다.

  마오쩌둥은 연애자유주의와 혼인자유주의자이다. 그는 부패한 혼인제도에 반대하는 깃발을 높이 치켜들고 연애의 자유와 연애를 중심으로 한 혼인을 제창하였으며, 동시에 결혼거부동맹을 조직하여 세속적인 혼인제도의 굴레에서 벗어날 것을 주장하기도 하였다. 그는 진정한 사랑을 애써 추구하였으며, 자신이 추구하는 사랑의 의미에 대해 진지하게 생각하였다. 그는 아그네스 스메들리(Agnes Smedley)에게 남자를 사랑한 적이 있는가, 왜 사랑하게 되었는가, 사랑이 그녀에게 어떤 의미인가를 물어본 적이 있다. 양카이훼이에 대한 마오쩌둥의 사랑(그 사랑은 그의 첫 사랑이었다.) 그 사랑은 가슴속에 깊이 새겨진 사무치는 사랑이었다. 특히 훗날 장칭(江青)과 감정의 불화를 겪으면서 양카이훼이에 대한 그의 그리움은 더욱 깊어졌다.

1927년에 마오쩌둥이 추수봉기(秋收起義) 부대를 거느리고 징강산(井岡山)에 들어간 뒤로 양카이훼이와 소식이 끊어졌다. 1930년 양카이훼이는 잡혀서 옥에 갇히게 되었다. 적들은 혹독한 고문을 가하고 협박도 하고 회유도 하면서 그에게 마오쩌둥과 부부관계를 끊는다는 성명을 발표할 것을 강요하였다. 그러나 양카이훼이는 "죽는 것은 아깝지 않다. 뤈즈(潤之, 마오쩌둥의 자)의 혁명이 하루빨리 성공하길 바랄 뿐이다."라는 한마디로만 답하였다. 그는 자신의 젊은 생명과 뜨거운 피로 혁명 사업에 대한 충성과 마오쩌둥에 대한 진지한 사랑을 증명하였다. 마오쩌둥은 양카이훼이의 희생 소식을 접하고 비통을 금치 못하면서 "카이후이의 죽음은 백 개의 나로도 바꿀 수 없다."라고 말했다. 그는 사 「접련화·이숙일에게 화답하노라」(蝶戀花·答李淑壹)에서 양카이훼이를 '쟈오양'(驕楊)이라고 불렀다. 마오안칭(毛岸青)과 사오화(邵華)가 마오쩌둥에게 그 사를 써 달라고 요구하자, 그는 또 '쟈오양'을 '양화'(楊花)로 고쳐 썼다. 이는 양카이훼이를 찬미하는 마오쩌둥의 마음과 그에 대한 친밀한 마음의 발로임이 틀림없다.

2. 결혼은 "연애를 중심으로 해야"

사랑과 결혼은 서로 구별되면서도 또 서로 연결되어 있다. 사랑은 남녀 쌍방이 서로 끌리고 강하게 애모하는 감정이고, 결혼은 일정한 시대의 사회제도와 법률제도에 의해 확인되는 사회관계로서 남녀 결합의 일종의 사회형태이다. 인류의 결혼은 이성 간 결합의 사회형태로 보면 지금까지 군혼제(群婚制)[782], 대우혼제(對偶婚制)[783]와 일부일처제 3가지 기본 형태를 거쳤다. "군혼제는 미개 시대에 어울리는 것이다."[784] 인류가 동물계에서 갈라져 나온 지 얼마 안 돼 자연계와 인류 사회 그리고 인류 자신에 대한 인식 수준이 매우 낮고 자신의 혼인문제에 대한 뚜렷한 인식이 없었기 때문에 남녀의 결합은 주로 생리적 본능의 욕구와 자연적인 행동이었으며, 남녀 쌍방은 상대방에 대한 사회적 책임을 지지 않았다. "대우혼제는 야만 시대에 어울리는 것이다."[785] 그러한 혼인에서 부자 뻘 사이, 형제자매 간의 혼인 관계가 폐지되었다. "전우제(專偶制)는 문명 시대상과 같은 것이다."[786] 그러한 혼인제도는 생산력의 발전에 따라 경제활동에서 남자의 주도적 지위가 확립되고 잉여제품과 개인소유 관념이 나타나면서 재산상속문제를 해결하기 위해 생겨난 것이다. 엥겔스는 "사유재산의 비중이 공동재산을 넘어서고 상속권에 대한 관심이 높아짐에 따라 부권제와 전우제가 지배적 지위를 차지하였을 때, 결혼은 더욱 경제적 요소에 대해 고려함에 따라 바뀌었다."[787]라고 말했다. 노예사회와 봉건사회의 일부일처제 혼인은 처음에는 남자가 아닌 여자에 대한 일부일처제였고, 그러한 혼인은 여자를 공개 매매하는 방식으로 진행되었다.

---

782) 군혼제 : 원시사회에서 한 무리의 남성과 한 무리의 여성이 집단적으로 행하던 결혼형태.
783) 대우혼제 : 미개 사회에서, 한 혈족의 형제자매와 다른 혈족의 형제자매 사이에 남자 한 사람과 여자 한 사람씩 짝을 짓는 혼인 형식
784) 『마르크스·엥겔스 선집』 제4권, 앞의 책, 73쪽.
785) 위의 책, 73쪽.
786) 위의 책, 73쪽.
787) 위의 책, 77쪽.

"고대사회에서 혼인은 부모가 당사자들을 대신해 맺어줬고, 당사자들은 안심하고 따르면 되었다. 고대에 존재하였던 얼마 안 되는 부부애는 주관적 사랑이 아니라 객관적인 의무였으며, 혼인의 토대가 아니라 혼인의 부속물이었다."[788]자본주의 시대에 "매매혼인의 형태가 사라져가고 있었지만 그 실질은 점점 큰 범위 안에서 실현되어 여자뿐 아니라 남자에 대해서도 모두 가격을 매기기에 이르렀으며, 그들의 개인적인 품질에 의해서가 아니라 그들의 재산에 의해 가격을 매겼다."[789] 착취계급이 지배적 지위를 차지하는 사회에서 사랑은 혼인의 토대가 아니라 반대로 혼인의 부속물에 불과하였다. 엥겔스가 말한 바와 같이 "당사자 쌍방 간에 서로 애모하는 감정이 다른 모든 것 이상으로 혼인의 토대가 되는 일은 통치계급의 실천 과정에서 자고로 있어본 적이 없다. 기껏해야 낭만적인 이야기에서나 혹은 중시 받지 못하는 피압박계급 내에서나 그런 일이 있을 수 있다."[790] 엥겔스는 혼인의 자유와 평등 그리고 사랑을 토대로 하는 것이 혼인의 기본 도덕이라고 주장하였다. 그리고 그러한 도덕은 오직 소유제를 없애고 여성이 경제와 신분 면에서 남자와 평등한 권리를 얻은 후에야 비로소 진정으로 실현될 수 있다. "결혼의 충분한 자유는 오로지 자본주의 생산과 그에 따라 형성된 재산관계를 소멸하여 오늘날 배우자 선택에 아직도 큰 영향을 미치고 있는 모든 부가적인 경제적 고려를 없앤

---

788) 위의 책, 74~75쪽.
789) 위의 책, 77쪽.
790) 위의 책, 77쪽.

후에야 비로소 보편적으로 이루어질 수 있다. 그때가 오면 서로 간에 애모하는 감정 외에 더 이상 다른 동기는 없을 것이다." 남자는 일생 동안 영원히 금전이나 다른 사회적 권력으로 여성의 헌신을 살 수 없을 것이고, 여성들은 진정한 사랑 외에는 더 이상은 절대 다른 어떤 이유에서 남자에게 시집가지 않거나 혹은 경제적 결과를 우려해 사랑하는 남자에게 시집가는 것을 거부하지 않을 것이다. 엥겔스는 "사랑을 토대로 한 혼인만이 도덕적인 것이라면 사랑을 계속 이어가는 혼인만이 비로소 도덕적인 것이다."[791]라고 지적하였다. 엥겔스는 사랑은 남녀의 결합과 혼인 존속의 도덕성을 가늠하고 판단하는 기본 척도이다. 마오쩌둥은 근·현대 중국의 사상계몽과 개성해방이라는 시대적 흐름 속에서 성장한 지식인이자 혁명가로서 그의 혼인관도 독립·자유·평등·개성해방을 추구하는 시대적 특징을 띤다. 그가 경제 관계 중심의 매매혼에 반대하였다는 점에서는 엥겔스의 이러한 사상과 일맥상통한다.

첫째, 마오쩌둥은 결혼은 연애 중심이어야 하고 사랑은 남녀 결합의 토대이자 도덕적인 혼인을 유지하는 연결 고리이기도 하다고 주장하였다. 그는 1919년 11월에 발표한 일련의 글에서 이상의 관점을 거듭 밝히고 강조하였다. "남녀 관계는 현대의 주장에 따르면 '연애'를 중심으로 해야 하고, 연애 이외의 '경제'에 지배되어서는 안 된다. 그래서 현대의 주장은 '경제적으로 각자 독립하고 자녀교육은 공동으로 책임지는 것'이다. 현대 이전에는 그렇지 않았다. 이른바 '연애는 신성

---

791) 위의 책, 80, 81쪽

한 것'이라는 이치도 몰랐으며, 남녀 사이의 연애는 단지 부속물일 뿐 중심관계는 여전히 경제라고 여겼으며, 자본주의 지배를 받았다."[792] "원래 부부관계는 전적으로 연애 중심이어야 하며, 그 외의 일은 모두 부차적인 것일 뿐이다."[793] "결혼의 중심은 연애이다. 인생에서 연애에 대한 요구는 그 힘이 다른 그 어떤 요구보다도 세며 특별한 세력이 아니고는 절대 막을 수 없는 것이다. 연애는 인생에서 지극히 중대한 요구이고 그 힘 또한 아주 크기 때문에 사람마다 마땅히 각자 원하는 바를 이뤄야 하며, 결혼이 성사된 후에는 부부 사이에 연애의 감정으로 가득해야 한다."[794] 사랑을 토대로 한 결혼은 도덕적인 것이다. 혼인에서 연애를 중요하게 생각하지 않는다면 남자가 아내를 얻는 이유는 여자에게 차를 끓이고 밥을 짓는 등 노예적인 일을 시키기 위한 것 외에 저급한 성욕을 만족시키기 위한 것뿐이다. 남자는 돈으로 여자의 헌신을 살 수 있을지는 모르나 진정한 사랑은 살 수가 없다. 왜냐하면 사랑은 남녀 간에 평등과 자유를 전제로 생기는 일종의 서로 사랑하는 감정이기 때문이다. 사랑이 없는 혼인은 여자에 대한 남자의 점유와 저급한 성욕생활의 합법적인 형태일 뿐으로 남자가 여자의 자유로운 의지를 박탈하고 여자를 점유하는 동시에 스스로를 동물의 수준으로 떨어뜨리는 것이다. 사랑이 없는 혼인은 비도덕적인 것이다. 오로지 '연애 중심주의'에 부합되고 남녀 모두 '진정으

---

792) 『마오쩌둥 조기 문고』, 앞의 책, 422쪽.
793) 위의 책, 437쪽.
794) 위의 책, 443쪽.

로 연애와 행복을 얻을 수 있는'[795] 혼인만이 도덕적인 것이다.

둘째, 마오쩌동은 의지의 자유가 도덕적인 혼인의 전제 조건이라고 지적하였다. 마오쩌동의 그 사상은 창사(長沙)에서 발생한 자오우전(趙五貞) 자살사건으로부터 비롯된 것이다. 자오우전은 후난 창사 사람으로서 1896년에 태어났으며, 학식과 교양이 있고 예절이 밝으며 이웃들과도 사이좋게 지냈다. 후에 매파의 알선으로 부모가 독단적으로 결정하여 자오우전을 골동품가게 품고재(品古齋) 주인 우펑린(吳鳳林)의 후처로 들어가게 하였다. 그녀는 후처로 들어가는 것이 싫었으며 게다가 늙고 못생긴 우펑린이 싫어 결혼 날짜를 바꿀 것을 요구하였다. 그러나 부모와 시집에서 '길일을 택해 날을 정했다'는 이유로 허락하지 않았다. 1919년 11월 14일, 그녀는 꽃가마 안에서 면도칼로 자살하였다. 마오쩌동은 그 사건과 관련해 『대공보(大公報)』『여계종(女界鐘)』에 10여 편의 논설문을 잇달아 발표하여 부패한 혼인제를 비판하고, 연애와 혼인의 자유를 제창하였다. 그는 자오우전이 자살한 "사건의 배후는 혼인제도의 부패와 사회제도의 암흑, 그리고 사상이 독립적이지 못하고 연애가 자유롭지 못한 것"[796]이라고 지적하였다. 자오우전의 부모와 시집 그리고 사회가 세 개의 철조망을 이루었다. 그녀의 부모는 그녀가 원하지 않는 사람을 억지로 사랑할 것을 강요하였으며, 그녀가 가마에 오르지 않으려고 하자, 그 아버지는 그녀의 뺨을 때리기까지 하였다. 그녀가 결혼 날짜를 바꿀 것을 제기하였

---

795) 위의 책, 437쪽.
796) 위의 책, 414쪽.

을 때, 오 씨네 형과 형수는 '거부하며 허락하지 않을' 권리까지 있었다. 사회적으로는 혼인 자유에 대한 강한 여론이 없었고, 오히려 혼인의 자유를 쟁취하기 위한 도피를 명예롭지 못한 행위로 여겼다. 세 개의 철조망에 둘러싸인 자오우전은 자유의 의지가 없었기 때문에 따라서 독립적인 인격도 없었다. 그녀는 자신의 의지대로 사랑할 수 없었을 뿐 아니라 도리어 자신이 사랑하지 않는 사람에게 시집갈 것을 강요당하게 되자 살길을 구할 수 없으니 죽는 길밖에 없었던 것이다. 자유로운 의지와 독립적인 인격이 없이는 결국 사랑을 바탕으로 한 혼인이 있을 수는 없다. 그래서 마오쩌둥은 전 중국의 청년들에게 이 참사를 통해 철저하게 깨닫고 혼인의 자유와 자주를 쟁취할 것을 호소하였던 것이다.

셋째, 마오쩌둥은 남녀평등이 사랑을 중심으로 한 도덕적인 혼인을 맺는 중요한 조건이라고 지적하였다. 그러기 위해서는 부권사상과 남존여비 관념을 없앰으로써 여자가 인격적으로 남자와 평등한 권리를 갖도록 해야 하고, 여자가 참정과 교제를 통해 사회생활에서 평등한 권리를 얻도록 해야 한다고 제창하였다. 남녀 쌍방이 공동으로 노인에 대한 부양과 자녀에 대한 양육을 담당함으로써 여자가 가정생활에서 평등한 권리를 얻도록 하고, 남녀 쌍방이 모두 사랑에 충실하고 절의를 지켜야 하며, 여자에게만 순결을 요구하는 일방적인 행위에 반대하여야 한다고 지적하였다. 마오쩌둥은 여자들이 각성하고 연합하여 여자의 신체와 정신의 자유를 파괴하는 악마를 쓸어버리고 연애의 자유와 결혼의 자주를 쟁취할 것을 호소하였다. 마오쩌둥은 여자가 남자와 동등한 지위를 얻지 못함으로 인해 행복을 얻지 못할 뿐 아니라 많은 비인간적인 학대를 당하게 되는 근본적인 원인은 경제적으로 독립하지 못하고 평등하지 못한 데 있다고 지적하였다.

여자는 경제적으로 자립하여 남자에게 의존하지 말아야 비로소 평등한 신분과 독립적인 인격으로 남자와 사랑을 쌓고 키워나갈 수 있으며 사랑을 바탕으로 한 혼인관계를 맺을 수 있다. 이에 마오쩌동은 여자가 자립할 수 있는 3가지 기본 조건을 제시하였다. 첫째, 여자는 몸이 다 자라기 전에 절대 결혼하지 말아야 한다. 둘째, 여자는 결혼 전에 자신을 먹여 살릴 수 있는 지식과 기능을 갖춰야 한다. 셋째, 여자가 출산 후 생활비를 미리 마련해둬야 한다.[797] 이로부터 마오쩌동이 그때 당시 경제적 평등이 신분과 인격 그리고 사회적 평등의 결정적 요인이라는 점을 볼 수 있지만, 사유제 경제제도를 근본적으로 변혁해야 하는 필요성에 대해서는 미처 인식하지 못하고 있었음을 알 수 있다. 그는 마르크스주의의 유물사관을 받아들인 후에야 비로소 사유제를 바꿔야만 남녀평등과 결혼의 자유를 위한 확고한 물질적 제도적 전제조건을 마련할 수 있다는 도리를 깊이 깨달았다. 그는 중국의 혁명을 이끌면서 혼인의 자유와 여성의 해방을 실현하는 것을 혁명 승리의 중요한 상징 중의 하나로 삼았다. 그는 다음과 같이 지적하였다. 봉건사회와 자본주의사회에서 여자는 "남자경제(봉건경제에서 초기 자본주의경제에 이르기까지를 가리킴)의 부속물이었다.

그녀들은 정치적 지위가 없고 인신자유가 없었으며, 그녀들이 받

---

797) 위의 책, 423쪽.

는 고통은 세상 모든 사람들보다도 컸다."[798] 경제의 해방은 여성 해
방의 전제이며 따라서 혼인 자유의 전제이기도 하다. 1931년 12월 1
일 중화소비에트공화국 중앙집행위원회 주석으로 선출된 마오쩌둥은
'중화소비에트공화국 혼인조례'를 직접 체결하고 발표하였으며, 아울
러 그 조례에 관한 결의에서 오직 공농혁명에서 승리를 거두어 남녀
가 처음으로 경제적으로 해방을 얻어야만 남녀의 결혼에도 변화가 일
어날 수 있으며, 따라서 자유로워질 수 있다고 지적하였다. 그는 현재
소비에트지역의 남녀 간의 혼인은 이미 자유의 토대를 다졌다며, 마
땅히 자유를 원칙으로 하는 혼인을 확정하고 모든 봉건적이고 독단
적이며 강박적인 매매혼인제도를 폐지하여야 한다고 지적하였다. 이
는 경제평등이 남녀평등과 혼인의 자유를 실현하는데 있어서 결정적
의미가 있음을 분명하게 밝힌 것이다.

3. 혼인제도 개혁 혼인자유 제창

사랑과 결혼은 가장 개성 있는 달콤한 사업이어야 하고, 남녀 쌍
방의 연애와 결합은 사람의 내재적 요구이고 개성발전과 자아실현의
욕구이다. 그러나 낡은 혼인제도는 금전관계를 중심으로 하고 부모의
독단, 중매인의 중매, 미신의 속박 형태로 인간의 개성발전을 억압하
고 남녀 쌍방의 자유의 의지를 박탈하였으며, 사랑의 싹을 꺾어버려
무수히 많은 젊은 남녀들의 젊은 생명을 매장시켰다. 마오쩌둥은 다
음과 같이 말했다. "자본주의를 바탕으로 하는 혼인제도는 절대 허용

---

798) 『마오쩌둥 농촌조사 문집』, 인민출판사 1982년 판, 177~178쪽.

해서는 안 된다. 이론적으로는 가장 불합리한 강간을 법으로 보호하는 한편 가장 합리적인 자유연애를 금지하는 것이고, 사실적으로는 세상의 무수한 남녀의 원성이 모두 그러한 혼인제도 아래서 발견되었다고 할 수 있다." 그렇기 때문에 부패한 혼인제도는 반드시 개혁하여야 하며 "전 인류를 혼인제도에서 해방시켜야 한다.'[799] 그리고 부패한 혼인제도에 대해 개혁하려면 세 가지 방면에서 착수하여야 한다.

첫째, 부모가 대행하는 정책을 척결해야 한다. 마오쩌둥은 "노인은 여러 가지 일에서 항상 젊은이와 반대되는 지위에 서있다. 먹고 입는 등 일상생활에서 사회와 국가에 대해 느끼는 것, 세계 인류에 대한 태도에 이르기까지 그들은 늘 무미건조하고 위축되고 정체되어 있다. 그들의 견해는 항상 저열하고 주장은 항상 소극적이다."[800]라고 주장하였다. 젊은이는 연애와 사랑을 중히 여기고 사랑을 토대로 한 결혼을 갈망하는 한편, 노인들은 사랑을 하찮은 것으로 여긴다. 남자 쪽 부모의 입장에서는 며느리를 맞아들이는 것이 그들을 대신해 노예 같은 일을 시키기 위해서이다. 「예기·내칙(禮記·內則)」에 이르기를 "아들은 제 처를 아무리 좋아해도, 부모 마음에 들지 않으면 내보내야 하고, 아들은 제 처가 아무리 마음에 들지 않아도 부모가 '나를 잘 섬긴다'라고 하면, 아들은 처와 부부의 예를 행하며 죽을 때까지 살아야 한다.(子甚宜其妻, 父母不說(悅), 出; 子不宜其妻, 父母曰是善事我, 子行夫婦之禮焉, 沒身不衰)" 이 말의 뜻은 아들은 자기 아내를 아주 좋아하

---

799) 『마오쩌둥 조기 문고』, 앞의 책, 566~567쪽.
800) 위의 책, 435쪽.

고 아내와 감정이 맞고 화목하게 지내고 있지만 부모가 싫어하면 아들로서는 아내를 버려야 하고, 아들은 자기 아내가 마음에 들지 않지만 부모가 "며느리가 우리를 잘 섬긴다"라고 말하면, 아들은 그 아내와 평생 같이 살 수밖에 없다는 것이다. 「공작은 동남으로 날아가고(孔雀東南飛)」[801] 속의 초중경(焦仲卿)과 유란지(劉蘭芝), 현실생활 속의 육유(陸遊)와 당완(唐婉)의 비극적인 사랑이 바로 부모의 명을 받들어 사랑과 혼인을 희생시킨 피눈물의 실례이다. 여자 쪽 부모의 입장에서는 딸을 시집보내는 것을 두고 딸에게 남편을 물색해준다고 말할 것이 아니라, 자기들을 위해 '좋은 사위'를 물색한다고 말한다. 자기들만 '좋으면' 그만이지 자기 딸이 좋아하는지에 대해서는 묻지 않으며, 어떤 부모는 심지어 금품을 많이 요구하기까지 한다. 마오쩌둥은 자본주의와 노인은 연애와 서로 충돌되는 지위에 있다고 지적하였다. 그렇기 때문에 "자녀의 혼인을 부모가 절대 간섭해서는 안 된다. 자녀 측에서는 부모가 자신의 결혼에 간섭하는 것을 절대적으로 거부해야 한다. 반드시 그렇게 해야만 자본주의 혼인은 폐지될 수 있고, 연애 중심주의의 혼인이 성립될 수 있으며, 진정으로 연애와 행복을 얻는 부부가 나타날 수 있다."[802]

둘째, 중매인 제도를 폐지하여야 한다. 중국에서 혼인에 대한 결정적인 실권이 있는 사람은 중매인이다. 그들은 서로 연결 지어 혼인을

---

801) 「공작은 동남으로 날아가고(孔雀東南飛)」 중국 육조시대(六朝時代)의 작자 미상의 장편 서사시로 고부(姑婦)간의 불화로 빚어지는 가정 비극을 다룬 작품이다. 서릉(徐陵)의《옥대신영》에 전한다.

802) 『마오쩌둥 조기 문고』, 앞의 책, 437쪽.

성사시키는 것을 근본주의로 삼으면서 입에서 나오는 대로 지껄이고 말을 지어내어 양쪽 부모를 모두 흐뭇하게 만든다. 그렇게 하여 혼사가 성사되어 결혼을 하고 보면 앞뒤가 맞지 않은 상황이고 심지어 신랑을 바꿔치기 하거나 신부를 바꿔치기 하는 경우도 있는데, 그럴 경우 '팔자'에 신이 비쳐 복을 내린 것이라고 얼토당토않은 말을 떠들어 대며 인력으로 어찌 할 수 없는 운명이라고 책임을 전가시킨다. 남녀 당사자들도 자기 전생에 지은 죄를 원망할 뿐, 잘못 된 줄 알면서도 그대로 따르는 수밖에 없다. "중매인이 이처럼 나쁜 이상 앞으로 혼인제도를 개량하려면 중매인제도부터 폐지하는 것이 급선무다.…신식 혼인의 성립으로 오로지 남녀 쌍방만 마음을 서로 알고 교제를 통해 감정이 깊어지면 얼마든지 자유롭게 짝을 맞출 수 있어야 한다."[803] 그리고 중매인제도가 형성되고 존속될 수 있었던 이유는 남녀 간의 경계가 너무 깊기 때문이다. 따라서 중매인제도를 폐지하려면 우선 남녀의 경계부터 철저히 없앰으로써 남녀가 자유롭게 왕래하며 이해를 깊이 하도록 해야 한다.

셋째, '혼인은 운명이 정하는 것'이라는 등 미신적인 관념을 타파하여야 한다. 마오쩌동은 낡은 혼인이 아직도 존속될 수 있는 것은 미신관념이 여전히 강하기 때문이라고 주장하였다. 인생에서 연애의 욕구는 그 힘이 엄청나게 커 특별한 세력이 아니고는 절대 막을 수 없다. 그런데 어찌하여 부모의 명령, 중매인의 말이 그 힘을 손쉽게 막을 수 있었을까? 마오쩌동은 그 원인을 중국의 예교로 돌리는 것에

---

803) 위의 책, 441쪽.

794 마오쩌동 인생 여정에 대한 철학적 해석

찬성하지 않았다. 문화는 문자로 기록되는(有文) 문화와 문자로 기록되지 않는(無文) 문화, 그리고 규범적 문화와 비규범적 문화로 나눌 수 있다. 예교는 문자로 기록된 규범적 문화로서 소수의 지식인이나 상류층 사회에서만 이해하고 가지고 있을 뿐이며, 중국의 농민과 노동자 및 상인들은 글을 별로 알지 못하여 예교와 같은 규범적이고 문자로 기록된 문화의 영향을 받아들이기 어렵다. 때문에 그들의 정신세계를 지배한 것은 예교가 아니라 미신이다. 바로 그러한 비규범적이고 문자로 기록되지 않은 문화가 부모의 명령과 중매인의 말의 대 호법신이 되어 남녀 간의 바다를 가로지르는 파도와 같은 사랑의 욕구를 가로막을 수 있었던 것이다. 그중에서 가장 큰 미신은 '혼인 숙명설'이다. 그러한 미신의 방해로 혼인 당사자들은 어차피 이미 정해진 것인 줄로 믿고 혼인에 대해 소극적인 태도를 가지고 자신의 혼인에 대해 의논하려 들지 않고 부모와 중매인이 시키는 대로 따랐던 것이다. 이미 결혼하여 부부가 되고나면 사랑의 힘을 못 이겨 모든 것을 버리고 크게 소란을 피우거나 음탕하게 숨어서 비밀연애를 하는 사람을 제외하고, 그 이외의 이른바 화목한 부부들은 머릿속에 '혼인 숙명'이라는 네 글자를 새긴 채 "삼백년을 수련한 공덕으로 같은 배를 탈 수 있는 인연을 맺을 수 있고, 삼천년 닦은 공덕으로 한 베개를 베고 잘 수 있는 인연을 맺을 수 있다(十世修來同船渡, 百世修來共枕眠)"[804]고 믿었다. 사랑이 없이도 여전히 함께 밥을 먹고 잠을 자고 애를 낳아 기른다. '혼인 속명설'이라는 총체적인 미신 아래 또 '궁

---

804) 「증광현문(增廣賢文)」

합을 맞춰보는 것(合八字) '정경(訂庚, 옛날에 남녀의 연경을 교환하는 것으로 약혼하였음을 밝히는 것-역자 주)' '택일(擇吉)' '발교(發轎, 남자 쪽에서 꽃가마를 보내 신부를 맞이하는 것-역자 주)' '경사를 맡아보는 신을 맞이하는 것(迎喜神)' '배례(拜堂, 신랑 신부가 천지 신령과 부모 등 웃어른에게 절하는 것-역자 주)' 등 작은 미신들까지 있다. 그러한 미신들은 모두 결혼 양측 당사자들의 사상을 속박하여 그들의 자유로운 연애와 자주적인 결혼을 방해하기 위한 것이다. 마오쩌동은 다음과 같이 지적하였다. "우리는 혼인제 개혁을 제창하면서 혼인과 관련된 그러한 미신부터 때려 부숴야 한다. 가장 요긴한 것은 '혼인 숙명설'을 폐지하는 것이다. 그 설이 깨지면 부모가 대행하는 정책을 지탱해주던 부적이 바로 사라지게 되고 사회적으로 순식간에 '부부의 불안'이 발생하게 된다. 부부가 불안을 느끼게 되면 가정혁명군이 우후죽순처럼 나타날 것이고, 이어 혼인 자유, 연애 자유의 물결이 중국 대륙을 휩쓸게 될 것이며, 물이 들어 올 때 노를 젓듯이 새로 부부의 연을 맺는 이들은 온전히 연애주의를 기반으로 혼인을 성사시킬 수 있을 것이다."[805]

본 장에서 마오쩌동의 애정관·결혼관에 관한 연구는 주로 그의 조기 저작을 근거로 삼았다. 그중에 일부 관점은 편파적이고 과격한 부분도 있다. 예를 들면 여자가 미성년일 때는 결혼하지 말아야 하고, 결혼 전에 생활지식과 기능을 충분히 갖추어야 하며, 출산 후의 생활비용을 미리 준비해 두어야 한다는 등을 경제적 평등을 실현하고 인

---

805) 『마오쩌동 조기 문고』, 앞의 책, 447쪽.

격적으로 독립할 수 있는 조건으로 간주하면서 사유제 경제제도에 대해 근본적으로 건드리지 못하였고, 혼인 관련 미신을 깨는 것을 부모가 대행하는 정책과 중매인제도보다 더욱 근본적인 것으로 간주하였으며, 혼인의 해방과 그가 주장하는 경제·정치 해방을 잘 결합시키지 못한 것 등이다. 그러나 마오쩌둥이 부패한 혼인제도를 폐지하고, 연애의 자유와 결혼의 자주를 제창하였으며 연애 중심으로써 경제 중심을 바꾸고, 인생에서 사랑에 대한 요구를 연애와 결혼을 통해 실현되고 이어갈 것을 주장한 등의 사상은 정확한 것이었다. 도덕적인 혼인을 이루는 것은 단지 도덕적인 문제만이 아니다. 오직 경제사회의 발전과 진보에 따라 남녀 쌍방이 경제·정치·인격·사회생활·가정생활 속에서 완전히 평등한 지위에 처하고 남녀 쌍방이 서로 애모하고 갈망하여 평생의 동반자로 삼고 싶은 감정을 바탕으로 한 도덕적인 혼인이어야만 충분히 이루어질 수 있고, 사랑 중심주의만이 혼인의 보편적인 준칙과 기본적인 결혼 도덕으로 거듭날 수 있는 것이다.

제5장

생사에 대한 감회

생(삶)과 사(죽음)는 인생에서 겪는 두 가지 대 사건이다. 생사관은 생사에 대한 태도와 행위에 대한 평가로서 인생의 목표와 인생의 이상, 가치 인식 관련 이론이 생사문제에서 구체화되고 전개되는 것이다. 생과 사, 이 두 가지 대 사건에 대한 반응과 대답은 사람의 도량과 기개, 풍모, 지조를 가장 잘 보여준다. 마오쩌동은 생사를 사물 발전의 필연적 법칙으로 삼고 생을 중히 여기지만 탐내지 않고 죽음을 슬프게 여기면서도 두려워하지 않았다. 그는 생사의 내재적 가치와 사회적 가치를 중시하였고 인격을 위하여 인민을 위하여 사회를 위하여 살고 분투하며 희생할 것을 제창하였다. 그는 유구한 천지와 짧은 인생에 대해 감탄하였고 유한한 것을 뛰어넘어 무한한 것을 추구하고 순간을 뛰어넘어 영원을 지향하려고 애썼다. 마오쩌동의 생사관은 걸출한 사상가이자 정치가이며 거대한 위인으로서의 그의 드넓은 흉금을 보여주었다.

1. 생과 사의 대립과 통일

유물변증법의 대가인 마오쩌동은 모든 사물과 현상에 대해서도 대립 통일의 법칙으로 자세히 살피고 비춰볼 것을 주장하였다. 그는 어떤 사물에나 모두 두 가지 대립되는 면이 존재한다고 다음과 같이 주장하였다. "생과 사는 모든 생물 유기체에서 서로 대립되고 서로 의존하며 아울러 생물 유기체의 시종을 관통하는 두 개의 대립되는 측면이자 또 인생 경력을 구성하는 두 가지 중요한 요소이기도 하다. 자연적이고 생리적인 속성으로 보면 생은 생물 유기체의 생성과 성장, 연속이고 사는 생물 유기체의 쇠퇴와 중지, 단절, 사멸이다. 사회적 속성으로 보면 생은 생명의 사회적 가치와 의미의 창조와 연속이고, 사는 사회적 가치와 의미의 상실 및 그 생명의 반대가치의 작용이며, 또 인간의 이상과 신념, 삶의 즐거움과 흥미의 단절과 사라짐으로서 살아 있으나 살아 있는 것이 아니며, 살아 있으나 죽은 거나 마찬가지임을 가리키는 것이기도 하다." 마오쩌둥은 생과 사가 서로 대립되면서도 서로 보완하며 서로 의존하고 공존하는 것이라고 주장하였다. 그는 양자가 모순되는 두 개의 측면으로 고립적으로 존재하거나 나타날 수 없다면서 "생이 없으면 사도 보이지 않고, 사가 없으면 생도 보이지 않는 것"[806]이라고 주장하였다. 즉 "생성과 시작이 없으면 이른바 사망과 종결도 없는 것이다. 반대로 죽음이 없으면, 세포조직의 분열과 사멸·대사가 없으면 생물 유기체는 발전할 수 없으며 사는 생을 위해 길을 열어주는 것이다. 생성과 발전, 창조와 일신이라는 의미에서 보면 사는 생의 창조와 시작이고 또한 필요한 조건이다."라고 말했다. 마오쩌둥은 중국공산당 제8기 중앙위원회 제6차 전체회의 연설에서 이렇게 말했다.

---

806) 『마오쩌둥선집』 제1권, 앞의 책, 228쪽.

"사망은 성장에 도움이 된다. 사망이 없으면 인류는 생존할 수 없고 분열이 없으면 발전에도 불리하다. 삶을 통해 죽음을 보여주고 죽음을 통해 삶을 촉진한다. 생과 사는 서로 의존하고 공존하는 것이다. 이는 인류 개체나 나아가 전 인류사회에 모두 적용되는 이치이다. 죽음이 있기 때문에 인류가 대를 이어 존재하며 끊임없이 발전할 수 있는 것이다. 만약 사람이 태어나서부터 멸망하지 않는다면 그것은 큰일이다. 지금의 인류도 여러 해가 지난 후에는 지구와 태양계가 훼멸됨에 따라 멸망할 것이다. 그러나 그것은 우주와 인류의 종말이 아니며 지금의 인류가 사멸한 후에는 필연적으로 더 고급적인 인류가 생겨날 것이다."

생과 사는 서로 빨아들이고 서로 포용하며 상호 의존하고 서로 전환한다. 마오쩌동은 양적 변화에서 질적 변화로의 이행법칙 및 그 역의 법칙의 변증법으로 인생 여정에서의 생과 사의 관계를 비춰보았다. 그는 소련의 『정치경제학 교과서』를 읽고 나서 이렇게 말했다. 우주공간, 지구상의 모든 사물은 모두 끊임없이 발생·발전·사망의 과정을 거친다. 사람은 생에서 사에 이르는 과정에서 어린 시절, 소년, 청년, 장년 등 서로 다른 발전 단계를 거친다. 사람이 생에서 사에 이르는 과정은 양적 변화의 과정이자 또 끊임없이 국부적으로 질적 변화를 일으키는 과정이기도 하다. 어려서부터 다 자라기까지, 다 자라서부터 늙을 때까지 양의 증가만 있고 질의 변화는 없다고 어찌 말할 수 있겠는가? 사람의 신체 내에서 세포는 끊임없이 분열되고 끊임없이 오래된 세포가 죽고 새로운 세포가 생겨나며, 사람이 죽으면 전체적인 질적 변화에 이르게 되는데, 그 질적 변화는 이왕의 끊임없는 양적 변화와 양적 변화 과정에서의 끊임없는 국부적인 질적 변화를 통해 완성된다. 양적 변화와 질적 변화는 대립 통일의 관계이다. 양적 변화의 과정에 국부적인 질적 변화가 있는데, 양적 변화 과정에 질적 변화가 생기지 않는다고 말할 수는 없다. 질적 변화 과정에 양적 변화가 있는데 질적 변화 과정에 양적 변화가 생기지 않는다고 말할 수도 없다. 생과 사는 인생을 구성하는 두 가지 이질적인 요소와 상태이다. 생에 있어서 사는 결코 이질적인 존재가 아니며 아무 연고도 없이 갑자기 나타나는 것이 아니다. 인류 개체의 탄생에서 사망 전까지의 시간 동안은 총적인 양적 변화의 과정이며 총적인 성장·발육·연속의 과정이다. 그 과정에 생의 요소와 사의 요소 간의 투쟁과 전환이 포함되고 세포의 분열·성장·대사가 포함되며 국부적인 질적 변화와 사망이 포함된다. 다시 말해서 생에는 사가 잠재해 있고 포함되어 있다. 생과 사는 서로 갈라놓을 수 없는 대립면으로서 사는 생이 피할 수 없고 버릴 수 없는 수반물이자 귀착점이다. 구질(舊質) 요소와 낡은 세포의 사망과 제거로 인해 비로소 신질(新質) 요소와 새로운 세포의 성장과 발육을 위한 조건을 마련할 수 있는 것이다. 그리고 생과 사의 상호 의존과 공존은, 사물과 사람의 생명 유기체의 성장을 촉진할 뿐 아니라, 동시에 총적인 양적 변화에서의 국부적인 질적 변화, 총적인 생명 여정에서의 사망 요소의 누적이 최종 생명 유기체의 질적 변화-사망을 초래하는 것이다. 인생에서 생과 사도 다른 사물의 질적 변화와 양적 변화와 마찬가지로 서로 토대가 되고 서로 포용하는 것이다. 양적 변화 과정에 국부적인 질적 변화가 일어나고 질적 변화 과정에 양적 변화가 일어나듯이 생에 사가 있고 사에도 생이 있다. 생명 개체의 활동과정에서 생과 사는 서로 떨어질 수 없으며 서로 빨아들이고 서로 포용한다. 한 생명 개체의 최종 질적 변화-죽음이 다가왔을 때, 특정 개체로서의 생명이 훼멸되는 것이다. 이는 분명 인생의 큰 질적 변화이지만 그 사변 자체가 바로 신진대사라는 사물의 발전법칙을 반영한 것이다. 생과 사가 서로 의존하고 공존하며 서로 빨아들이고 포용하는 관계로서 총적인 생명 활동 과정에 국부적인 죽음의 요소가 포함되어 있고 또 국부적인 질적 변화, 국부적인 죽음의 요소가 누적되어 최종 사람의 질적 변화-죽음이 찾아오는 것이라면 생에서 사로의 과정, 삶이 있으면 반드시 죽음이 있는 것은 피할 수 없는 필연적인 법칙인 것이다. 고금동서의 사상가들은 생과 사의 문제에 대해 보편적으로 관심을 기울이고 생각하였다. 중국 사상사의 유가학파는 생과 사는 자연변화의 정상적인 현상으로서 시작이 있으면 끝이 있듯이 생이 있으면 사가 있고, 자연변화의 필연적인 이치라고 주장하였다. 『역전(易傳)』에 이르기를 "시작된 근원으로 다시 돌아가는 게 만물의 원리이니, 그것을 알면 삶과 죽음에 대하여 안다고 할 수 있다.(原始反終, 故知死生之說)"[807] 한나라의 양웅(揚雄)은 "생명이 있으면 죽음이 있고 시작이 있으면 끝이 있다.

---

807) 「주역·계사상」

이것이 곧 자연의 법칙이다.(有生者必有死, 有始者必有終, 自然之道也)"⁸⁰⁸
라고 말했다. 사람은 마땅히 생사 변화의 이치를 분명히 알아야 한다. 살아서는 적극적으로 뭔가 이뤄야 하고 죽음은 태연하고 두려움 없이 맞이하여야 한다. 도가 학파 중에서 장자가 생사 문제에 대해 가장 상세히 논하였다. 그는 다음과 같이 말했다. "생과 사는 운명적으로 정해진 것으로서 사람의 힘으로 어찌할 수 있는 것이 아니다. 그것은 밤과 낮이 영원히 규칙적으로 바뀌는 것과 같은 자연법칙이다. 어떤 일은 사람의 의지로 관여할 수 없는 것이다. 이는 모든 사물의 자체 변화의 본성이다.(死生, 命也, 其有夜旦之常, 天也; 人之有所不得與, 皆物之情也.)"⁸⁰⁹

"대자연은 나에게 몸을 주어 그 몸에 나를 담게 하고 삶을 주어 고생을 시키며, 늙음을 주어 편안하게 하고, 죽음을 주어 쉬게 한다. 그래서 나의 생존을 좋은 일로 여길 수 있고 또 나의 죽음도 좋은 일로 여길 수 있는 것이다.(夫大塊載我以形, 勞我以生, 佚我以老, 息我以死. 故善我生者, 乃所以善吾死也.)"⁸¹⁰

"인생이란 태어나기 이전의 근원을 살펴보면 본시 생명이 없는 상태였다. 생명이 없었을 뿐 아니라 애초에 형체도 갖지 않았던 것이다. 형체가 없었을 뿐 아니라 애초에 원기도 형성되지 않았던 것이다. 혼돈한 천지 사이에 섞여 있다가 변화가 일어 원기가 생기고, 그 원기가

808) 「법언·군자(法言·君子)」
809) 『장자·대종사』
810) 『장자·대종사』

변화를 일으켜 형체가 생기고, 그 형체가 변화를 일으켜 생명이 생긴 것이다. 그리고 지금 다시 변화가 생겨 죽음으로 되돌아간 것이다. 이는 마치 춘하추동 사계절이 순환 운행되는 것과 같다.(察其始, 而本無生; 非徒無生也, 而本無形; 非徒無形, 而本無氣. 雜乎芒芴之間, 變而有氣, 氣變而有形, 形變而有生; 今又變而之死, 是相與為春秋冬夏四時行也.)"[811] "생명이 태어나는 것은 아무도 막을 수 없는 것이며, 생명이 떠나는 것도 아무도 멈추게 할 수 없는 것이다.(生之來不能卻, 其去不能止.)"[812] "삶은 죽음과 같은 동류이고 죽음은 삶의 시작이다. 어느 누가 그 법칙을 알겠는가? 사람이 생겨나는 것은 기가 모여 이루어지는 것이다. 기가 모여서 생명이 태어나고 기가 흩어지면 죽는 것이다. 생과 사가 같은 동류에 속하는 것이라면 죽음에 대해 걱정할 필요가 있겠는? 그러므로 만물은 일체인 것이다.(生也死之徒, 死也生之始. 孰知其紀? 人之生, 氣之聚也. 聚則為生, 散則為死. 若死生之徒, 吾又何患? 故萬物壹也.)"[813] "생과 사는 서로 의존하는 것인가? 기실은 모두 하나의 일체로 존재하는 것이다.(死生有待耶? 皆有其壹體.)"[814] "인생의 근본적인 바른 도리에 대해 분명히 알고 있기 때문에 살아 있다고 해서 기뻐하지 않고 죽는다고 해서 재난으로 여기지 않을 수 있는 것이다. 그것이(그런 변화) 처음부터 끝까지 고정불변한 것이 아님을 알기 때문이다.(明乎坦途, 故生

---

811) 『장자·지락(至樂)』
812) 『장자·달생(達生)』
813) 『장자·지북유(知北遊)』
814) 『장자·추수(秋水)』

而不悅, 死而不禍, 知終始之不可故也.)"**815** 장자는 자연론의 관점으로 사람의 생사 변화를 다루었다. 사람은 본래 생명이 없었다. 생명이 없을 뿐 아니라 형체도 없었고, 형체가 없을 뿐만 아니라 기도 없었다. 분명하지 않고 어렴풋한 유무 사이에 변화가 생겨 기가 생겼고 기가 변하여 형체를 이루었으며, 형체가 변하여 생명을 탄생시켰고 생명이 또 변화를 일으켜 죽음이 있게 된 것이다. 생과 사는 단지 기가 모이거나 흩어지는 것일 뿐 기가 모이고 흩어지기를 반복함에 따라 생과 사가 끊임없이 순환하는 것이다. 생과 사는 모두 자연의 변화로서 사람의 힘으로 어찌 할 수 없다. 사람의 생명이 오는 것을 막을 수 없고 가는 것을 잡을 수 없다. 생과 사는 하나로서 본래 구별이 없기 때문에 살아 있다고 즐거워하고 죽는다고 싫어할 이유가 없다. 그는 공자의 입을 빌려 이렇게 말했다. "생사존망, 빈곤과 부귀, 현명함과 어리석음, 명예의 득실, 굶주림과 목마름, 추위와 더위 등의 독립적인 존재가 서로 변화하고 바뀌는 것은 원래 사물 발전의 정상적인 상태이고 객관법칙이다. 우리 눈앞에서 밤낮이 끊임없이 바뀌고 순환되지만 사람의 지혜로는 그 시초를 들여다볼 수가 없다.

고로 그러한 변화는 인간 본성의 조화로움을 어지럽히지 못하고 사람의 마음을 교란할 수도 없는 것이다.(死生存亡, 窮達富貴, 賢與不肖 毁譽, 饑渴寒暑, 是事之變, 命之行也; 日夜相代乎前, 而知不能規乎其始者也. 故 不足以滑和, 不可入於靈府.)"**816**라고 말했다. 생과 사, 득과 실, 실패와 성

---

815) 『장자·지북유』
816) 『장자·덕충부』

공, 빈곤과 부귀, 현명함과 어리석음, 명예의 득실, 굶주림과 목마름, 추위와 더위는 모두 사물의 변화와 운명의 흐름으로서 마치 낮과 밤이 번갈아 바뀌는 것과 같다. 이 점만 알게 되면 생사의 격변으로 본성의 평화를 어지럽히지 않을 것이고 그것이 자신의 마음을 교란하지 않도록 할 수가 있다. 장자는 생과 사가 모두 자연의 변화로서 인간이 태어나는 것을 막을 수 없고 인간이 죽는 것도 피할 수 없다고 주장하였다. 그 주장은 정확한 것이다. 그러나 생과 사가 모두 자연의 변화이고 생과 사가 모두 피할 수 없다고 하여, 생사의 구별을 부정하고 나아가 삶을 즐기는 것을 부정하는 것은 편파적인 견해이다. 유가의 후학인 장재는 "내가 살아있는 동안에 우주의 섭리를 따르게 되면 죽음에 이르러서는 편안해질 것(存, 吾順事; 沒, 吾寧也)"[817]이라고 주장하였다. 마오쩌동은 생사관계문제에서 생사는 자연스러운 일로서 삶이 있으면 반드시 죽음이 있다고 주장하였다.

이로부터 유가사상의 영향을 받은 흔적을 발견할 수 있다. 그는 만년에 죽음이라는 인생의 중대한 과제에 대해 냉정하게 생각하고 거듭 논하였다. 1958년 12월 9일 마오쩌동은 중국공산당 제8기 중앙위원회 제6차 전체회의 연설에서 다음과 같이 말했다. "'인생 칠십 고래희(人生七十古來稀)'라고 언젠가는 죽는다. 만년을 살 수 없는 일이기 때문에 수시로 후사를 준비하여야 한다. 내가 하는 말이 김빠지는 소리일 수도 있다. 사람은 누구나 죽는다. 개체로서의 사람은 죽기 마련이지만 전 인류는 앞으로 발전하기 마련이다. 두 가지 가능성을 모

---

817) 『정몽·건칭』

두 이야기하는 것은 손해될 것이 없다. 죽을 때가 되면 죽는 것이다. 그러나 사회주의사업을 나는 몇 년 더 하고 싶다. 미국을 따라잡은 뒤였으면 좋겠다. 마르크스에게 가서 보고할 수 있기 때문이다. 연로한 동지들 중에 죽음이 두렵지 않은 이가 몇이겠는가? 나는 죽기가 싫다. 살려고 노력할 것이다. 그러나 죽을 때가 되면 그만둬야 한다." 1964년 8월 23일 마오쩌둥은 베이징 과학포럼에 참가한 여러 나라 대표단 단장을 접견하는 자리에서 이렇게 말했다. "모든 개별적이고 특별한 사물은 모두 발생·발전 그리고 멸망의 과정이 있다. 사람은 누구나 언젠가는 죽는다. 왜냐하면 그가 생겨났기 때문이다.

인류도 생겨났기 때문에 멸망할 것이다. 지구도 생겨난 것이기에 멸망할 것이다. 그러나 우리가 말하는 인류의 멸망, 지구의 멸망은 기독교에서 말하는 세계의 종말과는 다른 것이다. 우리가 말하는 인류의 멸망과 지구의 멸망은, 인류보다 더 진보한 무언가가 인류를 교체할 것이라는 말이며 사물이 더 높은 단계로 발전한다는 것이다."[818] 마오쩌둥의 사상에는 도가의 생사 격변에 대한 달관한 태도와 유가의 생명에 대한 근면과 집념의 정신이 한데 얽혀있다. 마오쩌둥은 사람은 누구나 죽는다고 주장함으로써 죽음의 필연성과 보편성을 인정하였다. 그래서 그는 죽음에 대해 자연의 섭리에 따르고 걱정하지 않으며 두려워하지 않는 태도를 갖추었다. 그는 죽음을 두려워하지 않았다. 그러나 죽음을 동경하지도 무의미한 죽음을 찬미하지도 않았다. 그는 생명을 추구하고 삶을 사랑하였으며 자신의 생명 활동을 원

818) 『마오쩌둥문집』 제8권, 앞의 책, 399쪽.

대한 이상과 연결시켜 생명을 아끼고 분투하였으며 여생에 자신이 추구하는 이상을 현실로 바꾸기 위해 적어도 자신의 이상을 힘이 자라는 범위 내에서 현실로 바꾸려고 애썼던 것이다.

2. 삶의 의미와 죽음의 가치

생과 사는 인생에서 초월할 수 없고 피할 수 없는 두 가지 큰 사건이다. 단 생과 사의 의미와 가치에 대한 사람들의 이해는 각기 다르다. 역사상의 모든 착취계급은 개인주의와 이기주의를 자기 인생관의 핵심과 생사문제를 고려하는 입각점으로 삼았다. 그들은 삶은 흐르는 물과 같이 덧없고도 쏜살같이 지나가버려 아주 짧은 것이라면서 사람이 죽으면 만사가 끝나기에 도덕적으로 고결한 사람이든 품행이 악랄한 사람이든 일단 생명의 여정이 끝나면 모두 한줌의 흙으로 썩어가기 때문에 전혀 구별이 없다고 주장한다. 그러므로 생과 사에 대한 그들의 태도와 견해는 소극적이고 비관적인 것이다. 그들은 소극적이고 무위적이며 생사를 운명에 맡기거나, 제멋대로 방종하며 즐기는 향락주의에 빠지거나, 속세의 덧없음을 느끼고 출가하여 승려가 되거나, 차별을 없애 생과 사 두 가지를 모두 잊거나 할 것을 주장한다. 그러한 인생관을 가진 사람은 삶의 의미에 대해 혹자는 물질적 욕구의 만족을 추구하기 위해 퇴폐적이고 음탕한 생활에 빠지고 헛된 명성과 이익을 위해 수단 방법을 가리지 않는 것으로 이해하거나, 혹자는 생과 사의 의미와 가치를 근본적으로 부정하여 사람의 생기와 활력을 말살해 버린다. 물론 역사상에서 일부 걸출한 인물들은 사회발전과 인류의 운명에 대해 민감하고 넓은 마음을 품고, 적극적이고 진취적이며 분발 노력하는 인생태도로 덕행·공적·언론 저술 등 면에서 일반인은 따라잡을 수 없는 기여하기도 했다. 그들의 사상도덕은 역사의 소모와 세례와 축적을 견뎌내어 인류 공동의 정신적 재부가 되었다. 마오쩌둥은 중국 인민의 정치적 지도자이자 정신적 스승이며 동시에 민족정신의 화신이다. 그에게는 중국 공산주의자의 우수한 품격과 중국 전통정신의 정화가 집중되었다. 무산계급은 새로운 생산력과 생산관계의 대표로서 인류 역사상 가장 진보적이고 가장 혁명적이며 가장 위대한 계급이다. 무산계급은 모든 착취제도를 없애고 사회주의와 공산주의를 실현하는 것을 근본 목적으로 삼는다. 이로써 집단주의를 핵심으로 하는 무산계급의 인생관을 결정지은 것이다. 중국의 전통문화에도 만물은 일체, 자기의 마음으로 미루어 남을 헤아릴 것, 남을 자기와 같이 소중이 여길 것, 널리 은혜를 베풀어 백성을 구제할 것을 주장하는 사상 전통이 있다. 마오쩌둥은 무산계급이 구현하고 대표하는 시대정신과 유구한 중국의 우수한 문화 전통을 유기적으로 결합시켜, 개인과 민족·국가·인민의 이익 및 인류 해방과 관련하여 인간 생사의 의미와 가치를 탐구하고 이해하고 정의하였으며 살아서는 인민을 위해 분투하고 죽어서도 인민을 위해 헌신하는 고상한 생사관을 널리 선양하였다.

마오쩌둥의 삶의 의미에 대한 생각은 그의 인생 목적론과 서로 연결되고 서로 통한다. 무산계급과 공산주의자의 인생 목표는 전심전력으로 인민을 위해 봉사하고 인민의 이익을 위해 일하며 인민의 자유와 해방을 위해 싸우는 것이다. 그러한 인생 목표를 토대로 마오쩌동은 공산당원과 혁명 대오의 모든 사람에게 다음과 같이 요구하였다. 하나, 인민의 이익을 첫 번째 생명으로 삼고 개인의 이익을 혁명의 이익에 종속시키며, 분투노력하고 청렴결백하게 공무를 집행하여야 한다. 혁명 제일, 타인 제일 원칙에 따르고 평생 좋은 일만 하고 나쁜 일을 하지 않으며, 혁명과 인민에 시종일관 도움이 되고 인민의 공복이 되어 기꺼이 인민대중을 위해 일하는 '소'가 되어야 한다. 또 높은 직위에 오를 수도 있고 직위에서 내려올 수도 있으며 지도자도 될 수 있고 일반 대중도 될 수 있으며, 대중과 밀접하게 연결하여 대중의 고통에 관심을 갖고 대중의 목소리에 귀를 기울이며, 인민의 개척정신을 존중하여야 한다. 둘, 남을 위하여 자기의 이익을 버리고, 사를 버리고 공을 위하여 힘써 일하며 고생하는 일에는 앞장서고 누리는 것은 남보다 뒤에 서야 한다. 셋, 중임을 대담하게 짊어지고 착실하게 책임지며 조금도 소홀히 하지 않고 보다 더 잘하려고 애써야 한다. 넷, 진리를 고수하고 잘못은 시정하여야 한다. 다섯, 개인주의·파벌주의·자유주의에 반대하고 이기적이고 남에게 손해를 끼치면서 자기 이익만을 도모하며 공중의 이익을 해치고 자기 잇속만 차리며 소극적이고 직무에 태만하며 부패한 현상에 반대하고, 공산주의 이상과 도덕 및 행위의 순결성을 영원히 보존하여야 한다. 공산주의자는 인민을 위해 봉사하는 것을 목적으로 삼아야 하기 때문에 인생을 오로지 그 숭고한 목적을 지도방침으로 삼고, 가장 광범위한 인민대중의 가장 근본적인 이익을 최고 기준으로 삼아야만 가치가 있는 것이다.

인생은 민족의 독립, 나라의 부강, 인민의 행복, 사회의 진보를 위해 자강불식하고 적극 분투하여야만 비로소 의미가 있는 것이다.

사람은 생명이 있는 사회 개체로서 그 체력과 지력, 도덕적 정신으로 가치 있는 인생과 가치 있는 삶을 창조한다. 한편 사람의 체력과 지력, 도덕 등의 정신력은 육체가 부담한다. 육체는 사람의 지혜와 도덕이 형성되고 발전할 수 있는 생리적 기반이자 가치 있는 인생을 창조하는 전제조건이다. 그러므로 인생의 가치 창출을 중요시하게 되면 필연적으로 생명을 소중히 여기고 삶을 사랑하게 된다. 마오쩌동은 이 점을 잘 알고 있었다. 그는 1917년 4월 1일『신청년』에 발표한 「체육 연구」에서 "몸은 지식을 싣는 수레요, 도덕이 머무는 집이다. 지식을 실을 수 있으니 수레와 같고 도덕이 머물 수 있으니 집과 같다. 몸은 지식을 싣는 수레요, 도덕이 머무는 집이다."[819]라고 말했다. 마오쩌동은 육체의 생존과 발달을 소중히 여겼으며 학문의 탐구와 도덕의 수양을 위해 육체생명을 해치고, 몸을 바쳐 순직하여도 후회하지 않는 그릇된 태도에 반대하였으며, "몸을 단련하고 마음을 즐겁게 할 수 있는" 체력 단련에 주의를 기울여, 건강한 체력과 정신을 갖춤으로써 학문 도덕의 수양을 쌓기 위한 양호한 조건을 마련하였으며, 훗날 더없이 힘겨운 혁명투쟁을 위한 건전한 체력과 정신적 준비를 해두었던 것이다. 그는 1936년 에드가 스노우와 이야기를 나누면서 젊은 시절의 체육 단련이 "나의 신체를 증강시키데 큰 도움이 됐다. 훗날 화남의 여러 차례 왕복 행군 과정에서, 그리고 장시(江西)에서 서

---

819) 『마오쩌동 조기 문고』, 앞의 책, 67쪽.

북까지의 장정에서 그런 건장한 체력이 특히 필요하였다."[820]라고 말했다. 마오쩌둥은 등산과 산보, 수영을 즐겼다. 1956년 그는 처음으로 장강에서 마음껏 헤엄을 치고 나서 "만리 장강을 헤엄쳐 건너 고개 들어 가없이 펼쳐진 하늘을 바라보네. 바람이 세차고 파도가 높아도 이 모든 것은 마치 한적한 정원을 자유로이 산책하는 것만 같네. 오늘 마침내 여유롭게 즐길 수 있다네.(萬裏長江橫渡, 極目楚天舒. 不管風吹浪打, 勝似閑庭信步, 今日得寬余)"라는 시를 지었다. 이 시를 통해 그가 거센 풍랑을 두려워하지 않고 능란하게 강물을 가르며 헤엄치는 여유로운 모습을 보여주었으며, 장강과 싸우며 융합하는 과정에서 몸과 마음이 상쾌해지는 무한한 기쁨을 드러냈다. 그 후에도 마오쩌둥은 여러 차례 장강을 마음껏 헤엄쳤다. 심지어 만년에 이르러서도 그는 꾸준히 수영을 계속하면서 그 과정에서 인생의 즐거움을 느끼곤 하였다. 마오쩌둥은 지·덕·체 세 가지를 다 같이 중시할 것을 줄곧 강조하였으며, 체육을 사회주의 노동자와 공산주의 신인을 양성하는 교육방침의 중요한 내용으로 삼았다. 1952년 6월 10일 마오쩌둥은 새 중국의 체육 업무에 대하여 "체육운동을 발전시켜 인민의 체질을 증강하자"라고 제사하였다. 그는 인민대중의 신체 건강에 관심을 기울이고 의료위생 업무에서 인민을 위해 봉사하는 방향을 견지할 것을 요구하였다. 그는 청년들에게 큰 기대를 품고 청년들이 건강하고 공부를 잘하며 일도 잘할 수 있기를 바랐다. 마오쩌둥은 많은 대화와 편지에서 몸조심하고 생명을 소중히 여길 것을 강조하였다. 예를 들

---

820) 에드가 스노우, 『서행만기』, 앞의 책, 123~124쪽.

어, 그의 장남 마오안잉(毛岸英)이 전쟁에서 희생되었을 때 큰며느리 류송린(劉松林)은 심한 정신적 충격과 고통에 시달리던 중 지나친 슬픔으로 건강이 악화되었다. 환경을 바꿔보게 하기 위하여 마오쩌둥은 그녀가 소련으로 유학 가는 것에 동의하였다. 먼 이국타향에서도 그녀는 계속하여 중병에 시달렸으며 결국 국내로 전학하게 되었다. 그 사이에 마오쩌둥은 류송린에게 여러 차례 편지를 써 류송린의 건강에 대해 관심을 표하였으며, 병에 걸리지 않도록 몸조심하고 공부를 잘하라고 당부하면서 "원대한 이상과 웅대한 포부를 품고 정치와 이론 학습에 주의를 기울여야 한다. 죽은 사람을 위하여 아버지를 위하여 인민을 위하여 그리고 우리를 얕잡아보고 적대시하는 사람들에게 본때를 보여주기 위해 분발해야 한다"[821]고 당부하였다. 이러한 사실을 통해 우리는 자녀에 대한 마오쩌둥의 부성애를 엿볼 수 있을 뿐만 아니라, 생명을 소중히 여기고 능력을 키우며 국가와 인민을 위해 힘써야 한다는 그의 인생관을 엿볼 수 있는 것이다.

삶의 의미에 대한 마오쩌둥의 깊은 사고와 생사에 대한 감회는 중국 고전문학 작품을 읽고 감상하며 평가하는 과정에서도 반영되었다. 마오쩌둥은 굴원의 작품을 즐겨 읽었으며 「이소(離騷)」를 특히 좋아했다. 일찍 후난성립제1사범학교에서 공부할 때, 그는 수업노트인 「강당록(講堂錄)」에 「이소」와 「구가(九歌)」 전문을 정연하게 옮겨 썼으며 「이소」 정문의 맨 위에 여러 장절의 요점을 적어 넣었다. 1957년에 그는 또 다른 사람에게 부탁하여 여러 판본의 「초사(楚辭)」 그리고 「초

---

821) 『마오쩌둥의 아들딸들』에서 인용, 중국문화출판공사 1989년 판, 88~89쪽.

사」와 굴원 관련 연구 저작 50여 가지를 수집하였으며 굴원의 「이소」
를 반복하여 익히고 공들여 읽었다. 굴원은 시간은 기다려주지 않고
사계절은 어김없이 바뀌며 초목은 시들고 어여쁜 님은 늙어가며 삶은
다난하고 늙음은 다가오는데 품은 뜻은 이루기 어렵고 후세에 이름
을 남기지 못하는 것에 깊은 감회를 느끼며 생명을 연장하여 군주의
중용을 받아 그가 더없이 사랑하는 국가와 인민을 위해 공훈을 세우
고 업적을 쌓기를 갈망하였다. 그러나 부당하게 중상모략에 빠져 고
향을 떠나 타국으로 망명을 떠나지 않으면 안 되었다. 그는 비분에
찬 심정을 「이소」라는 천고에 길이 전해진 명작에 담아 읊었다.

"쏜살같이 빠른 세월을 따를 수 없어 세월의 덧없음에 내 마
음만 초조하구나. 아침에는 언덕에서 목련을 따고 저녁엔 섬
에서 숙초를 뜯네. 세월은 빨리 흘러 오래 머물지 않고 계절
은 어김없이 잘도 바뀌네. 초목이 시들어 감을 생각하매 이
내 몸이 늙어감이 두렵구나.…사방으로 뛰어다니며 권력과 이
익을 쫓고 쫓지만 그런 것은 내 마음이 원하는 것이 아니라
네. 노쇠함이 점점 가까이 다가옴을 느낌에, 이 내 명성 지키
지 못할까 두렵기만 하네.…눈물을 훔치며 긴긴 탄식만 할뿐,
인생길의 험난함이 한스럽기만 하구나. 나 비록 고결함을 좋
아해 스스로에게 엄격해도 아침에 욕먹고 저녁에 관직을 떼이
네. 그저 끝까지 이 마음 살펴주지 않는 초나라 임금의 어리
석음만 원망할 뿐. 그 여자들 이 내 미모를 시기하여 요염하

고 음탕하다 헐뜯어대네.…아침에 남녘의 창오(蒼梧)를 출발해서 저녁에 곤륜산에 당도하였노라.…나는 태양신 희화에게 걸음을 늦추라 명했노라. 해가 엄지산으로 기울어지지 못하도록. 아득히 멀고먼 길이지만 나는 초심으로 돌아가 매진하리라.…동녘에서 해가 솟아 눈부신 빛을 뿌리니 문득 그리운 내고향이 보이누나. 종복이 슬퍼하는데 말조차 마음으로 느끼는지 몸을 움츠려 자꾸 뒤돌아보며 앞으로 나아가려 하지를 않네.(汨餘若將不及兮, 恐年歲之不吾與. 朝搴阰之木蘭兮, 夕攬洲之宿莽. 日月忽其不淹兮, 春與秋其代序. 唯草木之零落兮, 恐美人之遲暮.…忽馳騖之追逐兮, 非餘心之所急. 老冉冉其將至兮, 恐修名之不立.…長歎息以掩涕兮, 哀民生之多艱. 余雖好修姱以鞿羈兮, 朝謇誶而夕替.…怨靈修之浩蕩兮, 終不察夫民心. 衆女嫉余之蛾眉兮, 謠諑謂餘之善淫.…朝發軔於蒼梧兮, 夕餘至乎縣圃.…吾令羲和弭節兮, 望崦嵫而勿迫. 路漫漫其修遠兮, 吾將上下而求索.…陟升皇之赫戱兮, 忽臨睨夫舊鄕. 僕夫悲余馬懷兮, 蜷局顧而不行.)"

마쩌동은 이소의 구절들을 읽으면서 매 한 구절이 끝나는 대목마다 모두 동그라미를 그려넣다. 마오쩌동은 또 위 무제(魏武帝) 조조의 시도 매우 즐겨 읽었다. 한번은 자녀들과 시에 대해 논하면서 "조조의 글과 시와 사들은 지극히 자연스럽고 진실하여 속마음을 솔직하게 밝히고 있으며, 활달하고 호방하여 마땅히 배워야 할 것이다."[822]

---

822) 『만년의 마오쩌동』에서 인용, 춘추출판사 1989년 판, 358쪽.

라고 말했다. 조조는 중국 고대의 뛰어난 정치가이자 군사가이며 문학가이기도 하다. 그는 과거 동한말년에 황건군(黃巾軍)의 농민봉기를 진압하였지만, 또 할거세력을 평정하고 북중국을 통일하였으며 횡포한 세력을 무찔러 합병을 억제하였으며 둔전(屯田)을 널리 행함으로써, 중원지역의 경제발전과 중국의 통일을 위해 진보적인 역할을 하였다. 그는 동란의 시대에 태어나 천하를 통일하려는 뜻을 세웠다. 그의 시문에서는 깊고도 웅장한 기품과 긍정적인 사상, 격앙되고도 처량한 정서가 묻어난다. 그는 「단가행」이라는 제목의 시에서 이렇게 쓰고 있다.

술잔을 마주하고 목청껏 노래하노라, 쏜살같이 흐르는 세월 앞에서 우리 인생은 얼마나 될까? 새벽이슬처럼 순식간에 스러지니, 스쳐간 지난날을 슬퍼하며 탄식하네. 노래 소리 격앙되고 기세 드높지만 울적함은 가슴 가득 쌓여오누나. 답답한 이 마음 무엇으로 달랠까? 오로지 술뿐이로다. 재능 있는 젊은 인재들이여, 내 마음 밤낮으로 그대들을 그리네. 오로지 그대들 때문에 지금 깊은 시름에 잠겨 있다네. 햇빛 아래 사슴의 무리 즐겁게 노래 부르며 푸른 들에서 유유히 풀을 뜯네. 사방에서 인재들이 내 집에 찾아오면 거문고 타고 생황을 불며 귀한 손님 위해 주연을 베풀리라. 구중천에 높이 걸린 밝은 달이여, 언제 가면 그대를 딸 수 있으랴. 내 가슴 지지누르던 울분이여, 갑자기 터져 나와 강물이 되어 흐르누나. 저

멀리서 손님이 논밭을 누비며 나에게로 왔네. 긴 이별 끝에 다시 만나 마음껏 잔을 기울이며 정에 겨워 그 동안 못 다한 이야기 나누네. 달은 밝고 별은 성긴데 까막까치떼 남으로 날아가네. 나무 위를 빙빙 맴돌면서 내려앉지 않네. 그들이 의지할 가지 어데 있을꼬. 높은 산은 흙과 돌을 마다하지 않아 웅위롭고 바다는 시골물이 흘러드는 것을 꺼리지 않아 웅장하네. 나는 주공을 본받아 예의와 겸손으로 어진 선비를 환영하리. 천하는 훌륭한 인재들 진심으로 나에게 와주길 기대하네.(对酒当歌, 人生几何? 譬如朝露, 去日苦多. 慨当以慷, 幽思难忘. 何以解忧, 唯有杜康. 青青子衿, 悠悠我心. 但为君故, 沉吟至今, 呦呦鹿鸣, 食野之萍. 我有嘉宾, 鼓瑟吹笙. 明明如月, 何时可掇? 忧从中来, 不可断绝. 越陌度阡, 枉用相存. 契阔谈䜩, 心怀旧恩. 月明星稀, 乌鹊南飞, 绕树三匝, 何枝可依? 山不厌高, 海不厌深. 周公吐哺, 天下归心.)

조조는 이 시의 서두에서 인생이 너무 짧다고 한탄하면서 마치 새벽이슬이 사라지듯, 쏜살같이 흘러가버린다고 하였으며, 지나간 날이 많고 앞으로 맞이할 날이 적다고 묘사함으로서 저도 모르는 사이에 슬퍼지면서 기분이 가라앉고 처량한 느낌이 든다. 그 뒤를 이어 정서가 점차 격앙되면서 난세를 걱정하고 어진 인재를 그리워하며 인재를 널리 유치하여 중국을 통일할 것을 갈망하였다. 마지막 네 구절에서는 감정을 직접 토로하고 다채롭고 리듬감 있으며 격앙된 정서로서 적극적으로 뭔가를 이루려 하는, 분발 진취적인 정신을 보여주었다.

그리고 「거북이가 비록 오래 살지만(龜雖壽)」라는 시에서, 조조는 방술사의 온갖 망언을 직접 부정하여 그때 당시 사회에서 유행했던 덧없고 꿈같은 인생과 시기를 놓칠세라 즐기는 향락주의의 소극적이고 퇴폐한 풍토를 모두 쓸어버리고, 심신의 안정과 즐거움을 유지할 것을 주장하였다. 이로써 그가 천명을 두려워하지 않고 양생을 중히 여기며 노익장을 중시하고 자강불식하며 적극적이고 진취적이며 공훈을 세우고 업적을 쌓는 호기로운 기개를 보여주었다. 그는 시에 이렇게 썼다.

신령스런 거북이가 비록 장수한다 해도 언젠가는 목숨이 끝날 날이 있고, 이무기가 구름과 안개를 타고 하늘로 날아오른다 해도 언젠가는 죽어 한줌의 흙이 될 것이라네. 준마는 늙어 마구간에 엎드려 있어도 천리를 달리려는 그 웅심은 여전하고 하늘을 찌를 듯 큰 포부를 품은 이는 늙어도 분발하여 나아가려는 마음만은 영원히 사라질 줄 모른다네. 사람 수명의 길고 짧음은 하늘에 달린 것만은 아니니, 몸과 마음만 잘 다스리면 오래오래 장수하리라.(神龜雖壽, 猶有竟時. 騰蛇乘霧, 終為土灰. 老驥伏櫪, 志在千里; 烈士暮年, 壯心不已. 盈縮之期, 不獨在天; 養怡之福, 可得永年.)

마오쩌동 생가에 있는 장서 중 네 가지 판본의 『고시원(古詩源)』과 『위무제 위문제 시주(魏武帝魏文帝诗注)』를 보면 조조의 「단가행(短歌

行)」「관창해(觀滄海)」「토부동(土不同)」「거북이가 비록 오래 살지만(귀수수)」「해로행(薤露行)」「호리행(蒿裏行)」「고한행(苦寒行)」「각동서문행(卻東西門行)」 등의 시작품에 여러 차례 동그라미를 쳐놓았음을 발견할수 있다. 「단가행」은 시 전체에 동그라미를 쳐놓았으며, "술잔을 마주하고 목청껏 노래하노라, 쏜살같이 흐르는 세월 앞에서 우리의 인생은 얼마나 될까? 새벽이슬처럼 순식간에 스러지니, 스쳐간 지난날을 슬퍼하며 탄식하네." 등의 시구 옆에는 동그라미를 여러 겹쳐놓았음을 볼 수가 있다. 그는 「관창해」와 「귀수수」를 즐겨 읽었으며, 그 두수의 시 전편을 손수 베껴 쓰기까지 하였다. 그는 "사람 수명의 길고짧음은 하늘에 달린 것만은 아니니, 몸과 마음만 잘 다스리면 오래오래 장수하리라." 이 두 구절을 매우 마음에 들어 하였으며 어느 한편지에서 「귀수수」의 이 구절은 "읽을 만한 가치가 있다"라고 말한 적이 있다. 마오쩌둥이 조조의 시문에 마음이 끌린 중요한 이유 중 하나는 조조가 인생의 짧음을 탄식하고 천하의 영재를 얻을 수 있기를간절히 바라며, 나라의 통일을 추구하였으며, 강인하고 진취적인 생명의식과 사상적 격조를 갖추었기 때문이며 아울러 사상적 감정적으로 천년의 세월을 이어 옛날 사람인 조조와 정신적으로 공명을 일으켰기 때문이었다. 마오쩌둥은 생명의 가치를 소중히 여기고 생명이스러지는 것을 슬퍼하였다. 마오안잉이 조선전쟁에서 전사하였을 때, 마오쩌둥은 한 아들의 아버지로서 평범한 사람들과 마찬가지로 노년에 아들을 잃은 슬픔을 혼자서 묵묵히 참고 견뎠다. 그러나 그는 삶을 소중히 여기고 죽음을 가엽게 여겼으나 죽음을 걱정하고 두려워하지는 않았다. 그는 죽음을 냉정하게 대하였으며 죽음을 인생에서 반드시 겪어야 하는 사건과 피할 수 없는 숙명으로 생각하였다. 사람은 언젠가는 한 번 죽는다. 단 죽음에는 정상적인 죽음과 비정상적인 죽음 두 가지가 있다. 물질적 생활수준이 향상되고 과학이 번영 발전한 현 시대에 사람의 수명은 점점 더 길어질 수 있다. 그러나 불로장생하는 것은 영원히 불가능한 일이다. 정상적인 죽음의 경우, 죽음은 변증법의 승리이다. 혁명사업을 위하여 인민의 이익을 위하여 희생되고 목숨을 바친 경우는 비정상적인 죽음에 속한다. 그런 죽음은 비록 개체 생명의 여정이 끊겼지만 전체 혁명사업에 있어서는 피할 수 없는 일이었다. 왜냐하면 인민의 해방과 행복을 위해서는 노력과 분투가 필요하며 분투에는 희생이 있기 마련이다. 진리를 추구하고 실천하기 위하여, 인민의 이익을 위하여 싸우는 무산자에게 있어서 생명을 소중히 여기는 것은 생명의 발전을 위한 것이며, 그리고 생명의 발전은 무산계급과 광범위한 인민대중의 이익과 긴밀하게 연결되어 있다. 전쟁을 하는 시기나 평화건설을 하는 시기나를 막론하고 생명의 발전을 위하여 목숨을 바치고 인민의 이익을 위하여 희생하고 헌신하는 경우는 항상 있다. 생명의 개체로서의 사람도 그런 희생 과정에서 자기 생명의 완성과 생명의 가치를 실현하였던 것이다. 중국 사상사에서 공자는 "목숨을 바쳐서라도 정의와 이상을 위하여야 한다(殺身成仁)"라는 설을 제기하였고, 맹자는 "목숨을 바쳐서라도 정의를 지켜야 한다(舍生取義)"라는 이론을 제기하였다. 혁명의 선구자 리다자오는 이렇게 말했다. "인생의 목적은 자신의 생명을 발전시키는 데 있다. 그러나 생명을 발전시키기 위해 반드시 생명을 희생시켜야 하는 경우도 있다. 왜냐하면 평범한 발전은 생명의 울림과 영광을 연장함에 있어서 때로는 장렬한 희생에 미치지 못할 때가 있기 때문이다. 절경을 이룬 경치는 기이하고 준험한 산천에 많다.

장엄한 음악은 슬프고 처량한 음조로 이루어진 경우가 많다. 고상한 삶은 항상 장렬한 희생 속에 있다."[823]

중국혁명과 건설의 여러 역사시기에 마오쩌둥도 공산주의자들에게 생사를 직시하고 희생을 두려워하지 말 것을 호소하였다. 그는 중국공산당의 제7차 대표대회 정치보고에서 중국의 가장 광범위한 인민대중의 최대 이익을 출발점으로 삼은 중국 공산주의자들은 자신의 사업이 전적으로 정의로운 사업이라고 믿어야 한다면서 정의로운 사업은 반드시 승리할 것이라고 지적하였다. 그래서 그는 개인의 모든 것을 희생시키는 것을 불사하고 우리의 사업을 위해 언제든지 자기 목숨을 바칠 준비가 되어 있어야 한다고 말했다. 그는 그 어떠한 힘들고 고달픈 상황에서도 단 한 사람이라도 남아 있다면 그는 계속 싸워나가야 한다고 말했다. 죽음의 가치에 대해서는 장스더(張思德)의 추도회에서 한 마오쩌둥의 연설 중에 권위적인 한 대목이 있다. "사람은 언젠가는 죽는다. 단 죽음의 의미는 다르다. 옛날 중국에 사마천이라는 문학가가 있었는데 그는 '사람은 누구나 한 번 죽는다. 그 죽음이 태산보다 무거운 경우도 있고 깃털보다 가벼운 경우도 있다'라고 말했다. 인민의 이익을 위해 죽는 것은 태산보다 무거운 죽음이

823) 『리다자오문집』 제3권, 인민출판사 1999년 판, 84쪽.

고, 파시스트의 앞잡이가 되어 죽거나 인민을 착취하고 억압하는 자들을 위해 죽는 것은 깃털보다 가벼운 죽음이다."[824] 인민을 위해 죽는 것은 태산보다 무거운 죽음으로서 가치 있는 죽음이고, 비록 죽었다고는 하지만 그 죽음은 영광스러운 것이다. 생과 사에 대한 마오쩌동의 견해는 깊고도 전면적이었다. 그는 생명을 소중히 여기고 가치 있고 의미 있는 인생을 창조해야 한다고 주장하면서 또 비겁하게 죽음을 무서워하고 변절하여 투항하며 절개와 인격을 잃고 구차하게 살아가는 것에 반대하였다. 그는 고생도 죽음도 두려워하지 말자는 슬로건에 찬성하면서 인민의 이익을 위해서는 사심 없이 봉사하고 용감하게 헌신할 것을 제창하였으며, 진리를 지키기 위해서는 면직 당하는 것도, 당적을 박탈당하는 것도, 이혼도, 감옥살이도 두려워하지 않고 죽는 것도 두려워하지 않을 것을 제창하였다.[825] 그러나 그는 또 무모하게 일을 저지르는 것에 반대하면서 투쟁을 잘하여 최소의 대가로 최대의 승리를 바꿔오며 불필요한 희생을 최소화할 것을 제창하였다. 그는 인격을 보전하고 기개를 펴는데 있어서 자살의 상대적 가치를 인정하면서 악한 세력의 억압에 못 이겨 생의 희망을 버리고 자살한 사람에게 깊은 동정심을 표하였다. 그러나 그는 자살을 찬성하지 않았으며 살아갈 용기를 내어 악한 세력과 필사적으로 싸울 결심을 내리고, 분투를 통해 삶의 희망을 찾을 것을 주장하였다. 설령 살려고 애를 써도 안 되어 싸우다가 죽임을 당하더라도 자기 몸과 마음

---

824) 『마오쩌동선집』 제3권, 앞의 책, 1004쪽.
825) 『내가 본 마오쩌동』, 앞의 책, 96~97쪽.

의 잠재력을 최대한 발휘하였기 때문에, 비극적 성질도 사람들의 머리와 가슴에 깊이 새겨지기에 충분하다고 주장하였다. 마오쩌동 본인이 바로 생을 소중히 여기고 삶의 의미를 위해 꾸준히 분투하였으며, 죽음을 냉정하게 대하고 죽음을 두려워하지 않았으며 자기 생명의 발전의 극치를 이룬 사람이었던 것이다.

3. 유한을 넘어 영원을 추구하는 생명 의식

인간은 시간의 흐름 속에서 생명은 소모되고 쇠약해져 결국 죽음에 이르게 된다는 사실을 명확하게 인식하고 있는 사회적 존재물이다. 죽음으로 인해 사람은 생명의 무상함과 허무함을 느끼게 되고 유한한 것 밖의 무한한 것과 순간적인 것 이외의 영원한 것을 추구하게 되며 사멸 이외의 불후함을 갈구하게 된다. 그렇다면 불후한 것은 영혼인가? 오래 살 수 있는 형체인가? 아니면 사회적 의미에서의 도덕·공적·사상인가? 영혼이 불후의 존재라는 것은 서양 문화를 오랫동안 지배해온 기본 관념이다. 영혼이 처음에는 형체와 다른 정신적 실체로 이해되었다. 영혼은 사람이 태어나기 오래 전에 이미 존재하였고, 사람이 태어난 뒤에 사람의 형체에 기거하다가 사람이 죽은 뒤에 형체를 떠나 또 다른 미지의 세계로 간다는 것이었다. 문명의 발전과 사회의 진보에 따라 영혼은 사람이 꿈꾸는 정신적 실체의 의미를 포함하고 있을 뿐 아니라, 정신·지혜·덕행의 의미도 포함하고 있다. 그리고 사회가 발전함에 따라 뒷부분의 의미가 갈수록 더 강조되고 부각되고 있다. 고대 그리스의 철학자 피타고라스(Pythagoras)는 영혼이 불멸의 존재라면서 영혼은 사람이 죽은 후에 운명의 배치에 따라 한 인간의 개체에서 다른 한 인간의 개체로 옮겨갈 수 있다고 주장하였다. 소크라테스와 플라톤은 영혼을 요정으로 이해하면서 또 영혼에 정신·품격·지혜의 속성을 부여하였다. 그들은 사람은 육체와 영혼으로 구성되었다면서 영혼은 사람이 태어나기 전에 이미 존재하였고, 또 사람이 죽은 뒤에도 계속 존재하며, 영혼은 영원 불후한 사물에 대한 탐구와 연구를 통해 스스로 불후의 속성을 띠게 된다고 주장하였다. 유럽 중세의 신학자인 토마스 아퀴나스(Thomas Aquinas)는 영혼이 하느님에 의해 창조되는 무형의 존재자라면서 덕성·지혜·의지 등 정신적 요소가 영혼의 본질을 구성하였다고 주장하였다. 즉 영혼은 불후한 것으로 육체가 해체된 뒤에도 여전히 존재한다는 것이었다. 프랑스의 근대 사상가들은 영혼이 곧 양심이라고 주장하였다. "영혼의 깊은 곳에는 태어날 때부터 일종의 정의와 도덕의 원칙이 있다.…나는 그 원칙을 양심이라고 부른다."[826] 영혼은 죽지 않는다. 한 사람은 '육체가 죽은 뒤에야 비로소 영혼의 삶을 살기 시작한다.'[827] 독일의 철학자 칸트는 영혼이 지고지선을 추구하는 자라고 주장하였다. 실천 이성은 도덕과 행복의 통일을 요구하지만 현실생활의 경험으로는 양자 간의 필연적인 연결을 제공하지 못한다고 보았다. 그렇기 때문에 "행복과 덕행을 세속에서 필연적으로 결합시켜 우리가 추

826) 루소,『에밀』, 앞의 책, 414쪽.
827) 위의 책, 405쪽.

구하는 지고지선에 부합되도록 할 것"[828]을 기대해서는 안 된다는 것이었다. 행복은 차안에 있는 것이 아니라 피안에 있기 때문에 오로지 영혼이 불후해야만 "언젠가는 자신이 덕을 쌓은 정도에 따라 행복을 누릴 수 있기를 바랄 수 있다."[829]고 하였다. 덕행과 행복의 통일은 '지고지선'을 추구하는데 있고, 그 지고지선은 최고의 선 즉 원만한 도덕에 대한 추구를 전제로 한다고 하였다. 그리고 도덕은 끝이 날 수 없기 때문에 도덕에 대한 추구는 영원히 끝이 나지 않는다는 것이다. 그러므로 최고의 선을 추구하는 덕행과 피안의 행복을 누리려는 욕구가 영혼의 불후를 결정짓는 것이라 하였다. 칸트 후의 인본주의 철학자 포이어바흐(Feuerbach)는 사람의 자연 본성에서 출발하여 영혼 불후의 관념을 포기하였으며, 사람의 생존은 자연의 본체에서 비롯된 것으로 육체적 생명이 없는 생존은 환상이고 날조된 것이며 거짓된 생존이라고 주장하였다. 사람이 마땅히 추구할 것은 죽은 후 영혼이 천국에 갈 수 있느냐의 여부가 아니라 현실적 인생을 충실하게 사는 것이며, 사람은 현실생활에서의 행복에 관심을 가져야 한다고 주장하였다. 그는 영혼 불멸의 관점은 부정하였지만 인간이 죽지 않고 영원하기를 추구하는 것에 대해서는 부정하지 않았다. 다만 사람은 영혼의 불후를 꿈꿀 것이 아니라, 자기 도덕의 완성, 역사 활동 그리고 업적과 성과를 통해 불후의 경지에 이르러야 한다고 주장하였다. 영혼 불후의 관념이 추구하는 불후는 개체가 구제받는 것이지만,

---

828) 칸트, 『실천 이성 비판』, 상무인서관 1960년 판, 117쪽.
829) 위의 책, 132쪽.

포이어바흐가 추구하고자 하는 불후는 현실생활에서 도덕의 완성과 사회와 개체의 인생에 도움이 되는 사업의 성공과 성적의 취득이었다. 중국의 전통문화에서 추구하는 것은 주로 현실세계에서 생존하는 과정에서의 불멸이다. 하나는 육체의 불멸을 추구하는 것으로서 육체의 존재에 대한 죽음의 부정을 뛰어넘어 오래 살아 신선이 되는 것을 추구하는 것이다. 이는 중국 도교에서 주장하는 인생의 신념으로 일반 중국인에게는 그다지 심각한 영향을 미치지 못하였다. 다른 하나는 사람의 도덕적 공훈과 업적, 언론 저작이 현실과 역사에 대한 기여와 영향을 중히 여기고, 인생의 사회적 의미에서 인간의 불후에 대해 이해하고 추구하는 것으로서 중국인에게 깊은 영향을 준, 특히 중국의 사대부계급이 집착하는 불후관(不朽觀)이었다. 춘추전국시기 노나라의 대부 숙손표(叔孫豹)는 "죽어서도 없어지지 않는 것이란 어떤 것인가"라는 범선자(範宣子)의 물음에 이렇게 대답하였다. "내가 듣기에 '불후의 최상은 덕을 세우는 것이고, 다음은 공을 세우는 것이며, 그 다음은 후세에 길이 남을 의미심장한 말을 하는 것'이다. 아무리 오래 지나도 없어지지 않기 때문에 이를 가리켜 '삼불후(썩지 않는 세 가지)'라고 한다.(豹聞之, '太上有立德, 其次有立功, 其次有立言'. 雖久不廢, 此之謂三不朽.)"[830] 공자는 자신의 불후관에 대해 명확하게 말한 적은 없지만 그가 백이(伯夷), 숙제(叔齊)의 고결한 품성을 칭찬하고, 관중이 제환공(齊桓公)을 보좌하여 여러 차례 제후들의 회맹을 성사시키고 천하를 바로잡았으며, 전쟁을 멈추게 하고 백성에게 은혜를 베

---

830) 「좌전·양공24년」

푼 공훈과 업적을 인정하였으며, 육경을 직접 정리하고 제자에게 학문을 가르쳤으며, 부덕함을 인생에서 한스러운 일이라고 말한 사실로부터 그도 '삼불후'를 인생의 굳은 신념으로 삼았음을 알 수 있다. 맹자도 죽은 후에 불후의 경지에 이르지 못하는 것을 평생의 걱정으로 삼고 순임금처럼 "천하의 본보기가 되어 그 명성이 후세에 전해지길(为法於天下, 可傳於後世)"[831] 바랐으며, 후세 사람들에게 훌륭한 도덕 품성과 명망을 남기고 공훈을 세우고 업적을 쌓아 후세에 남겨줌으로써 사회에 조금이라도 기여할 수 있기를 바랐다. 바른 도덕을 쌓고 공훈과 업적을 쌓으며 의미심장한 말을 하여 후세에 널리 전해지도록 할 수 있다면, 죽어도 영원히 살아 있는 성현이라고 할 수 있다. 사람이 태어났다가 죽는 것은 성현이라고 하여 다른 사람과 다를 바가 없다. 그러나 죽어서도 영원히 살아 있고 천지와 함께 오래 존재하며 해와 달과 함께 빛나는 것은 오직 성현만이 이를 수 경지이다. 중국 전통문화에서 이처럼 현실의 삶에 입각하여 무한함과 영원함을 추구하는 불후관은, 대대로 포부가 있고 유능한 정치가와 지식인들을 격려하여 분발 노력하고 굳세게 진취하도록 해왔다.

마오쩌둥도 중국 전통문화의 명맥을 이어받아 무산계급 혁명의 시대정신을 반영하여 중국 전통 특색과 시대적 특징이 풍부한 불후관을 형성하였다. 우주는 아득히 넓고 역사가 유구하며 인생은 짧고 보잘것없이 작다. 이는 인간의 생명 의식과 내면세계에 막심하고도 강렬한 충격하고 억압과 자극을 가져다주었다. 예나 지금이나 사람들

---

831) 『맹자·이루상』

이 무한한 우주와 유한한 인생 앞에서 얼마나 많은 생사 감회를 느꼈는지 모른다. 문무를 겸비한 위무제 조조는 시를 지어 "술잔을 마주하고 목청껏 노래하노라. 쏜살같이 흐르는 세월 앞에 우리 인생은 얼마나 될까"라고 개탄하였고, 당나라의 진자앙은 유주(幽州)의 옛 성루(古臺)에 올라 이곳저곳 두루 둘러보며 생각을 거듭하다가 우주의 무궁함과 인생의 덧없음을 느낀 나머지 저도 모르게 처량하고 슬픈 마음이 들어 「유주의 누대에 올라 읊조리노라(登幽州臺歌)」라는 시를 지어 "그 옛날 어진 이를 불러 모으던 성군도 없고 후세에도 인재를 구하고자 하는 명주가 보이지 않네. 망망한 천지 덧없는 세상을 생각하매, 홀로 서글퍼 눈물만 우수수 떨어지누나.(前不見古人, 後不見來者. 念天地之悠悠, 獨愴然而涕下)"라고 영탄하였다. 심지어 활달하고 호방한 시선 이백도 "천지는 만물이 잠시 쉬어가는 객사요, 한 번 지나간 세월은 다시는 돌아오지 않네. 덧없는 인생 꿈과 같으니 이 세상 즐거움이 얼마나 될까.(天地者, 萬物之逆旅, 光陰者, 百代之過客, 而浮生若夢, 為歡幾何)"라고 말하면서 이어 옛날 사람들이 "횃불을 밝히고 밤에 놀러 다니는 데는 참으로 일리가 있다(秉燭夜遊, 良有以也)"[832]라고 인정하였다. 인생은 덧없이 짧고 우주는 끝이 없다. 이처럼 강렬한 대비 때문에 얼마나 많은 사람들이 인생을 돌이켜보면서 인생에 회의를 느끼고 부정하며 인생은 황당하고 거짓되며 진실하지 않고 무의미한 것이라고 여겼으며, 인생은 원래 오해와 같은 것이고 잘못된 것이라고 생각하였던 것이다. 그리하여 혹자는 염세적이거나 혹자는 세상을 어

---

832) 이백, 「춘야연도리원서(春夜宴桃李園序)」

지럽히거나 혹자는 인생을 놀이 삼아 사는 경우도 있었다. 그러나 위대하고 강한 마음은 시공간의 유구함과 거대함, 그리고 짧은 삶과 필연적으로 맞이하게 될 죽음에 눌려 부서지지 않게 마련이다. 마오쩌둥의 마음과 붓 끝에 비친 공간의 이미지는 거대하고 우람하며 침착하고 굳세며 약동적이고 드넓으며 눈부시고 다채롭다. 그 공간은 인류와 또 다른 생물에 광활한 활동장소를 제공하기도 하고, 또 험악하고 혹독하여 수시로 생명을 억압하고 부러뜨리고 집어삼키기도 한다. 예를 들면 망망대해, 끝아 안 보이는 광활한 대지, 눈부시게 추운 날씨, 바다처럼 넓고 푸른 산, 핏빛같은 저녁노을, 굽이굽이 길게 이어진 오령(五嶺. 후난·장시 남부와 광시·광둥 북부 경계에 있는 웨청[越城]·두팡[都龐]·멍주[萌渚]·치톈[騎田]·다위[大庾] 등 다섯 령), 기세가 드높은 오몽(五蒙, 꿰이저우[貴州] 서부와 윈난[雲南] 동북부 경계에 있는 산), 좁고 험하며 이끼가 끼어 미끄러운 산속 행군의 길, 눈보라에 휩싸인 장정의 길, 하늘을 찌를 듯 줄기차게 우뚝 솟은 산, 인간 세상 밖으로 뻗어나가 허공에 가로누워 있는 곤륜산, 얼음이 얼어붙고 눈이 흩날리고 장성을 굽이굽이 돌아 흐르는 황하가 연출하는 북국의 풍경 등이 바로 마오쩌둥의 눈과 붓 끝에 비친 공간의 이미지였다. 마오쩌둥의 시간 이미지는 심원하고 유구했으며, 또 순식간에 지나가 버리고 기다려주지 않는다는 것이었다. 예를 들면 "인생은 늙기 쉬우나 하늘은 늙지 않는다", "세월은 흐르는 물처럼 흘러가 버리면 다시는 돌아오지 않는다", "이 세상에서 얼마나 많은 일들이 총총히 지나가버리고, 세상은 끊임없이 돌고 돌며 사람은 세월에 떠밀려 간다" 등의 표현들에서 반영되었다. 우주의 드넓은 시공간과 인생의 작은 세계의 엄청난 비교 앞에서 마오쩌둥은 큰 공간을 작게 보았고, 긴 시간을 짧게 여겼으며, 대담하게 시공간을 통제할 수 있는 초연한 태도와 낭만적인 심경을 갖추고 있었다. 그는 유한함 속에서 무한함을 파악하고 순간 속에서 영원함을 추구하였으며, 적극적이고 전력을 다하는 인생 태도로 생사를 초월하고 시공간을 뛰어넘어 영원과 불멸을 추구하였다. 무산계급의 정치적 지도자로서 마오쩌둥은 역사상에서 순식간에 지나가버린 과객들과는 달리, 천인합일, 물아일체, 상하 천지는 우주와 같다는 정신적인 환상을 추구하지도 않았고, 생사를 도외시하고, 만물일체나 무아의 경지를 동경하지도 않았으며, 정신적 실체로 이해되는 영혼의 구원과 불멸에 이르기를 갈구했던 것은 더더욱 아니었다. 마오쩌둥이 영원함을 추구하는 마음은 낭만적인 것이었지만, 영원하고 불후한 가치를 추구하고자 하는 목표와 과정은 현실적인 것이었다. 그가 추구하는 불후의 의미를 갖춘 목표는 사회주의와 공산주의 도덕의 완성, 사업의 성공 그리고 사상이론의 순결과 영원함이었다. 영원함과 불후함을 추구하기 위해 펼친 운동, 투쟁, 실천은 세계를 인식하고 개조하는 것이었고, 주관적인 세계와 객관적인 세계를 모두 초월하는 것이었으며, 자신의 몸과 마음의 능력을 인류의 인식에 따라 필연적으로 자유로워질 수 있도록 영원히 발전 진보하는 세찬 흐름 속에 융합시키고자 애쓰는 것이었다. 그가 영원과 불후를 추구하고자 하는 마음은 절실하였다. "동녘 하늘이 희뿌옇게 밝아온다. 그대여! 일찍 왔다고 자처하지 말게나. 청산

을 두루 밟고 다니기는 했지만 여전히 꽃다운 시기라네.(어둠은 바야
흐로 물러가고 저 앞에 서광이 보이네. 진리를 발견하였어도 선구자
라 자처하지 말게나. 혁명의 길은 멀고도 멀었으니. 끊임없이 탐구하
고 끊임없이 분투하세. 실패란 영원히 없다. 영원히 늙지 않을 것이
다.)(東方欲曉, 莫道君行早, 踏遍靑山人未老)", "만 년은 너무 길으니 지금
눈앞의 매일을 잡아라.(승리의 그날까지 만 년을 기다리는 건 너무 길
다. 시기를 놓치지 말고 지금 바로 주도적으로 출격해야 한다.)(一萬年
太久, 只爭朝夕)"라고 했다. 마오쩌동의 영원과 불후에 대한 추구는 성
공적이었다. 그는 도덕적 수양을 쌓고 공훈과 업적을 세웠으며, 용감
하게 자기 자신에 도전하여 인생의 본보기로 삼을 수 있는 고상한 인
격을 연마하였던 것이다. 그는 또 당과 인민을 이끌어 "위대한 이상
을 위해 용감하게 분투하고 희생하여 어두운 구 사회를 버리고 밝은
새로운 세상을 만들자(爲有犧牲多壯誌, 敢敎日月換新天)"라는 분투정신
을 바탕으로 중국혁명의 위대한 성공과 사회주의 건설의 거대한 성적
을 이루었으며, 중국사회의 미래 발전에 대한 청사진과 방향을 구상
하였다. 그는 전통문화를 비판적으로 계승하고, 마르크스주의를 학
습 실천하였으며, 중국혁명과 건설의 실천 경험을 종합하여 마오쩌동
사상을 창설함으로써 우주와 인류발전의 역사에 자기 의지의 흔적을
깊이 새겨 넣었던 것이다. 에드가 스노우는 「마오쩌동 주석과의 담화」
라는 글에서 말했다주지하는 것처럼 "중국의 모든 기나긴 연대기에
서 나는 농촌 출신의 미천한 사람이 사회혁명을 성공적으로 이끌었
을 뿐 아니라 혁명의 역사를 쓰고 혁명의 군사적 승리의 전략을 구상

하였으며, 사상학설을 체계적으로 논술하였다는 사실, 그리고 그 사상학설이 중국의 전통적인 사상을 변화시킨 다음 또 새로운 문명 속에서 전 세계라는 넓은 의미에서 그의 철학을 실행하도록 하였다는 사실을 상상조차 할 수 없었다."[833] 스노우는 또 이 글에서 이렇게 적고 있다. "마오쩌둥은 사회 발전의 미래에 대해 언급하면서 장래의 일은 후세 사람들이 풀어나갈 것이고, 또 우리가 예견하지 못한 조건에 따라 풀어나갈 것이라고 말했다. 장기적인 관점에서 문제를 볼 때 후세 사람들은 우리보다 지식을 더 많이 장악하게 될 것이다. 우리의 식견이 아니라 그들의 식견이 우위를 차지할 것이다. 오늘의 젊은이들과 그 뒤를 이을 젊은이들은 그들의 사회준칙에 따라 혁명에 대한 업무를 평가할 것이다. 이 지구상의 인류의 상황은 빠르게 변하고 있다. 지금부터 천 년이 지난 뒤에 돌이켜보게 되면 우리 모두가 심지어 마르크스·엥겔스·레닌까지도 어쩌면 조금은 우습게 보일 것이다."

마오쩌둥은 굳세고 진취적이며 적극적이고 뭔가 애써 이루고자 하는 정신으로 유한한 개체의 인생을 인류의 진보와 발전 사업에, 그리고 생명의 짧은 순간을 우주의 끝없는 흐름에 연결시켜 살아있는 동안에 입덕(立德, 덕을 쌓음) 입언(立言, 후세에 귀감이 될 의미심장한 이론을 남김)을 하고, 공훈과 업적을 쌓아 후세에 전함으로써 유한한 개인의 인생 활동이 인류의 존속과 우주의 영원한 발전 속에서 영원한 의미와 가치를 갖도록 하였으며, 실천 속에서 주관과 객관을 경계를 뛰어넘고 진시황과 한 무제, 당 태종과 송 태조, 칭기스칸을 초월

833) 『내가 본 마오쩌둥』, 앞의 책, 221쪽.

하고 심지어 마르크스를 초월할 수 있기를 열망하였다. 그는 "마르크스보다 못한 사람은 마르크스주의자가 아니고, 마르크스와 같아도 마르크스주의자가 아니며, 마르크스를 넘어서야만 비로소 마르크스주의자라고 할 수 있다"고 주장하였다.[834] 더 훌륭한 것은 그가 스스로 공로가 있다고 생각하지 않고, 공로를 남에게 돌리고 대 우주적인 시야로 자신의 사업을 대하고, 인류사회의 발전을 대하였으며, 모든 역사 인물의 사상과 의지 그리고 창조적인 실천활동에 존재하는 피할 수 없는 한계를 인정하였다. 비록 현실에 입각하였지만 마음은 미래를 향하였고, 자기가 한 일에 대한 평가를 후세사람들에 맡겨 장래의 일은 후대들이 해결하도록 하였다. 마오쩌둥의 의식은 시공간을 뛰어넘었으며, 자아를 초월한 것이었다. 이는 '초월'에 대한 초월이며 이것이 바로 거인 마오쩌둥의 가슴속에 품었던 드넓은 생각이었던 것이다.

---

834) 왕런중(王任重), 「실사구시의 본보기-마오쩌둥 탄신 85주년을 기념하여」, 『중국청년』 1978년 제4기.

후기

　마오쩌둥은 세기의 위인, 심오한 사상을 소유한 이론가, 높이 서서 멀리 내다보는 전략가, 뛰어난 재능과 원대한 계략을 갖춘 군사가, 위대한 공적을 쌓은 정치 지도자, 전례 없던 민족 영웅으로 칭송되고 있다. 그는 심오한 사상과 숭고한 이상, 강한 의지와 뛰어난 담략으로 중국 인민을 이끌고 파란만장한 신민주주의 혁명과 사회주의 혁명, 사회주의 건설을 진행하였으며, 한민족(漢民族)을 진흥시키고 한 시대를 개척하였으며 전 세계에 영향을 주었다.

　마오쩌둥이 서거한 지도 38년이 지났다. 마오쩌둥을 상징으로 하던 시대는 이미 지나갔고 중국과 세계에는 거대한 변화가 일어났다. 그러나 마오쩌둥의 막대한 영향력은 세월의 흐름과 함께 지워지지 않았고 후세사람들에게 잊혀 지지 않았다. 우주·사회·인생에 대한 그의 깊은 통찰은 이미 중국 공산주의자와 중국 인민들이 끊임없이 변하는 세계를 관찰하고 복잡다단한 사회를 꿰뚫어보며 생존 발전의 길을 모색하는 사고방식과 가치를 선택케 하는 방향에서 거듭나고 있다. 인생의 목표, 인생의 이상, 인생의 가치, 인생의 경지에 대한 그의 자유로운 상상과 추구는 새로운 사회와 새로운 인격을 형성하기 위한 좌표와 신념을 명시해 주었다. 그가 창도한 경세치용, 실사구시, 지행합일, 시대와 함께 발전하는 인생 태도, 백성을 마음에 두고 인민의 애로에 관심을 기울이며 청렴결백하고 나라를 위해 몸과 마음을 다 바쳐 충성하는 정치적 풍모, 변화를 존중하고 창조적이고 진취적이며 분투 향상하고 낡은 것을 버리고 새것을 창조하는 발전 의식, 변화무쌍한 환경에 처해서도 놀라지 않고 독립적이고 두려움을 모르며 자아 주재와 불요불굴의 민족정신, 세속에 물젖지 않고 이상을 추구하며 세계를 내다보고 천하에 뜻을 둔 낭만적인 심경은 당대와 후세에 깊은 인생의 깨우침을 주었다. 그는 낭만주의적 이상의 추구와 현실주의적 치밀한 통찰력을 갖춘 인격적인 매력과 거대한 감화력으로, 당과 인민을 이끌어 민족 독립, 인민 해방, 나라 부강의 길을 걷게하고 있다. 마오쩌둥은 평생 국가를 위해, 민족을 위해, 인민을 위해 꾸준히 분투한 정치 지도자로서 그의 사상과 인격 및 사업은 인류사회 발전의 법칙과 중화민족의 역사적 추세와 맞물리며, 그의 이상 추구와 가치 방향은 인민의 이익·염원·복지와 서로 맞물려 있다. 시진핑은 마오쩌둥 탄신 120주년 기념 간담회 연설에서 이렇게 말했다. 마오쩌둥은 "중국의 신민주주의혁명의 승리와 사회주의 혁명의 성공, 사회주의 건설의 전면적 전개를 위하여, 중화민족의 독립과 진흥, 중국인민의 해방과 행복을 실현하기 위하여 역사에 길이 빛날 공헌을 하였다. 마오쩌둥 동지의 일생에서 가장 뛰어나고 가장 위대한 공헌은 바로 우리 당과 인민을 이끌어 신민주주의혁명의 올바른 길을 찾고 반제국주의 반봉건주의 임무를 완성하였으며, 중화인민공화국을 세우고 사회주의 기본제도를 확립하였으며 사회주의 건설의 기초적인 성과를 거둔 것이고, 또 우리가 중국 특색의 사회주의를 건설하는 길을 모색할 수 있도록 경험과 조건을 마련해주었고, 당과 인민의 사업 승리와 발전을 위하여, 중화민족이 시대 발전의 흐름을 따를 수 있는 근본적인 전제를 마련해주고 탄탄한 이론적·실천적 기반을 마련해 준 것이다." "중국 인민을 위해 꾸준히 분투한 빛나는 일생에서 마오쩌동 동지는 위대한 혁명 지도자로서 멀리 내다보는 정치적 통찰력, 혁명에 대한 확고부동한 신념, 대담하게 개척하는 비범한 패기, 최상의 투쟁 예술, 출중한 리더십을 보여주었다. 그는 심오한 사상, 거리낌 없고 드넓은 흉금을 갖추었고 정치적 군사적 책략을 두루 겸비하고 뛰어난 리더예술을 갖추었으며, 인민 대중을 마음에 두고 평생 간고 분투하여 중화민족과 중국 인민을 위하여 불후의 공훈을 세웠다."[835] 위인이 세상을 떠났으니 공과는 자연히 평가하는 사람이 있기 마련이다. 마오쩌동이 서거한 후 한때 사회적으로 마오쩌동을 전면 부정하는 역사 허무주의 사조가 팽배하였던 적이 있었다. 마오쩌동을 전제군주요 편집광이요 하며 공격하는 사람이 있는가 하면, 오로지 권력 투쟁의 필요성과 개인 품격 때문에 '문화대혁명'을 일으켰다고 주장하는 사람도 있었고 또 개인의 원한과 협애한 편견으로 마오쩌동을 부정하고 헐뜯는 사람도 있었다. 그러나 마오쩌동의 사상·사업·인격, 중국인민과 중화민족의 역사에 대한 마오쩌동의 기여는 마치 하늘에 해와 달이 뜨고 강물이 대지를 흐르는 것처럼 부정하고 말살할 수 없는 사실이다. 마오쩌동과 마오쩌동사상을 악

---

835) 시진핑, 「마오쩌동 동지 탄신 120주년 기념 간담회에서의 연설」 (2013년 12월 26일), 『인민일보』 2013년 12월 27일 2면.

의적으로 모독하고 헐뜯는 사람들은 결국 굴욕을 자초하고 역사적으로 조롱을 당하며 인민에게 버림을 받을 것이다. 1981년 6월 중국공산당 제11기 중앙위원회 제6차 전체회의에서는 「건국 후 당의 몇 가지 역사문제에 관한 결의」를 통과시켜 마오쩌동의 역사적 공과에 대해 전면적으로 평가하고 마오쩌동의 역사적 공적과 마오쩌동사상의 지도지위를 충분히 인정하였다. 1980년대 후반부터 중국에서는 마오쩌동을 다시 찾고 재발견하며 재연구하고 재평가하는 붐이 일어났다. 사회가 전환하는 시기에 사회변혁과 이익 조정 면에서 사람들이 감당할 수 있는 정도를 넘어 관료주의가 심각하고 부정부패가 만연하였으며 소득분배가 공평하지 못하고 빈부격차가 심화되었으며 이상과 신념이 흔들리고 사회의 도덕규범이 파괴되었다. 사람들은 곤혹스럽고 막막한 나머지 마오쩌동 시대 사회의 공평과 순박한 민풍을 그리워하게 되었으며 또 마오쩌동의 사상과 관점 그리고 주장에서 문제의 답과 정신적인 기둥을 찾고자 하였다. 그러나 중국사회의 발전 진보와 시대의 변천에 따라, 사회주의 시장경제체제의 수립과 보완 그리고 민주법치 건설이 추진됨에 따라 사회 전체가 경직된 유형식과 체제의 속박에서 벗어나 점차 질서가 잡혀가기 시작하였으며, 사람들의 과학정신과 민주의식이 강화되고 또 사상도덕경지가 향상됨에 따라, 마오쩌동에 대한 인식과 평가도 점차 객관적이고 이성적이며 진실하고 공평한 방향으로 발전하게 되었다. 사람들은 마오쩌동의 사상과 인격 및 공적을 인류역사의 큰 시공간에 놓고 연구하면서 이성적 차원에서 사고하고 당대 중국사회의 발전과 연결시켜 평가하여 마오

쩌둥 사상의 거대하고도 심원한 현실적 의미와 역사적 가치를 찾아
냈다. 마오쩌둥은 세계주의자이자 민족주의자이다. 그는 젊은 시절
부터 중국과 세계를 개조하겠다는 웅대한 포부를 품었고, 드넓은 흉
금을 갖추고 원대한 목표를 세웠으며, 또 자신의 뛰어난 재능과 원대
한 계략, 심오한 사상, 탁월한 지혜, 강한 의지로 중국 나아가 세계의
역사적 흐름에 영향을 주었다. 마오쩌둥은 강철 같은 의지와 확고한
원칙성을 지닌 사람이며, 또 마음이 어질고 동정심이 많은 사람으로
서 사회의 평등을 꾸준히 추구하고 국민의 고통을 깊이 주시하였으
며, 인민의 고난 앞에서 눈물을 흘리며 슬퍼하기도 했지만 인민의 적
에 대해서는 더없이 냉혹하고 조금도 사정을 봐주지 않았다. 높이 앉
아서 현실을 이탈하고 민중과 괴리되어 있으며, 직책을 다하지 않고
봉록만 받아먹으며 권세를 부리고 인민을 마구 짓밟고 법을 어기고
뇌물을 받아먹으며 부패 타락한 자에 대해서는 극도로 미워하고 엄
중하게 처벌하였다. 이는 관료체제, 사회의 불공평, 권력의 부패에 대
한 강력한 반대 의지를 보여준다. 마오쩌둥은 사회 정의의 화신이자
인민의 대변인으로서 많은 사람들에게 있어서 그는 구세주이자 희망
이었으며, 매우 소중하고 영원한 기억이지만, 다른 일부 사람들에게
는 영원한 사상적 정치적 도전이다. 마오쩌둥은 이상과 현실의 통일,
이론과 실제의 통일, 인식과 실천의 통일을 주장하였으며, 마르크스
주의를 굳게 믿고 숭고한 이상을 끈질기게 추구하였으며, 이론과 실
제, 인식과 실천의 유기적인 통일을 일관되게 고수하였으며, 지행분리
와 언행 불일치의 공담가, 위선자, 기회주의자에 대해서는 단호히 반

대하고 무자비하게 비난하였다. 마오쩌둥은 사심이 없고 거리낌이 없는 사람이다. 그는 개인의 가치를 집단의 가치에 통일시키고 개인의 행복을 인민의 행복에 통일시켰으며, 개인의 원만함을 실현하는 것을 인민의 생존발전에 통일시키고 대공무사하고 헌신적으로 분투하였으며 한결같았다. 마오쩌둥은 기품이 있고 의지와 취향이 고상한 사람이다. 그는 평생 지식의 탐구, 실천, 심미에 심혈을 기울이고 진선미 인생의 경지를 추구하면서 명예와 이득을 위해서라면 방법과 수단을 가리지 않고 파렴치하게 달려들며 명리를 탐내고 범속하고 진취적이지 못한 사람을 경멸하였다. 마오쩌둥은 현실에 입각하고 미래를 지향하는 실천하고 창조하는 사상가로서 평생 진취적이고 창조적인 것을 숭상하였으며, 앞 사람을 능가하는 면에서 대담할 뿐 아니라 자아초월에도 용감하였다. 마오쩌둥은 정치가의 기백, 사상가의 심오함, 실천가의 실무주의, 도덕가의 숭고함으로 중국화한 마르크스주의-마오쩌둥 사상을 창설하여 중국의 신민주주의혁명과 사회주의혁명의 독특한 길을 개척하고 사회주의 건설의 법칙을 힘겹게 탐구하였으며, 인민을 이끌어 민족 독립, 인민 해방의 위대한 사업을 이루고 중국 역사상 가장 위대하고 심각한 사회변혁을 실현하였으며, 사회주의 기본제도를 세우고 독립적이고 비교적 완벽한 공업체계와 국민경제체계를 구축함으로써 당대 중국의 발전과 진보를 위해 근본적인 정치적 전제 그리고 제도체제와 물질적 기술적 기반을 다졌을 뿐 아니라, 그의 기질·품행·도덕·인격·경지·정신으로 중국 공산주의자와 중국 인민을 위한 고상한 덕행을 갖춘 인생의 본보기를 세웠다. 마오쩌둥의 인격 풍모는 세월의 흐름과 사회의 변천으로 인해 인민·국가·민족과 멀어지지 않을 것이며, 이미 중화민족과 중국인민의 혈맥에 녹아들어 중국인민의 마음과 기억 속에서, 중국사회의 진보와 발전 속에서 영생을 얻었다. 그러므로 중국사회에 큰 변화가 일어나고 사회주의 시장경제체제가 점차 보완되며 사회 전반의 문명이 전면적으로 추진되는 역사적 조건 하에서도 우리는 여전히 마오쩌동의 사상·인격·사업에서 끊임없이 깨우침과 교훈을 얻을 수 있는 것이다.

세상은 바뀌고 세월은 덧없이 흘러 인류의 역사가 새로운 기원에 들어섰다. 세계화의 물결이 거세고 다양한 문화가 서로 충돌하고 어울리면서 당대 중국사회에도 큰 변화가 일어나고 있으며, 중국 공산당은 인민을 이끌고 초요사회(稍饒社會, 살림이 펴져서 조금 넉넉한 사회—역자 주)를 전면적으로 건설하고 사회주의 현대화를 가속화하며 중화민족의 위대한 부흥을 이루는 '중국의 꿈'을 실현하는 새로운 길에 들어섰다. 지금은 도전과 기회가 공존하는 시대이고, 큰 지혜, 큰 기백, 큰 시야, 큰 전략을 필요로 하는 시대이며, 전제적 권위와 낡은 질서를 제거하고 사람의 존엄과 가치를 존중하는 시대이고, 또 민주법제의식도 필요로 하고 도덕정신에 대한 숭배도 필요로 하는 시대이며, 중국 공산주의자의 집권능력, 지도능력, 가치성향, 도덕인격을 충분히 보여주고 엄격하게 검증하는 시대이다. 중국 공산주의자와 중국인민은 시대와 함께 발전하면서 변화하는 시대, 변천하는 사회, 전진하는 실천 속에서 자신의 가치와 도덕관념을 연마하는 한편 자기 사상의 선구자와 위대한 지도자의 사상 경지, 정신적 기질과 도덕 인격을 본받아야 한다. 따라서 마오쩌둥의 인생철학을 연구하고 선전하며 학습하고 실천하는 것은 당대 중국 사회주의 핵심가치관의 형성 및 사회와 사람의 전면 발전에 유익할 뿐 아니라 후세에도 유익한 특성이 있는 것이다. 마오쩌둥의 내면세계와 인생철학은 내용이 풍부한 정신적 보물창고이다. 마오쩌둥에 대한 깊은 연구는 평생 종사할 가치가 있는 일이다. 1993년 마오쩌둥 탄신 100주년을 맞아 필자가 편찬하고 산시(陝西)인민출판사에서 출판한『마오쩌둥의 인생철학』이 관련 전문가 학자들의 호평과 많은 독자들의 인정을 받았다.『마오쩌둥 사상 연구』『마오쩌둥 사상 포럼』『동악논총(东岳论丛)』등 간행물이 그 책에 대해 평가하고 소개하였으며,『중국 철학 연감(1994)』은 「새 책 평가 소개」 코너에서 이 책에 대해 소개하였다. 일부 도서관에서 그 책은 같은 종류의 저작들 중 높은 대여 율을 유지하였다. 그 책은 또 산동대학 사회과학 우수성과 1등상(1994), 산동성 사회과학 우수성과 2등상(1995), 산동성 교육위원회 철학 사회과학 우수성과 2등상(1994)을 수상하기도 하였다.『마오쩌둥 인생 여정에 대한 철학적 해석』은『마오쩌둥의 인생철학』의 토대로 수정 보완한 것이다. 독자들이 애독해주시길 바라며 또 독자들의 비평과 지적을 바라마지 않는다.

2013년 12월
중공중앙당학교에서
양신리(杨信礼)